T0244817

Sᴀʀᴀʜ Lᴀʀᴋ es el seudónimo de una exitosa autora alemana que reside en Almería. Durante muchos años trabajó como guía turística, gracias a lo cual descubrió su amor por Nueva Zelanda, cuyos paisajes asombrosos han ejercido desde siempre una atracción casi mágica sobre ella. Ha escrito diversas sagas, como la Saga de la Nube Blanca, la Trilogía del Kauri o la Trilogía del Fuego, de las que ha vendido, en total, más de un millón y medio de ejemplares solo en lengua española. Sus últimas novelas, *Allí donde nace el día*, *La estrella de la Isla Norte* y *La veterinaria. Grandes sueños*, han recibido también el favor del público.

www.sarahlark.es

Saga de la Nube Blanca
En el país de la nube blanca
La canción de los maoríes
El grito de la tierra
Una promesa en el fin del mundo

Trilogía del Kauri
Hacia los mares de la libertad
A la sombra del árbol Kauri
Las lágrimas de la diosa maorí

Trilogía del Fuego
La estación de las flores en llamas
El rumor de la caracola
La leyenda de la montaña de fuego

Papel certificado por el Forest Stewardship Council®

Título original: *Unter fernen Himmeln*

Primera edición con esta presentación: julio de 2024

© 2016, Bastei Lubbe AG, Köln
© 2018, 2019, 2024, Penguin Random House Grupo Editorial, S. A. U.
Travessera de Gràcia, 47-49. 08021 Barcelona
© 2018, Susana Andrés, por la traducción
Diseño de la cubierta: Penguin Random House Grupo Editorial
basado en el diseño original de Jeannine Schmelzer
Imagen de la cubierta: © Shutterstock

Printed in Spain – Impreso en España

ISBN: 978-84-1314-803-8
Depósito legal: B-9.187-2024

Impreso en Novoprint
Sant Andreu de la Barca (Barcelona)

BB 4 8 0 3 8

Bajo cielos lejanos

SARAH LARK

Traducción de Susana Andrés

LA HIJA DEL JEFE TRIBAL

Hamburgo, Auckland, Masterton

1

—¿Qué tal si interrumpo por unos minutos vuestra infatigable actividad? —preguntó Richard Winter con voz profunda y melodramática mientras depositaba sobre la mesa dos tazas de café y un plato de dónuts. Dirigió su habitual y simpática sonrisa a Stephanie y al joven asistente de redacción, Ben.

—¡Rick! Qué...

La periodista ya iba a protestar: varios recortes de diario e informes que ella y Ben estaban clasificando en ese momento se habían salpicado de café. Ese material era la base de una serie de reportajes que pensaban escribir en breve. Pero entonces echó un segundo vistazo a los dónuts y no pudo evitar una risita. Gracias al dibujo elaborado con el azúcar glaseado y al revestimiento de chocolate, desde las rosquillas le sonreían diminutas calaveras, fantasmas y hachas de verdugo: se acercaba Halloween.

—Un pequeño tentempié para inspiraros —señaló Rick—. ¿O es que no estáis agobiados con vuestros insondables asesinatos? —Ben cogió un recorte de diario para limpiarle una mancha de café y Rick ojeó el titular: «El cadáver del pantano de Überlingen. ¿Un crimen de la Edad Media?» Frunció el ceño—. ¿Pensáis resolverlo ahora? ¡A esto llamo yo un proyecto ambicioso!

Stephanie se apartó un mechón desprendido del moño flojo con que se recogía en lo alto su largo y oscuro cabello y puso los ojos en blanco.

—De Edad Media, nada. Al eficiente colega del diario local se le pasó por alto que el móvil de la víctima estaba a tres metros de ella. Quizá no sabía que ese aparato es un invento de la era moderna. Puede que todavía sea demasiado joven. —Dedicó a Ben, quien al parecer había sugerido el caso, una afectuosa sonrisa burlona—. Sea como fuere, el caso del cadáver de Überlingen no tiene nada de misterioso. Una prostituta muerta en un juego sexual con esposas. La Policía dice que probablemente se trató de un accidente. Al cliente le entró el pánico y arrojó el cuerpo al pantano. Una tragedia, pero ajena a nuestro interés... —Cogió un dónut, le dio un mordisco y se lamió de los labios y los dedos el baño de azúcar rojo.

Rick cogió uno de los archivadores que había sobre la mesa. «Seattle-Secuestro de Susan Pinozetti-Dossier», leyó. Junto a un breve listado de hechos, el archivador contenía fotos de un gracioso bebé y una adolescente con gesto aterrorizado. En los márgenes había una nota escrita con la característica letra inclinada de Stephanie: «¿Mafia?»

—Eso sí que me parece interesante —comentó ella

entre dos sorbos de café—. Hace un año, en un despiste de la canguro, la pequeña Susan desapareció. Y no volvió a aparecer. La Policía se centró en la *au-pair*, una chica australiana. A nadie le preocupó que el padre del bebé tuviera contactos con la mafia... Cuando los investigadores por fin dejaron tranquila a la chica, muchas pistas ya estaban frías, naturalmente.

—¿Y pretendéis recalentarlas ahora? —preguntó escéptico Rick—. ¿Desde aquí, desde Hamburgo? ¿Esperáis descubrir algo?

Stephanie negó con la cabeza.

—Claro que no. La probabilidad de que nuestra serie de artículos *Asesinatos Insondables* contribuya a esclarecer algún antiguo crimen es ínfima. Pero tampoco se trata de eso. —Se frotó las sienes—. Seamos honestos. En el fondo, la serie se publicará en la sección de entretenimientos. Por algo Söder la lanzará en Halloween. Los lectores quieren sentir escalofríos mientras leen acerca de crímenes cuyos móviles se desconocen o cuyas especiales circunstancias hicieron imposible su esclarecimiento. Ben y yo investigamos un poco en esa línea... A lo mejor proporcionamos nuevos puntos de vista y estimulamos la reflexión.

En esto último consistía una de las grandes virtudes periodísticas de Stephanie Martens. Era conocida por sus agudos reportajes sobre homicidios y procesos judiciales, y por sus sagaces interpretaciones de las circunstancias del crimen y los móviles del asesino. Además, delgada y con unos claros ojos grises, despertaba confianza. Los informadores siempre se dirigían directamente a ella, que cuando trabajaba escondía a la Policía lo que sabía. De hecho, los artículos de Stephanie aparecidos en *Die Lupe* ya habían contribuido a la resolución de varios crímenes.

—¿Quieres algo más o podemos seguir trabajando? —preguntó a Rick en un tono tan frío que a él le sentó mal—. No es que quiera echarte. Te agradezco los dónuts y el café, pero, en serio, tenemos que ir avanzando. Como ya te he dicho, Söder quiere la primera entrega de la serie para Halloween y en dos semanas como mucho una idea general de los casos que vamos a presentar. Apenas si llegamos a clasificarlos.

Abrió otro archivador en el que Rick leyó el nombre del lugar: Masterton, Nueva Zelanda. Luego colocó las tazas una encima de otra y arrugó el plato de cartón de los dónuts. Últimamente, el comportamiento de Stephanie para con él era manifiestamente distante, y eso que hasta hacía unas semanas todavía se entendían muy bien. Por enésima vez se regañó a sí mismo: no debería haberse precipitado con la propuesta de matrimonio. Al fin y al cabo, ella ya le había dicho en suficientes ocasiones que no tenía planeado comprometerse en un futuro próximo. Pero él había vuelto a tener la sensación de que estaba preparada... y era obvio que se había equivocado.

—No te voy a pedir nada más, Steph, pero Söder... —respondió conciliador—. Bueno, Söder quiere vernos a Teresa, a Fred, a ti y a mí a las cinco en su despacho. Esto —señaló las tazas vacías y las migas de dónuts— tenía la función de apaciguar y serenar tus ánimos.

Florian Söder era el editor y redactor jefe de *Die Lupe*, la revista de reportajes y *lifestyle* en que trabajaban Stephanie y Rick. Era un hombre grueso y de corta estatura, pero ágil, y, a su manera, un genio del periodismo. Los redactores de *Die Lupe* lo respetaban. Söder siempre estaba a la última, sus ideas acerca de reportajes y series siempre eran originales y de actualidad. Por algo se mantenía *Die Lupe* en un mercado duro frente a sus competidores, infinitamente más grandes. Poco importaba que se tratase del *showbusiness* o de la política: Söder tenía un sexto sentido para las tendencias y conseguía rodearse de redactores talentosos y motivarlos. Rick Winter, por ejemplo, conseguía realizar sensacionales entrevistas a políticos, incluso antes de que destacasen en su propio partido; Teresa Homberg se tuteaba con distintas estrellas y estrellitas; Stephanie informaba acerca de las salas de tribunales y escenarios de crímenes en todo el mundo. La redacción de *Die Lupe* era mucho más pequeña que la de otras revistas, pero selecta. Por desgracia, el trato con Söder solía ser enervante y encrespado. Los redactores estaban acostumbrados, pero no es que se alegrasen, precisamente, cuando Söder los convocaba a su despacho.

—¿A nosotros cuatro? —preguntó Stephanie, poco entusiasmada ante la perspectiva—. O sea, estilo de vida en los *resorts*, automovilismo, política y crímenes... No encajan entre sí. ¿Qué quiere de nosotros?

Rick se encogió de hombros.

—Lo sabremos a las cinco —respondió—. Hasta entonces todavía podéis elaborar dos informes sobre los contactos con la mafia. Pero tened cuidado de no acercaros demasiado a los malos y acabar en el Hudson con los pies en un bloque de cemento.

Le guiñó el ojo a Stephanie antes de marcharse y pensó cuán bella era. Su rostro fino, levemente bronceado, sus ojos claros bajo unas cejas espesas, sus labios carnosos y rojos... Cuando la miraba, no podía evitar pensar en Blancanieves, aunque las apariencias engañaban. Stephanie Martens no se parecía en nada a la dulce princesa que se ocupaba del cuidado de la casa de los siete enanitos y se dejaba engañar por una pérfida vendedora de manzanas. Rick la consideraba implacable como periodista y sumamente emancipada como mujer.

Ya estaba absorta de nuevo en sus carpetas, pero levantó la vista brevemente cuando él mencionó el Hudson.

—Puget Sound —dijo lacónica—. El secuestro sucedió en Seattle, no en Nueva York.

Rick asintió, dándose por vencido. ¿Por qué ella siempre había de tener la última palabra?

Stephanie abrió la puerta del despacho de Florian Söder exactamente cuando faltaba un minuto para las cinco: puntualmente, como constató con alivio. El jefe todavía no estaba presente, pero sí los otros tres redactores. Estaban sentados a un lado de la larga mesa, con tazas de café o botellines de agua delante de ellos. La amplia y luminosa sala de reuniones limitaba con el despacho de Söder y sus ventanales ofrecían unas amplias vistas sobre la dársena del Sandtorhafen. Realmente, Söder no había escatimado esfuerzos ni dinero a la hora de construir el edificio de la revista. Era sumamente representativo y no tenía nada que envidiar a las demás editoriales.

Pero quienes en esos momentos estaban allí no mostraban el menor interés por el panorama. Teresa Homberg, una joven siempre vestida a la moda, perfectamente maquillada y con el cabello pelirrojo cortado a lo paje, tecleaba concentrada en su *smartphone*. Sin levantar la vista, contestó al saludo de Stephanie. Fred Remagen, un hombre desgarbado y de cabello oscuro, ni siquiera se tomó la molestia; ensimismado, hojeaba una revista de automóviles. A Stephanie no la sorprendió. Exceptuando la producción de coches, Fred apenas si se percataba del mundo circundante. No tenía otro interés que no fueran los automóviles, ámbito en el que era un experto total. Los colegas de la oficina solían bromear diciendo que Fred podía reconocer cualquier coche fabricado después de 1950 por el sabor del aceite lubricante que empleaba. Tampoco se fijaba en las mujeres; de haber sido por él, Stephanie no se habría tomado la molestia de arreglarse brevemente el pelo, dar un toque a la raya de los ojos y empolvarse la nariz.

Rick, por el contrario, sí que apreciaba esas cosas. Sonrió complacido al verla y ella le correspondió. De hecho, le resultaba difícil mostrarse tan rígida y reservada frente a él como intentaba últimamente. Siendo sincera consigo misma, seguía amándolo. En cuanto veía su simpático rostro, cubierto de arruguitas de expresión, se emocionaba. Se veía un poco más rechoncho desde que las entradas habían retrocedido «despejándole» la frente. Se le escapó la sonrisa al pensar el modo terco en que Rick se negaba a hablar de su calva incipiente. No se resignaba a su destino y luchaba con todas las lociones y champús habidos y por haber para combatir la caída del pelo, aun sabiendo que las promesas de los vendedores no eran más que humo. Su padre y sus dos tíos habían perdido sus últimos cabellos al cumplir los cincuenta; él tenía ahora treinta y siete años, y sabía lo que le esperaba.

Stephanie siempre le insistía en que a ella los calvos le parecían sexis. Además, el que retrocediera el nacimiento del cabello permitía que sus ojos, de un verde claro y fieles reflejos de su estado de ánimo, se vieran más grandes y amables. Ella le valoraba otras cualidades totalmente distintas del espesor del cabello. Rick era divertido, atento, leal, una persona de confianza, y practicar el sexo con él era, simplemente, fabuloso... En realidad, no había ninguna razón para no casarse con él. No obstante, sin saber por qué, a Stephanie la llenaba de pánico la simple idea de formalizar una relación fija.

—Bien, aquí estamos... Damas y caballeros, me complace que mi invitación haya sido tan ampliamente aceptada.

La aparición de Florian Söder arrancó a Stephanie de sus pensamientos. El redactor jefe entró en la sala de reuniones como siempre, como un torbellino, lanzó un par de carpetas sobre un atril y se sentó en el borde de la mesa delante de sus empleados. Teresa apenas si consiguió colocar su botellín de agua en lugar seguro y Rick puso a salvo su café. Por prudencia, Stephanie no había llevado ninguna bebida, pues odiaba que Florian Söder instalase su voluminoso trasero al lado de su taza de café. Lisa, la compañera y amiga de Stephanie, que trabajaba en la sección de psicología, sospechaba que Söder intentaba situarse en el centro de atención, que con ese asiento elevado intentaba que su estatura pasara inadvertida. Pese a ello, habría llamado la atención en cualquier lugar. Sobre su rechoncho cuerpo se asentaba una cabeza sobredimensionada y cubierta con un cabello ondulado castaño claro. Tenía los ojos más bien pequeños, pero una mirada penetrante e inteligente. Además, su voz era estridente. En realidad, no necesitaba de ningún truco para atraer la atención.

—¿Cuánto va a durar esto? —susurró Fred Remagen, mientras Söder se ponía cómodo—. Me habría gustado pasarme por la Mercedes a ver los nuevos modelos...

—Yo tengo que ir a un *vernissage* —informó Teresa—. Aunque no es que los cuadros que se exponen impresionen demasiado... Todos son negros. En cuanto están acabados, el artista los cubre de negro para recordar el fin de todo ser o algo así. Pero conserva el proceso de creación en un vídeo, que se proyecta sin pausa junto a la obra de arte... Sea como sea, ese tipo tiene un aspecto deslumbrante y las galerías se pelean por él. Espero que me dé una entrevista.

Söder la interrumpió con un gesto.

—Los cuadros seguirán siendo negros mañana —señaló a Teresa—. Y todo el mundo escribe sobre los nuevos modelos de Mercedes, Fred. Olvídate de eso. Haz algo distinto, pregunta a un par de pilotos qué coches conducen en su vida privada y por qué. Esto también encaja en la sección de *Lifestyle* e interesa a más franjas de lectores. En especial a las mujeres... ¡Escríbeme un resumen! —Fred hizo una mueca. Desde luego, las mujeres no formaban parte de su público—. ¿Y los demás? —prosiguió Söder—. ¿Rick? ¿Stephanie? ¿Alguna excusa para salir volando de aquí? —Söder se los quedó mirando fijamente mientras esperaba una respuesta.

Stephanie y Rick, resignados, movieron negativamente la cabeza.

—Tan solo sentimos curiosidad —indicó ella—. ¿Por qué nos has reunido justo a nosotros cuatro? ¿Hay algún proyecto que agrupe a las distintas secciones?

Söder sonrió.

—¿Políticos de relieve haciendo un desfile de moda en coches robados? —propuso burlón—. No es mala idea. Pero me temo que no se apunte nadie... No, se trata más bien de... hum... hacer de conejillo de Indias en un reportaje. Uno de vosotros debe encargarse. Y os he elegido porque los cuatro sois periodistas de pura cepa, íntegros, con los pies en el suelo, comprometidos con la verdad, escépticos por principio frente a doctrinas de cualquier color...

—Esto a mí no me atañe —reconoció Fred—. En lo

más profundo de mi corazón todavía creo que Herbie vive.

Teresa soltó una risita.

Söder hizo un gesto de rechazo.

—¡Nada de tonterías! —les previno—. Es un asunto serio, incluso si a primera vista no lo parece. Quizá sea un encargo que os parezca... hum... grotesco. Pero se trata de manipulación, engaño, de destapar a un charlatán. —Deslizó la mirada por los cuatro. Había conseguido atraer lo suficiente su atención—. ¿Alguno de vosotros ha oído hablar de Rubert Helbrich?

Stephanie, Teresa y Rick tuvieron que reprimir la risa. Aparte de que el nombre llevaba meses mencionándose en la televisión y la prensa, hacía un año que era imposible asistir a cualquier acto de la redacción de *Die Lupe* sin oír hablar de Rupert Helbrich. A no ser que uno se pusiera como objetivo evitar cruzarse con Irene Söder, la esposa de Florian.

—Esto... el... ¿hipnotizador? —preguntó con cautela Teresa.

Söder asintió.

—Exacto. El tipo de las regresiones a vidas anteriores.

—¿Eh? —Fred Remagen levantó atónito la mirada de la revista que había cerrado al entrar Söder, pero en cuya tapa tenía los ojos clavados, como si le reconfortara y sirviera de refugio ante el mundo—. ¿Qué es lo que hace? —Al parecer, a Fred le había pasado por alto todo el revuelo mediático en torno a Rupert Helbrich.

—Rupert Helbrich tiene la teoría de que tras morir

volvemos a nacer en otro cuerpo —explicó Teresa—. En tal caso se habla de renacimiento o de... hum... migración de los espíritus.

—¿De renacer... como animal? —inquirió Fred.

Stephanie se preguntó si su colega estaría pensando en una futura existencia como garduña.

Teresa sacudió la cabeza, con lo que los enormes aretes de sus orejas tintinearon.

—No. Eso es lo que suponen creyentes de distintas religiones, pero los terapeutas de la reencarnación, o como quiera que se llamen, parten de la idea de que el ser humano sigue siendo un ser humano.

—¡Claro! —intervino Söder—. A fin de cuentas, nadie invertiría tanto dinero para recordar su vida de hámster...

—¿Para recordarla? —preguntó Fred—. ¿No estábamos hablando de vida después de la muerte? —Jugueteó con sus gafas.

—Sí, recordar —terció Rick—. Como dice el piloto de la Fórmula 1: tras la carrera es antes de la próxima carrera. O en palabras de los estudiosos de la reencarnación: si hay vida después de la muerte, también ha de haber vida antes del nacimiento. Una de la que poder acordarse.

Fred reflexionó.

—Pues yo no recuerdo nada —dijo—. Qué idea tan alocada. —Y miró su revista de coches.

—Una idea muy lucrativa —observó Teresa—. Claro que no te acuerdas de tu vida anterior, Fred, igual que nosotros o los clientes de ese Helbrich. Pero a diferencia de nosotros, ellos opinan que se les ha escapado algo. Ellos «quieren» recordar. Están deseosos de saber quiénes fueron anteriormente. Helbrich y sus acólitos les prometen ayudarles en su búsqueda del recuerdo.

—Mediante la hipnosis —intervino Stephanie—. Hace entrar a sus pacientes en trance, lo cual no carece totalmente de base científica. Cuando las personas están hipnotizadas, por ejemplo, los testigos de un crimen, se dejan conducir, por así decirlo, a un tiempo pasado. Vuelven a vivirlo todo y así quizá se acuerden de los detalles perdidos. De esta manera es posible despertar los recuerdos. Si es que hay alguno.

—De eso se trata, Stephanie —dijo Söder—. Justo ahí se dividen las opiniones. ¿Son realmente recuerdos de una vida pasada lo que cuentan las personas hipnotizadas, o meras fantasías porque a lo mejor han leído demasiadas novelas históricas?

Una vez más, Stephanie, Teresa y Rick reprimieron una sonrisa. Hacía bastante tiempo que Irene Söder era clienta del hipnotizador y desde entonces no se cansaba de contar lo emocionante que era su vida en la corte del Rey Sol. Las sesiones con Helbrich activaban recuerdos de la supuesta existencia previa de Irene como Lucienne, Marquise de Montfort, que recordaban sospechosamente a las aventuras de Angélique y otras protagonistas de novelas. Stephanie lo encontraba divertido, aunque algo delirante.

—¿Y ahora... tenemos que investigar si realmente existió Lucienne de Montfort? —tanteó Rick sin demasiada prudencia.

Söder lo fulminó con la mirada.

—Eso, querido amigo, ya lo he hecho yo mismo. Y por si os interesa: hubo una familia De Montfort, cuyo representante más conocido, Simon, fue un capitán medieval aficionado a quemar cátaros, mucho antes de que se construyera Versalles. De Lucienne de Montfort no se sabe nada. Únicamente se conoce a una tal Lucienne de Rochefort. Fue la primera esposa del rey Luis VI de Francia, así que también vivió mucho antes que el Rey Sol... Pero puesto que es evidente que todos estáis al corriente de los asuntos de mi esposa...

—Luego te cuento —susurró Rick a Red Remagen.

—Podemos hablar abiertamente —prosiguió Söder, disgustado—. El hecho es que Irene está convencida de que sus recuerdos son reales, y lo mismo les sucede a los demás clientes de Helbrich. Y el hombre está manifiestamente seguro de sí mismo. Después de que lo llamara la semana pasada y... bueno, expresara en cierto modo lo indignado que estaba por la factura exorbitante que le ha enviado a Irene... —los periodistas sonrieron; los ataques de cólera de Söder eran temidos en la redacción— me hizo una oferta: estaría encantado de demostrarnos a nosotros y nuestros lectores que su trabajo es serio y se pondría a nuestra disposición sin la menor reserva para realizar entrevistas y permitir que nos hagamos una idea de lo que hace. Y en caso de que algún empleado de *Die Lupe* esté dispuesto a dejarse hipnotizar por él e informar después sobre tal experiencia y los recuerdos que han acudido a su mente, realizaría y documentaría gratis la regresión. Naturalmente, no voy a esperar a que me insista. Así que, señores míos, ¡voluntarios, un paso al frente!

En el grupo reinó un silencio estupefacto.

—¿Y qué ocurre con Lisa? —preguntó al final Stephanie—. En realidad, esto pertenece a su sección. Está ansiosa por que le hagan el horóscopo o le curen su furúnculo a distancia...

Los demás rieron. Lisa era psicóloga y se encargaba de la correspondiente sección de *Die Lupe*. También cubría de buen grado las paraciencias y no la asustaba hacer de cobaya. En general, a todo el mundo le gustaban sus divertidos artículos sobre reuniones de chamanes en Bielefeld y contactos telepáticos con animales domésticos en Pinneberg.

Söder se encogió de hombros y suspiró.

—No quiere o no puede. Dice que no hay quien la hipnotice. En cualquier caso, se ha negado categóricamente. No está disponible. Así pues, chicos, le toca a uno de vosotros. ¿Quién se ofrece?

Tras un minuto de lamentable mutismo, quedó claro que nadie quería presentarse como voluntario.

—Yo no tengo tiempo para tonterías —afirmó Fred—. Tengo otras cosas que hacer.

—Y yo no puedo permitirme desenmascarar esas bobadas —aseguró Teresa—. La mayoría de los *vips* que entrevisto, que necesito y con quienes tengo buenas relaciones, creen firmemente en ello. Precisamente Jill Irving, ya sabéis, la modelo y actriz que ahora también es cantante, ha recordado su vida anterior como princesa zulú con ayuda de Helbrich.

Los demás rieron, liberados de la tensión.

—¡Ojalá eso la ayude en la isla de los famosos! —bromeó Stephanie—. Pero tienes razón: si desenmascaras a ese tipo y lo acusas de farsante, se enfadarán. —Suspiró—. En fin, yo lo haría si no fuera tan retrasada con la serie. O una cosa o la otra, Florian: el reportaje sobre el hipnotizador o los asesinatos insondables...

—Tal vez puedan relacionarse ambos temas —bromeó Teresa—. Quién sabe si antes no eras una asesina en serie... o tal vez miss Marple en persona.

Rick sacudió la cabeza.

—De aquí no saldrá nada, chicos —los reprendió—. De hecho ninguno de nosotros tiene tiempo para estas tonterías, no vale la pena ni hablar de ello. Pero tampoco podemos encargar la tarea a alguno de los jóvenes en prácticas. Seguro que ese Helbrich se las sabe todas. Para enfrentarse a él y salir airoso hay que ser un periodista con experiencia. Con un... ¿cómo lo llamabas, Stephanie?, ¿un potente detector de sandeces?

Stephanie sonrió irónica.

—No es una expresión que me haya inventado yo. Procede de Marilyn French. Yo no lo habría expresado de forma tan drástica, pero da en el clavo. No te lo tomes a mal, Florian, pero tu esposa Irene... simplemente es... hum... demasiado espiritual.

De nuevo, todos reprimieron la risa.

—Así es —confirmó Rick—. Si tiene que ser uno de nosotros... —Cogió la pajita de la botella de agua de Teresa, sacó teatralmente una navaja del bolsillo del pantalón y la cortó en tres trozos iguales y uno más corto.

Luego los barajó a la espalda y los encerró en el puño de modo que todos parecieran de la misma longitud—. Coge uno, Teresa —animó a la periodista de diseño y moda. Esta cogió uno y mostró triunfal un trozo de la pajita en la mano—. Fred... —prosiguió Rick. Conteniendo la respiración, Fred Remagen tiró de un segundo trozo largo. Acto seguido, cogió la revista de coches y se preparó para marcharse—. Entonces, o tú o yo, Stephanie —finalizó Rick, tendiendo a su amiga las dos puntas.

Una sobresalía más que la otra. Stephanie tiró de la más corta.

—¡Oh, no! —gimió, cuando comparó la longitud de su trozo con el de Teresa.

—¡Enhorabuena! —exclamó resplandeciente Söder—. Francamente, Steph, eras mi candidata.

Rick, por el contrario, miró a su amiga algo preocupado.

—Stephanie, yo...

Ella le lanzó una mirada de advertencia y le pidió que se callara con un gesto de la mano.

—¡Ni se te ocurra sacrificarte por mí! —le siseó—. Ha sido juego limpio. Tiré literalmente del trozo más corto y ahora iré a ver a ese Helbrich, por supuesto. Con asesinato insondable o sin él. —Se esforzó por esbozar una sonrisa y se volvió con exagerado optimismo hacia su redactor jefe—. No te preocupes, Florian. Sea lo que sea que haga ese tipo, seguro que no le permito que me transporte a Versalles. ¿Tengo que anunciarme yo o lo haces tú?

2

Rick siguió a Stephanie hasta su despacho. En cuanto hubo cerrado la puerta tras de sí, dio rienda suelta a sus temores.

—No sé, Stephanie. ¿Crees que esto de la hipnosis es buena idea? ¿Con tus antecedentes?

—¿Con mis qué? —repuso ella irritada, ordenando sin interés los recortes de periódico que había dejado sobre el escritorio—. No tengo antecedentes. Por lo que sé, nunca me han hipnotizado.

—Pero tienes esos problemas con tu memoria —señaló Rick.

Al mismo tiempo enderezó una máscara de la Amazonia que adornaba la pared de Stephanie. Todo el despacho estaba decorado con objetos de tierras lejanas que la madre de la periodista, antropóloga de profesión, había visitado en sus viajes de exploración. Rick se preguntaba a menudo por qué su amiga no guardaba esos regalos en su casa, o al menos no pedía a alguien que los colgara bien de la pared. ¿Sentiría miedo de esos fetiches de aspecto amenazador? A él mismo no le habría gustado tenerlos en su sala de estar.

La periodista resopló.

—¡Y tú has estado a punto de exponer delante de media redacción esos problemas! —le reprochó—. ¡Tras lo cual todos me habrían mirado como si no estuviese bien de la cabeza! ¡Uff! Rick, lo de Nueva Zelanda no tiene nada que ver con este reportaje. Aquí no se trata de recuerdos, sino de un par de chalados y un charlatán que se sirve de su fantasía...

—Antes has dicho que la hipnosis puede despertar recuerdos —objetó Rick.

Ella puso los ojos en blanco.

—La hipnosis médica —puntualizó—. La que se concentra en un acontecimiento determinado. Un acontecimiento de esta vida, no de la posterior ni de la anterior. Con Helbrich se trata de reencarnación. Nueva Zelanda no tiene nada que ver. Y ahora deja de darme la lata con esa tontería. Quiero llamar a Lisa. A lo mejor consigo evitarlo todo. A fin de cuentas, lo esotérico pertenece a su sección. Tendrá que darme muy buenas razones de por qué tengo que ir yo en su lugar.

—Que lo haya rechazado a mí también me ha dado qué pensar —admitió preocupado—. Stephanie, si hasta a Lisa esto le da yuyu... Una cosa así puede provocar traumas. Y más cuando uno... cuando uno ya está marcado.

Ella hizo un mohín y lo empujó fuera del despacho.

—Basta ya. A mí no me marca nada, salvo mi detector de sandeces innato —le espetó—. Y me dice que con ese Helbrich voy a vérmelas con un granuja cuyos trucos descubriré enseguida. Te agradezco que te preocupes por mí. Y ahora, ¿me dejas sola, por favor?

Stephanie se reunió con Lisa Grünwald en el Coast by East, un restaurante de sushi con coctelería en la Hafencity, que estaba muy de moda. La galería acristalada ofrecía un extenso panorama de la Filarmónica del Elba, todavía en construcción, y la terminal de cruceros. La simple visión de esos enormes buques le despertó las ganas de viajar. La idea de escapar en uno de esos transatlánticos de lujo del lluvioso invierno de Hamburgo era toda una tentación.

Tampoco Lisa parecía tener el menor inconveniente en escapar de lo cotidiano. Esperaba en el bar, ya había pedido un vaso de *prosecco* y miraba soñadora el panorama cuando Stephanie se acercó a ella. Se percató de inmediato de que su amiga no estaba precisamente en su mejor momento.

—¿Qué ocurre, Steph? ¿Te has peleado con Rick? —preguntó sin rodeos.

Entre Lisa y Stephanie no había secretos. Las dos habían ido juntas a la escuela. Se habían separado en la universidad y habían vuelto a encontrarse por azar, pocos años después, en la misma redacción.

—No ha sido exactamente una pelea... —Stephanie se desprendió del abrigo, pidió una copa de vino y luego empezó a contar lo ocurrido. Söder, el reportaje, los recelos de Rick...

—¡Sería todo más sencillo si fueras tú! —dijo al final con tono pesaroso—. ¿Se puede saber por qué no quieres ir? ¿De verdad lo consideras peligroso?

—¿Peligroso? —Lisa negó con la cabeza—. ¡Qué va! ¿Cómo se te ocurre? Y no es ningún secreto. Quizá Söder no se ha expresado con claridad.

Lisa se pasó la mano por la melena escalonada. Era una mujer alta y de complexión atlética, iba normalmente sin maquillar, tenía unos resplandecientes ojos azules y una boca grande y por lo general sonriente. Franca, amable y nada complicada, era una persona con quien uno fácilmente se sinceraba. Y no tenía nada de miedosa.

—No se trata de que no quiera escribir sobre ese Helbrich o de que el encargo me dé miedo —siguió explicando—. Al contrario, me interesaría mucho saber qué hace. ¿Y a quién no le gustaría saber más sobre su vida anterior? —añadió y guiñó el ojo, divertida.

—No te creerás esa historia, ¿verdad? —preguntó Stephanie.

Lisa puso la mano sobre el brazo de su amiga para tranquilizarla.

—Relájate, Steph —la reprendió suavemente antes de contestar—. No, no creo en la reencarnación. Pero he leído un par de esos historiales y son fascinantes de verdad. No tendría ningún reparo en someterme yo misma a una prueba. Pero hay una pega: a mí, Lisa Grünwald, es imposible hipnotizarme. No funciona, por mucho que me gustaría. Y lo he intentado. Una compañera de la universidad es hipnoterapeuta. Durante la formación realizó ejercicios con todos los compañeros, es muy buena. Pero conmigo no funcionó, y eso que lo intentó con todos los registros. Al final hasta su profesor lo probó por amor propio. Propuso hacer una sesión conmigo, dado que ella estaba tan frustrada. Me presenté allí porque me interesaba. El hombre era toda una eminencia internacional en su terreno, mas, aun así, fue incapaz de hacerme entrar en trance. Es probable que me dé mucho miedo perder el control o que tenga una tendencia muy fuerte a observar al hipnotizador. Hay varias teorías acerca de por qué el método no funciona con algunas personas. Así pues, esta es la causa por la que no puedo hacer el reportaje sobre ese Helbrich.

—¿Söder está de acuerdo? —preguntó Stephanie. Dio las gracias al camarero por el vino que acababa de servirle y tomó un trago—. Me refiero a que contigo podría llevar el agua a su molino, ¿no?: «El gran maestro no logra hipnotizar a la crítica redactora de *Die Lupe*.» ¿No es el titular que él desea?

—No sería muy honesto que digamos, ¿no? —Lisa hizo una mueca—. De hecho, Söder también me habló de ponerle una... hum... una trampa similar. Y funcionaría. Helbrich mordería el anzuelo con toda seguridad. Hasta ahora todos los hipnotizadores han creído que conseguirían hipnotizarme. Casos extremos como el mío son muy raros. Pero sin contar con que sería muy feo engañar a ese hombre, también lo encuentro contraproducente. A fin de cuentas, el reportaje gira en torno a la regresión. No trata de si hay mejores o peores médiums y de si Helbrich resuelve o no casos problemáticos.

—¿Y qué debo esperar yo de esa regresión? —quiso informarse Stephanie. Había renunciado a la idea de convencer a Lisa—. Se diría que sabes de la materia. ¿Es... es posible que Rick tenga razón? Con lo de Nueva Zelanda... —Jugueteó con la copa de vino. Por mucho que le costara admitirlo, las objeciones de Rick la hacían sentirse un poco insegura.

Lisa se mordisqueó el labio.

—Depende —respondió al final—. De cómo trabaje Helbrich. De la mayoría de este tipo de terapeutas que utilizan la regresión no cabe esperar ninguna sorpresa. Muchos no llegan a hipnotizar del todo al paciente. Simplemente dejan que la gente haga unos ejercicios de relajación y realice luego asociaciones libres. Bobadas, por supuesto. Pero si Helbrich realmente sabe hipnotizar y realiza una auténtica hipermnesia, entonces tal vez recuperes tus recuerdos de Nueva Zelanda.

Stephanie arrugó la frente.

—¿Una qué? —preguntó, y volvió a tomar un sorbo. La copa ya casi estaba vacía.

Lisa hizo un gesto al camarero y le pidió otro *prosecco* y otro vino.

—La hipermnesia es una técnica reconocida —explicó—. El hipnotizador provoca en su paciente un trance profundo y lo hace retroceder en el tiempo hasta recuerdos de su primera infancia de los que no era consciente. Al parecer, uno se acuerda incluso de su propio nacimiento y de los traumas surgidos entonces. En las posteriores sesiones verbales se puede trabajar ese tema. Incluso hay gente que busca recuerdos previos al nacimiento, un tema ciertamente controvertido...

Llegaron las bebidas y ambas cogieron sus copas. El camarero les informó de que había una mesa libre, pero Stephanie no hizo ademán de incorporarse. Antes quería oír qué más tenía que decir Lisa.

—El asunto se pone delicado cuando a los hipnotizadores (con frecuencia los que hipnotizan como *hobby*, tipo Morey Bernstein) se les ocurre comprobar la tesis del renacimiento a través de la regresión. Si existe vida tras la muerte, según su reflexión, no del todo carente de lógica, también debería haber una antes del nacimiento. Y esa tal vez pueda reconstruirse por medio de la hipermnesia... ¡Venga, Steph, algo tienes que haber oído decir de eso! Renacimiento, reencarnación... son distintos componentes de varias religiones. Hinduismo, budismo...

Stephanie asintió.

—Todos estamos atados a la rueda del destino —citó—. ¡Claro que he oído hablar de la reencarnación! Y de esas regresiones. Helbrich está en boca de todos. Pero que haya pruebas científicas al respecto, eso... eso me parece un poco traído por los pelos.

—Es discutible, por supuesto, que tales resultados tengan consistencia científica. Las personas sometidas al experimento pueden contar lo que quieran.

—¿Y por qué no se investiga lo que dicen? —repuso Stephanie—. Si la gente da nombres y fechas, se debería poder averiguar al menos si esta o aquella persona realmente ha vivido.

Lisa asintió y se dispuso a seguir al camarero que esperaba pacientemente. Ambas cogieron sus copas y se dirigieron a una mesa para dos junto al ventanal.

—Naturalmente, siempre se intenta comprobar los datos mencionados. Ese es el objetivo de todo este asunto. Al menos lo era en su origen. Léete el *Protocolo de un renacimiento* de Morey Bernstein. Bernstein era un psicólogo *amateur* estadounidense que en los años cincuenta experimentó con todas las técnicas de hipnosis. Cuando oyó hablar de la reencarnación, se entusiasmó y, de hecho, ya en el primer ensayo con un ama de casa convencional y bastante simplona se descubrió que esta tenía una vida anterior. Creo que era en Irlanda, en el siglo dieciocho. Supuestamente se llamaba Bridey Murphy y recordaba nombres de calles, danzas tradicionales y algunas palabras en gaélico. Bernstein tenía pretensiones científicas y se dejó la piel por verificar la historia. Aunque parece más sencillo de lo que es, porque los recuerdos pocas veces son realmente concretos, es decir, no se cuenta con afirmaciones como «Soy Barbara Wagner, nací en 1720 en la Kirchgasse de Mainz y me casé en 1740 con Friedrich Schuster...», lo que cuestiona, a mi entender, todo el tema. Además, la vida de la gente normal se documenta desde hace cien años como mucho. Antes había a lo sumo inscripciones en registros parroquiales, hoy difíciles de encontrar, a menudo destruidos y con frecuencia incompletos. Y en caso de que excepcionalmente sea fácil comprobar un dato, esto también puede volverse contra la teoría. Ya que si un investigador llega sin problemas a datos que confirmen una historia, también el hipnotizado o el hipnotizador podría haberlos conseguido fácilmente... A lo mejor la Marquise de Montfort vivió, pero ¿llevaba en sí realmente el alma de Irene Söder?

—¡Eso seguro que no! —exclamó Stephanie riendo.

—Sea como sea, en principio, cuando la hipermnesia se efectúa correctamente, uno vuelve a recorrer la vida que ha vivido y que todavía vive —dijo Lisa volviendo a la pregunta inicial—. De modo que te verías en tus primeros seis años de vida. Y es posible que salga a la luz por qué no te acuerdas de ellos. Tiene que haber una causa. Has borrado de tu memoria esos años y todo un país, el país donde naciste. ¡Algo así no ocurre porque sí! Yo, en tu lugar, ya haría tiempo que lo hubiese investigado...

—Bah. —Stephanie suspiró y cogió la carta para cambiar de tema.

A veces se arrepentía de haber contado a su amiga y a Rick que carecía de recuerdos de sus años de infancia. A Rick le preocupaba y Lisa mostraba una curiosidad de la que la misma Stephanie carecía, lo que su amiga a su vez encontraba extraño. Según Lisa, cualquier persona normal plantearía preguntas o seguiría una terapia; en cualquier caso, se esforzaría por llegar al fondo de la cuestión. Y máxime una periodista de investigación como Stephanie, que iba tras la pista de cualquier información como un sabueso. Únicamente con respecto a su propia historia se contentaba con la información que le había dado su madre: en 1980, Helma Martens había ido como antropóloga a Nueva Zelanda para participar en un estudio sobre la cultura maorí. Allí conoció al asistente social Simon Cook, con quien se casó. Stephanie, la hija de ambos, no tardó en nacer en Nueva Zelanda. Cuando tenía seis años, el matrimonio de los Cook atravesó una situación crítica. Helma se marchó cuatro semanas a Alemania para reflexionar sobre cómo iba a encarar su futuro. Se suponía que durante ese período Simon se ocuparía de Stephanie; pero, una semana antes de la fecha en que Helma pensaba regresar, él murió en un accidente. La niña salió ilesa. Helma había regresado de inmediato para recoger a su hija, que estaba muy trastornada, y ambas vivieron desde entonces en Alemania. Sobre el accidente y su vida anterior, la periodista no recordaba nada en absoluto.

—Ya es raro que ni siquiera te preguntes qué tipo de accidente fue... —Lisa volvió al tema.

—De coche —dijo Stephanie con desgana—. Al menos eso creo...

—Bueno, a lo mejor Helbrich arroja luz sobre tu caso —observó esperanzada Lisa—. Yo no creo realmente en vidas anteriores, pero los recuerdos de tus primeros seis años de vida... ¡en algún sitio deben estar!

A la mañana siguiente, Söder estaba esperando a Stephanie cuando esta entró en la redacción.

—¡Dentro de dos semanas! —anunció complacido—. El dos de noviembre, justo después de Halloween. Helbrich te espera a las once en su consulta. Es probable que el día sea especialmente favorable. La puerta al mundo de los espíritus no está cerrada del todo el Día de Difuntos... —sonrió irónico.

—Entonces tengo un par de días para escribir la primera parte de la serie —refunfuñó Stephanie, sin contestar a la alusión—. Y la segunda irá a imprenta la semana siguiente.

Söder asintió, de nuevo serio y profesional.

—La primera parte trata del asesinato de esa policía, ¿no? —preguntó. Tenía preparado un resumen del artículo. Versaba sobre una joven agente a la que, por lo visto, habían disparado cuando estaba de servicio, aunque también era posible que en ese homicidio hubiera una motivación personal... Unos años atrás, Stephanie había informado acerca del caso y desde un principio había alimentado sospechas—. ¿Y el segundo? ¿El niño de Seattle?

Stephanie se encogió de hombros.

—Todavía no lo sé. Es un poco justo para estudiar los informes de la Policía y establecer los contactos necesarios en Estados Unidos. A lo mejor me ocupo solo de ese caso de locura homicida en Baviera...

—Pero no pierdas de vista el carácter internacional de la serie, ¿de acuerdo? —señaló Söder—. Le da más encanto.

Stephanie rio.

—Y recuerda el peligro de viajar a países lejanos —bromeó—. Bueno, nuestro lector no puede permitirse el lujo de viajar en un crucero, pero al menos así no corre el riesgo de que un camarero indonesio lo eche por la borda en un ataque de nervios...

Söder se quedó perplejo.

—¿Tenemos un caso así? Tiene buena pinta... —Sus ojos resplandecieron.

Stephanie negó con la cabeza.

—¡Qué mente más enfermiza tienes, jefe! —se burló—. Es probable que en tu vida anterior fueras un tirano sanguinario. No, no tenemos ningún asesinato en el crucero del amor, siento decepcionarte. Pero sí una tragedia familiar en Nueva Zelanda, la desaparición de una pareja de turistas en Tailandia, un posible asesinato ritual en Hawái, un motociclista que se ha evaporado en la Ruta 66 (sus parientes fantasean con la idea de que unos extraterrestres lo han abducido) y un incendio en un zoo australiano.

—Nada de cachorros carbonizados, Stephanie. Provoca pesadillas en los lectores.

Ella puso los ojos en blanco.

—El crimen más bien tuvo repercusiones en un cuidador. Los canguros están sanos y salvos. Sea como sea, hay mucho donde elegir. Ben y yo todavía tenemos asuntos pendientes. Así que déjanos trabajar. La semana que viene te presentaré nuevas propuestas.

Y dicho esto, se retiró, no sin antes buscar con la vista discretamente a Rick por los pasillos. Tenía que disculparse con él. Lo mejor sería que a lo largo de la mañana enviara a Ben a buscar unos cafés y unos dónuts. Seguro que los había en forma de corazoncito...

Tomó nota mental, para olvidarse después rápidamente del tema. La selección de los casos para sus asesinatos insondables le exigía demasiada concentración y reforzaba sus convicciones. En más de la mitad de los casos, la pareja de la víctima era, como mínimo, sospechosa. ¡El amor no solía durar eternamente!

En los días siguientes también quedó en suspenso su relación con Rick, aunque ella se esforzaba por comportarse de la forma más amable e incluso consiguió disculparse por su reacción el día que se habían jugado el reportaje con los trozos de pajita. Sin embargo, la cena de reconciliación que ambos habían acordado celebrar, se postergaba una y otra vez. Primero, Rick tuvo que asistir a una asamblea extraordinaria de un pequeño partido de izquierdas —debían gestionar el conflicto que habían generado las fotos del jefe del partido enlazado en un íntimo abrazo con la portavoz del conservador CSU— y luego Stephanie se había volcado en sus investigaciones sobre la segunda parte de su serie, que se ambientaba en Estados Unidos. Debido a la diferencia horaria, se quedaba media noche hablando por teléfono para entrevistar a los testigos. Además de eso, examinaba con Ben otros crímenes sin resolver e intentaba al mismo tiempo documentarse un poco sobre hipnosis y reencarnación. Leyó con interés acerca de Bridey Murphy y otros famosos casos de renacimiento, pero no se dejó impresionar demasiado.

También lo comentó con Lisa. Las dos habían quedado la noche del 1 de noviembre en un pub irlandés donde todavía no habían descolgado la profusa decoración de Halloween.

—No quiero parecer maliciosa, pero si la teoría fuese cierta, a estas alturas todos los muertos de la Segunda Guerra Mundial deberían haberse reencarnado. En las actas deben de mencionarse los campos de concentración o Hiroshima. Y los nombres tendrían que encontrarse en alguna lista. Pero cuando se leen las declaraciones de los testigos, parece que solo salen almas de la Edad Media.

Lisa rio.

—Un problema evidente que solo unos redomados ignorantes atribuirían al bum de la novela histórica de esa época... Además, comprobar está bastante pasado de moda. Todo se distancia cada vez más del terreno de la paraciencia y se desplaza hacia el de la religión y el esoterismo. Los discípulos de Helbrich y sus seguidores ya no están interesados en investigar, les gusta más creer en sus «recuerdos». Y ahora los hipnotizadores ponen más el acento en el efecto terapéutico. Poco importa el contenido, lo importante es que todo el mundo se lo pase bien.

—«Quien cura tiene razón» —evocó Stephanie el dicho estereotipado de la medicina alternativa—. ¿La reencarnación como placebo?

Lisa asintió.

—Una formulación genial —elogió—. Apúntatela para el artículo. En cualquier caso, estas sesiones sientan bien a muchos pacientes. Robustecen la autoestima: ¡cualquier mujer se siente mejor después de que Luis XIV la haya cortejado! Y además se pierde el miedo a la muerte. Ya no es el final...

—... sino solo un tránsito de una existencia a otra —citó Stephanie al autor de uno de los libros al respecto—. Lo entiendo: el retorno a nuestra vida anterior es lo que nos faltaba. En realidad deberían ser las aseguradoras quienes lo pagasen. ¿Hay algo más de lo que deba cuidarme mañana, exceptuando no saltar de alegría por vivir eternamente? —Stephanie levantó la jarra de cerveza para brindar con la calavera de plástico que se balanceaba sobre la mesa.

Lisa se encogió de hombros.

—Intenta liberarte de tus prejuicios —le aconsejó—. ¡Dale al menos una oportunidad a Helbrich! A lo mejor sacas algún provecho.

—¡Ommm...! —respondió Stephanie.

La calavera parecía esbozar una sonrisa irónica.

3

La consulta del hipnoterapeuta Helbrich se encontraba en un viejo edificio espléndidamente restaurado en el barrio de Winterhude. La espaciosa residencia debía de haber pertenecido a un rico banquero o comerciante. En la actualidad estaba fraccionada en diversos espacios de arrendamiento de uso profesional. Dos auditorías y varios consultorios médicos. Unas discretas placas señalaban los nombres de un cirujano plástico y un ginecólogo. También había una psicóloga y un dentista. Stephanie pensó que ese día habría preferido llamar a la puerta de este último que a la de Helbrich. Luego reunió fuerzas y pulsó el timbre. Le abrió una joven asistenta maquillada con esmero.

—El señor Helbrich enseguida la atenderá —la informó amablemente al tiempo que le indicaba el camino a una sala de espera iluminada y de colores cálidos.

De las paredes colgaban obras contemporáneas. Stephanie se percató de que los cuadros, originales y muy coloridos, plasmaban paisajes fantásticos que resultaban inquietantes. El mobiliario de la habitación era moderno, caro y elegido con buen gusto. Una elegancia contenida, constató, y se dio cuenta de que la distribución de las salas garantizaba la discreción. Oyó que Helbrich despedía y acompañaba a la salida a un paciente, pero no lo vio. La consulta disponía de otra salida y los clientes del terapeuta no se cruzaban.

Stephanie hojeó un par de revistas satinadas, pero no tuvo que esperar mucho tiempo. Helbrich apareció poco después en la sala de espera.

—¿Señora Martens? —Sonrió a Stephanie y le tendió la mano—. Me alegro de conocerla. Y, naturalmente, de que la redacción de *Die Lupe* haya aceptado mi invitación.

Rupert Helbrich era al natural tan impresionante como en la televisión. Era un hombre alto en la cincuentena, y un traje a medida acentuaba su todavía esbelta silueta. Ya tenía el cabello gris, pero espeso y pulcramente cortado. Helbrich se cuidaba, sin duda era consciente de lo que su clientela femenina y los televidentes deseaban ver. Llevaba el rostro bien afeitado y no tenía arrugas. Stephanie supuso que la causa sería el empleo periódico de cosmética para hombres. ¿O se trataría de un *lifting*? Tras unas gafas sin montura la observaban unos ojos grises e inteligentes, de mirada amablemente serena, nada de penetrante o escrutadora o cual fuese el adjetivo que los novelistas atribuían a un hipnotizador.

Sonrió comedida.

—¿Quién podría negarse? —respondió—. A fin de

cuentas, es una oportunidad única para... digamos... zambullirse gratis en una vida anterior.

Rupert Helbrich rio. No parecía avergonzarse de sus honorarios. De hecho eran tremendos. Söder había comentado que Helbrich solía cobrar seiscientos euros por una sesión introductoria, y después trescientos por cada viaje al pasado.

—Así pues, no se interesa particularmente por una regresión —constató Helbrich, afable, ligeramente ofendido—. No cree en lo que hago.

La sonrisa de Stephanie se ensanchó.

—Creer no es una condición, ¿verdad?

Helbrich negó con la cabeza.

—En absoluto. Pero venga conmigo, seguiremos hablando en mi consulta. —Con un grácil gesto la invitó a seguirlo.

Stephanie volvió a pasar por el vestíbulo, donde la asistente estaba sentada ante un ordenador. La muchacha sonrió animosa a la nueva cliente. Recorrieron a continuación un pequeño pasillo hasta la sala de tratamientos. También aquí, unos colores claros y unos bonitos muebles contribuían a hacer más agradable la estancia del paciente. El ambiente general era el de una sala de estar más que el de una consulta. Terapeuta y paciente se sentaban uno frente al otro en unas butacas, aunque el sofá de piel que había al lado era muy tentador.

—Tome asiento —la invitó—. ¿Le apetece un café o un té mientras hablamos?

Stephanie rehusó el ofrecimiento con amabilidad. Si por ella hubiese sido, habría ido directa al grano, pero, al parecer, para Helbrich era importante establecer un breve contacto con la persona antes de iniciar la regresión. Esto causaba cierto escepticismo en Stephanie. Gracias a lo que Lisa le había contado sobre adivinos y comunicadores de animales, sabía que tales conversaciones servían para sonsacar información a los clientes. Basándose en ellas, los terapeutas conseguían hacer afirmaciones o previsiones certeras. Pero Helbrich no parecía un manipulador. No interrogó a Stephanie, sino que la informó, con su voz amable y grave, acerca de su trabajo, sobre la naturaleza de la hipnosis y la teoría de la reencarnación. Básicamente repitió lo que ella ya sabía a través de Lisa y lo que había leído en internet. La periodista lo escuchó en silencio.

Fue al final cuando Helbrich le planteó una pregunta.

—¿Hay algo que deba saber sobre usted antes de que iniciemos juntos el viaje a su pasado? Suelo preguntar a mis clientas lo que les ha traído hasta mí, y sus respuestas me dan algunas claves de sus expectativas y esperanzas. Naturalmente, esto, en su caso, sobra. Pero si hay algo que quiera advertirme...

Su primer impulso fue responder con un tajante no. Pero se acordó de que Lisa le había aconsejado que con Helbrich jugara con las cartas encima de la mesa. Además, de momento el hombre no parecía alguien que solo estuviera esperando el momento de timar a sus clientes. Respiró hondo y le habló de su infancia en Nueva Zelanda y de que carecía de recuerdos acerca de ese período.

Helbrich la escuchó con atención y tomó notas.

—Es bueno que me lo haya contado —dijo—. Así podemos reflexionar previamente sobre cómo eludir este asunto.

—¿Eludirlo? —preguntó Stephanie, inquieta—. Qué...

—Bueno, como usted misma acaba de indicar —sonrió—, su pérdida de memoria no tiene nada que ver con nuestro propósito de lograr una regresión a una vida anterior. Puedo excluir esos años durante la hipermnesia. Aunque a lo mejor le gustaría recordarlos, claro. Pero entonces tal vez fuera tan grande la evocación que no conseguiríamos llegar a una existencia anterior. Su jefe seguramente no estaría muy contento, pero en lo que a usted respecta... eso podría cambiar su vida. Depende de usted, señora Martens: ¿desea recordar?

—No sé... —Stephanie se frotó las sienes. Helbrich parecía saber de qué estaba hablando. Tal vez esa fuera la gran oportunidad de descubrir el misterio acerca del accidente de su padre. Sin embargo, estaba ahí para llegar al fondo de una dudosa teoría y para desenmascarar a un probable estafador. Si en lugar de eso permitía que él se adentrara en las profundidades de su vida interior o en la historia de su familia, no sería nada profesional. Incluso cabía que más adelante intentara chantajearla.

Helbrich negó con la cabeza. Parecía estar leyendo sus pensamientos.

—Decida lo que decida, no tiene que preocuparse —la tranquilizó—. Tal como he dicho antes, el trance hipnótico al que espero poder conducirla no la dejará sin voluntad. Yo no puedo ni convencerla de nada ni forzarla a nada. Todas esas historias sobre crímenes perpetrados bajo los efectos de la hipnosis, de coacciones y cambios de personalidad son patrañas. De hecho, usted no pierde en absoluto el control. Puedo ayudarla a recordar, pero no puedo forzarla a que hable de ello conmigo. Dicho de otro modo, si usted no quiere desvelarme el color de su coche o el nombre de pila de su novio, tampoco lo hará cuando esté en trance. ¿Me cree?

Stephanie tragó saliva, nerviosa.

—Debo hacerlo —dijo—. En cualquier caso... haga... haga conmigo lo que siempre suele hacer. Si aparece alguna peculiaridad, puede... bueno, puede despertarme. Me puede despertar, ¿no?

Helbrich sonrió tranquilizador.

—Claro que puedo. En cualquier momento. Y también puede usted despertarse sola. Es lo que sucede cuando se plantean preguntas que para el paciente son desagradables o incómodas, si bien «despertar» no es el término correcto. Usted no duerme, señora Martens. Hoy en día se define el trance hipnótico como un estado de vigilia profundamente relajado. Es posible que después no se acuerde de la sesión, pero mientras hablamos usted estará totalmente consciente. ¿Quiere que lo intentemos? —Señaló el sofá de diseño—. Le sugeriría que se pusiera cómoda. Si de ese modo no está a gusto, puede permanecer sentada. Lo haremos todo exactamente como usted considere adecuado, señora Martens. ¿Está de acuerdo en que ponga ahora en marcha la grabadora?

Stephanie no tenía nada en contra del sofá, que era, en efecto, tan confortable como parecía. Y, por supuesto, tampoco tenía ninguna objeción contra la grabadora, al contrario. Ella misma estaba registrando la sesión con su *smartphone*, había conectado la *app* en cuanto había entrado en la consulta. Así que asintió y se tendió sobre el sofá con el corazón palpitando levemente. Comprobó satisfecha que con los cómodos pantalones de lino negros y el holgado jersey de cachemira azul marino había elegido la indumentaria correcta. Elegante, pues no quería contrastar desfavorablemente con la clientela de clase alta del terapeuta, pero también quería sentirse a gusto.

Helbrich esperó a que ella se relajase, luego sacó del bolsillo un pequeño y brillante péndulo.

—¿Un cristal? —preguntó divertida Stephanie—. Un poco pequeño para leer en él el futuro, ¿no?

Él sonrió.

—También podemos utilizar un bolígrafo. —Pacientemente, sacó el cristal de la cadenilla y en su lugar puso una pluma dorada Montblanc que había sobre su escritorio—. Bien, y ahora concéntrese en el péndulo. Sígalo con la mirada, desconecte de todo lo que ve y oye, excepto de mi voz. Relájese. Concéntrese en su respiración. Respire profundamente cinco veces, todo lo profundamente que pueda. Al soltar el aire intente vaciar del todo los pulmones. Siga mirando el péndulo y ahora se relajará, se relajará cada vez más mientras yo empiezo a contar. Cuando diga uno, cierre los ojos pero siga imaginándose el péndulo. Cuando diga dos, ábralos. Vuelva a mirar el péndulo, concéntrese totalmente en su vaivén. A un lado y otro, a un lado y otro... Nota cómo se relaja cada vez más. Una gran calma se apodera de usted, olvida todos sus miedos, todas las intenciones con que quizás ha llegado aquí. Nota una profunda paz, un poco de cansancio, se despide por un tiempo de todos los pensamientos que la ocupan y preocupan... Se siente bien... ¿Se siente usted bien, Stephanie? —Ella intentó asentir—. Estupendo. Cuando cuente hasta tres, cierre otra vez los ojos, pero siga viendo mentalmente el péndulo, concéntrese en el movimiento. Y mientras lo hace, el péndulo se convertirá para usted en un símbolo del sueño. Su movimiento significa sueño... el péndulo significa sueño... sueño profundo... queremos seguir y seguir relajándonos. Tanto si realmente ve el péndulo como si se imagina su vaivén, se siente cansada. Le pesan los brazos y las piernas, apenas puede levantar los párpados. Está deseando caer en un sueño profundo y reparador. Imagínese una escala de relajación y de calma. Está ahora en el punto tres, pero todavía quiere sumergirse más en este ambiente de serenidad, en esta calma, en esta total relajación en la que nada penetra salvo mi voz. Llegamos ahora al punto cuatro de la escala... Está satisfecha, muy tranquila... feliz... y tiene ganas de dormir. El péndulo significa sueño... Cierre los ojos cuando cuente hasta cinco... Intente sumergirse más profundamente en su trance. Duerma, Stephanie, duerma...

Stephanie siguió de buen grado la indicación de cerrar los ojos. El brillante objeto oscilante la molestaba cada vez más, perturbaba su paz interior, su absoluta libertad... Su último pensamiento consciente fue que nunca antes había experimentado una sensación de tanta tranquilidad y libertad... Así, pensó en dormir...

Cuando abrió los ojos estaba totalmente despierta y seguía mirando, o miraba de nuevo, el rostro sonriente de Helbrich. El hipnotizador desprendió la pluma de la cadena para volver a colgarle el cristal.

—No ha pasado nada —dijo decepcionada—. Lo siento, debo de haberme quedado dormida.

Helbrich movió la cabeza negativamente.

—Al contrario. La sesión ha sido todo un éxito. Pero antes que nada: ¿cómo se encuentra? ¿Contenta? ¿Relajada?

Stephanie asintió. De hecho, pocas veces se había sentido tan bien y tan descansada. Debía de haber dormido estupendamente.

Helbrich hizo un gesto de aprobación.

—Muy bien. Entonces le diría que se levantara, si lo desea puede refrescarse un poco allí... —Señaló una puerta que conducía a un baño—. Luego oiremos juntos lo que ha contado. Ha sido usted una médium estupenda, señora Martens... Marian...

Stephanie se lo quedó mirando perpleja.

—¿Marian? Significa... ¿significa eso que he recordado algo?

La cinta empezó con la sugestión, de la que Stephanie todavía se acordaba vagamente. Helbrich la conducía hacia un trance cada vez más profundo; a continuación oyó por primera vez su voz respondiendo con un «ocho» a la pregunta de a qué grado de relajación había llegado. El hipnotizador volvía a cerciorarse de que ella estaba tranquila, satisfecha y libre de preocupaciones. Respondía con voz calma, aunque algo monótona, a preguntas sencillas como su nombre y su profesión.

«¿Cuántos años tiene ahora, Stephanie?»

«Treinta y uno», contestó ella, relajada.

Se preguntó qué habría respondido Irene Söder a esa cuestión. O Jill Irving, actriz conocida por ocultar su auténtica edad. ¿Sería eso posible estando en trance? Antes de que pudiera mencionarlo, volvió a oír la voz de Helbrich.

«¿Y cuál es el nombre de pila de su novio?»

Stephanie se oyó respirando más aceleradamente y responder en tono malhumorado:

«Esto... esto no quiero decirlo.»

Perpleja, vio que Helbrich hacía sonriente el signo de la victoria.

La grabadora siguió funcionando. El hipnotizador no insistía en sus respuestas, sino que le hacía otras preguntas. Lentamente, la conducía por la historia de su vida. Stephanie retrocedía dos años y contaba con una voz dulce y dichosa que acababa de enamorarse. Cuando Helbrich le pidió que recordara una escena de su vida cuatro años atrás, le contó lo emocionada que estaba por la entrevista de trabajo que había realizado con Söder y la alegría que le había causado el reencuentro con Lisa en *Die Lupe*. Helbrich pareció satisfecho y retrocedió más en el tiempo.

«Aparecen ahora en su mente imágenes de cuando tenía veinte años. ¿Desea contarme alguna experiencia?»

Ella reflexionó antes de describir un viaje en velero que había emprendido en el segundo curso. Recordaba todos los detalles, lo que ahora, al escuchar la descripción, la dejó atónita. En los últimos años, ni una sola vez había pensado en esa experiencia agradable e intrascendente.

A continuación habló de la escuela; sorprendentemente, también se acordaba con todo detalle de los cursos que había hecho en la Escuela Internacional y de qué compañeras estaban sentadas a su lado en todas las asignaturas. Cuanto más la llevaba Helbrich hacia su pasado, más infantil era su forma de expresarse. Se rio al oírse contar cómo había dejado que Lisa le copiara la tarea de Inglés porque ella le había hecho los deberes de Matemáticas. Casi le parecía irreal oírse a sí misma, pero reconoció su voz y creyó sentir de nuevo la pena por la muerte de su hámster cuando ella tenía ocho años, y su alegría incontenible cuando su madre le compró un gatito para consolarla...

«Y ahora vayamos un poco más lejos, Stephanie —resonó a continuación la voz tranquila de Helbrich—. Tienes ahora seis años. Por favor, recuerda una escena de cuando tenías esa edad.»

Stephanie contuvo el aliento.

«Estoy en el avión... —respondió su voz de niña—. He construido una cosa... un avión...»

«¿Has construido un avión? —preguntó Helbrich—. ¿O estás volando en uno?»

—Las dos cosas —respondió la Stephanie adulta mientras la niña callaba desconcertada en la grabadora—. Fue en el avión de Nueva Zelanda a Alemania. La azafata me dio un recortable. El modelo del avión en el que viajábamos.

«También escucho casetes... —reanudó la niña la conversación—. Ben... Benjamin Blümchen... Mi... mi mamá lo ha traído de Alemania. Está todo en alemán...»

«¿Estás en el avión y escuchas casetes?», preguntó Helbrich.

«Humm... es aburrido...» Stephanie arrastró las palabras como hacen los niños.

«Bien. Entonces no nos quedaremos allí demasiado tiempo. ¿Quieres retroceder un poco más, Stephanie? Mírate en un par de escenas de cuando tenías cinco años y medio. Pero solo obsérvate. No es necesario que lo revivas todo si no lo deseas. Estás tranquila, relajada, feliz y contenta. Da igual lo que veas.»

La periodista, que entretanto ya estaba sentada en un sillón, clavó las uñas en el tapizado. Ahora pasaría algo... pero no ocurrió nada. La grabadora callaba.

«¿No quieres contarme lo que ves?», preguntó al fin Helbrich.

«Nada —respondió con la voz tranquila de adulta—. No veo nada.»

Helbrich pulsó el botón de la pausa.

—Llegados a este punto he tenido que tomar una decisión, señora Martens —explicó—. Si fuera usted una paciente normal que hubiese acudido a mi consulta para llenar los espacios vacíos de su biografía, habría insistido. La habría llevado poco a poco desde la escena del avión hacia atrás hasta encontrar el momento exacto en que se inició la pérdida de memoria, es decir, probablemente el día del accidente en que falleció su padre. Tal vez se habría desbloqueado algo y hubiéramos podido seguir trabajando con prudencia en sus recuerdos. Pero en su caso no se trata de una terapia, sino de un reportaje. —Sonrió—. Así que he decidido pasar por alto el asunto de sus años de infancia perdidos. Si bien le aconsejaría que no deje correr este asunto, sino que siga investigando. Estoy a su disposición para ayudarla o puede usted dirigirse a otro terapeuta. Pero no debería obviarlo. No cabe duda de que reprime usted un profundo trauma que ensombrece toda su vida, incluso si tal vez no quiere darse cuenta.

Stephanie jugueteaba con el cierre de su monedero.

—Entonces... ¿seguimos? —preguntó con una evasiva.

Helbrich asintió y encendió de nuevo la grabadora. Se oyó otra vez su grave voz.

«Bien, Stephanie. Olvidémonos entonces de esos años que usted no quiere recordar. No obstante, sigamos retrocediendo. Imagínese el tiempo como una escalera por la que está descendiendo. Hasta ahora ha podido detenerse en algunos escalones y observar lo que en ese o aquel año le sucedió, pero no logra hacerlo en los seis siguientes, todo es oscuridad. Pero no pasa nada, eso no la asusta, sigue usted tranquila, relajada y contenta. Y sigue descendiendo escalón tras escalón. Hasta que vuelve a haber luz. Hasta que vuelve a ver una imagen. Tómese su tiempo, Stephanie... vaya bajando tranquilamente. No tema si de repente se encuentra en un lugar totalmente distinto, si la gente va vestida de otro modo o habla de otra manera... Levante la mano, Stephanie, o como quiera que se llame ahora, cuando vea algo.»

Stephanie esperaba conteniendo la respiración. Después de unos jadeos, audibles, pues era evidente que el esfuerzo de recordar cansaba a la hipnotizada, oyó de nuevo la voz de Helbrich.

«¿Quiere contar lo que está haciendo y dónde está en estos momentos?»

«¡Puedo... peinarme!» La voz triunfal de una niña.

«¡Vaya, qué bien! —Helbrich intervino con el mismo acento afable y paternal que había utilizado en la fase de la niña Stephanie—. ¿Acabas de aprender? ¿Te ha enseñado tu madre? ¿Cuántos años tienes?»

Pareció como si la niña reflexionase.

«No mayor», respondió.

«Ya entiendo. Todavía eres pequeña. Pero ya sabes peinarte. Entonces sabrás decir cómo te llamas.»

«Hummm... —La niña reflexionó de nuevo. Luego respondió vacilante—: Ma... Ma... Marama... —Un par de jadeos más y siguió con la voz de una niña algo mayor—: Marian...»

Stephanie miraba atónita la grabadora.

—¿Qué... qué es esto? Yo... —titubeó.

La niña de la cinta siguió hablando. En esta ocasión con la voz más clara.

«Soy hija de un jefe tribal.»

4

—Stephanie, ¡no me lo creo!

Florian Söder se mesaba los cabellos después de que Stephanie le hubiese puesto la sesión grabada con Helbrich hasta que se había presentado como Marama o, mejor dicho, Marian. Además de ella y el jefe estaban presentes Lisa y Rick, esta como entendida en la materia y este por pura curiosidad.

—Te envío para que desenmascares a un timador, ¿y qué me traes? ¡Una historia demencial sobre hijas de jefes tribales! ¿Se puede saber dónde has pasado tu vida anterior? ¿También con los zulúes? Deja que adivine: ¡eras la hermana pequeña de Jill Irving!

—En tal caso sería la hermana mayor —bromeó Lisa—. Jill Irving nunca se repondría si alguien se hiciera pasar por más joven que ella...

—A ver, escuchemos hasta el final —interrumpió Rick las bromas—. Enfadarse o burlarse de esto no nos aporta nada.

—Tampoco transcurre en África —dijo Stephanie,

al tiempo que con el ratón pulsaba el *play*. Helbrich le había pasado la grabación de la sesión a su USB y ahora se reproducía en el ordenador de Söder—. Se desarrolla en Nueva Zelanda. Marama era una niña maorí.

«Aotearoa —dijo la niña en la cinta. Helbrich acababa de preguntarle si sabía dónde vivía—. En el *pa*... Ya llevamos mucho tiempo en el *pa*... —Marama soltó una risita—. Escondidos. Nos escondemos y no nos encuentran... Es un juego. Moana dice que es un juego.»

—Aotearoa —explicó Stephanie— es el nombre maorí de Nueva Zelanda. Y un *pa*, tuve que buscarlo, es algo así como una fortaleza. O un pueblo amurallado.

«¿Quién... quién os está buscando?», preguntó Helbrich en la cinta. Era evidente que no entendía las palabras extranjeras.

«¡Los rojos! —respondió la voz infantil—. Y... y los de... los de... no sé...» La respiración de la niña se aceleró.

«Pero no os encuentran —la tranquilizó Helbrich—. No pasa nada, Marama, no pasa nada. Puedes tranquilizarte, relájate. Concéntrate en respirar con calma, no has de asustarte, estás en lugar seguro... Y ahora intenta recordar otras escenas. De acontecimientos que tal vez ocurrieron cuando eras un poco mayor.»

«¡Es de noche! Está oscuro y... —Marama no parecía hacer caso de Helbrich. Hablaba más alto, atemorizada, como si estuviera a punto de ponerse a gritar—. Disparan... disparan. Todos gritan... Sangre... Nosotros... nosotros corremos. Moana me coge de la mano... me toca...

tira de mí... Corremos... corremos... Lanzas y... y hachas, yo... yo tengo miedo...» Stephanie jadeaba.

Entonces se oyó de nuevo la voz de Helbrich.

«No tengas miedo, Marama, no estás en peligro. Da igual lo que veas, no pasa ahora, ocurrió hace mucho tiempo. Intenta verlo como si fueras una espectadora, con distancia... Tranquila...

«Golpean... golpean... sangre... golpean... muerta... Moana está muerta... y Tuma... y me cogen... me tocan...» La voz de la niña se convirtió en un gemido amedrentado.

«Tranquila, Marama, no te excites, ya ha pasado todo.» Helbrich la tranquilizaba de nuevo, pero Marama no parecía escucharlo.

«¡Es la hija de un jefe! ¡Es la hija de un jefe!», gritó Stephanie con la voz de adulta y enmudeció de nuevo.

«¿Marama? —preguntó Helbrich a media voz—. ¿Todavía estás ahí?»

«Todo está lleno de sangre... —De nuevo la niña. La voz de Marama era ahora tenue y se diría que desconcertada—. Todos muertos...»

«¿Y tú? ¿Tú también estás muerta?» El terapeuta preguntaba con voz suave y comprensiva.

Söder puso los ojos en blanco.

«No... yo... me voy con ellos... tengo que andar mucho... tengo... tengo hambre.»

—Al parecer era una niña con mucho aguante —observó Söder, sarcástico. Stephanie pulsó el *stop*—. Han matado a toda su familia, si he entendido bien, ¿no? ¿Y ya está pensando en comer?

—A lo mejor ya habían pasado unos días —opinó Rick—. No lo puedo remediar, me parece muy auténtico... —Se le veía sumamente impresionado.

—Sucede con frecuencia —explicó Lisa, menos conmovida—. Ya te lo dije en una ocasión, Steph, las grabaciones son muy convincentes. Y seguro que no están trucadas. Los pacientes reviven las situaciones que describen, lo cual no significa que realmente sucediera así...

—Seguid escuchando —dijo Stephanie, activando de nuevo la grabadora.

«¿Adónde te llevan los hombres, Marama? —quería saber en ese momento Helbrich—. Porque... ¿son hombres los que te llevan?»

«Casas... —susurraba Marama—. Casas raras... *pa*... casas *pake*. Pueblo... comida... aquí hay comida...»

«¿Te dan algo de comer esos hombres, Marama? ¿Qué es, Marama? ¿Qué hay para comer?»

«Nada. No me dan nada. Solo ellos comen... com... compran comida.» Sonaba como si la acción de comprar y vender fuera algo nuevo para la niña.

«¿Dónde compran la comida? —siguió inquiriendo Helbrich, esforzándose por encontrar un punto de referencia para situar espacial y temporalmente la historia de Marama—. ¿En una tienda? ¿O en un puestecillo? ¿En un mercado tal vez? ¿Hay mucha gente en el pueblo, Marama?»

«Sí. Muchos. Guerreros rojos, y una... mujer... una mujer *pake*...»

«¿Una mujer *pake*?»

«No... no sabía que había. Pensaba... pensaba que

todos eran guerreros. Y... y niños. ¡Hay niños *pake*!» El tono era de sorpresa.

«¿Y qué hace la mujer? —preguntó Helbrich—. ¿Te da de comer?»

Marama no respondió al principio, pero uno casi creía ver cómo la pequeña negaba con la cabeza.

«Da algo a los guerreros —respondió—. Di... dinero... y luego... luego me lleva. Me toca... me toca...» La niña parecía otra vez sorprenderse.

—Lo subraya continuamente —observó Rick—. Como si fuera una especie de intocable.

«¿La mujer da dinero a los guerreros para poder llevarte con ella? ¿Los hombres te han... vendido?» Helbrich parecía preocupado.

«No sé...» Era una respuesta intimidada e inquieta.

Helbrich repitió la sugestión para tranquilizarla y relajarla. De nuevo indicó a Stephanie que contemplase con distanciamiento las escenas de su vida anterior.

«Y ahora deja pasar un poco de tiempo, Marama. Deja que pase el tiempo, mírate... un año después. Un año después de que la mujer te llevara con ella.»

«Missie Hill», dijo Marama.

«¿Missie Hill? ¿Es su nombre? ¿El nombre de la mujer? ¿O es a ti a quien llaman así?» Helbrich parecía más optimista, veía la oportunidad de obtener más datos.

«Marian —dijo la niña—. Soy Marian...»

«¿Y vives en la casa de missie Hill?

«Ma... mayor —respondió Marama-Marian—. Un... un rojo...»

—¿Ha aterrizado con unos comunistas? —bromeó Söder, aunque se le notaba algo afectado. El tan escéptico redactor jefe no permanecía indiferente al destino de Marama.

Stephanie aprovechó la oportunidad de hacer una aclaración.

—Creo que habla de los Casacas Rojas. Así llamaban en el siglo diecinueve a los soldados ingleses. Al parecer forma parte del servicio doméstico de un oficial.

Entretanto, Helbrich intentaba averiguar más datos de Marama-Marian, preguntándole quién más vivía en la casa de los Hill.

«Sassi... Leo... Leonard... oh, Leonard...» La voz de la niña se suavizó y se hizo más adulta al mencionar el nombre de varón.

«¿Y eran...?»

«Los niños... los otros niños.»

«¿Y son amables contigo esos niños? —quiso averiguar Helbrich—. ¿Y missie Hill? ¿Y el mayor Hill?»

«Sí. Amables. Siempre... siempre hay algo que comer. Sassi... Sassi siempre me toca... y las niñas... pero no Ruth... a Ruth no le gusta... tocarme...»

«¿Y missie Hill? —preguntó Helbrich—. ¿Te toca? ¿Te abraza? Como... ¿como una madre? ¿Es como una madre para ti, Marian?»

«Sí... no... —Marian parecía volver a estar confundida—. Se pelean por... por la madre... el mayor y missie Hill se pelean... Pero... pero Leonard me abraza... Leonard me besa...» La voz se hizo más madura y volvió a sonar dulce, dichosa.

«¿Cuántos años tienes cuando... cuando Leonard te abraza?»

«No sé exactamente... ¿Quince? ¿Dieciséis?»

«¿Y te gusta? —preguntó el hipnotizador con cautela—. ¿Te gusta que te abrace y te bese? ¿Estás enamorada de Leonard?»

«¡Oh sí! —La voz de Stephanie era la auténtica expresión de la felicidad—. Sí, ¡mucho... muy enamorada! Queremos... queremos casarnos...» De repente se le quebró la voz.

«¿Pero?» Helbrich insistió con delicadeza.

«Problemas... —La voz de la grabadora tenía un deje torturado—. Muchos problemas. Con el mayor. Y missie Hill... des... desagradecida... Yo soy... una desagradecida. Y Leonard... El mayor se enfada con él, se pelean... todos se pelean...»

«A los Hill no les gusta que Leonard se case contigo», resumió Helbrich.

—¡Conmovedor! —intervino Söder, mordaz.

—¡Cállate! —Lisa estaba fascinada.

«¿Quieren... quieren que te vayas de la casa?», preguntó Helbrich.

«¡Nos... nos vamos los dos! —La voz de la niña volvió a adquirir firmeza—. Leonard dice que... que él nunca me abandonará. Nos... nos amamos... mucho... mucho...»

«¿Y adónde iréis?»

—¡Es la hora de la verdad! —dijo Söder—. Dentro de nada, Romeo y Julieta...

—¡Calla! —sisearon Lisa y Rick al unísono, mientras Marian proseguía.

«Vamos... vamos a... Es también un *pa*... un *pa*... y la montaña... es tan... tan tranquila... Y es tan bonito... Todos... todos se aman... Todos... Yo soy tan feliz... Nosotros... construimos casas...»

«Bien. —Se percibía alivio en la voz de Helbrich. Por lo visto era el momento ideal para interrumpir—. Entonces conserva esta sensación de felicidad mientras ahora avanzas despacio, despacio a otro tiempo, hasta que vuelvas a encontrarte en otra vida, en otro tiempo. Ahora. Ahora ves una escena de otra vida. ¿Cómo te llamas?»

«Stephanie —respondió otra vez la niña—. Stephanie Cook, no... Martens, Stephanie Martens...» Estaba presenciando otra escena poco después de su regreso a Alemania. Todavía no se había acostumbrado al nuevo apellido, su madre había vuelto a adoptar el apellido de soltera en su país y también había hecho cambiar el de su hija.

Helbrich la condujo de vuelta a la actualidad para luego sacarla delicadamente del trance. Al hacerlo, le iba repitiendo que estaba bien y relajada. Y al final se oyó la voz habitual y despierta de la periodista: «No ha pasado nada...» Stephanie detuvo la grabación y soltó una risita forzada.

—Está claro que sí pasó algo. En fin, ¿qué pensáis de todo esto? —preguntó en medio del silencio atónito.

—Yo empezaría por investigar —empezó Rick. Los otros, incluso Söder, parecían haberse quedado sin habla—. Esas palabras... *pa*... *pake*..., son maoríes, ¿no? ¿Dices que las has buscado?

Stephanie asintió.

—Ha sido fácil. Naturalmente, después de la sesión

estaba bastante confusa, ya os lo imagináis, pero llena de energía. Hay algo en esas sugestiones posthipnóticas. Raras veces me he sentido tan bien. En cualquier caso, primero me fui a casa y navegué un poco por internet. Un *pa* es, como ya he dicho, una fortaleza. Pero ignoro por qué Marama vuelve a aplicar esta palabra a su pacífico refugio lleno de amor. Es una incoherencia. *Pake* debe de venir de *pakeha*, la palabra maorí para los inmigrantes blancos. Los rojos son los Casacas Rojas, el ejército inglés. Es comprensible que Marama se sorprenda de que en el asentamiento de los blancos adonde la han llevado haya mujeres y niños. Hasta el momento solo ha visto a varones ingleses.

—¿Y esos soldados ingleses mataron cruelmente a la familia de la pequeña y luego la vendieron en un mercado? —se sorprendió Lisa—. Bueno, no es que no crea capaces de hacer algo así a las tropas de la metrópoli. Pero suena un poco raro, ¿no?

—Se explica por el estatus de la niña —respondió Stephanie—. He estado investigando sobre el papel de la hija del jefe tribal. Es raro que lo anuncie de este modo, justo en esa situación límite, cuando a su alrededor están aniquilando brutalmente a todo el mundo. Por aquel entonces, los jefes tribales y sus familiares estaban sometidos a grandes tabúes. Vivían, en efecto, casi como intocables. Tienes razón, Rick. No se podía tocar a los hijos de los jefes tribales y, por supuesto, tampoco se los podía matar.

—Los soldados ingleses seguro que no se detendrían ante eso —se burló Söder, y se llevó la mano a la frente—. Santo cielo, estoy hablando como si estuviéramos ante una investigación real.

—Es probable que no fueran directamente los ingleses quienes realizaran esta masacre, sino ejércitos de apoyo maoríes —siguió Stephanie—. También esto ha sido fácil de averiguar. La crueldad de esos guerreros maoríes frente a sus enemigos era legendaria. Muchos comandantes ingleses tenían escrúpulos a la hora de enviar a sus *kupapa* maoríes a la batalla y, sobre todo, de lanzarlos sobre la población civil. Por lo general se les utilizaba solo como espías y rastreadores.

—Pero dejaban en paz a la hija de un jefe tribal —concluyó Lisa—. Porque temían la cólera de sus dioses.

—Sí, debemos partir de esta hipótesis —asintió Stephanie—. Y en ella encaja también que se la llevaran, pero que no la tocaran ni alimentaran, y que dieran gracias al cielo cuando apareció esa señora Hill que encontró que la niña era mona y la compró sin más.

—Una historia estupenda —refunfuñó Söder—. ¡Y oyéndoos hablar tengo la impresión de que creéis que es auténtica! Pero... ¡por Dios, Stephanie, no te he enviado allí para confirmar las teorías de ese tipo! Tenías que destapar que lo suyo son paparruchadas. ¿Y ahora nos cuentas una historia delirante sobre los maoríes y encima es verificable?

—No sé a qué se debe que yo conozca a Marama —se defendió Stephanie—. Pero, como ya he dicho, algo he podido comprobar. Aunque por supuesto no puedo asegurar que existiera realmente Marama o Marian, y menos aún que fuera mi encarnación. Puede tratarse simplemente de una historia que escuché de niña o de una asociación libre. Tal vez sea este el truco que utiliza Helbrich. Se apodera de alguna palabra clave de lo que le cuentan sus pacientes y a partir de ella les invita a fantasear. En mi caso fue Nueva Zelanda, lo que sugiere el recuerdo de una vida como maorí. Aun así, la tesis no puede probarse. La grabación de la sesión está completa, no se interrumpió para manipularme de algún modo...

—¿Cómo lo sabes? —espetó Söder.

Stephanie sonrió.

—Porque puse en marcha mi propia grabadora sin que Helbrich lo supiese. Desde el principio hasta el fin, incluidos la charla previa y el resumen. Y todo coincide. Helbrich no me hizo creer nada...

—Por lo que he escuchado, su comportamiento hasta fue modélico —intervino Lisa—. Se trata de una hipermnesia llevada a cabo de forma impecable. Aunque faltan... faltan los seis primeros años de tu vida, Stephanie. —Lanzó a su amiga una mirada significativa. Söder no tenía por qué enterarse de la laguna que había en su memoria. Por suerte, no se había dado cuenta del vacío que había en la regresión.

—¡Todo esto es absurdo! —insistió—. ¡No hay un renacer! Pero está bien, si no hay una forma directa de demostrar que ese hombre es un charlatán, habrá una manera indirecta. Vamos a probar que esa... Marama, Marian o como se llame ¡nunca existió! O, como opción, que sí existió, pero... Qué sé yo, que era una celebridad a la que todo el mundo conoce en Nueva Zelanda y de la que tú, Stephanie, oíste hablar en tus primeros años de vida. A lo mejor hasta os enseñaron en la escuela algo sobre ella... —Stephanie se encogió de hombros—. ¡En cualquier caso, esta es tu misión! —declaró categórico Söder—. Es prioritaria. Me documentas la vida de esa Marama o Marian y averiguas si vivió realmente y dónde se produjo esa masacre...

—Florian, era la Guerra de las Tierras... —lo interrumpió Stephanie—. También llamadas Guerras Maoríes. Docenas de tribus maoríes, instigadas por un autoungido profeta, lucharon contra el ejército inglés. Otras tribus apoyaron a los ingleses porque vieron la oportunidad de concluir de una vez por todas con querellas seculares contra tribus vecinas. ¡Se producían masacres cada dos por tres! Y Marama es uno de los nombres más habituales entre las niñas maoríes, tan frecuente como Marian entre las inglesas. ¿Cómo voy a dar con esa niña? En cualquier caso, Google no sabe quién es. Ya he estado investigando.

Söder hizo una mueca. No tenía gran opinión de esas meras búsquedas por internet.

—¡Entonces explora el terreno! —decidió al final—. Vuela a Nueva Zelanda, descubre quién era esa niña. O su modelo literario. Encuentra una explicación lógica para que aparezca en tu memoria... ¡Tiene que haberla! ¡Es imposible que realmente recuerdes una vida anterior!

—¿Tengo... tengo que ir a Nueva Zelanda? —Stephanie frunció el ceño. Nunca había vuelto a su país natal y de repente experimentó una mezcla de emoción y rechazo—. ¿Solo a causa de una sesión de hipnosis?

Söder negó con la cabeza.

—No, no solo por la hipnosis; saldría un poco caro. Pero ¿no pasaba algo en Nueva Zelanda? ¿No hubo ahí uno de esos asesinatos insondables?

Stephanie asintió.

—Varios —precisó—. A finales de los ochenta un hombre aniquiló a toda su familia y luego murió en extrañas circunstancias... Solo he echado un vistazo a las notas de Ben. Ha desenterrado docenas de historias de todo el mundo. Me pareció un poco complicado investigar precisamente el caso de Nueva Zelanda.

—¡Bah! —exclamó Söder—. ¡Abre esa mente, Steph! Nueva Zelanda, la tierra soñada de los alemanes, unos paisajes espléndidos, un ambiente singular y muy pacífico, lo que no me extraña ya que está poblada en su mayor parte por ovejas. En cualquier caso, todos quieren ir allí... Irene lleva años pidiéndomelo. Y ahora aparecemos nosotros con una matanza en el paraíso, con unas muertes misteriosas, tal vez con un asesinato ritual... Ya veo los titulares: «¿Es Nueva Zelanda un lugar realmente seguro?» —Resplandecía.

—Creo que se trató de una tragedia familiar —lo interrumpió Stephanie.

Söder hizo un gesto de rechazo.

—Da igual. Ve allí y acláralo todo. Lo de Marian y la historia del asesinato en torno a ese neozelandés... ¿Cómo se llamaba?

—Matthews —recordó Stephanie.

—Exacto. —Söder asintió, como si no fuese la primera vez que oía ese nombre—. Merece la pena por dos grandes reportajes. ¿Cuándo puedes partir?

5

«¿Acaso no lo entiende, Stephanie? Experimentó violencia y muerte, sangre, miedo... todo eso debió de resurgir en su interior a causa del accidente en que murió su padre. No es extraño que se haya cerrado usted en sí misma. Los recuerdos de su vida anterior como Marama no debían despertar y por eso borró sus primeros años como Stephanie.»

Rick Winter había insistido en volver a escuchar la grabación de la sesión de hipnosis, la versión completa en el móvil de su compañera, con introducción y resumen. La había acompañado a casa y escuchaba ahora con interés las conclusiones que Rubert Helbrich había extraído de la biografía de Marama tras la sesión.

—No parece tan absurdo —murmuró Stephanie—. Por otra parte... la historia de Marama o Marian tiene un final feliz. ¿Por qué iba a reprimirla?

—¿Final feliz? Bueno, yo entiendo que la historia sigue —objetó Rick—. Helbrich lo único que hace es detener la sesión, lo que es comprensible. Tiene otros clientes y se le suele pagar por hora. No es nada seguro que Marama o Marian haya vivido feliz con Leonard hasta el final de sus días en ese lugar paradisíaco.

—¿Lo crees así? ¿Crees en Marian... en una vida mía anterior?

Rick se encogió de hombros.

—Ya no sé qué he de creerme. Me cuesta aceptar que una reencarnación explique estos recuerdos. Y, además, hay demasiadas coincidencias: naciste en Nueva Zelanda y te acuerdas de tu vida anterior también en Nueva Zelanda. Tu madre ha estudiado la cultura de los maoríes y tú hablas de una existencia como niña maorí... No creo que la clave esté en una vida anterior, Stephanie, sino en tu primera infancia. Dicho más exactamente, en tu sexto año de vida. Durante ese accidente...

—¿Estamos buscando una clave? —replicó Stephanie.

Se había puesto cómoda en el sofá, con una copa de vino, y dejaba que Rick le masajeara suavemente los pies mientras escuchaban la grabación. Era un masajista fabuloso, sabía cómo relajarla, al menos a ella, tan bien como Helbrich con su hipnosis. Pero mientras le hacía preguntas incómodas...

Él asintió.

—Söder busca una explicación, pero habría sido más fácil de encontrar si otro redactor sin vacíos en sus recuerdos se hubiese sometido a la prueba... ¡Vale, vale, no te enfades! —Rick la sujetó por los pies cuando ella fue a levantarse—. No tengo intención de criticarte. Querías hacerlo y lo has hecho, y de ahí ha resultado un caso increíblemente emocionante. ¡Estoy deseando aclararlo!

—¿Tú? ¿Qué tienes tú que ver con esto? —Se sentó decidida.

—Me gustaría ir contigo a Nueva Zelanda. Quiero acompañarte y ayudarte en las investigaciones.

Ella arrugó la frente.

—¿Lo ha aprobado Söder?

Rick negó con la cabeza.

—No. Me tomaré unas vacaciones y me pagaré yo mismo el viaje. Quiero estar a tu lado cuando... cuando...

Stephanie libró los pies de sus manos, los bajó del sofá y se irguió.

—Gracias, Rick —dijo con firmeza—, pero es inútil. Söder me envía para una estancia de cuatro semanas. A ti no te quedan tantas vacaciones, ya pasamos dos semanas en Francia... ¿O estás pensando en vacaciones sin sueldo? ¿Cuatro semanas? ¡Qué locura! Sin contar con los gastos del viaje...

—Para mí no es problema —objetó Rick tranquilamente—. Es algo que hago gustosamente por ti. Sencillamente, no tienes que enfrentarte sola a ello.

Stephanie se levantó y empezó a dar vueltas por la habitación.

—¿Enfrentarme? —preguntó molesta—. ¿A qué? ¿Me equivoco, o suena esto a psicodrama? Escucha, Rick, no estoy pasando por una crisis existencial. No viajo allí porque quiera reencontrarme en esa Marama y con ello encontrar el sentido de mi vida, sino solo porque Söder me lo ha pedido. Es un viaje de investigación como cualquier otro y puedo hacerlo perfectamente sola.

—¡No es un viaje como cualquier otro! Puedes darle todas las vueltas que quieras, pero es un viaje a tu pasado. Podrías verte enfrentada a recuerdos... no a los de una vida anterior, para mí eso son bobadas, sino a recuerdos concretos sobre tu infancia. ¡Nadie pierde la memoria porque sí, Steph! Al menos no durante tanto tiempo, ni siquiera si se ha dado un golpe en la cabeza, lo que no es el caso. Se supone que en ese accidente fatal no sufriste ninguna herida...

—A lo mejor tuve una conmoción cerebral o algo.

—Incluso así habrías recuperado la memoria. Me he informado, Stephanie, he hablado al respecto con médicos y buscado datos sobre la amnesia en internet. Se puede tener un apagón. Sería normal que no recordaras lo que sucedió en el accidente. Pero olvidarse de seis años es demasiado. No es una amnesia, Steph, es represión. Debió de ocurrir algo entonces, debes de haber sufrido una experiencia traumática...

—Y entonces «me cerré» —se burló la joven—. Gracias por confirmar el diagnóstico de Helbrich. A lo mejor no hubo un accidente, sino una masacre en un *pa* maorí. A lo mejor me secuestraron unos indígenas y mi padre murió al intentar rescatarme. Y ahora vuelvo a acordarme de todo y rompo a llorar cuando me encuentro con un par de puntas de flechas. Ya basta, Rick. ¡Todo esto son tonterías!

—¿Y tu obsesión por el crimen? ¿Tu miedo al compromiso? ¿Toda esa libertad aparente que ondeas como una bandera para no tener que mostrar ningún sentimiento? —Había indignación pero también amargura en sus palabras.

Stephanie inspiró hondo. No quería pelearse. Había esperado que todas las diferencias surgidas últimamente entre ella y él se desvanecieran esa noche. Pero ahora se lanzaban mutuos reproches a la cara. Caviló unos segundos si debía cambiar de actitud y cómo hacerlo, pero luego se lo pensó mejor. Rick tenía que aceptar que ella no necesitaba a una niñera.

—Uno no se convierte en enfermo mental por rechazar una proposición de matrimonio —dijo con frialdad—. Simplemente necesito más tiempo, Rick. Para mí no es el momento. Y mi supuesta obsesión por el crimen... ¿no es un poco melodramático? Soy periodista de tribunales y sucesos, Rick. Es mi trabajo. Podría dedicarme también a escribir sobre moda.

—¿Y por qué no lo haces, pues?

Stephanie lo miró iracunda y no contestó. La verdad tan solo habría confirmado las sospechas de su compañero. La aburría informar sobre moda, política y sociedad. Por el contrario, los crímenes la fascinaban. Si no hubiera tenido talento para escribir, habría podido hacer carrera en la Policía. De hecho, estaba deseando iniciar sus pesquisas en torno a esos insondables asesinatos en Nueva Zelanda y otros sitios. En cambio, Marama o Marian le resultaba bastante indiferente. Por muy interesante y sorprendente que hubiesen sido los resultados de la sesión con Helbrich, Stephanie no creía en la reencarnación. Tanto si Marama había vivido como si no, ella, Stephanie, nunca había presenciado una masacre en un *pa* maorí. Y no sentía en absoluto ganas de aclarar las causas ocultas de esos seudorecuerdos. ¡La psicología y el esoterismo pertenecían a la sección de Lisa!

Stephanie lamentaba a posteriori no haber tomado en serio las advertencias de Rick con respecto a una regresión. Sin duda, su vida sería ahora más sencilla si nunca hubiese ido a la consulta del hipnotizador Rupert Helbrich.

—¿Qué vas a decirle a tu madre? —preguntó Rick tras un largo silencio, todavía hostil—. Sería interesante saber qué opina ella de este viaje.

Stephanie se encogió de hombros.

—No tengo pensado pedirle permiso —respondió con arrogancia—. Tampoco podría. Está de vuelta en la Amazonia, en un viaje de estudio en no sé qué poblados indios. No creo que haya cobertura, ni para teléfono ni para internet.

—Lo que te viene como anillo al dedo, ¿no? —señaló Rick, mordaz—. Hagamos una apuesta: Helma será presa del pánico cuando sepa que vas a volver a Nueva Zelanda, y además sola. Otra misteriosa historia en torno a ese supuesto accidente: tu madre era experta en cultura maorí, se pasó años trabajando en Nueva Zelanda. Sin embargo, lo dejó todo de repente, se marchó contigo a Alemania y ahora investiga en un territorio lo más alejado posible de la Polinesia.

Stephanie se mordió el labio. Rick estaba metiendo el dedo en la llaga. También ella se preguntaba qué había llevado a su madre a cortar de forma tan inesperada y radical con el ámbito principal de sus investigaciones. Sabía que Helma no era realmente feliz en la Amazonia. El clima no le convenía, después de cada viaje pasaba semanas enferma.

—Le enviaré un mensaje —dijo por fin, esforzándose por mantenerse tranquila—. Pero también ella tendrá que comprender que soy una adulta. Que sea lo que sea lo que me espera en Nueva Zelanda, saldré adelante por mí misma.

—De acuerdo, tú a la tuya —se rindió Rick, abatido, al tiempo que se ponía en pie—. Si te empeñas en dejarme de lado, si crees que no necesitas nada, tengo que aceptarlo y sacar conclusiones. No puedo estar contigo si te encierras como una ostra. —Se volvió hacia la puerta.

Stephanie se acercó a él y le echó los brazos al cuello.

—Rick... yo... simplemente no puedo... No es que no te quiera. Seguro que te quiero, yo...

—No quieres atarte y tampoco quieres aceptar mi ayuda —señaló él, desprendiéndose fríamente de su abrazo—. Esto no responde a mi idea de una relación. Pero ahora vuela a Nueva Zelanda. Después ya hablaremos de si seguimos y cómo. Por hoy tengo suficiente. Que descanses, Stephanie. ¡Y no olvides enviar un mensaje a tu madre!

Se quedó sola y compungida cuando Rick hubo cerrado la puerta tras de sí con más fuerza de la necesaria. Otra noche echada a perder, otra pelea más, como era frecuente en esos últimos días. También ella empezaba a pensar en la separación, aunque en realidad no quería perder a Rick. La situación se había complicado. ¡Ojalá nunca hubiera ido a ver a Helbrich!

En los días siguientes, mientras Stephanie planificaba el viaje, Rick se comportó con amabilidad pero distante. Era obvio que había renunciado a la idea de acompañarla, lo que a ella la había tranquilizado. En principio se había temido que él encontrara una buena razón para investigar algún tema en Nueva Zelanda. Söder podría haber estado de acuerdo en enviar a otro redactor para que echara una mano a Stephanie. El caso de Marama le parecía importante al jefe de redacción, también porque su esposa, fascinada por la sesión de hipnosis de Stephanie, se tendía ahora todavía más veces en el diván de Helbrich. Recientemente había recordado su vida como bailarina en un templo del Antiguo Egipto...

Fuera como fuese, Rick parecía asumir que Stephanie había rechazado su proposición y ella se alegró de que se ofreciera a acompañarla al aeropuerto cuando se acercó el día de la partida. Volaría a Auckland haciendo escala en Singapur. Allí alquilaría un coche para viajar a Masterton, la pequeña ciudad de la región de Wellington donde se habían producido los asesinatos de Matthews en 1988. De camino, tendría que cruzar la región de Waikato, escenario de las Guerras Maoríes en el siglo XIX. Si realmente había existido Marama, es probable que hubiese vivido allí. Ignoraba si podría encontrar su pista y de qué modo, pero confiaría en su intuición. Eso fue al menos lo que le aconsejó la fascinada Irene Söder, quien se pasó por la redacción antes de la partida de la periodista para desearle mucha suerte en la búsqueda de su anterior yo.

—¡Deje simplemente que el paisaje obre sobre usted! —le sugirió—. Tal vez reconozca algo. Basta con eso. Déjese llevar... Es lo que también opina el señor Helbrich. Por supuesto, le he contado que usted se va y él lo ha encontrado muy emocionante. Mírelo así: no tiene que encontrar a Marama. ¡El espíritu de Marama la encontrará a usted!

Aburrida, Stephanie asintió amablemente. Söder estaba en lo cierto al dudar de si su esposa estaba en sus cabales. Marama, si había existido, llevaría mucho tiempo muerta. Y, tal como lo veía Stephanie, solo se podía creer en un renacimiento o en espíritus. Si la niña maorí se había reencarnado en ella, no podía vagar como un fantasma por la región de Waikato.

—La saludaré de su parte... —murmuró, y se llevó las manos a la cabeza cuando Irene Söder abandonó resplandeciente el despacho.

6

—Después de un vuelo tan largo, te conviene pernoctar en Auckland antes de reemprender el viaje, ¿de acuerdo? —le aconsejó Rick tras darle un beso de despedida.

Un beso no demasiado efusivo en la mejilla, así que todavía seguía algo enfadado. Sin embargo, habían conseguido no discutir camino del aeropuerto. Eso resultaba esperanzador.

Stephanie rio y lo abrazó, mucho más cariñosa que él al besarla.

—¡Sí, mamá! —respondió burlona, y se mordió la lengua. Esperaba que no se tomara la broma como excusa para volver a abordar el tema «envía un mensaje a tu madre». Ella lo había enviado, por supuesto, pero, tal como esperaba, no había recibido respuesta—. No te preocupes por mí —dijo antes de dirigirse a la puerta de embarque—. ¡Ya soy mayorcita!

Rick le dirigió su antigua sonrisa pícara cuando ella se volvió de nuevo y le envió un beso con la mano. Stephanie suspiró aliviada. Al menos, se separaban sin estar peleados.

Soportó el vuelo con el viejo truco de todos los periodistas cuya redacción se negaba a pagar un billete en *business class* para largos recorridos. En cuanto despegaron, se tomó un somnífero y esperó enterarse lo menos posible del viaje. Funcionó tan bien que, cuando pasadas catorce horas aterrizaron en Singapur, casi se sentía demasiado somnolienta para hacer la conexión. Medio dormida, estuvo dando tumbos por el aeropuerto y se alegró cuando pudo volver a dormirse en el siguiente avión. Pero no consiguió conciliar el sueño todo el trayecto. Cuando despertó todavía le quedaban varias horas por delante.

Intentó no pensar en su dolorida espalda y en lo estrecho que era el avión, mientras releía sus apuntes sobre el caso Matthews. Este seguía interesándole más que la investigación sobre la niña maorí, aunque también había reunido más material de información al respecto. Especialmente interesante le parecían los hallazgos que había obtenido en internet relacionando las palabras «mayor» y «Hill» con «Nueva Zelanda». En la Primera Guerra Mundial había muerto un mayor Percy Hill, y en 1866, un mayor S. Hill durante las Guerras Maoríes. Este encajaba en la historia de Marama, pero al parecer el padre de acogida de la niña maorí había vivido el tiempo suficiente para desaprobar la historia de amor entre esta y su hijo. La entrada más interesante correspondía a un mayor George Hill de los New Zealand Mounted Rifles, que había sobrevivido a la Primera Guerra Mundial y más tarde había publicado su diario de guerra. Söder había gritado de júbilo cuando Stephie consiguió encontrarlo. «¡Aquí tienes a tu mayor Hill! —exclamó satisfecho—. Es probable que leyeras el diario de niña y que ahora lo hayas recordado.»

Stephanie no había podido afirmarlo ni negarlo y se había maldecido una vez más por haber aceptado el experimento de Helbrich pese a sus lagunas de memoria. Por otra parte, no creía que una niña de seis años hubiese leído las memorias de un oficial de caballería, y además el diario de Hill mostraba una ausencia decisiva: el hombre se había alistado en el ejército en 1914 y describía la batalla de Galípoli, una playa de Turquía. En sus recuerdos no mencionaba a los maoríes ni la Guerra de las Tierras. Naturalmente, eso a Söder lo había dejado indiferente: «¡Ya lo digo yo —había observado—: todo criptomnesia!» Su nuevo término favorito se refería a experiencias y vivencias olvidadas que en la hipnosis eran percibidas como nuevas, aunque trasladadas en el tiempo.

Suspiró y se volvió de nuevo al dosier de Matthew, más propio de este mundo. Según los documentos, la crisis económica de su familia había precedido a los horribles asesinatos de Raymond Matthews. En 1987 se había quedado sin trabajo, incapaz de mantener a su esposa Miri y sus tres hijos pequeños. Por esa razón se habían mudado a la casa de los padres de Miri, pero también surgieron problemas dentro del matrimonio.

Una gélida noche de junio, Raymond regresó a casa y golpeó brutalmente y acuchilló a todos los miembros de la familia que había en la casa de sus suegros. Mató a su cuñada, a su cuñado de catorce años y a sus propios hijos. Junto a sus cadáveres también se encontró el de Raymond. Según la reconstrucción del caso, esperó detrás de la puerta de entrada, armado con su cuchillo, la llegada de más víctimas. Pero entonces apareció alguien, alguien que sí había podido defenderse. Este —la Policía consideraba improbable que se tratase de una mujer— rechazó el ataque, peleó con Raymond y le clavó el cuchillo. Debía de ser bastante hábil en la lucha cuerpo a cuerpo y en el empleo de armas. Raymond murió de una sola cuchillada en el corazón.

La Policía no había podido interrogar al autor del crimen. A partir de esa noche, quien fuera el que mató en defensa propia a Matthews, desapareció. Al igual que había desaparecido Miri, la esposa de Matthews. Las hipótesis se movían entre añadir otro asesinato (tal vez Matthews había matado antes a su esposa y había hecho desaparecer el cadáver) y la hipótesis de que ella llegó a casa con otro hombre y después de que este clavara el cuchillo a Matthews, se fugó con él. Apoyaba esta especulación el hecho de que hubiera sido una mujer histérica quien llamó a la Policía justo después de la muerte de Matthews. La llamada se localizó en una cabina cercana a la casa, pero la mujer no dejó ninguna huella.

Era probable que estuviera aterrada después de que su acompañante acuchillara a su esposo, pensó Stephanie. No obstante, ¿por qué ese rival había matado a

Matthews? Habría bastado con quitarle el arma y atarlo. ¿Se trataba acaso de un crimen pasional? ¿Se conocían los hombres? ¿Era el desconocido el amante de Miri?

Stephanie decidió que en primer lugar acudiría a la comisaría local para seguir investigando. A lo mejor el oficial que entonces había investigado el caso, el inspector Vineyard (había encontrado el nombre en un viejo periódico), todavía estaba de servicio. O al menos con vida. Si ese no había sido uno de sus primeros casos, Vineyard ya debía de estar jubilado.

Escribió una nota al respecto y luego cogió un libro que se había llevado para el viaje. *Whalerider* de Witi Ihimaera. Esperaba penetrar un poco en la cultura de los maoríes a través de la lectura y tal vez conocer algo mejor a Marama. Pero el libro no la atrapó. Los nativos neozelandeses seguían resultándole igual de ajenos, es más, no le importaban en absoluto. Stephanie nunca había compartido el interés de su madre por los pueblos indígenas. A ella le bastaba con los abismos en las almas de los seres de su propia cultura.

Tras lo que le pareció una eternidad, aterrizaron en Auckland. Cumplió con las formalidades de entrada en el país y alquiló un coche. Desestimó ir directa a la ciudad y buscarse allí un hotel. Ya era entrada la tarde y al planificar el recorrido había decidido dar un paseo por el centro, a lo mejor comer algo en el puerto y participar un poco de la atmósfera de la supuestamente bulliciosa y moderna capital. Pero ahora se sentía demasiado cansada para dar un paseo. Rick tenía razón, después del largo trayecto en avión, hacer un viaje en coche no era buena idea.

Así que cogió una habitación en un motel a pocos minutos en coche del aeropuerto y fue a dar unas brazadas en la piscina del establecimiento; ¡una piscina exterior en noviembre! Naturalmente, Stephanie sabía que se encontraba en el hemisferio sur y que por eso las estaciones estaban invertidas. Pese a ello, la fascinaba haberse trasladado del otoñal Hamburgo a la veraniega Nueva Zelanda. Por lo demás, no había nada que a primera vista le resultara peculiar, el ambiente era más inglés que exótico. Aun así, tras una observación más atenta, le llamaron la atención las singulares plantas del jardín del motel. Pese a sus escasos conocimientos de botánica, los altos helechos, las plantas de hoja ancha, las espléndidas flores rojas y azules del verano local, no tenían nada en común con las plantas de jardín de Hamburgo. Tampoco habría podido poner nombre a los árboles y arbustos que flanqueaban el camino que recorrió a pie desde el motel hasta los restaurantes cercanos.

Por el contrario, la carta del restaurante indio por el que acabó decidiéndose por su cercanía al motel no se diferenciaba en nada de los locales similares de Hamburgo. Tomó un curry y volvió temprano a su habitación, donde pese al acogedor mobiliario se sintió un poco perdida. Estaba acostumbrada a los viajes de investigación, pero nunca tan lejos de Hamburgo y de Rick. Al final, abrió el portátil e intentó conectar a través de Skype con su compañero, quien para su sorpresa y alegría contestó al instante, y eso que en Alemania eran las seis de la mañana y no era propio de Rick encender el ordenador un sábado de madrugada. Al parecer, esperaba su llamada, no parecía adormilado y conversó de buen grado con ella.

—¿Te vas mañana mismo o quieres darte una vuelta por Auckland? —preguntó—. Dicen que la ciudad es muy bonita, sobre todo para fanáticos de la navegación. Hay un puerto enorme para yates, mucho verde...

Rick y Stephanie habían hecho las vacaciones del año anterior en un velero por el Caribe, y todavía Rick hablaba entusiasmado de esa experiencia.

—Quería ir enseguida a Masterton —respondió Stephanie—. A fin de cuentas, no he venido para hacer turismo y no quiero perder un tiempo que tal vez necesite después. Había planeado dar un pequeño paseo por Auckland antes de coger el avión de vuelta o hacerlo después de aterrizar, pero ahora mismo estoy molida. Aunque gracias a la revista del avión me he enterado de que hay un interesante museo aquí, el Auckland War Memorial Museum. Se supone que exhibe una colección muy importante de objetos maoríes. Estoy pensando si debería ir mañana. A lo mejor encuentro algo que me sirva de ayuda inicial con el caso de Marama. Es como dar palos de ciego, pero por muchas ganas que le ponga no sé por dónde empezar la investigación si no es así...

Rick rio.

—¿Vagará su espíritu por el museo? Quizá sea mejor que abraces un árbol en Waikato o algo así. Se supone que en Nueva Zelanda son muy gruesos...

—Y alcanzan hasta los dos mil años de edad —añadió Stephanie con ironía—. Si son ellos los que acumulan la memoria local colectiva y yo por descuido me acerco... No quiero ni pensar cuántos recuerdos anteriores a mi nacimiento pueden caerme encima: desde princesa maorí hasta ave nocturna. Mi vida como kiwi... Söder seguramente me pondría de patitas en la calle.

—Pero seguramente podrías vivir años de los *royalties* de tu próximo *bestseller* —se burló Rick—. ¡Acuérdate de Bridey Murphy!

Del libro del hipnotizador Morey Bernstein sobre el renacimiento de la persona objeto de su experimento se habían vendido millones de ejemplares en diversos idiomas.

Stephanie bostezó.

—Me voy a la cama —anunció—. Mañana me pienso un buen titular. Que duermas bien... Mejor dicho, ¡que pases un buen día!

Cuando poco después se acurrucó entre las sábanas se sentía bien y reconfortada.

El Auckland War Memorial Museum era un edificio imponente en medio de un parque. Stephanie lo habría considerado un castillo o la sede del Parlamento más que un museo. Las salas de exposición eran enormes. La destinada a los maoríes daba acogida a toda una casa de reuniones y una canoa de guerra. Al principio, deambuló sin rumbo, pero vio una representación en vivo de la cultura maorí y aprovechó la oportunidad para hablar con los cantantes y bailarines y hacerles preguntas.

Naturalmente, la incomodaba un poco mencionar la razón de sus pesquisas, pero todos los actores eran maoríes y la espiritualidad no les resultaba ajena. Sin embargo, su cultura ignoraba la noción de reencarnación. En cambio, reflexionaron seriamente sobre los pocos fragmentos de la historia de Marama que la periodista les contó.

Más adelante, asistió a una visita guiada y habló de Marama con la pedagoga del museo, una maorí mayor que había explicado al grupo el significado espiritual de distintas piezas expuestas.

—Los nombres no son de gran ayuda —se lamentó la guía—. Aquí, Marama es un nombre muy frecuente, como Marian. En el siglo diecinueve anglificar los nombres maoríes estaba a la orden del día. Aunque también a la inversa: mi propio nombre, Huhana, viene de Suzanna. Y respecto al lugar donde se desarrolla la historia... En la Guerra de las Tierras hubo muchos *pa* ocultos que fueron atacados por los ingleses y sus aliados maoríes. Si no cuenta usted con más puntos de referencia, lo veo difícil.

Stephanie suspiró y ya estaba a punto de arrojar la toalla cuando encontró un dato interesante. Cuando mencionó el segundo *pa*, donde se suponía que reinaba la paz y el amor, Huhana se frotó las sienes, pensativa.

—En fin, me resulta difícil imaginar un *pa* lleno de paz y amor —dijo—. Pero puede ser que se refiera a Parihaka. No era un poblado fortificado, sino un asentamiento civil en la Isla Norte, en la región de Taranaki. Fue un experimento singular, introducido por el profeta maorí Te Whiti, por así decirlo, el Gandhi de Nueva Zelanda. Alentó la resistencia pasiva contra la expropiación de tierras emprendida por los colonos ingleses creando una especie de poblado de la paz. Parihaka estaba abierto a todas las tribus. Allí se reunían maoríes de todas las regiones, sobre todo gente joven, para vivir y trabajar en comunidad. Te Whiti daba discursos periódicos a los habitantes y a miles de personas que acudían a visitarlo. Predicaba durante las noches de luna llena, si no recuerdo mal. La gente bailaba, interpretaba música...

—¿Una especie de Woodstock maorí?

La maorí sonrió con tristeza.

—Pero con un trasfondo mucho más serio. Te Whiti y los demás cabecillas del movimiento no eran gurús hippies, sino veteranos de la Guerra de las Tierras. No solo teorizaban, también habían participado en la contienda. Y los habitantes de Parihaka no se limitaron a conservar las tradiciones, sino que construyeron una comunidad muy moderna. Su propósito era demostrar a los *pakeha* que los maoríes no eran unos salvajes sin instrucción con una cultura irremediablemente inferior a la de los blancos, sino que eran capaces por sí mismos de reafirmarse ante los inmigrantes. En Parihaka había comercios, un banco, una oficina de correos y telégrafos... exclusivamente llevados por maoríes. Los *pakeha* solo eran bien recibidos como visitantes.

—Esto no encaja con la historia de Marama —reflexionó Stephanie—. Ella afirmaba que se había ido a vivir con Leonard.

Huhana se encogió de hombros.

—Por lo que sé, esto no era posible —afirmó—. A pesar de ello, lo que describe se parece mucho a Parihaka. A lo mejor se hacían excepciones. Averígüelo.

Stephanie asintió.

—Lo haré. ¿Alguna idea de por dónde debería empezar? Quizá por la misma Parihaka, ¿no? ¿Dónde ha dicho que estaba? ¿En Taranaki? Seguro que debe de haber allí un centro de información o un museo... ¿O todavía existe el poblado?

—Por desgracia, no. —La pedagoga del museo parecía afligida—. En 1881, los ingleses arrasaron Parihaka. Detuvieron a Te Whiti y a su amigo Tohu Kakahi y los habitantes se dispersaron por todo el país. No obstante, el poblado volvió a erigirse y durante un par de años fue gestionado como asentamiento modélico, pero en un momento dado todo se desvaneció. Parihaka y Te Whiti quedaron relegados al olvido. Hay un par de libros y algunas canciones y películas, pero nada que atraiga la atención realmente. No despertó ningún interés internacional. Algunos entusiastas lo intentaron más tarde con un festival de música, el Parihaka International Peace Festival. Pero tampoco se impuso. Se celebró un par de veces y luego desapareció. Ahora no hay nada que ver en esa zona, lo siento. Busque por internet. Ahí encontrará datos al respecto, incluso dibujos y fotografías de Te Whiti, gente construyendo vallas, otros arando...

Stephanie dio las gracias y anotó el nombre del lugar. La historia era sugerente y le ofrecía por fin un punto de referencia. En el motel buscaría en Google a Leonard Hill en el contexto de Parihaka.

Por la tarde emprendió el largo camino hacia Masterton. Tenía que llegar al sur de la Isla Norte. Pensó que ese día no llegaría tan lejos; además, aún notaba el cansancio del vuelo. Desde Auckland hasta el distrito de Waikato, donde suponía que se hallaba el *pa* en que se había escondido Marama, solo había dos horas largas y le pillaba prácticamente de camino. Decidió pasar la noche en Hamilton, la localidad más conocida de Waikato. Era fácil llegar a la ciudad por la State Highway I. Primero atravesó los alrededores de Auckland, luego un terreno utilizado sobre todo para el cultivo y lugares con nombres extraños como Drury o Bombay. En muchos indicadores se anunciaban también en maorí otros nombres de lugares, pero a ella no le decían nada, tan poco como los muchos y complicados nombres de diversas tribus maoríes sobre las que había oído hablar en el museo y acerca de las cuales había leído. Lástima que el hipnotizador Helbrich no tuviera ni idea de la cultura maorí. Tal vez podría haberle sonsacado a Marama el nombre de su tribu o el del jefe, su padre. Stephanie ya había comprobado que la historia de Nueva Zelanda estaba modélicamente documentada, tanto la de los blancos como la de los maoríes.

Seguidamente cruzó el famoso río Waikato, que no la impresionó en especial, como tampoco lo hizo Hamilton. Una ciudad amable, pulcra y cordial, pero sin interés para ella. Ahí seguro que la cultura maorí no se desplegaba ante nadie, la ciudad parecía totalmente europeizada. Indecisa acerca de buscar alojamiento en Hamilton, entró en un café con acceso gratuito a internet y encontró un dato interesante al *googlear* el nombre de la población. No muy lejos de la ciudad había un centro de la historia maorí: Ngaruawahia. Ahí, según averiguó, se había coronado al primer rey maorí, Potatau Te Wherowhero, y la última reina maorí, Te Atairangikaahu, había vivido allí. Hasta la reina de Inglaterra había estado dos veces en ese lugar.

Cerca del *marae*, nombre que recibían los asentamientos maoríes, encontró un lugar donde alojarse en el corazón de un entorno espectacular. Rodeado de campos y colinas boscosas, el Waikato discurría al alcance de la vista y los propietarios se mostraron sumamente atentos. En esa época tenían pocos huéspedes, así que se dedicaron de buen grado a responder a las preguntas de la periodista después de asignarle una bonita habitación con vistas al campo.

—El *marae* Turangawaewae, es decir, la residencia real, está muy cerca —confirmó Josh Waters, el propietario del alojamiento, algo que ya había averiguado Stephanie por internet. Era un hombre alto, que se parecía a la imagen que ella tenía de un trampero. Llevaba pantalones de montar de piel y camisa de leñador, y el cabello largo y negro recogido en una coleta. No cabía duda de que había maoríes entre sus antecesores—. Ahora vive allí el rey Tuheitia Paki. Por desgracia, Te Atairangikaahu murió hace unos años. Pero solo puede verse el edificio por fuera, solo se abre una vez al año al público.

Stephanie hizo un gesto de decepción y tomó un sorbo de café. Estaba con sus anfitriones en la sala de desayunos con vistas al río Waikato y su lento fluir.

—Pensaba que allí había una especie de centro de documentación —dijo, recordando las entradas de internet—. ¿No se puede visitar?

Clara Waters, la patrona, rellenita y afable, asintió.

—Sí. Pero hay que registrarse. Y mañana es domingo. Por supuesto, nos alegraremos de que se quede con nosotros hasta el lunes. Aunque...

—Debería saber exactamente qué busca —completó Josh—. ¿Cómo va a empezar si no a consultar un archivo? Incluso si estuviera digitalizado: el nombre de Marama Hill no la llevará muy lejos...

Stephanie se desanimó. Eso ya lo había oído varias veces y, por supuesto, Google se lo había confirmado. Había tantas Maramas en Nueva Zelanda como gotas de agua en el mar, y Hill no era solo la palabra inglesa para «colina», sino también un apellido muy común. Combinando ambos términos se obtenían miles de entradas, pero ninguna que mencionara a una niña maorí del siglo XIX que había sido raptada.

—¿Se les ocurre cualquier otra cosa que tenga que ver con los datos de que dispongo? —preguntó—. Una leyenda local, por ejemplo.

Josh y Clara negaron con la cabeza.

—Eso no puede haber sucedido en esta zona —explicó Josh—. En la historia de Kingitanga (así se llamaba el movimiento que llevó a que los maoríes tuviesen un rey), Ngaruawahia desempeñó una función importante, pero no tanto como escenario de guerra. En 1863 los británicos la invadieron en circunstancias poco dramáticas. Tawhiao, el rey maorí del momento, sumamente cuestionado, ya hacía tiempo que residía en otro lugar. Aquí reinó después la paz. Los tan disputados *pa* se encontraban más bien en el curso superior del Waikato.

—Y no tiene por qué haber sucedido hacia 1860 —señaló Clara—. Usted desconoce si la guerra en que se vio envuelta la Marama que está buscando tenía realmente relación con el movimiento Kingitanga.

A continuación le dio a Stephanie una visión general de los demás conflictos en que se habían enfrentado maoríes y *pakeha* en el curso del siglo XIX: la primera guerra de Taranakai, la invasión de Waikato, la segunda guerra de Taranaki...

—Y más tarde los tumultos empezaron en East Cape, después de que los hauhau asesinaran a un misionero alemán —prosiguió Clara.

—Los... hauhau ¿formaban parte de un movimiento religioso? —preguntó Stephanie, con creciente confusión.

—Sí, guerreros de distintas tribus se agruparon en torno a un profeta bastante violento —confirmó Josh—. Lo apoyaban distintos poblados. Los guerreros solían reunirse en un *pa*, a menudo llevándose a mujeres e hijos. Así que no puede excluir las guerras hauhau.

Stephanie se frotó la frente. Algo así se había temido en Hamburgo y ahora le quedaba claro que, sin conseguir más datos, era inútil intentar seguir la pista de una niña sola en esos conflictos bélicos. Así que renunció a visitar el palacio real maorí en Ngaruawahia. A fin de cuentas, ya había visto casas de reuniones y tallas maoríes en el museo de Auckland. Prefirió dar un largo paseo por los alrededores del hostal e intentó que el paisaje obrara su efecto en ella.

Josh la acompañó un rato y le enseñó las plantas y árboles típicos de la región. Aprendió lo que era el *kahikatea*, de la familia de los *podocarpus*, también a diferenciar los árboles *kamahi* y *manuka*, y se ilustró acerca del empleo en la cultura maorí del *raupo*, una especie de caña, y del *harakeke*, el lino. El entorno montañoso y en parte cubierto por bosques era variado y extraordinariamente hermoso, el paisaje con el río resultaba cautivador. Pero ni la transparencia del aire ni el rumor del río ni la vegetación ni las aves autóctonas, que lentamente despertaban con el anochecer, avivaron los recuerdos de la periodista. Ni de su infancia ni mucho menos de una vida anterior. Y eso que se suponía que la pequeña Stephanie había acompañado a su madre durante las expediciones por esa región de Nueva Zelanda y que eran muchas las probabilidades de que Marama hubiese vivido en un entorno de paisaje similar.

Decidió dedicar las últimas horas del día a realizar un estudio intensivo de Parihaka, el único punto de referencia que le quedaba sobre la desaparecida hija del jefe tribal. Tras una sabrosa cena —Josh asó unos boniatos y el pescado que había capturado por la mañana en un arroyo del bosque—, se retiró a su habitación y se conectó a internet. No tardó en confirmar lo que le había contado la pedagoga del museo, Huhana: cuando uno sabía lo que tenía que buscar, internet rebosaba de información sobre Te Whiti y el *marae* que había fundado a los pies del volcán Taranaki. Fascinada, Stephanie leyó acerca de la construcción del poblado, los sermones de Te Whiti, su propuesta de firmar un acuerdo de paz entre maoríes y *pakeha*, y, al final, sobre sus innovadoras ideas para emprender una resistencia pacífica contra la expropiación de tierras. Se indignó al enterarse de que habían asaltado el poblado y detenido a los que oponían resistencia, parte de los cuales acabaron en campos de trabajo en la Isla Sur. Al final, estaba decidida a escribir un artículo para *Die Lupe*: «El profeta olvidado: la resistencia pacífica antes de Gandhi.» Si bien no era tan espectacular como el desenmascaramiento del hipnotizador Helbrich, al menos justificaba las pesquisas realizadas sobre el terreno.

Antes de cerrar el portátil, Stephanie intentó hallar alguna información sobre Leonard y Marama Hill en relación con Parihaka. Sin embargo, el resultado fue decepcionante: la hija del jefe tribal y el hombre al que había amado eran inencontrables.

7

Stephanie pasó casi todo el domingo siguiente en el coche. Había decidido olvidarse de Marama y dirigirse a Masterton, al noreste de Wellington. El viaje se alargó. Casi todo el rato las carreteras o bien eran angostas (el que se las llamara *highway*, «autopista», inducía a error) o bien accidentadas. A veces se trataba de prados donde pastaban ovejas o bueyes; otras, de boscosos parques nacionales. A lo lejos no tardaron en dibujarse unos paisajes montañosos fascinantes. Stephanie sabía que en Nueva Zelanda todavía había muchos volcanes activos. Uno de ellos era el monte Taranaki y, en cierto modo, le seducía la idea de comprobar por sí misma que ya no existía Parihaka, el pueblo de la paz de Te Whiti. No obstante, los Waters le habían desaconsejado una excursión que le costaría muchas horas y más kilómetros de viaje; al parecer, en Nueva Zelanda todos estaban de acuerdo en que Parihaka era cosa del pasado.

Atravesó varias localidades más pequeñas, en las colinas que flanqueaban la carretera había granjas aisladas, casi todas medio abandonadas, como si fueran de otro tiempo. A veces se sentía como en Escandinavia, luego otra vez como en el Medio Oeste americano. Pero, a diferencia de este último, ahí nunca faltaba la lluvia. La tierra estaba verde y la atravesaban ríos y arroyuelos. Daba una sensación de paz. Stephanie se sentía bien al volante del Toyota alquilado, pese a su inhabitual colocación, a la derecha. En Nueva Zelanda se circulaba por la izquierda. Era sabido que eso constituía un problema para algunos conductores. Los del país tocaban enfadados la bocina cuando un conductor de aspecto moreno dirigía su enorme caravana, sin duda de alquiler, hacia el carril de la derecha de la autopista tras haberse detenido en un área de servicio.

—¡Qué cruz de gente! —exclamó un viejo granjero con el que Stephanie entabló conversación cuando hizo un alto en un lugar llamado Horopito. Se había desviado de la autopista después de atravesar una zona boscosa—. En su casa seguro que conducen coches pequeños, pero aquí utilizan estas caravanas enormes y van circulando por ahí como si estuvieran de vacaciones...

—Es que lo están. —Stephanie sonrió y disfrutó de la vista de las cumbres nevadas del Parque Nacional de Tongariro.

—¡Pero yo no! —gruñó el granjero—. Si tengo que ir a un sitio, quiero llegar pronto... ¡Algo imposible en temporada alta! Los turistas con sus caravanas enlentecen toda la circulación. Si por mí fuera, no se las alquilaría. ¡Que duerman en un hotel! Por no hablar de los accidentes... ¡No les importa sentarse al volante después de haber pasado veinticinco horas volando! Bajan del avión y se ponen en marcha con una mole de cuatro ruedas...

Stephanie dejó que siguiera despotricando mientras ella estudiaba el mapa. Todavía le quedaban tres horas largas hasta Masterton. Así y todo, avanzó más deprisa, la State Highway I ya no serpenteaba entre montañas describiendo curvas cerradas sino que atravesaba campos de cultivo y prados. Esa zona tampoco estaba muy poblada. Agradeció en silencio la indicación de su guía de viajes acerca de detenerse en cada gasolinera que se encontrara en el camino: nunca se sabía cuándo iba a aparecer la próxima. Entre Pahiatua y Masterton, el terreno volvió a ser montañoso en los últimos cien kilómetros. Stephanie había leído que por ahí discurría el famoso y tristemente célebre Rimutaka Incline, uno de los tramos de ferrocarril más espectaculares de Nueva Zelanda. Lamentó que no tuviera tiempo para visitar todo lo que merecía la pena ver. Seguro que Rick disfrutaría recorriendo el país en tren, y en la Isla Sur también había un par de líneas mundialmente famosas. A lo mejor podría volver algún día con él, de vacaciones, a ser posible en una caravana... Solo de pensar en el granjero de Horopito no pudo evitar echarse a reír.

Masterton era una pequeña ciudad típicamente neozelandesa. A través de tranquilas zonas residenciales discurrían calles unidireccionales. Stephanie sabía que la familia Matthews había vivido en la Makora Road y se preguntó dónde estaría la casa donde ella misma había vivido con sus padres. Para no generar más dudas, a Rick siempre le había hablado de Wellington como lugar de residencia de su familia, pero debía de haber sido Masterton o un lugar cercano. Su madre había estado estudiando un *pa* maorí de la zona y con toda seguridad su padre había trabajado en una ciudad. Salvo Masterton, por ahí no había otra población más grande.

Fue dando vueltas por el lugar sin un objetivo determinado y ningún recuerdo acudió a su mente. Además, casi todas las calles tenían más o menos el mismo aspecto. La mayoría de la gente vivía en casas unifamiliares de uno o dos pisos como máximo, sobre todo de madera, con jardines delanteros más o menos cuidados y de distintos tamaños. En las mejores zonas residenciales, las parcelas estaban limitadas por setos o vallas de madera. Algunas de estas últimas se veían bastante podridas, aunque con frecuencia también cuidadas y recién pintadas.

Buscó un motel y dio un breve paseo por el centro. Tal como esperaba, no tenía nada emocionante que ofrecer. Había un par de restaurantes y algunas tiendas poco atractivas. Además de un parque estilo inglés, se recomendaban como lugares de interés turístico el Museo de Arte Neozelandés y el Museo de la Lana. Aun así, el Martinborough Wine Trail tenía su punto de partida en la ciudad; según la información turística, discurría a través de cuatro regiones vinícolas. La periodista se preguntó inútilmente si se necesitaría coche. Si era así, una cata intensiva podría tener funestas consecuencias, sobre todo cuando uno no estaba acostumbrado a conducir por la izquierda. De nuevo se acordó del indignado granjero. ¿Conducirían los turistas achispados más deprisa o más despacio?

Tomó un tentempié en un puesto de comidas rápidas y compró una botella de vino con la que se retiró a su habitación. Con mala conciencia, se puso en contacto con Rick por Skype. Otra vez era muy temprano en Hamburgo, en esta ocasión incluso más temprano. Seguro que lo iba a despertar. Pero tenía ganas de hablarle de sus pesquisas en torno al caso Marama y no quería acostarse demasiado tarde. Al día siguiente esperaba obtener buenos resultados de sus investigaciones sobre los asesinatos de Matthews.

Rick atendió la llamada enseguida pese a la hora, pero parecía más somnoliento que la vez anterior. Era evidente que no contaba con que ella fuera a llamarlo después de no haberlo hecho la vigilia. Stephanie sonrió al verlo con la camisa del pijama. Tampoco se había afeitado.

—¿Estás en Masterton? —preguntó tras un breve saludo, y bostezó—. Qué rápido. Creía que todavía estabas cazando espíritus en Waikato...

Ella hizo un gesto negativo con la cabeza y le habló de las investigaciones que había realizado, frustrantes por el momento.

—Muchas guerras, muchas masacres, mucho bosque —resumió—. Muchísimo bosque. Y cuando vivía Marama todavía debía de haber más. También abundan los ríos. En resumen, la historia de Marama no se puede situar ni espacial ni temporalmente. De todos modos, ahora sé qué preguntas deberíamos haberle planteado para tener más puntos de referencia. En caso de que Söder insista, Helbrich puede volver a hipnotizarme y si averigua alguna cosa más, investigamos a través de internet. Toda la historia de este país se puede seguir *on line*. En realidad, no habría tenido ni que venir hasta aquí.

—Pero la atmósfera... sentir la tierra... La historia no se compone solo de hechos. ¿Y qué ocurre con tus recuerdos? Con los recuerdos de Stephanie, no de Marama. ¿No hay nada que te suene? ¿Cuando ves el paisaje, por ejemplo? ¿No hay nada que te resulte conocido?

Ella negó con determinación.

—A primera vista el paisaje me resulta algo familiar —admitió—, sobre todo las ciudades pequeñas. Me recuerdan bastante a Norteamérica. El Medio Oeste con un toque Old England. Y en cuanto al entorno... es muy singular. Cuando estoy en plena naturaleza me siento al principio como en casa, pienso en bosques y paisajes fluviales similares de Europa, pero de repente reparo en que aquí las plantas son totalmente distintas, que en el aire flotan otros olores y que revolotean otros insectos. Es muy extraño. Un poco como en una película de fantasía en que de pronto aparecen dragones...

Rick rio.

—No es que Nueva Zelanda sea conocida por sus dragones —bromeó, aunque a continuación se enteró de la existencia de los tuátara.

—Aunque no son reptiles muy grandes, sí que dan miedo. Y no te lo creerás, pero ¡tienen tres ojos! El tercero en medio de la frente. ¡Los esotéricos estarán contentos! Por suerte para estos minidragones, Nueva Zelanda es muy meticulosa en relación con la exportación de sus animales y plantas autóctonos. De lo contrario ya haría tiempo que Irene Söder tendría una vaca de mascota.

—Vaya, estás hecha toda una experta —la elogió Rick—. ¿O son todo esto recuerdos de cosas que aprendiste en la escuela elemental? ¿Sobre la flora y la fauna? ¿Geografía local?

Stephanie hizo un gesto de negación.

—No que yo sepa. Simplemente he leído un par de guías de viaje. —Luego habló de sus planes para los próximos días—. Mañana iré a la Policía a preguntar por ese inspector Vineyard.

La comisaría de Masterton se hallaba en un edificio de dos pisos de Church Street, una construcción moderna, de estilo algo futurista, ante la cual ondeaba la bandera neozelandesa. Stephanie fue recibida por dos *tiki*, estatuas de dioses maoríes protectores que antes montaban guardia en las puertas de los poblados. En el mostrador, una joven se hallaba sentada ante un ordenador.

—¿En qué puedo ayudarla? —preguntó amablemente.

Cuando Stephanie le preguntó por Vineyard en relación con el caso Matthews, enseguida la puso en contacto con el Departamento de Personal. Ni dudas, ni solicitud de documentos de identidad, ni recelos... Stephanie se alegró de la buena disposición de la muchacha, típica de la sociedad neozelandesa. Y acto seguido volvió a comprobarlo. El jefe de personal averiguó en un periquete que Benedict Vineyard se había jubilado hacía dos años y le facilitó a Stephanie la dirección particular del inspector.

—Pero llámele antes por teléfono —le indicó sonriente, al tiempo que escribía el número—. Si se presenta sin más en su casa, será como una especie de... asalto por sorpresa.

Stephanie intentó imaginar cuál habría sido la reacción de un oficial de la Policía alemana si de repente una periodista se plantara en su despacho para pedir información sobre un camarada jubilado, con la clara intención de interrogarle acerca de un antiguo caso no resuelto... Si la hubieran ayudado, habría sido, con toda seguridad, tras realizar una infinidad de llamadas telefónicas a superiores y al jubilado en cuestión.

—¡Lo haré! —prometió, y le dio las gracias cordialmente.

—Estupendo. Ah, sí, y salude a Vineyard de nuestra parte. ¡A ver si se pasa por aquí algún día!

La periodista se planteó si preguntar a la muchacha del mostrador por la ruta que debía seguir, pero pensó que era pedir demasiado. Así pues, fue al café con acceso a internet y *googleó* la dirección de Vineyard. River Road. El policía jubilado vivía en las afueras de Masterton. En coche llegaría allí en unos minutos.

Consultó el reloj. Faltaba poco para las once, buena hora para llamar por teléfono a un jubilado. Marcó el número y, en efecto, Vineyard cogió el aparato al segundo tono.

Stephanie esperaba tropezar con cierto recelo al presentarse como periodista, hablar un poco de *Die Lupe* y explicarle que había obtenido su dirección gracias a su joven colega. Pero Vineyard no parecía disgustado, sino contento.

—¿Y en qué puedo ayudar yo a una periodista de Alemania? —preguntó—. En fin, he tenido una vida profesional interesante. Pero tanto como para ser de interés internacional... No es que Masterton sea una gran urbe.

Ella asintió sonriente y abordó el tema de los asesinatos de Matthews. Ojalá Vineyard no se cerrara en banda. Un caso sin resolver seguramente no formaba parte de los mojones más memorables de su carrera... En efecto, el anciano calló unos segundos, pero más bien para ensimismarse en sus recuerdos que por sentirse molesto.

—Pues sí... —dijo—. El asunto de Matthews fue... Bueno, no cabe duda de que fue el peor y más sanguinario crimen con que tuvimos que vérnoslas aquí en Masterton. El más raro y el más triste... ¿Quiere escribir sobre esto? ¿Después de tantos años?

Stephanie le resumió en pocas palabras el concepto de su serie de reportajes.

—Intentamos estudiar de nuevo los casos desde la distancia —explicó—. No para poner al descubierto eventuales negligencias de los investigadores, no me malinterprete. Pero a veces, años después, surgen nuevos aspectos precisamente cuando alguien vuelve a estudiar el asunto. Desde luego, no creo que logremos resolver ahora el caso.

El anciano rio con cierto reparo.

—Pero algo de esperanza tendrá, ¿no? —preguntó—. ¡Venga, no sea modesta! En el fondo está usted convencida de que podría llegar más al fondo de la cuestión que nosotros, policías de provincias.

Stephanie se esforzó por mostrar credibilidad, pero no salió airosa. Vineyard se rio de ella. Por suerte, no se tomó a mal las pretensiones de la periodista.

—Puede usted pasarse por mi casa —le dijo—. Soy viudo, mis hijos viven en la Isla Sur. Salvo las tareas de jardinería y el golf, no tengo nada que hacer. Si ha venido desde Alemania para jugar a policías y ladrones, adelante. ¡Ojalá usted resolviera el caso! Me gustaría encontrar al hombre que acabó con Matthews. Para condecorarlo... Menuda la que armó... toda esa carnicería... Eso no se olvida. ¡No quiero ni pensar en que hubiese conseguido escapar impune!

Quedó con Vineyard a las seis de la tarde, así que tenía todo el día libre para echar un vistazo a Masterton y sus alrededores. Decidió empezar por el lugar del crimen. Cogió el coche y enfiló la Makora Road, una carretera relativamente amplia, típica de pequeña ciudad. La que había sido la casa de tejado con faldón de los Matthews —o de los Wahia, pues la familia vivía en casa de los suegros— estaba algo más cerca de la carretera que la mayoría de las viviendas. Era grande y tenía un aspecto acogedor. Todas las habitaciones se situaban en la planta baja. Estaba pintada de azul claro y las ventanas de blanco.

Stephanie creyó recordar unos desconchados de pintura blanca, pero ya no se acordaba de dónde había visto la foto de la casa. No se encontraba en el dosier que llevaba consigo, probablemente la había dejado en el despacho. Bien, no importaba. Hizo un par de fotografías y se le pasó por la cabeza llamar a la puerta y preguntar a los actuales inquilinos si le permitían echar un vistazo, pero rechazó esa idea. Seguramente a los actuales ocupantes no les sentaría bien que les recordaran el crimen allí perpetrado. Era posible que no supieran nada al respecto o, como mínimo, que ignoraran los detalles. El agente de la propiedad seguramente no habría promocionado la casa con esa historia, aunque los vecinos debían de haber puesto al corriente a los nuevos inquilinos.

Observó con mayor atención las casas del vecindario. Enfrente había una de madera, pequeña y muy bonita, a la sombra de unos altos árboles. Ignoraba su nombre, pero le resultaban conocidos. A lo mejor Josh se los había mostrado durante su paseo y ella había olvidado cómo se llamaban. Algo de la casita la atraía. Casi experimentó el deseo de dirigirse a la puerta cubierta por un voladizo. Los residentes ya debían de estar allí cuando ocurrieron los asesinatos de Matthews. Era posible que valiera la pena entrevistarlos. Pero antes quería hablar con Vineyard. Casi a disgusto, se alejó de la casita y subió al coche.

Y entonces decidió emprender un par de pesquisas sobre su propio pasado. Por aquel entonces, su madre estudiaba un viejo *pa* maorí y realizaba unas investigaciones. A lo mejor le sonaba algo, como decía Rick, si veía las excavaciones de las que le había hablado su madre.

En efecto, encontró un par de ruinas cerca de un prado al otro lado del río Ruamahanga. Pero llevaban mucho tiempo abandonadas. Ahí no había nadie que estuviera investigando y tampoco se había realizado ningún hallazgo lo suficientemente interesante para convertir el lugar en una atracción turística. Stephanie dio un paseo por la zona, pero no tenía la sensación de haber estado ahí antes. Otro callejón sin salida...

8

Ya entrada la tarde, Stephanie estaba de vuelta en Masterton. Se dejó tiempo para ducharse y cambiarse de ropa antes de acudir a la cita con el inspector Vineyard. Tras pensárselo un poco, eligió un discreto vestido camisero de verano azul oscuro y se hizo un moño para ofrecer un aspecto serio. En Alemania, los policías con experiencia no hablaban de buen grado con periodistas, e incluso si en el caso de Vineyard no era así, para ella era importante que se la viera seria y sinceramente interesada en el tema, muy alejada de una periodista de la prensa amarilla. Al final, también optó por llevar gafas en lugar de lentillas. El largo vuelo había dejado secuelas y todavía más el día anterior en la carretera.

Encontró fácilmente la casa de Vineyard en la River Road. Se hallaba sobre un montículo con vistas al río Ruamahanga, en medio de un gran jardín. Stephanie no mintió cuando elogió al anciano por lo cuidado que estaba todo.

—Se hace lo que se puede —dijo Vineyard humildemente, al tiempo que le daba un firme apretón de manos.

Era un hombre alto y delgado, algo rudo, cuya piel tostada y apergaminada recordaba la corteza de un árbol dignamente envejecido. Los vaqueros y la camisa de cuadros que vestía le daban aspecto de campesino. Ella se sorprendió de cómo el anciano policía coincidía con la imagen que se había hecho de él por la mañana, tras su conversación telefónica. Vineyard tenía los ojos claros, tal como había imaginado, pero había pensado que tendría cabello abundante y oscuro, mientras que su cráneo brillaba bajo un cabello blanco y escaso. Pese a ello, tampoco se había equivocado tanto con esa imagen, pues en las paredes de la casa colgaban fotos que mostraban a Vineyard en sus años jóvenes con un cabello liso castaño oscuro. Su rostro estaba surcado de arrugas y tenía una mirada penetrante y aguda. No era el típico policía de una ciudad de provincias. Stephanie tuvo la impresión de tener ante sí a un sagaz investigador y un especialista en interrogatorios. Sus labios eran finos, parecían no alcanzar a cubrir del todo los dientes grandes y de un blanco resplandeciente. También su voz tenía algo de característico. Era oscura, ligeramente ronca. La periodista experimentó la extraña sensación de conocerlo.

—La especialista en jardines era mi esposa, ahora fallecida —explicó el agente jubilado—. Yo nunca tuve tiempo para plantas ornamentales. Ahora es cuando me ocupo verdaderamente de ello. De algún modo... —sonrió— de algún modo para no enfadar al espíritu de Samantha. Seguramente andaría trasgueando si el césped no estuviera cortado como es debido y yo no hubiese abonado las rosas.

Stephanie sonrió con la broma tras la cual el anciano se esforzaba por ocultar su dolor. Vineyard echaba de menos a su esposa, sin duda se sentía solo. A ella le dio pena, aunque para una periodista era un golpe de suerte. A la gente que se siente sola le gusta hablar.

Vineyard la condujo a una sala amueblada con muebles antiguos y muy cuidados. O bien los limpiaba él mismo o tenía una asistenta muy esmerada. Las paredes estaban decoradas con fotos de la familia, pero lo que atraía la mirada era una gran ventana panorámica con vistas a un paisaje fluvial virgen.

—¡Qué maravilla! —exclamó Stephanie.

Vineyard asintió visiblemente orgulloso.

—Deduzco por su comentario que le gusta Nueva Zelanda —observó con sequedad—. Me alegra. ¿Puedo ofrecerle algo para beber? —Abrió un anticuado mueble bar y sacó una botella de whisky—. ¿Single Malta? Todavía es algo temprano, pero dentro de poco se pondrá el sol. —El anciano le lanzó un guiño de complicidad.

Stephanie sonrió.

—Gracias, no para mí. Tengo que conducir. Pero por mí no haga cumplidos...

Vineyard descorchó la botella.

—Y quiere formularme sus preguntas estando sobria —observó más para sí mismo que para ella, mientras se llenaba un vaso—. Por el contrario, en lo que a mí respecta... Ese caso de Matthews, su recuerdo, me resulta más fácil soportarlo con whisky. Sabe, yo conocía a los Wahia, los suegros de Raymond, mucho antes de los asesinatos. Era gente amable, sencilla, muy creyente. Mi esposa y yo acudíamos a la misma iglesia que ellos. Solíamos conversar después del servicio, nuestros hijos eran de la misma edad que sus nietos. Y tener que presenciar después cómo Reka Wahia se tambaleaba entre un niño muerto y otro... Ver a su hija, a su hijo y a los tres nietos desangrándose... Gritaba... Nunca he vuelto a oír gritar a un ser humano de esa manera. —Bebió un trago de whisky.

—¿Le avisaron los suegros? En los informes consta que fue una mujer... una mujer quien hizo la llamada... —Buscó el móvil en el bolso—. ¿Por qué no me lo cuenta todo desde el principio? ¿Le importa que grabe nuestra conversación?

Vineyard se encogió de hombros y tomó asiento en un sillón de piel gastada, junto a la ventana, con el vaso en la mano. Dejó la botella en la mesita y contempló el río. Por su parte, Stephanie se sentó en un sofá. En una entrevista había personas que se sinceraban más cuando el entrevistador no se les colocaba enfrente. Intuía que el anciano podía ser una de ellas.

—Fue en invierno, el veintiocho de junio —comenzó Vineyard. El *smartphone* que la periodista había dejado sobre la mesilla no parecía molestarle, ya estaba mentalmente inmerso en el pasado—. Yo me encontraba en la comisaría, de guardia. Llamaron al anochecer, casi a las nueve. Recuerdo todavía que tomé nota maquinalmente. Era una mujer muy agitada, parecía llorar y balbuceaba. Entonces todavía no grabábamos las llamadas, por eso no recuerdo exactamente las palabras. Pero mencionó entre gemidos algo de sangre, muerte y niños. Averigüé la dirección, aunque ningún nombre...

—¿Le quedó la impresión de que ella no quería darle su nombre? —preguntó Stephanie.

Vineyard negó con la cabeza.

—Estaba demasiado alterada para dar una información razonable. Si he de ser sincero, lo tomé por un caso más o menos normal de violencia doméstica. Ni en mis más truculentas pesadillas hubiera imaginado algo tan horroroso. Supuse que la mujer estaba en el escenario del crimen, y que quizá se había atrincherado en una habitación con los niños...

—Pensaba que habían llamado de una cabina telefónica —se asombró Stephanie.

Vineyard asintió.

—Eso lo averiguamos después, entonces no teníamos ordenadores para localizar las llamadas. Por eso era tan importante obtener cuanto antes la dirección, y eso lo conseguí. Así que no pregunté mucho más, sino que llamé a un teniente para que me acompañara. Cuando llegamos a Makora Road nos encontramos con los Wahia. Estaban a punto de abrir la puerta de su casa y acababan de darse cuenta de que no estaba cerrada, sino solo entornada. Les pareció extraño, y se alegraron de vernos, aunque eso también les inquietó. Así que entramos con ellos... —Vineyard tomó otro trago de whisky.

—¿De dónde venían esa noche los Wahia? ¿Todavía viven? ¿Dónde? Me refiero...

—¿Piensa entrevistarlos? —Por primera vez, el tono de Vineyard fue de reserva—. Será mejor que lo olvide. Aunque supiera dónde viven, no se lo diría. Después de los asesinatos se mudaron y no tengo ni idea de adónde... ¡Prométame que dejará en paz a esa gente! ¡Bastante ha sufrido ya! Y ellos no podrían contarle nada. Esa noche venían de una reunión en la casa parroquial. Discutían sobre un bazar de la iglesia. Tane Wahia quería ayudar a construir las paradas, por eso estaba ahí. De lo contrario, solo se reunían las mujeres. Samantha, mi esposa, también estaba presente... —Vineyard se perdió por unos instantes en sus recuerdos—. Más tarde, Tane se hizo muchos reproches. Pensaba que si no se hubiera ido con ellas tal vez habría logrado detener a Matthews. Pero es absurdo. Tane ya no era un joven y su yerno era un hombretón. Lo habría matado como a los demás.

Stephanie asintió. Ahora no iba a insistir, pero no renunciaba a interrogar a los Wahia acerca del crimen. Aunque no pensaba referirse a la noche del homicidio, sino más bien a los antecedentes del hecho. A lo mejor los móviles del asesinato podían despejarse con ayuda de los suegros.

—Así que entró en la casa con los Wahia... —dijo, llevando a Vineyard de vuelta a su relato.

Él la siguió solícito.

—Primero se encontraron con el cadáver de Raymond —prosiguió—. Estaba justo detrás de la puerta.

Y lo habían movido, se veía por el rastro de sangre. En principio, debía de bloquear la puerta. Alguien lo había retirado para poder abrir...

—Para salir —corrigió Stephanie.

—O para entrar.

—¿Abrieron la puerta desde fuera? —Stephanie arrugó la frente.

Vineyard negó con la cabeza.

—No, la niña no habría tenido fuerza suficiente...

—La... ¿niña?

Vineyard no hizo caso de la pregunta y siguió hablando.

—Nosotros, es decir, el teniente Black y yo, queríamos que los Wahia se quedaran fuera, pero pasaron por encima de Matthews, como nosotros mismos, y, mientras nosotros estábamos mirando el cadáver, descubrieron a sus hijos muertos. Oímos gritar a Reka y fuimos tras ellos... Pues sí, ahí estaban... Ani, también llamada Anne, la hija pequeña de los Wahia. Y Paora, o sea, Paul, el hijo de catorce años. Todos los hijos de los Wahia tenían nombres que se parecían mucho en maorí y en inglés. Ellos mismos podían elegir cómo querían que los llamaran. Miri, la mayor, la esposa de Raymond, también era conocida como Mary... —Vació su vaso y se sirvió otro—. Todos asesinados con un cuchillo de cocina. Más tarde surgieron por eso distintas hipótesis. Por lo visto, el asesinato no se había planeado, de lo contrario Matthews habría elegido otra arma, un cuchillo de caza o algo así. Aunque yo no estoy tan seguro. Creo que Raymond no tenía ningún cuchillo de caza ni otra arma apropiada. No era cazador, no era un caminante y en absoluto un deportista. Sin duda un hombre muy fuerte, pero no entrenado...

—¿Qué había estudiado?

—Nada —respondió con dureza Vineyard—. Su último trabajo fue en el comercio agrícola, antes en un taller de coches. Cuando ocurrieron los asesinatos llevaba más de medio año desempleado. Desbarraba diciendo que tenía unos proyectos en marcha. Un soñador, un malogrado... Raymond Matthews no sabía qué hacer con su vida. Tane Wahia podía pasar horas furioso por esa razón. Él no había aprobado que Miri se casase con él...

Aunque Stephanie encontraba interesante esa historia familiar, quería volver a la noche del crimen.

—Se dice que Matthews... amortajó en cierta forma a sus víctimas —observó—. He leído algo acerca de una Biblia...

Vineyard se frotó la frente.

—Sus hijos... A sus hijos los colocó en la cama, uno junto al otro. Al menos a los dos más jóvenes los mató mientras dormían. El mayor es posible que estuviera despierto, al menos de las puñaladas se deducía que intentó en vano defenderse. A Ani y Paora los dejó tal cual habían muerto, a la entrada de la cocina. A partir de ahí reconstruimos que el crimen se había iniciado con una disputa entre Raymond y ellos dos y que luego habían pasado a las manos. A lo mejor Ani lo vio con el arma del crimen y le pidió explicaciones. Al parecer, Paora la defendió cuando Matthews arremetió contra ella. Es posible que hubiera planeado matar a sus hijos y que los hermanos de su esposa solo fueran víctimas accidentales. Aunque, por otra parte, Raymond debía de saber que Miri no dejaría a sus hijos solos en casa.

—A lo mejor planeaba matar también a Miri —sugirió Stephanie—. Quizás ignoraba que no estaba en casa y tenía en mente matarla a ella y a los niños.

—Es muy posible —admitió Vineyard—. Pero no se pudo comprobar, no sin interrogar al menos a Miri. Pero ella desapareció.

Stephanie pensaba abordar más tarde el tema de Miri.

—¿Y qué ocurrió con la Biblia? —inquirió de nuevo.

—Estaba sobre el pecho del hijo menor.

—Como... ¿una especie de disculpa? ¿O de justificación del crimen? Es lo que dicen los informes.

El hombre se encogió de hombros, vacilante.

—Se especuló mucho al respecto —contestó—. Y eso que no explicamos todos los detalles a la prensa. Lo de la Biblia se filtró y, por supuesto, todos los psicólogos *amateurs* se remitieron a ello. De hecho, había también libros sobre los cuerpos de los otros hijos. Uno era un libro infantil, *Fuego, el caballo de la isla*; el otro, un libro escolar. Nos devanamos los sesos dándole vueltas, pero no encontramos ninguna relación con los crímenes. Si quiere saber mi opinión, eligió arbitrariamente los libros. Los Wahia no eran precisamente gente culta. No tenían tantos libros. Creo que Raymond se limitó a coger los que tenía más a mano.

—¿Así que se trataba de libros? —preguntó asombrada Stephanie. ¡Esos eran justo el tipo de datos que ella buscaba! La Policía nunca proporcionaba enseguida toda la información a la prensa—. ¿Libros simplemente?

—Eso parece. En cualquier caso, nadie sabe qué quería comunicar con ellos. Lástima que el vengador desconocido lo matase en lugar de dejarlo solo fuera de combate. Habría sido interesante conocer los antecedentes.

—¿El vengador desconocido?

El hombre sonrió irónico.

—Así lo llamaron entonces sus colegas de la prensa. Un estúpido calificativo.

El inspector jubilado parecía ir perdiendo interés en la entrevista. Volvió a llenarse el vaso; al parecer, el alcohol empezaba a obrar efecto. Se volvió hacia la periodista.

—¿Qué le interesa tanto de este caso? —preguntó—. Una muchacha tan guapa como usted... ¿Por qué le preocupa un crimen tan antiguo? ¿Un loco como ese Matthews? —Por primera vez la observó con atención.

Stephanie se sintió incómoda.

—Como ya le he dicho, soy periodista de sucesos y tribunales —explicó—. Escribo sobre casos criminales. Siempre. Me resulta un tema fascinante, eso es todo. Así que, volviendo al caso, ¿cómo sabe que Matthews fue quien cometió todos esos asesinatos? ¿Nunca se planteó que hubiera sido ese desconocido? ¿Después de matar a Matthews? ¿O de que Matthews llegara a su casa, quisiera defender a sus hijos y fuera a su vez víctima del asesino?

Vineyard negó con la cabeza, concentrado de nuevo. Stephanie suspiró aliviada.

—No. Imposible —declaró el antiguo policía—. Había un montón de huellas digitales de Raymond en el lugar del homicidio. En el cuchillo, en los libros... toda la ropa manchada de sangre. Además, sus víctimas murieron antes que él; debió de estar una hora o más acechando tras la puerta. Es posible que estuviera esperando a Miri o a los Wahia. Tal vez quería aniquilar a toda la familia. De ese Cook, por el contrario, no había ninguna huella, salvo en el cuchillo de Matthews.

—¿Cook? —inquirió Stephanie, atónita—. Vayamos despacio. ¿El desconocido no es en realidad un desconocido? ¿Sabe usted quién mató a Matthews?

—Lo suponemos. Todo señala a que fue él. Un conocido de Miri... Pero volvamos a usted, señorita Martens.

Stephanie observó desolada cómo Vineyard vaciaba el tercer vaso de whisky. De nuevo su atención se dirigía a ella, la contemplaba con manifiesta complacencia. Estaba claro que no podría alargar mucho más la entrevista. ¡Y eso que ahora estaba realmente emocionante! Buscó una pregunta que diera pie a que el inspector le proporcionara más datos interesantes. Pero no lo consiguió. El hombre seguía desviándose del tema.

—¿Qué tiene de extraordinario ese crimen tan horrible para una muchacha tan amable?

Ella iba a darle más aclaraciones sobre su especialidad profesional cuando la expresión de él cambió de repente. Los ojos se le abrieron, frunció el ceño y la observó con incredulidad. Y entonces surgió una especie de reconocimiento...

—¡Era usted! —soltó de repente—. ¡Usted era la niña que ese tipo dejó en el lugar del crimen!

—¿Que yo era quién? —preguntó desconcertada Stephanie. La entrevista había tomado unos derroteros inesperados—. ¿Qué niña? Nunca he oído hablar de una niña...

—También esto se silenció a los medios de comunicación —aclaró Vineyard, de golpe totalmente sobrio—. Porque la madre insistió. Y también porque la pobrecilla nos dio pena. ¡Estaba completamente trastornada... usted! Porque es usted, ¿verdad? —Vineyard pareció perforarla con la mirada—. ¡Admítalo! La he reconocido. No hay tanta gente con el cabello tan oscuro y los ojos grises. Me llamó la atención. Unos ojos grises que me atravesaban... La veo como si fuera ayer...

Stephanie lo miraba todavía sin entender. ¿Acaso Vineyard no estaba en sus cabales? Hasta ese momento se había comportado de forma normal y sensata. A lo mejor se pasaba un poco con la bebida... pero no deliraba.

—Empecemos de nuevo —dijo intentando conservar la calma—. ¿Encontraron a una niña junto a los cadáveres? ¿Viva? ¿Dijo algo? ¿De dónde salía? ¿Y dice usted que se parecía a mí?

—No es que se pareciera: era usted... —Vineyard cogió la tarjeta de visita de la periodista que antes había dejado sobre la mesilla—. Stephanie. Stephanie Cook. De acuerdo, ahora tiene otro apellido, pero... —Ella se mordió el labio. Pasó del calor al frío. ¿Era posible que ese hombre tuviera razón?—. También me acuerdo de su madre. La interrogamos brevemente cuando llegó a recogerla. Era alemana, pero llevaba mucho tiempo viviendo aquí. ¡Y ahora deje de tomarme el pelo! Estaba claro que un día u otro tenía usted que aparecer. Nadie se libra de una cosa así. Admítalo, el artículo es solo un pretexto. ¡Se le ha metido en la cabeza encontrar a su padre!

Stephanie hizo un gesto de negación.

—Yo no recuerdo —dijo a media voz—. Hasta... hasta hoy siempre he creído que mi padre estaba muerto. Y ahora usted me dice... ¿Qué... qué le hace pensar en mi padre? ¿La niña... yo... le he dado yo mi apellido?

El anciano la miró con pena.

—¿Todavía no recuerda? Los médicos le dijeron a su madre, y a nosotros, claro, que la amnesia sería solo temporal. El trauma, el *shock*... No sé cómo llegó usted allí, pero estaba de pie delante de sus compañeros de juego muertos, petrificada por el miedo. Y es posible que antes presenciara cómo su padre mató a cuchillazos a Matthews...

—¿Mi padre? ¿Cómo se le ha ocurrido que él...? —Stephanie ya no podía pensar con claridad. Era imposible que esa historia fuese cierta.

—En fin, encontramos a su hija en el lugar del crimen —respondió Vineyard sin inmutarse. Parecía disfrutar ahora de la conversación—. Está usted pálida, Stephanie. ¿No puedo ofrecerle un vaso de whisky?

Ella negó con la cabeza y el hombre se dirigió con

paso sorprendentemente ágil al mueble bar para sacar un vaso para ella.

—Puede que yo necesite otro —dijo, llenando los dos. Después colocó el vaso de la periodista sobre la mesilla y se sentó frente a ella, con su whisky en la mano—. Esta historia todavía me aflige... Pero esto ya lo he dicho. ¿Dónde nos habíamos quedado? Ah, sí, con su identificación. Fue fácil. Los padres de Miri enseguida reconocieron a la niña. Los Cook vivían en el barrio, los niños jugaban juntos desde que los Matthews vivían con los Wahia. —En la mente de Stephanie apareció esa casita frente a la antigua propiedad de los Wahia que por la mañana la había atraído de forma tan mágica. De repente, todo encajaba...—. Tane y Reka también sabían que la madre de la niña estaba en Alemania —prosiguió Vineyard—. En fin, de modo que solo quedaban dos posibilidades: o bien había ido usted a buscar a su padre a casa de los Wahia porque le había dicho que iba a ver si allí todo estaba en orden, y luego no había vuelto. O bien fue usted con su padre y Miri Matthews, presenció la pelea entre los hombres y luego vio los cadáveres...

—¿Con los que mi padre me dejó sola? —preguntó incrédula Stephanie.

Vineyard hizo un gesto de ignorancia.

—Esa es una de las muchas preguntas que quedan pendientes en este caso —respondió—. Como fuere, usted no podía hablar, solo miraba al frente. En el hogar infantil mostraba usted signos de autismo o regresión o comoquiera que se llame cuando un niño se mece de un lado a otro. Su estado mejoró cuando después llegó su madre. Y luego la perdimos de vista. Helma... ahora recuerdo su nombre. —Stephanie se frotó la frente: esa era la prueba final—. Helma se la llevó en el siguiente vuelo a Alemania. No nos pareció del todo bien, esperábamos poder interrogarla después, pasado un mes o así. No queríamos que se fuera. Pero se impuso lo que a ella le pareció mejor. Tenía buenos enchufes. Distintas organizaciones maoríes intervinieron a favor de que se la protegiera, el caso llegó hasta la reina...

—¿La reina Isabel medió para que yo...? —A Stephanie le daba vueltas todo, aunque tras el primer trago de whisky se sentía un poco mejor.

Vineyard rio.

—No. Me refiero a Te Atairangikaahu, la reina maorí entonces en funciones. Su madre la conocía. Así que el jefe superior de Policía recibió una llamada de su majestad en persona. Solo faltaba el primer ministro. Antes de que Helma intentara provocar su intervención, la dejamos ir. De todos modos, usted era incapaz de decirnos nada. Hasta ahora. Lástima.

Stephanie inspiró hondo. ¡Tenía que hablar con su madre!

—¿Puedo echar un vistazo al antiguo expediente? —preguntó—. Trataré de ver el escenario del crimen si los nuevos propietarios de la casa me lo permiten. De ese modo a lo mejor... a lo mejor me acuerdo de algo...

Vineyard se encogió de hombros.

—No sé si es posible acceder al expediente, pero tampoco veo nada que lo impida. Al contrario, tiene usted razón, podría conducir a nuevos descubrimientos en caso de que recuperase la memoria. Si lo desea, llamaré a un par de conocidos. Pero se lo advierto: las imágenes eran horribles. Las fotos, el expediente...

—Estoy acostumbrada a esas cosas —repuso Stephanie con aspereza.

Ya había visto más fotos de autopsias de lo que era de su agrado. Pero hasta ese momento nunca había conocido a los fallecidos. Ahora se suponía que habían sido amigos suyos.

Tomó otro sorbo de whisky. No se había imaginado que su investigación fuera a ser así.

9

Stephanie estaba hecha polvo cuando por fin llegó al motel. Había rechazado un segundo whisky con el pretexto de que tenía que conducir, pero también porque quería conservar la mente clara. Tenía que reflexionar sobre lo que le había contado Vineyard y hablar con alguien. La primera persona que le pasó por la cabeza fue Rick, pero luego volvió a enfurecerse con su madre. ¿Por qué Helma le había contado la historia del accidente? ¿Por qué había callado lo que había sucedido verdaderamente? La causa de sus mentiras no podía ser un sentimiento de vergüenza. Su padre no era un asesino, estaba claro que había actuado en defensa propia.

Esa era la causa por la que después, según le había explicado Vineyard, no habían seguido con mucho entusiasmo la pista de Miri y de él. No se les podría haber culpado de ningún acto criminal.

Al final, el deseo de encontrar repuestas le resultó tan abrumador que decidió llamar a Manaos. Las probabilidades de encontrar a su madre en el hotel cuya dirección le había dado, por ser el último lugar donde se alojaría antes de internarse en la zona virgen de la Amazonia, eran muy pocas, pero valía la pena intentarlo. Así que buscó el número, llamó y, para su sorpresa, le respondieron de recepción. Los científicos alemanes, le explicó la recepcionista en un torpe inglés, habían llegado tarde y probablemente estaban durmiendo. Eran las tres de la madrugada.

—Páseme con la habitación de todos modos —pidió Stephanie.

—Helma Martens... —Después del sexto o séptimo tono su madre respondió a la llamada con voz apagada.

A Stephanie de repente le dio pena. Sabía que su madre no disfrutaba de esas expediciones. La soledad en medio de la naturaleza virgen, las fatigas del viaje, la inseguridad de los transportes, la continua molestia de los insectos y los peligros de la selva la torturaban. Probablemente era la primera noche que dormía sin miedo ni preocupación en una cómoda cama... Llena de remordimientos, pensó en colgar y volver a intentarlo más tarde, pero se impuso el enfado.

—Aquí Stephanie Martens —dijo—. Más conocida como Stephanie Cook en Nueva Zelanda...

—En... ¿Nueva Zelanda? —Se percibía que Helma luchaba por despertarse—. ¿Estás...?

—Exacto, en Nueva Zelanda. Y estoy impaciente por que me expliques de una vez cómo llegué hace veintisiete años al lugar en que acontecieron los asesinatos de Matthews. Además, me gustaría saber qué tuvo que ver con todo eso mi padre. Porque no está muerto, ¿no? Mamá, ¿qué ocurrió? ¿Y por qué no sé nada al respecto?

Helma emitió una especie de gemido. Stephanie casi creyó ver cómo se incorporaba en la cama y se enredaba en la mosquitera.

—Steph, lo lamento... Todos los médicos y psicólogos me aconsejaron que te lo dijera. Me explicaron que llegaría un momento en que recordarías. Antes o después. Pensé que la explicación podía esperar. Te iba mucho mejor en Alemania. ¿Por qué iba a abrir yo de nuevo las heridas?

—¿Quizá porque tenía derecho a saber la verdad? —replicó con aspereza Stephanie—. ¿Porque a lo mejor eso me permitiría recordar lo que ocurrió de verdad y no perder los primeros seis años de mi vida?

Helma suspiró.

—Nunca me preguntaste —susurró. Stephanie se mordió el labio. También ella era culpable del silencio de su madre—. ¿Te has acordado... ahora? ¿De repente? ¿Y por qué estás en Nueva Zelanda?

La hija no respondió a las preguntas de la madre.

—¿Por qué estaba yo en el escenario del crimen? —insistió en cambio—. ¿Qué sabes de todo eso, mamá?

Pareció como si Helma pensara unos segundos.

—No mucho más que tú —dijo—. No... no lograbas articular palabra. Supongo que ya has hablado con la Policía. Deben de haberte dicho lo mismo que a mí entonces. Tu padre te llevó a casa de los Wahia, hubo una pelea con Matthews y luego... desapareció. Allí solo quedaste tú.

—¡Pero seguro que hubo motivos para todo eso! ¿Qué iba a hacer mi padre a media noche en casa de los Wahia?

Helma debía de haberse levantado. Siempre solía pasear de un lado a otro mientras hablaba por teléfono.

—Tenía una relación —respondió—. Con Miri, la esposa de ese loco de Matthews, desde hacía un par de meses. Por eso yo quería abandonarlo. Es posible que ambos supusieran que Matthews no estaría en casa esa noche. Así que Simon acompañó a Miri y te llevó con él. No suponía ningún problema ya que dormías con frecuencia en casa de los Wahia. Eras amiga de los niños y la madre de Miri era como una abuela para ti. Lo que no sé es por qué te dejó allí. A lo mejor el *shock*... Miri debía de estar fuera de sí cuando vio a sus hijos muertos. A lo mejor salió corriendo y él la siguió... Bebía los vientos por ella. Estaba dispuesto a dejarlo todo por ella. Era imposible hablar con él... No sé qué sucedió esa noche, Steph, tienes que creerme. Después nunca más se puso en contacto conmigo.

—Mantengámonos en los antecedentes. —Stephanie decidió que ya reflexionaría más tarde sobre el paradero de su padre. La curiosidad de la periodista triunfó sobre los sentimientos heridos de la hija—. ¿De qué conocía a los Wahia? ¿Y por qué llamas loco a Matthews? —Oyó los pasos de Helma a través del teléfono.

—Como te he dicho, los Wahia eran vecinos. Además, ya conocíamos a Miri y su marido antes de que se mudaran a casa de los padres de ella. Simon era su asistente social. Asesoraba a la familia cuando empezó a irle mal. Creo que se enamoró al instante de Miri...

—Deja ahora la historia de amor —pidió Stephanie—. ¿Por qué le iba mal a la familia?

—Estaba relacionado con que Raymond empezara a desvariar —explicó Helma—. Tengo que retroceder un poco. Miri, su esposa, era una maorí de pura cepa, de una línea sanguínea muy antigua y conocida. Jefes tribales, sacerdote, guerreros... Los Paerata, de los que descendían los Wahia, eran como de la antigua nobleza. Y a Matthews se le había metido en la cabeza sacar partido del pasado de su esposa. Empezó afirmando que su historia era de un valor incalculable para la ciencia. Luego quería escribir una novela y más tarde habló de vender los derechos de autor para rodar una película. También se le ocurrió demandar al gobierno y a los Clavell por los derechos de herencia... Mientras estaba sin trabajo iba de un sitio a otro para sacar dinero de ese diario, los recuerdos de una antepasada de su esposa. Un documento interesante, pero tampoco tan valioso como para que la universidad pagase miles de dólares por él. Los autores de *bestsellers* tampoco hacían cola para obtener los derechos de la historia, mucho menos Hollywood. Matthews no hacía caso. Estaba obcecado, dejó de trabajar para hacer contactos, como él decía. En cierto momento, decidió escribir él mismo un superventas... Por desgracia, carecía totalmente de talento. Solo puedo suponer cuál debió de ser la reacción de Miri ante todo eso. Es posible que llegado un momento se enfadara. Debió de preguntarse si él solo se había casado con ella por los recuerdos de su antepasada. En cualquier caso, ella estaba ahí con tres niños pequeños y su marido no aportaba ningún dinero, solo ideas delirantes.

—¿Cómo sabes todo esto? Te lo contaba... ¿papá?

—¡Qué va! —Stephanie creyó ver a su madre mover la cabeza negativamente—. Por aquel entonces yo era asistenta del decano de la Facultad de Estudios Maoríes en la Universidad de Auckland. Investigaba con unos estudiantes la historia de un viejo *pa* de los ngati kahungunu, junto a Masterton. Un día, Matthews pasó a vernos y nos habló del diario. Me dio un par de copias. Tan solo fragmentos, pues guardaba el documento como un tesoro. Como ya he dicho, la historia era interesante y yo me encargué de las negociaciones con la universidad. Sin llegar a ningún resultado, el hombre estaba loco. Yo siempre había esperado poder hablar con su esposa. A fin de cuentas, ella era la propietaria del diario y a lo mejor lo habría puesto a nuestra disposición sin armar tanto jaleo. Pero no fue posible, siempre era muy reservada conmigo, incluso cuando se mudaron a nuestro vecindario y aunque nuestros hijos jugaban juntos. Más tarde comprendí las causas... Lamento mucho todo esto, Steph... Tal vez debí contártelo, yo...

—Está bien... —Stephanie empezaba a tomar conciencia de lo que iba a costarle esa llamada—. Una pregunta más. —Era como disparar con los ojos vendados, pero su madre era especialista en estudios maoríes. Y la mención de ese diario recordó a Stephanie la historia de la reencarnación—. ¿Has oído hablar de una tal Marama o Marian, a la que raptaron durante las Guerras Maoríes?

En el otro extremo de la línea hubo unos segundos de silencio. Stephanie oyó respirar a Helma, y luego su voz atónita:

—¿Clavell? ¿Marama o Marian Clavell? ¿Cómo lo sabes...? ¿No acabas de decir que no te acuerdas de nada?

—Nada de esta vida. Marama o Marian pertenece a una época anterior. Escucha, mamá, seguro que en ese hotel tienes WLAN. Enciende el ordenador y seguimos por Skype. Si te lo cuento ahora por teléfono, mi jefe me matará al ver la factura. Y a saber en qué me reencarno después... Tres minutos, ¿vale?

El portátil de Stephanie estaba encendido y tuvo tiempo suficiente para conectar la grabadora de su *smartphone* antes de que se oyese el sonido característico de la llamada por Skype. Acto seguido apareció el rostro de su madre en la pantalla, un poco desfigurada —la conexión no era óptima— pero reconocible. Tenía aspecto de no haber dormido y de estar cansada, con el cabello castaño revuelto y aclarado por el sol. Como siempre que trabajaba en la Amazonia, había perdido peso; la mayoría de las veces que viajaba allí también tenía parásitos o contraía alguna enfermedad más o menos infecciosa. Stephanie se preguntaba por qué siempre participaba en esas expediciones.

—Steph... —dijo Helma con cariño al ver a su hija—. Tienes buen aspecto...

La joven asintió impaciente.

—Tú no —respondió, al tiempo que colocaba el *smartphone* delante de la pantalla—. Mira, mamá, escucha esto simplemente. Mientras, tomaré unos apuntes sobre los asesinatos de Matthews...

Se reprendió por no haber grabado la conversación telefónica con su madre. Ahora tenía que escribirla de memoria. Mientras anotaba rápidamente los datos en una libreta, echaba esporádicos vistazos a la pantalla. Para su sorpresa, vio sonreír a su madre mientras escuchaba la sesión de hipnosis.

—Ha sido realmente un viaje en el tiempo —observó Helma cuando hubo concluido—. ¡Y qué suerte que no estés loca! ¡Ya empezaba a preocuparme! —Casi parecía satisfecha.

Stephanie frunció el ceño.

—¿Un viaje en el tiempo? —preguntó.

—Sí. —Helma sonrió—. Todavía me parece oír al pequeño Joel Matthews decir: «¡Haz las paces con los dioses, niña!», al tiempo que corría agitando una lanza que él mismo se había hecho...

—¿Joel Matthews? Era uno de los niños asesinados. ¿Qué tiene que ver con esto? —Stephanie estaba alarmada. ¿Estarían sus dos casos relacionados?

—Marama o Marian Clavell era su bisabuela. O tatarabuela... Tendría que calcularlo. En cualquier caso, era una antepasada de Miri Matthews y la que había escrito el diario. Miri os había contado su historia a ti y a sus hijos, y yo también conocía partes de ella por los fragmentos que su marido había cedido a la facultad. A ti te fascinaba, igual que a los hijos de Matthews. Representasteis la historia no sé cuántas veces: el rapto, el encuentro con Hillary Clavell, la historia de amor con Leonard... y Parihaka. Reconstruisteis el poblado con papel. Los distintos *marae* de las tribus...

«Construimos casas...» Stephanie recordó sus propias palabras bajo el efecto de la hipnosis. Así que era eso. Rupert Helbrich no había despertado en ella una reencarnación anterior, sino solo los recuerdos de sus juegos de infancia. Sonrió.

—Mamá, creo que acabas de hacer muy muy feliz al redactor jefe de mi periódico. ¿Sabes por casualidad de qué batalla se trataba? ¿Cuándo y dónde tuvo lugar esa masacre de la que fue víctima la familia de Marama?

Helma asintió.

—Claro —dijo—. Fue en 1864, en Waikato. La batalla de Orakau...

MARAMA CLAVELL

1864 - 1877

Soy hija de un jefe tribal. Mi padre era Rewi Mania-poto, *ariki* de los ngati maniapoto. Gobernaba una de las tribus más poderosas de la Isla Norte y era uno de los caudillos más importantes del rey. A sus órdenes se reunieron cientos de guerreros para combatir contra las tropas del general inglés Cameron. Esos hombres pertenecían a distintas tribus, en parte enemistadas entre sí en el pasado, y se miraban llenos de mutua desconfianza. Los jefes se sometían a las órdenes de mi padre de mal grado y con frecuencia tras muchas discusiones. Al fin y al cabo, para nosotros era algo nuevo e inhabitual luchar juntos contra los *pakeha*. Pero es que, desde hacía unos años, las tribus se habían hartado de que los colonos blancos rompieran un acuerdo tras otro. Aduciendo vagos argumentos ocupaban y robaban nuestras tierras. Por eso varios jefes de la Isla Norte decidieron unirse contra los ingleses. Pretendían contraponer a la reina Victoria un rey que fuese portavoz de los maoríes. Eso ocurrió en Pukawa. Eligieron como rey a Potatau Te

Wherowhero de los ngati mahuta, que estaba dispuesto a iniciar las negociaciones.

Por desgracia, eso no cambió demasiado la situación. Los *pakeha* nunca tomaron en serio al monarca maorí. Hablaban amablemente con él, lo invitaban a ceremonias de poca importancia y le hacían regalos, pero no contaban con él para tomar las decisiones importantes que también afectaban a nuestro pueblo. Potatau murió y lo sucedió en el trono su hijo Tawhiao, un hombre al que los ingleses consideraban rebelde. Lucharon contra él y así estalló la guerra durante la cual yo crecí. Mi madre consideró innecesario marcharse con sus hijos a vivir en un poblado perdido en el bosque mientras mi padre peleaba por su pueblo. Nosotros lo seguimos durante la guerra como hicieron muchas otras mujeres y niños de la tribu.

La mayoría de las mujeres se limitaba a llevar las armas de sus maridos, prepararles la comida y mantener limpio el campamento. Pero mi madre ocupaba un puesto especial. Ahumai Te Paerata, también ella hija de un gran jefe tribal, era una guerrera en cuerpo y alma. Sabía manejar las armas tradicionales de nuestro pueblo mejor que algunos jóvenes guerreros, y cuando tomaba la palabra en el consejo de los jefes tribales discutía con vigor. Yo la admiraba, aunque le tenía también algo de miedo. Me hubiera gustado que pasara más tiempo en nuestra casa, que se ocupase de mis hermanos y de mí, que nos enseñase a tejer y pescar, esas cosas que las esposas de otros guerreros hacían con sus hijos. Pero cuando Ahumai nos venía a ver —solía compartir la casa de mi padre y deliberar con los hombres sobre la paz y la guerra—, como mucho hablaba con mi hermano.

Tuma —su nombre completo era Tumatauenga, por el dios de la guerra— era casi un adulto. Faltaban pocas semanas para que dejase nuestra casa y se mudase a la de los jóvenes guerreros y ya pasaba casi todo el tiempo ejercitándose en el empleo de las armas. Mi madre lo animaba y apoyaba, y todavía me acuerdo de cómo se reía cuando también mi hermana mayor y yo cogíamos la lanza y el hacha de guerra. Intentábamos levantar la pesada hacha o al menos agitar la maza de guerra, y Ahumai nos elogiaba por ello. Decía que seguro que más adelante también Kiri y yo seríamos guerreras. Mi madre no dejaba ninguna duda respecto a que sería ella quien nos introduciría en el manejo de las armas.

Lo esperábamos con impaciencia, pero todavía éramos demasiado pequeñas. Calculo que yo debía de tener cinco veranos cuando nos mudamos a Orakau, mi hermana era dos años mayor. La recuerdo como una niñita sucia. Kiri ya había aprendido a peinarse, pero, como durante todos esos años le había crecido el pelo sin que nadie se ocupara de él, intentar desenredar sus enmarañados mechones era una empresa inútil. Yo lo sabía por propia experiencia. Lloraba cuando Kiri alguna vez intentaba domar mis rizos. Los hijos de otros jefes tribales se ocupaban cariñosamente de sus hermanos menores, pero Kiri era tan poco maternal como Ahumai. Pocas veces se ocupaba de mí, y cuando lo hacía era con escaso entusiasmo. A Kiri le daba igual si yo me ponía la falda al revés o al derecho, o si me hacía un lío con los tirantes del corpiño. A Moana no le daba igual. No sé quién le había encargado que se ocupase un poco de las hijas de Ahumai, a lo mejor lo hacía por decisión propia, porque nosotras, dos niñas pequeñas, le dábamos pena. Kiri y yo íbamos sucias, con piojos y pulgas, pero no había manera de que eso cambiase sin enfurecer a los dioses. Siendo hijas de un jefe tribal éramos *tapu*. Ninguna persona de un rango inferior debía tocarnos. Nos alimentaban de un modo complicado, con un cuerno. Nos ponían en la boca la parte más delgada y con una cuchara llenaban de comida la parte más ancha. Todo eso sin tocarnos ni a nosotras ni la comida, lo que también teníamos prohibido hacer nosotras. Ese procedimiento, en especial cuando yo todavía era muy pequeña, concluía con Moana y conmigo embadurnadas de papilla. Yo lo encontraba divertido, pero ella seguro que no. Kiri y yo debíamos de oler fatal ya que los restos de comida y la suciedad se secaban en nuestra piel y nuestra ropa.

Todavía recuerdo cómo Moana intentaba enseñarnos a lavarnos a nosotras mismas. Lo hacía siempre que acampábamos junto a un río o un lago poco profundo, donde podíamos chapotear sin correr ningún riesgo. No habría podido salvarnos si hubiésemos perdido pie y nos hubiera arrastrado la corriente. Si cerca no había ningún lugar en el que bañarnos o hacía demasiado frío para meternos en el agua, la batalla de Moana por mantenernos limpias era inútil. En la tribu eso no le importaba a nadie, a nuestros padres los que menos. Los hijos de un jefe tribal tenían que vivir con suciedad y bichos hasta que eran lo suficientemente mayores para cuidar de sí mismos.

Moana también debía de haber sufrido esa experiencia de niña. No sé de dónde venía, pero probablemente era hija de uno de los jefes tribales que estaban a las órdenes de mi padre. Tal vez el suyo había caído en el campo de batalla, o sus padres habían muerto en los desórdenes de la guerra. Si bien su rango era inferior al nuestro, debía de ser de noble estirpe; de lo contrario no se le habría permitido permanecer en nuestro entorno. Era una muchacha corpulenta, de tez oscura y cabello largo y negro, de ojos dulces y redondos, todavía muy joven. Seguro que pronto la casarían con un guerrero, pero, mientras ninguno de los ancianos se encargase de ello, se mantenía lejos de los hombres. Prefería estar con nosotras, contarnos historias y cantarnos canciones, cocinar para nosotras y darnos de comer, y por las noches nos preparaba las esterillas sobre las que dormíamos.

Ella era también la que nos consolaba por la noche y al mismo tiempo nos daba prisas cuando de repente había que desmontar el campamento. Cambiábamos de sitio con mucha frecuencia, los *aukati*, las líneas fronterizas entre los dominios de los blancos y los de los maoríes, continuamente se movían. Nuestros guerreros fortificaban un pueblo tras otro para conservarlas, pero a la larga eso no funcionaba. La estrategia principal de mi padre consistía en dejar que los ingleses arremetieran contra nuestros campamentos de defensa construidos a toda prisa. En cuanto Cameron estaba a punto de someterlos, ordenaba la retirada a los guerreros y su séquito. A diferencia de los ingleses, los maoríes aborrecían las batallas campales y trataban de evitarlas siempre que estaba en su mano.

A decir verdad, siempre estábamos huyendo; unas veces encontrábamos alojamiento en un *pa*, otras en *marae* apenas fortificados. La gente de los poblados nos daba asilo y permitía que los guerreros construyesen nuevas instalaciones de defensa. Pero tenían mucho miedo, sabían que el castigo de los ingleses por su «traición» sería sangriento. A veces todos los habitantes del poblado se iban con nosotros cuando había que abandonar una posición.

De vez en cuando nos instalábamos durante semanas en primitivos asentamientos en medio del bosque, donde la mayoría de los guerreros pernoctaban con sus familias a cielo descubierto. Pero para el jefe de la tribu, así como para nuestra madre y para nosotros, siempre construían una cabaña. Vivíamos rigurosamente apartados de la gente sencilla de la tribu. Si tan solo la sombra del jefe caía sobre un guerrero, este tenía que someterse a complicados rituales de purificación.

Mi hermana Kiri parecía encontrar emocionante esa vida errabunda, pero a mí me daban miedo esos cambios continuos de lugar. Dormía mal y me habría gustado abrazarme a Moana cuando venía a mi lado para tranquilizarme. Naturalmente, ella no me lo permitía, pero aun así siempre encontraba una historia con la que reconfortarme.

—Mira, Marama, esto no es más que un juego —me contaba—. Estamos jugando al escondite con los Casa-

cas Rojas. Y a pillar. A veces juegas a esto con tu hermana, ¿verdad? Y te gusta, ¿no es así? —Yo asentía y ella
sonreía—. ¿Y quién gana siempre? ¿Kiri o tú? —preguntaba, sabiendo lo orgullosa que yo estaba de ser más rápida y sagaz que mi contrincante a la hora de pensar en
escondites.

—¡Yo! —respondía triunfal.

—¿Lo ves? —se alegraba Moana—. Igual que juegas
tú con Kiri, también los guerreros juegan con los Casacas Rojas. ¡Y ya sabes lo fuertes y orgullosos que son
nuestros guerreros y lo inteligente que es tu padre! Rewi
Maniapoto y sus hombres no pueden perder en este juego. Los Casacas Rojas y los *kupapa*, esos perros misera-
bles, ¡no nos atraparán nunca!

Casi temíamos más a los *kupapa*, las tropas maoríes
de apoyo a los ingleses, que a los Casacas Rojas. No
todas las tribus de la Isla Norte se habían sumado al movimiento kingitanga, algunos jefes tribales habían preferido aliarse a los ingleses. Enviaban a Cameron guerreros, sobre todo rastreadores que conocían el juego del
escondite mucho mejor que los *pakeha*. Si nuestros guerreros solo se hubiesen enfrentado a los blancos, todo
habría sido más fácil. Los *pakeha* no se desenvolvían bien
en nuestros bosques, y nuestros guerreros controlaban
con facilidad sus movimientos. Habríamos podido reti-
rarnos en cuanto los oíamos llegar. Pero las tropas *kupapa* sabían confundirse en el paisaje y seguir rastros tan
bien como nuestros hombres. Por regla general procedían de tribus que llevaban siglos amargamente enemistadas con las nuestras. De ahí que actuasen con la corres-

pondiente crueldad cuando asaltaban uno de nuestros poblados y podían atrapar a nuestros guerreros, mujeres y niños. En una ocasión, escuché a Moana y un par de amigas hablar de sus crueldades. El recuerdo de esas historias tampoco me dejaba dormir por las noches.

No sé si Moana todavía creía entonces que realmente podíamos ganar el juego. Los jefes, sobre todo mi padre, ya no se lo creían mucho antes de que nos marcháramos a Orakau. Kiri y yo lo dedujimos de los críticos comentarios de mi madre cuando informó a Tuma de las deliberaciones de los caudillos. Estaba en profundo desacuerdo con que tanto Wiremu Tamihana, jefe de los ngati haua, como también mi padre quisieran pactar la paz con los ingleses. Tamihana ya había enviado un *mere* de jade a Cameron, una prueba de su buena voluntad a la hora de emprender las negociaciones. Mi madre expresó su indignación.

—¡Eso solo es una muestra de debilidad ante los *pakeha*! —dijo iracunda—. Si es que llegan a entender algo de lo que quiere expresar con ello. Puede que hubiera sido mejor que les enviase una nansa en lugar de una maza de combate. Además, por lo que sé, prefieren el oro al jade. Y esto si es que aceptan el regalo, insolentes como son. Ese Grey... —era el gobernador inglés de Nueva Zelanda que había empezado la guerra para forzar a los jefes fieles al *kingi*, a que prestaran juramento a su reina Victoria— ese Grey quiere ver sangre. ¡Si por él y sus generales fuera, no quedaría ninguno de nosotros con vida! Así se quedarían con nuestras tierras.

Tuma asintió con gravedad. Como guerrero no debía

mostrar miedo ni cobardía, y nunca habría llevado la contraria a mi madre. Aunque yo no entendía realmente de qué trataba ese asunto, sabía muy bien lo que era la sangre y la muerte. Incluso si mi padre no se aventuraba a una batalla en campo abierto con el enemigo, siempre morían jóvenes guerreros en las líneas de defensa y yo oía los gemidos de sus madres, esposas e hijos cuando preparaban los cadáveres para el entierro. A veces escuchaba incluso cosas peores. Mis hermanos se divertían asustándome con sus descripciones de cuerpos despedazados y decapitados.

—Los *kupapa*... —decía Tuma con gravedad—. Ten cuidado, Marama, ¡uno de estos días te atraparán!

Orakau estaba al lado del río Puniu, al este de Kihi-kihi, donde se hallaban estacionados los ingleses. Era un antiguo fuerte —un *pa*, como se dice en maorí—, y a mi padre no le gustaba la idea de que nos instaláramos allí. En realidad, Orakau se había construido para formar a jóvenes guerreros. Había bosques inescrutables, monte bajo, extensiones despejadas, colinas y planicies. Los hombres podían ejercitarse en todos los estilos de guerra y se veían siempre ante nuevos desafíos. Orakau era difícil de defender. Sin embargo, en el otoño del año al que los *pakeha* dieron el número 1864 habían llegado guerreros de las tribus ngai tuhoe y ngati raukawa para reforzar nuestras tropas. En nuestro campamento cada vez quedaba menos espacio libre y los hombres habían insistido a mi padre en que les dejara apuntalar más el fuerte Orakau y que nos mudásemos allí.

Mi madre discutió con Tuma los pros y los contras. El lugar, según decían los tuhoe, era lo suficientemente amplio y grande para acoger a los más de trescientos guerreros, mujeres y niños que estaban alojados en el primitivo campamento junto al río. Era fácil abarcar con la vista los alrededores y obtener madera para seguir fortificando el lugar.

—Pero no hay agua en el área del *pa* —objetó Tuma—. Es imposible salir sin ser visto para ir de caza o para huir en caso de necesidad.

Ahumai asintió complacida y yo escapé detrás de nuestra cabaña, me acurruqué bajo un amplio helecho y me puse a pensar en cómo sería morir de hambre o sed en un *pa* asediado.

Al final, fueron los guerreros tuhoe los que hicieron valer sus exigencias pese a los enérgicos discursos de nuestro padre, que no osaba ni pensar en una guerra en Orakau o sus alrededores. Los hombres empezaron reforzando el fuerte. Construyeron empalizadas, erigieron terraplenes y cavaron pasillos que permitieran desplazarse por el *pa* aunque disparasen cañonazos desde el exterior.

Y fue de nuevo Moana quien, en una noche de luna llena, nos arrancó a Kiri y a mí de nuestro sueño.

—Levantaos, niñas, levantaos. Tenemos que irnos de aquí, han llegado oteadores. Los Casacas Rojas vienen con muchos hombres.

Mi hermana gimió adormecida al sentarse, mientras yo me levantaba atemorizada de mi esterilla.

—¿Nos vamos muy lejos? —preguntó Kiri de mal humor—. ¿Tenemos que andar mucho?

Moana negó con la cabeza. No teníamos ninguna lámpara, pero la luz de la luna entraba en la cabaña y distinguíamos su silueta con claridad.

—No; solo hasta Orakau. Las obras de fortificación están casi terminadas, nos atrincheraremos allí.

—¡Tengo que ir con los guerreros! —Tuma vio la oportunidad para reunirse con los hombres antes de lo planeado. Recogió sus armas.

—Creo que es mejor que nos llevemos algo de comer —murmuró Moana, recogiendo las pocas provisiones que había en nuestra cabaña—. Enrollad las esterillas, niñas. Tenemos que darnos prisa. Los Casacas Rojas vienen a caballo y no tardarán en llegar.

La seguí jadeando cuando ella se unió a las mujeres y niños que se dirigían al *pa* de Orakau. Al hacerlo solo pensé que el juego del escondite estaba a punto de terminar. Claro que todavía podíamos ocultarnos tras la cerca del *pa* y esperar que no nos vieran. Pero Cameron y sus hombres seguro que sabían que estábamos allí. Y jugar a pillar también sería difícil si unos iban a pie y otros a caballo...

En Orakau volvimos a encontrarnos con mi madre. Se estaba instalando en el alojamiento que nos habían asignado. Lejos del centro del *pa*, donde la mayoría de las mujeres y niños eran albergados, cerca de las empalizadas. Aproveché la oportunidad para buscar consuelo frente al miedo y la soledad y corrí hacia Ahumai. Mi madre podía tocarme, yo podía abrazarme a ella.

—¿Van a matarnos? —pregunté temblorosa, mientras rodeaba con los brazos su cintura y escondía el rostro en los pliegues de su falda bordada—. ¡No quiero estar muerta!

Ahumai me separó de ella con determinación.

—¡No te lamentes, eres la hija de un jefe tribal! —dijo con severidad—. Lucharemos y si así tiene que ser, moriremos. Yergue la cabeza. Odiaremos a los *pakeha* hasta nuestro último suspiro. Y ahora túmbate aquí y duerme. Tengo que ir con vuestro padre.

No sé si realmente tenía que ir con los hombres, es posible que también hubiera podido quedarse con Kiri y conmigo, para tranquilizarnos. Pero Ahumai era una guerrera. Sus ojos brillaban cuando pensaba en la contienda, quería estar en las empalizadas cuando los jefes las ocuparan. Escuché cómo ordenaba con severidad a Moana que se armase.

—Al parecer se acercan tres generales británicos con mil cuatrocientos Casacas Rojas —desveló a la también asustada muchacha—. Y nosotros somos trescientos, entre hombres y mujeres. Ningún hombre ni ninguna mujer puede faltar a sus obligaciones.

—Pero alguien debe quedarse con los niños —objetó Moana.

Suspiré aliviada. Al menos ella no me dejaría en la estacada, incluso si tenía que rebelarse contra Ahumai. Yo la admiraba por eso.

Mi madre no tardó en dejar nuestro alojamiento. Kiri se ovilló sobre su esterilla, indiferente a la mudanza, y ni siquiera oyó los primeros disparos cuando los ingleses atacaron por la mañana. Yo, en cambio, me di un susto de muerte, y Moana incluso se atrevió a salir para averiguar qué ocurría. Me acurruqué temblorosa y llorando bajo la manta, convencida de que un enorme guerrero *kupapa* con la cara tatuada iba a sacarme de allí para despedazarme con su hacha.

Pero no ocurrió. Moana regresó y me aseguró que solo se había ausentado un instante. De hecho, estar cerca de la empalizada nos había resultado ventajoso en ese momento. Moana había encontrado a un joven guerrero que la había informado.

—No tengas miedo, tu padre ha rechazado el ataque —explicó para tranquilizarme—. Ha dejado que los soldados se acercaran y, cuando estaban a cincuenta pies de nuestro cercado, ha arremetido contra ellos. Se han retirado enseguida, ahora ha vuelto la calma...

—¿Se... se irán? —pregunté esperanzada.

Moana negó con la cabeza.

—No —respondió abatida—. Kure dice que... que están montando tiendas.

Cuando se hizo de día, nosotras mismas pudimos verlo. Con el corazón latiéndome con fuerza, acompañé a la intrépida Kiri a la empalizada para echar un vistazo al exterior. El general Cameron y sus soldados construían un cerco en torno a nuestro fuerte. Al principio dejó de atacar, pero sus soldados y jinetes patrullaban noche y día alrededor de Orakau. Era imposible que saliera alguien a cazar o a buscar agua sin ser visto. Era sumamente arriesgado, pero en el *pa* no había reservas de comida. A diferencia de en un auténtico poblado, no había campos de cultivo en los que desenterrar boniatos (*kumara* en nuestra lengua) que alguien hubiera dejado olvidados, ni animales que sacrificar. Los jefes habían planeado llevar víveres y reservas de agua, pero nuestra huida del campamento junto al río había sido muy precipitada. Había ocurrido precisamente lo que mi hermano se temía: los sitiadores habían cortado el acceso a cualquier suministro al *pa*. Ni siquiera los mejores guerreros de Orakau resistirían demasiado tiempo.

Los días siguientes, mi padre mandó racionar el agua y a los ingleses se les sumaron refuerzos. Apareció Cameron con más soldados, llegaron jinetes y *kupapa* maoríes. Nosotros veíamos sus hogueras y no nos atrevíamos a encender ninguna por la noche para no ser el objetivo de los artilleros ingleses. Nuestros guerreros estaban intranquilos, algunos insistían en salir de la fortificación. Mientras los sitiadores aguardaban, la atmósfera en el *pa* cada vez era más tensa. La estrategia de Cameron era clara: había apostado por dejarnos morir de hambre y estaba saliéndose con la suya. Las raciones de comida que Moana iba a buscar al centro de distribución cada día eran más pequeñas.

—Los guerreros se están quedando sin municiones —informó Tahnee, la amiga de Moana, cuando nos trajo agua—. El jefe está muy enfadado porque los guerreros se dejan provocar demasiado. Basta con que los ingleses disparen un par de tiros a la empalizada para que devuelvan los disparos sin la menor posibilidad de darle a alguien.

—Pero si no tenemos ni agua ni comida ni pólvora —pregunté amedrentada—, ¿qué haremos?

Moana se encogió de hombros.

—Escapar —intervino Tahnee. Estaba casada con uno de los jefes menores y su marido formaba parte del consejo—. El *ariki* está trabajando en una vía de escape. Es probable que por la noche abramos la puerta de la empalizada y salgamos. Los guerreros pelearán para dejarnos el paso libre.

—¿El paso hacia dónde? —preguntó Moana.

Su amiga se mordió el labio.

—Hacia el río —contestó—. Escapar por el río es la única posibilidad que nos queda. Al menos eso creen los hombres. Allí hay canoas escondidas, el *ariki* es previsor...

—¿Canoas suficientes para trescientas personas? —preguntó Moana.

Tahnee negó con la cabeza.

—No —susurró, con la esperanza de que las niñas no la oyésemos—, los trescientos nunca conseguirán llegar al río...

Pero la gente de Orakau volvió a alimentar esperanzas. Tras unos días más de severo racionamiento de comida y agua, Tahnee llegó un mediodía a nuestro alojamiento emocionada.

—¡Los *pakeha* han hecho una oferta! El mismo Cameron ha hablado con los jefes, llegó en su caballo hasta la puerta e hizo llamar a Rewi Maniapoto. Los ingleses quieren que nos rindamos. ¡Quieren la paz! Oh... Ojalá, ¿a que sería maravilloso que volviese a haber paz? Incluso... incluso habiendo perdido la guerra...

Tahnee tenía un hijo pequeño y volvía a estar embarazada. No había nada que desease con más fuerza que volver a establecerse en un lugar fijo y no tener que estar cada día temiendo perder a su marido en la batalla.

—De todos modos, no he entendido del todo de qué se trata en realidad —admitió Moana—. Del *kingi*, claro, eso sí. Pero si por mí fuera, también podríamos haber prestado juramento a esa reina Victoria. Con lo lejos que está, nunca habría desafiado a nuestros guerreros...

—¡Pero quiere nuestra tierra! —señaló su amiga—. ¡No podemos darles toda nuestra tierra a los *pakeha* y a su reina!

En eso tenía razón, hasta yo lo entendía. ¡Si renunciábamos a nuestra tierra ya no podríamos pescar ni cultivar *kumara* y moriríamos de hambre! Y en esos momentos yo sabía lo que era eso. No, ¡no podíamos darles nuestra tierra!

Pero, lamentablemente, eso era lo que los ingleses exigían en las negociaciones. El gobernador Grey quería la sumisión total. Ya no le bastaba con que los jefes jurasen lealtad a su reina. Insistía además en el desarme de todos nuestros guerreros y la entrega de las tierras de todas aquellas tribus que habían luchado a favor del rey Tawhiao.

Todos los del *pa* consideraron que tales reclamaciones eran inaceptables. Así que nos reunimos para escuchar qué respondía Rewi Maniapoto. Mi padre subió a la plataforma que había detrás de la empalizada con el traje de gran jefe. Sus guerreros le llevaron las insignias de su poder, su preciosa capa bordada con plumas de kiwi ondeaba al viento.

—¡No vamos a daros nuestras tierras, *pakeha*! —espetó a Cameron y a los demás generales sin rodeos—. Si la queréis, tendréis que venir a buscarla. *E hoa, ka whawhai tonu matou. Ake! Ake! Ake!* Amigo, lucharemos por siempre. ¡Por siempre! ¡Por siempre! ¡Por siempre!

Fue una gran intervención. Sé que toda nuestra gente se sintió orgullosa de él, pero a mí me dio miedo. Y todavía fue peor cuando los ingleses nos hicieron llegar un requerimiento más.

—Dicen que los guerreros tienen que mandar salir a las mujeres y niños —tradujo Tahnee. Su tribu había vivido cerca de una misión cristiana y sabía un poco de inglés.

Sobre la empalizada, mi padre y sus hombres también escuchaban con atención las palabras del intérprete. Y entonces mi madre dio un paso hacia delante. Estaba preciosa. Erguida, indómita, con el cabello negro ondeando al viento, vestida con los colores de su tribu.

—*Ki te mate nga tane, me mate ano nga wahine me nga tamariki!* —dijo con su voz sonora y fuerte, decidida y segura de sí misma. «Si los hombres mueren, también las mujeres y los niños morirán.»

Yo temblaba de miedo.

De hecho, ni mi padre ni mi madre tenían la intención de dejar su vida en Orakau. Apenas dos días después del altercado, Rewi Maniapoto se atrevió a emprender la huida en la hora tercera de una noche sin luna. Esta vez, no fue la voz de Moana la que me despertó. Mi madre en persona apareció para recogernos a Tuma, a Kiri y a mí.

—*Kia kamakama*, ¡daos prisa! —nos exhortó, y yo no se lo hice repetir.

De todos modos, mi sueño tampoco era profundo, el miedo y la angustia no me dejaban tranquilizarme. Al final todos sentíamos que nos esperaba algo grande. O bien conseguíamos huir o Cameron asaltaría el *pa*.

Mi madre nos condujo a la salida secreta de la que Tahnee nos había hablado. Los habitantes del *pa* se reunían allí y a mí me asombró el modo tan silencioso con que se efectuaba la marcha. Habitualmente, las comunidades maoríes eran vocingleras y alegres, pero en esos momentos ni siquiera los niños más pequeños se atrevían a abrir la boca. Vi a Tahnee con su bebé atado a la espalda y a otras mujeres con niños de la mano. Los guerreros formaron junto a la salida. Pelearían para dejarnos una vía libre.

Y entonces todo sucedió muy deprisa. Los jefes se habían cerciorado de que todos los guerreros, mujeres y niños estuvieran preparados para escapar. Muy despacio, sin emitir el menor sonido, la puerta se abrió... y un segundo después los guerreros empezaron a golpear con las lanzas el suelo y a entonar una salvaje canción de guerra. Gritando y cantando se abalanzaron hacia el exterior, sobre las tiendas de los ingleses, que apenas estaban vigiladas. El efecto sorpresa había resultado. Si Cameron había contado con que se realizara un ataque, seguro que no esperaba que fuese en ese sitio.

Mi madre guiaba a los que escapábamos, corriendo detrás de los guerreros. Pasando junto a hombres que luchaban, oímos gritos de muerte y los relinchos de los inquietos caballos. Los guerreros habían roto el cerco de los británicos. Nadie nos molestó mientras escapábamos hacia el bosque. Yo corría ligera como el viento y adelanté a Kiri y Moana. Por primera vez en mi vida me sentí una auténtica guerrera, invencible, no experimentaba ni el menor vestigio de miedo, aunque apenas me quedaba aliento cuando por fin penetramos en el verdor oscuro del bosque de helechos. Ahí estaríamos protegidos mientras alrededor del *pa* seguía la batalla. Los *pakeha* no nos siguieron. Todavía no habían entendido que no se trataba de un simple ataque, sino de que Rewi Maniapoto efectuaba un intento temerario por evacuar el *pa*. Corrimos un poco más por el bosque hasta que Ahumai nos reunió en un claro.

—¿Están aquí todas las mujeres y niños? ¿Ninguno se ha perdido? —preguntó con vehemencia.

Contestaron muchas voces. Al parecer, nadie echaba de menos a los suyos. Detrás de nosotros comenzaban a asomar los primeros guerreros entre los árboles y helechos.

—¡Bien! —contestó mi madre—. Entonces nos repartiremos en pequeños grupos e intentaremos abrirnos camino hasta el río. ¡Suerte!

Hasta ese momento no me había dado cuenta de que no estábamos ni mucho menos seguros. Al contrario, todavía nos esperaba el camino más difícil. Ahumai no parecía tener el propósito de llevarnos por el camino directo al río Puniu, los soldados y sus caballos nos habrían atrapado enseguida. En lugar de eso, al juego de pillar siguió el del escondite. Me encontré en un grupo formado por mi madre, Tuma, Kiri, Moana, Tahnee y otras dos mujeres. Ahumai y Tuma iban armados, pero si los *pakeha* o los *kupapa* maoríes nos descubrían, hasta yo tenía claro que no iban a luchar cuerpo a cuerpo con las lanzas y mazas tradicionales. Antes dispararían a matar.

En las horas que siguieron corrimos por senderos estrechos a través del bosque. Seguíamos caminos que apenas merecían ese nombre, calmábamos la sed en pequeños arroyos que con frecuencia debíamos vadear. No hacía frío aunque ya había empezado el otoño, pero la marcha rápida y la excitación nos hacían sudar. Al principio el corazón me latía con fuerza mientras seguía a mi madre y mi hermano a través de la penumbra, pero en cierto momento la excitación dejó paso al cansancio. Cuando salió el sol, tenía la sensación de no poder dar un paso más, solo quería dejarme caer y dormir. Pero no me quejaba. Tres niños más de distintas edades se habían unido a nuestro pequeño grupo y ellos también se resignaban en silencio a su destino.

Nos acercábamos al río, Ahumai sabía dónde estaban escondidas las canoas. Nos detuvimos delante de una extensión de matorrales bajos, la hierba tussok crecía en la extensa planicie delante del río. Allí era imposible ocultarse, solo podíamos esperar que nadie nos siguiera y que pudiésemos pasar campo a traviesa sin que nadie nos viera. Para salir airoso, en ese lugar no servía ni la destreza ni la rapidez ni el conocimiento del terreno, que era lo usual. Lo único que contaba era la suerte. Y fuera quien fuese quien debía dárnosla, los dioses del río y de los bosques, los espíritus de los antepasados o el dios de los cristianos, esa mañana no estaba de nuestra parte. No hubo ningún dios amable que extendiera niebla sobre la tierra o al menos una cortina de lluvia, ningún espíritu espantó a los caballos de nuestros perseguidores.

En efecto, Cameron y sus oficiales se habían apresurado a poner en marcha la caballería cuando se percataron de nuestra huida, además de un regimiento de *forest rangers*, entre los que se hallaban diversos maoríes *kupapa*. A ellos les había resultado fácil seguir nuestras huellas a través del bosque y si aún no nos habían atrapado era solo porque los senderos resultaban demasiado estrechos para los caballos y los soldados *pakeha* avanzaban torpemente por el bosque. Los guerreros maoríes en solitario ya nos habrían cogido hacía mucho tiempo.

Pero ahora, cuando nos apresurábamos con las últimas fuerzas que nos quedaban para atravesar la planicie —además de nuestro grupo había otras mujeres y niños que corrían hacia el río—, nuestros perseguidores salieron del bosque. Yo tenía miedo de darme la vuelta, pero oía sus gritos y el golpeteo de los cascos de sus caballos, y luego ¡los disparos! Sus balas cortaban el aire como una tormenta que convertía el mundo en un infierno de granizo y viento. Yo corría como nunca antes. Moana me cogía de la mano y tiraba de mí. Su mano estaba caliente, sus dedos grandes y fuertes envolvían los míos más pequeños, y sentí algo así como un consuelo. Entonces Moana cayó junto a mí, abatida por una bala.

Su mano soltó la mía.

—¡Corre, Marama, corre! —dijo con las últimas fuerzas que le quedaban.

Volví a oír una vez más su voz, tosió y de su boca salió sangre... Yo estaba paralizada por el miedo, pero conseguí echar a correr de nuevo. A mi lado se desplomó Kiri con un grito horroroso, luego Tuma y al final varias balas alcanzaron a mi madre. No cayó enseguida al suelo, pareció como si la violencia de los disparos la impulsara a ejecutar una sobrecogedora danza en el aire.

Durante la carrera, Tahnee intentó sacarse al niño de la espalda para protegerlo con su cuerpo, pero la hirieron, y yo ya no tenía fuerzas. Me dejé caer no lejos de mi madre, boqueando y sollozando desesperada.

Y entonces vi llegar a los hombres. Las tropas *kupapa*. Seguían a pie a los jinetes, pasaban impasibles entre los hombres, mujeres y niños heridos y agonizantes y con sus bayonetas, lanzas y hachas acababan el trabajo de los fusileros. Yo quería apartar la vista de ellos, pero no podía. Con delirante fascinación observé cómo uno de los hombres clavaba su bayoneta en el pecho de Kiri y cómo otro cercenaba con su hacha la cabeza de Tuma. Tahnee gritó cuando le arrancaron al niño de los brazos y lo tiraron como si fuese basura, pero su grito se apagó bajo la lanza de un hombre con la cara tatuada.

Justo después se volvió hacia mí. Yo gemí e instintivamente me arrastré hacia donde estaba mi madre. Él sonrió sarcástico al darse cuenta de que todavía estaba viva. Me agarró con sus manos ensangrentadas, me levantó tirándome del cabello, sacó su cuchillo...

—¡No la toques! —El grito de mi madre nos hizo estremecer tanto a mí como al guerrero. Ahumai yacía boca arriba gravemente herida, sangrando por las heridas. Pero todavía conservaba fuerza vital y la aprovechó para salvarme—. ¡No la toques! Es la hija del jefe. ¡Es *tapu*! ¡Que la ira de los dioses caiga sobre vosotros!

El guerrero me soltó como si yo quemara. Gritó algo a sus compañeros que no entendí, ya no quería oír ni ver nada más, solo me acurrucaba, temblando y sollozando. Es posible que me quedara inconsciente por unos minutos. Ya no lo sé, estaba tan desbordada por el horror que perdí cualquier percepción del tiempo. Cuando me atreví a abrir los ojos, también había Casacas Rojas junto a los maoríes en aquel campo de batalla cubierto por los muertos o agonizantes habitantes de Orakau. Los ingleses iban de un maorí al otro, algunos no dudaban en imitar a sus amigos *kupapa* y asestar un golpe de gracia a los que todavía gemían. Otros trataban de poner fin a la matanza. Vi que un soldado se acercaba a mi madre y la movía con la bota. Ella no sentía nada, tenía el cuerpo laxo, estaba inconsciente o muerta.

El hombre dijo algo a sus camaradas y entonces me descubrió. El guerrero maorí al que Ahumai había amenazado lo llamó para advertirle que no me tocara, pero el inglés lo rechazó con un gesto impaciente de la mano. Yo intenté escapar a rastras cuando levantó el fusil con la bayoneta. Pero pareció pensárselo mejor y bajó el arma. De nuevo dijo algo a los guerreros y se alejó.

Durante lo que me pareció una eternidad me quedé ovillada, temblando. Luego empecé a sentir algo que no era horror. Frío. Me estaba congelando. Pese a ello, seguí tendida e inmóvil mientras iban apareciendo más Casacas Rojas. Entre los recién llegados y los maoríes *kupapa* parecía haber desavenencias. Intercambiaban palabras ásperas. Al final pareció que todos se decidían por marcharse y dejar los cadáveres allí tendidos. Los ingleses guiaron sus caballos, algunos volvieron a Orakau, otros al río, y los *kupapa* emprendieron el camino a pie, visiblemente ofendidos, en otra dirección.

Ni yo misma sé por qué me levanté y los seguí. No pensaba, solo hacía lo primero que me pasaba la cabeza. En ese momento no había nada que me pareciera peor que quedarme sola con los espíritus de mi tribu ahí, en esa extensión. Espíritus que no se sosegarían si nadie enterraba los cadáveres. Espíritus que sin duda estaban iracundos...

Corrí dando trompicones, las piernas flaqueando, tras los guerreros maoríes. Me daban miedo, pero sabía que no iban a hacerme nada. Confiaba en los *tapu* que protegen a la hija de un jefe tribal. Ignoraba si también me habían defendido de la sed de sangre de los ingleses. En cualquier caso, el hombre de la bayoneta seguro que no había dejado caer el arma a causa del tabú. Debía de haber recordado la orden de su general de respetar a mujeres y niños.

Muy pronto se dieron cuenta de que yo corría tras ellos, pero no les importó. En condiciones normales no habrían tardado en dejarme atrás, pero no se movían tan deprisa como solían. Uno de ellos estaba lastimado, pues uno de los abatidos había tenido tiempo de clavarle el cuchillo o la lanza en la pierna antes de morir. Eso retardaba su marcha. Además, discutían acaloradamente, se peleaban. No entendía acerca de qué, solo ponía cuidado en no acercarme demasiado a ellos.

Al final anocheció y los hombres encendieron una hoguera cerca de un arroyo. Uno de ellos pescó, otro hizo pan ácimo y asó unas raíces de *raupo* en las brasas. Olía bien y yo empecé a sentir hambre. Naturalmente, no me atreví a aproximarme a pedirles comida. Me deslicé hasta el riachuelo para apagar mi sed antes de buscar resguardo tras un matorral. Me quedé dormida mientras los hombres se pasaban una botella de whisky junto a la hoguera y celebraban su victoria sobre un grupo de inocentes.

Despertar al día siguiente fue una tortura. Me dolía todo el cuerpo y los ojos me escocían de tanto llorar. Por unos instantes intenté convencerme de que todo había sido una pesadilla, pero entonces oí las voces de los hombres. También los maoríes *kupapa* habían despertado. Me puse en pie. No me quedaba otro remedio que seguir tras ellos, pero empecé a preguntarme adónde me llevaría su camino. ¿Volvían a su tribu? ¿A su poblado? ¿Me dejarían sola delante de la puerta de su *marae* o me acogería la tribu? Si hubiera sido una niña normal, habría podido quedarme como esclava. Con frecuencia los cautivos de guerra eran tomados como esclavos. Pero ¿sucedería lo mismo con los hijos de los jefes tribales? A lo mejor había un *tohunga*, un sacerdote o una bruja que podría liberarme del *tapu*. Pero entonces los hombres también podrían matarme sin temer la cólera de los dioses.

Abatida, me puse en pie cuando, de repente, ocurrió un milagro. Uno de los hombres dijo algo a los demás, rio y me tiró un trozo de pan. Lo recogí y me lo llevé a la boca. También media raíz cruda de *raupo* que otro me arrojó. Y nada más, pero ese gesto de los hombres me hizo abrigar esperanzas. Si alguien daba de comer a otro, es que pensaba dejarlo con vida.

Los hombres avanzaban más despacio que el día anterior, tenían que ayudar al herido. Así que yo no los perdía de vista, aunque al principio circulamos por senderos estrechos a través de la espesura del bosque. Uno de esos senderos terminó en una carretera ancha y pavimentada, de esas que los *pakeha* construían cada vez con más frecuencia entre nuestra vegetación y para disgusto de nuestros jefes. Los dioses, decían los ancianos *tohunga*, estaban furiosos por ello, pero viajar era más fácil por las carreteras de los *pakeha*. Se avanzaba mejor.

En la medida de lo posible, me mantenía a la sombra de los árboles del borde de la carretera. Algo me decía que no debía dejarme ver por los *pakeha* con quienes nos cruzábamos más y más veces o que nos adelantaban a caballo, en carrozas o carros. A la larga, no podría seguir ocultándome de ellos. Fuera donde fuese que íbamos, la meta no era un *marae* escondido en medio de la selva. Los guerreros dirigían sus pasos hacia una colonia de blancos.

Hacia el mediodía, llegamos a Kihikihi.

Kihikihi siempre había pertenecido a los ngati maniapoto. El *marae* de nuestra tribu había estado allí hasta hacía pocos años. Mis padres habían vivido en ese lugar y nosotros, sus hijos, habíamos nacido allí. Luego los *pakeha* lo habían conquistado. Cameron había acantonado su regimiento y lo único que todavía recordaba a mi poblado era el nombre de la colonia. Un *kihikihi* es un insecto similar a la cigarra. Los blancos habían construido sus casas de uno o dos pisos a lo largo de la calle mayor, erigido cuarteles de madera sin adornos y ubicado la plaza de armas. También se habían instalado comerciantes; había un gran colmado, un hotel y muchos pubs, un banco, una oficina de correos, una iglesia e incluso un médico...

Yo desconocía los nombres de todos esos edificios cuando llegué tras los guerreros *kupapa*. Solo sabía que tenían un aspecto muy distinto de las casas de reuniones, las cocinas y los dormitorios comunes de mi pueblo. También la gente era totalmente diferente de la que habitaba en un poblado maorí. Vi por primera vez a mujeres *pakeha*. Hasta entonces no había sabido que existían, pues los Casacas Rojas que peleaban contra nosotros siempre eran hombres. Ahora veía sorprendida que por las calles iban de un lugar a otro mujeres de piel blanca, rubias y pelirrojas, y que charlaban entre sí en su extraño idioma. Llevaban vestidos muy voluminosos, tan largos que a menudo les tapaban los pies. ¡Qué poco prácticos debían de ser para pescar y cazar, para pelear o para huir cuando llegaban guerreros extraños! Algunas, sobre todo las más jóvenes, parecían increíblemente delgadas. Tenían cinturas tan finas que un guerrero grande podría rodearlas con una mano.

Por lo visto, las mujeres blancas tenían tanto miedo de los guerreros *kupapa* como yo. Hubo varias que cambiaron de acera al ver venir a uno de esos aterradores guerreros. Algunas mujeres llevaban a niños de la mano, pero ninguna llevaba bebés a la espalda. La curiosidad me empujó a buscar con la mirada a niñas de mi edad, pero solo descubrí una. Era rubia, llevaba un vestido azul más corto que el de las mujeres mayores y el cabello como el trigo adornado con un lazo azul. Cuando me vio, escondió el rostro en la falda de su madre.

Nos acercamos a una plaza en medio del pueblo y vi que había puestos donde se ofrecían o intercambiaban frutas, verduras y otros artículos. En otras paradas se cocinaba y se asaba carne. Quien quería algo, iba allí y pedía un plato de potaje o una rebanada de pan con carne. Yo tenía tanta hambre que superé mi timidez y me acerqué a uno de esos puestos. La mujer que lo atendía no me miró tan furiosa como los hombres de algunos puestos, pero no fue muy amable. En lugar de darme algo cuando le tendí la mano pidiéndoselo y señalando la barriga y la boca, para mostrarle que tenía hambre, me trató con aspereza.

No entendí ninguna de sus furiosas palabras, pero el mensaje no dejaba lugar a equívocos: esa comida era *tapu* para mí. Y también me miraron mal los *pakeha* de puestos de frutas, vestidos y otras cosas bonitas y de colores. Supuse que también me gritarían si intentaba coger algo de lo que tenían.

Por el contrario, trataban a los guerreros *kupapa* con todo el respeto. Cuando llegaron a un puesto donde se asaban grandes trozos de carne ensartados en hierros sobre un fuego abierto, les dieron una gran porción a cada uno tras un breve intercambio de palabras. A cambio, el cabecilla dio al cocinero un par de chapas redondas y brillantes. Me pregunté si ese sería tal vez el dinero del que hablaban a veces los adultos en el *pa*. Se suponía que para los *pakeha* era importantísimo. ¡Lo cambiaban por todo, incluso por tierras!

Delante del puesto se habían instalado mesas largas y bancos. Los hombres se sentaron allí con su comida, como los *pakeha* que ya habían tomado asiento. Yo retrocedí a la sombra de una caseta de utensilios de cocina, cerca de los hombres. A lo mejor me tiraban algo. Y mis esperanzas no se vieron frustradas. En efecto, el más joven me arrojó una rebanada de pan y un trozo de carne. No conseguí atraparlo al vuelo y cayó al suelo, así que tuve que limpiarle la suciedad antes de llevármelo a la boca. Lo mastiqué con voracidad y lo tragué deprisa. Necesitaba más.

Paso a paso, fui acercándome a los hombres para atraer su atención, pero a distancia suficiente para que no me tocaran y no enojarlos. También vigilaba dónde caía mi sombra. Era un día de sol y era posible que los hombres no quisieran que la sombra de la hija de un jefe tribal se proyectara sobre ellos. Como recompensa a mi esfuerzo, volvieron a lanzarme comida. Esta vez la cogí al vuelo y desperté el interés de una mujer *pakeha*. Llevaba un vestido marrón muy bonito con una especie de abrigo encima y algo así como un extraño tocado sobre el cabello rubio. A su lado, dos niños mordisqueaban educadamente sus bocadillos de carne, una niña que debía de ser de la misma edad que Kiri y un niño algo mayor, pero ni mucho menos un casi guerrero como Tuma.

Los tres estaban sentados en la mesa contigua, pero la mujer se levantó y se encaminó erguida y sin miedo hacia los guerreros *kupapa*. Me señaló y dijo algo que los hombres no entendieron. Y entonces llamó a una chica joven que hasta entonces había estado de pie, un paso por detrás de los niños. Llevaba un sencillo vestido azul, un delantal y una cofia. Enseguida vi que era maorí o que al menos tenía antepasados maoríes. La piel, el cabello y los ojos eran oscuros.

No entendí lo que la mujer le decía, pero sí su tono autoritario. La muchacha asintió y pareció amedrentada, pero luego repitió valientemente las palabras de la mujer en maorí, aunque con dificultades. Cometía errores, como si no estuviese familiarizada con la lengua de su propio pueblo.

—La señora quiere saber por qué no dais de comer a niña.

Los maoríes *kupapa* rieron.

—¡Pero si es lo que estamos haciendo! —dijo el cabecilla, tirándome un hueso. Yo lo cogí hambrienta.

La mujer *pakeha* dijo algo más, esta vez parecía enfadada.

—Ella preguntar si niña es vuestra —tradujo la muchacha.

Los hombres iban a contestar, pero se detuvieron

cuando vieron que la mujer se sacaba una bolsita del bolsillo y cogía un par de chapas de dinero. De nuevo se dirigió a los hombres con voz severa y reprobatoria, y arrojó las chapas al cabecilla.

—Es para niña. —La chica maorí tradujo y yo miré a los hombres y a la mujer, esperanzada—. Comida.

Entendí que les pedía que compraran algo de comida para mí, pero los hombres se troncharon de risa.

—¡No sabíamos que ahora los *pakeha* incluían a niños maoríes en su menú! —vociferó el cabecilla—. Y eso que siempre nos prohíben asar a nuestros enemigos... ¿Cómo dicen, Hakopa? «¡Qué costumbre tan bárbara!»

Ya había escuchado demasiado. Justo de eso habían estado cuchicheando Moana y Tahnee. Los maoríes *kupapa* a veces se comían a sus rivales muertos. No sabía que los *pakeha* hicieran lo mismo, pero, claro, todo era posible... Dejé caer asqueada el hueso y me aparté asustada. Desesperada, busqué alrededor alguna vía de escape, pero no podría huir de esa colonia, por mucho que corriese.

—¡No vamos a darle el asado solo por dos peniques! —exclamó otro hombre—. Tu señora tendrá que desembolsar algo más.

No entendía de qué hablaban, pero el gesto del hombre era fácil de interpretar: quería más dinero.

La chica maorí volvió a hablar con la señora. Las palabras en la lengua *pakeha* parecían salir de sus labios con mayor fluidez. La reacción de la mujer fue de indignación.

Antes de que la muchacha tradujese, otro guerrero añadió:

—¡Es la hija de un jefe tribal!

La muchacha comunicó esas palabras a la mujer, en cuyo rostro solo se veía pura disconformidad. Al parecer conocía el *tapu*... Sentí esperanza. No podía comerme sin tocarme...

Pero la mujer volvió a abrir su bolsa, sacó un par de chapas brillantes, esta vez más gordas, y las tiró a los pies de los guerreros con expresión de asco. Fulminó con la mirada al cabecilla mientras este hacía gesto de pedir más dinero y soltó un par de palabras duras que la chica maorí dejó sin traducir por si acaso, no fuera a ser que el guerrero se encolerizara con ella, y luego se dirigió a mí. Me dijo algo y pese a que su voz era severa, no era hostil. Hizo un gesto con la mano para que me acercase a ella.

Aun así, no me atreví a aproximarme. En lugar de ello, me encogí bajo uno de los bancos. La mujer pareció perder la paciencia. Con un gesto indicó a la chica maorí que me cogiera. Ella obedeció con visible desgana, no parecía querer sacar de debajo de un banco a una niña sucia y apestosa. Y yo no pensaba rendirme sin luchar. Enseñé los dientes y bufé como un gatito.

La disposición de la muchacha a seguir las órdenes de su señora desapareció cuando intervino de nuevo el guerrero de menor edad.

—¡No la toques! —advirtió—. Es *tapu*. ¿No lo sabes? —Luego recogió las chapas de dinero y se marchó con los otros hombres.

Yo me acurruqué como un ovillo. A lo mejor ahora me dejaban tranquila. No hice caso del rápido intercambio de palabras entre la chica y la señora, ya que no entendía ni una palabra. Pero de repente oí otra voz a mi lado, joven y amable.

—¡Sal... sal! ¡Nosotros no hacerte nada! Nosotros no comer niñas... —El mensaje me llegaba en un balbuceante maorí.

Levanté con cautela la cabeza y reconocí al niño que había estado sentado a la mesa junto a la mujer *pakeha*. Era alto pero de rostro todavía infantil. Seguro que no tenía más de nueve años, como mucho diez. Su piel era muy clara, más que la de la mayoría de los *pakeha* que había visto hasta ese momento y su cabello tenía el color de los rayos de sol. Me miraba con simpatía. ¡Era la primera vez que veía unos ojos azules! Los encontré extraños y hasta me habrían parecido bonitos si no hubiese estado tan asustada. Me parecieron más expresivos que los ojos oscuros de la gente de mi pueblo. Creí reconocer en ellos un alma buena.

—Pero el guerrero ha dicho... —susurré—. ¿Y la mujer... no me ha cambiado?

El niño no me entendió.

—Yo no bien maorí —admitió—. Pocas palabras, solo... —Entonces abandonó la comunicación oral para tenderme la mano.

No sé lo que me impulsó a superar mi miedo y a cogérsela. El niño me ayudó a salir de debajo del banco y me condujo hasta su madre. Esta se peleaba con la muchacha maorí, que iba repitiendo la palabra «*tapu*». Hasta ahora, la hija se había mantenido agarrada a ella, seguramente por miedo a los guerreros. En ese momento se soltó, se acercó a mí y preguntó algo que no entendí.

Yo solo la miraba. Era bonita y estaba limpia, y llevaba un vestido rojo adornado con cintas azules. El cabello rubio, que me pareció de oro, estaba recogido en unas trenzas con cintas rojas.

El niño intentó comunicarse conmigo de nuevo mediante gestos.

—Yo... —Se tocó el pecho—. Leonard. Esta... —señaló a su hermana— Sarah. La llamamos Sassi.

La niña rio e imitó los gestos de su hermano.

—¡Sassi! —dijo con voz cristalina.

Tragué saliva. Desde la gran matanza junto al río, no había vuelto a emitir sonido. Había tenido demasiado miedo para siquiera gritar. Ahora quería intentarlo.

—Marama —dije.

Cuando la madre de Leonard y Sassi oyó mi voz, volvió a prestarme atención.

—Ma... ram... —intentó repetir mi nombre. Su voz tenía un deje de descontento.

—Marama —repitió Leonard y se señaló a sí mismo y luego a mí—. Mi nombre... —dijo en su lengua— es Leonard. Y tu nombre... es Marama.

Entendí y también me señalé el pecho.

—¡Nombre Marama!

—No. —La mujer *pakeha* había tomado una decisión—. No Ma... ra... Marian. —Me señaló y me habló tan despacio y tan claramente como Leonard—. Tu nombre es Marian. Nombre Ma-ri-an.

Entendí. Quería darme un nombre nuevo.

—No puedes llamarte como una salvaje, necesitas un nombre inglés —tradujo entonces la muchacha maorí.

Me pregunté si esa mujer podía cambiarme el nombre. Sí podía. No iba a comerme, me había comprado. Yo ahora era su esclava. Podía llamarme como quisiera. Así que pronuncié mi nuevo nombre.

—Marian.

La mujer *pakeha* dijo algo que sonó como un elogio. La muchacha maorí tradujo:

—Estos son master Leonard y missie Sarah. —Señaló a los niños.

Para ser amable, pronuncié los nombres.

—Leonard... Sa... Sassi...

Pero eso no satisfizo a la mujer. Quería decir algo, pero los niños replicaron. Al final, asintió.

—Está bien. Leonard y Sassi. Pero a mí me llamarás miss Hillary. ¡Miss Hillary! —La mujer se señaló.

Lo intenté.

—Missie... missie Hill...

La mujer torció la boca. Otra vez parecía descontenta, pero no me corrigió. Además, se percató de que los demás *pakeha* del mercado nos estaban mirando. Le pareció incómodo.

—¡Ruth, Leonard, Sarah, Marian! —nos llamó y se puso en marcha.

Entendí que nos instaba a dejar el mercado. Amedrentada, seguí a los niños. La chica maorí iba detrás.

—¿Tú eres... Ruth? —pregunté tímidamente.

—Ruih —respondió ella—. Ese es el nombre que me pusieron mis padres. En la escuela de la misión nos dejaron los nombres antiguos, solo nos prohibieron hablar en maorí. Por eso he olvidado buena parte de mi lengua.

Miss Hillary me puso después un nombre nuevo. No le gustan los nombres maoríes. Ahora soy Ruth. La cocinera, Mahuika, es Mathilda. Tú eres Marian. —Asentí—. Y tienes que aprender rápidamente el inglés —añadió Ruth—, o miss Hillary se enfadará.

No tuvimos que andar mucho para llegar a una gran casa de madera de dos pisos situada en una bulliciosa calle.

—Esto es un hotel —me explicó Ruth—. Aquí viven las personas cuando están de viaje.

Me quedé atónita.

—Cuando nosotros migramos, dormimos en casas de tribus amigas —dije.

Ruth se encogió de hombros.

—Los *pakeha* no. Ellos van a una casa como esta, le dan dinero al propietario y a cambio obtienen una cama para una o más noches. Hotel. Repite: hotel.

Así aprendí una palabra más en mi nuevo idioma. Missie Hill ya entraba en el edificio y la seguimos por un vestíbulo. Era tan grande como una de nuestras casas de reuniones, pero el mobiliario era totalmente distinto. El suelo estaba cubierto de esterillas grandes y de colores, aunque nadie dormía sobre ellas. La gente simplemente las pisaba deambulando de un sitio a otro. También estaban cubiertos de telas unos muebles muy raros donde se habían sentado señoras y señores que hablaban entre sí y enfrente de ellos unas mesitas que tenían platos de comida y tazas humeantes. De vez en cuando tomaban un sorbo o daban un bocado con unos utensilios de metal que se llevaban a la boca. ¿Eran todos hijos de jefes?

¿O es que los *pakeha* no podían tocar la comida? Sin embargo, Leonard y Sassi habían sostenido sus bocadillos en la mano.

Seguí mirando en derredor. En las paredes no había estatuas de dioses, sino cuadros pintados que mostraban flores, un bosque o casas. Detrás de una mesa alta había un joven *pakeha* que sonrió amablemente a missie Hill hasta que su mirada se posó en mí. Dijo con asco un par de frases terminantes. Pero missie Hill no le dejó explayarse. Su caudal de palabras lo hizo callar y luego marcharse a otra habitación. Allí estuvo hablando excitadamente con otros *pakeha*, regresó y se dirigió diligente a missie Hill.

Ruth tradujo para mí.

—El hombre dice que miss Hillary no puede llevarte así a la habitación. Antes tienes que limpiarte. ¿Sabes... sabes lavarte?

Me encogí de hombros. Hacía demasiado frío para bañarse. Yo tenía hambre, no ganas de saltar en el primer lago o río que encontrase.

Ruth interpretó mi gesto como una respuesta negativa y gimió.

—Lo sabía. Ahora miss Hillary insistirá en que te bañe... Espero que lo del *tapu* no sea cierto.

Me mordí el labio.

—Pues sí que lo es —susurré—. Soy hija de un jefe tribal...

—Pero yo estoy bautizada —dijo Ruth, como si quisiera tranquilizarse a sí misma—. ¡Los espíritus no pueden hacerme nada!

Por lo visto, los *pakeha* habían descubierto un método para evitar los *tapu*. En nuestra tribu, quienes violaban un *tapu* solo podían librarse de la maldición de los dioses mediante una ceremonia de purificación.

El *pakeha* que estaba detrás de la mesa contestó algo a missie Hill y dio unas indicaciones a Ruth, que me miró.

—Dicen que tengo que bañarte. Ven...

—¿Puedo... puedo comer algo antes?

No quería ser desobediente, pero me encontraba mal del hambre que tenía, así que me decidí por preguntar. Me sorprendió que Ruth tradujera mis palabras a missie Hill. Yo esperaba que respondería simplemente que no, pero ella también deseaba postergar el baño.

Missie Hill reaccionó con impaciencia y pronunció con rudeza un par de indicaciones.

—Más tarde —me indicó Ruth—. Nos bañamos antes de comer.

Bajé la cabeza entristecida y ya me disponía a marcharme tras ella cuando oí que Leonard decía algo. Sonrió, señaló su boca y nos indicó que esperásemos. Entonces se acercó a una mujer a quien yo acababa de ver sirviendo a la gente de las mesas. Habló con ella y, cuando regresó, me dio una cosa redonda y blanda espolvoreada de algo blanco.

—Comida —dijo en maorí.

Entonces yo mordí esa cosa y disfruté del sabor más dulce y sabroso que jamás había paladeado; así me enseñó la tercera palabra en su lengua: «bollo».

Para mí, el mundo de los *pakeha* estaba lleno de maravillas que iba descubriendo lentamente con ayuda de Ruth, Leonard y Sassi. Empezó con la sala de baños. Ruth no me llevó a la orilla de un río o un lago, sino a una instalación del hotel en la que hacía un calor increíble, aunque no vi que ardiera ninguna hoguera. Una *pakeha* gorda, que llevaba un vestido azul y un delantal como Ruth, nos esperaba allí. Por supuesto, se llevó las manos a la cabeza cuando me vio. Ruth me ayudó a desvestirme y tiró con asco mi ropa sucia y desgastada a un montón.

—Ya no vas a seguir llevando esto —advirtió y empezó a hablar con la mujer gorda sobre dónde encontrar algo para vestirme.

Luego las dos me condujeron a una enorme tina en la que el agua humeaba... Miré a Ruth horrorizada. ¿Me iban a cocer y comer? Ruth dijo algo a la gorda y esta se echó a reír y me pasó la mano por el pelo tan suave y cariñosamente como hacían las otras madres de nuestro poblado con sus hijos.

—¡No tengas miedo, pequeña! —tradujo Ruth sus dulces palabras y añadió—: Es solo una agradable agua caliente. Y jabón. La encargada de los baños lo ha preparado para ti. Anda, puedes meterte dentro.

De hecho era como si hubiesen construido una especie de estanque, lo que me tranquilizó. A fin de cuentas, las víctimas de los caníbales no debían de meterse solas en la marmita.

El agua no estaba hirviendo, sino maravillosamente caliente. Nunca había experimentado algo tan fantástico, que olía como un prado en verano. Entonces Ruth empezó a frotarme con una cosa extraña de la que salía espuma. ¡Espuma que olía a flores! El que después me restregara con un cepillo fue menos agradable, pero vi que quería sacarme toda la costra de suciedad, sangre y sudor que se había formado en mi piel. Al final, estaba más limpia que en toda mi vida, pero Ruth no estaba todavía satisfecha. Empezó a lavarme el pelo con esa cosa olorosa que llamaba jabón, y se quedó horrorizada cuando vio que tenía piojos.

La *pakeha* gorda a la que Ruth había presentado como la encargada de los baños dijo unas palabras e hizo un gesto con la mano, como si quisiera cortarme algo.

—No, no va a cortarte la cabeza —bromeó Ruth cuando se percató de mi expresión aterrada—. ¡Solo te cortará el pelo!

Acto seguido, vi una herramienta de metal y me sorprendí de que con ella me cortaran el pelo sin lastimarme. Ruth la llamó tijeras. Yo miraba entristecida los mechones enmarañados que caían al suelo, delante de la bañera. Cortar el pelo de la hija de un jefe tribal era *tapu*. Yo sabía que en el cabello de los jefes vivía el dios Rauro. Por eso mi padre ni siquiera podía tocárselo. Habría sido una grave ofensa para los dioses cortárselo. Pese a ello, me sentía increíblemente bien cuando Ruth volvió a enjabonarme a fondo el pelo corto y después la encargada me puso una loción que, como me tradujo Ruth, mataría los últimos piojos y sus huevos. Escocía un poco, pero se podía aguantar mejor que el constante picor en el cuero cabelludo producido por ese hervidero de bichos. A continuación, la encargada me sacó de la bañera y me envolvió con una tela suave y cálida.

—Toalla —la llamó Ruth—. Sirve para secarse.

Al final, hasta me encontraron un vestido. Mi primer vestido *pakeha*. Era de una tela de colores, y esta vez ya conocía el nombre: algodón. Había visto vestidos de esa tela en las tribus que anteriormente habían negociado con los blancos. Mi madre había criticado a las mujeres que iban tan orgullosas por el poblado mostrando sus faldas *pakeha*. Las había exhortado a que eligieran tejidos maoríes tradicionales. Pero a mí me había gustado que la ropa estuviera estampada con flores o lunares. Entonces todavía estaba convencida de que alguien los había pintado.

—Una de las sirvientas tiene una hija tan grande como tú —explicó Ruth—. La encargada ha preguntado si alguien tenía un vestido y ella se lo ha dado para ti. —Se volvió sonriente a la encargada y le dirigió un par de frases en inglés, como si le estuviera dando las gracias.

Yo también sonreí a la mujer. Hasta ese día, nunca había pensado que los *pakeha* pudieran ser tan amables.

En efecto, los Clavell, que así se llamaba la familia, y los otros *pakeha* con los que me relacioné en los días siguientes casi siempre fueron buenos conmigo. Sin embargo, no veían en mí a un ser humano, sino más bien a un animalillo doméstico o una muñeca. Es cierto que durante los primeros días mi comportamiento debía de parecerse al de un perrito o gatito abandonado que tiene que aprender a desenvolverse en una casa inglesa civilizada.

Así que el primer día tanteé desconcertada las escaleras que conducían al piso superior, cubiertas con esterillas tejidas y que a mí tanto me impresionaban. Si bien en las casas maoríes hay escalones, mi pueblo no conoce las escalinatas. Una vez arriba, volví a sentirme maravillada. ¿Quién necesitaba espacios tan largos y estrechos? Y al final me impactó la habitación a la que me llevaron, mejor dicho, el conjunto de habitaciones.

—Los Clavell viven en una suite —me explicó Ruth— y te instalarás con ellos. Al principio, missie Hill quería que te instalaras en las dependencias del servicio, conmigo, pero Sassi se negó rotundamente. «Mi niña maorí tiene que vivir conmigo», dijo.

La voz de Ruth tenía un deje de desaprobación, pero el deseo de Sassi parecía tener prioridad. Cuando entramos estaban colocando una cama adicional en la habitación de los niños de la suite de missie Hill. Mientras visitaba a su marido en la guarnición de Kihikihi, dijo Ruth, vivían en el hotel. Y entonces me enteré de quién era el mayor Andrew Clavell. No había estado involucrado en la ofensiva contra Orakau, pero colaboraba en los proyectos del general Cameron. Era una especie de oficial de enlace entre una base mayor en Auckland y las tropas *in situ*. Naturalmente, yo no me enteraba de todo lo que Ruth me contaba, pero escuchaba con atención e intentaba retener todo cuanto decía. La familia tenía en Auckland una casa en la que vivía habitualmente. Allí disponía de más servicio doméstico, como la cocinera, gracias a la cual Leonard había aprendido maorí. A Kihikihi, missie Hill solo se había llevado a Ruth, que estaba empleada como niñera.

Mientras la muchacha maorí había estado ocupada bañándome, la señora había atendido personalmente a Sassi y Leonard y había estado bebiendo té y comiendo en la habitación. No había pensado en dejar algo de comida para mí. Su hija me había guardado un bollo.

Aplaudió de alegría cuando lo mordí hambrienta.

—¡Mamá, mamá! —gritó, señalándome.

—¡Di gracias! —me susurró la niñera, repitiendo la palabra en inglés. Intenté hacerlo entre dos bocados.

Esto pareció alegrar a Sassi. Missie Hill me miraba con severidad de arriba abajo, pero parecía satisfecha de mi aspecto. Lo único que no le gustó fue el pelo corto. Lo señaló e intercambió descontenta unas palabras con Ruth, que resistió con calma el chaparrón.

—Te pediremos lo antes posible un vestido como es debido —tradujo Ruth las últimas palabras de missie Hill, antes de que esta se fuera a cambiarse de ropa.

Según me contó la niñera, la señora y su marido estaban invitados a una gran comida con la tribu. Un banquete, lo llamaban. Era probable que esa noche los Clavell celebraran la toma del *pa* Orakau sin pérdidas para los ingleses, otra victoria sobre mi pueblo y su rey. ¿Hablaría de mí missie Hill? ¿Se ufanaría de haber comprado una niña a los «salvajes» del regimiento *kupapa*? Nunca lo supe. Como tampoco si me relacionaba con la masacre junto al río Puniu. De ello les hablé después a Leonard y Sassi, pero missie Hill nunca me hizo preguntas sobre mi pasado.

Esa noche tampoco conocí al mayor Clavell. Solo lo vi unos minutos cuando llamaron a Leonard y Sassi para que dieran las buenas noches a sus padres antes de que estos se marcharan. De mí nadie le había dicho nada. El contacto entre los niños y su padre parecía muy formal. A través de la ranura de la puerta vi que Sassi doblaba la rodilla de una forma extraña antes de dar un beso en la mejilla a sus padres y que Leonard se inclinaba ante el mayor. Yo no entendía aún el significado de la palabra «sir», con la que se dirigían a él.

A mí ya me estaba bien poder esconderme de ese hombre grande con uniforme rojo ese día en que había tenido tantas experiencias y había aprendido tantas cosas nuevas. Nunca antes había estado tan cerca de un Casaca Roja, exceptuando al soldado que había renunciado a clavarme su bayoneta tras pensárselo unos segundos. El mayor Clavell me atemorizaba y yo sospechaba que eso seguiría siendo así.

La indumentaria de missie Hill no infundía miedo, pero sí que era imponente. Llevaba un costoso vestido de noche. ¡Yo nunca había visto a una mujer envuelta en tanta ropa! Tenía el cabello peinado en un complicado moño, recogido y adornado con algo brillante que, según me susurró Ruth, era una diadema. Así engalanada me pareció una diosa. Hasta la imagen de mi madre, la orgullosa guerrera, palidecía ante su espléndida presencia.

Una vez que los Clavell se hubieron ido, tomé mi primera auténtica comida con los *pakeha*. Ruth mandó subir los platos de los niños a la habitación. Yo estaba tan hambrienta que agarré con los dedos la comida para llevármela a la boca y devorarla antes de que nadie pudiera quitármela. Eran dos pedazos de pan entre los cuales había una carne impregnada en salsa. Confirmé tranquilizada que también Leonard y Sassi cogían con los dedos el sándwich, que era como lo llamaban. Pero ellos solo lo mordisqueaban educadamente. Ruth me riñó cuando se me cayó un poco de salsa en el vestido nuevo. A mí me asombró. Hasta ahora nadie me había reñido por haberme ensuciado, pero la niñera cogió un trapo e intentó limpiar la mancha. También tenía que limpiarme la boca después de comer. Para ello había unos trapos pequeños especiales, los llamaban servilletas.

Después de cenar teníamos que ir a dormir, al menos Sassi y yo, Leonard podía quedarse un rato más despierto. Lo encontré raro, en el *marae* nos acostábamos cuando estábamos cansados, aunque el momento de ir a dormir dependía de que hubiera oscurecido. Durante la guerra no siempre había sido factible encender hogueras de noche. Ahí, por el contrario, las casas estaban alumbradas por lámparas de algo llamado gas. Sassi, que se quejó cuando la niñera nos envió a la «cama», habría podido pasar horas haciendo otras cosas, pero a mí ya me iba bien. Yo estaba agotada, pero antes de que me dejaran tranquila tuve que aprender qué era una cama. Ruth rio cuando le pedí una esterilla y me explicó que la gente civilizada no dormía en el suelo. Asombrada, me metí entre las sabanas y colchas e inspiré la fragancia de la ropa recién lavada. Era un olor floral, como el del jabón, agradable pero muy distinto del de las plantas que yo conocía.

—Rosas —contestó Ruth cuando le pregunté al respecto—. Son unas flores preciosas. Crecen en jardines y se pueden secar y luego poner los pétalos entre las sábanas. Huelen bien...

En efecto, la cama *pakeha* olía maravillosamente.

Más adelante, me caería varias veces cuando tenía pesadillas y me movía inquieta de un lado a otro, momentos en que una esterilla habría sido más práctica. Pero esa noche no ocurrió nada. Estaba exhausta y dormí profundamente y sin sueños.

Los días siguientes aprendí muchas palabras en inglés y recibí las primeras lecciones acerca de cómo había que comportarse en una casa *pakeha*. Sassi se divertía enseñándome como quien enseña a un cachorro dónde está su cuenco de comida y su manta para dormir, y le adiestra para sentarse cuando se lo ordenan. De hecho, lo primero que me enseñó a hacer Sassi fue una reverencia. Leonard se tronchaba de risa al ver cómo yo torcía las piernas al hacerlo. Más difícil me resultó averiguar cuándo había que hacer las reverencias y cuándo decir «por favor» y «gracias» que ya el primer día me había enseñado missie Hill.

Lo que no aprendí fue para qué servía todo eso. Los conocimientos de la lengua maorí de Ruth no daban para tanta explicación y, por lo visto, ni la misma Sassi sabía por qué tenía que hacer continuamente reverencias, sonreír y dar las gracias. Pese a ello, me ponía por las nubes cuando yo hacía o decía algo bien, e intentaba que yo la comprendiera. Missie Hill, por el contrario, partía de la base de que yo entendería sus órdenes si pronunciaba las palabras fuerte y con claridad. Normalmente era amable y cortés, pero exigía una obediencia incondicional, a mí y también a sus propios hijos. Cuando hacíamos algo mal, nos reñían enérgicamente e incluso nos daban un cachete de castigo. Yo me asusté mucho cuando rompí un plato sin querer y me castigaron con un bastonazo en la mano. Eso no se hacía entre los maoríes. A los niños nunca se les pegaba y se les prohibían muy pocas cosas.

En casa de la familia Clavell había normas para todo: cuándo sentarse a la mesa y cuándo volver a levantarse, cuándo ir a dormir, qué se podía coger y qué era *tapu* para los niños. Entre esto último se encontraba, por ejemplo, el maravilloso papel de cartas azul cielo de missie Hill, que ejercía sobre mí una mágica atracción. Se enfadaron mucho conmigo cuando cogí una hoja e hice una cometa diminuta. Leonard y Sassi habían crecido con esas normas. Sabían perfectamente cuándo podían hablar y cuándo se esperaba que guardaran silencio. En casa estaba prohibido de forma general reír a carcajadas, gritar y andar alborotando. Estas restricciones no me afectaban porque yo era demasiado tímida y apocada para hacer algo incorrecto y no sabía suficiente inglés para decir una incorrección. En general me esforzaba por hacerlo todo de manera correcta, pues al principio tenía mucha conciencia de mi estatus de esclava. Que me tratasen bien y no me encerrasen o dejasen morir de hambre no me sorprendía. En los poblados maoríes, tampoco se torturaba a los prisioneros de guerra que se tomaban como esclavos ni se limitaba su libertad de movimientos. Ellos no huían porque su propia tribu ya no los aceptaba. Un guerrero que se dejaba apresar perdía su *mana*, su energía espiritual, y con ello su honor.

Yo asumía que a mí, la hija del jefe raptada, me sucedía algo parecido. Entre los *pakeha* yo no era *tapu*. Sassi me tocaba continuamente. Se divertía peinándome y vistiéndome para que estuviera bonita. Me llamaba su muñeca de carne y hueso. De hecho, yo solo era un año menor que ella, pero más baja y delgada. Si bien los representantes de mi pueblo suelen ser fornidos, yo había crecido durante la guerra, huyendo y con una madre que velaba poco por nosotros. Estaba flaca, lo que era del agrado de los *pakeha*. Cuando iba con los Clavell por Kihikihi, siempre ocurría que mujeres que me eran desconocidas me acariciaban la cabeza o le hablaban a missie Hill de mí, como si yo fuese un gracioso perrito. Las mujeres del mercado que me habían ahuyentado cuando llegué a la ciudad me llamaban ahora «la negrita de la señora Clavell», y con una sonrisa me daban exquisiteces a escondidas.

También la modista de ropa infantil, a cuya tienda no tardamos en ir, era amable. Mientras yo me quedaba delante del estante con los vestiditos de colores en venta sin comprender nada, Sassi ya estaba buscándome una prenda que ponerme. La mujer me ayudó a vestirme y pronunció unas exclamaciones de elogio y admiración que entendí sin necesidad de traducción. Todos rieron cuando Sassi me enseñó cómo debía girarme delante del espejo. Yo también me reí y mostré, cuando me lo pidieron, cómo hacía una reverencia. Cuando a uno lo tratan como a una mascota, empieza a comportarse como tal.

Pero al igual que a un cachorro doméstico le sucede una desgracia en alguna ocasión, también a mí se me escapaban errores y a veces ni siquiera podía hacer algo por evitarlo. Durante el día estaba tan ocupada con mi nueva vida, que no se me ocurría llorar por mis familiares muertos. Pero por las noches, la masacre de Orakau me perseguía. Siempre había tenido tendencia a sufrir pesadillas y ahora volvía a correr casi cada noche para salvar la vida, veía a mi hermana y mi hermano morir, al bebé de Tahnee tendido en la hierba como un muñeco roto y a mi madre bailar una danza absurda sacudida en el aire por la violencia de las balas. Veía al guerrero tatuado, la bayoneta del inglés, intentaba arrastrarme hacia donde estaba mi madre, pero nunca llegaba hasta ella. Gritaba, lo que resultaba extraño, pues no recuerdo haber emitido sonido alguno cuando todos esos sucesos horripilantes estaban realmente sucediendo.

Mis gritos despertaban a Sassi y, mientras residimos en el hotel de Kihikihi, también a missie Hill y a Leonard. La primera vez que desperté sobresaltada a causa de una pesadilla, no fue tan terrible. Me había dado la vuelta en la cama, me caí y desperté al instante. Así que solo Sassi corrió a mi lado, asustada. Me habló cariñosamente, mientras yo intentaba ponerme de pie, con el camisón al que no estaba acostumbrada, y meterme otra vez en la cama. Luego volví a dormirme y todo fue bien.

La vez siguiente grité largamente y quien me zarandeó para despertarme fue missie Hill, muy enfadada por haberle arruinado su descanso nocturno. La *pakeha* no tenía palabras amables ni contaba cuentos que me tranquilizaran como hacía Moana. Me hablaba en tono autoritario y me ordenaba que me callase al instante. Eso ya lo entendía entonces, la palabra «silencio» fue una de las primeras que aprendí. Missie Hill era de la opinión de que a los niños había que verlos pero no oírlos. Luego también entendí «hotel». Había despertado con mis gritos a todos los inquilinos del establecimiento. Las disculpas que titubeé en maorí sirvieron tan poco como la intercesión de Sassi. La señora esperaba que yo fuese capaz de controlar mis sueños.

En los siguientes días lo intenté, por supuesto en vano, y después de que missie Hill me hubiera reñido varias veces con dureza e incluso me hubiese abofeteado en una ocasión, traté de no dormir, simplemente. Me esforzaba por pensar todas las palabras en inglés que había aprendido ese día, recordaba escenas de mi nueva vida con los *pakeha* y de la antigua con las tribus, hasta que me dormía exhausta y, entonces, en efecto, pocas veces soñaba. En cambio, durante el día me dormía en las comidas o cuando Ruth nos leía. Al principio, leer en voz alta me aburría bastante, pues no entendía la mitad de lo que decían y las historias de los libros infantiles ingleses me resultaban demasiado ajenas para identificarme con los personajes. No obstante, missie Hill esperaba que así aprendiera más deprisa el inglés, por lo que se enfadaba al ver que me dormía.

Al final fue Leonard quien me solucionó el problema. Tanto a él como a Sassi les daba pena que su madre me riñera por soñar. Los hermanos conocían la experiencia en carne propia.

—Tienes que despertarla antes de que grite —aconsejó Leonard a Sassi, que arrugaba la frente. Tenía un sueño profundo.

—Si no grita o se cae de la cama no me despierto —se lamentó ella.

Esta observación llevó a Leonard a tener su feliz idea. «A lo mejor da vueltas en la cama antes de ponerse a gritar», pensó.

La noche siguiente, antes de dormirnos, unió con un cordel mi muñeca a la de su hermana. Si dormíamos tranquilas, no notaríamos nada. Pero si yo empezaba a dar vueltas en la cama, ella se daría cuenta. Y fue un éxito. Aunque unas veces también me despertaba porque Sassi se movía mientras dormía, y otras veces ella me despertaba aunque mis sueños fueran inofensivos. Pero en general teníamos suerte. Me zarandeaba antes de que llegase a gritar y nadie molestaba a missie Hill mientras descansaba. Cuando Sassi ya estaba despierta, solía meterse en mi cama, se acurrucaba contra mí y me mecía como si fuese una muñeca. Esto me consolaba y seguro que también a ella le gustaba. Los niños nunca duermen solos en mi pueblo, la mayoría se estrecha junto a sus madres o hermanas, como yo hacía con Kiri. A Sassi sin duda le faltaba el contacto con otra persona como a mí. A la mañana siguiente, como más tarde cuando oía que Ruth entraba en la suite procedente de su cuarto para hacer sus tareas, volvía a su cama.

Prudentemente, como averigüé más tarde. Pues un mes después, cuando el mayor Clavell ya había cumplido su misión en Kihikihi y la familia regresó a Auckland, nos llevamos de repente una regañina. Missie Hill y el mayor dormían en otra ala de la gran casa y no se interesaban por lo que sucedía en las habitaciones de sus hijos. Solo Ruth era responsable de ello. Ella dormía con nosotras en la zona destinada a los niños y se tomaba muy en serio sus obligaciones. También solía controlar de noche si dormíamos y la primera vez que nos sorprendió a Sassi y a mí acurrucadas en la misma cama puso el grito en el cielo. Por primera vez oí hablar de «escándalo» y de «indecencia», sin entender lo que significaban.

Al día siguiente, la niñera maorí nos arrastró en presencia de missie Hill, quien también nos soltó un discurso furibundo y severo y nos amenazó con comunicar también al mayor nuestro impúdico comportamiento. Pero renunció, posiblemente por pudor, como entendí mucho más tarde, cuando hube aprendido lo pecaminoso que se suponía que era el cuerpo humano. Lo mejor era no hablar de que se disponía de uno. La profesora particular me enseñó una vez que era tal el decoro de la reina Victoria que la monarca ni siquiera mencionaba la palabra «piernas».

A esas alturas ya sabía que mi baño en las dependencias para tal uso del hotel de Kihikihi había sido una excepción. Solíamos ponernos una especie de camisa cuando nos bañábamos y nos lavábamos ahí abajo. Al principio esto me resultaba extraño. En los poblados maoríes nos desnudábamos con toda naturalidad para bañarnos y nos mostrábamos en cueros sin ningún inconveniente. Por otra parte, estaba lo bastante acostumbrada a extraños *tapu*. Si los *pakeha* así lo querían, me dejaba puesta la ropa. Que nos prohibieran a Sassi y a mí dormir juntas me afectó más y en realidad esperaba que Sassi volviera a pasar por alto la prohibición como en el hotel de Kihikihi. Ya debía saber entonces que los adultos no aprobaban nuestra conducta. Pero la amenaza de contar a su padre nuestro «pecado» atemorizó tanto a la niña que no volvió a mi cama. Ni siquiera pudimos tender el cordón que nos unía, pues estábamos en habitaciones separadas. Era la primera vez que yo dormía sola y las pesadillas volvían a abrumarme mientras dormía. Casi todas las noches me despertaba gritando aterrada, pero Ruth no se enfadaba conmigo. Aunque no me abrazaba, me consolaba y me llevaba leche caliente con miel para que volviera a dormirme. Tampoco podía volver a caerme de la cama. Las camas de la casa de los Clavell en Auckland eran tan anchas que una niña pequeña como yo habría podido bailar en ellas.

Antes de seguir hablando de mi vida en Auckland, he de contar el viaje hasta allí. Era un trayecto largo que recorríamos en un carruaje. Yo ya había visto carros tirados por caballos, pero nunca había viajado en uno. Tampoco me atraía demasiado, los caballos me daban miedo.

Debían de ser animales malos, de lo contrario no se prestarían a llevar a los Casacas Rojos en la batalla contra mi pueblo. En mis pesadillas todavía oía el golpe de los cascos cuando los jinetes salieron del bosque para acabar con nosotros. Además, esos animales me parecían enormes y me preocupaba qué podría pasar si decidían no obedecer a su jinete o al hombre que iba en el pescante del carruaje. Seguro que en tal caso era preferible no estar en el vehículo del que tiraban. Sassi y Leonard se rieron de mí cuando dije que prefería ir a pie. Ya llevaba un mes con los Clavell y podía expresarme mejor en inglés. Ruth estaba en lo cierto: yo aprendía muy deprisa.

—Está muy, muy lejos para llegar a pie —me explicó Leonard—. Casi ciento cincuenta kilómetros. Incluso con un caballo muy veloz se necesitarían dos días de viaje. ¡Nadie puede ir a pie hasta allí!

Yo no lo creía, sabía las enormes distancias que un guerrero de mi pueblo era capaz de cubrir a pie. Cuando las tribus maoríes migraban, hasta los niños caminaban durante días. También mi hermana y yo estábamos acostumbradas a pasar noches enteras avanzando a pie cuando teníamos que dejar un *pa* y huir de los *pakeha*. Claro que no valía la pena contradecirles. Incluso si yo hubiera tenido la fuerza de un guerrero, no me habrían permitido ponerme a correr detrás del carruaje, así que, en un cálido día de otoño tardío y con el corazón palpitante, subí a la habitación sobre ruedas que llamaban carruaje. Mujeres y niños, así como los ancianos *pakeha*, solían viajar en ellos cómodamente. Había unos blandos asientos acolchados y unas telas con las que cubrir las ventanas cuando uno prefería dormir en lugar de disfrutar de la vista. Leonard, que se percató del miedo que sentía, me tendió la mano para ayudarme a subir, tras lo cual me sentí mejor.

—Son caballos muy dóciles —me tranquilizó, señalando los dos ejemplares blancos delante del carruaje, que a mí me recordaban a los monstruos de los cuentos de Ruth y missie Hill. Si en aquel tiempo yo hubiera tenido que dibujar una bestia feroz seguramente se habría parecido a un caballo—. ¡Mi padre nunca permitiría que nos ocurriera una desgracia! —añadió Leonard.

De hecho, si los caballos blancos hubiesen querido desbocarse no habrían llegado muy lejos. Delante de ellos se formó un grupo de cuatro jinetes, uno de ellos el mayor Clavell en persona. Nos seguían a caballo cuatro Casacas Rojas, todos armados con mosquetes y sables, con lo que el mayor seguramente no había pensado en contener a los caballos, sino antes bien en proteger a su familia de posibles ataques. La primera parte del viaje discurría por un bosque espeso donde seguramente habitaban personas de mi pueblo, aunque los ingleses afirmaran que se había pacificado la región. Oía hablar a missie Hill y su marido de eso, y a mí se me ponían los pelos de punta solo de pensar que un jefe guerrero de mi pueblo pudiera lanzar a sus hombres contra nosotros. ¿Tendría que volver a presenciar una masacre si ganaban los Casacas Rojas? ¿Y qué harían los guerreros con Leonard, Sassi, Ruth y missie Hill si ellos ganaban? ¿Qué me harían a mí? No sabía si considerar esa escolta una protección o una amenaza.

A cierta altura, el traqueteo regular del vehículo me

arrulló. Tenía buena suspensión y cuando los primeros nervios del viaje se relajaron y el bosque que pasaba por las ventanillas del carruaje se fue volviendo lentamente monótono, Sassi se durmió y yo me adormecí. El traqueteo no parecía cansar a Leonard. Iba sentado frente a mí leyendo un libro y a veces, cuando levantaba la vista, me hacía un guiño. Cuando se percató de que se me cerraban los ojos, sonrió.

—Descansa tranquila, Mari, yo vigilo —me susurró.

Y pese a que yo sabía, por supuesto, que él sabría defenderme de un ataque de guerreros maoríes o de unos caballos desbocados tan poco como mi hermano Tuma había contenido a los Casacas Rojas, me sentí reconfortada y me sumí en un profundo sueño.

Cuando desperté, todavía circulábamos por la carretera de los *pakeha* a través de bosques que habían sido el hogar de mi pueblo desde que nuestros antepasados llegaran en canoas a Aotearoa procedentes de Hawaiki. Ahora reconocía las heridas que se habían infligido a la tierra con esas carreteras. Parte de los troncos de los árboles que se habían talado para construirlas todavía yacían en los bordes. Me ponía triste, recordaba nuestra vida en esos bosques. ¿Regresaría algún día con mi pueblo? ¿O me transformaría como Ruth en una *pakeha* de cabello negro que iba perdiendo paulatinamente su lengua materna?

Cuando nos acercábamos al campamento nocturno, mis cavilaciones dejaron paso de nuevo al miedo. Dormíamos en una fortificación de los Casacas Rojas y noté las miradas desconfiadas de los guardias cuando seguí titubeante a Sassi y Leonard. Delante de las empalizadas del fuerte vi a lo lejos tiendas donde se alojaban guerreros maoríes. *Kupapa*... Me eché a temblar. Hubiese preferido quedarme en el carruaje.

Un Casaca Roja, el jefe al parecer, saludó al mayor Clavell y a su familia en la puerta, pero frunció el ceño cuando me vio en la comitiva.

—¿No tendremos que esperar un asalto de los salvajes guerreros a los que ha robado esta niña? —preguntó con tono de censura. Aparentemente, ese soldado de más edad carecía del respeto que la mayoría de los Casacas Rojas dispensaban al mayor Clavell—. Me refiero... Entiendo que su esposa encuentre que esa pequeña es muy mona, pero...

No entendí todo lo que dijo, pero saqué mis conclusiones de las palabras que ya sabía y de lo que Ruth me susurraba. Temerosa, escondí la cara en su falda.

—¡Fueron las tropas *kupapa* las que raptaron a la niña! —respondió al hombre el mayor Clavell, irritado—. Ignoro por qué no la mataron como a toda su familia. Mi esposa la encontró en Kihikihi totalmente desamparada y se la llevó y ahora mi hija la adora. Así que nos la quedaremos. Aunque en caso de que alguien la eche de menos...

Hizo un gesto con la mano, como si estuviera dispuesto a entregarme de buen grado a cualquiera que me reclamase. El soldado no hizo más comentarios. La mención de las tropas *kupapa* había bastado para convencerlo de que no quedaba con vida ningún miembro de mi tribu.

—Aquí intentamos controlar a nuestra gente —dijo haciendo un gesto de disculpa, para acompañar luego al mayor Clavell al fuerte.

A missie Hill y a nosotros, los niños, nos condujeron a nuestros alojamientos. Estaban amueblados con sobriedad, las camas eran unas simples tablas con jergones. Leonard, Sassi y yo compartíamos habitación con Ruth. Nos llevaron la cena, una cazuela de boniatos, y Ruth nos hizo meternos en la cama en cuanto hubimos comido. En realidad, yo no quería dormir. Me asustaba solo de pensar en tener pesadillas y ponerme a gritar en sueños. Si despertaba así a los Casacas Rojas, se enfadarían y me harían algo malo. Fue Leonard de nuevo quien me tranquilizó. Yo dormía en un catre entre él y Sassi, y mientras Ruth estaba ocupada en otro sitio, ató con expresión grave un cordel entre mi muñeca y su dedo gordo del pie. A mí se me escapó la risa. Al final, no dormí nada mal en el campamento de nuestros enemigos.

A la mañana siguiente reemprendimos el viaje al amanecer. Ese día llovía, pero la capota del carruaje nos protegía. Volvimos a transitar entre bosques que no empezaron a clarear hasta el final del día, y a continuación el vehículo avanzó entre pastizales y terrenos cultivados. No cabía duda de que ahí la tierra estaba en manos de los *pakeha*. Ya no precisábamos de ninguna escolta y no volvimos a dormir en ningún fuerte, sino que nos albergaron en una granja. El dueño era un conocido del mayor Clavell. Leonard intentó explicarme que pertenecía a los *military sett-*

lers. Los Casacas Rojas podían quedarse con tierras si prometían defenderlas contra las tribus locales de mi pueblo. Al parecer, había asentamientos *pakeha* que habían sido fundados por soldados o, como supe más tarde, por hombres que solo se habían alistado para apropiarse de tierras. A nosotros los maoríes no nos gustaba esa gente, y puesto que la casa no era además demasiado grande, Ruth y yo tuvimos que dormir en el establo. Sassi puso el grito en el cielo. Solo cuando su padre hizo valer su autoridad, se resignó a pasar una noche separada de mí. Tenía que compartir habitación con la hija del granjero.

A la mañana siguiente, las dos niñas hablaban entre sí confiadamente. Se habían entendido bien y Sassi no me había echado en falta. Leonard, por el contrario, parecía abatido y enseguida descubrí la causa: ahora que en la carretera ya no acechaba ningún peligro, su padre creyó que no era propio de un chico viajar en el carruaje. Leonard tenía que ir a caballo y el granjero le prestó un animal para ello. El animal resultó ser un bayo pequeño y velludo, que se alejaba de la granja con desgana, y con el que Leonard tuvo que batallar toda la mañana hasta que dejó de intentar dar media vuelta. El mayor Clavell se enfadaba cuando su hijo no era capaz de seguir de inmediato sus instrucciones. El chico no tenía ningún miedo a los caballos, pero según la opinión de su padre no era el mejor de los jinetes.

Missie Hill observaba con desaprobación desde el carruaje cómo su marido imponía disciplina a su hijo. Sassi parecía amedrentada. Ya hacía tiempo que yo había advertido que tenía un miedo de muerte a su padre, si bien el mayor no podía negarle nada. Era su niña mimada y todavía hoy me pregunto qué habría sido de mí si ella no hubiera insistido tanto en conservar a «su niña maorí».

En el último día de viaje, por fin se veía a través de la ventana del carruaje otro paisaje distinto al de los bosques. Pasábamos junto a granjas y pastizales y yo miraba admirada las vacas, tantas que no habría podido contarlas ni con mis dedos de manos y pies más los de Sassi y Leonard. Ya había visto antes ovejas. Había tribus que habían comprado algunas a los *pakeha* para criarlas. Les resultaba más cómodo tenerlas en lugar de ir de caza; además, podían hilar y tejer la lana. Pero las tribus nunca tenían más que unos pocos ejemplares, mientras que ahí las ovejas se diseminaban por los prados en grandes rebaños. Y también los campos cultivados de los *pakeha* eran distintos a los de las tribus. Nosotros solíamos cultivar *kumara*. Solo teníamos grano cuando se lo podíamos comprar a los *pakeha*. Los campos nunca eran muy extensos, más bien parecían huertos, a diferencia de las enormes superficies llenas de maduras espigas sobre tallos robustos que se extendían junto a la carretera. Los granjeros no cortaban el trigo con cuchillos, sino que utilizaban unas herramientas de hierro tiradas por unos caballos de orejas largas.

—Son mulos —me explicó Ruth cuando se lo mencioné—. Una mezcla de burro y caballo.

Yo no sabía qué eran burros ni entendí por qué se sonrojó al mencionar la palabra «mezcla». No fue hasta mucho después que entendí esa mojigatería de Ruth que sin duda tenía su origen en la tan severa educación de la escuela de la misión. Los misioneros luchaban contra la falta de moral de sus discípulos, quienes crecían familiarizados con la desnudez y el contacto físico, mientras dormían en las casas de la comunidad maoríes. En el caso de la pequeña Ruih, a quien habían entregado a la misión a los tres años, esa educación cayó en suelo fértil. La muchacha ya no recordaba en absoluto el modo de proceder de su familia original.

De que a mí no me sucediera lo mismo he de dar las gracias a la cocinera de los Clavell, una maorí fornida y resoluta a la que conocí la primera noche que pasé en Auckland. Todo el personal doméstico de los Clavell se había reunido en la entrada de la residencia para recibir a los señores de la casa. Las mujeres hicieron una reverencia y los hombres se inclinaron cuando el carruaje pasó por su lado. Era un acceso sumamente representativo, la casa de los Clavell se hallaba junto al río Whau, un brazo de mar al oeste de Auckland. Así que no era directamente una residencia urbana, tenía incluso algo de terreno que Clavell había arrendado. Había suficiente sitio, missie Hill cultivaba su jardín de rosas y Mahuika, la cocinera, sembraba plantas aromáticas así como *kumara*. Además de ella había también un criado, un mozo de cuadras y tres sirvientas y asistentes de cocina. Ruth se encargaba de los niños y la señora Brandon era la doncella de origen inglés de missie Hill.

Las sirvientas y el mozo de cuadras tenían una historia similar a la de Ruth. Venían de escuelas de misioneros y apenas hablaban mi lengua. El criado, en cambio, llevaba tatuajes y antes debía de haber sido un guerrero.

Seguro que dominaba el maorí, pero nadie se percataba porque nunca decía nada. Yo siempre lo veía trabajar en silencio. Mahuika me desveló que se llamaba Henare; los Clavell lo llamaban Hank. Como ya me había contado Ruth en Kihikihi, Mahuika era Mathilda para sus señores, pero ella solo respondía a este nombre cuando lo pronunciaban missie Hill o el mayor. Las ayudantes y, para mi sorpresa, también Leonard y Sassi, la llamaban por su nombre maorí.

A mí me tomó bajo su ala cuando Ruth se retiró con Sassi para ayudarla a bañarse. Nunca nos dejaba bañarnos a la vez, sino siempre una después de la otra aunque utilizaba la misma agua. En casa de los Clavell había baños pero no conductos de agua. El criado o las ayudantes tenían que cargar con ella.

—¿Dónde te encontraron? —preguntó Mahuika afectuosamente, cuando me encontró perdida y amedrentada en el pasillo, entre la habitación de los niños y el baño.

Yo no había querido quedarme en mi enorme y solitaria habitación, con esa gran cama, y ahora vagaba por las estancias cuyo lujo tanto me impresionaba. Los pasillos eran bastante oscuros, los suelos estaban cubiertos de alfombras —esta palabra formaba parte de mi nuevo vocabulario— o eran de tablas. Todos los huecos estaban ocupados por voluminosos armarios y aparadores con jarrones de flores, de las paredes colgaban cuadros que mostraban a personas vestidas de forma extraña y a veces también caballos. Buscaba a Leonard, quien tal vez me lo habría explicado todo. En su lugar, me encontré con Mahuika. Ignoro qué hacía ella, una hora antes de la cena, en cuya preparación debería haber estado ocupada, delante de la habitación de los niños. En cualquier caso, me llevó a la cocina y me ofreció un pastel de miel. Nunca había comido algo así; al principio mordisqueé con cautela una esquina y luego le di encantada un gran mordisco, con lo que conseguí que el pastel se me quedara pegado en el paladar.

Mahuika me dio un vaso de leche para empujarlo.

—Ruth cuenta unas historias extrañísimas. ¿Es cierto que miss Hillary te compró en el mercado?

Ruth y las asistentas acababan de subir el equipaje de los Clavell por la gran escalinata hasta las estancias señoriales y habían estado cotilleando sin parar. Al parecer, sobre mí. Tragué el último bocado de pastel y observé a Mahuika. ¿Debería contarle mi historia?

La cocinera volvió la cabeza hacia sus ollas y sartenes. A su lado trajinaba una ayudante de cocina en los hornillos, de los que salía mucho calor pero también unos olores muy agradables. En el horno se estaba haciendo un *soufflé*.

—Entiendes el maorí, ¿no? —se cercioró Mahuika, puesto que yo no pronunciaba palabra.

Asentí. A continuación, inspiré hondo. El deseo de por fin poder abrirme con alguien venció a la preocupación de ser luego *tapu* para esa amable mujer y posiblemente también para los otros sirvientes de esa casa. Comencé a media voz.

—Soy hija de un jefe tribal...

Mahuika sabía escuchar y compadecerse de los demás. Cuando llegué al momento de la historia en que mi madre y mis hermanos eran asesinados, me estrechó entre sus brazos para consolarme. Eso me hizo perder la última fuerza que me quedaba para dominarme. Me abracé a ella y lloré, lloré y lloré. Mahuika me meció y me acarició, y me susurró palabras cariñosas en mi lengua. Nadie me había tratado antes así. Yo cada vez lloraba más. Al final me repuse y seguí contando. Aliviada ahora, sabía que para Mahuika yo no era una intocable, a pesar de que ella era con toda certeza maorí y conocía las costumbres de su pueblo.

—¡Parece increíble! —exclamó alarmada cuando le hablé de los guerreros *kupapa*—. ¡Esos alardean de devorar el corazón de sus enemigos y luego tiemblan de miedo ante una niña pequeña!

Negué con la cabeza.

—Ante mí, no. Ante los espíritus.

Mahuika rio.

—¡Como si no estuviesen bautizados! —soltó—. La mayoría de las tribus que luchan con los *pakeha* se convierten al cristianismo. ¡Y así no tienen que creer luego en los espíritus!

—¿Al qué? —Ya había oído a Ruth pronunciar la palabra «bautizado» y también sabía que los *pakeha* rezaban a otros dioses distintos de los nuestros. De hecho, había asistido tres veces a la iglesia con los Clavell y con Ruth. Una especie de casa de reuniones en la que se cantaba y rezaba y donde los niños, sobre todo, debían sentarse y quedarse callados, como Sassi intentaba inculcarme repetidamente. De vez en cuando se hacían reverencias y la gente se arrodillaba a menudo.

Mahuika se frotó la frente.

—Ay, Marama, cariño mío, ahora no tengo tiempo para hablarte de nuestro querido Dios y del buen señor Jesús. Pero ya volveremos al tema. Al principio no entenderás todo lo que dicen nuestra profesora miss Travers y el reverendo. Pero queremos que también a ti te bauticen lo antes posible y pases a ser una criatura de Dios y vivas en la gracia del Señor.

Se tocó la frente, el pecho y los dos hombros, y yo resplandecí porque también conocía ese gesto. Santiguarse, lo llamaba Sassi, y lo habíamos practicado antes de que me llevaran por primera vez a la iglesia. Allí lo hice la mar de bien y ahora se lo enseñaba a Mahuika. En realidad, había que decir algo al mismo tiempo, pero era bastante complicado y me había olvidado.

Mahuika me acarició la cabeza.

—¡Eres una niña buena! —me elogió—. Y con todas las penas que has tenido que aguantar, todavía puedes dar gracias a Dios por haberte traído con nosotros y de esta forma con su congregación...

Fruncí el ceño. De hecho, nadie me había llevado hasta allí, salvo los guerreros *kupapa*. Pero preferí no decir nada, pues no quería disgustar a Mahuika.

Más tarde me enteré de que Mahuika pertenecía a una tribu de la costa Este, los te whakatohea. En la región de su tribu, en Opotiki, un misionero alemán, Carl Völkner, dirigía una misión y una escuela. Völkner parecía ser un hombre amable y Mahuika siempre hablaba bien de él y de la misión. Al parecer, no ejercía ninguna presión para que los maoríes se convirtieran. Los niños iban de buen grado a la escuela y al final toda la tribu se convirtió a eso llamado cristianismo. Mahuika era una convencida partidaria del dios de los *pakeha*. Siempre había sentido interés por el estilo de vida de los blancos. En algunos aspectos le gustaba más que las costumbres de los suyos. Así que había aceptado cuando un religioso, compañero de Völkner, le preguntó en una visita a Opotiki si querría trabajar para él como sirvienta, porque su cocinera necesitaba ayuda. Mahuika lo había seguido hasta Auckland, había aprendido a llevar una casa *pakeha* y había revelado tener talento para la cocina. Así que había trabajado en varios sitios como cocinera y ahora llevaba tres años en casa de los Clavell. Y puesto que ella estaba tan manifiestamente satisfecha de su vida con los *pakeha*, suponía que para mí tenía que ser también una suerte que los Clavell me acogieran.

Con verdadero afán se puso a evangelizarme y disfrutaba describiéndome el nuevo mundo en que me había introducido. Pese a ello, no había roto los vínculos con su propio pueblo y su historia. Podía contar leyendas maoríes de manera tan vívida como relataba historias de la Biblia. Naturalmente, aclarando siempre que los dioses y espíritus de las primeras solo eran fruto de la fantasía del narrador, mientras que en el caso de las últimas había que tomar al pie de la letra cualquier milagro que se contase.

Fuera como fuese, yo quise a Mahuika desde el primer día y ella me ayudó a aceptar de buen grado mi futuro y a no olvidarme de mi pasado.

En Auckland, en la residencia de los Clavell, el cuidado de los niños recaía sobre todo en los empleados. Missie Hill apenas se ocupaba de Sassi y Leonard, y nada de mí. La veíamos a ella y al mayor solo en la comida, para la que la familia se reunía. Algo que tampoco alegraba especialmente a nadie. Al contrario, la comida común era un acto rígido, lleno de tensión, durante el cual uno solo intentaba evitar los escollos familiares. Al principio todavía no lo tenía claro, solo percibía la tensión de Sassi y aún más la de Leonard cuando nos llamaban a la mesa. Durante la comida ya tenía suficiente trabajo en emplear correctamente la cuchara y el tenedor, utilizar la servilleta y no mancharme. Si eso ocurría a pesar de todo, missie Hill me reñía. El mayor no se rebajaba a comentar esas pequeñas infracciones de las reglas. En cambio, se concentraba en examinar a sus hijos. La mayoría de las veces se trataba de las clases particulares, y a ellos les resultaba muy desagradable. Tanto Sassi como Leonard recibían esas clases cuando los Clavell me acogieron. Cada mañana llegaba miss Travers, una señora flaca como un huso y de aspecto reseco, que pocas veces sonreía y que enseñaba con voz chillona inglés, francés, cálculo, geografía y ciencias naturales. Además, acudían una profesora de piano para Sassi y un joven vicario para enseñar latín y griego a Leonard. Por las tardes, los dos aprendían equitación. A todo esto se sumaban las lecciones de esgrima para Leonard y de urbanidad para Sassi. Yo encontraba extraño que tuviera que practicar tantas horas cómo servir correctamente el té o bajar una escalera.

Por supuesto, a los niños les interesaban más unas disciplinas que otras. A Sassi, por ejemplo, le costaba el cálculo y no tenía el menor oído musical. Nunca llegaría a amenizar una velada tocando el piano o cantando, como era de esperar en una damisela. De ahí que, con frecuencia, tuviera que contestar negativamente cuando su padre le preguntaba si estaba estudiando una nueva pieza y que cometiera tremendos errores cuando él le mandaba hacer una operación de cálculo. Los días en que había practicado esgrima, Leonard ya estaba tenso antes de la comida. No le gustaba luchar. Ni se divertía ni era especialmente dotado para ello. Cuando uno se enfrentaba a Leonard con un objeto puntiagudo, él prefería dar media vuelta antes que ponerse a pelear. Sí que disfrutaba montando a caballo, y además quería a su robusto y pequeño castrado *Madoc*. Su profesor, un veterano de la caballería alemana, que había ido a parar a esa parte del mundo sin que nadie supiera cómo, lo ponía por las nubes. Sin embargo, la fascinación de Leonard por la hípica se concentraba en complicados ejercicios en el picadero. Parecía como si bailase con el caballo y era divertido verlo. Antes de cada cabalgada, vendaba las patas de su caballito para que no se hiciera daño. Pero ni al caballo ni al jinete le gustaban los obstáculos. Durante las cacerías de otoño (en Nueva Zelanda no había zorros, pero se hacían cacerías para conservar la tradición y dos buenos corredores iban dejando el rastro artificial), Leonard y *Madoc* solían llegar los últimos. Eso desconcertaba al profesor de equitación, que comunicaba su perplejidad al mayor Clavell, quien a su vez le hacía reproches a Leonard. Nueva Zelanda era conocida por sus *Rough Riders* y el mayor esperaba de su hijo que galopase a campo traviesa sable en mano tanto como dieran de sí las patas de su montura.

Tampoco en la clase de latín avanzaba el joven tanto como su padre hubiera deseado. De haber sido por él, el vicario debería haber empezado con la lectura de *La Guerra de las Galias* ya en el primer año. Las preguntas que planteaba a Leonard sobre el contenido de las clases eran demasiado difíciles. El muchacho respondía erróneamente, al igual que su hermana al calcular, aunque el primero disfrutaba aprendiendo y leyendo.

Por lo que a mí respecta, al principio se discutió acerca de si debía asistir o no a las clases de los hijos Clavell. Sassi quería que la acompañase, mientras que tanto missie Hill como miss Travers dudaban de que yo fuera capaz de seguir una clase.

—No vamos a exigirle demasiado a la niña —observó con afectación.

Al final se le planteó la cuestión al mayor, quien respondió con un bufido.

—Por Dios, Hillary, no consideres a los nativos más tontos de lo que son —echó en cara a su esposa y a la atónita profesora particular—. ¡Es el error que se comete desde que se establecieron las colonias! Claro que son supersticiosos y unos incultos, pero son listos. Sus jefes no dejan de tomarnos el pelo, combatirlos es todo un desafío. Tampoco son torpes a la hora de negociar una vez que han comprendido de qué va el asunto... ¡Aprenden deprisa! Nuestro idioma, nuestra manera de hacer la guerra, el manejo de nuestras armas...

—Disculpe, mayor, yo no enseño a las niñas a manipular armas —intervino ofendida miss Travers—. Me refiero más bien al desafío intelectual para el que esa pobre niña posiblemente no esté madura...

El mayor puso los ojos en blanco.

—En fin, hasta ahora no me ha llamado la atención que haya usted inspirado en mi hija o en mi hijo aspiraciones intelectuales sustancialmente más elevadas que las que inspiran los profesores de una escuela de la misión a sus discípulos maoríes. Así que no me venga con remilgos. No se le van a caer a usted los anillos por enseñar que dos y dos son cuatro también a la pequeña Marian.

Por supuesto, a partir de ahí miss Travers se conformó y me dejó asistir a las horas de clase. Pero no hizo ningún esfuerzo por ajustar la lección a una nueva estudiante con unos conocimientos del inglés todavía incompletos. Con el intento de enseñarme a leer y escribir habría desperdiciado el valioso tiempo de aprendizaje de Sassi y Leonard. Missie Hill tampoco se enteró de ello. Solo se vio reafirmada en su opinión de que los niños maoríes eran tontos cuando, tras una semana de clase diaria, yo todavía no conocía ninguna palabra nueva ni sabía deletrear ninguna ya sabida.

Entonces a Sassi se le ocurrió jugar al colegio conmigo por las tardes. Me ponía delante sus libros y me deletreaba un par de palabras, lo que yo debía imitar. Por supuesto, eso era pedirme demasiado, la «clase» de Sassi carecía de lógica. Pese a ello, reconocía las letras, pero no conseguía unir sonido y signo. No tardé en empezar a odiar tanto las lecciones de miss Travers como las de Sassi, si bien las horas de la profesora solo eran aburridas, mientras que las de Sassi también eran dolorosas. No solo imitaba la voz chillona de miss Travers, sino también su costumbre de golpear con la regla los dedos del alumno despistado. Naturalmente, la profesora sabía exactamente cómo había de ser de fuerte el golpe para no hacer daño al niño y que este llorase o se quejara a sus padres. Sassi, por el contrario, carecía de medida. Yo con frecuencia tenía los dedos hinchados después de tantos golpes. A veces los tenía tan mal que Mahuika me tenía que aplicar frío en las manos y un ungüento. Luego regañaba a Ruth, que presenciaba el juego sin hacer valer su autoridad.

—También en la escuela de la misión nos pegaban cuando no aprendíamos —respondía la niñera—. Es así, si no, no se aprende. Si Marian se esfuerza y aprende, missie Sassi no te pegará más.

Lentamente, empecé a creer que era, simplemente, demasiado tonta para aprender. Un día, sin embargo, esa desgraciada situación dio un giro. Leonard entró por casualidad en la habitación cuando Sassi me estaba riñendo. Yo lloraba porque no podía leer ni deletrear la palabra «elefante». Leonard miró enfadado a su hermana y se llevó la mano a la frente.

—Sassi, ¿estás loca? —preguntó indignado—. Mari

seguro que no sabe ni lo que es un elefante. ¿Cómo va a deletrear la palabra? ¿Has visto alguna vez un elefante, Mari? —me preguntó en ese tono cordial y dulce que siempre me reconfortaba. Negué con la cabeza entre pucheros, y acto seguido Leonard se fue a su habitación, trajo un libro de ciencias naturales y me enseñó la imagen de un animal—. ¡Es grande como una casa, Mari! —me explicó—. Mucho más grande que un caballo. ¡Y muy fuerte! ¡Con la trompa puede arrancar todo un árbol! Y ahora ven, vamos a intentar deletrear juntos.

Leonard me miró animoso y yo me puse roja de vergüenza, porque tampoco entonces conseguí separar la palabra en sus distintas partes. Pero Leonard no se enfadó.

—¿Todavía no sabes deletrear, Mari? Pues claro, era lo que cabía esperar. Miss Travers hace como si no estuvieras, y Sassi... ¡Por Dios, Sassi, esos son libros de segundo curso! ¡Mari necesita un abecedario!

Siguiendo las indicaciones de su hermano, Sassi sacó su viejo abecedario y empezó a explicarme las primeras letras.

—A de anciano, abrigo, almohada. B de boniato...

Por primera vez comprendí las conexiones... y a partir de ahí me fue más fácil aprender. Leonard no tenía mucho tiempo para jugar a la escuela. Sus clases adicionales le tenían ocupado toda la tarde. Pero casi siempre nos encontrábamos en el té del mediodía, que a los niños nos servían en nuestras habitaciones, y él me preguntaba acerca de lo que Sassi me estaba enseñando. Debo decir en favor de esta que se alegraba tanto de mis nuevos progresos como yo misma. No se divertía pegando. Solo pensaba que había que hacerlo y que eso estimulaba el aprendizaje. En cuanto empecé a dar respuestas correctas a sus preguntas, aplaudía de alegría y solo decía bondades de mí. Cuando conseguí leer de un tirón y en voz alta un texto muy breve, me llevó ante su hermano, Ruth y Mahuika como si fuera un perrito bien adiestrado.

Muy pronto leía por iniciativa propia, para matar el aburrimiento. A fin de cuentas, en clase solo se me toleraba. Podía estar presente en las horas de música y de urbanidad, pero no se me exigía que pusiera atención. Si entretanto leía, no molestaba a nadie y a mí cada vez me gustaba más sumergirme en otros mundos a través de la lectura. Cuanto más tiempo llevaba viviendo con los *pakeha*, más familiar me resultaba su estilo de vida, sus deseos y expectativas, y más comprendía las historias que se contaban en los libros de Sassi.

Pero también era hija de una guerrera y los libros de Leonard, en los que se describían aventuras, luchas y peligros, travesías por mar y viajes de descubrimientos, casi me cautivaban más que las historias para niñas. También me interesaban sus obras sobre ciencias naturales y estaba fascinada por seres vivos tan extraños para mí como los elefantes, las jirafas o los canguros. Y entonces llegó un día la clase en que miss Travers le pidió a Sassi que deletreara los nombres de esos animales en inglés. Sassi consiguió hacerlo con la palabra elefante, pero al llegar el turno de jirafa, la regla de la profesora se agitó amenazadora sobre los dedos de su alumna cuando empezó a balbucear.

—G... i... r... a... f... Hum...

—¡Una efe más! —dije. Me salió sin que yo pudiera remediarlo—. *Giraffe* en inglés tiene dos efes. Por eso se pronuncia la «a» más corta.

La profesora se me quedó mirando como si hubiera sacado una jirafa de un sombrero de copa. Entonces recibí mi primer golpe en los dedos porque tenía prohibido tomar la palabra sin permiso.

—Y ahora, señorita Listilla —graznó—, deletrea la palabra «canguro».

Lo hice, y también debo decir algo a favor de miss Travers. Una vez que me puse al mismo nivel que Sassi (la profesora nunca preguntó cómo lo había conseguido), me dejó participar en las clases. Me preguntaba con la misma frecuencia con que preguntaba a Sassi y yo aprendía más rápido que mi hermana de acogida de piel blanca. Por ejemplo, a mí no me resultaba difícil contar, amaba las ciencias naturales y en geografía superé a Sassi con una celeridad pasmosa. Sassi no se interesaba por países extraños o por estudiar los mapas, todo eso la aburría. Mientras que yo no me hartaba de contemplar el globo terráqueo de Leonard y, sí, no tardé en aprenderme los países y los continentes. Casi siempre acababa enseguida con los deberes que miss Travers nos ponía a las dos mientras daba clase a Leonard, y entonces escuchaba a este último recitar las capitales y ríos de países desconocidos.

—La pequeña aprende más deprisa que algunos de mis alumnos blancos —mencionó una vez la profesora al joven vicario, cuando él me sorprendió hojeando el libro de latín de Leonard y descubriendo una palabra conocida: *elephantus*, con lo que deduje que esos animales estaban muy extendidos fuera de Nueva Zelanda.

Nuestra vida, la de los niños, transcurría armoniosamente entre las clases, el té de la tarde y las siestas reguladas, las visitas dominicales a la iglesia y las eventuales cenas y reverencias delante de invitados cuando missie Hill tenía a bien presentarles a sus hijos. Al principio solo llamaba a Sassi y Leonard para que fueran al salón, pero las señoras insistían expresamente en verme también a mí, así que Ruth me ponía un vestidito bonito. Yo hacía una reverencia tan perfecta como Sassi, lo que originaba un gran entusiasmo. «¡Qué monada!», exclamaban las mujeres, «¡Encantadora!» o «¡Con qué gracia lo hace!», como si fuera especialmente difícil doblar una pierna para hacer la reverencia. A veces me daban una galleta como quien premia a un perrito tras hacer una pirueta, y yo todavía provocaba más admiración cuando formalmente decía «Gracias».

Salvo por eso, no pasaba gran cosa en nuestra vida. Claro que a veces estábamos impacientes por hacer una excursión o Leonard y Sassi temblaban ante las penetrantes preguntas del mayor. A veces uno de nosotros estropeaba algo, se saltaba una regla y era castigado por ello, pero la mayoría de las veces, los días transcurrían unos iguales a otros. Apenas era consciente de que ya llevaba cuatro años viviendo con los Clavell cuando Leonard regresó alicaído de una charla con su padre.

—¡Me envían a Dunedin! —gimió, pasándose entristecido la mano por el pelo rubio—. A una escuela de cadetes.

Fruncí el ceño. De hecho, hacía tiempo que se hablaba de que Leonard debía asistir a una escuela propiamente dicha a partir de la próxima primavera. Miss Travers ya no podía enseñarle mucho más y también el mayor llevaba tiempo disgustado porque las clases con las niñas afeminaban a su hijo. Leonard se habría alegrado. Conocía a otros chicos de las clases de equitación que asistían a la escuela superior de Auckland y se lo pasaban muy bien allí. Mi hermano de acogida habría seguido viviendo en casa e ido a caballo o a pie a la escuela cada día. Pero el mayor también había mencionado la palabra «internado». En Inglaterra era corriente enviar a los niños de doce o trece años a internados. Allí había academias militares que aceptaban a estudiantes muy jóvenes, pero missie Hill se había negado a mandar a su hijo a Europa.

—Dunedin... está en la Isla Sur, ¿no? —Desde Wellington había que cruzar el estrecho de Cook en un transbordador hasta Picton. A partir de allí había que recorrer muchos, muchos kilómetros por tierra para llegar a la ciudad. O, si no, había que hacer una travesía en barco de varios días. El puerto de Dunedin era famoso. Yo todo esto lo sabía por las clases de geografía—. Pero ¿qué es una escuela de cadetes? —pregunté.

A esas alturas ya no había muchas palabras en inglés que no hubiese escuchado nunca, pero esta también parecía resultarle extraña a Sassi.

—Una escuela militar —respondió Leonard—. Para futuros oficiales. Allí se hacen prácticas, lo instruyen a uno en el manejo de las armas junto a las asignaturas normales. Enseñan logística, estrategia y esas cosas... —Leonard parecía haber mordido un limón. Él se interesaba por las ciencias naturales y la astronomía. En una ocasión me había confesado que le habría gustado ser astrónomo para descubrir nuevas estrellas. Pero, siendo más realista, había mencionado que le gustaría ser médico de animales, puesto que en el ejército también había veterinarios, y así ocuparse de los caballos, consciente de que su padre no lo veía en una consulta rural ayudando a las vacas a parir terneros. Pero que hubiera que decidirse tan pronto para una carrera militar, lo sorprendía. Además, porque en Nueva Zelanda no había habido una escuela de cadetes hasta entonces—. La de Dunedin se inauguró hace uno o dos años. —Volvió a suspirar—. En algún momento abrirán también una en Auckland. Podría ir ahí cuando cumpliera dieciséis años, pero mi padre no quiere dejar pasar ninguna oportunidad. Cree que cuanto antes me instruyan, antes podré hacer carrera en el ejército.

—¡Pero si no quieres! —exclamé.

Leonard dio un resoplido.

—¿Me ha preguntado alguna vez mi padre qué es lo que quiero?

Esta vez tampoco había ninguna posibilidad de negarse. El viaje de Leonard a la Isla Sur ya estaba decidido y

Andrew Clavell lo habría acompañado de buen grado, pero el ejército lo necesitaba. Había disturbios en la costa Este, los Casacas Rojas combatían en un amplio frente contra los guerreros hauhau. Desde que vivía con los Clavell no había vuelto a oír nada de la historia de mi pueblo. Solo sabía por eventuales comentarios del mayor que el caso Kingitanga, por el que había luchado mi padre, ya estaba «resuelto». El rey Tawhiao había retrocedido al sur, donde lo escondían un par de tribus sin emprender ninguna ofensiva por él. Sabían por qué: las tribus que se rebelaban, como los ngati maniapoto, eran desterradas a otro lugar cuando perdían la guerra. Se quedaban sin tierras y propiedades. La mayoría de los jefes habían aprendido la lección y se comportaban de forma pacífica.

En cambio, los Casacas Rojas se las veían ahora con un caudillo religioso llamado Te Ua Haumene, que mezclaba las tradiciones maoríes con la fe cristiana y consideraba a mi pueblo como un sucesor de los israelitas, que tenían que defender su tierra prometida. No tenía una tribu propia, pero invitaba a los jóvenes insatisfechos e indignados de todo el país a que lucharan junto a él. Sus guerreros seguían unos extraños rituales, se oía hablar de historias horrorosas sobre decapitaciones y canibalismo. Sonaba un poco como lo que nos habían contado antes sobre los ejércitos *kupapa*, y a mí todo eso me llenaba de espanto.

Pero ahí en Auckland estábamos muy alejados de las zonas de guerra. Solo una vez, cuando llevaba un año viviendo con los Clavell, me vi directamente confrontada con un conflicto bélico. Encontré a Mahuika llorando en la cocina. Me dijo entre sollozos que los guerreros hauhau habían matado a su querido misionero Völkner. Al parecer, habían conseguido poner a los miembros de su tribu en contra del religioso. Este había muerto en manos de sus propios feligreses.

El gobernador había enviado de inmediato tropas para castigar a los rebeldes. El general Cameron combatía en la región de Taranaki, donde se suponía que estaban Te Ua Haumene y sus hombres. En las zonas pacificadas se asentaban *military settlers* con refuerzos para conservar las tierras. A la larga, también el levantamiento de los guerreros hauhau sería sofocado. A esas alturas, yo tenía tan claro como los mismos blancos que los *pakeha* ganarían. Incluso lloré un poco con Mahuika por su reverendo Völkner. Por supuesto, ya hacía tiempo que me habían bautizado.

Pero en la actualidad volvían a producirse enfrentamientos y Andrew Clavell —ahora ascendido a coronel— estaba a las órdenes del Estado Mayor. Esta vez lo enviaron a Whanganui, al sur de Taranaki. Así que Leonard y otros dos chicos viajaron solos a su nueva escuela, acompañados por un reverendo anglicano cuya iglesia lo trasladaba a la Isla Sur. Por lo que después oí decir, no había sido difícil vigilar a los muchachos. A diferencia de Leonard, los otros dos estaban entusiasmados con el viaje. Consideraban la escuela de cadetes una aventura e incluso estaban impacientes por seguir la carrera de oficiales. Les habría encantado alistarse al momento para combatir a los hauhau. Yo sabía que Leonard tachaba de bobalicones a sus compañeros de viaje.

—Seguro que no todos los alumnos son tan insensatos como William y Jake —dije a Leonard para consolarlo, al tiempo que colocaba con timidez mi mano en la suya. De repente me acordé de la delicadeza con que me había ayudado a salir de debajo del banco del puesto de comidas—. Y es probable que la academia no sea tan mala. Allí no... no se comen a los niños...

Leonard no pudo contener la risa cuando le recordé esa tranquilizadora frase que me dijo entonces.

—¡Eso espero de verdad, Mari! —respondió, más animado—. Tienes razón, es posible que todo lo demás sea interesante. Pero tú... A mí... a mí no me gusta dejarte sola aquí, Mari... —Mi mano seguía estando en la suya y me producía una sensación muy agradable.

—¡Pero yo no estoy sola! —protesté—. Tengo a Sassi y Mahuika, a Ruth y missie Hill y... —No se me ocurrió nadie más.

Leonard sonrió.

—¡Cuídate! —dijo—. Y cuida también a Sassi, ¿de acuerdo?

Ignoraba qué podía amenazarnos a Sassi y a mí y cómo evitarlo en caso de duda, pero hice un gesto afirmativo.

—Seguro que hay muchas vacaciones —susurré intentando contener las lágrimas.

Sassi no se tomó la molestia. Sus lágrimas te partían el corazón.

—Vendrá pronto —intenté consolarla—. En un par de meses estará aquí.

—Pero ya no será el mismo cuando vuelva —murmuró missie Hill.

No entendí el significado de esas palabras, pero vi que también ella pugnaba por contener las lágrimas mientras agitaba la mano al carruaje que conducía a su hijo hacia el sur.

Cuando al cabo de dos meses Leonard regresó a casa no parecía nada cambiado. Seguía delgado y desmadejado, solo había crecido un poco y estaba algo más musculoso. Como a muchos jóvenes de su edad, únicamente se le veían unos largos brazos y piernas. No encontraba el momento de cambiar por la ropa de civil el uniforme rojo de la escuela, inspirado en el corte y el color del de oficiales de rango inferior. Leonard insistió en que missie Hill lo acompañara al día siguiente a ir de compras, pues la ropa se le había quedado pequeña.

Pero lo que a mí me llamó la atención fue que parecía más prudente, más desconfiado, hablaba menos, daba respuestas breves y concisas cuando alguien le preguntaba algo. El «¡sí, señor!» con que ya antes contestaba a cualquier amonestación de su padre, surgía ahora más rápido y enérgico. Para alegría del coronel Clavell, Leonard se ponía sin falta firmes. Su cuerpo se tensaba y lanzaba las palabras tan afiladas como dardos. Con todo, parecía triste, y le hablé en cuanto nos quedamos solos. Habían invitado a la familia a la botadura de un barco en el puerto de Auckland y cuando por fin nos dieron a los jóvenes el permiso de levantarnos de la mesa, Sassi quiso bajar a la playa. Leonard —llevaba de nuevo el uniforme de cadete para esa ocasión y su padre se enorgullecía de ello— se ofreció a acompañarnos. Se sentó a la sombra de una de las araucarias que se agrupaban en la línea de playa y yo me reuní con él mientras Sassi recogía conchas. Con un suspiro de alivio se desprendió de la chaqueta del uniforme.

—¿No... no te gusta? —le pregunté, señalando la prenda roja.

Él movió la cabeza.

—No —respondió con una dureza inesperada—. No me gusta nada de esto. El uniforme, el *drill*, la escuela...

—¿Qué es el *drill*? —pregunté, pese a tener una vaga idea de su significado. La palabra surgía algunas veces cuando el coronel Clavell conversaba en casa con los invitados sobre su trabajo.

Leonard suspiró.

—Una mezcla de deporte, entrenamiento para el combate y ejercicios de obediencia. Mientras los realizas el instructor no deja de pegarte gritos. Al final te zumban los oídos. Pero esto tampoco es importante porque te duele todo. Corres, te revuelcas en el barro, vuelves a levantarte, trepas por cercas... Sassi tal vez lo llamaría «jugar a la guerra». —Sonrió irónico y pensé en lo mucho que yo había odiado jugar a la escuela.

—No es nada divertido jugar a la guerra —comenté—. Esconderse, huir... Solo te lo pasas bien mientras... mientras no te pillan...

Leonard rio.

—¡Cuánto te he echado de menos, Mari! —dijo con dulzura—. Tienes una forma especial de llegar al quid de la cuestión. Y, por supuesto, tienes toda la razón. Sabes, en la escuela, cuando los demás piensan en la guerra, piensan solo en uniformes de colores y en condecoraciones. Yo, por el contrario, te veo a ti. En cómo corrías tras esos tipos malos y que parecían tan peligrosos, llena de sangre, suciedad y miedo. Tal vez tenga un gran poder de imaginación, pero cada vez que clavo la bayoneta en el vientre de un muñeco de trapo pienso que un ser humano de verdad moriría con esa estocada. Sin contar con que a mí no me gustaría nada que otro combatiente me matara de una forma tan cruel... Yo... yo tengo miedo, Mari, soy cobarde.

Levantó las manos como si fuera a colocarlas delante de los ojos y esconderse tras ellas, pero solo se las pasó por las mejillas.

—¿No... no aprendéis otra cosa en esa escuela que... que a matar a la gente? —pregunté a media voz. Alguna asignatura habría que a Leonard le gustase.

—Aprendemos un poco de latín y francés, pero se hace hincapié en la lectura de estrategia y logística. También diplomacia militar, que es lo que prefiero. Me gusta más negociar que pelear. Tenemos unos cajones de madera enormes con soldados de plomo con los que reproducimos combates. Es parecido a un ajedrez, siempre que uno no recuerde que Napoleón, Wellington y los demás generales enviaron a la guerra a seres humanos de verdad. Montar sigue gustándome, como siempre, pero preferiría tener a *Madoc* en lugar del nuevo caballo.

El coronel Clavell había comprado un caballo más grande y más apropiado para una academia militar. Casi se había producido una fuerte discusión porque había querido vender a *Madoc* y Leonard había estado a punto de rebelarse por primera vez ante su padre. Por fortuna, Sassi había logrado que se zanjase la disputa. Ya era demasiado grande para su poni y se había mostrado dispuesta a encargarse del castrado de Leonard. *Madoc* demostró ser un caballo para amazonas extremadamente manso y Sassi estaba muy contenta con él. «¡Ese jamelgo siempre ha sido más propio de una chica!», había dicho el coronel, pero al menos había aceptado la solución.

—¿Y los otros chicos? —pregunté—. ¿No tienes amigos?

Leonard se encogió de hombros.

—Sí. Hay otro par de casos perdidos en la academia. Casi todos los alumnos proceden de familias de oficiales y siguen las huellas de sus padres. Algunos tienen tan poca vocación como yo y eso nos une, claro. Mi mejor amigo viene de una granja de ovejas de la Isla Sur. Es el tercer hijo y no heredará la granja. Toby es un tipo amable, he ido a verlos a él y a su familia con frecuencia, los fines de semana. La granja es preciosa. Con tanta paz... Me gustan las ovejas. Pero, por desgracia, eso se acabó. Toby cambia de internado. A lo mejor no puede ser granjero, pero tampoco será soldado. —Leonard suspiró.

—¡También tú tendrás otra opción! —afirmé resoluta, colocándole la mano sobre el brazo—. ¡No tienes que ser soldado!

—¿Qué estás diciendo, Mari? —Nos habíamos olvidado de Sassi, que de repente apareció de pie junto a nosotros. Parecía muy contenta, tenía su bolsa llena de conchas y los pies descalzos cubiertos de arena. Antes de volver a la fiesta, tendría que lavarse y arreglarse—. ¡No digas tonterías! —me riñó—. ¡Claro que Leonard será soldado! ¿Qué otra cosa iba a ser?

—Lo ves —observó él, resignado—. No tengo elección.

Después seguí a los hermanos Clavell de vuelta al puerto y, por vez primera desde que vivía con los *pakeha,* pensé en mi propio futuro. Sassi se casaría a los diecinueve o veinte con un hombre de su conveniencia, probablemente con un joven oficial que su padre más o menos elegiría. Eso era algo tan seguro como la carrera militar de Leonard. Pero ¿qué iba a ser de mí? ¿Había alguna tarea predeterminada para una muchacha maorí que desde hacía casi cinco años llevaba la vida de una *pakeha*?

Deberían pasar varios años más para que viera con nitidez qué proyectos abrigaba al menos missie Hill respecto a ese tema. En mi vida, los cambios se producían lentamente, tan lentamente que al principio ni me daba cuenta.

Salvo por un par de nimiedades, Sassi y yo crecimos como hermanas. Claro que a veces me fastidiaba, pero eso era la excepción y algo que posiblemente también ocurría en cualquier familia normal cuando los padres y las niñeras no prestaban atención. Ruth solía ser más tolerante con Sassi que conmigo, pero en general nos trataba más o menos igual. El personal doméstico no hacía ninguna diferencia, nos atendía y vestía igual de bien. Cuando la modista venía a tomar las medidas de Sassi para hacerle un nuevo vestido, a mí solía hacerme también otro. A veces, las prendas que a ella se le quedaban pequeñas me las arreglaban para mí. Era algo muy corriente entre hermanos, a fin de cuentas la ropa todavía no estaba gastada. Los Clavell y otras familias de oficiales con quienes estos solían tratar vivían bien, pero no eran derrochadores.

En cuanto a la relación con el coronel Clavell y missie Hill, yo me sentía, frente a Sassi y Leonard, más privilegiada que marginada porque nadie me sometía a examen durante las comidas. Los Clavell o eran amables conmigo o no me prestaban atención. Yo también consideraba agradable que me ahorraran las aburridas clases de urbanidad y de música. No me sentía en absoluto discriminada o perjudicada.

Pero entonces mi posición en el mundo de los *pakeha* cambió de forma irrefrenable. Primero, dejaron de llamarme a las reuniones del té de missie Hill para que hiciera reverencias y dijera «por favor» y «gracias». Me sorprendió un poco, pero lo atribuí a que con el tiempo todas las damas ya conocían lo que sabía hacer la niña maorí de missie Hill. Después dejaron de invitarme a los cumpleaños y fiestas infantiles.

En los primeros años, Sassi y yo habíamos ido con frecuencia a casa de otras niñas de nuestra edad y de vez en cuando también missie Hill organizaba reuniones de té para damiselas. Las niñas tomaban pastelillos educadamente para acabar jugando juntas bajo la atenta mirada de sus niñeras. Se enseñaban sus casas de muñecas, se jugaba civilizadamente a la rayuela y se hacían partidos de cricket en el jardín. Yo siempre había acompañado a Sassi con toda naturalidad y las demás niñas me trataban como a una igual. Los niños pequeños no parecen darse cuenta de los distintos colores de piel y cabello. Sin embargo, a medida que las amigas de Sassi fueron creciendo empezaron a burlarse de mi cabello negro y liso, que no se dejaba peinar en bucles; de mi tez oscura, que hacía inútil cualquier sombrilla; y de mis ojos redondos y oscuros. Lo que antes era tan mono, ahora había cambiado.

Cuando Sassi cumplió doce años, tuve la sensación de que se avergonzaba de mí. Al final, cuando se iba de visita, yo acababa quedándome en casa cada vez con más frecuencia. No sé si las otras familias dejaron de invitarme directamente o si fue missie Hill quien decidió que mi presencia en las fiestas infantiles *pakeha* ya no era conveniente. Y menos aún por cuanto esas fiestas pronto se convertirían en bailes.

A partir de los catorce años, Sassi empezó a recibir clase de baile y su profesora de urbanidad insistía cada vez más en lo que debía o no debía hacer una señorita. Con los contenidos de la clase y al hacerse mayor, los intereses de mi hermana de acogida cambiaron y, algo más tarde, pues yo era un poco más joven, también los míos. Ahora ella se interesaba sobre todo por los vestidos bonitos y los peinados. Si bien hasta entonces siempre había encontrado aburridas las labores manuales —missie Hill en persona nos enseñaba a coser y bordar—, ahora esperaba impaciente las coloridas revistas femeninas que su madre recibía cada mes de Inglaterra. En ellas se plasmaba la última moda de París y Londres y solían encontrarse también los patrones correspondientes. Sassi asediaba a su madre para que la dejara hacerse vestidos siguiendo esos modelos.

La señora Dune, la modista de la casa, estaba abierta a cualquier sugerencia de su clientela. Con Sassi hablaba de los cortes y elegía las telas, y a mí me dejaba ayudarla a coser. Naturalmente, eso me enorgullecía y Sassi envidiaba que yo pudiese cortar vestidos con la señora Dune mientras ella iba a clase de danza. Pero yo me preguntaba por qué razón me concedían ese privilegio, cuando yo tampoco poseía ningún talento especial para ser modista. Mi hermana cosía y bordaba mucho mejor que yo.

Algo similar noté cuando las dos empezamos a peinarnos mutuamente. Era algo que también hacían todas las hermanas, pero a diferencia de lo que sucedía con Sassi, que podía experimentar con mi cabello como quisiera, missie Hill indicó a su doncella personal que me enseñara cómo debía manejar el fino y rubio cabello de Sassi. Aprendí a recogerlo, a trenzarlo e incluso a enjuagarlo con yema de huevo para intensificar su color. Al principio todo era un juego. Como también era un juego que missie Hill me dejase servir ocasionalmente en la mesa o me pidiera que ayudase a Mahuika o a las sirvientas. Me enseñaron a realizar tareas prácticas y yo no lo encontraba denigrante. A fin de cuentas, también Sassi aprendía en sus clases de urbanidad a servir perfectamente el té, a vestir una mesa para la comida y a hacer arreglos florales. No caí en la cuenta de que con esas lecciones solo se aprendía a supervisar después al personal doméstico y a decidir en las reuniones para el té y en los banquetes qué era mejor, si sentar al obispo o al general junto a la anfitriona.

Cuando Sassi cumplió los dieciséis asistía con otras niñas de su edad a clases de baile. Era una actividad inocente. Aunque las jóvenes *ladys* aprendían bailes de sociedad, al principio todavía no se veían confrontadas con jóvenes caballeros. Pese a ello, las chicas pasaban horas preparándose para esas reuniones de baile. Yo ayudaba a la emocionada Sassi a ponerse sus bonitos vestidos de tarde y la peinaba con esmero... y un día me insistió en que la acompañase.

—De vez en cuando se me deshace el peinado, últimamente hasta se me rompió una cinta del vestido y no pude zurcirla. Sería muy amable por tu parte venir a acompañarme. Después podremos cotillear sobre las otras chicas... Es tan divertido, Mari, no podrías creerte lo torpes que llegan a ser algunas...

Naturalmente, la acompañé. Tenía curiosidad y, aunque no me interesaba mucho ni el baile ni la música, siempre me había molestado que me excluyeran de las salidas de Sassi. Pensé unos segundos en qué ponerme y elegí un vestido bonito, aunque mucho menos pomposo que el de mi hermana; a fin de cuentas, yo estaría presente solo como espectadora. A los pies de la escalera nos esperaba missie Hill, que solía acompañar casi siempre a su hija. La esposa del coronel controló nuestra indumentaria con expresión severa. A mí me envió a la habitación en busca de un delantal.

—No vaya a ser que eches a perder el vestido cuando le arregles el pelo a Sarah —me dijo.

También examinó el arsenal de cintas para el pelo, polvos, agujas e hilos que Sassi y yo habíamos recogido para ir bien provistas ante cualquier eventualidad. Y nos ordenó que nos portásemos bien y de forma conveniente cuando subiéramos al carruaje. Todo eso me pareció un poco raro. Entendí lo que pasaba cuando dejamos en el vestíbulo de la escuela de baile nuestros abrigos y Sassi, con toda naturalidad, esperó a que yo la liberase del suyo. Lo hice de buen grado por ella y no hubiera pensado nada más si no hubiera visto que había otras jóvenes a quienes sus doncellas ayudaban a desvestirse y supervisar por última vez los vestidos de baile y los peinados de sus amas. La mayoría desaparecía sin dar las gracias. Ya estaban charlando con sus amigas.

También Sassi pareció olvidarse de mí de repente cuando vio a las otras chicas. Missie Hill no me hacía ningún caso y yo vagaba algo perdida hasta que una de las jóvenes doncellas me habló.

—¿Eres tú la chica de miss Sarah? Ya hacía tiempo que nos preguntábamos por qué nunca te traía. Ven con nosotras, estamos en la habitación del servicio. Más tarde también nos darán té...

En ese momento lo comprendí: ya podía tutear y llamar a Sassi por su nombre de pila en lugar de hablarle de usted y dirigirme a ella con un respetuoso miss Sarah, pero ya no era su hermana, sino que me había convertido en su doncella. Entre nosotras nunca volvería a ser igual que antes.

Durante esos años, Leonard regresó pocas veces a casa. El viaje era largo, y a veces la escuela de cadetes ofrecía algo así como cursos de vacaciones que llamaba maniobras. Los jóvenes recibían instrucciones en algún bosque o montaña para saber desenvolverse en situaciones de emergencia, en lugar de ejercitarse en los terrenos de la escuela. Por situaciones de emergencia se entendía claramente la lucha contra guerreros maoríes, si bien cada vez se emprendían menos guerras y los conflictos eran menores. En la actualidad, los Casacas Rojas perseguían a un hombre llamado Te Kooti, otro fundador de una religión cuyo culto se llamaba *ringatu*, «mano alzada». Había atacado poblaciones tanto *pakeha* como maoríes, por lo que era perseguido por igual tanto por las fuerzas armadas como por grupos maoríes. Era improbable que de ese conflicto surgiera una auténtica guerra. Antes al contrario: Te Kooti unía a maoríes y *pakeha*.

Me enteré de todo ello gracias a Leonard, con quien había empezado a escribirme. Durante la guerra de Te Kooti, mi hermano de acogida pasaba las vacaciones con su padre en Gisborne. El coronel Clavell supervisaba en la costa Este de la Isla Sur la persecución de los insurrectos. Leonard debía desempeñar el papel de ayudante y me informaba aliviado de que su trabajo se limitaba sobre todo a recibir visitas, servirles whisky y hacer recados. Durante las conversaciones de su padre con otros militares, él debía escuchar y aprender.

«En realidad, no es necesario haber estudiado a Sunzi ni a Clausewitz para dirigir esta guerra —escribía—. Según mi opinión, el problema principal consiste en descubrir la pista de ese hombre y sus seguidores. Se esconde en los bosques y se desplaza cada vez más al norte. Su estrategia es clara: quiere refugiarse con las tribus que esconden al rey maorí. Si se declara leal al rey y se comporta más o menos bien, le darán asilo. Lo más inteligente sería dejar que lo buscasen los maoríes que quieren vengarse de la muerte de los miembros de su tribu y que son los mejores espías. Que lo encontrasen ellos y avisaran a nuestras tropas. Juntos sería relativamente fácil acorralarlo y apresarlo. De hecho, maoríes y Casacas Rojas recorren en grupos la zona y cuando tropiezan con Te Kooti y su gente enseguida atacan. De ahí resulta un muerto o dos de este o aquel bando y a continuación los rebeldes vuelven a desaparecer. Mi padre también debería saberlo, pero no está dispuesto a colaborar con los maoríes pese a que sería de interés por ambos lados capturar a ese Te Kooti...»

Leonard seguía mostrando poco interés por la logística de guerra y le horrorizaba verse envuelto en enfrentamientos. Su formación estaba concluyendo y su padre esperaba que siguiera la carrera militar. Si las circunstancias lo permitían, esto significaba seguir dos años más en un instituto de formación, aunque, si volvían a realizarse operaciones militares, también podría ir al frente muy pronto. Esa era la razón por la que Leonard esperaba que se impusiera la paz y me comunicó que estaba aprendiendo maorí de forma intensiva. Alguien había comprendido por fin que era de gran ayuda formar oficiales que pudiesen negociar con los *kupapa* y la escuela de Dunedin ofrecía cursos de ese idioma. Cuando Leonard me lo comentó me pareció divertido y le envié sin demora la traducción correcta de estas frases: «¡Guerreros! Estáis ahora en la Royal Army. Aquí no asamos a niñas pequeñas, ni siquiera a hijas de jefes tribales.»

Leonard contestó que las niñas pequeñas nunca habían figurado en el menú de las tribus. Por lo que sabía, los guerreros habrían preferido devorar al enemigo vencido para alimentarse de su fuerza. En cierto modo era una señal de que apreciaban su valía. Pero él pensaba prohibírselo a sus subordinados.

A menudo nuestras cartas contenían tales bromas o inofensivas provocaciones. Pero yo leía entre líneas lo abatido que estaba y por eso me esforzaba para que no se diera cuenta de lo afligida y humillada que me sentía en mi nueva posición en la casa de los Clavell. Cada vez era más obvio que me habían degradado al rango de sirvienta. Eso llegó a su momento culminante cuando, tras diez años de clases, miss Travers dio por concluida la formación de Sassi y la mía y sugirió que se enviase a su hija un par de años a un pensionado de Wellington.

—Y en el caso de Marian, debería considerar seriamente qué hacer —dijo la profesora particular a missie

Hill—. Debería tener la oportunidad de seguir aprendiendo, aún más porque es extraordinariamente inteligente. Lo ideal sería una escuela superior donde obtener el título de bachillerato. Ya sabe usted que en las universidades de Nueva Zelanda también tienen acceso las mujeres, y Marian un día tendrá que ganarse ella misma la vida. Lo razonable sería que aprendiera un oficio apropiado para sus capacidades.

Me enteré por casualidad de la conversación entre miss Travers y missie Hill. Una de las criadas estaba indispuesta y Mahuika me pidió que sacara el polvo de la habitación contigua. Por supuesto, las apreciaciones de la profesora me llenaron de orgullo, considerando la poca fe que había tenido en mí al principio.

Un par de días después, missie Hill nos llamó a Sassi y a mí para hablar sobre nuestro futuro. En efecto, había decidido enviar a su hija a un pensionado de Wellington por dos años. Sin embargo, no pensaba con ello en prepararla para entrar en la universidad, sino darle los últimos retoques para introducirla en la vida social. La escuela que había escogido estaba más orientada hacia las artes que hacia las ciencias. Sassi aprendería historia del arte y literatura, y, naturalmente, proseguiría con sus estudios de música, danza y dibujo.

—¿Y yo? —me atreví a preguntar. El instituto de la señora Lightman para la formación de señoritas no se correspondía al tipo de escuela que miss Travers había pensado para mí.

—Tú acompañarás a Sarah —se limitó a contestar missie Hill, y dejó que fuera Ruth quien me explicara cuál sería mi función en el instituto.

—Allí todas las alumnas llevan doncella —dijo—. Y miss Hillary opina que tú eres la persona adecuada pese a que todavía eres muy joven. Ya puedes estar muy orgullosa de ti. Cuando se da un empleo a las chicas de tu edad suele ser como ayudante de cocina o sirvienta tercera.

—Pero ¿qué quiere decir que me dan un empleo? —pregunté horrorizada—. Yo... miss Travers... la... la universidad...

Ruth negó con la cabeza.

—No sé qué ideas extrañas te habrá metido miss Travers en la cabeza —dijo inmisericorde—, pero algo así no entra en consideración. Los Clavell ya han sido sumamente generosos permitiéndote recibir clases con miss Sarah. Además, no fuiste prudente, Marian. Nunca has ocultado que aprendes mucho más rápido que miss Sarah. Por suerte, eso no ha llegado a oídos de miss Hillary. Y miss Sarah siempre fue indulgente, nunca se enfadó cuando tú presumías de saber contar mucho mejor...

La miré sobresaltada.

—¡Yo nunca he presumido! —me defendí—. Lo único que hacía era responder cuando miss Travers me hacía una pregunta.

—En cualquier caso, ya puedes darte por satisfecha de que los Clavell no te hayan enviado a la cocina con Mahuika mucho antes —me interrumpió Ruth—. ¡Han sido muy muy generosos! Es probable que no te hayas dado cuenta, pero ahora posees una esmerada formación para ser una doncella. La señora Dune y la señora Brandon, ¿es que te crees que te han familiarizado con sus oficios por pura diversión?

De repente lo vi claro: por eso había disfrutado yo del privilegio de ayudarlas.

—Pero si solo tengo que servir como doncella —pregunté, lentamente dispuesta a resignarme a mi destino—, ¿no deberían pagarme?

Sabía por las chicas que acompañaban a sus señoras a las clases de baile que, en comparación con las criadas domésticas y las ayudantes de cocina, las doncellas se ganaban muy bien la vida. Y la señora Brandon gozaba incluso del privilegio de no tener que instalarse en casa de sus señores. Unos años antes se había casado y vivía con su marido en una casita cercana. Habitualmente, los empleados domésticos dejaban su puesto cuando se casaban. Solo las mujeres muy bien formadas y bien pagadas conservaban su cargo.

Ruth me fulminó con la mirada.

—¿Qué dices? —preguntó horrorizada—. Qué ingrata, ¿es que no sabes todo lo que se han gastado en ti los Clavell estos años? ¡Para devolvérselo deberías trabajar diez años, si no más! ¡No lo entiendo! ¡Cómo te atreves a pensar en pedir dinero! Y ahora empieza a preparar las cosas de miss Sarah para el viaje a Wellington. Todavía quedan cosas por hacer. No querrás que tu ama desmerezca frente a las otras alumnas, ¿verdad?

Sin más, me marché totalmente abatida y desesperanzada. Pero Ruth tenía razón. Missie Hill me había comprado años atrás. Yo le pertenecía, que me lo recordase solo había sido cuestión de tiempo.

Dos semanas más tarde, partí para Wellington con Sassi y me instalé en un cuarto para el personal de servicio en la escuela.

Antes de dejar el carruaje que nos había llevado hasta allí, Sassi se volvió una vez más hacia mí y me dirigió su conocida sonrisa.

—Mari... hum... yo... quería pedirte algo más porque porque... mamá también cree... Bueno... quería pedirte que... cuando estemos en el internado, podrías... ¿podrías llamarme miss Sarah?

A Leonard no le hablaba en las cartas de estas humillaciones. En lugar de ello, le hacía creer que estaba como Sassi estudiando en el Lightmans Institut. En esa época, Leonard ya ocupaba el rango de segundo teniente de la Royal Army y volvía a quejarse de las expectativas que su padre había depositado en él. El coronel Clavell esperaba que lo promovieran pronto.

«Mi padre opina que pronto podría ascender —escribía Leonard—. A los alumnos de la escuela de cadetes se los promueve deprisa. Pero, naturalmente, debería intentar destacar. Me envían a Taranaki. Próximamente van a confiscar allí muchas tierras de los maoríes rebeldes. El gobierno teme que se produzcan disturbios...»

Yo sabía que él esperaba ganar puntos con sus conocimientos de la lengua antes que con sus habilidades marciales, pero nunca me escribía lo que pedían exactamente que hiciera en esos próximos años. De hecho, nos escribimos poco en ese período. Ambos nos guardábamos lo que más nos afectaba, tal vez por vergüenza, o porque temíamos herir al otro con la verdad. Sin embargo, yo deseaba abrirle mi corazón y estoy segura de que a él le ocurría lo mismo.

Pasarían casi tres años antes de que volviéramos a vernos.

—¿Crees que deberíamos trenzar el pelo con las cintas amarillas también? ¿O basta con las azules? No tiene que verse sobrecargado, pero quedan la mar de bien con el vestido. Yo...

Sassi me miraba dudosa en el espejo. Ese día me costaba peinarla, no conseguía quedarse quieta de la emoción. Hacía unos meses que habíamos llegado a Auckland desde Wellington y ahora la hija del brigadier Clavell —el coronel había ascendido de rango una vez más— iba a ser presentada oficialmente en sociedad. Con tal objeto, los Clavell celebraban un baile. La casa ya estaba decorada para la fiesta, missie Hill recibía a los primeros invitados abajo y yo tenía la misión de arreglar a la debutante tan espléndidamente como fuera posible. Por supuesto, habían comprado a Sassi un nuevo vestido para la ocasión, pese a que su armario reventaba de tantos trajes de baile y de noche. La señora Lightman no había inculcado en sus alumnas demasiada formación, pero sí les había proporcionado repetidas oportunidades de exhibirse, entablar conversación y bailar. Por supuesto, solo bajo estricta vigilancia y con estudiantes cultivados de la Universidad de Wellington o alumnos de la Academia de Cadetes que entretanto se había fundado aquí. Sassi había disfrutado de todo ello, y el pensionado le había parecido excelente. Había hecho pronto amigas y las profesoras no eran ni la mitad de severas que nuestra miss Travers.

La muchacha llevaba todo el día bailando por la casa de sus padres, impaciente por abrir el baile por la noche. Ya así se la veía, sin necesidad de que yo me esforzara por ello, preciosa. Su tez suave y muy clara estaba ligeramente enrojecida a causa de la excitación, sus ojos de porcelana azul resplandecían, y la cara redonda, todavía algo infantil, parecía emanar una luz interior. Al menos mientras no se había visto en la tesitura de tomar la difícil decisión de ponerse en el pelo solo cintas azules o cintas azules y amarillas. El color del vestido era azul claro, pero con volantes amarillos y primorosamente adornado con unos encajes de ese mismo color. La falda caía sobre una amplia crinolina y la cintura era extremadamente fina. Para mí era un misterio cómo iba a bailar y, sobre todo, a comer algo con ese corsé, pero las damiselas seguro que ya habían aprendido con la señora Lightman que debían tomar, como mucho, un bocadito de cada plato preparado para el banquete.

—Yo me limitaría únicamente a las cintas azules, Sassi —dije. Había consentido en llamarla miss Sarah en el pensionado, pero cuando estábamos a solas seguía utilizando la forma familiar. De ese modo, conservaba al menos un resto de mi dignidad—. Tu cabello ya es rubio, las cintas amarillas no contrastarían.

Ella asintió y observó en silencio un par de minutos cómo yo trabajaba. Luego volvió a mordisquearse el labio.

—¿Seguro que no voy demasiado escotada? Es que... ya sé que está de moda, pero no quiero que sea provocativo...

Me encogí de hombros. El escote era muy atrevido, pero la modista —una gran artista de Wellington, pues la señora Dune se había convertido desde hacía tiempo en demasiado provinciana para Sassi— había asegurado que en París los vestidos se llevaban exactamente así.

—Si quieres podemos añadir un pañuelo de encaje amarillo. O te pones un chal por los hombros. —El vestido tenía distintos accesorios—. Te lo quitas si tienes calor al bailar...

—¿Crees que el vestido me dará calor? —Sassi arrugó la frente—. ¿Debería haber escogido una seda más ligera? Sudar no es femenino... Tendré que poner cuidado en no abusar del baile.

No respondí y dejé que siguiera parloteando. La cuestión acerca de qué seda debía emplearse para el vestido y si debía confeccionarse con mangas más largas o más cortas, más anchas o más estrechas, ya se había discutido con todo detalle durante las últimas semanas. Ahora la decisión estaba tomada y no podía cambiarse. Además, el resultado era más que satisfactorio. Sassi estaba preciosa.

Se lo aseguré una vez más cuando llamaron a la puerta.

—¡Adelante! —Sassi se puso contenta. Esperaba a

dos amigas del pensionado que querían «ayudarla a vestirse». Yo no tenía más que esperar que a las damiselas les gustara mi trabajo—. ¡Abre de una vez, Mari!

Ella misma se levantó con cuidado para no empujar con la amplia crinolina de su vestido el mobiliario del pequeño vestidor.

Delante de la puerta estaba Leonard.

Se quedó tan mudo como yo cuando nos encontramos uno frente al otro. Lo habría reconocido en cualquier momento, pues seguía igual de delgado, con su irresistible sonrisa y sus dulces ojos. Abrió los brazos y yo sentí el loco deseo de lanzarme a ellos. Me contuve en el último momento: yo ya no era su hermana de acogida, sino una doncella, y como tal eso habría sido una inconveniencia. Así pues, tan solo le cogí de las manos, pero cuando nos tocamos fue como si se cerrase un círculo, como si yo estuviera en el lugar que me correspondía, como si por fin volviera a sentirme segura.

—¡Mari! —dijo a media voz—. ¡Qué guapa te has puesto!

Iba a responder, tal vez a sonrojarme por el cumplido, pero Sassi se interpuso entre nosotros.

—¡Leonard! ¡Por fin! ¡Cuánto te he echado de menos! ¿Cuánto hace que no nos vemos? ¿Tres años? Es una eternidad, Leonard, ¡una e-ter-ni-dad!

Él iba a abrazar a su hermana, pero ella se lo impidió sonriendo.

—Me arruinarás el vestido —advirtió—. ¿Qué aspecto tengo? ¿Te gusto?

Yo tuve que reprimir un gemido. La señora Lightman había hecho un buen trabajo: todo el pensamiento de Sassi giraba en torno a su aspecto, a qué impresión causaba, si podía resplandecer en sociedad.

Leonard asintió sonriente.

—¡Una perfecta damisela! No te habría reconocido, Sassi. ¿O debo llamarte Sarah?

Sassi negó con la cabeza, con cautela para no estropearse el peinado. Las alumnas de la señora Lightman no hacían nada espontáneamente, controlaban su actitud y su comportamiento continuamente.

—Puedes llamarme Sassi si yo no tengo que llamarte «teniente» —bromeó—. ¡Te han ascendido, Leonard! ¡Felicidades! ¡Y tienes un aspecto estupendo!

Él vestía el uniforme de gala de un teniente, pero no parecía muy orgulloso de su nuevo rango. De hecho, más bien tenía un aire abatido.

—¡Luego tienes que bailar conmigo sin falta! —le pidió Sassi efusivamente—. ¡Causaremos sensación los dos juntos!

Leonard hizo un gesto negativo con la mano.

—Bah, ahí abajo ya deben de estar arremolinándose como mínimo veinte atractivos caballeros con sus uniformes cargados de galones. Con tu sonrisa cautivarás sin el menor esfuerzo a un capitán. —Se volvió hacia mí—. Yo más bien bailaré con...

—¡Sassi! —Detrás de la puerta resonó un chillido y acto seguido irrumpieron en la habitación las amigas de Wellington. Las dos llevaban vestidos pomposos y enseguida empezaron a comentar a gritos la indumentaria de cada una.

—¡Qué mona estás!

—¡El vestido es preciosísimo!

—¡Y qué peinado! ¡Es cautivador!

Leonard puso los ojos en blanco.

—¿Cómo has aguantado dos años con ellas? —me preguntó en voz baja.

—No me dejaban asarlas —respondí en maorí.

Leonard se echó a reír. Luego se dio una palmada en la frente.

—Sassi, casi me olvido. Y ya es hora. Nuestro padre te espera en lo alto de las escaleras, ¡será él quien baje contigo, con toda la ceremonia!

Ella asintió. Llevaba días ensayando su entrada con un profesor de baile.

—Y nosotras iremos detrás, ¡como damas de honor! —explicó una de las otras chicas.

Era probable que missie Hill hubiera enviado a esas dos jóvenes porque Leonard no había cumplido enseguida con el encargo de ir a buscar a Sassi.

—También podríamos cantar... —añadió la otra—. *Blanca y radiante va la novia...*

—Eso se canta en las bodas —protestó la primera.

Leonard meneó la cabeza cuando las chicas salieron entre risitas. Era evidente que las encontraba tontas de remate. Yo me preguntaba qué pensarían de Sassi los jóvenes que la esperaban en el salón de baile. ¿Era realmente una perfecta damisela, tal como la concebía la señora Lightman, el ideal de todos esos oficiales y caballeros?

Leonard rio cuando se lo pregunté.

—La mayoría de oficiales y caballeros son unos cabezas huecas —respondió con franqueza—. ¡Si las chicas fueran más inteligentes, tendríamos un problema!

No pude evitar reír. Qué a gusto me sentía en compañía de Leonard. ¡Lástima que fuese a dejarme tan pronto! Naturalmente, sus padres esperaban que participase en la presentación oficial de su hermana. Pero él no parecía dispuesto a marcharse. Solo tenía ojos para mí.

—Mari... tú... No puedo creer que hayas crecido tanto. Y qué guapa, qué increíblemente guapa... —Volvió a cogerme las manos.

Me mordí el labio. Nunca me había planteado si era o no guapa, aunque las otras doncellas y criadas de Wellington me habían asegurado más de una vez que yo era una mujer fuera de lo corriente. Y los jóvenes caballeros que iban al instituto para bailar y conversar también me lo habían hecho sentir. Sus miradas de admiración me alcanzaban una y otra vez, incluso surgieron rencillas por esta causa en una ocasión. Uno de los hombres me estuvo mirando demasiado tiempo y miss Priscilla, una de las amigas de Sassi, que les había echado el ojo a los gallardos cadetes, afirmó que mi comportamiento era provocador. Desde entonces me había esforzado por pasar desapercibida. Había procurado mantener siempre la mirada baja y no llevar nada más que la ropa de sirvienta con delantal y una cofia tapando mi cabello, algo nada fácil porque lo tenía largo hasta la cintura.

De vuelta a casa de los Clavell en Auckland, había cambiado el uniforme por vestidos sencillos, también para no rebajarme. Que las doncellas llevaran ropa normal se correspondía con la jerarquía habitual del servicio doméstico. La señora Brandon tampoco llevaba uniforme. Naturalmente, siempre elegía vestidos sencillos y solía llevar un delantal, pero su aspecto dejaba claro que pertenecía a un nivel superior que el de las criadas. Nadie había dejado caer ningún comentario acerca de que yo la imitara.

Cuando Leonard deslizó su mirada por mi rostro, mi cabello y mi figura no había nada que deseara más que parecerle atractiva. Deseé no haberme recogido el cabello en la nuca en un moño mal hecho y llevar un vestido mejor que ese azul, cuya principal virtud era ser cómodo. Ayudar a una damisela a bañarse y vestirse es un trabajo duro. Basta con tener que apretar el corsé para ponerse a sudar, y todas esas enaguas pesan varios kilos. El que las mujeres de las clases acomodadas tuvieran que practicar tantos años cómo moverse grácilmente en esos vestidos tenía sus motivos... En cualquier caso, después de haber pasado medio día ocupada en preparar a Sassi para el baile, estaba sudada y cansada, pero Leonard no parecía darse cuenta. Su semblante reflejaba pura alegría. ¿Al mirarme? ¿O simplemente porque estaba ahí, porque tras tantos años por fin nos cogíamos de nuevo las manos y nos mirábamos a los ojos?

De repente se quedó perplejo.

—¿Cómo es que todavía no estás arreglada para el baile? —quiso saber—. ¿No tendrían que haberte esperado esas tres?

Casi me eché a reír. Leonard parecía creer que una mujer solo necesitaba unos minutos para arreglarse para un baile y que además podía hacerlo ella misma, sin la ayuda de una doncella. Comprendí entonces que él no sabía nada acerca de mi actual posición en casa de sus padres y que yo no tendría tiempo para ir preparándolo poco a poco. Debería confesarle ya que nunca le había contado toda la verdad en mis cartas.

—Leonard —dije—. Yo no voy al baile.

Él frunció el ceño.

—¿Por qué no? Bien, no eres la mayor de la casa, no te pueden presentar como debutante. Es probable que también teman que les quites protagonismo a esas chicas *pakeha* tan risueñas si apareces con ellas bajando las escaleras. Pero deberías venir al baile. —Me dirigió su seductora sonrisa y me guiñó el ojo—. ¿O eres demasiado tímida?

—Leonard —intenté de nuevo explicarle—. No me han invitado a la fiesta. —Le solté turbada las manos para ordenar los utensilios del tocador de Sassi—. Y no porque tal vez sea más guapa que una de esas señoritas. Es simplemente que yo... no soy ninguna niña bien, Leonard, yo... yo tengo que ganarme la vida... Y Sassi... ella necesita una doncella...

—¿Qué? ¿Te han dado este trabajo? ¿Tú... sirves a Sassi? Por Dios, Mari, ¡ella es como tu hermana!

Reí con amargura.

—Nunca lo fue —aclaré—. Tal vez tú y yo queríamos verlo así, pero, si recuerdas, desde el principio fui su niña maorí. Una muñeca que hablaba. El perrito que daba la patita cuando se lo pedían. Y ahora tampoco soy una empleada como otra cualquiera. A las otras les pagan. A mí, en cambio, me compraron cuando tenía cinco años. Han invertido mucho en mí. Y ahora debo trabajar para compensarlo. Es justo. —Me salió toda la amargura que tenía dentro.

Leonard se me quedó mirando. Esperé ver resignación en su rostro, compasión, tal vez también que se conformara con la voluntad de sus padres. Pero me equivocaba. La mirada de Leonard estaba cargada de indignación.

—¡Esto es inaudito, Mari! ¡Increíble! ¡No puedo comprender que Sassi colabore en esto! Que a mi madre se le ocurra algo así todavía podría imaginármelo. Pero Sassi... ¡Ella te quiere!

—¿Dónde está escrito que no se pueda querer a una doncella? —pregunté—. Y Sassi nunca se plantea nada acerca del dinero. Ya la conoces, contar no es su punto fuerte.

Leonard resopló.

—Cierta ingenuidad —dijo de una forma tan incisiva y cínica como nunca le había oído— no justifica una ignorancia total. Y, sobre todo, ninguna crueldad. Pero está bien, Mari, si Sassi no se plantea nada por sí misma, hoy haremos que se dé cuenta de que no puede relegarte al olvido como a una muñeca con la que se ha cansado de jugar. ¡Vas a ir al baile, Mari! ¡Conmigo! Arréglate enseguida...

Puse los ojos en blanco.

—Leonard, no tengo vestido. Y tampoco puedo arreglarme tan rápidamente para un baile. Sin contar con el escándalo que eso supondría...

Él sacudió la cabeza.

—¡Venga! Nadie caerá en la cuenta de si hay una chica más o menos bailando allí. Pero Sassi te verá. Y mañana le cantaré las cuarenta. ¡Venga, Mari, aunque esto nos cause cierta contrariedad! No pienso bajar ahí a hablar con las bobaliconas amigas de Sassi mientras tú te quedas sola en tu habitación.

Ya iba a replicar que, por supuesto, no iba a quedarme encerrada allí a solas, sino que iba a ayudar a Mahuika en la cocina y a estar preparada para peinar a Sassi y echar un vistazo a su vestido en cualquier momento. Pero de repente me picó la mosca. ¿Por qué no iba a ir yo con Leonard al baile? También él era un miembro de la familia Clavell y podía darme órdenes. ¿Y qué podía pasarme?

No creía que Sassi al verme empezara a darle vueltas a la cabeza. O bien me miraría mal o bien se alegraría de verme. Más bien creía esto último. Era influenciable, superficial y nada lista, pero era bondadosa y nunca me ofendía intencionadamente. Incluso era posible que ella misma me hubiese elegido el puesto de doncella suya, y que encontrara divertido que apareciese en el baile como la Cenicienta. Y sus padres... El general seguramente ni me vería. Missie Hill se pondría furiosa, pero se contendría. Seguro que no me reñiría delante de sus invitados, sobre todo si Leonard estaba conmigo. Al día siguiente descargaría en nosotros su cólera. Pero hasta entonces...

—De verdad que no tengo ningún vestido... —insistí. A esas alturas me parecía que ese era el mayor obstáculo entre yo y esa aventura.

—¡Tonterías! —Se acercó de una zancada al armario de su hermana, lo abrió y deslizó la vista por los vestidos que colgaban dentro—. Coge un vestido de Sassi. Este quizá... —Se decidió por uno rosa pálido—. Te quedará bien.

Hice un gesto de negación.

—Imposible. No me lo puedo poner sola. Y además es demasiado largo. —Yo todavía era delgada, lo que podía ser una suerte para esa empresa. No tendría que ceñirme un corsé o ceñírmelo apenas para ponerme un vestido de Sassi, pero ella era más alta que yo—. Si me va alguno, será de tarde. Son más cortos. Y las crinolinas tampoco son tan amplias. Con un vestido de baile no podría caminar, hay que practicar...

Señalé la parte del enorme ropero en que colgaban los vestidos de día de Sassi. Leonard enseguida eligió uno, amarillo como el sol y más bien sencillo, pero adornado con un encaje blanco. El escote era pequeño, con el miriñaque estaría lista.

—¿Qué tal este? —preguntó.

—Podría servir —murmuré.

Leonard sonrió.

—Pues entonces, ¡cámbiate! —dijo—. Te espero fuera.

Lo hice en un abrir y cerrar de ojos, con el fin de que no me entraran dudas respecto a lo que iba a hacer. En efecto, el vestido me iba bien. Y podía inspirar lo suficiente. Las amplias mangas abombadas, pensadas como mangas tres cuartos, me llegaban hasta la muñeca, pero no pasaba nada. Lo importante era que el largo del vestido fuese el correcto, sobre todo si además tomaba prestados unos zapatos de Sassi. Tenía varios de tacón, y las dos calzábamos el mismo número. Solo quedaba el pelo. No tenía a nadie que fuera a peinarme, así que me deshice el moño y dejé que el cabello me cayera por la espalda. Se podría haber trenzado y recogido en lo alto, lo que hubiera quedado mejor con mi cara delgada de ojos grandes. Pero entonces volvió a surgir el deseo de rebelión. Yo era maorí. Ya hacía suficiente tiempo que había intentado esconderlo y no me había servido de nada. ¡A partir de ese día exhibiría la belleza de mi pueblo! Sin darle más vueltas, me cepillé el pelo hasta que brilló. Mi mirada se posó en el peinador, donde todavía se encontraban las cintas amarillas con que Sassi había coqueteado. Me hice la raya en medio y me recogí el cabello con las cintas, que me até detrás de la cabeza. Al final, me levanté y me examiné en el gran espejo de cuerpo entero: una belleza exótica, pero indudablemente una belleza. No desmerecería frente a las otras muchachas.

Leonard se quedó con la boca abierta cuando salí de la habitación.

—¡Lista! —dije, y le ofrecí el brazo sonriendo.

Él parecía demasiado impresionado para cogérmelo.

—Mari, ¡esta noche serás la más bonita! —dijo admirado—. Y es como si ese vestido estuviera hecho para ti, parece como si el sol te iluminara la piel. No eres una niña bonita, Mari, ¡eres una princesa!

—La hija de un jefe tribal —le recordé, al tiempo que me erguía. Él tenía razón: en el salón de baile, no había nadie que proviniese de una cuna más alta que la mía.

Abajo, la melodía de fondo con que los músicos, contratados para el baile, habían acompañado el banquete dejaba paso a la música de baile. Es que, pese a toda la prisa que yo me había dado, una señorita tarda cierto tiempo en cambiarse, y si además no dispone de doncella, necesita más de una hora para ceñir, atar y abotonar todas las cintas y enaguas, sujetar la crinolina y poner en orden las enaguas. Así pues, los Clavell y sus invitados habían tenido tiempo suficiente para concluir la comida antes de que nosotros bajáramos. Por mí no había ningún problema. Habríamos llamado la atención durante la comida, ya que no había ningún sitio previsto para mí. Sin duda se habrían percatado de la ausencia de Leonard, habíamos tenido suerte de que missie Hill hubiese estado demasiado ocupada para empezar a indagar. Ahora esperaba tener la posibilidad de mezclarme entre los bailarines sin que se fijaran en nosotros.

Sin embargo, no sucedió así. Y admito que nosotros también estábamos demasiado entusiasmados con la aventura como para planear la entrada en el salón de baile y utilizar, por ejemplo, la escalera de servicio para bajar sin llamar la atención. Leonard me condujo abiertamente por la gran escalinata que llevaba al salón, donde las parejas estaban evolucionando al son del primer baile.

Vi a Sassi bailando del brazo de su padre, muy orgullosa. Missie Hill bailaba con el invitado de honor de la velada, un general. Todos parecían concentrados en sus cosas. Pero entonces sonó el acorde final del vals. Los hombres se inclinaron y las mujeres hicieron una reverencia y, cuando tomaron sus nuevas posiciones o se unieron a otra pareja, las miradas de los presentes se deslizaron por la sala.

Y ahí estábamos nosotros: Leonard Clavell y la chica maorí. Un espectáculo sin duda precioso pero tan fuera de lugar que incluso las damas y caballeros más avezados en el arte de la continencia se quedaron boquiabiertos.

Pensé que se me paraba el corazón.

—Esto tendrá consecuencias funestas —murmuré, y mi mano derecha, que había colocado sobre el brazo de Leonard, se agarró a su uniforme de gala—. ¡Voy a tener el peor disgusto de mi vida!

Leonard colocó su mano izquierda sobre la mía, sonrió y siguió conduciéndome bajo las miradas de todos con naturalidad y orgullo escaleras abajo.

—No tan malo como el mío —susurró—. Hazme caso: se olvidarán de ti cuando se enteren de lo que he hecho esta mañana: he dejado el ejército, Mari. Ya no pertenezco a la Royal Army.

Leonard y yo nos deslizamos bailando a través de la noche, como si no existiera el mañana. Bailamos, reímos, yo tomé por primera vez champán y luego pensé que flotaba. Leonard me habló de Taranaki, de la belleza del paisaje. Yo le hablé de Wellington, de que había muchos edificios nuevos y barcos de todo el mundo que se podían admirar en el puerto. Hablamos tan poco de cuál había sido la misión de Leonard en Taranaki como de mis tareas en Wellington. Esa noche no había para nosotros ni ejército ni cuartos para el servicio en el instituto de la señora Lightman. Por un par de horas, libres de toda preocupación, olvidamos nuestras cuitas y, sorprendentemente, nadie nos puso ninguna traba. De hecho, los padres de Leonard se comportaron tal y como yo había previsto. Si bien missie Hill nos taladró con la mirada cuando nos mezclamos entre los bailarines, no armó ningún escándalo. Desvió la atención de los invitados, anunciando con una sonrisa que a partir de ese momento iban a servirse refrescos y con suave insistencia se llevó al general hacia el ponche de Balaclava. El brigadier Clavell, que consideraba poco diplomático ignorar la llegada de su hijo, lo amonestó suavemente.

—Vienes tarde, Leonard —observó escuetamente, para volverse después a su pareja de baile, la esposa del general—. ¿Conoce a mi hijo, señora Patterson? —A mí simplemente me atravesó con la mirada.

Leonard le siguió la farsa e intercambió unas palabras amables con la esposa del general. Entretanto no me soltó el brazo, pero tampoco tuvo el valor de presentarme. ¿O tal vez no supo cómo hacerlo? ¿Sabía ya esa noche que el calificativo de «hermana de acogida» había dejado de ser el adecuado para describir nuestra relación?

La música volvió a sonar, sofocando las conversaciones. El brigadier tomó el brazo de su invitada y Leonard me sonrió al tiempo que me llevaba a la pista.

Yo nunca había ido a clases de baile, pero siempre había practicado los pasos más importantes con Sassi. Los podía hacer hasta dormida. Aunque, naturalmente, era distinto bailar al son de la música. Esta parecía llevarme y al mismo tiempo sentía la mano de Leonard en mi espalda y miraba sus ojos relucientes.

Entretanto, también Sassi nos había descubierto y había reaccionado tal y como yo había previsto. Ni un asomo de resentimiento, sino que me dio expresamente la bienvenida a su fiesta.

—¡Mari, qué bien que por una vez te reúnas con nosotros! —Sonaba como si hasta ahora yo hubiese renunciado por propia iniciativa a los placeres del baile y de otras actividades de las chicas—. ¡Y qué bien te queda el vestido! ¡Tienes que quedártelo! ¿A que está preciosa, Leonard?

Volvió a ganarse mi corazón. Sassi tenía sus debilidades, pero era generosa y buena, y la envidia le era ajena.

—Formáis una pareja estupenda. ¡Qué bien te queda el uniforme, Leonard! ¡Y ya verás lo apuesto que estarás cuando seas capitán!

Y, dicho esto, voló a su siguiente pareja de baile, que ya tenía ese rango. Disfrutaba de su baile y hacía mucho que había olvidado que antes le había pedido a Leonard que tenía que bailar una vez sin falta con ella. A mí ya me iba bien, pues por mucho que missie Hill censurase a su hijo con la mirada, esa noche Leonard solo bailaba conmigo. Yo sospechaba que también eso sería considerado un manifiesto paso en falso en las relaciones sociales. Sin duda se esperaba de él que bailase con el mayor número posible de amigas de Sassi. Se trataba ahí de que se relacionasen los hijos de la alta sociedad, y también Leonard era un candidato en potencia para el matrimonio.

Al menos lo había sido hasta unas horas atrás. A la mañana siguiente, cuando todos supiesen lo que había hecho, la situación cambiaría. Pero esa noche no quería pensar en eso. Yo me sentía feliz de tener a Leonard todo para mí y apenas podía creer lo deprisa que había pasado el tiempo cuando dio la medianoche y missie Hill anunció una sorpresa. Naturalmente, los fuegos artificiales que los Clavell habían preparado como punto culminante de la noche no sorprendieron a nadie. Lo pertinente era coronar un baile con ellos. Sassi tuvo además la suerte de que esa noche de invierno —su baile se celebró en julio—, el cielo estuviese estrellado y no lloviera. Los invitados salieron a la terraza y al jardín para presenciar el espectáculo.

Leonard y yo los seguimos, aunque nos mantuvimos alejados de los demás. Observamos tras un rosal cómo subían los cohetes y dibujaban estrellas y flores de colores en el cielo. Escuchamos las expresiones de admiración de los invitados cuando las luces se reflejaron en el agua del río Whau. Pero a mí los fuegos artificiales no me entusiasmaban. Si bien ahora muy raramente tenía pesadillas, el siseo de los cohetes y las explosiones reavivaban en mi mente las imágenes de la masacre del río Puniu. Me estremecía cada vez que encendían un cohete y percibí que a Leonard le ocurría lo mismo. Probablemente había tenido experiencias con sangre y muerte. Nuestras manos volvieron a encontrarse con toda naturalidad y ya no volvimos a soltarnos cuando el espectáculo terminó y los invitados entraron en la casa. Leonard y yo nos quedamos fuera y nos extasiamos en la belleza muda de las estrellas y la luna. Cuando nos volvimos el uno hacia el otro reconocimos el amor en el semblante del otro. Él me rodeó cuidadosamente con un brazo, se inclinó y me besó. Un beso que me llenó de calidez y me infundió seguridad: un ensueño del que no quería despertar nunca.

—Desearía que mañana nunca llegase —susurré cuando nos separamos—. Desearía que esto nunca terminara.

Leonard me acarició el pelo.

—Puedo intentar capturar al sol para ti... como vuestro semidiós Maui tiempo atrás... —Sonreí al pensar en la historia que Mahuika nos había contado siendo niños. El héroe maorí Maui había apresado al sol para que su hermano y él disfrutaran de más luz para pescar y divertirse—. Pero la oscuridad eterna tampoco la deseas de verdad. —Me besó de nuevo—. No tengas miedo, Mari, Marian, Marama... Deja que el mañana venga. De todos modos, esto nunca terminará.

El baile de Sassi concluyó dos horas después de la medianoche. Tras los fuegos artificiales se ofrecieron unos pocos refrescos más y a continuación fueron desfilando las carrozas y los invitados de la casa se retiraron a sus habitaciones. Yo ya me había despedido de Leonard y esperaba a Sassi en sus aposentos para ayudarla a desvestirse, soltarse el cabello y prepararla para la noche. Feliz y cansada, lo único que esperaba era que no me sonsacase con sus preguntas, pero mis temores eran injustificados. Sassi no nos había dedicado ni un minuto de su tiempo a Leonard y a mí, tenía demasiado que contar para interesarse por cómo me había ido a mí. Me habló con todo detalle de sus pretendientes, de lo bien que bailaba o charlaba este o aquel. Un joven teniente le había gustado bastante y se preguntaba cómo hacer para volver a verlo.

—Es probable que muy pronto venga a ofrecerte sus respetos y te pregunte si quieres acompañarlo al altar —contesté.

Así que Sassi se metió radiante en la cama. Entonces me solté yo también el pelo y pasé a la habitación que me habían asignado para poder estar día y noche a disposición de Sassi. Esa noche agradecí mi suerte. Seguro que las criadas y Mahuika me habrían interrogado si me hubiese alojado en el ala del servicio doméstico.

Me enfrenté con la realidad cuando, a la mañana siguiente, bajé a la cocina a buscar el té de Sassi. Solía despertarla con una taza de esa estimulante bebida, lo que la señora Brandon también solía hacer con missie Hill. Esa mañana, sin embargo, ya se oían voces alteradas en la sala de caballeros y en el salón. Era evidente que missie Hill y el brigadier ya estaban despiertos y discutían con Leonard elevando el tono.

Era imposible no escuchar los reproches que le lanzaban. De algún modo debían de haberse enterado esa mañana, o tal vez ya la noche anterior, de que Leonard había abandonado el ejército.

—Padre, no es una deserción, he dejado legalmente el servicio —explicaba en ese momento Leonard—. Y no estoy traicionando a mi patria. Nueva Zelanda no está amenazada, no lucha contra nadie...

El brigadier Clavell gimió.

—¿Y qué sucede con Te Kooti? ¿Con Titokowaru? ¿Con ese Tawhiao que se atrinchera en algún lugar y con el nuevo profeta de Taranaki? ¡El fuego puede reavivarse en cualquier momento mientras mi hijo se retira como un cobarde! ¡Eres un Clavell, Leonard! ¡Un Clavell no huye!

—Tawhiao ha entregado las armas y se ha retirado al norte. Te Kooti ya no representa ninguna amenaza. Titokowaru está en Parihaka y Te Whiti predica la paz. Padre, las guerras han concluido y los maoríes están vencidos. Yo no huyo de nada. Simplemente no quiero seguir haciendo lo que cada día me obligan a hacer... —Leonard hablaba pausadamente y con determinación, deseoso de explicar sus motivos.

Pero su padre lo interrumpió.

—¿Y qué planeas en lugar de eso? —preguntó mordaz—. ¿Tienes alguna idea respecto a tu futuro?

Yo no podía ver a Leonard. Estaba en el salón contiguo a la sala de caballeros y escuchaba con atención, pero podía imaginarme cómo hacía un grave gesto de afirmación.

—Me gustaría estudiar —contestó con franqueza a su padre—. Medicina tal vez, o veterinaria. Me gustaría ser veterinario...

—A lo mejor podría trabajar de médico militar —intervino missie Hill—. Si eso le gusta más... También hay rangos oficiales, ¿no es cierto, Andrew?

—¡Tonterías! —exclamó alterado Clavell—. No lo he enviado a la escuela de cadetes para amputar extremidades y extraer balas. No te hagas ilusiones, Hillary, para eso sería demasiado sensible...

Leonard se esforzaba por mantener la calma.

—También podría hacer la carrera de abogado —prosiguió—. Precisamente con mi conocimiento del maorí...

—¿Pretendes presentarte por esa gente a juicio? —explotó Clavell—. ¿Es que te has vuelto loco? ¿Y quién va a pagar todo eso? ¿La universidad, la alegre vida estudiantil? Tu formación ya nos ha costado mucho dinero, Leonard. No cuentes con que vayamos a gastar todavía más.

Leonard se hartó. Oí unos pasos detrás de la puerta y él la abrió desde dentro antes de que yo pudiera marcharme. Me vio y eso pareció infundirle valor. Los ojos de missie Hill, por el contrario, empezaron a echar chispas cuando me descubrió.

Con la mano en la puerta, Leonard se volvió hacia sus padres.

—Padre —anunció con voz firme—, me gustaría seguir estudiando y para ello no necesito dinero, tengo mis propios ahorros. En cualquier caso, si se me terminasen, trabajaría en el puerto como estibador o en la construcción de vías, vigilando ovejas u ordeñando vacas. Lo único que no voy a hacer será atacar mujeres, niños y ancianos en sus poblados, sitiarlos, quemar sus casas y robarles sus tierras. Porque justo eso es lo que hace el ejército en la actualidad en Taranaki y Waikato, probablemente en toda la Isla Norte. ¿Has oído hablar de la

New Zealand Settlements Act, padre? Según esta ley, las tierras de las tribus maoríes que se han rebelado pasan a ser de la Corona como castigo, pueden confiscarse. El gobernador Grey lo está aplicando ahora mismo. Con todo su rigor. Pero sin tomarse la molestia de informarse sobre si las tribus de cuyas tierras nos estamos apropiando realmente se rebelaron alguna vez. Se trata más bien de si las tierras están bien situadas y son fértiles. En las zonas áridas, por lo visto, se rebelaron menos...

—¿Dudas de la integridad del primer ministro? —preguntó con severidad Clavell—. ¿Acusas a la Corona de robo?

Leonard le sostuvo la mirada.

—Califico como mínimo de escándalo lo que está sucediendo con los maoríes en Waikato. No es justo. —Y como si en ese momento fuera a declarar otras verdades incómodas, se irguió de nuevo y se volvió hacia su madre—. Y tampoco es justo lo que está pasando aquí con Marian. Ha crecido como una hermana de Sassi. Es humillante que ahora tenga que servirle como una doncella.

Missie Hill rio.

—¿Entonces también tendríamos que pagarle a Marian la escuela o la universidad o lo que ella quiera? —preguntó burlona.

Yo me encogí ante su mirada, que prometía algo malo. Posiblemente se ocuparía de mí cuando hubiese acabado con Leonard.

—¿Y por qué no? —repuso Leonard, airado—. Todos estos años te has vanagloriado de ser su benefactora. Tampoco sería tanto pedir seguir beneficiándola. ¡Podéis estar orgullosos de ella!

—¿Orgullosos? —Missie Hill negó con la cabeza.

—Orgullosos —intervino su esposo antes de que ella pudiera contradecir a su hijo— lo estaremos de Sassi cuando contraiga matrimonio con una persona de su mismo rango social. Y también estábamos hasta ahora orgullosos de ti, Leonard, de que ocuparas el puesto que te correspondía sirviendo dignamente a tu país. En lo que respecta a Marian, nosotros hemos cumplido con nuestro deber cristiano, lo que a tu madre, sobre todo, la llena de satisfacción. La hemos vestido y alimentado. ¡Pero de hermana de Sassi, ni hablar! ¡Leonard, Marian no es una Clavell!

Habría preferido marcharme de ahí. Las lágrimas me anegaban los ojos, pero no quería llorar. Yo no tendría que haber presenciado esa discusión. Me maldije por ello.

Leonard, por el contrario, miró indignado a sus padres. De repente pareció reunir todo el valor del mundo.

—¿En serio? —preguntó—. Esto no tardará en cambiar. Tengo la intención de hacer de ella una Clavell inmediatamente. Voy a casarme con Marian.

Y dicho esto se volvió hacia mí, me cogió de la mano y tiró de mí. Yo lo seguí como en trance. Me condujo a través de las dependencias del personal de servicio, hacia fuera, hacia el jardín, y luego hacia las caballerizas. Era ahí donde de niño le gustaba esconderse con *Madoc* cuando en casa la atmósfera estaba cargada. Ahora me encontraba con él de nuevo delante del *box* del caballito negro, que nos saludó alegremente con un relincho. Ya hacía años que era de Sassi, pero no había olvidado a su primer jinete.

—Siento haberte... sorprendido —dijo Leonard cuando nos quedamos jadeando uno frente a otro—. Antes debería haber pedido tu mano. Pero quieres casarte conmigo, ¿no?

Me sentía un poco, como si realmente me hubiese pasado un tren por encima. Nunca había pensado en casarme, hasta la noche anterior; Leonard siempre había sido un hermano para mí... Pero en el momento en que había vuelto a verlo, todo había cambiado. Para mí tampoco cabía la menor duda, sabía que Leonard y yo estábamos hechos el uno para el otro.

—No es todo tan fácil, Leonard —contesté, conteniendo su entusiasmo—. Para casarse se necesitan documentos. Un certificado de nacimiento, un pasaporte... el permiso de los padres si todavía no se han cumplido los diecinueve años...

Estaba bien informada al respecto. Sassi y sus amigas solían discutir sin fin sobre todas las reglas en torno a casamientos, justamente secretos y entre individuos que no pertenecían al mismo nivel social.

Él me rodeó con un brazo.

—¡Bah, Mari, esas son solo leyes *pakeha*! —me consoló—. Si nos unimos a tu gente, a los maoríes, será distinto. Allí nadie se preocupa por documentos ni por la edad de dos personas cuando se aman. Con tu pueblo podremos hacer lo que queramos.

Me mordí el labio. No era del todo como él se imaginaba. Aunque las tribus maoríes daban muchas libertades a las muchachas jóvenes, si yo me hubiera quedado con mi gente, habrían velado rigurosamente por mi virtud. Posiblemente incluso hubiera sido invitada a realizar tareas espirituales. Tradicionalmente, en muchas tribus la hija virgen de un jefe tribal se convertía en sacerdotisa. Al final hasta me habrían buscado un marido sin consultarme si amaba o no al joven *ariki* escogido. Pero en esos momentos no quería abordar también ese tema. Bastante complicada era ya la situación de por sí.

—Leonard —dije intentando devolverlo suavemente a la realidad—. Nadie sabe dónde está mi gente. Parte de mi tribu fue aniquilada y parte desterrada. E incluso si encontrásemos a los ngati maniapoto... ¿querrías realmente vivir conmigo en un *marae*? Suponiendo que fueran a aceptarnos, lo que dudo. Es probable que nadie se acuerde de mí. También podría ser alguien que finge ser Marama Te Maniapoto. Además, ¿crees que los maoríes darán la bienvenida con los brazos abiertos a un *pakeha* después de que los Casacas Rojas los hayan expulsado de sus tierras?

Me estreché contra él, pero cuanto más pensaba en cómo podría ser nuestro futuro, más desesperanzada me sentía. También Leonard se veía bastante abatido. Es probable que empezara a darse cuenta de que con su arrebato había cometido una equivocación. Habría sido mejor mantener oculto nuestro amor y forjar tranquilamente planes.

Pero entonces se le ocurrió una feliz idea.

—¿Y si viviéramos en Parihaka? —preguntó con vehemencia—. Da igual lo que mi padre diga. Te Whiti no es ningún agitador. A mí me parece un hombre bueno y sensato.

Fruncí el ceño.

—¿Qué es Parihaka? —quise saber—. ¿Y quién es Te Whiti?

—Parihaka es un poblado —explicó emocionado—. Un *marae* maorí en Taranaki, entre el monte Taranaki y el mar, en un lugar precioso. Fue fundado por un jefe tribal maorí, Te Whiti o Rongomai, y por un par de veteranos de alto rango de la guerra de Taranaki. Lo construyeron en 1866 sobre un territorio tradicionalmente maorí como protesta contra la expropiación de tierras y dieron acogida a todos los representantes de las tribus a quienes los *pakeha* habían expulsado de sus poblados. Así pues, en Parihaka viven maoríes de distintas tribus y conviven en paz, incluso si antes eran rivales. Te Whiti les exhorta a la hermandad entre sí e invita a su pueblo a poner punto final a la guerra con los *pakeha*. Es imponente, Mari. Lo llaman el Profeta, pero no tiene nada que ver con un Te Ua Haumene o un Te Kooti. Es un hombre magnánimo y amante de la paz.

—¿Has estado allí? —pregunté.

Asintió.

—He hablado con él o, mejor dicho, he traducido para el representante del gobernador. No sé si te he contado en mis cartas algo sobre Titokowaru, un jefe de los ngati ruanui. Se alzó contra la expropiación de tierras y dio bastantes dolores de cabeza a nuestros generales. Los puso en ridículo. Una vez dejó que medio ejército de *pakeha* y unas tropas *kupapa* sitiaran durante días un fuerte. Cuando por fin lo asaltaron entre un fuerte vocerío, ya hacía tiempo que estaba abandonado y los maoríes se habían diseminado por las montañas. Cómo lo hizo sigue siendo hoy en día un misterio para todos. Te Whiti, en cualquier caso, se mantuvo neutral durante la guerra de Titokowaru. Él insiste en ello, aunque es por todos sabido que Titokowaru estuvo una vez en Parihaka. Entonces teníamos que interrogarle sobre este tema.

—¿Y? —pregunté—. ¿Adujo alguna excusa?

Leonard se encogió de hombros.

—Fue muy amable, muy digno. Creo todo lo que afirma. Grey, por supuesto, lo ve de otro modo. A él no le interesa quién tiene razón, le da igual lo que diga. En el fondo solo busca excusas para arrebatar a los maoríes sus tierras. Pero en Parihaka eso no será tan sencillo. Es un gran poblado con más de cien casas dormitorios, a las que hay que añadir los edificios comunes... Es un proyecto impresionante. Está en continuo crecimiento y Te Whiti no es tonto. Invita a representantes de la prensa a sus charlas, sobre todo a extranjeros. Esos ponen por las nubes la floreciente comunidad, sus buenas condiciones higiénicas, las máquinas agrícolas con que se cultivan perfectamente y según los métodos más modernos los campos. Parihaka ya tiene ahora mil quinientos habitantes y cuando Te Whiti predica (y lo hace el dieciocho de cada mes para el público) viajan allá hasta dos mil personas. Un asentamiento así de grande no se hace desaparecer en silencio como si fuera un pequeño *marae* en un bosque apartado.

Asentí. Lo que Leonard contaba parecía esperanzador. A pesar de todo, no podía imaginar presentándonos allí y pidiendo asilo. Además, Leonard y yo no éramos dos desplazados, sino más bien unos rebeldes...

—Todo va tan deprisa... —murmuré cuando Leonard me pidió otra vez que me casara con él—. Me gustaría, cuanto antes mejor. Pero tenemos que proceder más despacio. A lo mejor... a lo mejor les explicas a tus padres que no tenías la intención de decir lo que has dicho. Y yo digo que, de todos modos, todavía soy demasiado joven, que no quiero casarme. Si nos dejan tranquilos durante un tiempo podremos pensárnoslo todo mejor. No querrás realmente ponerte a plantar patatas, ni siquiera con los métodos más modernos... —Sonreí—. Tu lugar no está en Taranaki, sino en la universidad. Es ahí donde debes ir. Tal vez no directamente para estudiar Medicina, que es una carrera demasiado larga. Pero yo todavía puedo trabajar dos o tres años más para Sassi y esperarte. —Le acaricié suavemente la mejilla—. Y aún más si te veo de vez en cuando. Las vacaciones de verano de la universidad son largas, ¿no? Podrías venir a Auckland y descargar barcos. Y cuando yo cumpla veintiún años y tengas un diploma en la mano, nos ocuparemos de mi documentación. En cuanto tenga un pasaporte y sea mayor de edad, nadie podrá impedir que nos casemos. ¡Entonces viviremos donde queramos!

Leonard se mordisqueó el labio, vacilante, pero su mente iba trabajando. Debía reconocer que mi sugerencia era mejor que sus precipitadas reflexiones. Incluso si eso significaba ceder otra vez ante sus padres.

—Desearía que no fuese tan difícil —dijo suspirando—. ¿Me das al menos un beso antes de que volvamos a las fauces del león, pidamos excusas y prometamos portarnos bien? De todos modos, no regresaré al ejército. Ni aunque me lo pidas tú.

Le ofrecí mis labios para que los besara y pasamos juntos otra hora maravillosa. Entre besos y caricias nos prometimos que nos amaríamos eternamente. Nadie podría separarnos y seguro que vivir juntos y felices hasta el fin de nuestros días sería tan solo cuestión de tiempo. Consolados por tal perspectiva, dejamos el establo para volver a la dura realidad.

La maleta de viaje de Leonard lo esperaba en el vestíbulo. Su padre le comunicaba a través del mayordomo que su presencia en la casa Clavell ya no era deseada. Si recuperaba la cordura, sería bien recibido, pero en tal caso, el brigadier esperaba verlo con el uniforme y el rango de capitán como mínimo.

A mí me esperaba missie Hill.

La madre de Sassi y Leonard siempre me había intimidado, pero nunca la había visto tan fría y severa como esa mañana. Naturalmente, no me gritó. En la casa de la familia Clavell pocas veces se alzaba la voz. Missie Hill se contenía, incluso cuando regañaba a sus hijos o a sus criados. A mí me hizo saber con aspereza lo mucho que la había decepcionado.

—Te hemos acogido, alimentado, vestido y dado una educación como es debido… ¡y nos lo agradeces seduciendo a mi hijo y apartándolo del buen camino! Se habla mucho de la depravación moral de las chicas maoríes, pero nunca me lo había tomado en serio. Sobre todo en relación contigo, a quien hemos educado cristiana y virtuosamente. Me duele comprobar cuánto me he equivocado contigo...

Sus palabras eran como un chorro de agua helada que descargaba sobre mí con malignidad, de forma despreciativa y humillante. Aun así, intenté disculparme, le aseguré que yo no había animado a Leonard a decir lo que había dicho ni a dejar el ejército.

—Tampoco quiero casarme con él —afirmé desesperada—. Yo...

—Claro que no vas a casarte con él, faltaría más —me interrumpió ella—. Para acabar con esto: no volverás a verlo nunca más.

—¿Y cómo va a lograrlo? —Hasta el momento yo había estado tranquila, pero en ese momento la pregunta brotó de mis labios sin que pudiera evitarlo—. ¡No puede encerrarme!

Una doncella que no podía acompañar a su señora a hacer una visita, a asistir a un baile o a una comida campestre no servía para nada.

Missie Hill me fustigó con su mirada.

—¡Y encima respondona, la señorita! —exclamó irónica—. De verdad que nunca había visto a una criatura tan desagradecida como tú. Pero ya que me preguntas: no tengo la intención de encerrarte, Marian. Te enviaremos lejos de aquí. Cuándo y adónde, te lo diremos en su momento. Y ahora, ve a tu habitación. Seguirás asistiendo a Sassi, pero tienes prohibido salir de casa. Encontraremos en los días próximos a otra doncella para mi hija.

—¡No será ninguna desgracia, están pensando en una escuela en una misión! —Fue Sassi quien, tras un día lleno de temores y cavilaciones, volvió a inspirarme esperanza. Missie Hill me había prohibido hablar con ella sobre Leonard, pero Sassi se había enterado, cómo no, de lo que había ocurrido por la mañana. Yo sospechaba que Ruth se lo había contado todo o puede que también Mahuika. Respecto a los últimos detalles, ella misma debía de haber atado cabos. Adolescente y soñadora como era, se puso totalmente a favor de Leonard y de mí. Encontraba nuestro amor romántico, agridulce y, naturalmente, lo aprobaba. En todas las novelas, los jóvenes amantes se imponen contra todos los obstáculos. Así que Sassi estaba más que dispuesta a espiar a sus padres para nosotros. Había escuchado a escondidas las conversaciones de los Clavell y nos comunicó su contenido—. Una escuela para maoríes en la Isla Sur. Allí hay varias, mi madre ya ha enviado una carta a los misioneros. Sabes, Mari, a lo mejor es una suerte para ti. Siempre te ha gustado tanto ir a la escuela...

—¿Y Leonard? —pregunté. Sabía por Ruth que ella no había aprendido demasiado en su escuela de la misión, pero la había dejado pronto. Yo me imaginaba una especie de escuela superior. Si era aplicada, tal vez podría obtener más tarde una beca para la universidad.

—¡También he hablado con él! —respondió solícita. Le encantaba verse en el papel de mensajera del amor—. Dice que te encontrará. Tampoco debe de haber tantas escuelas de misioneros en la Isla Sur. Y entonces asistirá a una universidad que esté cerca. Todo irá bien, Marian. ¡No conseguirán separaros!

—¿Dónde está Leonard ahora?

Sassi se encogió de hombros.

—No sé... se buscará una pensión en Auckland. Pero me ha pedido que te diga que te espera cada noche a las doce en el establo. Si puedes salir a escondidas...

Sin duda eso sería imposible las primeras noches. Suponía que missie Hill no me quitaría el ojo de encima, pero deseaba despedirme de Leonard antes de que nos separasen. Una separación que seguramente duraría más tiempo de lo que Sassi imaginaba. Leonard no me encontraría con tanta facilidad como pensaba, y seguro que no me permitirían salir con frecuencia. Ruth me había explicado lo severas que eran esas escuelas. Pese a todo, era una solución. Tanto si trabajaba aquí como doncella, como si iba a una escuela de la Isla Sur, Leonard me esperaría.

Sin embargo, dos días más tarde, missie Hill me llamó y me enteré de que había urdido unos planes muy distintos para mí.

—Marian, ya hemos decidido qué vamos a hacer contigo —anunció con frialdad. Se la veía sumamente satisfecha—. Se trata de un proyecto muy favorable. No había contado con encontrar una solución tan buena para tu caso. De hecho, incluso es posible que así disfrutes de una segunda oportunidad aunque no te la hayas ganado... —Me miró severamente antes de proseguir—. El coronel Redward, ya los conoces a él y a su esposa, ha sido destacado a Australia. Y la doncella no va a acompañar a la familia. Así que ha quedado vacante su puesto y la señora Redward me ha comunicado que está dispuesta a probar contigo. Mañana entrarás en el servicio doméstico del coronel, así podrás ayudar a tu nueva señora a empaquetar sus pertenencias. El barco zarpará la semana próxima. Espero que con ellos seas más leal y agradecida que con nosotros. Ahora sus hijos todavía son pequeños, el hijo acaba de cumplir diez años. Hasta que puedas intentar seducirlo todavía pasará un tiempo... Recoge tus cosas y quédate hasta mañana en tu habitación. Por la mañana temprano llegará la nueva doncella de Sassi, la pondrás rápidamente al corriente de sus deberes y luego Hank te llevará a casa de los Redward.

Missie Hill no aguardaba respuesta por mi parte ni le interesaba conocer mi opinión. Se marchó de la habitación en cuanto me hubo informado sobre mi destino, dejándome petrificada.

Se me agolparon los pensamientos: Australia... y al servicio de un militar que seguramente sería trasladado de un lugar a otro en ese enorme país. Leonard nunca me encontraría en caso de que lo intentara. Tan solo el billete del barco ya le costaría gran parte de sus ahorros. Missie Hill tenía razón: no volvería a verlo nunca más.

A no ser que yo actuase de inmediato.

Sassi me sorprendió haciendo la maleta y no tuve la suficiente presencia de ánimo para asegurarle que me estaba preparando para ir a casa de los Redward. De todos modos, no me hubiera creído. En relación con el vestuario, sabía de qué hablaba, enseguida se percató de que metía en la maleta ropa de faena de cada día y trajes de viaje en lugar de reunir todo lo que poseía y esperar a que missie Hill me lo enviara en un baúl.

—¿Te vas con Leonard? —preguntó emocionada—. ¿Huyes?

Me encogí de hombros.

—Si es que Leonard viene conmigo —corregí—. Si es cierto que me espera en el establo... No sé, Sassi. Es un intento. Y es mi última oportunidad. Si esta noche no nos vamos de aquí, tendré que marcharme a Australia.

Sassi acababa de enterarse. Y lo que hizo en ese momento me conmovió hasta las lágrimas. Volvió corriendo a la habitación, abrió el joyero y llenó una bolsa con su contenido.

—¡Toma, esto es para ti! —dijo, poniéndome la bolsa en la mano—. Podéis empeñarlo, así tendréis al menos un poco de dinero. A lo mejor tienes ganas de conservar una cadenilla. Como recuerdo de mí.

Hizo un puchero y la estreché entre mis brazos para consolarla. Pese a todo lo que dijera el matrimonio Clavell y a todas las debilidades de Sassi, ella y yo éramos hermanas, y ocupaba un lugar en mi corazón como yo lo ocupaba en el suyo.

A eso de medianoche me deslicé a hurtadillas por las escaleras de servicio, lo que no significaba ningún riesgo. Sassi a menudo pedía un vaso de leche o una botella caliente, una doncella tenía diversas excusas para moverse por la noche en la casa de sus señores. Pero esa noche todavía había trajín en la cocina. Los Clavell habían tenido invitados a cenar y Mahuika y las chicas todavía estaban limpiando. Cuando me vieron dirigirme a la puerta trasera con un hatillo, se percataron de mis intenciones.

Mahuika me siguió.

—No sé si está bien lo que haces, hija mía —dijo con tono cordial, aunque también levemente de censura—. La Iglesia dice que tenemos que contentarnos con el lugar que Dios nos ha dado. Escaparte para casarte con alguien de posición más alta... eso no te hará feliz, Marama.

Me mordí el labio. En principio quise justificarme, hablar del amor, tal vez citar la Biblia, pero me invadió la rabia. No tenía que justificarme. No debía mostrar ninguna sumisión...

—Entonces —dije fríamente—, es Leonard quien debería tener miedo. Porque no soy yo quien se casa con alguien de un nivel más elevado que el mío, sino él. Yo soy la hija de un jefe tribal.

Y dicho esto, abandoné la casa de los Clavell.

Con el corazón palpitante, me deslicé hacia el establo. Escondido detrás de dos balas de paja, cerca del *box* de su caballo, encontré a Leonard.

—Tendrás que ir a caballo hasta Auckland. —Leonard no me hizo grandes preguntas después de que me arrojara a sus brazos diciendo «¡Tenemos que marcharnos hoy mismo!». Cogió un cabestro y empezó a ensillar a *Madoc*—. Y tendrás que hacerlo sola. No puedo llevarte en mi caballo. Es demasiado asustadizo. Temo que nos lance a los dos al suelo. *Madoc*, en cambio, es bueno, y si te pongo la silla de amazona de Sassi...

—¡Lo conseguiré! —lo interrumpí, aunque solo de pensar en sentarme a lomos de un caballo y, además, de tener que guiarlo me ponía a temblar. Pero tenía más miedo de que nos pillaran que de montar a *Madoc*. No quería ni pensar en lo que podría ocurrirnos si los Clavell nos descubrían en el establo. Mahuika no era la única que me había visto salir, también las sirvientas y las ayudantes de cocina. Una de ellas se ganaría unas frases de elogio o una mejor posición en la casa si me traicionaba—. Lo más importante es que salgamos cuanto antes de aquí.

Leonard colocó la silla sobre el ancho lomo de *Madoc* y me ayudó a montar. Era algo complicado colocar correctamente las piernas a horcajadas sobre la voluminosa silla inglesa de amazona de Sassi. Pero después me sentí sorprendentemente segura. La forma de la silla me sujetaba de tal modo que resultaba casi imposible que me cayese, y más bien me pregunté cómo iba a conseguir desmontar. Tampoco me sentí incómoda cuando *Madoc* se puso en movimiento. De hecho, sus pasos me llegaban como un suave balanceo. Todavía no necesitaba guiarlo, pues Leonard lo condujo por las riendas. Había llegado a través del jardín y ahora pretendía salir por el mismo sitio. El peligro de que nos vieran desde la casa era muy grande, así que intentamos confundirnos con las sombras de los árboles y los rosales.

Los cascos de *Madoc* no resonaban contra los senderos del jardín de tierra apisonada, de modo que llegamos sin hacer demasiado ruido a la portezuela que daba al río. En realidad no estaba pensada para cruzarla a caballo, y contuve el aliento cuando Leonard hizo esperar a *Madoc*, pasó delante de él y le obligó con suavidad a salir. El caballo negro no mostró la menor vacilación. Le di unos golpecitos en el pescuezo, tal como había visto hacer en incontables ocasiones a Sassi y Leonard y me alegré cuando él relinchó contento. Lentamente me fui relajando, nadie nos vería ahí en el río.

Leonard me llevó directamente a la orilla, donde crecían espesos cañizares y árboles de helechos. Debía de haber atado su caballo en esa zona. El mismo animal señaló su posición cuando oyó a *Madoc* aproximarse y relinchó. Leonard lo saludó y lo tranquilizó hablándole en voz baja y cariñosamente. Luego pasó las riendas por encima del cuello de *Madoc* y me las dio.

—A partir de ahora, tienes que guiarlo tú misma. No es difícil. Este es *Buster*. Deja simplemente que *Madoc* lo siga. No correré.

Tragué saliva.

—Pero... deberíamos darnos prisa —dije—. Y... y no solo hasta Auckland. Me encontrarán...

Leonard acarició mi mano antes de ocuparse de su propio caballo.

—¿Qué ha pasado, Mari? Primero no querías marcharte ¿y ahora estás impaciente por irte? Por supuesto que no nos quedaremos en Auckland. Pero si no quieres llegar hasta Parihaka a caballo, tendremos que vender allí a *Buster* y comprar un carro entoldado del que pueda tirar *Madoc*. Debería ir además al banco y sacar dinero...

Sacudí la cabeza.

—No quiero ir a Auckland —advertí—. Vayamos hacia Drury y más lejos, lo más lejos y lo más deprisa posible. No han de encontrarme...

Le informé a toda prisa de los planes de Australia, mientras los caballos se ponían a paso. El gran bayo de Leonard cabeceaba enojado como si estuviera impaciente por galopar. *Madoc*, por el contrario, estaba tranquilo, como una roca impasible ante el oleaje. Me mecía suavemente por el camino que bordeaba el río.

—Pero, Mari, incluso si mis padres o los Redward te encontrasen en Auckland, no podrían obligarte en plena calle a regresar con ellos —intentó tranquilizarme en vano.

—¿No? —repuse afligida—. Yo no estaría tan segura. Enfréntate a los hechos. Tu madre me compró en el pasado. ¡Da igual cómo lo adorne, ella lo sintió así! Seguro que quiere recuperar su propiedad, y tu padre la ayudará, aunque sea pará alejarte de mi influencia. Los dos están de acuerdo en que has dejado el ejército por mi causa. Creen que de repente sientes compasión por los maoríes... —Solté un poco las riendas y acaricié el cuello de *Madoc*—. Hazme caso, si me descubren en Auckland, me llevarán como si fuera una presa fugada. Es posible que la Policía me busque mañana. Basta con que tu padre les cuente que la inútil de su criada se ha escapado con las joyas de su hija. Leonard, tus padres son personas respetables, pero no toleran que se les lleve la contraria. Lo sabes, has pasado toda tu juventud aterrado por la cólera de tu padre. Que hoy nos marchemos, pondrá furiosos a tus padres. Muy furiosos. ¡No van a dejar correr este asunto voluntariamente! Así que cabalguemos, Leonard. ¡Deprisa! Si llego hasta Drury tendré agujetas y un par de ampollas, pero eso no es nada frente a la furia de tus padres.

Leonard no puso más objeciones. Y tampoco guio a su caballo en dirección a Auckland, sino hacia el sur, y avanzamos con rapidez.

Pensaba que iba a morirme de punzadas en el costado cuando *Madoc* trotaba, pero el galope me resultó sorprendentemente cómodo. Una vez que hube superado mis primeros miedos, el paso del caballo me encantaba. Mi montura avanzaba relajada, no se asustaba en absoluto y se quedaba obedientemente detrás del caballo de Leonard. La silla me retenía con firmeza en mi sitio. Tomé conciencia de por qué había tantas mujeres en las novelas inglesas que dejaban su vida en una cacería: si *Madoc* tropezaba y caía, inevitablemente me desnucaría.

Pero no tropezó. Me trasportó segura a través de la noche y del incipiente día. Cuando aclaró, tomamos atajos. Leonard se desenvolvía bien en esa zona, a fin de cuentas había cabalgado toda su vida por ahí y participado en cacerías y excursiones a campo traviesa. Incluso conocía suficientes senderos en los bosques que permitían cabalgar deprisa. Le pedí que no anduviera con cuidado por mi causa, y no lo hizo, aunque yo notaba que se preocupaba cuando se volvía y veía mi rostro congestionado.

Cuando llegamos a la pequeña localidad de Drury, un antiguo baluarte miliar, estaba muerta de cansancio. Leonard casi tuvo que bajarme del caballo y luego las piernas comenzaron a temblarme tanto que no podía mantenerme en pie. Nos habíamos detenido un momento antes de llegar al poblado. Leonard quería entrar solo en la población. Desensilló a *Madoc* y montó un pequeño campamento alejado de la carretera. Con la manta de la silla y esta como almohada estaba bastante cómoda. Habíamos acordado vender la estupenda silla de Sassi en una ciudad grande. Nos parecía que ahí llamaría la atención el hecho de que un hombre solo llegara con un caballo ensillado con una silla de amazona y quisiera venderlos.

—Intenta dormir un poco hasta que yo vuelva —me recomendó dulcemente—. Encontraré un propietario para *Buster* y compraré un carro y algo para comer.

Me dio un beso de despedida y empezaron para mí las horas de angustiosa espera. Por muy cansada que estuviera, no podía conciliar el sueño. No hacía más que pensar en qué debería hacer si Leonard no volvía. En Drury seguía habiendo militares. ¿Qué sucedería si los Clavell se aprovechaban de esa circunstancia? ¿Si encontraban algo que reprochar a su hijo? Entonces la Policía militar lo arrestaría y yo me quedaría sola.

Naturalmente, mis temores eran desmesurados. Missie Hill y el brigadier no podían saber que nos habíamos dirigido hacia el sur, ni siquiera Clavell podía utilizar sus contactos con tanta rapidez. Pero yo estaba convencida de que ambos corríamos peligro. Missie Hill y su marido harían todo lo que estuviera en su mano para encontrarme.

Mientras que había sudado durante la cabalgada, ahora me estaba congelando de frío pese a que el cielo estaba despejado. No me atrevía a encender una hoguera ni tampoco sabía cómo hacerlo. Encender un fuego sin cerrillas era algo que seguramente formaba parte de la educación de la hija de un jefe tribal maorí, pero no de una damisela *pakeha*. Al meditar sobre todo esto, vi con claridad que me habían privado de los conocimientos de mi pueblo. Si ahora íbamos a vivir en Parihaka, tendría que aprender muchas cosas que otras jóvenes de mi edad ya habrían asimilado con toda naturalidad.

Ese panorama tampoco contribuyó a levantarme el ánimo. Estaba amedrentada, desalentada y congelada cuando por fin, al anochecer, oí el golpeteo de cascos. Imprudentemente, dejé mi escondite, corrí al camino y creí no haber visto nunca nada igual de hermoso como el espeso flequillo de *Madoc* balanceándose y su cuerpo fuerte asomando por una curva. El caballo tiraba de un carro entoldado pequeño y compacto. Leonard, sentado en el pescante, me saludó sonriente con la mano.

Me eché a reír y llorar de alivio cuando me abrazó y me ayudó a subir al pescante. Naturalmente, no entendió por qué estaba tan inquieta. A fin de cuentas, él había tenido mucho que hacer mientras yo me había quedado angustiándome.

—¡Todo ha ido estupendamente! —me informó mientras cargaba la silla y la manta en el carro y se colocaba a mi lado. Acto seguido, hizo avanzar a *Madoc*—. Mejor de lo que yo pensaba.

De hecho, el pequeño Drury había resultado ser más activo de lo que recordaba Leonard. Así que había encontrado enseguida la oficina de telégrafos, desde la que había conseguido ponerse en contacto con su banco en Auckland. El apellido Clavell obraba milagros, pues pocas horas más tarde llegó un giro postal y Leonard pudo disponer de sus ahorros. Había decidido entonces no vender el caballo, sino enviarlo de vuelta a cambio de *Madoc* y la silla de Sassi. Su padre había pagado por él y le había comprado *Buster* cuando lo había enviado a Dunedin.

—De lo contrario, serían capaces de acusarte de robar caballos —señaló.

Aunque la idea casi me divertía —un caballo sería lo último que yo habría robado—, me sentí aliviada. Leonard se tomaba en serio mis temores. A esas alturas, también él debía de haber llegado a la conclusión de que nos faltaba mucho para escapar de la cólera de los Clavell.

Leonard había aprovechado el tiempo pasado en la ciudad no solo para comprar el carro entoldado, sino también para adquirir mantas y algunos enseres. Examiné con satisfacción las sartenes, platos y vasos metidos en una caja. También había provisiones como judías y carne seca. Me percaté entonces de lo hambrienta que estaba. De buen grado hubiera hecho un descanso, encendido un fuego y cocinado. Tener algo caliente en el estómago me parecía el colmo de la felicidad.

Pero Leonard hizo un gesto negativo cuando se lo propuse.

—Es mejor que viajemos un par de horas más, Mari. Temo que mi padre descubra nuestra pista a través del giro bancario.

—¿No existe algo así como un secreto bancario? —pregunté, a lo que Leonard contestó con una sonrisa irónica.

—¿Crees que el empleado de un banco va a negarle algo a un Clavell?

Los dos primeros días de nuestro viaje nos sentimos inseguros, aunque no nos perseguía nadie. Tampoco dejábamos huellas, evitábamos las poblaciones y vivíamos de los víveres adquiridos en Drury. Dormíamos en el carro, acurrucados el uno contra el otro para evitar el frío del invierno al que pronto se unió también la lluvia. A partir del tercer día, llovió y nos ovillamos bajo las húmedas mantas. No pasábamos de unos besos y abrazos. Estábamos demasiado agotados como para empezar a explorar nuestros cuerpos, también hacía demasiado frío para desnudarse. Al menos eso nos decíamos a nosotros mismos.

De hecho, nos lo impedían también el pudor y la inquietud. Nadie en casa de los Clavell nos había impartido una educación sexual, Sassi ni siquiera tenía una idea clara de cómo se hacía un bebé. En lo que a mí respecta, al menos sabía que crecían en el vientre de su madre y que un hombre y una mujer tenían que acostarse juntos para engendrar un hijo. Los maoríes no hacían ningún misterio de estas cosas. Siendo una niña de cinco años, tampoco había pillado algo más preciso y más tarde la mojigatería de la casa Clavell me había impedido plantear preguntas a Mahuika. Ahora tendría que averiguarlo todo por mí misma o esperar que Leonard supiera desenvolverse. Más tarde me confesó que, si bien conocía teóricamente en qué consistía —durante los años en el internado y en el ejército los hombres describían el acto sexual con todo detalle y se jactaban de sus experiencias y conquistas—, en realidad, Leonard era tan virgen como yo.

En Hamilton nos dirigimos de nuevo a la ciudad y empeñamos la silla de amazona, así como las joyas de Sassi. Solo conservé un pequeño camafeo y una cadenilla de plata como recuerdo de mi hermana de acogida. Nos encontramos agradablemente sorprendidos cuando contamos el dinero de que disponíamos. Las joyas nos habían devengado menos de lo que esperábamos, pero la silla, mucho más. Y junto con los ahorros de Leonard disponíamos en esos momentos, al menos desde nuestro punto de vista, de una pequeña fortuna. La habríamos podido utilizar en empezar de nuevo, modestamente, en alguna ciudad universitaria de los *pakeha*. Pero Leonard rechazó la idea.

—Si vivimos allí sin certificado de matrimonio, nos meteremos en un buen lío —objetó—. Es posible incluso que te envíen de vuelta en caso de que alguien nos denuncie. No, Mari, por muy amable que sea tu disposición a que yo logre estudiar. Por ahora, nuestra única posibilidad es Parihaka.

Así que seguimos nuestro camino rumbo a Taranaki,

atravesamos bosques tupidos, y llegamos finalmente a la carretera del litoral, evitando prudentemente New Plymouth. Leonard había estado acantonado allí como teniente. No queríamos que de ninguna manera se encontrara con conocidos de su época militar.

Desde New Plymouth hasta Parihaka había un día. Llegamos al pueblo después de diez días de viaje y el cielo pareció alegrarse con nosotros. Por primera vez desde hacía mucho tiempo, el sol volvió a brillar bañando el paisaje de una cálida luz.

Parihaka, un conjunto de casas alargadas colocadas una junto a la otra y alrededor de una plaza de asambleas, se encontraba, como Leonard ya me había contado, en medio de unas suaves colinas, un lugar de una belleza casi irreal, entre el monte Taranaki y el mar. El imponente volcán, cubierto de nieve, producía el efecto más de un benévolo vigilante que de una amenaza. La tierra a sus pies era fértil para alimentar a la gente del lugar. Las laderas verdes de la montaña y el brillante océano azul resultaban sumamente acogedores. El pueblo estaba rodeado por una valla, pero no era de pesadas empalizadas, como recordaba yo los *pa* de mi niñez, sino de madera y cañizo trenzado. La mayoría de las casas estaban construidas según el estilo tradicional maorí, pero sin los elaborados adornos de tallas. Tampoco había *tiki*, las grandes estatuas de dioses. El espíritu de Parihaka era más bien cristiano. Te Whiti conservaba las tradiciones de su pueblo, pero había crecido en una misión cristiana y no había duda de que estaba bautizado. Muchos de sus argumentos a favor de la paz procedían de la Biblia.

Nadie nos detuvo cuando cruzamos la puerta de entrada. Al principio eso me sorprendió, pero luego me di cuenta de lo acostumbrada que estaba allí la gente a los visitantes. Además, también entre los habitantes había un continuo ir y venir. Cuando llegamos, vivían en Parihaka maoríes de las tribus más diversas y compartían dormitorios, aunque a menudo también se veían *marae* propiamente dichos con cocinas y dormitorios comunes dentro del perímetro del pueblo.

Leonard se dirigió directo al punto central, donde, para mi sorpresa, se erigía una gran casa que habría pasado inadvertida en cualquier colonia *pakeha* rural.

—¿Una casa *pakeha* en medio de un poblado maorí? —pregunté asombrada.

Él asintió.

—Ya te lo dije, Te Whiti apuesta por la reconciliación. Sus huéspedes han de sentirse bien, así que hizo construir este centro de encuentros. Los jefes tribales reciben aquí a visitantes *pakeha* y mediadores, muy a menudo a periodistas. Cuando estuve aquí con los representantes de Grey, también nos dieron de comer. Exquisiteces. No habríamos podido comer mejor en ningún restaurante. También había platos y tazas, tenedores y cuchillos. Aquí todo está orientado a demostrar a los *pakeha* que el pueblo maorí no es ni tonto ni incivilizado o atrasado. Podría ajustarse al estilo de vida de los *pakeha* si quisiera. Pero Te Whiti desea que las culturas y tradiciones convivan. No quiere que una triunfe sobre la otra.

En la terraza de la casa *pakeha* había un par de mujeres jóvenes conversando. Una de ellas se volvió hacia nosotros, nos dio la bienvenida en inglés y nos preguntó qué deseábamos.

—Hoy es veintiocho de julio —explicó con un afable tono de disculpa—. Los encuentros se celebran los dieciocho de cada mes, el día en que la guerra entre maoríes y *pakeha* estalló. A lo mejor os habéis confundido.

Ignoraba de qué guerra se trataba, pero Leonard me había contado que Te Whiti pronunciaba un sermón el 18 de cada mes.

Leonard asintió y respondió al saludo de la joven en un maorí fluido. Le explicó que no habíamos llegado para el encuentro, sino para hablar con Te Whiti. Queríamos pedirle autorización para instalarnos ahí.

—Si le dices simplemente que Leonard Clavell está aquí... Él me conoce. Ya conversamos en una ocasión. Estuve...

—Yo también te conozco. —Otra muchacha se levantó. Llevaba suelto el cabello largo y negro, sujeto solo con la tradicional cinta en la frente. Por lo demás, iba vestida a la manera occidental, como la mayoría de habitantes de Parihaka—. Estuviste aquí con los hombres del gobernador para traducir. Yo traduje para los jefes tribales. ¡Entonces llevabas el uniforme de los Casacas Rojas!

—Me he deshecho de él —dijo Leonard—. Y me alegro de volver a verte, Hakeke. —Se acercó a ella para intercambiar el *hongi*, el saludo tradicional maorí. La muchacha le ofreció solícita la nariz y la frente—. Esta es Marama —me presentó—. Mi *wahine*.

Me ruboricé cuando dijo que yo era su esposa. Las chicas me miraron con interés y me ofrecieron también sus rostros como saludo. Era la primera vez que hacía ese gesto, de pequeña nadie podía tocarme. Fue una sensación extraña acercarse tanto a un desconocido, notar su piel, olerlo. Esperaba hacerlo todo bien.

—¡Entrad y comed algo! —nos invitaron las mujeres—. Hasta que el Profeta disponga de tiempo para vosotros. O Tohu, su representante. Informaremos a los dos.

—También os podemos enseñar antes el pueblo —sugirió Hakeke—. ¿De qué tribu eres, Marama? ¿Tiene *marae* aquí?

Como no teníamos hambre, aceptamos el ofrecimiento y yo conté mi historia mientras librábamos a *Madoc* de sus aparejos. Terminé confesando que estaba preocupada por si no iba a sentirme a gusto con individuos de mi propio pueblo. Hakeke hizo un gesto de rechazo y comenzó la visita al lugar. Primero nos enseñó las instalaciones que más solían interesar a los visitantes *pakeha*: la oficina de telégrafos, el banco y la panadería según el modelo europeo, donde se cocían cantidades enormes de pan para alimentar a los muchos visitantes que acudían durante los días de encuentro. Luego nos llevó al pueblo propiamente dicho, que daba la impresión de estar un poco superpoblado. Las casas estaban cerca las unas de las otras, los senderos que había entre ellas eran angostos, pero una y otra vez aparecían también plazas más grandes, cocinas comunes y hoyos para cocinar. Tan cerca del Taranaki había actividad volcánica suficiente para cocer la comida en los hornos de tierra, los *hangi*.

—Aquí ya se está asando la carne para esta noche

—explicó Hakeke—. Estáis invitados de todo corazón. Este es nuestro dormitorio y cocina común, aquí vivo yo con otros intérpretes y jóvenes de distintas tribus. No tienes que avergonzarte por haber perdido un poco tus raíces, Marama. Tú no las diste, te fueron arrancadas. A muchos de nosotros nos sucedió lo mismo. Tenemos a gente de las escuelas de misioneros que ni siquiera hablan el maorí. Muchos son huérfanos y han crecido en orfanatos *pakeha*. Pero ahora todos recuperan su cultura, su familia y su tribu. Nosotros somos su familia, Parihaka es su tribu...

—Pero no la de él. —La muchacha que nos había saludado cordialmente, aunque algo más distante que Hakeke (nos había dicho que se llamaba Ani) señaló a Leonard—. Tú eres *pakeha*, ¿no? No parece que tengas sangre maorí.

Leonard asintió.

—Debo reconocerlo —contestó—. Pero Marama es mi familia. ¿Y no predica Te Whiti la paz? ¿Cómo puede excluirme a mí?

—Deja que él mismo decida —tranquilizó los ánimos Hakeke.

Por suerte, Te Whiti no nos hizo esperar mucho. De vuelta al centro de encuentros, un chico nos informó de que el Profeta nos recibiría gustosamente. Debíamos acudir a su presencia, nos estaba esperando. Así que seguimos al muchacho hasta una casa algo apartada. Me pregunté si Te Whiti estaba sometido al *tapu*, como mi padre en el pasado, pero no podía imaginarme que tuvieran que darle de comer y vigilar dónde se proyectaba su sombra cuando hablaba delante de miles de personas.

De hecho, el Profeta no exigía ningún tipo de certificado de matrimonio ni complicadas ceremonias de presentación. Estaba sentado en una piedra junto con otro hombre al lado del fuego, como era habitual en las tribus, delante de un pequeño edificio. Los hombres hablaban y se levantaron cortésmente cuando aparecimos nosotros. Leonard se inclinó ante el más menudo de los dos, de lo que concluí que debía de ser el jefe. Te Whiti respondió a su saludo del mismo modo. Era un hombre más bien bajo, no tan robusto como muchos guerreros maoríes. Llevaba el cabello corto y la barba larga, en la que se entremezclaban hebras blancas. No tenía arrugas en el rostro ni iba tatuado, su mirada era cálida y amistosa. La nariz era carnosa y la boca más bien fina. Era un hombre que ni por su estatura ni por tener unos rasgos especialmente atractivos o repulsivos llamaba la atención; sin embargo, parecía rodearle un aura de energía, de saber, incluso de poder.

El segundo hombre, Tohu, también tenía un aire digno, pero a él le faltaba el resplandor de Te Whiti, el carisma que a uno le atraía hacia el Profeta. Te Whiti se tomó su tiempo para mirarnos penetrantemente. Entonces dirigió la palabra a Leonard, al que había reconocido.

—El joven teniente Clavell... —dijo con una voz profunda y melodiosa—. Me alegro de volver a verte. Parecías abatido cuando nos dejaste. Te sentiste culpable por las palabras de los hombres con los que estuviste aquí. De buen grado te habría aliviado de esa carga. No te guardamos rencor, joven Clavell... disculpa que no sepa tu nombre de pila.

—Leonard —se presentó él—. Y ya no soy teniente. He dejado el ejército, yo... yo oigo la voz de la paz, no el tambor ni el cuerno de guerra.

Te Whiti sonrió y deslizó sobre mí su mirada penetrante, pero también bondadosa.

—¿Lleva la voz de la paz el rostro de una mujer tal vez? —preguntó.

Leonard se sonrojó.

—¿Puede la voz de la paz tener un rostro falso? —pregunté.

El Profeta se puso serio.

—Por desgracia, sí, hija mía. He escuchado a muchos hombres hablar en apariencia con la voz de la paz cuando en su mente solo se escondía el brillo del dinero.

—La voz de la paz —anunció Leonard— tiene para mí el rostro del amor.

Te Whiti inclinó la cabeza hacia él.

—Eres inteligente, Leonard Clavell, y también tú, Aroha...

Ahora me tocó a mí el turno de enrojecer. *Aroha* significa «amor», y yo acababa de hablar con un hombre, con un alto dignatario además, sin que me hubiesen presentado. Un desliz inexcusable entre los *pakeha*. Te Whiti no parecía tan severo en sus juicios. Y por lo que se demostró, ya sabía con quién estaba conversando.

—Las muchachas me han dicho que eres Marama Te Maniapoto, hija de Rewi y Ahumai. Te dábamos por muerta desde hace tiempo. Sé ahora bienvenida a Parihaka. Es hermoso que hayas regresado a tu pueblo y que hayas elegido la paz en lugar de la guerra.

—La paz —me atreví a decir— tiene para mí el rostro de un hombre. Amo a Leonard Clavell y Parihaka nos parece el único lugar donde podemos ser bienvenidos. ¿Lo somos?

Te Whiti asintió.

—Pequeña, aquí es bienvenido todo aquel que busca la paz y lo divino, que es sin duda inherente al amor. Pero «amor» es una palabra grande, tal vez demasiado grande para el poder de atracción entre una muchacha y un muchacho que pertenecen a pueblos diferentes. El barro no se adhiere al hierro, pequeña; cuando brilla el sol...

Miré a Te Whiti y Leonard sin comprender. Todavía no conocía las imágenes con que el Profeta daba forma a sus sermones. *Ka whitia e te ra* era una de sus metáforas preferidas. En sentido riguroso significaba «Cuando la realidad salga a vuestro encuentro» y recordaba a los hombres que debían pensar en las consecuencias de sus acciones cuando la primera euforia ya se había disipado. Ninguna guerra era justa cuando brillaba el sol, ningún tratado cerrado hasta el momento por los *pakeha* con los maoríes resistía la luz del sol. Eso ya me lo había contado Leonard.

Él también entendió la imagen que Te Whiti acababa de buscar.

—El barro puede desprenderse del hierro, pero no será arrastrado por el sol, únicamente por la lluvia —dijo—. Si Marama es el barro como los maoríes son la tierra, y yo soy el hierro, el hombre del pueblo de los intrusos, entonces ella se estrechará contra mí, tal vez hasta cubra el duro hierro, y me acogerá en su seno.

—Eso es lo que esperas —señaló Te Whiti—. Pero si brilla el sol, es posible que también sople el viento. ¿Resiste entonces el lecho de tierra? Si brilla el sol, la mano del *pakeha* tal vez intente coger el hierro. ¿Seguirás aferrado a la tierra?

En ese momento, yo también entendí. Levanté la vista con firmeza hacia el Profeta.

—No tememos al sol —dije con calma—. Yo permaneceré junto a mi esposo. Ya conoces las palabras de mi madre: *Ki te mate nga tane, me mate ano nga wahine me nga tamariki.* Si los hombres mueren, también las mujeres y los niños morirán. Quiero la paz, no quiero morir. Pero soy tan fiel como Ahumai, e igual de decidida. Nadie nos separará a mí y a Leonard. Ni el viento ni la lluvia, ni los *pakeha* ni los maoríes. Cuando brille el sol.

Leonard miró al Profeta y después a mí.

—Cuando brille el sol —confirmó.

Era nuestra promesa de matrimonio.

Te Whiti no permitió a Leonard tener una casa en Parihaka, pues el Profeta no consentía que ningún *pakeha* fuera habitante del pueblo. Pero era bienvenido como huésped, y cuando dos meses más tarde celebramos nuestro casamiento oficial, pernoctó también una vez en la casa de reuniones del grupo de jóvenes compañeros de Hakeke, que muy pronto se convirtieron en amigos nuestros. Te Whiti nos sugirió que construyéramos una casa en un bosquecillo delante del poblado. De todos modos, pronto desmontarían el bosque para hacer unos campos. Nosotros podríamos ayudar a cultivarlos.

Era la solución ideal, no solo de acuerdo con las reglas de la comunidad, que no violábamos de ese modo, sino también para Leonard y para mí. Nos habían educado en la tradición *pakeha* y nos habría resultado difícil consumar nuestro matrimonio en un dormitorio comunitario. Queríamos vivir juntos como pareja, no fusionarnos totalmente en una tribu. Creo que Te Whiti lo sabía muy bien cuando nos ofreció la casa para preservar nuestro amor.

—Un techo contra la lluvia, un par de árboles para protegerse del viento —dije cuando nos vino a ver para examinar nuestro hogar antes de que nos mudásemos.

El edificio de madera estaba a la sombra de unas hayas del sur, lo habíamos construido en muy poco tiempo. En Parihaka se edificaba continuamente, los jóvenes que nos habían ayudado eran muy diestros.

—Entonces, que brille el sol —dijo el Profeta, y nosotros lo consideramos una bendición.

Esa noche de primavera, la primera en nuestra propia casa, nos unimos tanto, también por vez primera, como unidos habían estado el cielo y la tierra, según la creencia maorí, antes de que los separasen sus hijos. Leonard me amó despacio y con ternura, nos fundimos el uno en el otro, no cabía duda de que estábamos hechos el uno para el otro.

Lo habíamos conseguido. Éramos felices.

EL PRÍNCIPE

*Masterton, Wellington,
Auckland, Hamilton*

1

—¿Esa era una lectura para antes de dormir apropiada para niños? —preguntó incrédula Stephanie después de que su madre le hubiera contado las experiencias vividas por Marama—. ¿No teníamos pesadillas?

Helma Martens sonrió.

—Los maoríes no son tan sensibles —respondió—. Era Miri quien os contaba la vida de esa mujer. Y seguro que no lo hacía de forma truculenta. Marama solo narra brevemente lo que le ocurrió en Orakau; describe con mucho mayor detalle cómo crece en casa de los Clavell, la vida de una niña que, de un día para el otro, se encuentra en una cultura desconocida. En parte desgarradora, en parte cómica. En cualquier caso, nada que pudiera infundir miedo a los jóvenes oyentes. Pero os entretenía mucho. Como ya te he dicho, representabais continuamente partes de la historia, como la construcción de la casa de Parihaka. De Marama no he vuelto a saber nada más.

—Pero ¿hay algo más que leer en el diario? —se cercioró Stephanie.

Su madre asintió.

—Supongo que después se convertía en realmente emocionante. Es un documento histórico interesantísimo, además de singular. Leonard y Marama debieron de presenciar el asalto de Parihaka. Si bien hubo muchos testigos oculares del fin de ese lugar, no los hubo desde el punto de vista maorí. Sobre todo, fueron los soldados ingleses quienes escribieron sus experiencias, y los periodistas que habían entrado de modo furtivo.

—¿Dónde está ahora el diario? Vineyard no lo mencionó, así que no se encontró en el lugar del crimen...

Pero sí otros libros... De repente vio con claridad por qué Matthews había dejado esos ejemplares sobre los cuerpos de sus hijos muertos. Un libro tenía la culpa de que tuviesen que morir. ¿O era su robo la causa? ¿Su fracaso personal al intentar ganar dinero con ese diario?

—Sería de gran ayuda averiguar si el diario desapareció antes o después de la tragedia de los Matthews —reflexionó.

Helma levantó las manos con resignación.

—No tengo ni idea —admitió—. La verdad, no había vuelto a pensar en ese diario. Para mí el asunto ya estaba olvidado semanas antes de los asesinatos. Matthews me lo ofreció para la universidad, yo estaba interesada, pero él pedía mucho dinero. No llegamos a cerrar ningún trato.

—Pero ¿podría haberlo vendido en otra parte? —preguntó Stephanie, aunque no lo creía. Si Matthews hubiera hecho un buen negocio, es probable que los asesinatos no se hubiesen producido.

—Sí, podría —confirmó Helma—. También Miri podría haberlo vendido o regalado. Quién sabe, a lo mejor llegó un momento en que se hartó de la obsesión de su marido y lo quemó. No sé, Stephanie. Tras los asesinatos y la desaparición de tu padre, sabe Dios que yo tenía otras cosas que hacer antes que ponerme a buscar un viejo diario. Si tantas ganas tienes de saber más sobre esta historia, tendrás que indagar por tu cuenta. Aunque a mí, a bote pronto, no se me ocurre por dónde deberías empezar.

Stephanie asintió.

—A lo mejor es justamente lo que hago —respondió meditabunda, y se despidió de su madre.

A ella misma se le ocurrieron varias ideas en relación con la búsqueda de datos de Marama-Marian Clavell. Sin embargo, no podría cumplir la promesa que de mala gana le había hecho al inspector Vineyard. Buscaría la pista de Reka y Tane Wahia, los padres de Miri Matthews, y les interrogaría. Si alguien sabía dónde se encontraba el diario y qué otros misterios escondía, eran con toda certeza ellos.

2

Localizar a los Wahia no resultó muy complicado. En el listín telefónico de Wellington encontró sus datos de contacto. La experimentada periodista no se sorprendió de ello, los Wahia eran gente sencilla, y hasta que se cometió la matanza nunca habían vivido en otro sitio que no fuera Masterton. Que ahora se hubieran marchado especialmente lejos, a Auckland o incluso a la Isla Sur, no encajaba con su forma de ser... Stephanie estaba radiante, pero incluso así tuvo que reunir algo de valor para llamar al número indicado. Debería confrontar de nuevo a esas personas con una parte de su pasado que los había traumatizado profundamente. Además, la habían conocido siendo ella niña, y ahora no se acordaba en absoluto. Los Wahia tal vez le guardaran rencor, a fin de cuentas ella había quedado con vida, mientras que sus nietos habían muerto. No tenía ni idea de qué pensaban de su padre, que había desaparecido con su hija Miri.

Sin embargo, la conversación telefónica con Tane Wahia se desarrolló con normalidad. El padre de Miri se acordó enseguida de Stephanie y pareció alegrarse de su llamada.

—Siempre nos hemos preguntado qué habría sido de ti —dijo con calidez—. Estabas tan trastornada entonces, y Helma... Tal vez deberíamos haber mantenido el contacto con ella, pero estábamos tan inmersos en nuestro propio dolor que no podíamos pensar en nada más. Tu madre enseguida te alejó de aquí. Probablemente fue lo más sensato que podía hacer... —Stephanie, que no quería comunicarle su propósito por teléfono, preguntó con cautela si podrían verse. El anciano se mostró receptivo—. Por supuesto que nos gustaría volver a verte. También Reka se alegrará, pues eso la hará pensar en otras cosas... ¿Sabes dónde vivimos? ¡Pásate esta misma tarde!

Stephanie no se lo hizo repetir. Cogió la maleta, pagó la habitación y a las cuatro en punto estaba delante de la puerta de una pequeña casa unifamiliar en las afueras de Wellington. Diría que hasta se parecía un poco a la antigua casa de Masterton; por otra parte, casi todas esas bonitas construcciones de madera eran más o menos similares en todos los sitios. Los Wahia no parecían ocuparse demasiado del cuidado de la casa y el jardín. El edificio necesitaba una nueva capa de pintura y nadie parecía preocuparse por las plantas. Ahí crecía todo tipo de malas hierbas.

Naturalmente, Stephanie había esperado recordar algo de su infancia al encontrarse con Tane y Reka Wahia, pero el anciano que le abrió la puerta no le resultó nada familiar. Era un hombre alto y delgado, caminaba encorvado, como si llevara la carga del mundo entero sobre sus espaldas. Su rostro arrugado y cordial era más bien redondo, sin vestigios de un hombre rechoncho. Se preguntó si la pena todavía lo consumía. No obstante y pese a su deterioro, no parecía afligido y la hizo sentirse cómoda con una sonrisa.

—Qué estupendo volver a verte, Stephanie. ¿Estas flores son para Reka? Se alegrará... —Le cogió el ramo que había comprado para la madre de Miri.

—Una pequeña muestra de agradecimiento por recibirme —dijo con timidez.

Tane Wahia movió la cabeza y le señaló el camino por un sobrio zaguán.

—Qué va, Steph, es lo más normal. Para nosotros siempre fuiste como una cuarta nieta. Claro que deseábamos volver a verte. Entonces nos llamabas abuela y abuelo... Ahora, por supuesto, no tienes que hacerlo.

Stephanie le había hablado a Tane por teléfono de su pérdida de memoria.

—Lo siento mucho, Tane, Reka... —dijo ahora.

El anciano asintió.

—Pasa —la invitó, y la condujo a una sala de mobiliario anticuado.

En un viejo y voluminoso sillón se repanchingaban dos gatos gordos, las paredes estaban cubiertas de imágenes de tiempos más felices. Reka y Tane Wahia se rodeaban de las fotos de sus hijos y nietos perdidos. A Stephanie casi se le partió el corazón al ver las imágenes de Joey, Steve y la pequeña Katie sonriendo, aunque tampoco reconoció a sus antiguos compañeros de juegos.

Solo pudo deducir por la edad y la ropa de los niños y jóvenes de qué época eran las fotografías y a quién mostraban.

—¡Mira, Reka, ha llegado Stephanie!

Tane se volvió hacia una mujer menuda que casi parecía confundirse con el sillón en que estaba sentada. Delgada y de cabello gris, tenía un rostro arrugado y pálido. Era como si le costara esfuerzo esbozar una sonrisa.

—¡Qué guapa te has hecho! —dijo, sin embargo, cariñosamente—. ¿De verdad que es la primera vez que vienes a Aotearoa desde... desde entonces? Pero no solo para vernos, ¿verdad?

Stephanie negó con la cabeza.

—No, aunque se trata de... de aquel crimen. —Resumió en qué consistía su trabajo y qué había averiguado hasta el momento del caso Matthews.

Tane pareció algo decepcionado.

—¿Vas a escribir un artículo sobre Raymond? Pensaba que estarías buscando a tu padre. Nadie lo ha hecho nunca en serio, ¿sabes? La Policía no vio ninguna necesidad urgente de actuar. Calificó de legítima defensa el homicidio de Raymond, y seguro que lo fue, pero podría haber hecho algo más que comprobar los transbordadores y aviones y anunciar que buscaba la caravana. Todo eso no llevó a nada. Simon y Miri desaparecieron y siguen desaparecidos.

La anciana emitió un gemido ahogado. Stephanie se sintió de nuevo afligida.

—Lo siento mucho —repitió—. Lo último que deseo es reabrir las heridas, yo...

Reka negó con la cabeza y al hacerlo se desprendieron unos largos mechones del cabello que llevaba descuidadamente recogido en un moño. No era solo el jardín lo que tenían abandonado, también su propio aspecto.

—Pequeña —dijo la mujer en voz baja—. Esas heridas todavía están abiertas. Me duermo con dolor y despierto con él. No hay nada que pudieras empeorar. Pero Tane tiene razón. Si al menos Miri estuviera con vida... si alguien la encontrara... ¿No quieres intentarlo, Steph? —Miró suplicante a la periodista.

Stephanie se mordió el labio. No quería prometer nada que luego tal vez no estuviera en su mano cumplir.

—¿Desaparecieron sin dejar huella? —preguntó—. ¿No había ningún vestigio de vida? —Se quedó perpleja cuando ambos ancianos se miraron indecisos—. Si he de buscarlos, debería saberlo todo —añadió.

Reka Wahia se levantó, se acercó lentamente a un armario y sacó de un cajón un álbum de fotos. Entre las hojas asomaban cuatro cartas postales.

—Toma —dijo—. La primera llegó tres semanas después de que Miri desapareciera, las otras a lo largo del primer año. Luego, nada más.

Stephanie cogió las postales y echó un vistazo a los lugares y motivos: Waitomo, Rotorua, Paihia y Thames.

Reflexionó.

—En Waitomo hay cuevas de estalactitas y estalagmitas, Rotorua es conocida por sus aguas termales, Paihia está junto a la bahía de las Islas. Todos objetivos turísticos de Nueva Zelanda, excepto quizá Thames...

—Está en la península de Coromandel —señaló Reka—. Muy bonito, playas, rocas, bosques de kauri...

Stephanie tuvo que pensar unos minutos antes de comprender.

—Claro, el árbol kauri... —murmuró—. Esos gigantes... Otra atracción turística. —Observó las postales con mayor atención. Se leía «Me gustaría que estuvieras aquí». En la parte posterior solo había una palabra: «Miri»—. Al menos está con vida —concluyó—. ¿Seguro que es su letra?

Reka asintió, Tane hizo una mueca.

—Creemos que sí —respondió—. Pero son solo cuatro letras. Una palabra tan corta se puede falsificar fácilmente.

Stephanie no creía que fuera así. ¿Quién iba a querer falsificar una firma en unas postales? ¿Un asesino que quería hacer creer que su víctima seguía viva? ¿Tal vez su propio padre? La posibilidad de que Miri hubiese escrito ella misma las postales era mucho mayor. No quería que la encontrasen, pero tampoco que sus padres creyeran que ella había sido víctima del crimen o que se había suicidado.

—¿Qué dice la Policía? —preguntó Stephanie. Hacía veinticinco años ya había expertos en caligrafía.

Tane se frotó la frente.

—No... no le enseñamos las postales —confesó—. No queríamos... Reka creía que era algo demasiado personal. No queríamos perder la esperanza.

Stephanie se apuntó los lugares del remite de las postales y sus matasellos. A continuación preguntó si podía fotografiar las postales con el móvil y se lo autorizaron. Luego volvió al tema que realmente la ocupaba.

—Podría ser que mis investigaciones acaben en la búsqueda de Miri y Simon —admitió—, pero, en primer lugar, me interesa el diario... esa historia de Marama Clavell.

—¡Ese maldito diario! —El semblante triste de Reka Wahia se contrajo en una mueca de cólera contenida—. Todo empezó con eso. ¡Raymond estaba como loco después! ¡La de cosas que se le ocurrían que podía hacer con él! Qué gran potencial se suponía que tenía la historia...

—¡Y qué palabras tan rimbombantes empleaba nuestro señor yerno! —También de Tane surgió una rabia largo tiempo contenida—. Aunque no era capaz de acabar nada. Siempre le dijimos a Miri que no le convenía, pero no, ella tenía que apoyarlo. Aseguraba que el diario nos haría ricos, que Raymond sabía que tenía valor. Más tarde también ella se dio cuenta de lo inútil que era él y de lo poco que valían los garabatos de esa Marama...

—¿Marama era abuela de Tane o tuya, Reka? —preguntó Stephanie.

—Suya —respondió la mujer señalando a su marido como si también lo culpara de la desgracia que había caído sobre su familia—. Él aportó el diario al matrimonio, pero nadie se interesaba por él. Miri lo desenterró en un momento dado...

—¿Qué ponía? —preguntó Stephanie—. Bueno, además de que Marama se había ido a Parihaka con el hijo de sus padres de acogida. —La anciana se encogió de hombros. Era evidente que había decidido no mostrar más interés—. ¿Tane?

El marido de Reka se rascó el hombro visiblemente incómodo.

—Steph —dijo—, a mí... a mí no me gusta leer. De vez en cuando el periódico, eso sí. Soy un hombre práctico, me gusta trabajar con las manos. Libros, y encima escritos a mano con la letra tan apretada, no es lo mío...

—¿No tenéis ni idea? —se sorprendió Stephanie.

Tane hizo una mueca.

—Bueno, sí, la historia... Sé que es más bien triste. Destruyeron Parihaka. Y la familia de Marama de algún modo se rompió... Miri lo contó una vez.

—Fue durante la Guerra de las Tierras —intervino Reka impaciente—. Entonces todas las historias eran tristes. ¡Pero no todo el mundo armó tanto jaleo como esa Marama!

Parecía personalmente enfadada con ella por el hecho de que hubiera escrito su historia y con ello hubiese provocado la tragedia.

—¿Dónde está ahora el diario? —Stephanie formuló la pregunta decisiva—. ¿Todavía lo tenéis?

No se hacía muchas ilusiones. Era bastante improbable que esas dos personas trastornadas y todavía tan dolientes tras tantos años hubiesen conservado un cuaderno con el cual, a su parecer, habían comenzado todas sus penas.

La anciana sacudió con vehemencia la cabeza.

—¡No quiero volver a verlo! —se le escapó—. Dije que tenían que quemarlo cuando lo encontrasen... Dije... —Tenía la cara roja de agitación.

—Pedí a los amigos que vinieron a ponernos la casa

en orden que lo dieran a la universidad —rectificó Tane, apaciguador—. Entiendo que Reka no quiera tenerlo en casa. Pero Helma dijo una vez que era interesante. No necesariamente valioso, pero sí interesante para la ciencia. Así que pensé que debía estar en la universidad.

Su esposa se lo quedó mirando.

—¡Nunca me lo habías contado! —le reprochó.

Él se encogió de hombros.

—No quería ponerte nerviosa —la tranquilizó—. Y tampoco sé si ha ido a parar a Wellington, Auckland o Christchurch... Ya no me acuerdo.

—¿Quién puede saberlo? —preguntó Stephanie—. Esos amigos...

—La mujer a la que le pedí que se ocupara de ello era Samantha Vineyard —respondió Tane—. Murió hace dos años.

La periodista ya lo sabía. La esposa del inspector, un miembro de la parroquia. Vineyard había contado que había sido amiga de los Wahia. Pensó en si valdría la pena contactar de nuevo con el anciano policía. Pero también podía preguntar directamente en las universidades. Partiendo siempre de la suposición, no obstante, de que Samatha Vineyard había sido honesta. Seguro que a ella no se le había metido en la cabeza ganar dinero con el diario. En caso de que lo hubiese encontrado, tenía que estar en Wellington o en Auckland.

—¿Hay... algo más que queráis contarme? —preguntó—. ¿Sobre Miri, tal vez? ¿Tenéis alguna idea de dónde puede estar?

El anciano negó con la cabeza, entristecido.

—En tal caso habríamos ido a buscarla nosotros mismos —dijo—. Mira, ella es... es de otra especie... siempre un poco irreflexiva, un poco despreocupada, soñadora... Esto la hacía simpática. Yo siempre la llamaba mi pequeña mariposa. Pero tenía poco en común con nosotros. Los libros la volvían loca, le gustaba la escuela... Si no hubiera conocido a ese inútil de Matthews, a lo mejor habría ido a la universidad.

—¡No la pintes como si fuera una santa! —lo interrumpió su esposa. Si bien al comienzo de la conversación parecía sumida en su dolor, ahora su rabia iba creciendo. Eso era mejor, sin duda la ayudaba a sobrevivir. En ese momento llegó a dirigir su ira hacia la hija desaparecida—. Miri, sabe Dios lo mucho que la quiero, tenía planes de altos vuelos. Ese Matthews... También ella vio más tarde que se había equivocado. ¡Pero que tuviera que terminar así! Por dios, le dijimos miles de veces que acabara con el matrimonio. La situación era intolerable. Tendría que haberse separado de él oficialmente, pedido el divorcio, y más sabiendo lo loco que estaba Matthews.

Se pasó la mano por los ojos.

—Tendría que haberse venido a vivir aquí con los niños —añadió afligido Tane—. O haber ido a un albergue de mujeres. Pero no, Miri nos trajo a ese chiflado a casa, y encima lo engañó con Simon, tu padre. Al que Matthews odiaba porque él representaba el Departamento de Asistencia Social, y Helma, la universidad. Era previsible que acabara perdiendo los nervios.

A Stephanie le zumbaba la cabeza cuando, dos horas más tarde, se marchó. La mujer había insistido en mostrarle las viejas fotografías de la familia, en espera de despertar con ellas sus recuerdos perdidos. Y Tane le había pedido que moviera sus contactos en el periódico, como él los llamaba, para encontrar a Simon y Miri.

—Reka todavía está enfadada con Miri —susurró—. Tanto si ella... nosotros... Da igual si ella también tuvo su parte de culpa. Es nuestra hija, la queremos.

En el curso de la tarde, Stephanie tampoco había recordado ninguna experiencia relacionada con sus primeros seis años de vida, pero la motivación para aclarar los antecedentes del asesinato había ido en aumento. Haber visto a los Wahia inmersos sin remedio en su dolor le había desgarrado el corazón. Merecían recuperar al menos a Miri.

3

Stephanie pasó la noche en Wellington, asediada por pesadillas. Se despertó bañada en sudor y con dolor de cabeza. ¿Acaso eran los recuerdos que iban emergiendo en ella? ¿O se debía a la larga y tan poco edificante conversación que había mantenido la noche anterior con Rick? Ella había querido que fuese breve y por eso le había llamado a casa poco antes de que tuviera que marcharse a la redacción. Sin embargo, cuando le habló de Vineyard y los Wahia, él se puso en guardia y decidió llegar tarde al trabajo.

—¡Steph, tienes que volver aquí! —le había dicho él—. ¡En el primer vuelo que salga! ¡Es inconcebible que prosigas con estas investigaciones tú sola! ¡Estás demasiado involucrada en este caso!

Naturalmente, ella lo veía de otra forma. Su instinto de caza se había despertado.

—No me acuerdo de nada, ¿ya te has olvidado? —contestó con fingida alegría—. Puedo investigarlo exactamente como si le hubiera pasado a un desconocido. Y por el momento estoy progresando mucho. Ya solo de Vineyard he obtenido un montón de datos sobre los asesinatos de Matthews que hasta ahora no se han hecho públicos...

Rick había reaccionado con bastante vehemencia.

—¡Es posible que tengas en la mente la imagen del asesinato! —Parecía muy preocupado por ella—. Y a saber qué más habrá...

Stephanie tal vez habría tenido que tomárselo más en serio, pero que él estuviera tan ansioso la ponía de los nervios.

—El asesino es conocido —le recordó a su amigo—. Como mucho habría podido ver al vengador, y ese era mi padre... Es todo muy misterioso. ¡No iré demasiado lejos, Rick, te lo prometo! No busco al asesino, sino solo el diario. ¡Así que no te sulfures!

Por supuesto, Rick había seguido enervándose. Incluso había llegado a reprocharle la poca seriedad de sus métodos de investigación. Al final habían acabado la conversación telefónica enfadados.

A pesar de todo, Stephanie decidió no abandonar sus planes. Tras desayunar en el pequeño motel donde se había registrado, se dirigió a la biblioteca universitaria. El ordenador no arrojó ninguna información sobre el nombre de Marama Clavell y la bibliotecaria tampoco pudo ayudarla. En cambio, Nueva Zelanda confirmó una vez más ser el país de los trámites diligentes. La amable bibliotecaria efectuó una llamada y Stephanie consiguió una cita con Frederick Stevenson, el decano de la Facultad de Estudios Maoríes. Stevenson la recibió media hora más tarde en su despacho. Era un hombre mayor con gafas sin montura, impecablemente vestido y con el cabello blanco peinado hacia atrás. El despacho estaba adornado con objetos arqueológicos maoríes, pero salvo por eso podría ser el despacho del director de cualquier facultad. No cabía duda de que el decano no tenía antepasados maoríes. De tez clara y ojos azules, incluso su acento era inglés.

—¿Una periodista alemana? —preguntó amablemente interesado—. ¿En qué puedo ayudarla?

Stephanie se presentó brevemente y expuso lo que quería. La sonrisa de Stevenson se ensanchó cuando ella mencionó a Helma Martens, su madre.

—¡Pues claro que me acuerdo de ese diario! —dijo—. Y de Helma. ¿Cómo está? Lamentamos mucho verla marchar entonces, todavía hoy me sabe mal que no siguiera investigando la cultura maorí. Se entregaba totalmente a su trabajo, tenía conocimientos profundos y ella... bien, tenía olfato para esa cultura, ya me entiende... Como si... —rio— como si fuera la reencarnación de una princesa maorí. —Cuando vio el rostro perplejo de Stephanie, añadió—: Es broma. ¿Se encuentra bien?

—Por supuesto. —Y se apresuró a hablarle de las investigaciones de Helma en la Amazonia—. Pero comparto su opinión —añadió—. Trabajar sobre los maoríes era lo que más le gustaba.

—¡Aquí será siempre bienvenida! Le buscaríamos un puesto. Por favor, comuníqueselo. O deme su dirección de e-mail y yo mismo hablaré con ella. No lo sé con exactitud, pero pienso que aquí la lastimaron mucho...

mucho. Y luego encima esas muertes en que estuvo implicado su marido... Entendimos que quisiera marcharse a Alemania para curar sus heridas. Pero... ¡ha pasado mucho tiempo!

Stephanie recordó las palabras de Reka Wahia sobre el dolor. Por lo visto, las heridas de Helma tampoco habían cicatrizado. La historia acerca del diario de Marama Clavell era antigua, pero no era agua pasada. Recurrió a esta idea para volver al tema de su búsqueda de datos sobre la hija del jefe tribal.

Stevenson movió la cabeza negativamente cuando ella le preguntó por el libro.

—Lamentablemente, he de darle una mala noticia —dijo—. El manuscrito no apareció aquí. Y seguramente tampoco en Auckland o Christchurch. Un documento de época no desaparece fácilmente en un archivo. Se habrían realizado investigaciones, análisis, publicaciones, tesis para doctorados... Habríamos oído hablar de todo ello. Solo tengo las copias de los fragmentos que Matthews puso a nuestra disposición para que los leyésemos. Se las daré encantado.

—Eso me sería de gran ayuda —dijo Stephanie—. De todos modos, preguntaré también en Auckland y Christchurch. A veces pasan inadvertidos incluso documentos de estudio interesantes.

Stevenson hizo un gesto de resignación.

—Entonces permítame que llame a Auckland y Christchurch. Puedo averiguarlo en cinco minutos.

Stephanie se lo agradeció sinceramente. Por supuesto, resultaba mucho más sencillo para él que para ella investigar el asunto. En efecto, enseguida le pusieron en contacto con los decanos del departamento universitario correspondiente. Stevenson bromeó con un tal Jim de Auckland y felicitó a un tal Buck de Christchurch por una publicación. Los científicos respondieron con franqueza a sus preguntas, pero no pudieron ayudarle.

—Como ya había supuesto —señaló Stevenson tras colgar—. El diario no se entregó en ninguno de esos lugares. En Christchurch no saben nada de él, Matthews se lo había ofrecido en su día a la Universidad de Auckland, pero ellos lo rechazaron como nosotros. Así estaban y están las cosas.

Stephanie suspiró.

—O bien el documento se ha perdido o bien sigue en manos de Miri Matthews —reflexionó—. Tendré que emprender su búsqueda y la de mi padre. Aunque no sé por dónde empezar...

Ya iba a despedirse cuando Stevenson la detuvo.

—Espere un momento —murmuró—, se me ocurre algo más. ¿Ha oído hablar del *marae* de Turangawaewae, cerca de Hamilton? ¿La residencia del rey maorí? Allí tienen una vasta colección de documentos y, si no recuerdo mal, Matthews también había escrito a ese archivo por el diario de Marama. La reina en aquel momento, Dame Te Atairangikaahu, se interesó por el manuscrito, aunque con cierto escepticismo. Nos preguntó si considerábamos que era auténtico e intercambió opiniones con Helma al respecto.

Stephanie jugueteó inquieta con el bolígrafo.

—¿Cree que es posible que ella lo comprara? —preguntó.

El decano hizo una mueca con los labios.

—No —respondió tras pensarlo unos segundos—. Más bien no. La reina no era la clase de persona que regalaba dinero a un tipo como Matthews. Más bien podría imaginar que ejerció su influencia sobre su esposa para que cediera el legado de su antepasada de forma gratuita. Te Atairangikaahu podía ser muy convincente.

Stephanie ya había oído hablar de eso. Vineyard se había expresado del mismo modo al referirse a la intervención de la reina maorí en el caso Matthews. Reflexionó. Si la reina se hubiese dirigido personalmente a Miri y esta se hubiese decidido por razones de honor o patriotismo a darle el libro, Matthews lo habría podido considerar una traición. Iracundo como estaba, era posible que hubiese sentido el delirante deseo de castigar no solo a Miri sino a toda la familia maorí Wahia. Y otra idea más le pasó por la cabeza: Miri y Simon tal vez habrían hallado refugio en Turangawaewae.

—En caso de que los maoríes tuviesen el libro —siguió inquiriendo—, ¿podría examinarlo? Pasé una vez por la zona de Hamilton y pensé acudir al archivo de Turangawaewae. Pero me dijeron que no estaba abierto al público, o que solo lo estaba una vez al año.

Stevenson volvió a coger el teléfono.

—Es cierto —respondió mientras buscaba un número—. Cuando se trata de investigaciones, la gente de Turangawaewae siempre nos apoya, incluso si el archivista tal vez tiene... hum... otra forma de ver las cosas distinta de la nuestra. Los maoríes no se interesan por la ciencia, sino por mantener viva su propia historia. Según su filosofía, el pasado no se concluye, sino que se entreteje con el aquí y el ahora. Por eso el archivo y el centro de documentación están conectados con la sede del rey. Pasado y presente se unen. Muy bonito, en teoría, pero desde un punto de vista práctico la solución no es tan perfecta. A fin de cuentas, el rey vive en ese *marae* y, por supuesto, no desea que la circulación de visitantes sea continua. Tampoco la reina permite a los turistas en Londres que entren en su palacio. Aunque no guarda en él la Biblioteca Nacional... —Stevenson hizo una mueca—. En fin. Si lo desea, puedo fijar una cita para usted. Así conocerá a Weru Maniapoto. Tal vez él pueda ayudarla. Ahora dirige el archivo de Turangawaewae; entonces, en la época de los asesinatos de Matthews, era alumno de estudios maoríes y asistente de su madre en Masterton.

—¿Asistente de mi madre? —Stephanie aguzó los oídos.

—Pensándolo bien, podría ser incluso la solución del enigma —señaló pensativo Stevenson—. A lo mejor es Weru quien ha hecho desaparecer el manuscrito. Se marchó poco después de los asesinatos a Turangawaewae (solo volvió una vez aquí para pasar sus exámenes) y enseguida le dieron el puesto de director del archivo. Una carrera impresionante. Es posible que haya llevado el manuscrito de Marama como donación... Pero no le haga ninguna alusión al respecto. Es un hombre sumamente susceptible. ¡Vaya con pies de plomo! Como le haga cualquier insinuación, es posible que no pronuncie palabra.

Stephanie arrugó la frente.

—¿Puede dejarme plantada como si nada? —preguntó—. ¿Tanta influencia tiene?

El decano se encogió de hombros.

—Como mínimo está muy seguro de sí mismo —respondió—. Weru Maniapoto es un descendiente de Rewi Maniapoto, antiguo noble maorí, por llamarlo de algún modo. —Stevenson sonrió—. El chico es algo así como un príncipe...

4

Stephanie dejó la universidad con la invitación de Weru Maniapoto de visitar al día siguiente el archivo de Turangawaewae. El archivero se había mostrado por teléfono muy dispuesto a recibir a una periodista alemana.

Cuando se marchaba, la secretaria de Stevenson le tendió unas fotocopias: los fragmentos del diario de Marama que años atrás Helma había recibido para su evaluación.

Stephanie estaba impaciente por leer las páginas de caligrafía prieta, pero se reprimió al pensar en las seis horas de viaje en coche que tenía por delante para volver a Hamilton desde Wellington. En la capital no tenía nada más que hacer, así que decidió tomar un tentempié y emprender la vuelta de inmediato por la región de King Country. Llamó a Josh y Clara Waters del Waikato Lodge y reservó una habitación para la noche siguiente.

—¿De verdad ha logrado encontrar a Marama? —preguntó Clara, fascinada—. Nos lo tendrá que contar todo después. Claro que puede pernoctar en el hostal. Tendré su habitación preparada. También le serviré algo de comer aunque llegue un poco tarde.

Stephanie se alegró de la decisión que había tomado cuando horas más tarde, extenuada y hambrienta, estacionó en el aparcamiento del hostal y los propietarios la saludaron cordialmente. La paz junto al río Waikato, el aire del bosque y la acogedora atmósfera camuflaban el aspecto impersonal del motel y los restaurantes de comida rápida de Masterton y Wellington. Stephanie tomó un sabroso plato de pescado, bebió un vaso de vino con sus anfitriones y les informó de los resultados de sus investigaciones.

—Y ahora deberán disculparme —dijo señalando sonriente las fotocopias que acababa de sacar del bolso para enseñárselas a los Waters—. Estoy deseando conocer más de cerca a Marian Clavell.

Pasó las horas siguientes leyendo fascinada la historia que había contado a Rupert Helbrich como si fuera propia bajo los efectos de la hipnosis. De hecho, sus datos concordaban hasta en los más nimios detalles con la interesante narración de Marama. De niña debía de haberse sentido profundamente identificada con esa pequeña y desarraigada niña. La maorí daba una idea clara de lo que había sido el asalto del *pa* de Orakau y su vida entre los *pakeha*. Pese a toda la tragedia, la periodista no podía evitar reír de vez en cuando. Solo la diminuta y apretada caligrafía dificultaba un poco la lectura. Marama escribía sin borrones ni faltas, en un muy buen inglés, pero parecía no disponer de demasiado papel o querer ahorrarlo.

Se sintió decepcionada cuando la narración se interrumpió después de que Marama y Leonard llegaran a Parihaka. Durante la sesión de hipnosis había recordado la historia de Marama hasta ese punto, así que Miri solo había leído el comienzo a los niños. Los sucesos siguientes seguramente no eran apropiados, según los valores maoríes, para oídos infantiles. Stephanie lo encontró lamentable. En su fuero interno, tuvo que dar la razón a Rick: justo en el lugar en que una historia se interrumpía, esta se volvía realmente emocionante.

Entretanto, ya era más de medianoche y le habría gustado meterse en la cama. No obstante, se levantó y escribió al redactor jefe Söder un mail que sin duda le alegraría el día. El secreto acerca de su renacimiento como muchacha maorí se había aclarado del todo y él debía ser el primero en saberlo. A continuación intentó comunicarse con Rick por Skype y reconciliarse con él. Fue en vano, su amigo tal vez estaba en una entrevista importante y no quería que lo molestaran.

Al final le envió también a él un correo electrónico: «Es posible que mañana encuentre ese manuscrito en el archivo de los maoríes, y tal vez a otro interesante interlocutor en ese misterioso archivero del que el decano habla tan mal y al que mi madre nunca ha mencionado. En caso de que él tampoco tenga el texto, esto terminará en una investigación genealógica. Intentaré encontrar a Miri Matthews, mejor dicho, a mi padre. Esto me pone algo nerviosa. Investigar en asuntos propios es algo distinto.

El encuentro con los Wahia me ha afectado más que otras entrevistas con víctimas de crímenes. Sin embargo, no me acuerdo nada de ellos. Ahora me pregunto cómo me irá con mi padre. Si realmente lo encuentro, ¿lo reconoceré? Besos. S.»

A Rick le preocupaba que ella estuviera demasiado involucrada emocionalmente. Para tranquilizarlo, se había esforzado por mostrarle sus sentimientos. Pero ¿por qué le resultaba tan difícil? Naturalmente, le había conmovido el dolor de los Wahia y el corazón le latía con más fuerza ante la idea de encontrarse con su padre, al que durante tanto tiempo había dado por muerto.

Esa noche durmió profundamente y sin sueños. No la persiguieron sus recuerdos. Pero Rick no parecía haber cambiado de opinión. Por la mañana, cuando comprobó su correo antes de partir hacia Turangawaewae, encontró debajo de un largo, entusiasta y aprobatorio mail de Söder una escueta nota de Rick: «¡Vuelve a casa!»

5

Turangawaewae, que significaba «lugar donde vivir», resultó un impresionante complejo de edificios, idílicamente situado en la orilla del Waikato, sorprendentemente, en medio de una colonia *pakeha*. Una cerca rodeaba el *marae*. El viaje de Stephanie concluyó delante de una puerta con un voladizo a dos aguas, pintada de un rojo chillón y adornada con tallas tradicionales. Unos enormes *tiki* rojos velaban por él, pero no causaban una impresión hostil. Al contrario, no vio en los guardianes divinos ninguna amenaza, sino más bien un comité de recepción. Sacó entonces su móvil. Stevenson le había dado el número de contacto y, en efecto, enseguida se oyó una voz femenina hablando en maorí. Stephanie solo entendió *kia ora*, buenos días, pero la mujer cambió al inglés cuando se percató de que estaba hablando con una *pakeha*.

—¡Ah, sí, miss Martens! —dijo complacida—. Me alegro de que haya llegado. Weru la está esperando. Enseguida saldrá, aunque tardará un poco. El complejo es extenso.

Mientras esperaba, Stephanie descubrió un cartel que explicaba el significado del nombre del *marae*:

Turangawaewae es un lugar
con el que estamos unidos.
Nos da fuerza, orgullo y valor.
Sabemos adónde pertenecemos

Podría llamarse simplemente «hogar», pensó Stephanie. Ya hacía tiempo que se había dado cuenta de que la filosofía de los maoríes era especial. Sus ideas siempre se estructuraban de forma enrevesada y posiblemente nadie que no hubiera crecido en su cultura podía comprenderlas del todo. Exceptuando tal vez Helma Martens.

Sintió un poco de pena al pensar en su madre. Ella había sido feliz en Nueva Zelanda y se había visto desterrada de su paraíso personal en amargas condiciones. ¿Sería demasiado atrevido esperar que la búsqueda de Marama, Simon y Miri tal vez le abriera de nuevo el camino de regreso?

Pasados diez minutos largos, la puerta del *marae* se abrió desde dentro. Era impactante ver desplazarse la hoja de la puerta, y también lo era el hombre que apareció detrás.

Weru Maniapoto tenía el cabello negro y era alto, musculoso, de brazos y piernas largos, no tan achaparrado como la mayoría de los hombres de su pueblo. Stephanie se preguntó si realmente estaba ante un maorí de pura cepa. Debía de ser así, si pertenecía a una antigua dinastía maorí. Había leído que ahí los matrimonios arreglados eran tan habituales como en la nobleza europea. Seguro que nunca habrían casado al hijo de un jefe tribal con una *pakeha*. Aun así, la constitución física de Weru y su tez clara insinuaban algo distinto. Lo que sí estaba claro era que ese hombre descendía de generaciones de guerreros.

Mientras se aproximaba a ella se movía con la flexibilidad de un bailarín... ¿o de un depredador? Se regañó por pensar de ese modo superficial y estereotipado. ¿Qué depredador podía esconderse en un archivero de más de cuarenta años? El aspecto de Weru Maniapoto era indiscutiblemente exótico. Llevaba un par de mechones trenzados como rastas, y el resto del cabello recogido en un moño en la nuca, una versión ligera del moño de guerra tradicional. La frente y la zona de la nariz y la boca de su oval y expresivo rostro mostraban adornos del tradicional tatuaje maorí, conocido como *moko*. Stephanie sabía que muchos miembros del movimiento maorí llevaban los tatuajes como una especie de reafirmación política. Weru tenía unos grandes ojos castaños, nariz prominente, labios carnosos y, como descubrió cuando él le sonrió, unos dientes blanquísimos.

—¿Miss Martens? Encantado de conocerla. —Su voz tenía un sonido oscuro, lleno y suave, de barítono—. Creo que tenemos intereses comunes. ¿Está usted buscando el diario de Marama Clavell?

Y acto seguido la saludó con un firme apretón de manos. Algo sorprendida por la falta de formalismos, Stephanie respondió al saludo y enseguida notó que Weru Maniapoto tenía manos fuertes y callosas, algo impropio de un burócrata.

—Busco sobre todo respuestas en relación a un crimen que no se resolvió del todo —explicó, y pasó a describir su trabajo y la serie de reportajes que estaba escribiendo—. El diario en cuestión debe de haber desempeñado una función de no poca importancia.

Weru Maniapoto se tensó ligeramente cuando ella mencionó a Matthews. En su rostro apareció una expresión de alerta; posiblemente estaba al tanto de que Stevenson insinuaba que él guardaba escondido el diario. Cuando Stephanie le contó de qué modo su padre y ella estaban involucrados en el caso, Maniapoto jugueteó impaciente con las carpetas que llevaba bajo el brazo.

—¿Y qué espera de mí? —preguntó, de repente distante, lo que sorprendió bastante a Stephanie, dada la entusiasta conversación del principio.

Ahora parecía examinarla casi con despecho, aunque ella ignoraba el motivo. Al mirarse antes de salir en el espejo su aspecto le había parecido satisfactorio. Llevaba vaqueros, sandalias y una blusa blanca bajo un blazer azul. El conjunto debía dar impresión de seriedad, pero también permitirle subir por las escaleras de una biblioteca polvorienta, llegado el caso. ¿Acaso se esperaba ahí que las mujeres llevasen falda?

Se encogió de hombros.

—Bueno —respondió—, el decano Stevenson pensaba que usted se acordaría de ese asunto ya que por entonces ayudó a Helma Martens. A lo mejor tiene idea de qué fue del diario. —En cierta medida ese hombre la ponía nerviosa, así que decidió ir directa al grano—. ¿A qué se refiere con que tenemos «intereses comunes»?

—¿Afirma usted que estaba en el lugar del crimen? —replicó Maniapoto—. ¡Entonces tendría que ser usted quien supiera dónde está el diario, no yo! ¿Cómo se le ocurre que yo tenga algo que ver con esto?

Stephanie miró alrededor.

—Tiene aquí un archivo. Usted colecciona manuscritos y yo busco uno. ¿No es razón suficiente para que pase por aquí? Y en cuanto a mi presencia en el escenario del crimen... —Le contó su trastorno de memoria y Maniapoto la escuchó—. En cualquier caso, el texto no está ni en Auckland ni en Wellington ni en Christchurch y, por lo que se deduce de su reacción, tampoco está aquí —concluyó—. Y ahora, una vez más, ¿cuáles eran esos intereses que teníamos en común?

El maorí pareció relajarse. Su expresión se volvió más afable.

—Yo también voy en busca de ese manuscrito. Como científico, pero también, en cierto modo... por motivos personales. Marama Clavell era mi bisabuela. Yo me llamo Weru Maniapoto, por mis antepasados por el lado paterno. Me considero maorí, pero mi nombre *pakeha* es Clavell, Weru Clavell.

Stephanie parpadeó. ¿Otro descendiente de Marama?

—Había pensado que los Wahia eran los únicos descendientes de Marian Clavell —repuso, sorprendida.

Weru negó con un gesto.

—No. La familia de Miri pertenecía a los descendientes de Marama Wahia. El único hijo de Marian y Leonard Clavell fue mi abuelo Adam.

—Entonces Marama se casó dos veces —concluyó Stephanie—. Y yo que pensaba que había sido feliz con Leonard. Se fueron a Parihaka, ¿no? A ese pueblo de la paz...

—Por lo que sabemos de su historia, así fue —confirmó Weru—. ¿Quiere un café? No sigamos hablando aquí, delante de la puerta de entrada.

Stephanie asintió. Eso encajaba con su propósito de grabar la conversación. Al menos parecía acercarse más a la historia de Marama. Siguió a Weru al interior del *marae*, un complejo de edificios laboriosamente concebido que incorporaba viviendas y otros edificios representativos. Todos estaban adornados con las tradicionales tallas maoríes; dioses y espíritus haciendo muecas miraban al visitante. En las superficies de césped había esculturas en memoria de los caídos en combate y de personajes famosos.

El maorí la condujo a la casa con cubierta a dos aguas y adornada con tallas que acogía el archivo y un par de salas de la administración. Su despacho no presentaba nada inusual, aparte de que una pared estaba decorada con armas ceremoniales. Un *mere*, una maza de jade *pounamu*, colgaba allí junto a un *taiaha*, una especie de lanza de madera dura. Los dos estaban provistos de primorosas entalladuras, lo que permitía deducir su carácter representativo. En la guerra se empleaban armas con menos elementos artísticos, como ya había averiguado Stephanie en sus investigaciones. También tenía un valor puramente ceremonial el hacha de guerra que ocupaba un lugar especial en la pared, un *toki poutangata* de jade, que exhibían los grandes jefes tribales en las celebraciones. Se preguntó si su interlocutor habría heredado las armas de su famoso antepasado. Deslizó la mirada por las estanterías de libros, un escritorio rebosante de folletos y carpetas y una mesita con dos sillas. Weru la invitó a sentarse. En una estantería había una cafetera. Él la llenó de café y la encendió.

—¿Significa esto que usted también tiene solo los fragmentos del diario que Matthews permitió leer a la universidad? —Stephanie abordó el tema cuando el café ya estaba haciéndose y el hombre colocaba dos vasos sobre la mesa—. El decano Stevenson sospechaba que el manuscrito original tal vez estuviera en su poder.

Weru negó con la cabeza e hizo una mueca.

—Ese viejales siempre desconfía de mí —observó con ironía—. Dirige los Estudios Maoríes, pero en realidad menosprecia a mi pueblo.

Stephanie observó que la rabia se reflejaba en sus ojos. Stevenson no andaba desencaminado. El archivista era un hombre impulsivo. Sus humores se alternaban a la velocidad de un rayo, y, por lo visto, no podía o no quería ocultarlo.

—En 1988 trabajé para su madre —explicó, de nuevo con serenidad—. Tenía veinte años y era alumno de Estudios Maoríes, en el primer semestre. La ayudaba en las excavaciones. Oí hablar de los Wahia y del diario. Me sorprendió. Tampoco yo sabía que había más descendientes de Marama. Su madre me dejó leer fragmentos. Todavía hoy conservo copias. Si no conoce el texto...

Stephanie hizo un gesto de rechazo.

—El profesor Stevenson ya me ha dado copias —explicó—. Sería interesante conocer la continuación.

Weru asintió.

—Eso mismo es lo que me interesa a mí también. Podría... enmendar la imagen que mi familia tiene o debe de tener de Marama. Mi padre siempre ha dudado de la versión de los Clavell. Con razón, por lo visto. Ya en los fragmentos se sugiere que ella no se separó de su hijo por propia voluntad.

—De los textos que tengo no se desprende que estuviera encinta, y menos que abandonara a su hijo.

Weru se encogió de hombros.

—Puede creerme: tenía un hijo cuando cayó Parihaka...

MARAMA CLAVELL

1877 - 1881

Los primeros meses en Parihaka fueron como un sueño hecho realidad. Vivíamos como en un cuento en el que todo era música y danza, alegría y esperanza. Te Whiti predicaba un nuevo mundo ¡y nosotros formábamos parte de él! Cada mes acudían jóvenes al poblado para experimentar junto a nosotros que la paz era posible.

Trabajábamos muy duro. Había que cultivar los campos que rodeaban Parihaka, desde la salida hasta la puesta del sol, Leonard iba a los sembrados o a los establos. A veces pensaba que se implicaba demasiado, pero él opinaba que debía demostrar su valía.

Parihaka no era, obviamente, el paraíso. Incluso bajo la suave autoridad de Te Whiti existía la envidia y la rivalidad. Había personas que no estaban de acuerdo con la decisión que había tomado el Profeta de involucrar a un *pakeha* de forma continuada en la vida de la comunidad. Había además quienes desaprobaban que este conviviera con una maorí, encima, hija de un jefe tribal. Había voces que exigían a Te Whiti que me casara con un descendiente de una gran familia maorí en lugar de favorecer mi enlace con Leonard. De ese modo, se garantizaría para siempre la paz entre dos tribus que habían sido rivales hasta entonces. Yo solía contestar que era un deber todavía mayor y más importante establecer la paz entre maoríes y *pakeha*, lo que provocaba hilaridad, pues a fin de cuentas Leonard no era hijo de un rey y nuestra unión había desunido a su familia en lugar de contribuir a la paz. Ignoro lo que opinaba el Profeta al respecto; es probable que no interviniese en esas discusiones por intrascendentes.

En cualquier caso, Leonard ponía todo lo que podía de su parte para ser útil en Parihaka y convertirse en uno de los nuestros. Trabajaba en los campos de cultivo como cualquier otro y además contribuía con sus propias habilidades. Ya que había sido oficial, entendía mucho de caballos, algo que en el pueblo maorí muy pocos sabían. Así que los hombres que hasta entonces se habían encargado de los animales le cedían de buen grado la responsabilidad y aceptaban complacidos sus sugerencias. No tardó en desarrollar una estrecha amistad con un joven llamado Tuonga Wahia, quien hasta entonces había sido el encargado de supervisar los establos y no le gustaba nada cuidar de los valiosos animales. Al igual que Hakeke, Tuonga había crecido más o menos entre *pakeha*. Su madre había muerto prematuramente y su padre se había enemistado con la tribu. Así que se había mudado a la Isla Sur con su hijo y trabajado de cazador de focas y de ballenas. No tenía gran aprecio por el trabajo, pero sí por el whisky, y para obtenerlo cualquier medio le parecía bueno. Así que con tal de ganar un par de peniques más había ofrecido a su hijo para que el pequeño trabajase en pubs o en tareas auxiliares en la pesca de la ballena.

Tuonga no hablaba mucho de ello, pero esas experiencias debían de haberle resultado infernales en ocasiones. El crío había sido entregado a sus patronos en una total indefensión y todavía se le podían ver en la espalda las cicatrices de los latigazos que le habían propinado. Pese a todo, no odiaba a los *pakeha*. Estaba convencido de que entre los maoríes, al igual que entre los colonos, había gente buena y mala, y sus últimas vivencias lo habían reafirmado en esa convicción. El muchacho había escapado de su padre y de su forma de vida a la edad de catorce años y había encontrado asilo en la tribu ngai tahu, que convivían pacíficamente con sus vecinos blancos. Habría podido quedarse a vivir allí, pero oyó hablar de Parihaka y se había desplazado a la Isla Norte llevado por la curiosidad.

Ahora aprovechaba todas las oportunidades que el pueblo de Te Whiti le ofrecía para aprender. Se sentaba a los pies del Profeta y de los narradores de historias y escuchaba las leyendas y mitos de los suyos y, todavía con más frecuencia, nos visitaba a Leonard y a mí en nuestra casita, donde aprendía la lengua y la escritura *pakeha*. Al llegar a Parihaka apenas sabía leer. Me acordaba de mi infancia cuando veía, poco después de nuestra llegada, con qué paciencia Leonard explicaba las letras a su nuevo amigo y lo orgulloso que se sintió cuando este leyó y comprendió su primer artículo del *Lyttelton Times*.

A mí me gustaba que viniera a visitarnos. Era un muchacho cariñoso, muy alto, fuerte y de cara redonda. Cuando participaba en las danzas de los guerreros y golpeaba el suelo con sus fuertes piernas o contraía el rostro en las tradicionales muecas, casi daba miedo. Pero eso se olvidaba de inmediato al mirar sus ojos. Tenía los ojos dulces y afectuosos, un reflejo de su afable alma. Los animales que cuidaba parecían sentirlo. Tuonga aprendió muy rápido a tratar con los caballos y Leonard acabó consiguiéndole en New Plymouth un puesto de aprendiz de herrador. Ese contacto surgió del segundo campo de actividad de Leonard en Parihaka, una posición en la que fue más criticado que en su trabajo en las cuadras.

A este respecto hay que señalar que Parihaka no era completamente autárquica. Aunque producíamos casi todo lo que necesitábamos para abastecernos, carecíamos, por ejemplo, de talleres de confección, aparte de los tradicionales telares de las ancianas. La mayoría vestíamos al estilo *pakeha* y las telas procedían de New Plymouth. También obteníamos de los *pakeha* los artículos domésticos, las mantas y las máquinas agrícolas. Unos emisarios viajaban regularmente a la ciudad para trocar nuestros productos agrícolas por los objetos que necesitábamos. La primera vez que Leonard viajó con ellos, nuestros enviados se percataron atónitos de que los comerciantes trataban al blanco con más cordialidad y le ofrecían mejores condiciones.

Te Whiti aprovechó la oportunidad para pronunciar un sermón sobre lo importante que era la equidad para obtener la paz y sobre que nunca se podría alcanzar una convivencia pacífica con los *pakeha* mientras no se produjera un trato equitativo. Apeló con elocuencia al corazón de los habitantes de la ciudad, pidió a los *pakeha* comprensión y rezó por sus almas. Tohu, que era de índole más pragmática, rezó con todos, pero determinó que Leonard se encargara de las compras principales. Eso produjo cierto malestar entre los jóvenes, quienes opinaban que, según las normas de Parihaka, eso no era de su competencia. A fin de cuentas, la comunidad ponía mucho interés en demostrar lo bien que el pueblo maorí podía autogestionar sus asuntos. Leonard oscilaba entre el orgullo y la vergüenza. Se alegraba de la muestra de confianza de Tohu y se avergonzaba del desdén con que sus compatriotas se comportaban con nuestros amigos. Su actuación fue coherente con ello. No se congraciaba con los comerciantes, sino que se cuidaba de que sus compañeros maoríes no fueran tratados con desprecio. Como él también era muy sensible a las insinuaciones e indirectas, algunos comerciantes de New Plymouth no tardaron en sufrir el boicot de Parihaka, lo que tuvo como consecuencia unas notables pérdidas comerciales. Así pues, el comportamiento hacia los maoríes mejoró poco después, lo que unos atribuyeron al efecto que habían obrado las palabras de Te Whiti y otros al comportamiento hábil de Leonard al elegir a sus socios comerciales. Con ello y con su conducta siempre amable y complaciente reafirmó su posición en Parihaka. Unos meses más tarde nadie hacía comentarios sobre el *pakeha* que vivía entre nosotros.

Yo misma no tenía ningún tipo de obstáculos para disfrutar de reconocimiento en Parihaka. Todos los maoríes eran recibidos allí con los brazos abiertos. Construí un huerto alrededor de nuestra casita a la manera de mi pueblo y lo cultivé concienzudamente. Fue en Parihaka donde aprendí lo que significa cuidar de un huerto. Los esfuerzos que miss Hill y Sassi habían invertido en los jardines de Auckland se limitaban a colaborar sin mucho entusiasmo en el cuidado de los rosales. Pero a mí siempre me habían gustado mucho, así que me gané las ingenuas bromas de mis amigas cuando le pedí a Leonard que me trajera de New Plymouth un par de plantones. Los planté alrededor de la casa alternándolos con arbustos de *rata*. Te Whiti sonrió cuando vio las rosas y en el siguiente encuentro habló de que, con amor y la voluntad de establecer la paz, era posible lograr que arraigase en un nuevo país una planta sin tener que arrancar para ello las otras.

Disfrutaba con frecuencia de la compañía de otras chicas maoríes de mi edad; gracias a ellas y a las ancianas asimilé muchos conocimientos sobre mi pueblo. Estaba obsesionada con aprender a cocinar y tejer como nuestras madres y abuelas; aunque dudaba de que Ahumai hubiera sabido hacerlo. Para seguir su ejemplo, más bien tendría que haberme ejercitado en el manejo de la maza de guerra, pero no se lo confesé a mis nuevas amigas. En

Parihaka estaba prohibido el manejo de armas, salvo en las tradicionales danzas de los guerreros. Nuestros jóvenes manejaban picos y palas en lugar de lanzas y hachuelas. Hay una bonita foto de unos bailarines con la indumentaria tradicional de un *haka*, la danza de guerra, que enarbolan lanzas y palas.

En Parihaka bailábamos muy a menudo, por pura alegría de vivir, pero también para prepararnos para el pacífico encuentro mensual. Para esas ocasiones, dábamos la bienvenida a nuestros visitantes con el tradicional *powhiri*, un ritual que forjaba el vínculo entre una tribu y sus huéspedes. El baile formaba parte de la ceremonia, y como yo era bonita y enseguida me aprendía los pasos, no tardé en ocupar un puesto de primera línea entre las jóvenes bailarinas. Pero mis actividades principales eran las de profesora e intérprete. Trabajaba en el centro de encuentros y realizaba las visitas guiadas de los *pakeha* como había hecho Hakeke el primer día con nosotros. Además, enseñaba inglés. Te Whiti ponía mucho interés en que los niños de Parihaka aprendieran las dos lenguas.

Cuando Leonard y yo llegamos a Parihaka, Te Whiti se encontraba en la cumbre de su fama. Había miles de personas de todas las partes del país que acudían a pie, a caballo o en carro de bueyes a escuchar sus sermones. Nosotros apenas si éramos capaces de dar abasto a tanta concurrencia. La mayoría de ellos eran maoríes, pero también los *pakeha* eran bien recibidos, y muchos de ellos estaban igual de entusiasmados con la filosofía de Te

Whiti. Los periódicos eran todo elogios, se le ensalzaba como pionero de la paz, como un hombre singular y digno de aprecio, cuya influencia en el pueblo maorí nunca podría ser suficientemente valorada.

Pero eso cambió cuando Te Whiti comenzó a predicar sobre la venta de tierras. Pues por muy importante que fuera para él la paz entre los pueblos, no estaba de acuerdo con ceder a los inmigrantes blancos más tierras de nuestro pueblo. Se opuso con vehemencia a la fundación de más colonias *pakeha* en Taranaki y esperó que su opinión se impusiera, pues la tierra junto al monte, en la cual se había construido Parihaka, pertenecía a los maoríes. Pero yo estaba preocupada, pues Te Whiti y sus hombres todavía tenían que aprender lo que yo ya sabía de mi vida con los Clavell: ya se tratara de todo un pueblo o de individuos, no había gran diferencia. Para los *pakeha*, los maoríes no éramos más que marionetas con las que ellos jugaban. Unas veces les resultábamos provechosos, otras molestos, en unas ocasiones éramos bien recibidos y en otras, un engorro. Pero nunca nos tomaban en serio y siempre nos trataban según su propio interés.

—El sermón de Te Whiti ha vuelto a tratar de la compra de tierras —me quejé una tarde cuando estaba sentada con mis amigas junto a la hoguera.

Leonard y yo llevábamos más de un año viviendo en Parihaka y, por supuesto, presenciábamos regularmente el encuentro mensual. Al principio, las palabras de Te Whiti siempre me habían conmovido, pero en los últimos tiempos empezaban a aburrirme. Ya no se trataba de la relación general entre *pakeha* y maorí, de la paz y de una convivencia sin conflictos. El Profeta hablaba casi exclusivamente de tierras y yo me sorprendía a mí misma esperando con más alegría las danzas del comienzo y la fiesta final con mis amigos que el sermón. También en esa ocasión me alegré de que Te Whiti por fin hubiese concluido.

Me estreché contra Leonard y comimos los restos del banquete con que habíamos agasajado antes a los invitados. En los días que precedían a la reunión, casi todas las mujeres mayores o más jóvenes estaban ocupadas en la cocina o el horno y nosotras, las intérpretes, también teníamos trabajo adicional durante el encuentro; ese día yo había traducido el sermón a unos periodistas de Wellington, Hakeke y otros lugares. Entretanto, Leonard se había ocupado de dar cobijo a todos los caballos y bueyes con que habían llegado las visitas. Ahora estábamos todos por fin libres de ocupaciones, bastante cansados y compartíamos una botella de whisky. (Te Whiti no era ningún fanático de la abstinencia, al contrario que otros profetas.) Si bien no se podía vender alcohol en Parihaka, cuando alguien lo traía nadie ponía objeciones, por lo que nadie tenía nada en contra de que bebiésemos. Mientras no se tratara de la venta de tierras, Te Whiti tendía a ser moderado en sus opiniones.

—No entiendo por qué habla siempre de lo mismo —proseguí—. En cuanto al reparto de tierras, en Taranaki ya está todo arreglado. En Waikato, por el contrario, siguen las expropiaciones basándose en la Settlements Act. ¡Tratándose de colonos, más le valdría a Te Whiti enfadarse por eso!

Leonard me atrajo con cariño hacia él y movió la cabeza negativamente.

—Aquí no está todo arreglado —me contradijo—. Tú no te enteras porque vas pocas veces a la ciudad. Pero en New Plymouth corren rumores de que pronto volverán a venir colonos a Taranaki y que se mensurará el terreno. Los recién llegados a Auckland y Wellington no tienen tanto miedo de los salvajes guerreros hauhau.

Me sobresalté. No había contado con eso.

—¿Quieren volver a quitarles sus tierras a las tribus? —pregunté—. ¿Crees que estallará una guerra?

La primera guerra de Taranaki se había desencadenado en 1857 después de que dos jefes tribales maoríes no se hubieran puesto de acuerdo acerca de si vender o no tierras a la Corona inglesa. El gobernador había tomado partido por aquel que estaba dispuesto a vender, le había dado un anticipo y había empezado a ocupar la tierra. El otro *ariki*, Wiremu Kingi Te Rangitake, que estaba subordinado a la tribu de los te ati awa, no lo había tolerado y de ese modo se habían iniciado las hostilidades. Los maoríes perdieron y a la postre los te ati awa fueron las primeras víctimas de la New Zealand Settlements Act aprobada en 1863. Esta permitía al gobernador confiscar todas las tierras de las tribus que en algún momento se hubiesen rebelado contra la Corona inglesa.

Sin embargo, no se produjo la esperada y masiva afluencia de nuevos colonos que esperaba el gobernador. Mientras que antes de la guerra había habido gran interés por la región de Taranaki, la gente ahora llegaba vacilante hasta allí. Todas las tierras confiscadas al oeste de New Plymouth se quedaron sin explotar y, poco a poco, los maoríes las fueron recuperando. Fue de ese modo como Te Whiti, hijo de los te ati awa, consiguió los terrenos donde se construyó Parihaka. Según el derecho maorí, las tierras eran de quienes sacaban provecho de ellas. Nosotros sacábamos provecho. Las reivindicaciones de Te Whiti parecían no admitir réplica.

Solo yo sabía lo que cabía esperar de los *pakeha*. Podían pasar años siendo condescendientes con nosotros, pero, en cuanto sus intereses cambiaban, el viento soplaba en otra dirección.

—¡Qué va! —respondió Hakeke, despreocupada, y se sirvió otro trozo de pan ácimo con carne y boniatos del *hangi*—. Ya no hay más levantamientos. ¡La guerra hace tiempo que terminó!

—Ahora se está cuestionando si todavía puede aplicarse la Settlements Act —señaló Leonard—. En New Plymouth se está discutiendo acaloradamente al respecto, aunque el primer ministro no parece tener la intención de expropiar las tierras. Recuerda muy bien el malestar que hubo la última vez que lo hizo. Grey propone comprar las tierras a los jefes y algunos no ven inconveniente en ello. Solo Te Whiti predica en contra. Para el gobierno es como una piedra en el zapato.

—Tanto si él lo predica como si no, los *pakeha* se quedarán con las tierras —intervine, provocando la indignación general—. Si las tribus no venden, las tomarán por la fuerza.

Yo lo tenía claro, pero Leonardo y mis amigos lo negaban categóricamente. Estaban convencidos de que los sermones de Te Whiti detendrían cualquier tentativa en ese sentido y aludían a sus inteligentes argumentos contra una confiscación, así como a la existencia de la comunidad de Parihaka. ¡Un pueblo como ese! ¡Un movimiento como el nuestro! ¡Los encuentros, los sermones, la renuncia absoluta a la violencia! Todo eso debía convencer a cualquiera de que los maoríes no éramos salvajes primitivos de los que uno se desprendía cuando le convenía. Yo callaba, pero no estaba convencida de ello.

A partir de ese día volví a tener miedo, y se demostraría justificado. Mientras nosotros cantábamos, bailábamos y vivíamos nuestro sueño, el gobernador, el primer ministro y su tesorero John Ballance urdían unos funestos planes.

Todo empezó con la mensura de las tierras que los maoríes no explotaban. Al principio solo se cartografió el terreno, no se vendió. De todos modos, John Ballance empezó a hacer propaganda para ofrecérsela a los colonos sin haber consultado primero a los maoríes. Lo justificó alegando que, a fin de cuentas, la tierra ya se había confiscado en una ocasión, así que seguía perteneciendo legítimamente a la Corona. Esperaba obtener unos ingresos para el Estado de medio millón de libras como mínimo de la venta a los colonos.

Como era de esperar, Te Whiti se manifestó claramente en contra.

—¡Tiene razón! —exclamó con vehemencia Hakeke junto al fuego después de que el líder hubiera pronunciado otro ardiente discurso—. ¡Es inadmisible que la tierra se expropie, se devuelva y de nuevo se expropie según el humor de un ministro!

Mis amigos coincidían con ella. Yo, por el contrario, callaba. Los cambios de humor de los *pakeha* no me eran desconocidos. Y una ley bien pronto podía dictarse respondiendo al humor de quien ostentaba el poder.

En efecto, en los meses siguientes, los agrimensores de los *pakeha* fueron acercándose lentamente a las tierras de cultivo de las tribus. Entraban en los huertos sin pedir permiso y pisoteaban los sembrados. Te Whiti se vio confrontado con ello cuando se apropiaron de la tierra de Te Titokowaru, un viejo luchador y valiente guerrero. Había abandonado las armas a petición de Te Whiti y se había declarado partidario de la paz. Por casualidad, yo había hecho de intérprete del Profeta cuando Te Titokowaru había venido a Parihaka para pedirle consejo. Te Whiti hablaba precisamente con un periodista de Wellington, y siempre nos llamaba a Hakeke o a mí, ya que podíamos verter perfectamente al inglés su florida proclama, en la que abundaban ejemplos y comparaciones.

—¿Qué debo hacer? —preguntó el anciano jefe guerrero, después de que Te Whiti hubiese despedido al periodista, al tiempo que se erguía amenazador delante del Profeta, mucho más menudo y delgado—. Trazan una línea directa a través de mi tierra. Una parte la expropian, la otra continúa siendo propiedad de la tribu como terreno restante... los dioses sabrán qué querrá decir esto. ¿Debo o no debo pelear?

Te Whiti inspiró y exhaló el aire con calma antes de contestar:

—Si los echas de tus tierras, volverán con soldados.

—Tengo un arma —advirtió Te Titokowaru.

El Profeta negó con la cabeza.

—Ya se ha derramado demasiada sangre por esta tierra —observó —. No vamos a derramar más. No en nombre de los antiguos dioses. Queremos la paz, Te Titokowaru. Hablaré con los *pakeha*.

Te Titokowaru rugió.

—En nombre de los antiguos dioses al menos moríamos en la batalla —dijo furioso—. ¡El nuevo dios prefiere que muramos de hambre en tiempos de paz!

Taranaki era un hervidero, Te Whiti tenía que negociar.

Como siempre, primero intentó llegar a una especie de acuerdo. Envió a un par de jóvenes a la región al sur del monte Taranaki para que cercaran a los agrimensores y les pidieran de buenas maneras que concluyeran su tarea. Para dar más peso a la petición, los fuertes e intimidadores jóvenes recogieron los instrumentos de medir y demás utensilios, los metieron en carros y los llevaron al otro lado del río Waingongoro. A los agrimensores no les quedó otro remedio que seguirlos.

John Sheehan, el ministro de Asuntos Indígenas, reaccionó como si Te Whiti le hubiese declarado la guerra. En la colonia *pakeha* los sentimientos se invirtieron. Mientras que poco antes Te Whiti había sido elogiado como un hombre partidario de la paz, ahora se había convertido en un engorro. Los periódicos lo acosaban, el gobierno se acordó de que había peleado en la guerra de Taranaki. Se le echaba en cara que entonces había comunicado que haría desaparecer a todos los *pakeha* de su país con «una comilona».

—Ese fue Te Ua Haumene —señaló Leonard, moviendo la cabeza tras leer el periódico.

—Pondrán a todos los profetas en el mismo saco si les interesa, y además se inventarán unas cuantas mentiras —advertí yo, fatalista—. ¿Qué haremos si nos quitan Parihaka? —En el último año mi preocupación había ido en aumento.

Leonard me rodeó con un brazo, sosegador.

—Todavía falta mucho, Mari —intentó tranquilizarme—. Escuchemos primero qué tiene que decir Te Whiti. Está deliberando con otros jefes en estos momentos, luego se ha convocado una asamblea. Hablará con los hombres de Parihaka...

—¿Con los hombres? —pregunté frunciendo el ceño. Era algo inusual y nada que pudiera tranquilizarme. Si el discurso se dirigía solo a los hombres, seguro que se hablaría de guerra. Leonard asintió, visiblemente orgulloso de que el Profeta también lo hubiese invitado a él. En las últimas semanas había sentido el recelo tanto de los maoríes de Parihaka como de los comerciantes de New Plymouth—. ¿Pelearemos? —pregunté alarmada—. Deberíamos pensar en irnos de Parihaka. No quiero que mis hijos crezcan en tiempos de guerra. No deben aprender a sentir miedo antes de conocer el amor. —Un par de amigas mías de Parihaka habían dado a luz y, desde hacía un tiempo, también yo deseaba quedarme embarazada. No obstante, todavía no estaba encinta y me preguntaba precisamente si eso no sería tal vez una suerte. Mientras fuésemos solo dos, sería más fácil abandonar Parihaka y volver a empezar en otro lugar.

Leonard me besó y me acarició la mano antes de marcharse.

—Seguro que ni hoy ni mañana estallará la guerra —me tranquilizó—. Confiemos en el Profeta. Siempre estaremos a tiempo de irnos.

Me quedé mirando cómo cruzaba el sendero que llevaba desde nuestra casa a una de las puertas de la cerca que rodeaba Parihaka e intenté vencer la angustia y el desamparo que experimentaba. Seguro que Leonard tenía razón cuando decía que mis temores eran exagerados, pero yo había vivido la última guerra siendo una niña indefensa, mientras que él siempre había estado del lado de un vencedor muy superior. Por supuesto, él no tenía miedo. Todavía no había entendido que esta vez estaba del lado de los más débiles.

Cuando regresó un par de horas más tarde, el pánico casi había vuelto a apoderarse de mí. Sentí un ligero alivio cuando vi que reía.

—No hay guerra, Mari —anunció complacido—. Al menos, no con espadas. ¡Te Whiti opta por los arados!

—¿Qué quieres decir? —pregunté.

Leonard no quería explicarme nada más. Me indicó que fuera mañana a los campos de cultivo y yo misma viera lo que se le había ocurrido al Profeta.

—Y luego me cuentas lo que has visto —añadió—. Porque yo no estaré allí. Voy a trabajar en las cuadras y tendré mucho que hacer. Está todo preparado para el invierno. Si ahora tenemos que volver a poner todas las máquinas en marcha...

A la mañana siguiente, hice algunas tareas en casa mientras Leonard se marchaba al amanecer rumbo a los establos. Más tarde me uní a las curiosas mujeres y niñas que seguían una yunta de bueyes camino de los campos. La conducía un joven y satisfecho guerrero te ati awa que, para mi sorpresa, tiraba de un arado. Ahora, ya entrado el otoño, era una imagen inusitada. Y ese no era el único y pesado tiro que Leonard y los demás habían puesto en movimiento esa mañana. Los alrededores de Parihaka rebosaban de trabajadores del campo con sus animales.

—¡Están arando las tierras de alrededor! —exclamó nerviosa una muchacha—. El Profeta así lo ha pedido. ¡Están arando los campos de los granjeros *pakeha*!

En efecto, no tardamos en ver los primeros tiros de caballos y bueyes cavando profundos surcos por los pastos que los agrimensores habían mensurado para los colonos blancos y que, en parte, ya estaban siendo cultivados. Unos furiosos *pakeha* corrían de un lado al otro al borde de sus campos, agitaban sus fusiles e impedían el paso a los labradores. Era mucho lo que se estaban jugando: las llanuras de Nueva Zelanda ofrecían tussok en abundancia, era el lugar ideal para criar animales de pasto. Sin embargo, una vez que se había arado la capa de hierba, los pastizales no volvían a crecer. Los granjeros tenían que volver a plantar el pasto o limitarse a otras formas de explotar la tierra. Pero la agricultura no era tan rentable como la cría de ovejas.

Los jóvenes maoríes que conducían los arados no se dejaban intimidar por las protestas de los colonos. Además, gran parte del daño ya estaba hecho antes de que los *pakeha* se hubieran dado cuenta.

—¿Qué diablos están haciendo aquí? —gritaba un granjero blanco a un labrador cuando las otras mujeres y yo nos reunimos con los curiosos que había al borde de una de las granjas.

Salvo por el furibundo hombre, el campo presentaba una imagen pacífica. Un pesado arado en la niebla de la mañana, un caballo exhalando vaho y un grupo de personas que observaban tranquilamente y guardando distancia lo que sucedía.

—Estamos cultivando nuestra tierra, señor —respondió amablemente el joven maorí al granjero. Para esta primera operación, Te Whiti había seleccionado ex profeso hombres que hablaban el inglés con fluidez. Más adelante me correspondería a mí a y otros intérpretes acompañar a los labradores y hablar en su nombre—. El gobernador parece ser de la opinión de que somos incapaces de hacer nada y ahora queremos demostrarle que se equivoca. Necesitamos mucha tierra alrededor de Parihaka. Para cultivar alimentos para toda la gente que viene a buscar refugio con nosotros porque los han echado de sus poblados.

—¡Yo también voy a echaros inmediatamente! —vociferó el granjero—. ¡Primero mataré vuestros caballos y luego a vosotros!

—Diríjase al gobernador —contestó el maorí sin perder la calma y haciendo caso omiso de la amenaza—. Nosotros no tenemos la culpa de que les hayan vendido una tierra que no pertenece a la Corona.

Entretanto habían aparecido otros carros de tiro en las tierras del hombre. No podía detenerlos a todos y, abatido, emprendió el camino hacia New Plymouth para enviar un telegrama al gobernador. Mientras los demás colonos lo imitaban, los nuestros araban la tierra. Desde que el sol salía hasta que se ponía, por doquier, entre Parihaka y New Plymouth.

Pero no tardaron en llamarme para que volviera a Parihaka, el Profeta requería mis servicios como intérprete. La prensa era mucho más rápida que el gobernador. Varios representantes de los grandes diarios, que ya habían viajado a New Plymouth para la inminente reunión mensual, aprovecharon la oportunidad para informar acerca de los labradores. Como era habitual, el Profeta había elegido astutamente el momento de la actuación.

—Por supuesto, no queremos empezar ninguna guerra —respondió a una pregunta de Samuel Crombie Brown, un periodista del *Lyttelton Times*. Te Whiti habló con calma y solemnidad, había recibido a los periodistas con la indumentaria tradicional de un jefe tribal. La preciada capa de plumas de ave que reposaba sobre sus hombros lo acreditaba como un hombre con mucho *mana*—. ¿Cómo íbamos a hacerlo con tan solo los aperos? No, lo único que queremos es cultivar nuestra tierra, y si así también abrimos un surco en el corazón del gobernador, tanto mejor. ¡No puede quitarnos nuestra tierra sin más! —Señaló sonriendo a un periodista que llevaba un grueso abrigo para protegerse del frío otoñal—. Si yo intentara quitarle de los hombros su abrigo, usted se defendería, y con toda la razón...

—¡Pero el gobernador no quiere toda su tierra! —objetó otro. Escribía para un periódico de New Plymouth, pero no era tan conocido como Crombie Brown y no estaba en absoluto a nuestro favor—. Hay que repartirla... Es...

Se atascó. De hecho se hablaba de que el gobierno de Wellington planeaba un reparto de tierras entre maoríes y *pakeha*, pero nadie había manifestado nada al respecto.

—¿Así que usted encontraría bien que yo le cogiera el abrigo y lo dividiera en dos? —Te Whiti sonrió—. ¿O que le cogiera el pantalón y le diera una pernera? No, caballeros, el gobernador ya tiene tierra suficiente, no vamos a permitirle que despedace nuestro abrigo. Para los maoríes, la tierra pertenece a quien la trabaja. Y nosotros la trabajamos. Y seguiremos haciéndolo.

—Bien dicho y muy bien traducido.

Cuando Te Whiti acabó su discurso delante de los periodistas, un chico se acercó a mí. Nunca lo había visto en Parihaka, pero era maorí. Y de pura cepa: su piel era todavía más oscura que la mía e iba tatuado, lo que era toda una rareza entre los más jóvenes de Parihaka. Los sinuosos adornos característicos se extendían por su frente, encima de los ojos y la nariz. Eran los primeros tatuajes de un joven guerrero.

—Gracias —dije—. ¿Hablas inglés?

El muchacho asintió.

—Un día seré jefe tribal —me dijo con orgullo—. Mi padre consideró que era importante que aprendiera la lengua.

—¿Y tú no? —pregunté—. ¿No querías aprenderla?

—¡Odio la lengua de los *pakeha*, es la lengua del opresor! Pero comprendí que era necesario aprenderla. Es mejor conocer al enemigo.

Sonaba jactancioso, como si lo hubiese aprendido de memoria, pero a mí no me impresionaba con esas palabras. Algo burlona, levanté la vista hacia él.

—¿Estás seguro de estar en el lugar adecuado? —pregunté—. Esto es Parihaka, el pueblo que ha fundado Te Whiti. Él predica la paz. Por la forma de hablar pareces más un seguidor de Te Ua Haumene.

—Te Ua Haumene está muerto. Te Whiti vive. Y lucha, aunque sea a su manera.

—Así que has venido para unirte a nosotros —deduje—. Entonces eres nuevo, ¿no es así? No recuerdo haberte visto antes por aquí. O no me has llamado la atención...

—A esas alturas, ya eran tres mil aproximadamente los habitantes de Parihaka, era imposible conocerlos a todos.

—Soy nuevo —dijo el maorí—. Llegué ayer mismo. Si me hubieras visto antes, te acordarías.

Arrugué la frente y me sentí incómoda. La arrogancia de ese joven guerrero me repelía. Me pregunté si había entablado conversación conmigo a propósito. Pero al final se tomó al menos la molestia de presentarse.

—Soy Tumatauenga Huirama, hijo de los ngati mahuta.

Parecía esperar que esto me dijera algo. Su nombre solo agitó mis sentimientos, no mis recuerdos. Llevaba el nombre del dios de la guerra como mi hermano, tantos años atrás asesinado. Tomé esto como pretexto para observarlo con mayor detenimiento. Era un hombre bien parecido, muy alto y fuerte. Tumatauenga parecía tener solo músculos, se notaban incluso bajo el traje de invierno de *pakeha*. Tenía un rostro muy marcado, los rasgos muy nítidos, como si el maestro de *moko* no solo hubiera marcado su rostro con los tatuajes, sino que también lo hubiese esculpido.

—Mi padre es Hekemaru Huirama, el jefe de la tribu —prosiguió—. Mi línea genealógica asciende hasta Potatau Te Wherowhero, el primer rey maorí.

—Mejor para ti —observé. Su chulería me repugnaba—. ¿Puedo ayudarte en algo? ¿Necesitas un sitio donde dormir? ¿Sabes dónde ir a comer?

Me habría gustado alejarme, pero una de mis obligaciones en el centro de encuentros era recibir a los nuevos habitantes del poblado y darles las indicaciones pertinentes.

—Mi tribu tiene aquí su propio *marae* —me explicó.

Claro. Muchas tribus importantes se habían instalado en Parihaka. Cada vez más debido a la creciente fama de Te Whiti.

—Entonces ya sabes dónde alojarte —dije aliviada—. En lo que respecta al trabajo, basta con que mañana te presentes en los establos. Supongo que sabes arar. Si no es así, aprenderás enseguida... ¡Que pases un buen día, Tumatauenga!

Me disponía a marcharme, pero el hijo del jefe tribal me retuvo.

—Todavía no me has dicho cómo te llamas —dijo.

—Lo siento, pensaba que habías oído mi nombre cuando me presenté a los periodistas. Soy Marama. Marama Clavell.

—¿La hija de un jefe tribal con el apellido de un *pakeha*? —Me miró desdeñoso y me puse en guardia.

—Mi marido es *pakeha* —respondí, no menos enfadada—. Pero ya debes de saberlo, Tumatauenga Huirama, puesto que al parecer has estado informándote acerca de mí. ¿O es que llevo las palabras «hija de jefe» tatuadas en la frente?

Tumatauenga se echó a reír, ignorando mi reproche.

—Un tatuaje de ese tipo mermaría tu belleza, Marama Maniapoto, hija de Rewi Maniapoto y Ahumai Te Paerata. Pues eres realmente hermosa... una auténtica princesa.

Hice una mueca. La verdad es que no me sentía como una princesa, aunque ese día llevaba en parte la indumentaria de la tribu. Por supuesto, no ropa de baile, pero sí una falda larga tejida por las mujeres del pueblo que yo había combinado con una de las blusas que había traído de Auckland. Llevaba el pelo suelto, pero apartado de la cara con una cinta en la frente. Así vestida, ya me había ganado las miradas de aprobación de los periodistas *pakeha*. Estaba acostumbrada a que me mirasen con admiración, reconocía el brillo en los ojos de los hombres. En Tumatauenga no lo había distinguido; al contrario, me miraba como si fuera una yegua de cría.

Y entonces me confirmó esta impresión.

—Podría imaginarme tomándote un día por esposa, Marama Maniapoto —dijo, moviendo las manos como si fuera a cogerme.

Retrocedí un paso.

—Puedes imaginarte lo que quieras —le dije cortante—. Mientras lo hagas en silencio y no vuelvas a molestarme. No estoy disponible, Tumatauenga. Ya tengo marido.

—No tiene que seguir siendo así —observó él tranquilamente—. El dios de la guerra ya ha separado a otros.

Su sonrisa dejó al descubierto unos brillantes y blancos dientes, la dentadura de un ave de rapiña. Y de repente sentí miedo. Me di media vuelta y salí corriendo. Habría sido mejor haberme alejado caminando dignamente, ¡pero no lo soportaba más!

Por desgracia, no pude escapar de la mirada burlona de Tumatauenga por mucho tiempo. Al contrario, en los días que siguieron los encuentros con el hijo de los ngati mahuta fueron más frecuentes. Tau, el diminutivo por el que se le conocía, enseguida se hizo conocido por ser un labrador insolente y audaz. Enseguida aprendió la técnica del arado, con lo que sacaba de quicio a Leonard, que se la había explicado a instancias de Tohu.

Una tarde —estábamos sentados con Hakeke y Tuonga Wahia en la cocina de nuestra cabaña— salió el tema de Tau y mi dulce marido explotó.

—Ese tipo no había visto hasta ahora un caballo, pero él lo sabe todo mejor que nadie y le recuerda a uno constantemente que él proviene de una casa real, mientras que nosotros para él no somos más que gusanos que se arrastran por el polvo. Yo especialmente, ya que soy un *pakeha*.

Ese arrebato me sorprendió. Para enfadar de ese modo a mi pacífico Leonard, Tau tenía que haber hecho una buena.

Tuonga, por el contrario, le quitó importancia con un gesto.

—¡Bah, Leonard, no te lo tomes en serio! Da igual lo que diga, lo que pasa es que está celoso —afirmó—. ¿No has visto cómo mira a Marama? Es obvio que está enamorado de ella.

Yo tenía mis dudas a este respecto. Era evidente que buscaba mi compañía y que me dedicaba lisonjas que, sin embargo, más se referían al linaje de mis famosos padres que a mí misma.

—Como mucho estará enamorado de mi ascendencia —intervine—. Yo no le intereso para nada.

Leonard, que todavía no se había dado cuenta del

desvergonzado cortejo de Tau, puso cara de estar dispuesto a ir a darle una lección a aquel insolente.

—¡Y a mí ese chulo arrogante no me interesa en absoluto! —añadí—. Solo me pregunto qué quiere de este lugar. Continuamente está presumiendo de sus cualidades como guerrero, pero aquí no se hará famoso en la batalla.

—Uno también puede aumentar su *mana* de otras maneras —observó Tuonga. El que se considerase que un hombre o una mujer tuviera mucho *mana*, determinaba su autoridad en la tribu—. A lo mejor su padre lo envió aquí para que adquiera más sabiduría.

Coloqué un gran cuenco con un cocido sobre la mesa y Hakeke distribuyó los platos. Era invierno. Incluso junto a la hoguera teníamos frío.

—¡Sin duda la necesitaría! —le di la razón—. Sobre todo debería aprender a callar. Incluso en el consejo de los jefes tribales habla sin parar.

Unos días antes, había vuelto a hacer de intérprete para Te Whiti. Habían llegado varios jefes de las tribus representadas en Parihaka. En esas conversaciones, a Te Whiti le interesaba sobre todo demostrar que había armonía. Salvo él y Tohu, nadie más había tomado la palabra, con una excepción: Tau. Había explicado en un refinado inglés a los políticos y periodistas presentes que la tierra que habían confiscado los *pakeha* nunca había sido obtenida en una guerra limpia, sino que pertenecía a las tribus y que nadie tenía el derecho de quitárnosla. La declaración tenía un tono agresivo y descortés que incomodó a los representantes de la prensa. Afablemente, pero con determinación, Te Whiti había reprendido a Tau.

—Posiblemente, Tau preferiría pelear —observó Hakeke—. Pero por el momento no hay ninguna tribu rebelde a la que él pueda unirse. El único lugar donde puede alcanzar renombre es Parihaka. A lo mejor su padre lo envió aquí para calmarlo.

—O para pedir la mano de la hija de un jefe tribal —farfulló Leonard. Acababa de tomar conciencia del significado de los piropos que me dirigía con aire de superioridad—. Tuonga tiene razón. ¡Ese te va detrás, Marama! ¿Es que su tan noble familia no reconoce el matrimonio con un *pakeha*?

Me encogí de hombros. Todo eso me parecía exagerado, Tau no era para mí más que un tonto arrogante. Y ya no tenía ganas de seguir hablando de él.

—Leonard, cariño, nos hemos acostado en la misma cama en la casa de la comunidad —advertí a mi marido—. Te Whiti nos ha bendecido. ¿Quién no iba a reconocer nuestra unión? Claro, todo habría sido distinto si yo no hubiese perdido a mi familia en Orakau. Mi padre me habría casado y la ceremonia se habría realizado en medio de unos fastuosos ritos y ceremonias. Pero ¿qué más nos da si el jefe de los ngati mahuta reconoce o no nuestro matrimonio? Estamos aquí, estamos juntos, y no voy a dejar que Tumatauenga se me acerque lo suficiente como para raptarme. —Lo besé con ternura y le acaricié el cabello—. Te quiero, Leonard. ¡A ti y a ningún otro! Da igual de dónde venga Tumatauenga Huirama y cuánto *mana* atesore.

Tumatauenga Huirama siguió aumentando su *mana*, sacando de sus casillas a los *pakeha* de la región con el arado. En cuanto aprendió a manejar razonablemente bien la yunta de bueyes, lo que no tardó mucho porque poseía tanto fuerza como destreza, lo destinaron a trabajar en los campos. Los nuestros seguían arando pastizales, desde Pukearuhe, en el norte, hasta Hawera, al sur de Taranaki. Algunos labradores eran más valientes que otros, cada uno decidía si debía concentrarse en una tierra que había sido confiscada, pero todavía no vendida a los colonos, o si quería enfrentarse con los *pakeha*.

Tau, naturalmente, optaba por esto último. Siempre estaba con su tiro de bueyes allí donde el terreno era más dudoso. Araba la tierra que rodeaba los puestos de policía o labraba los jardines de rosales de un importante granjero *pakeha*. Y era tan rápido que siempre escapaba antes de que lo detuviesen. Por entonces se realizaron los primeros arrestos, bajo la acusación de «roturación con alevosía de pastizales de propiedad privada o estatal». Durante los dos primeros meses, doscientos hombres de nuestras filas acabaron en cárceles *pakeha*, que no tardaron en estar llenas a rebosar. Las condiciones carcelarias eran inhumanas, los hombres se apretujaban como sardinas en celdas demasiado pequeñas y con letrinas que rezumaban.

Pero los colonos no tuvieron bastante con ello. Según sus amenazas y el lenguaje belicoso de sus diarios, el castigo adecuado para quien araba las tierras *pakeha* no era solo la muerte de los culpables, sino la «extinción de los indígenas». En un artículo, el *Patea Mail* confiaba en que se produjera una guerra de exterminio y en propinar un golpe mortal a toda la raza maorí.

El gobierno de Auckland parecía superado por la crisis, aunque ya de antes se encontraba en decadencia. Antes de desmoronarse por diversos conflictos internos, promulgó a toda prisa una ley que permitía mantener en la cárcel a presos maoríes sin juicio previo. Entretanto, los colonos formaron milicias, se adiestraron en el manejo de las armas y construyeron fuertes. Como consecuencia, algunos *pakeha* llegaron eventualmente a las manos con los labradores, pero no se produjeron heridos graves ni muertes. Todos los involucrados por nuestra parte se esforzaban por ser extremadamente educados con los granjeros.

Yo esperaba que también Tau se comportara así, aunque más bien lo veía capaz de provocar una escalada de violencia durante sus encuentros con los *pakeha*. Se especializó sobre todo en el arte de aparecer y desaparecer de repente. No se dejaba atrapar y pronto se convirtió en el labrador más admirado de Parihaka. Naturalmente, se proponía ganarse la admiración de las chicas, pero no dejaba de galantear conmigo y de fastidiar a Leonard. Por ejemplo, disfrutó diciendo que yo acompañaba al campo a los labradores para hacer de intérprete, mientras que mi marido se quedaba a buen resguardo en Parihaka y solo se preocupaba de los animales de tiro y del mantenimiento de los aperos.

Yo no le hacía caso, pero Leonard, que ya estaba deprimido por tener que contemplar cómo sus amigos acababan uno tras otro en prisión sin él poder hacer nada, se ponía como un basilisco. Y más al ver que Tau iba cosechando fama y honores. A él, Te Whiti le había indicado expresamente que no interviniera de forma directa con los arados.

—No debe estallar la discordia también entre los *pakeha* —fue la razón que esgrimió.

Tohu se expresó con más claridad.

—Es demasiado arriesgado, muchacho —le dijo a Leonard cuando este por enésima vez se presentó para que le adjudicaran un arado—. Si son maoríes los que labran, los granjeros lo aguantan rechinando los dientes. Aunque les amenacen, en el fondo nadie quiere empezar una nueva guerra. Pero si te descubren a ti en sus campos, ¡te cuelgan del primer árbol que vean, muchacho! Y eso no ayudaría a nadie. Ni a la causa maorí ni a la paz, y a ti, menos que a nadie.

Yo era de la misma opinión y me sentía agradecida hacia Tohu y Te Whiti. Por el contrario, Tau me ponía de los nervios.

—¿Sabes que en realidad tu madre sobrevivió a Orakau? —me preguntó un día, provocándome confusión—. ¿Qué crees que diría si te viera viviendo con un *pakeha*?

Puesto que estaba decidida a no entablar ninguna conversación personal con Tau, tuve que forzarme para no acribillarlo a preguntas. Hasta ese momento había dado por muerta a mi madre. A fin de cuentas, la había visto caer en un charco de su propia sangre...

En cuanto me fue posible, dejé el centro de reuniones en cuyas salas de recepción había trabajado y pedí audiencia con Te Whiti o Tohu. Suspiré aliviada cuando el último me recibió enseguida.

—Sí, Ahumai Te Paerata está con vida —me confirmó—. Pensaba que lo sabías. Pero sufrió heridas muy serias y tiene el rostro desfigurado por las cicatrices. Ignoro cómo se salvó, solo sé que en principio la llevaron a Waipapa, con los ngati raukawa. Después se unió con ellos al movimiento hauhau.

—¿Estás seguro? —pregunté conteniendo el aliento.

El jefe asintió.

—Sí. Hasta los *pakeha* lo saben. Un mayor llamado Mair, que tradujo sus famosas palabras en Orakau, acompañó al teniente Mead a un *marae* junto a Oruanui un año después de la masacre. Fue allí donde la encontró y reconoció. Al parecer, ella intercedió para que los hauhau no mataran a Meade y Mair. Es incuestionable que tus padres sobrevivieron a Orakau.

Después de dar las gracias a Tohu y con el corazón todavía rebosando de preguntas apremiantes, regresé a nuestra casa, delante de la puerta del poblado.

No solo me veía confrontada al descubrimiento de que mi madre vivía en algún lugar, sino que también las palabras «hasta los *pakeha* lo saben» no se me iban de la cabeza.

El mayor Mair había publicado ese nuevo encuentro con Ahumai. Era muy probable que eso hubiera llegado a oídos del brigadier Clavell. Me preguntaba si había informado al respecto a missie Hill. ¿Habría pensado alguno de ellos en informarme de que mi madre vivía?

—Es posible que no hayan visto ningún vínculo —supuso Leonard cuando se lo pregunté consternada, con una mezcla de duda, pesar y decepción. Él, por el contrario, no perdió la calma—. Mi madre nunca se ha interesado por los maoríes y mi padre tampoco. Por supuesto, conocía los nombres de los jefes tribales más importantes, pero estoy seguro de que todavía hoy ignora que Rewi Maniapoto es tu padre. Y mi madre... ¿te preguntó alguna vez el nombre de tus padres? ¿O el de tu tribu?

Era cierto. Para missie Hill yo había sido un perrito perdido. Mono, pero cuyo origen y ascendencia no valía la pena indagar. Y el brigadier, por su parte, nunca me había dedicado ni un pensamiento.

—Además, habría sido muy difícil devolverte —observó Leonard—. Si tu madre hubiese estado con los hauhau, ¿te habría gustado irte con ella?

Me mordí el labio: yo misma me había planteado esta pregunta camino de casa. ¿Me habría gustado volver con la tribu? ¿Salir de la tranquila casa de los Clavell para ir al primer *pa* que encontrase, sin mi hermana y sin Moana? Tampoco parecía que mi madre hubiera hecho un gran esfuerzo por encontrarme...

—Cuando esto haya pasado —me prometió Leonard—, iremos a buscar a tu madre. Tu padre ha recuperado sus tierras junto a Kihikihi, y coopera con el gobernador. A lo mejor ella está con él. O ya la encontraremos en algún lugar. Entonces podrás hacerle todas las preguntas que quieras. —Sonrió—. Incluso qué piensa de que vivas con un *pakeha*. A lo mejor su opinión sorprendería a nuestro amigo Tau. Muchos partidarios de los hauhau han cambiado radicalmente su postura tras la guerra. Quién sabe, a lo mejor nos la encontramos un día aquí, en Parihaka.

Yo no lo creía, pero me sentí consolada. No era que hubiese echado mucho en falta a Ahumai en el transcurso de mi juventud. Había lamentado su muerte, por supuesto, pero tampoco antes había formado parte de mi vida. Ahora, sin embargo, cuando estaba casada y deseaba tener un hijo, me sentía unida a ella. Me habría gustado saber qué había pensado y sentido cuando estaba embarazada y si había amado a Rewi Te Maniapoto. El matrimonio entre ambos hijos de jefes tribales había sido, con toda certeza, de conveniencia; pero por lo que yo alcanzaba a recordar, a los dos les agradaba pasar mucho tiempo juntos.

Decidí ignorar en lo posible a Tau y sus palabras. Leonard no lo conseguía. Después de una discusión especialmente fuerte con el joven guerrero, anunció que al día siguiente saldría a los campos con los labradores sin importarle lo que dijeran los jefes al respecto. Eso me supuso pasar toda la noche en blanco. Yo no quería perder a mi marido.

Pero al día siguiente pude suspirar aliviada. Por la noche, a Te Whiti le había llegado la noticia de que el gobierno recién formado había nombrado una comisión de investigación del gran número de promesas supuestamente incumplidas en relación con los bienes raíces de Taranaki. Para Parihaka, esto era una primera victoria. Te Whiti decidió que se dejara de arar.

Sin embargo, nuestra alegría había sido prematura en exceso. Los ingleses no cedieron tal como nosotros habíamos esperado y la comisión de investigación acabó revelándose como una enorme decepción. Ya empezó cuando reclutó a dos hombres que hasta el momento habían dado muestras de ser más violentos que pacíficos. Sir William Fox y Sir Francis Dillon Belle habían ocupado con anterioridad el Ministerio de Asuntos Indígenas. En ese cargo habían sido responsables de diversas expropiaciones. Además, enseguida dejaron claro que no tenían pensado poner realmente en cuestión el derecho del gobierno a confiscar tierras. Tan solo se negociarían casos particulares. Eso se prolongó meses, durante los cuales ni siquiera se consultó a Te Whiti. La comisión de investigación no visitó Parihaka ni una vez.

Por lo demás, tampoco se vio ninguna señal de que el gobierno fuera a cambiar su proceder. Nuestros labradores permanecieron en prisión e incluso se decretaron más leyes que facilitaban al gobierno encarcelar a los maoríes. «Tanto por cometer un delito como por no cometer ninguno», criticó hasta el primer ministro el proyecto de ley del nuevo ministro de Asuntos Indígenas. Su nombramiento supuso un nuevo golpe para Te Whiti y su causa. John Bryce era conocido por su postura hostil hacia los maoríes, además de por su brutalidad y falta de escrúpulos. Su carrera militar se había visto afectada por un incidente en noviembre de 1868. La tropa de «peligrosos guerreros hauhau» que él y sus hombres habían aniquilado resultó ser un grupo de jóvenes maoríes desarmados y entre los diez y los doce años de edad.

Desde entonces, las tribus lo llamaban Bryce *kohuru*, Bryce el asesino.

Ahora se esforzaba por consumar hechos mientras la comisión de investigación todavía deliberaba. Envió a nuestros jóvenes presos a la Isla Sur para realizar trabajos forzados, amenazó con imponer más sanciones e hizo unas arrogantes declaraciones ante la prensa: «El próximo verano veremos cientos de hacendosos colonos procedentes de Inglaterra cultivando estas tierras.»

Con la intención de facilitarles la llegada, mandó construir carreteras. Animaba a los colonos ya existentes a reforzar sus milicias, distribuyó partidas de policías armados y construyó empalizadas alrededor de las tierras *pakeha*. Y lentamente fue acercándose a Parihaka. La carretera que construía se aproximaba cada vez más a nuestras tierras, arrastrándose como un gusano gris, y las alcanzó el día que me enteré de que estaba embarazada.

Durante la mañana no me había sentido muy bien, aunque sin saber si lo que me agobiaba era la inquietud, los malos presagios o el hastío. Tau era una molestia continua, sobre todo para Leonard, quien se iba volviendo más susceptible cuanto más deliberaba la comisión de investigación y más cerca de nosotros estaba Bryce con su carretera. Se sentía responsable cuando algún jefe se dirigía a Te Whiti y este se quejaba de la arrogancia con que lo habían tratado los miembros de la comisión, lo poco que habían entendido y habían querido entender lo que él tenía que decirles y lo injustamente que juzgaban.

—Tal vez volvamos a enviar a nuestro querido *pa-*

keha para mediar —azuzaba entonces Tau, angustiando a Leonard. Se había prestado en varias ocasiones como intérprete y estaba tan preparado para ello como Hakeke o yo.

Pero Te Whiti no recurría a él. Enviaba exclusivamente a maoríes de pura cepa a las negociaciones y sus argumentos al respecto eran convincentes: teníamos que demostrar nuestra formación, nuestro comportamiento intachable, nuestra paciencia y nuestra disposición al diálogo. Confiar a un *pakeha* que hablara por nosotros era dar un mensaje erróneo, decía el Profeta. Pero Leonard se sentía rechazado, y tal vez compartía el miedo que yo sentía y no me atrevía a expresar. ¿Qué pasaría, adónde iríamos si perdíamos Parihaka? ¿Era cobarde abandonar el poblado antes de que se emprendieran operaciones militares?

Esa mañana estuve trajinando un poco por la casa y el huerto, desanimada, escuchando intranquila los sonidos que el viento me traía de Pungarehu, el improvisado campamento de las milicias. Los hombres de Bryce no se reprimían mientras construían la carretera. Reían, sus caballos relinchaban y descargaban con estrépito el material de construcción. Y entonces vi a Tuonga Wahia corriendo hacia nuestra casa.

—¡Los *pakeha* están derribando nuestras vallas, Marama! Dicen que van a trazar la carretera por nuestros campos. Bryce ha ordenado que rodeen el bosque y que construyan directamente sobre nuestros campos. Podríamos cederles gustosamente esa poca tierra. A fin de cuentas, la carretera será beneficiosa para todos.

Me sobresalté y atribuí a esa inquietante noticia el malestar que me invadió de repente. Si la carretera seguía construyéndose en línea recta como hasta ahora, nuestra pequeña propiedad se vería afectada. A lo mejor no había que derribar enseguida la casa, pero seguramente pasaría por mi huerto. Me tambaleé y me apoyé en Tuonga.

—¿Qué pasa, Marama? Estás muy pálida...

—Nuestra casa... nuestra tierra... —susurré—. Tuonga, mi bonito jardín, mis rosas... —Hablaba de mi casa y mis rosas, pero lo que quería decir era que esa carretera podía destrozar mi vida—. Tengo... tengo... Ve a buscar a Leonard...

—¡No tengas miedo, Marama! No les dejaremos llegar hasta vuestra casa. Te Whiti reaccionará. Nos dirigiremos a esa comisión... Marama, ¿te llevo a casa? ¿Qué te pasa?

Me erguí.

—Nada, solo que no me encuentro bien. Voy... voy a descansar un poco y si no mejoro, consultaré a Tamatea.

Tamatea era *tohunga* y trabajaba como comadrona en Parihaka. Últimamente había estado pensando si no habría llegado la hora de visitarla y ahora mis presentimientos parecían confirmarse. No era el momento más oportuno, ¡pero quizá me había quedado por fin embarazada!

Apoyándome en Tuonga, fui tambaleándome hasta casa y dejé que me ayudara a acostarme. Le aseguré que podía quedarme sola, pero enseguida tuve compañía. Naturalmente, no solo nuestro amigo se había enterado de que los *pakeha* derribaban nuestras vallas. Otros también habían llevado la noticia a Parihaka, por lo que la gente había ido a los campos para ver qué sucedía. Hakeke también estaba allí. Acompañaba a uno de los jefes como intérprete, una tarea que asumió Tuonga mientras mi amiga me acompañaba al poblado.

Tamatea escuchó sonriente cómo me encontraba, me revisó y después me felicitó por mi embarazo.

—Las náuseas y el cansancio son normales. En los próximos días deberías cuidarte un poco —dijo—. Y no te preocupes tanto, Marama. En Parihaka estamos seguros. ¡Nadie se atreverá a atacar a Te Whiti!

Por supuesto, le prometí que lo intentaría y también se lo prometí a Leonard, quien enseguida se reunió conmigo y no cabía en sí de alegría cuando le di la noticia. Incluso sofocó su enfado porque Te Whiti había vuelto a prohibirle que participara en las acciones de los maoríes contra el nuevo avance de los *pakeha*.

—¡Podría al menos ir con ellos de noche! —protestaba enfadado.

Por la noche, así lo había establecido Te Whiti, había que volver a levantar las vallas que los constructores de la carretera derribaban durante el día.

Yo hice un gesto negativo con la cabeza.

—¡Esta noche quiero que estés a mi lado! —le advertí sonriendo—. Quiero dormir entre tus brazos.

Entre los brazos de Leonard me sentía casi segura.

A la mañana siguiente vimos a Tuonga y los otros hombres regresar a sus casas al romper el alba, satisfechos pero cansados. Invitamos a nuestro amigo a desayunar con nosotros.

—¿Lo habéis vuelto a levantar todo? —pregunté.

Tuonga asintió.

—Atravesando la carretera de los *pakeha*, justo donde están nuestras fronteras —contestó orgulloso, e hincó el diente al pan con queso—. Los *pakeha* han de comprender que no vamos a permitir que se propasen de este modo.

Sin embargo, su entusiasmo no duraría demasiado. Ya al comienzo de la mañana nuestros trabajadores del campo advirtieron que los soldados *pakeha* estaban derribando de nuevo las vallas.

—¿Y no se lo impediremos? —preguntó Leonard.

Tuonga, que acababa de informarnos al respecto, negó con la cabeza.

—No. Órdenes de Te Whiti: lo toleramos. Hoy por la noche volveremos a levantarlas.

—¿No intentarán prohibíroslo? —inquirí. Tenía que trabajar en el centro de encuentros, pero fui a ver a Leonard a las caballerizas—. ¿Un motivo más para arrestar a la gente?

—Por ahora solo han detenido a Tau —explicó Tuonga reprimiendo una sonrisa irónica. Sabía perfectamente que íbamos a fingir sentir pena, pero que en realidad nos alegrábamos de que hubieran arrestado a aquel arrogante joven—. Los ha puesto un poco nerviosos...

—¿Qué ha hecho? —pregunté con curiosidad.

—Burlarse de los soldados. Con su inimitable diplomacia, les ha dejado claro lo mucho que se rebaja un guerrero cuando se dedica a construir carreteras. Y que ese es un trabajo para gente de rango inferior. Si un soldado se presta a ello, ofende a los dioses. Luego se ha puesto a cantar *karakia* para sosegar a los dioses de la guerra. A continuación se lo han llevado. No sé de qué lo acusarán. ¿De perturbar el orden público?

Todos nos echamos a reír. Ninguno de nosotros creía que Tau fuera a permanecer largo tiempo en prisión por eso, pero nos equivocábamos. Bryce castigó su pequeña provocación tan duramente como los perjuicios que se estaba causando con los arados. Al poco tiempo nos enteramos de que también Tau había sido condenado a trabajos forzados en la Isla a Sur.

En los meses siguientes, la gente de Parihaka construyó vallas. No solo las que habían echado abajo los trabajadores de la carretera. Te Whiti, estimulado por la provocación de Bryce, emprendió una gran acción no violenta para defender nuestra tierra. Envió a hombres, mujeres y niños a los campos para cercar toda la tierra que reclamaba la población maorí. Nuestro jefe explicó a los representantes de la prensa —cada vez eran más, incluso del extranjero, los que se interesaban por lo que ocurría en Taranaki— que con ello su intención no era agresiva. Simplemente se adaptaba a las costumbres de los *pakeha*, quienes tradicionalmente vallaban sus tierras. Tal vez Bryce y sus hombres tan solo necesitaban vallas para aceptar que una parcela de terreno ya tenía propietario.

—A veces parece como si ese bosque y esa superficie de tierra no tuviesen propietario —observó el Profeta—. Así que a algunos *pakeha* se les podría ocurrir que no hacemos nada con esas tierras. Pero es una conclusión errónea. Levantando las vallas ayudamos al colono a comprender que se instala en nuestro hogar cuando construye su casa en nuestra tierra. Es fácil dibujar un mapa. Derribar una valla es más difícil.

Por supuesto, nuestras vallas eran de naturaleza más bien simbólica. Al principio, los jefes enviaron solo a hombres para reforzar los cercados, pero con el transcurso del tiempo ya habían apresado a la mayoría de ellos. Algunos días se encarcelaba a más de cien. Los periódicos publicaban que los maoríes tendían voluntariamente las manos a los soldados para que los maniatasen. Se deseaba atraer la atención, pero eso no cambió en nada el hecho de que las detenciones fueran reduciendo a ojos vistas el número de la población masculina de Parihaka. También encarcelaron a nuestro amigo Tuonga Wahia, lo que nos entristeció muchísimo. Leonard perdió entonces a su último compañero entre los jóvenes de Parihaka. Los pocos guerreros que quedaban lo trataban con hostilidad, pues Te Whiti seguía sin permitirle que participara en las acciones. Nadie se percataba de que en los establos y en la preparación de avituallamiento y material para las vallas mi marido hacía el trabajo de tres hombres.

Ahora en los cercados solo trabajaban ancianos, mujeres y niños, las profesoras llevaban a pequeños de cinco años que ayudaban orgullosos a recoger ramas secas y hojas de helecho en los campos para construir pequeñas vallas. Un hombre podía salvarlas con un paso o derribarlas de una patada, pero la movilización de los habitantes del poblado despertó el interés. Los periódicos escribían al respecto, el ambiente volvió a cambiar. No importaba lo que Bryce y los granjeros dijeran sobre insultos y provocaciones, la prensa y la gente de las ciudades, y sobre todo la opinión pública en la madre patria Inglaterra, se pusieron de nuevo a favor de los maoríes.

Durante un tiempo me enteraba parcialmente de todo esto. El embarazo ocupaba el punto central de mi vida. Mi vientre se iba redondeando y yo soñaba con mi hijo aunque seguía, por supuesto, preocupada. Si bien las expectativas eran buenas para nosotros, habría preferido que nuestro hijo o hija no naciese en medio de este conflicto con los *pakeha*.

Cuando mi embarazo se hizo más evidente, perdí el trabajo en el centro de encuentros. Aunque para nosotros los maoríes resultaba algo incomprensible, a muchos periodistas y enviados *pakeha* les resultaba desagradable el trato con una intérprete encinta. No sabían hacia dónde mirar. De todo ello, Tohu concluyó, a pesar suyo, que tenía que prescindir de mí en el trabajo con los *pakeha*.

En lugar de estar en el centro de los acontecimientos como hasta ese momento, colaboraba en la cocina. Allí cualquier ayuda era bien recibida. Las mujeres cada día se enfrentaban con la ardua tarea de alimentar no solo a la población local, sino a muchísimos visitantes. Había un trabajo ingente, aunque reinaba el buen humor entre cocineras y panaderas. Bromeábamos, reíamos y cantábamos y, a nuestra manera, nos ocupábamos de mantener el espíritu de Parihaka, pese a que cambiaron muchas cosas durante los meses en que se construían las vallas. Ya no se bailaba ni se celebraban tantas fiestas, y tampoco hablábamos tan eufóricamente de la paz como en años anteriores. En aquellos discursos de Te Whiti que se referían a la equidad, yo creía percibir cada vez más un deje de decepción.

En una ocasión habló a la gente de Parihaka un joven protegido del Profeta, un maorí de pura cepa que, paradójicamente, respondía al nombre de William Fox, pues el anterior gobernador lo había adoptado y apadrinado en el bautizo. Más tarde me enteré de que su historia se asemejaba a la mía. A él también lo habían raptado las tropas *kupapa* de pequeño y luego había crecido en distintas familias *pakeha* y maoríes. Había vuelto a encontrar a sus padres en la edad adulta. Aun así, su familia de acogida no lo había degradado, sino que le había facilitado los estudios de Derecho. Ahora trabajaba de abogado y defendía las causas de Parihaka, entre otros casos. Sin embargo, no conservaba buenos recuerdos de sus padres adoptivos. Su discurso ante nuestra asamblea fue como un ajuste de cuentas.

—Si los *pakeha* os quieren, ¡poneos en guardia! —vociferaba—. Esa deferencia es el cebo para el pececito con que quieren pescar a un mero gordo, y luego ¡los afectuosos y bondadosos *pakeha* los devorarán a ambos!

Yo podía comprender su actitud, mientras que los

diarios *pakeha* le reprochaban su ingratitud y agresividad. William Fox volvió a adoptar su nombre original, Wiremu Poki, y permaneció en Parihaka.

Mientras mi hijo crecía en mi vientre, volvieron de la Isla Sur los primeros labradores que habían sido detenidos y contaron las penosas experiencias que habían vivido en los campos de trabajo, y en Wellington cambió de nuevo el gobierno. Se consideraba que el nuevo gobernador, Arthur Gordon, simpatizaba con los maoríes. Alimentamos esperanzas cuando inmediatamente después dimitió el ministro de Asuntos Indígenas y fue sustituido por un granjero de la Isla Sur llamado Rolleston. No se lo tenía por un hombre conciliador, pero nosotros celebramos igualmente su nombramiento porque pensábamos que cualquiera era mejor que Bryce.

Sufrimos una decepción. Otra más. En efecto, Rolleston mandó seguir construyendo la carretera militar y al final dividió la tierra de Parihaka en dos partes. Hizo mensurar la mejor tierra de labor y ponerla en venta. Ni siquiera se tomó la molestia de comunicar a Te Whiti la confiscación. Nos enteramos de ello cuando en la primavera de 1881 impidieron a nuestros hombres sembrar en «territorio de la Corona». Volvieron a producirse nuevas detenciones y fue aumentando el número de militares estacionados en los nuevos campamentos de Pungarehu y New Plymouth.

Leonard y yo volvimos a plantearnos si sería mejor marcharnos, pero no nos decidimos. No queríamos desilusionar a Te Whiti. El Profeta había sido comprensivo con nosotros y ya había perdido a muchos de sus seguidores, por las detenciones y porque la gente estaba harta de tanta inseguridad y de deslomarse en los campos. A esas alturas eran más los que se iban de Parihaka que los que llegaban. La carta que tras el nombramiento del primer ministro había entregado ceremoniosamente su representante a Te Whiti, tampoco cambió nada. El gobernador Arthur Gordon era un hombre amable, un buen cristiano, pero no consiguió mantener a raya a sus hombres durante su mandato. Había sido nombrado por la reina y quería la paz, y sin duda esa era la intención del gobierno británico. Pero los delegados habían sido elegidos por el pueblo neozelandés, por granjeros y colonos, ¡y ellos querían tierra!

Gordon era débil y Te Whiti lo sabía, así que interrumpió al intérprete del gobernador tras varias frases floridas que giraban en torno a la paz y a un nuevo comienzo.

—*Kua maoa te taewa* —dijo el Profeta—. La patata ya lleva tiempo cocida.

Tal vez hubiésemos podido evitar nuestra desgracia si no hubiese dado a luz precisamente en ese momento. Pero sucedió a principios de agosto de 1881. Mientras estaba trabajando en la cocina, sentí una fuerte contracción en el vientre. Empezaron los dolores y mis amigas enseguida llamaron a la comadrona. En las horas siguientes, tanto Parihaka y la lucha por nuestra tierra y libertad como Te Whiti y Arthur Gordon quedaron muy lejos de nuestra atención. Lo único importante pasó a ser el niño que salía a la luz desde mi vientre, los dolores y la espera, la alegría y el miedo.

Tamatea acompañó el alumbramiento siguiendo las costumbres tradicionales de nuestro pueblo. No me quedé tendida en la cama, sino que me arrodillé entre dos postes a los cuales me sujeté. La comadrona me explicó con dulzura que era así como la legendaria abuela de todas las madres, Turakihau, había enseñado a proceder a las primeras comadronas para facilitar el parto a las mujeres. Cantó con su melodiosa voz *karakia* y rezó para llamar al niño y darle la bienvenida al mundo. Viví un parto doloroso, pero también bonito. Me sentía una con mi pueblo; una con Leonard, quien estuvo conmigo, aunque sufrió casi más que yo, y una con el bebé, que al final se deslizó en las suaves manos de Tamatea.

—¡Un niño! —dijo, colocándolo en mis brazos después de haber cortado el cordón umbilical—. ¡Sano y despierto! ¿Cómo vais a llamarlo?

Bajé la vista a ese ser rubicundo y arrugado que, aún embadurnado de sangre y mucosidad, buscaba con viveza y determinación mi pezón. Nunca hubiera pensado que fuera capaz de amar tanto. Hasta ese día nunca había pensado que hubiera un grado superior a lo que sentía por Leonard, pero mis sentimientos por mi hijo... Era un amor que casi dolía, un amor que me llenaba de tal modo que parecía que mi única misión en el mundo era cuidar de ese ser diminuto, protegerlo y nunca separarme de él. Y entonces vi la cara de Leonard y supe que él sentía lo mismo exactamente. Me rodeó con el brazo y nos estrechó a ambos contra sí.

—Es tan precioso, Marama... Y tú eres tan preciosa...

Fue el momento más perfecto de mi vida. Nunca olvidaré ese sentimiento, esa felicidad total.

—Se llamará Arama. Adam —respondí a la pregunta de Tamatea.

Habíamos estado dándole muchas vueltas a qué nombre le pondríamos y al final nos habíamos decidido por el nombre del primer ser humano.

—El nombre significa «ser humano», pero también «tierra, suelo, territorio» —explicó Leonard—. Y se diría que representa los cuatro puntos cardinales. De modo que une a Papa y Rangi...

La anciana comadrona sonrió ante tal explicación, pero nosotros sabíamos que a Te Whiti le gustaría la unión de la tierra y el cielo mediante el Adán bíblico. Ninguno de nosotros pensó que Adam también significaba «rojo». Rojo como la sangre.

Por supuesto, en las semanas posteriores al nacimiento de Arama ni pensamos en abandonar Parihaka. Todavía hoy me reprocho haberme concentrado únicamente en nuestra felicidad y haberme entregado por completo a la maternidad y a mi fascinación por Arama. Si me hubiese interesado un poco más por el mundo exterior, si hubiera preguntado a los demás intérpretes por su trabajo, me habría dado cuenta de que la situación se estaba agravando. Habría sabido que Rolleston había aprovechado una estancia en el extranjero del gobernador para reunir al Parlamento para que votara un ultimátum a Te Whiti a fin de que entregara sus tierras. Si estaba de acuerdo con la confiscación, podía conservar la mitad de los terrenos de Parihaka. En caso contrario, sería totalmente expropiado. Entregaron el documento por la noche a nuestro jefe. Leonard y yo nos enteramos mucho más tarde, cuando el Profeta habló por última vez a los habitantes de Parihaka.

Fuera como fuese, desperté de mi amorosa ceguera hacia mi bebé cuando oí decir que las tropas *pakeha* se estaban reuniendo delante de Parihaka. Voluntarios de todo el país acudían en masa y Te Whiti y sus partidarios confirmaron una vez más que se habían equivocado. Por mucho que la prensa nos diera la razón y la justicia terrenal y la divina estuvieran de nuestra parte, por mucho que fuésemos moral y espiritualmente superiores, nada de eso nos protegió de aquellos hombres llevados por la codicia. Su deseo de tierras y el avivado temor a los rebeldes maoríes indujeron a que cientos de colonos se alistaran en las milicias y los cuerpos de voluntarios. Los *pakeha* de Taranaki saludaron a los recién llegados con flores y bandas de música como si fueran a liberar su tierra. Tanto Rolleston como Bryce no cabían en sí de alegría. Las protestas del primer ministro, que entretanto suspendió de su cargo a Rolleston, se desvanecieron sin que nadie las escuchara.

Mientras, Te Whiti pronunció su último discurso. Todos teníamos lágrimas en los ojos cuando el Profeta se presentó ante sus seguidores.

—Sé que muchos de vosotros habéis venido hasta aquí para hablar de la defensa de Parihaka —anunció con serenidad—. Pero no tenemos nada que hablar. Permaneceremos firmes y respetaremos la justicia, sin importar lo que hagan los *pakeha*. El viento del sur sabe de dónde viene y hacia dónde sopla. Dejemos que lleguen cuando quieran los pies calzados con botas. El barco que nos rescatará se llama tolerancia. Permaneceremos tranquilos en la tierra para que el mundo sepa lo que ha ocurrido aquí. Hay miles que anhelan el bien, hoy nos acompañarán todos en pensamiento...

La gente de Parihaka lloraba y rezaba, sabía que era el final de una época.

—¿Qué hemos de hacer? —pregunté a Leonard cuando al final nos marchamos abatidos a casa. Arama dormía tranquilamente, lo llevaba a la espalda atado con un pañuelo, como era costumbre entre mi gente—. ¿Nos vamos o nos quedamos?

Leonard hizo un gesto de impotencia.

—Tendremos que irnos —respondió—. Echarán a los habitantes de Parihaka y arrasarán el poblado. Seguro que harán lo mismo con nuestra casa, a no ser que se la vendan al primer colono que pase cuando mensuren las parcelas. Por supuesto, nosotros también tendríamos esa posibilidad: me presento y compro el terreno de nuestra casa. Nos lo podemos permitir, la ofrecen a muy buen precio.

Durante los años que pasamos en Parihaka no ganamos dinero, pero tampoco lo gastamos. Los ahorros de Leonard incluso crecieron gracias a los intereses.

—¡Pero eso sería traicionar a Te Whiti! —protesté—. ¡No podemos hacerlo! Vale más que nos vayamos de aquí y compremos tierras en otro lugar.

Leonard sonrió con tristeza.

—¿Y dónde crees que vamos a encontrar tierras que no hayan sido expropiadas? —planteó a media voz.

En ese momento no tomamos ninguna decisión. Por una parte, la sugerencia de Leonard tenía algo de atractivo, no tendríamos que marcharnos toda la familia y empezar de nuevo en otro lugar. Podría conservar mi querida casa, mi jardín, mis rosas y mis matorrales de *rata*. Creo que Te Whiti ni siquiera se lo hubiera tomado a mal. Tal vez hasta hubiera visto con buenos ojos que sus tierras quedaran en manos de personas que podían contar la historia de Parihaka. Nosotros lo habríamos anclado a él y su sueño en el recuerdo de esta tierra. Pero, por otra parte, ignorábamos si soportaríamos ver arder el poblado. O verlo demolido, «arrasado» como había dicho Bryce en una ocasión.

Al final nos pusimos de acuerdo en que esperaríamos a la toma de posesión del poblado. Planeábamos mezclarnos entre nuestros amigos, estar junto al Profeta y traducir para los periodistas. Eso no carecía de riesgo.

Un solo insensato podría desatar una masacre con una bala imprudentemente disparada. Pero creíamos que debíamos a Te Whiti dar testimonio de que había sido traicionado.

Durante esos últimos días nos sentíamos privilegiados, todavía podíamos decidir si irnos o quedarnos, mientras nuestros amigos empaquetaban sus pertenencias. La prudente consulta de Leonard en la Oficina para la Inmigración de New Plymouth había confirmado sus sospechas: en cuanto se hubiera «pacificado» definitivamente el área de Parihaka, le dijeron, se mensurarían las tierras y él podría, por supuesto, comprar la parcela con nuestra casa.

Sentí de nuevo una profunda gratitud hacia Te Whiti. El hecho de vivir ante las puertas de Parihaka nos permitía quedarnos en nuestra casita incluso si demolían el poblado.

En realidad, ocurrió lo contrario. Los pies calzados con botas nos alcanzaron mucho antes que a Te Whiti y los suyos.

Y nos machacaron.

La mayor parte de las fuerzas de invasión, que tan solo esperaban que el ultimátum expirara para asaltar Parihaka, estaban formadas por colonos que jugaban a la guerra. Esos voluntarios planeaban correr el riesgo de atacar, si es que existía algún riesgo en asaltar con la caballería un poblado lleno de gente desarmada. Pero Bryce, que había vuelto a ocupar el cargo de delegado para Asuntos Indígenas tras el despido de Rolleston, quería actuar sobre seguro. Había trasladado a Pungarehu algunos regimientos con experiencia en la guerra y sus capitanes insistían en explorar el terreno antes del ataque. En los días anteriores al 5 de noviembre, fecha en que expiraba el ultimátum, se desarrolló un agitado ir y venir en los campos y bosques que rodeaban Parihaka. Te Whiti nos había indicado que fuésemos amables con los soldados. Él mismo solía enviar a gente que invitaba a los militares a entrar en el poblado, una invitación que en general era rechazada.

Las patrullas de reconocimiento rodeaban nuestra casa en las afueras. Pocas veces se acercaban y nos miraban con desconfianza. Entonces nos ateníamos a las instrucciones de Te Whiti, saludábamos y las invitábamos a un refrigerio. Nunca se produjeron altercados con ellas. Así pues, tampoco nos preocupamos cuando la tarde del 4 de noviembre seis soldados, dirigidos por un brigadier, se acercaron al galope. En esos momentos yo estaba en el jardín ocupada con los rosales y Arama dormía en una cestita entre los arriates de flores. Hacía un día espléndido, la nieve que cubría el monte Taranaki resplandecía al sol y en mi jardín se abrían las flores de primavera. Leonard estaba trajinando en casa, pero se disponía a salir. Habíamos planeado cargar con las cosas más necesarias nuestro carro entoldado por si acaso al día siguiente teníamos que escapar. No esperábamos hacerlo, pero yo quería estar preparada para todo.

Al principio no me inquieté por los jinetes. Había muchas probabilidades de que cambiasen de rumbo.

Pero el capitán del grupo detuvo su gran caballo negro justo delante de la valla de nuestro jardín y los demás rodearon la casa. Me sobresalté y reconocí el rostro descarnado y grave de Andrew Clavell. El padre de Leonard me sostuvo la mirada y por sus rasgos duros pasó una sonrisa sardónica.

—Así que es cierto —dijo sin molestarse en saludar—. En New Plymouth se habla mucho de jóvenes maoríes secuestrados que vuelven a sus raíces, de muchachas *pakeha* raptadas... Y un día oí hablar de un blanco que prestaba su apoyo a estos tipos que se oponen a la Corona porque se había casado con la hija de su jefe o algo así. Eso me hizo aguzar los oídos. ¡Y mira por dónde, Leonard y Marian! ¡Tanto tiempo buscados y por fin hallados! Habéis hecho aquí fortuna... —Deslizó una mirada de desprecio sobre nuestra casita y el jardín. Comparada con su residencia en Auckland, no era más que una cabaña.

Lo miré.

—Puede que no sea un palacio, pero aquí somos felices —dije con la mayor determinación que pude.

Él sonrió irónico.

—Felices. Qué conmovedor. ¿De verdad que ese cobarde, ese cretino de hijo mío se ha casado contigo, Marian?

Asentí.

—¡Claro que nos hemos casado! —respondí—. ¿Qué... qué se ha creído usted? Leonard es un hombre de honor.

Me mordí el labio. Era como si estuviera citando una

de esas novelas romanticonas que Sassi y sus amigas leían con tanto placer.

Clavell se echó a reír.

—Ajá —dijo, y siguió estudiándome con la mirada—. ¿Con un certificado, Marian? ¿Tienes una partida de matrimonio? ¿Extendida por un juez de paz? —Entonces desmontó, igual que cuatro de sus hombres.

Sus palabras me hicieron estremecer. Por supuesto que no nos habíamos casado en la ciudad. En realidad lo habíamos planeado, pero sin documentación era difícil, y con la creciente hostilidad hacia Parihaka, la oficina de New Plymouth siempre había dado largas a mis solicitudes de un pasaporte. No obstante, Leonard había inscrito a Arama en el registro de nacimientos. También constaba en los documentos que era su hijo.

—El matrimonio se celebró en Parihaka —dije tensa—. Según el rito de mi pueblo. El Profeta lo bendijo. —El brigadier contrajo el rostro y los soldados rieron. Seguí hablando precipitadamente—. ¡Y Dios lo ha bendecido! Tenemos un hijo. —Señalé a Arama, que acababa de despertarse lloriqueando, asustado por el miedo que percibía en mi voz—. ¿Puedo presentárselo? Arama... Adam Clavell. —Fui hacia el bebé y lo cogí en brazos.

El brigadier Clavell entornó los ojos. Nos observó y pareció meditar un momento. La expresión que asomó en su rostro era difícil de definir. ¿Crueldad? ¿Triunfo? ¿Codicia? Desapareció tan rápido como había surgido y su rostro recuperó su inexpresividad.

Entonces se volvió con voz dura hacia uno de sus soldados.

—¡Traiga al niño!

El hombre se puso en movimiento.

—¡No! —Retrocedí y apreté tan fuerte a Arama contra mí que el niño empezó a llorar, y de repente sentí a Leonard a mi lado.

—Buenos días, padre —dijo amablemente, aunque percibí desasosiego en su voz—. Por supuesto que puedes ver a Arama, es tu nieto. Pero, por favor, no atemorices a Marama y al niño. ¿Por qué no entras, hablamos y conoces a tu nieto?

Clavell resopló.

—¿Por qué iba yo a querer conocer a tu bastardo? —espetó iracundo—. Soldado Johnson, ¿es que no ha oído? ¡Traiga al niño!

—¡No! —Atemorizada, busqué protección detrás de Leonard.

—Padre, ¡sé razonable! Mira al niño, incluso se parece a ti. Y es hijo legítimo mío. Tu nieto. No querrás arrancarlo de los brazos de su madre, ¿verdad?

Clavell sonrió

—¿Y si es eso precisamente lo que quiero? —repuso con frialdad—. ¿Vas a impedírmelo? Por lo que he oído decir, no has sido ni lo suficiente hombre para coger uno de esos arados y ayudar a tus queridos maoríes a destruir nuestros pastizales...

No podía ver a Leonard, que estaba delante de mí, pero podía imaginar muy bien la cólera que lo invadía. Su padre le echaba en cara lo que durante meses había tenido que escuchar en boca de Tau.

—¡Traedme a ese niño! —repitió Clavell, y esta vez,

en lugar de volverse solo hacia el reticente soldado Johnson, lo hizo hacia todos sus hombres.

Fue claramente una provocación, y yo habría tenido que evitar que Leonard cayera en la trampa. Pero a mí me sucedió lo mismo que a él. Tan solo la idea de que un desconocido cogiera a Arama hizo que me olvidara de todas las instrucciones de Te Whiti.

—¡Deja a mi esposa en paz!

Para mi horror, vi un sable en la mano de Leonard. Debía de haberlo cogido al ver a los hombres en el jardín. ¿O al ver que su padre los lideraba?

—Todavía sé manejar un arma, padre. Me has obligado a aprenderlo a fondo. —Leonard levantó la espada contra los hombres.

Clavell contrajo el rostro.

—Por lo que veo, fue tirar el dinero —espetó, y de nuevo se volvió a sus soldados—. ¡Desarmadlo!

Nunca había visto luchar a Leonard y me quedé tan atónita como impresionada al ver la destreza con que manejaba la espada al enfrentarse al primer soldado. Este más bien parecía considerar la pelea una broma, lo que no era de extrañar. Leonard peleaba contra seis hombres, siete contando a su padre, todos armados. Además de las espadas llevaban mosquetes. Si Leonard hubiese tenido la menor posibilidad de vencer en el duelo a espada, los demás habrían disparado contra él. No menos divertido, intervino un segundo soldado que lo desarmó en un hábil movimiento. Al final la espada de Leonard trazó un elevado arco hasta caer en un arbusto de *rata*. Los otros enseguida le colocaron los brazos a la espalda.

—¡Arrestadlo! —ordenó Clavell—. Oposición al ejército de la Corona. Resistencia armada... Muy poco hábil por tu parte, Leonard. Deberíais haberme dado el niño. ¿O qué crees que voy a hacer ahora? —Hizo un gesto a un soldado, que a continuación se acercó hacia mí amenazadoramente para quitarme a Arama.

El pequeño chillaba de miedo y yo también gritaba, pero no podía defenderme, temía que se me cayera mi hijo. Desesperada, golpeé con la cabeza al soldado, intentando evitar que me cogiera a Arama. No lo conseguí, pero cuando me arrancó el niño me lancé sobre él dispuesta a arañarlo y morderlo. Otro soldado me agarró.

—Vaya... —dijo Clavell—. También en este caso empleo de la violencia y resistencia a la autoridad. Nos llevamos detenida a la chica. —El soldado le tendió a Arama y él miró a su nieto—. Casi no se le nota que tenga sangre maorí —comentó observando su tez clara y sus ojos azules.

Tenía razón. Arama se parecía a Leonard. Tenía ojos azules, aunque todavía podían cambiar de color. Aun así, el suave vello rubio de su cabeza dejaba sospechar que conservaría su color de pelo.

—¿Qué quiere hacer con él, brigadier? —preguntó el soldado que me lo había quitado.

Había un deje de preocupación en su voz y eso sosegó un poco mi agitado corazón. Fuera lo que fuese lo que Clavell hubiera hecho con su indeseado nieto, con seis soldados como testigos no le haría daño, y mucho menos algo peor.

El brigadier se echó a reír en la cara de su subordinado.

—¿Qué quiere que haga, soldado? ¿Darle de mamar, mecerlo, cambiarle los pañales? ¿Qué cree usted que se hace con un crío así? Por desgracia, no tengo capacidad para lo primero y para lo último no tengo tiempo ni ganas. ¡Así que devuélvaselo a la mujer, soldado! Que lo conserve por ahora. Luego ya veremos...

Y dicho esto, se dio impulso para volver a montar. Gemí cuando me colocaron a Arama en los brazos y reconocí entonces la trampa que el padre de Leonard nos había tendido. Si nos hubiésemos quedado quietos, tal como Te Whiti nos enseñaba, Clavell no habría tenido motivo para proceder en nuestra contra. Habríamos tenido que escuchar una sarta de improperios y soportar un par de humillaciones, pero no nos habría arrestado ni habría hecho nada a Arama. Pero ahora éramos víctimas de acusaciones, graves incluso, en el caso de Leonard. Había levantado el arma contra un representante de la Corona.

Distinguí su mirada de desesperación cuando nos arrestaron formalmente. Cuatro soldados nos escoltaron hasta Pungarehu. Desde allí, nos condujeron de noche a New Plymouth.

El jefe de policía local no dio grandes muestras de alegría cuando llevaron a empujones a una mujer con su hijo a la zona de las celdas. La cárcel, de por sí, ya estaba atestada de presos. Muchos maoríes que había arrestado mientras levantaban vallas todavía permanecían ahí.

—¿Dónde se supone que he de meter a la chica con

el niño? —preguntó al rechoncho miliciano que nos había conducido hasta allí—. Esto es una cárcel, no una guardería.

El soldado se encogió de hombros.

—Mañana, cuando asaltemos ese nido de rebeldes, seguramente tendremos que encerrar a más mujeres, agente. Así que vacíe una celda para las señoras. Que los hombres se aprieten.

—¿Y el marido? —preguntó el jefe de policía. Conocía a Leonard. La familia de su esposa era propietaria del colmado donde Leonard solía comprar en Parihaka—. ¿He de separarlo de su familia?

El miliciano sonrió.

—¿Pretende que esta noche engendren otro niño? —inquirió burlón—. Envíelo con los hombres, de momento encierre sola a la mujer con el crío. Luego se decidirá qué hacer con él. Y ahora ponga manos a la obra, tengo que volver a Pungarehu. Recibimos instrucciones. ¡Mañana la cosa irá en serio!

El jefe de policía se mordisqueó el labio, pero no dijo nada. Ya hacía tiempo que el ejército había tomado el poder en New Plymouth. La población vitoreaba a los soldados. Habría cometido un suicidio político si se hubiera puesto en contra de la opinión pública.

—Lo siento —susurró Leonard, cuando lo separaron de mi lado. No habíamos podido hablar en el camión en que nos habían trasportado hasta allí. El miliciano gordo se había colocado entre ambos y no nos había dejado comunicarnos. Sin embargo, ahora Leonard quería musitarme unas palabras—: ¡Lo siento y te amo!

Yo quería decirle que también lo amaba. Que no le guardaba rencor, que cualquiera, incluso el mismo Te Whiti, habría perdido los estribos si alguien hubiese amenazado a su hijo. Pero todo transcurrió muy deprisa. Antes de que yo pudiese responder habían metido a Leonard en una celda repleta de detenidos. Ojalá lo tratasen bien. A fin de cuentas, los maoríes no podían echarle en cara que fuese un cobarde. No había arado ni levantado ninguna valla, pero se había enfrentado a la Corona británica con una espada en la mano. Los guerreros tenían que aceptarlo como uno de ellos.

Arama y yo pasamos una noche relativamente tranquila. Solo el ruido de las otras celdas perturbaba mi sueño. Allí había cientos de hombres encarcelados que ni siquiera de noche se callaban. Sus conversaciones, susurros, rezos y quejas formaban un rumor constante que se mezclaba de vez en cuando con exclamaciones e incluso gritos. Hacía frío y se habían olvidado de darme una manta. Envolví a Arama con mis faldas para mantenerlo caliente. Lo mecí y le hablé hasta que se tranquilizó y se durmió. No me dieron nada de comer. Tal vez el carcelero del turno de noche ignoraba que había una mujer entre los presos, y posiblemente era preferible no hacérselo saber. Así que me mantuve callada. De Arama no tenía que preocuparme, todavía mamaba.

En cierto momento vi que amanecía. El sol se coló a través de los barrotes del ventanuco de la celda. Pensé que la invasión de Parihaka empezaría temprano. En realidad, mis pensamientos deberían haber estado con mis amigos, en el poblado, pero solo podía pensar en Leonard y en lo que nos ocurriría. ¿Se limitaría Clavell a llevar a su hijo a los tribunales y hacerlo encarcelar? ¿O urdía peores planes? Me sumí en mis cavilaciones hasta que al mediodía llegaron nuevos carros transportando presos. Hakeke fue una de las primeras mujeres a las que metieron en mi celda.

—¡Uno de esos desgraciados me ha metido mano! —refunfuñó—. Le he arañado. Yo también estoy a favor de la resistencia pacífica, pero ¡eso es pasarse!

Las otras mujeres y niñas contaron lo mismo. Los invasores no solo habían provocado con armas e insultos a los habitantes del poblado, las mujeres también se quejaban de agresiones sexuales. Consecuencia de ello fue que ese día entraron más mujeres en la cárcel que hombres. Los guerreros siguieron las órdenes de Te Whiti.

—¿Cómo ha ido? —pregunté—. ¿Muy mal?

Hakeke suspiró.

—Claro. Pero de algún modo... muy bien. Ha sido lamentable para los *pakeha*. Han movilizado a todas sus fuerzas y desfilado como si tuvieran a todo un ejército enemigo ante sí. Enviaron un destacamento de asalto en primer lugar para abrir las puertas a la fuerza, pero se las abrieron desde dentro. Te Whiti envió niños y adolescentes. Los pequeños bailaron un *haka* de guerra en la calle, fue conmovedor, y las chicas se pusieron a saltar a la comba. Nosotras, las mayores, sacamos cestos con pan para repartirlo entre los soldados.

—¿En serio hicisteis eso?

—Sí. Lo más sensato habría sido que los *pakeha* desmontaran de sus caballos y negociaran, pero Bryce ordenó el ataque. Los hombres refrenaron sus caballos justo delante de los niños. Nosotras nos lanzamos todas al suelo y tuvieron que sacarnos a rastras para poder entrar en Parihaka. El tipo que se encargó de mí se comportó de forma soez y por eso me detuvo. Dejaron en paz a quienes no se quejaron. ¿Qué otra cosa iban a hacer? ¿Llenar las cárceles de niños?

—¿Y el resto de los habitantes del poblado?

—Esperaron con Te Whiti y Tohu en la plaza de las asambleas manteniéndose en silencio. Tohu nos pidió expresamente que no opusiéramos ninguna resistencia cuando nos pusieran la bayoneta contra el pecho... Más tarde oímos que los habitantes del pueblo habían perseverado así unas pocas horas y que luego apresaron a Te Whiti y Tohu.

—Se han mantenido tan firmes... tan valientes... —gimió una mujer que nos escuchaba. Había intentado arrojarse sobre los soldados cuando se habían llevado preso a Tohu Kakahi—. Te Whiti decía que debíamos tener buen corazón y ser pacientes y esforzarnos siempre por mantener la paz. Y Tohu decía que no teníamos que estar tristes ni tener miedo. ¿Qué clase de gente es esa que trata así a hombres tan buenos?

Yo pensaba que esos eran hombres como Andrew Clavell. Y por mucho que intentase atenerme a las palabras del Profeta, me invadía el miedo.

Los habitantes de Parihaka resistieron varios días en la plaza del pueblo. Tranquilos, pacíficos, pacientes, tal como les había recomendado el Profeta. Los *pakeha*, entretanto, publicaron decretos que los exhortaban a regresar a los territorios de origen de sus tribus, pero ellos se mantuvieron impasibles. Resultaba difícil realizar una repatriación forzada ya que apenas era posible clasificar a los residentes de Parihaka según sus tribus. Cuando los soldados empezaron a destruir con hachas las casas de Parihaka y a quemarlas, los maoríes abandonaron la resistencia. El pueblo empezó a vaciarse.

Te Whiti y Tohu permanecieron cinco días encarcelados en Pungarehu, luego los trasladaron a New Plymouth. Poco antes de que llegaran a la cárcel nos dejaron libres a las mujeres para ceder el sitio a tan importantes presos, a quienes no querían encerrar con los otros reclusos. En cierta medida, me sorprendió que también me incluyeran en la lista. No esperaba que Clavell me dejara salir tan fácilmente. Sin embargo, no me echaron a la calle como al resto de mujeres, sino que me condujeron al despacho del jefe de policía.

—Todavía tengo que hablar con usted, señora Clavell —me dijo el jefe, un irlandés nervudo de cabello rojo ya encanecido. Parecía incómodo, así que sospeché que el contenido de nuestra conversación no sería agradable.

—¿Qué ocurre, jefe O'Neill? —pregunté angustiada.

Él se rascó la frente.

—En fin, se trata de... de su puesta en libertad, señora Clavell... Sucede lo siguiente: puede usted irse, pero no... no puede llevarse al niño. Él se queda aquí.

—¿Qué? —pregunté atónita—. ¿Que mi bebé se queda prisionero aquí? —Intenté soltar una risa nerviosa—. ¿Ha... ha cometido algún delito?

O'Neill negó con la cabeza.

—Claro que no, señora Clavell. Por favor, discúlpeme, yo... no me he expresado bien. Naturalmente, el niño no se queda en la cárcel. Pero tampoco se lo puede llevar. El brigadier Clavell, abuelo del niño, ha conseguido una disposición por la cual él se hace cargo de la tutela del pequeño. La señora Clavell emprendió ayer el viaje. Viene a buscar a su nieto...

—Pero... pero ¿cómo es capaz? —Estreché a Arama con más fuerza—. ¿Qué juez ha permitido esto? El niño tiene padres, él...

—Su padre está acusado de un delito grave. El señor Clavell se quedará en la cárcel, tal vez durante años. Y usted, señora Clavell, por mucho que yo lo sienta, usted no está emparentada de forma totalmente legítima con el niño, según el brigadier Clavell. —O'Neill hizo una mueca. Era evidente que no estaba de acuerdo con el proceder de Clavell.

—¡Esto es ridículo! —Traté de que mi voz sonara firme—. Todo el mundo sabe que soy la madre de Arama. Le estoy dando el pecho. Y todo el mundo sabe que estoy casada con Leonard. ¡Toda Parihaka celebró la boda con nosotros!

El jefe me miró con compasión.

—Señora Clavell... Parihaka ya no existe. Y el brigadier Clavell no reconoce su matrimonio.

—¡Eso no es asunto suyo! —protesté—. ¡Él no es nadie para decidirlo! Nosotros...

—Legalmente se trata de una zona intermedia. Naturalmente, la jurisdicción inglesa reconoce también el matrimonio de los nativos, de lo contrario todos los niños maoríes serían ilegítimos. Pero una unión como la suya... El brigadier lo describe como si su hijo se hubiera fugado con una de sus sirvientas... bueno... seducido por ella. Asegura que nunca había tenido realmente el propósito de casarse con usted, ni ante Dios ni ante la ley. Puede que haya celebrado un par de rituales indígenas, pero es probable que sin comprender en qué se estaba involucrando...

—¡Eso es una infamia! —Sabía que me equivocaba diciendo eso, pero tenía que expresar mi horror e indignación—. Mi marido habla el maorí con fluidez. Claro que sabía lo que hacía cuando se casó conmigo. Y también íbamos a casarnos según la ley *pakeha*. Lo que pasó es que todavía no teníamos mis papeles. Usted mismo puede atestiguar que presenté varias solicitudes de pasaporte.

O'Neill asintió.

—Lo haré de buen grado por usted, señora Clavell. Cuando se realice el juicio. Pero, en principio, la situación es que solo su marido podría presentar una reclamación, y él está en la cárcel. Al menos mientras no se pronuncie sentencia, el niño queda en manos de sus abuelos.

—¿Y si soy yo la que presento una reclamación? —pregunté, pensando en el joven abogado Wiremu Poki. Seguro que él me ayudaría—. ¿Y si me niego a entregar a mi hijo?

O'Neill suspiró.

—No tiene elección, señora Clavell. Lo siento, pero si no acepta este acuerdo amistoso, deberé enviarla a Auckland, Wellington o donde sea que haya una cárcel de mujeres. Permanecerá allí también mientras se le procese por oponerse al poder supremo. No podrá conservar a su hijo a su lado. En circunstancias normales se le instalaría en un hospicio; en su caso, en casa de sus abuelos, por supuesto. No puedo más que aconsejarle que deje voluntariamente al niño. Cuando esté en libertad, tendrá usted otras posibilidades. Podrá luchar. Contrate a un abogado o diríjase a la prensa. He oído decir que Samuel Crombie Brown, del *Lyttelton Times*, está en Parihaka, pese a que en rigor debería encarcelarlo. Junto con otros dos periodistas se introdujo en el poblado antes de la invasión y ha seguido de cerca todo el guirigay... bueno... todo el proceso de apropiación de tierras llevado a término por el gobierno. Aunque los periodistas tenían prohibido acercarse al lugar...

El jefe O'Neill explicó por qué había renunciado a encarcelar al conocido periodista, mientras yo alimentaba con cautela cierta esperanza. Conocía a Crombie Brown. Llevaba años escribiendo sobre Parihaka y yo había trabajado de intérprete en muchas de sus conversaciones con Te Whiti. Seguro que me apoyaría.

—¿Qué decide, pues? —preguntó al final amablemente pero con determinación—. ¿Qué decisión va a tomar, señora Clavell? ¿Me da el niño? No se preocupe, sé cómo desenvolverme, también soy padre... O ¿hemos de utilizar la violencia? No me gustaría hacerlo, señora Clavell, y su hijito se asustaría si tuviéramos que arrebatárselo por la fuerza. Le daré algo de tiempo para despedirse de él, pero luego tendrá que marcharse. No hay otra opción.

O'Neill tuvo la decencia de salir de la habitación y dejarme a solas con Arama. Corrí desesperada hacia la ventana para ver si podía escapar por ahí. Pero el despacho se encontraba en el segundo piso. Si hubiera saltado con Arama habríamos muerto. Además, la ventana daba a un patio cerrado. Incluso si al caer hubiera salido ilesa, no habría alcanzado la libertad.

Así pues, no tenía otro remedio que resignarme. Se me partió el corazón al dar por última vez el pecho a Arama para que al menos pudiese emprender el viaje con el estómago lleno. Lo acaricié y besé de nuevo, contemplé sus diminutas manos y piececitos, los labios rosados y la suave pelusilla de la cabeza. No me hacía ilusiones: si ahora lo entregaba, no volvería a verlo durante mucho tiempo. Crecería, aprendería a erguirse, gatear, posiblemente a andar y hablar, y todo eso sin mí. Lloré en silencio cuando se lo puse en brazos a O'Neill, e inconsolablemente cuando salí a la calle. Desde entonces, allá en Orakau, cuando destruyeron a mi familia, nunca había vuelto a sentirme tan sola.

LÍNEAS REALES

Hamilton, Paihia, Waitangi,
Turangawaewae, Rotorua,
Whakarewarewa, Waitomo,
Península de Coromandel, Parihaka

1

—A ver, repítelo despacio —pidió Stephanie, que tenía que hacer un esfuerzo para aclararse. Su abuelo o bisabuelo era el hijo de Marama y Leonard Clavell...

—Mi abuelo —repitió Weru Maniapoto—. Sé que parece imposible, pero somos una familia longeva y Adam Clavell se casó muy tarde. Antes tenía otras cosas que hacer...

Contrajo el rostro. El *moko* pareció adoptar nuevas formas y le dio un aspecto amenazador.

—Y creció con los padres de Leonard —siguió diciendo Stephanie—. Después de que sus... padres biológicos... ¿muriesen? ¿Qué sucedió?

Weru se cercioró de que el café estuviese listo y llenó las tazas.

—Eso me gustaría saber a mí —respondió con vehemencia—. Lo que realmente sucedió, no lo sabe nadie. A mi abuelo siempre le aseguraron que su madre lo había entregado en adopción. Un par de meses después de su nacimiento, se marchó, y se lo dio a Andrew y Hillary Clavell.

—¿Y el padre de Adam? —preguntó Stephanie—. ¿Dónde estaba Leonard Clavell?

—Ahora está enterrado en nuestro panteón familiar —respondió con frialdad Weru—. Pero no me pregunte cómo llegó hasta ahí. Murió durante las guerras maoríes, esto es todo lo que mi abuelo sabía de él.

—¿No investigó al respecto? —preguntó sorprendida Stephanie, y tomó un sorbo de café cargado, que después sin duda obraría sus efectos estimulantes. En Nueva Zelanda el café con leche se servía más ligero—. Algún interés sentiría por sus padres.

—Los Clavell insistieron en que no sabían nada más. En que solo recibieron la noticia de la defunción de Leonard y más tarde su cadáver. Guardaron silencio sobre dónde murió, a causa de qué heridas, si luchando a favor o en contra de los *pakeha*. Mi abuelo falleció convencido de que Leonard había muerto siendo un héroe de la causa de los ingleses. ¡Y se sentía orgulloso de ello! —Había un deje de reproche en la voz de Weru—. Mi padre y yo también nos lo creíamos. Justo hasta que apareció este diario y con él las dudas. Yo, en cualquier caso, no puedo imaginarme que Leonard cambiase tan fácilmente de opinión, ¡no tras todos los años que había pasado en Parihaka!

—A lo mejor lo chantajearon —sugirió Stephanie—. Con el niño. Si después de separarlo de Marama y su hijo le dieron esperanzas de poder reunirse con ellos cuando terminara la guerra... entonces es posible que se doblegase y volviese al ejército.

—¿Para después dejarse matar porque no conseguía pelear contra los maoríes? —Weru hizo un gesto de rechazo con la mano—. Yo más bien creo que murió en el asalto de Parihaka o en alguna prisión. —Era como si una explicación así le resultase más satisfactoria.

—En el asalto de Parihaka no se produjeron muertes —aclaró Stephanie. Ya se había informado a fondo sobre eso.

Weru hizo una mueca de nuevo.

—Es lo que dicen. Pero no tiene por qué ser verdad. Es como cuentan la historia los *pakeha*...

—Había suficientes periodistas críticos en el lugar —replicó Stephanie—. Y además, dicho sea de paso, todavía hay muchas posibilidades distintas a la hora de seguir desarrollando la historia de Leonard y Marama. El fragmento del diario termina con su llegada a Parihaka y hasta ahora hemos partido de la idea de que se quedaron allí hasta el final. Pero no tiene por qué haber sido así. A lo mejor no se quedaron en Parihaka hasta el asalto. Tal vez la relación no funcionó tan bien como parecía en un principio. Es posible que se rompiera la relación y que él se llevara al niño con sus padres.

—¿Y lo dejó con ellos y se fue a la guerra? —Weru apretó los labios incrédulo.

Stephanie echó una ojeada a sus apuntes, como si escondieran alguna respuesta.

—¿Cuándo murió? —preguntó—. ¿Lo sabe?

Weru negó con la cabeza.

—No. Y esto también es digno de consideración. ¿O acaso no lo encuentra usted interesante? En cualquier caso, yo me lo he planteado y también mi padre. Andrew y Hillary Clavell ya no vivían, no se lo pudimos preguntar. Y mi abuelo no sabía nada. No recordaba en absoluto a Leonard. De lo que se puede deducir que era muy pequeño cuando su padre murió. —Weru la miró buscando su asentimiento, visiblemente orgulloso de su labor de detective.

Stephanie se mordió el labio. Le habría gustado decirle algo positivo y confirmar sus suposiciones, pero para una periodista experimentada, el asunto quedaba poco claro.

—No forzosamente —observó—. Leonard también podría haber instalado su residencia en algún lugar que no fuera Auckland. Incluso haber vivido con Marama en otro sitio.

—Me resulta inconcebible que los dos dejaran al niño con los Clavell —replicó Weru—. ¡No después de lo que Marama escribió sobre ellos!

Stephanie levantó las manos.

—A lo mejor en algún momento supusieron que el niño estaba muerto —siguió reflexionando—. A lo mejor se perdió cuando asaltaron Parihaka. No podemos saberlo todo. Y el asunto del panteón familiar, donde se dice que está enterrado Leonard... ¿sería posible, teóricamente, que no estuviese allí? Colocar una lápida conmemorativa en un mausoleo particular es lo más fácil del mundo. Y así, Adam ya tenía a un héroe como padre, y a su madre la describían como una rebelde maorí. Queda claro con cuál de sus progenitores se identificó. Porque, ¿se identificó con Leonard... o con la imagen que se había hecho de él?

Weru asintió.

—Vaya si se la había hecho... —respondió con un

tono rencoroso—. Era un militar de la vieja escuela, con opiniones repugnantes... Odiaba a los maoríes, odiaba a los indios, era racista. Si por él fuera, habría aniquilado a todos los que no eran de pura raza blanca...

—Eso le hubiera afectado también a él —señaló Stephanie—. A fin de cuentas, era medio maorí, se le debía de notar.

Weru volvió a asentir, tomó otro sorbo de café y pareció tranquilizarse un poco.

—Naturalmente, no lo tuvo fácil... Su abuelo lo educó de forma muy rígida, lo que no resulta sorprendente si uno conoce el manuscrito de Marama y sabe lo mucho que lo decepcionó un hijo tan rodeado de mujeres. Atribuía el fracaso de Leonard a que se hubiera criado con relativa libertad junto a su hermana y su hermana de acogida, y debió de reprochárselo a Hillary. Como consecuencia, apartó a Adam de toda influencia femenina. A los cuatro años ya estaba en un internado.

—¿A los cuatro años? —se sorprendió Stephanie—. ¿Eso era posible?

—Sí, hasta ya bastante entrado el siglo XX lo era. A mí también me sorprendió cuando me enteré. La clase alta inglesa no podía evitarlo. No se veía el momento de empezar a educar a los niños como pequeños *lords* y *ladys*. Al mismo tiempo se sometía por completo su voluntad. Así pues, Adam asistió primero a un internado y luego a una academia militar. Y en todas partes fue el único chico que no tenía antepasados cien por cien blancos. ¡Puedo imaginar muy bien lo que debió de sufrir! —Stephanie asintió. Seguro que los demás niños se habían metido con

Adam—. En esas escuelas debía de reinar una atmósfera muy agresiva —prosiguió Weru—. Niños desatendidos y estresados por los padres... —De repente el semblante del hombre se dulcificó, como si supiese lo que siente un niño desatendido y abrumado. Pero recuperó su expresión normal al seguir con la historia de la familia—. Mi abuelo era un hombre rígido y, en nuestra familia, todos teníamos miedo de él. Pero vista su historia, en realidad solo podía tratar de ser más inglés que cualquier inglés. Y más militar que cualquier militar. Durante toda su vida odió a la gente que no era blanca, en especial a los que se interponían en el camino de la Corona inglesa, sobre todo a los maoríes. Para su pesar, no pudo pelear contra ellos, puesto que cuando fue lo suficiente mayor para ir a la guerra, Nueva Zelanda ya llevaba tiempo en paz. Pero había otros con los que los británicos se peleaban. Mi abuelo sirvió en la guerra bóer, en India, en la Primera Guerra Mundial... Tras ello regresó cargado de condecoraciones a Nueva Zelanda. Se buscó a una mujer, una baronesa de la lana de los alrededores de Auckland, y pasó el resto de su vida como un *country gentleman*. De vez en cuando trabajaba como asesor del gobernador. Se entrevistaba frecuentemente con Fox y sus compañeros de armas y hacía negocios con ellos. Al parecer, no tuvo demasiado tiempo para su esposa. Su hijo, mi padre Jeffrey, nació en 1930. Adam ya tenía alrededor de cincuenta años.

—¿Y usted? ¿Cuándo nació usted? No quiero ser indiscreta, pero la historia de Marama empieza en 1864. Que desde entonces solo sean tres generaciones...

Weru sonrió con tristeza.

—Mi padre se tomó su tiempo antes de tener hijos —respondió con tranquilidad—. Tal vez también como parte de su amplia protesta contra todo aquello que representaba mi abuelo. Jeffrey fue un activista maorí. En los años cincuenta, cuando se inició el movimiento de protesta maorí, él enseguida se lanzó a la lucha: contra el racismo, a favor de mejores condiciones de vida para nuestro pueblo, contra el imperialismo. Así conoció a mi madre, Kawhia Ihenga.

—¿Ella también era una luchadora?

—En efecto. Antes de que se establecieran los dos, habían participado en casi todo: manifestaciones, marchas de protesta, sentadas... Al final se volvieron más formales. Kawhia fue una de las fundadoras de la Maori Women's Welfare League, mi padre todavía es hoy miembro del New Zealand Maori Council. Eso enfureció a mi abuelo. Consiguió excluir a mis padres de gran parte de la herencia, pero ellos ya llevaban mucho tiempo involucrados en sus respectivas organizaciones y, de todos modos, las ovejas no eran de su interés. Adam murió muy viejo pero amargado. Y su historia absorbió a mi padre durante toda su vida. Simplemente era incapaz de creer que Marama Clavell hubiera sido tan insensible como para abandonar a su hijito en manos de su abuelo, y más conociendo ella a Andrew Clavell. Por propia experiencia sabía lo que significaba crecer en esa casa. Hasta 1988, cuando apareció el diario, habíamos perdido toda esperanza de averiguar algo más al respecto. Entenderá ahora por qué estoy tan interesado. —De repente parecía más joven y combativo.

—¿Todavía vive su padre?

Weru asintió.

—Yo le entregaría los recuerdos de Marama —dijo lacónico—. Eso le haría feliz...

—Siempre que contuvieran lo correcto. —Stephanie no podía remediarlo, tenía que ser realista—. Como ya hemos dicho, los héroes también pueden revelarse como seres infames.

Weru contrajo el rostro.

—¿Eso cree usted? ¿Realmente pretende creer eso?

Ella se encogió de hombros.

—Yo no pretendo nada. Y en lo que respecta a qué creerse o no... Después de todo lo que he descubierto sobre mi historia, sobre mi padre, los Matthews y los Wahia, ya no sé qué he de creerme. Pero aquí no se trata de lo que uno crea o desee, sino de esclarecer la verdad. Una historia debe investigarse con esmero y confirmarse, a ser posible, a través de distintas fuentes. Usted tampoco debería aferrarse a ese diario. Es solo una tesela en toda su historia...

Weru se la quedó mirando.

—¿Lo ve realmente con tanta frialdad? —preguntó—. ¿Tan... tan desapasionadamente? No siente ninguna emoción, ningún...

Stephanie frunció el ceño. Iba a protestar, pero se quedó pensando. ¿Emociones? ¿Pasión? ¿Entusiasmo? ¿Cuándo había sido la última vez que había sentido eso? Naturalmente, emprendía con ahínco sus investigaciones, pero también con cierto distanciamiento. Ya en la escuela de periodismo había aprendido que era inútil obsesionarse con un asunto.

—Un buen periodista —respondió citando una regla elemental— no se involucra en la causa sobre la cual está escribiendo. Tenemos que estar por encima, ¿comprende? Nosotros...

—¡Pero en este caso usted está en medio, Stephanie! —señaló agitado Weru—. Está aquí, en Nueva Zelanda. Está investigando los asesinatos de Matthews, ¿no? ¡Es usted hija de Helma Martens!

Ella asintió.

—A quien usted, por otra parte, nunca ha mencionado —se le ocurrió de repente—. ¿Qué explicación tiene para esto? Bueno... ella era su superior.

Weru hizo un gesto de rechazo con la mano.

—*Pakeha*... —susurró—. En muchos aspectos teníamos... opiniones distintas. También en relación con el diario.

—¿Se manifestó usted a favor de que la universidad comprara el libro a Matthews? —trató de aclarar Stephanie. Eso explicaría el desencuentro entre Helma y su asistente. A lo mejor Weru había complicado las negociaciones alimentando las esperanzas de Matthew.

—¡Claro! —exclamó—. Es un documento de la época de valor incalculable...

Stephanie reprimió un gemido.

—Solo porque para su familia sea interesante no significa que sea de interés general...

—¡Ya empieza a hablar como su madre! —la interrumpió Weru—. También su padre encontró que el libro debía pasar a ser propiedad de la universidad...

—Él tenía una relación con Miri Matthews —lo cortó ella con sequedad—. Claro que estaba interesado en que su marido estuviera tranquilo. Si Raymond hubiese conseguido el dinero, seguramente habría dejado que Miri se fuese.

Weru asintió, aparentemente pensando en otra cosa.

—Fuera como fuese... —dijo entonces— todo eso es agua pasada. Vale más que pensemos en el futuro. ¿Qué hacemos ahora para encontrar el diario?

—¿Hacemos? —preguntó Stephanie.

Se sentía divertida y emocionada. Weru estaba tan motivado... A veces casi le recordaba a su joven asistente de redacción, Ben. Pero de repente volvía a adoptar su aire imparcial, se le veía maduro y experimentado, y casi adivinaba los pensamientos de Stephanie. Despertaba en ella sentimientos que no sabía definir. Su compromiso era contagioso, y su semblante... Nunca había visto a un hombre cuyo rostro pudiera cambiar tanto de expresión y que ello todavía se acentuara más a través del tatuaje que un maestro tatuador había grabado en el rostro de Weru.

En ese momento parecía desconcertado.

—Usted quiere encontrar el diario, ¿no es así? —se cercioró—. Bien, yo también. Pues pongámonos manos a la obra. Tengo muchos contactos. Y usted... admítalo, ¡sabe más de lo que me ha contado hasta ahora! —Stephanie prefería trabajar sola, pero... Todavía no había reunido muchos datos, así que cualquier propuesta podría servirle de ayuda—. Supongo que querrá buscar a su padre —añadió Weru—. Y a Miri. Porque si es que todavía existe el diario, lo tendrán los dos.

—O uno de los dos —precisó Stephanie—. No tenemos ninguna certeza acerca de que todavía sigan viviendo juntos. Ni dónde...

—¿Existe alguna pista sobre dónde pudieron marcharse después de los asesinatos? —preguntó Weru.

Ella se mordió el labio. Tenía que decidir si admitía que ese hombre colaborase en sus pesquisas. Si le hablaba de las postales lo involucraría.

—Se quedaron en la Isla Norte —respondió al final—. Y tenemos datos sobre dónde... —Sacó su cuaderno de apuntes y mostró a Weru la lista de los lugares donde habían franqueado las postales de Miri: Waitomo, Rotorua, Paihia, Thames...

El joven resplandeció.

—¡Vaya! ¡Ya tenemos algo para empezar! ¡Por fin un punto de referencia! Iremos allí y preguntaremos... Conozco a gente por todas partes.

—Señor Maniapoto, se trata de centros turísticos —dijo Stephanie sofocando su entusiasmo—. Y nosotros estamos buscando a dos personas que pasaron por allí hace más de veinte años. Es bastante improbable que alguien se acuerde de ellos.

Se maravilló una vez más de su cambio de estado anímico. Weru Maniapoto movió la cabeza sonriente.

—Weru —dijo—. Si vamos a viajar juntos tenemos que optar por un trato más informal. Y por otra parte: esto no es Las Vegas, Stephanie, esto es Nueva Zelanda. Aquí el mundo cambia lentamente y mi pueblo tiene buena memoria. Estos lugares son la solución. Me siento lleno de optimismo. Los encontraremos a los dos.

2

—¿Tu pueblo? —preguntó Stephanie cuando Weru la acompañó al interior.

Weru todavía tenía un par de asuntos que solucionar en el archivo, pero los dos querían emprender el viaje a Paihia a la mañana siguiente y comenzar la búsqueda.

—Te refieres a los maoríes, ¿no? ¿Supones que Miri y... Simon —todavía le costaba hablar de su padre como de un ser vivo— se mueven más en círculos maoríes que *pakeha*? Por lo que sé, Simon no tiene antepasados maoríes.

El archivador arqueó las cejas de modo que sus tatuajes volvieron a agitarse.

—¡Pues claro que hablo de los maoríes! —exclamó con orgullo—. Yo tengo tres cuartas partes de sangre maorí. ¡La forma de ser de los *pakeha* me resulta ajena! —No se dio cuenta de que Stephanie arrugaba la frente. No era la mejor en cálculos de porcentajes. Pero ¿era cierto? Además, ningún neozelandés podía negar su relación con uno de los dos grupos de la población de forma tan clara. Estaba todo muy entrelazado—. Y en cuanto a Simon y Miri —prosiguió Weru con vehemencia—, se trata simplemente de una reflexión lógica. Desde que ambos se esfumaron, no ha aparecido ningún pasaporte, ninguna tarjeta de crédito. Al parecer viajan sin documentos. Es comprensible, vista la prisa con que se marcharon.

Stephanie reflexionó. Ella siempre llevaba consigo sus documentos. En Alemania era obligatorio, en otros países tal vez no lo consideraban de forma tan estricta.

—Pero sin papeles no podían conseguir empleo. Al menos no uno legal...

—¡Cierto! —respondió Weru—. Pero si ganaron dinero en algún lugar, seguro que fue en empresas dirigidas por maoríes. A mi pueblo no le importa la documentación. Y como ya habrás notado, los lugares donde se establecieron...

—En los que se ha comprobado que han estado alguna vez. —Stephanie volvió a contener la euforia del joven—. Es posible que simplemente pasaran por ahí y se tomaran un café...

—Pero si se instalaron allí —insistió Weru—, es fácil que encontraran trabajo en la industria turística. Nadie es demasiado meticuloso con los empleados temporales, y menos con los maoríes. Todo encaja... Paso a recogerte mañana a las nueve. ¿O es demasiado pronto? Podemos tomar un café por el camino.

«Y escribir una postal», pensó Stephanie. No estaba convencida de que el viaje fuera a tener éxito. Había demasiadas hipótesis, suposiciones y eventualidades en los cálculos de Weru. Pero a ella tampoco se le ocurría nada mejor. Y además (aunque eso no tuviera nada que ver con las investigaciones objetivas del periodismo e incluso contradijera esos principios básicos), estaba emocionada y se alegraba de marcharse de viaje con aquel joven.

Naturalmente, Stephanie no mencionó nada de eso cuando, por la noche, se puso en contacto por Skype con Rick. Le informó acerca de su nuevo conocido y de sus planes, después de que ambos hubiesen charlado sobre las novedades en la redacción.

—Söder está muy satisfecho con los resultados de tu expedición —le contó Rick—. Está impaciente por que escribas el informe sobre Helbrich y Marama. En cambio, los asesinatos de Matthews le resultan bastante indiferentes. También puedes preparar un artículo sobre algún otro caso sin resolver que haya descubierto Ben. Yo te podría ayudar, eché un vistazo a la lista. El asesinato del político italiano... conozco a muchos de sus compañeros de partido. Seguro que tienen mucho que contar. Apuesto que hay encerrada alguna historia picante... ¡Por favor, deja correr el caso Matthews, Stephanie! ¡No te involucres más! —La advertencia se intensificó cuando ella le habló de Weru. Tal como se esperaba, Rick compartía más su escepticismo que la euforia del maorí—. ¿Pretendéis visitar los lugares donde a lo mejor estuvieron una vez hace más de veinte años? —preguntó incrédulo—. Steph, incluso si se tratara de pueblos de montaña del Himalaya, en los que solo asoma un extranjero cada tres años, de modo que la presencia de tu padre quedaría grabada en la memoria colectiva... Simon y Miri se marcharon de allí hace tiempo. No debe de quedar ninguna huella, es imposible.

Ella hizo una mueca.

—Tal vez —admitió—. Pero tal vez no. Podría ser que todavía vivieran en alguno de esos lugares. O que alguien se acuerde de adónde se mudaron. A lo mejor se hicieron amigos de alguien con quien todavía conservan el contacto... Weru dice que Nueva Zelanda es como un pañuelo, en especial la Nueva Zelanda de los maoríes. Solo alcanzan el dieciséis por ciento de la población, no llegan ni al millón de los cuatro millones y medio de neozelandeses... —Se detuvo al tomar conciencia de lo absurdo que era recitar esos datos.

—Pero no se conocerán todos entre sí —replicó Rick, burlón—. Son ganas de hacer por hacer, Steph, y lo sabes.

—¡Pero encaja! —insistió ella—. Bueno, podrían trabajar en el área del turismo. Entre maoríes. Mi padre, según lo que dice mi madre, era muy pacífico. Si realmente mató a Matthews...

—Creo que no cabe duda de ello —observó Rick.

Stephanie se mordió el labio.

—Ya —dijo—. Después de haber matado a Matthews debió de sentirse culpable y con ganas de hacer algo... algo como desagravio...

—¿Vendiendo entradas para algún sitio o recuerdos para turistas? —preguntó Rick, incrédulo.

—Trabajando... trabajando en alguna organización maorí o con delfines o kiwis o qué sé yo...

—Matthews no era maorí. Y... ¿delfines y kiwis? —Movió la cabeza.

—¿Qué harías tú, pues? —preguntó irritada Stephanie—. ¿Se te ocurre alguna idea mejor?

Rick resopló.

—Así, a bote pronto, yo...

—¡Lo ves! —exclamó ella, triunfal—. No se te ocurre otra forma de actuar, pero cuando yo digo algo, entonces...

—Tampoco fue idea tuya —objetó Rick—, sino de ese Weru. Que al parecer tiene un interés personal por leer el diario.

—¡No hay ninguna razón para asegurarlo! —protestó Stephanie, aunque poco antes había sospechado que podía ser contraproducente que Weru se entrometiera en la búsqueda del diario de Mara.

Rick puso los ojos en blanco.

—Su anterior jefe no parecía tenerlo en gran estima —prosiguió—. Por lo que he entendido, el decano de Auckland te ha prevenido acerca de él. Y tu madre nunca te ha mencionado su existencia. Así que me parece un... un consejero más bien cuestionable.

—¿Por qué? —preguntó desafiante—. ¿Porque se interesa por la historia de su familia, que además es la historia de su pueblo? ¿Porque es maorí? Es el primer indígena que dirige por fin el archivo nacional. Los nombres de los demás archivadores parecen todos ingleses. ¡Nunca hubiera pensado que fueras racista, Rick!

—¿Qué? —Rick se quedó perplejo—. No hablarás en serio, ¿verdad?

Ella se mordió el labio.

—No —respondió cambiando de actitud—. Claro que no. Es solo que... alguien como Weru radicaliza. Llama la atención. Y es chocante...

Rick entornó los ojos.

—En fin, ya veo que te ha causado una impresión positiva. Pero no olvides que tu padre y Miri Matthews no querían que los encontrasen.

A Stephanie le dolía la cabeza al concluir la conversación. Estaba enfadada consigo misma por haber provocado a Rick, pero también por los prejuicios de este con respecto a Weru. Era casi como si estuviera celoso, pensó, sin poder reprimir una sonrisa. Los celos nunca habían representado ningún papel en su relación con Rick. Siempre habían considerado que era una relación adulta, basada en la amistad y el respeto mutuo; nunca amenazada por una repentina pasión incandescente por alguien conocido al azar.

¿Otra vez la pasión? ¡Ya basta! Stephanie cerró el portátil. Debía pensar qué ponerse para salir de viaje con Weru. Algo práctico, por supuesto. No tenía la menor importancia que los vaqueros de diseño por los que al final se había decidido y la blusa de seda de colores que había adquirido en las últimas vacaciones en una boutique carísima le sentasen estupendamente bien.

3

Weru estaba discretamente atractivo cuando a la mañana siguiente bajó de su camioneta delante del Waikato Lodge. Llevaba unos vaqueros de cuero que se ceñían a sus fuertes piernas como una segunda piel y una camisa blanca que oscurecía su tez. Para ser maorí tenía una piel notablemente clara, ahí sus antepasados *pakeha* se habían impuesto. Clara Waters lo miró con satisfacción; Stephanie, por el contrario, se preguntó para qué querría un coche tan grande y pesado. Aunque el vehículo encajaba con él, tuvo que admitir. Había pensado en entregar el coche de alquiler en Hamilton, lo que Josh y Clara Waters se encargarían de hacer por ella. Así que ya podía emprender el viaje con Weru. El joven había llegado algo pronto, todavía estaban desayunando cuando se acercó a la casa.

Weru no parecía tener prisa. Cuando Clara lo invitó a sentarse con ellos, aceptó sin vacilar.

—¿Quiere un café? —le ofreció—. He oído decir que trabaja en Turangawaewae. ¿Para el *kingi*? Interesante...

Weru Maniapoto aceptó complacido el café, pero no respondió al parloteo de Clara. Josh, que le preguntó por la primera meta de su viaje, fue mejor atendido.

—¿Por qué precisamente Paihia? —inquirió—. Waitomo y Rotorua están mucho más cerca... Bueno, si es que está pensando en visitar esos lugares.

Durante el desayuno, Stephanie había puesto a los Waters al corriente de sus planes. Ambos compartían la opinión de Rick. Las postales de Miri eran las únicas pistas de que disponían, pero sin duda no servirían.

—Los Waitangi Treaty Grounds —respondió Weru elocuentemente—. Pienso que estaría bien que Stephanie conociera los orígenes, el principio de la historia...

—Pero la historia de Marama empieza en 1864 —intervino la periodista—. El acuerdo de Waitangi...

—Se firmó en 1840 —precisó Clara, dando muestra de sus conocimientos históricos—. Marama todavía no había nacido.

—No obstante, quiero tener una visión del conjunto —respondió Weru, volviéndose hacia Stephanie—. Tienes que comprender la historia de Marama como parte de la historia de nuestro pueblo.

—Pensaba que querían encontrar a dos personas —observó Jeff—. Y también un diario. En lugar de andar dando vueltas a la historia, yo me limitaría a poner un anuncio en un par de diarios importantes. O utilizaría internet y las redes sociales. A lo mejor los dos están en Facebook...

—No están en Facebook —respondió Stephanie—. Es lo primero que comprobé. Ni una Miri Matthews o

Wahia, ningún Simon Cook ni ningún Clavell... Antes de realizar más búsquedas a través de internet, nos vamos a Paihia. Enviaron la última postal desde allí. Así que tiene sentido comenzar por ese lugar. Si tenemos suerte, lo mismo se han quedado los dos allí. La bahía de las Islas debe de ser muy bonita...

A este respecto todos eran de la misma opinión. Josh y Clara le aseguraron que era un lugar maravilloso, mientras intercambiaban miradas cómplices. Claro que no había ningún Clavell en internet, parecía decir Jeff a su esposa con la mirada, si el último Clavell ahora se llamaba Maniapoto...

Weru parecía no caer bien a los hombres. Clara, por el contrario, le guiñó un ojo a Stephanie cuando esta le entregó los documentos del coche alquilado.

—Casi siento un poco de envidia por su acompañante —confesó—. Está un poco pagado de sí mismo, pero no tiene desperdicio. —Stephanie no hizo comentarios—. Debería hacer una excursión para ver delfines. Paihia es famosa por eso y son animales mansos. —Eso le valió una mirada reprobatoria del maorí.

—¡No nos vamos de vacaciones! —exclamó dignamente.

Clara sonrió traviesa.

—Ah, ¿no? —preguntó.

Paihia se hallaba lejos, al norte, era el último enclave turístico antes de la punta más septentrional de Nueva Zelanda. El viaje hasta allí duraba varias horas, pero a

Stephanie y Weru no se les hicieron largas. Ella por fin tenía tiempo para disfrutar del paisaje. Ahora se daba cuenta de lo mucho que se había perdido. Tener que concentrarse en la inusual conducción por la izquierda se había cobrado su tributo. Ahora no se cansaba de contemplar los peculiares bosques que flanqueaban la carretera, interrumpidos a veces por cultivos y por algún árbol menos exótico.

—Helechos y palmeras —dijo sonriendo—. No los hubiera esperado aquí. Pensaba que solo se veían en la costa Oeste... bosques pluviales precisamente...

Weru se encogió de hombros.

—Cuanta más lluvia, más helechos hay; cuanto más calor hace, más palmeras —dijo, resumiendo la flora de su país natal—. Son típicos de Aotearoa. Aunque el *cabbage tree* no es una palmera propiamente dicha. Pertenece a otra especie. Las raíces y los brotes jóvenes son comestibles. Saben a col. De ahí su nombre en inglés. La única especie de palmera realmente autóctona es el *nicau*.

Literalmente, *cabbage tree* significaba «árbol de col». Stephanie enseguida descubrió que, en lo relativo a Nueva Zelanda, Weru era un diccionario ambulante. Pese a ello, todo lo analizaba desde el punto de vista maorí, lo que significaba que nunca hablaba de Nueva Zelanda, sino siempre de Aotearoa, y que tampoco se refería a la Isla Norte o la Isla Sur, sino a Te Ika a Maui y Te Waipounamu. También lo interpretaba todo desde el punto de vista de su pueblo y sospechaba que había injusticias siempre que se producía un choque entre maoríes y *pakeha*. En este tema llegaba a alterarse de verdad. A la periodista le faltaban conocimientos para hablar con él competentemente de los problemas sociales y relacionales a los que se refería. Solo podía escucharlo con atención y creer lo que decía, una manera de proceder contraria a su forma de entender su profesión. Muy pronto empezó a evitar aquellos asuntos que podían alterar a Weru. Una vez conseguido esto, era un entretenido compañero de viaje. Hablaba de forma vivaz y divertida de su empleo, la proximidad entre su lugar de trabajo y la residencia del rey siempre le procuraba interesantes encuentros con visitantes de todo el mundo. Además, había viajado mucho como representante de distintas organizaciones maoríes. Y hablaba de lugares que los europeos no visitaban con frecuencia, como las Galápagos y las islas Cook.

Cuando Stephanie no se agarraba aterrada al asiento, lo que sucedía cada vez más, dado que las carreteras se iban estrechando y volviéndose rurales, ambos se lo pasaban estupendamente conversando. Weru apuraba hasta el extremo el coche en las curvas y su conducción era temeraria. Y ella iba comprendiendo por qué todo el mundo en ese país parecía desear un coche grande y pesado. Seguro que en un choque nadie salía tan mal parado del Toyota de Weru como del pequeño coche de alquiler de Stephanie.

—Nunca hubiese sospechado que fueras miedosa —dijo él, sonriendo irónico, cuando ella preguntó nerviosa si el coche disponía al menos de *airbags*.

—¡No lo soy! —protestó Stephanie, y le habló de las investigaciones que había llevado a término en los bajos fondos de Hamburgo. Pero se reprochó su actitud: en lugar de justificarse, debería insistir en que condujera de forma menos peligrosa.

—Una profesión fascinante —declaró Weru, lo que la enorgulleció. A continuación desvió el tema hacia Parihaka y señaló el trabajo de los periodistas que habían documentado la injusticia que se había realizado allí—. Por desgracia con un éxito poco duradero. Hoy en día, Parihaka y Te Whiti están casi olvidados, a diferencia de nuestros padres fundadores blancos. Observa cuántos lugares y calles llevan nombres de tipos como Bryce, Rolleston o Grey. ¿Hay algún camino que se llame Te Whiti o Rewi Maniapoto?

—Eran maoríes —susurró Stephanie, incómodamente conmovida.

Él le dio la razón.

—¡Vas entendiéndolo! —la alabó—. Empiezas a entender de qué se trata.

Stephanie tenía la sensación de que lentamente iba comprendiendo mejor, al menos a Weru Maniapoto, y, a pesar suyo, se alegraba de ello.

4

A primera vista, Paihia parecía más grande y sobre todo más cosmopolita que las otras ciudades por las que había pasado Stephanie hasta el momento. Muchas no disponían más que de una carretera en la que un supermercado, una tienda de vinos, un comercio de productos agrícolas y algunos puestos de comida reclamaban clientela. Esta, por el contrario, disponía de varias calles con muchos restaurantes, tiendas de recuerdos y algunos hoteles y moteles. El centro rodeaba unas modernas instalaciones portuarias con sitios de recreo, bancos y restaurantes que invitaban a descansar. Las ofertas de salidas para pescar y paseos para ver los delfines tenían allí su sede.

Stephanie se sorprendió de que Weru estuviera de acuerdo con detenerse en un motel y no insistiera en buscar una casa de huéspedes administrada por maoríes. Supuso que no habría ninguna. Tampoco había ningún restaurante especializado en cocina neozelandesa. Aun así, en cualquier puesto se podía comer pescadito frito, aunque Stephanie prefería las tortitas de maíz. Al final, ambos se decidieron por un restaurante tailandés. Ella renunció a preguntar al propietario, que no era maorí ni *pakeha*, por Miri y Simon, pues lo más probable era que el local no hubiera existido veinte años atrás.

—¿Qué es lo primero que quieres hacer? —le preguntó Weru mientras saboreaba la comida, estupenda aunque muy picante—. Seguro que hay algún que otro organizador de excursiones que ya lleva tiempo aquí. Pero los empleados habrán cambiado...

Weru sonrió. Había pedido vino y se le veía relajado. No tenía la menor duda de que su empresa iba a ser exitosa.

—Mañana te enseñaré los Treaty Grounds. Allí habrá alguien que se acuerde... Esto es la Paihia de los *pakeha*, Stephanie. Mañana verás la de los maoríes.

El acceso a internet del motel no era muy bueno, lo que Stephanie utilizó como pretexto para no ponerse en contacto con Rick esa noche, pese a que su intención había sido llamarlo para reconciliarse. En todo caso, si él le hubiera preguntado por sus avances, debería haber improvisado y era posible que se hubiesen vuelto a enfadar... Así que escribió precipitadamente un mail lamentando la mala conexión con internet y se fue a dormir. Estaba deseando descansar; después de una semana todavía arrastraba en los huesos la diferencia horaria. ¿O sería el clima de Nueva Zelanda? Durante el día luchaba con repentinos accesos de fatiga.

Por la noche, sin embargo, la acosaron unos sueños absurdos. En ellos aparecían unos hombres tatuados y unos barcos... Weru nadaba con delfines... Algo borbotaba y ella veía sangre... Despertó una vez más bañada en sudor.

Despertó temprano, se duchó con agua caliente y se maquilló ligeramente. Se alegró cuando Weru sonrió con admiración al verla. Los pantalones de lino claros y la blusa de colores todavía resaltaban más el gris de sus ojos.

El archivero había vuelto a recogerse el cabello en los moños de guerra y llevaba la misma indumentaria que el día anterior: una camisa de lino ancha y vaqueros de piel. La chaqueta era innecesaria, el día se prometía caluroso y soleado. Por mucho que Stephanie intentara concentrarse en lo que quería hacer, ese brillante cielo azul la hacía sentirse como en vacaciones. No podía imaginar que la visita a los Treaty Grounds fuera a aportar gran cosa a sus pesquisas, pero sin duda sería interesante. El tratado de Waitangi todavía ejercía su influencia sobre las relaciones entre maoríes y *pakeha*. El sitio donde se había firmado servía de lugar conmemorativo para ambos pueblos.

—Para eso está pensado —explicó Weru cuando le abrió la puerta de la camioneta en el aparcamiento del Treaty Grounds—. De hecho, son sobre todo organizaciones maoríes las que se encargan de su mantenimiento y se financia de forma autónoma. El Estado no da nada. ¡Algo también sintomático!

—Ya basta... —lo interrumpió Stephanie.

El día era demasiado bonito para volver a lamentarse de la indiferencia de los *pakeha*. Había disfrutado del breve viaje desde Paihia hasta el centro de documentación.

La bahía de las Islas resplandecía al sol y mostraba su rostro más hermoso. El mar era de un azul digno de una postal, las islitas cubiertas de verdor. Ya a primeras horas de la mañana había veleros que cruzaban la bahía, parapentistas y surfistas que desplegaban velas de colores. También el Treaty Grounds resultaba invitador. Los edificios se encontraban en un parque primorosamente cuidado. Unos *tiki* rojos custodiaban el puente de entrada.

Una muchacha despachaba las entradas.

—¿Solo entrada, visita guiada o visita guiada y actividad cultural maorí? —preguntó amablemente.

Stephanie se percató de que era rubia y de ojos azules. Seguro que no era maorí.

—Estudiante de Auckland —respondió alegremente la joven cuando le preguntó al respecto—. Trabajo aquí en verano. ¿Desean hacer ahora la visita guiada? Empieza...

—Empieza justamente aquí, ya lo sé —la cortó bruscamente Weru—. Y sí, participaremos en todo. Yo soy...

Mostró la credencial que lo identificaba como colaborador de Turangawaewae. Al parecer, creía que eso le permitiría pasar sin pagar. La estudiante vaciló.

—Tengo que preguntar a mi jefe primero —susurró, tras lo cual Stephanie renunció a sacar su carnet de prensa. De todos modos, no iba a escribir sobre los Treaty Grounds, ¿por qué iban a permitirle entrar sin pagar?

—Venga, ¡paga la entrada! —le pidió a Weru—. Acabas de contarme que el centro necesita urgentemente apoyo...

Él la miró escéptico, sin saber si se trataba de un comentario irónico. Como fuere, de repente tenía prisa por sacar la cartera del bolsillo del pantalón.

—¡No me lo puedo creer! ¡Pero si es Aketu! —exclamó de pronto, corriendo hacia un maorí robusto y de mayor edad que se acercaba a un grupo de turistas que estaba esperando—. ¡Aketu! ¡Viejo amigo! ¿No me digas que todavía acompañas a los *pakeha* a dar una vuelta por aquí?

El hombre miró atónito a través de sus gafas, y su rostro resplandeció al reconocer a Weru.

—¡Weru Maniapoto! —Le estrechó la mano al joven y luego lo abrazó e intercambió el *hongi* con él—. ¿De vuelta a las raíces? —preguntó burlón—. ¿Acompañado? —Miró a Stephanie y amenazó a su amigo con el dedo—. ¿Una *pakeha*? Nunca lo habría pensado. Venga, señorita, debe de ser usted especial para llevar por el buen camino a nuestro maorí ejemplar. Al menos hasta el momento ni siquiera se dignaba a mirar a una muchacha *pakeha*.

Stephanie sonrió, se presentó e intentó aclarar las cosas. El maorí (era de piel oscura y su rostro mostraba los rasgos típicos de su pueblo, aunque no iba tatuado) pestañeó incrédulo.

—¡Ya hablaremos después! —dijo—. Ahora mi grupo me espera para hacer la visita.

Según contó Weru a Stephanie, Aketu llevaba mucho tiempo trabajando en el centro de documentación, pero era profesor de Historia. Preguntó amablemente al grupo por sus nacionalidades y sonrió cuando saludó a alemanes, franceses, australianos e ingleses.

—Me esforzaré por no hablar demasiado deprisa en inglés para que todos puedan seguirme —les prometió

Aketu—. Y no duden en hacer preguntas. ¡Para eso estoy aquí!

Se puso a hablar como un experto sobre los relieves de la entrada, para abordar después la historia de Nueva Zelanda. Contó que unos mil años atrás, los maoríes habían inmigrado desde el legendario Hawaiki y luego se refirió a los primeros contactos con los blancos, a Abel Tasman y el capitán Cook. A partir de ahí, Weru se tomó en serio el ofrecimiento de hacer preguntas. De manera algo desafiante, interrumpía cada vez que Aketu describía positivamente el comportamiento de los maoríes hacia los *pakeha*. A Stephanie se le antojaba a veces como un alumno respondón que se ha propuesto poner al profesor en un compromiso delante de la clase. El guía se lo tomaba con calma, incluso parecía disfrutar de la lid verbal.

—Deben ustedes saber que tienen aquí al descendiente de una famosa estirpe maorí, damas y caballeros —presentó sonriendo a Weru—. En febrero de 1840, más de uno de sus antepasados estuvo aquí, firmando el tratado de Waitangi...

—¡Y después se arrepintió de haberlo hecho! —se inmiscuyó Weru, y tomó la palabra para explicar los diversos errores de traducción y asuntos legales que contenía el tratado para sus congéneres—. De repente todo el país iba a pertenecer a la Corona británica, que, por mera cortesía, permitía a los maoríes seguir viviendo aquí. Naturalmente, los jefes tribales no lo entendían. ¿Quién podía imaginar tamaña monstruosidad?

Weru era un magnífico orador. Sus oyentes lo escucharon fascinados cuando después pasó a hablar del movimiento de protesta maorí que se había formado en los años sesenta del siglo pasado. Al final, concluyó con tono triunfal diciendo que la reina Isabel se había disculpado en 1995 por haber estafado a los maoríes. Stephanie se percató de que Aketu apretaba los labios. Supuso que la reina no había hecho ese acto de humillación tan en serio como su acompañante lo describía.

—Claro que todo esto puede verse de forma distinta a como lo ve mi amigo —dijo Aketu—. Pese a todos los defectos, el tratado de Waitangi allanó el camino de maoríes y *pakeha* hacia una relación extraordinariamente emancipada. No olvidemos que estamos hablando de una época en que el colonialismo y el imperialismo eran lo más normal del mundo. Bien, y ahora síganme para que puedan hacerse una idea de lo que ocurrió entonces aquí...

—¡Una relación extraordinariamente emancipada!

Weru estaba furioso cuando siguió a Aketu y su grupo. Stephanie no hizo caso de su queja. Disfrutó de la belleza del parque y admiró la canoa de guerra maorí que se exponía allí. Weru acarició casi con ternura la madera, un gesto que Aketu explicó.

—¡Nuestro amigo Weru Maniapoto casi llegó a remar en ella! —dijo—. Se lleva al agua el día de Waitangi y es un gran honor formar parte de los ochenta remeros que pueden impulsarla. Tú pertenecías a un equipo escolar, ¿no es así, Weru?

Weru asintió y habló de una regata que ganó un equipo formado exclusivamente por maoríes. La reina maorí había invitado después a los chicos a que remaran en la canoa con los invitados de honor, el príncipe Carlos y la princesa Diana.

Luego avanzaron con el grupo de Aketu por un cuidado césped sobre el que ondeaban las banderas de Inglaterra y Nueva Zelanda hacia Fyffey House, donde se había firmado el tratado. Stephanie podía imaginar el colorido y el alboroto que debía de haber reinado ahí cuando la canoa de los maoríes reposó en la arena y los caballos de los *pakeha* se detuvieron delante de la casa. También entonces ondearon banderas al viento, se encendieron hogueras y todos celebraron juntos la fiesta.

Pasada una hora escasa, Aketu concluyó su visita guiada y envió a sus invitados a la casa de reuniones maorí.

—Vosotros también vais a ver la danza, ¿no? —preguntó a Weru y Stephanie—. Lo llaman actividad cultural maorí. Los turistas pueden hacerse fotos con los intérpretes después... —Puso cara de haber mordido un limón—. Yo os espero en la cafetería. Aún tengo tiempo de tomar un café antes de la siguiente visita guiada.

La actividad cultural maorí se celebraba en la casa de reuniones y era igual a la que Stephanie ya había visto en el museo de Auckland. Las muchachas agitaban con destreza en el aire sus *poi poi*, que era como se llamaban las pequeñas bolas de lino, y no cabía duda de que los hombres se habían ejercitado con las armas, pero ninguno de los intérpretes tenía un especial talento musical.

—¿Que lo encuentras desapasionado? —Weru rio cuando ella le confesó lo que pensaba—. ¿Y eres precisamente tú quien lo dice? Pero, es cierto, no te equivocas. Para ellos esto es un trabajo, nada más. Ya solo esos tatuajes pintados... —Ni los jóvenes guerreros ni las bailarinas llevaban el auténtico *moko*, como él.

Cuando se reunió de nuevo con Aketu en el café del centro, volvió a quejarse de cómo se había perdido la cultura de su pueblo. Pero cuando le dijo que los niños maoríes deberían sentir más interés por su cultura en la escuela, el profesor sacudió la cabeza.

—Weru, vivimos en el siglo veintiuno —objetó—. Es bonito que nuestros hijos aprendan a tocar los antiguos instrumentos y bailen. Y por supuesto hay que alegrarse de que se realicen actividades culturales en el ámbito turístico. Pero, para ser sinceros, a menudo se me parte el corazón cuando veo a los jóvenes dando brincos por aquí y dejándose retratar con los turistas en lugar de ir a la universidad y aprender algo útil. La palabra «maorí» designa la pertenencia a un pueblo, ¡no un trabajo a tiempo completo! ¡Y la emancipación no significa ser sobre todo maorí las veinticuatro horas del día, sino poder convertirse en lo demás que uno desee! Pero hablemos de un tema menos espinoso. ¿Qué tal te va, Weru? ¿Cómo van las cosas en Turangawaewae? Me supo muy mal que te marcharas de aquí. —Se volvió hacia Stephanie—. Mi amigo trabajó aquí dos veranos. Y yo tenía la esperanza de que la fundación le ofreciese un puesto fijo cuando él terminase los estudios...

Weru resopló malhumorado.

—No llegamos tan lejos —señaló—. Me echaron, como probablemente recordarás...

Aketu contrajo el rostro, pero sin encono.

—Dejaste pasar a unos manifestantes semidesnudos cuando la visita del príncipe Carlos y la princesa Diana —recordó—. Si el servicio de seguridad no se hubiera dado cuenta a tiempo, habrían lanzado a la realeza bolsas de pintura. Habría sido un gran escándalo. ¿Pensabas que te iban a condecorar por eso?

Weru sonrió irónico. Al parecer, se divertía más evocando su travesura de lo que se enfadaba al pensar en el despido.

—Al menos pudimos representar el *haka* de guerra antes de que nos detuviesen —apuntó.

Aketu puso los ojos en blanco.

—Todos pensaron que formaba parte del espectáculo —señaló—. Creo que la fundación te habría perdonado tus pecados de juventud. Aquí podrías haber sido muy útil. Pero no importa, ahora estás en Turanga-waewae y seguramente también realizas una labor estupenda allí... —Tenía un deje de resignación y pareció como si Weru fuera a decir algo. Pero Stephanie aprovechó la mención al archivo para reconducir la conversación hacia el diario de Marama.

—Un documento de la época extremadamente interesante —explicó entusiasta Weru—. Por desgracia, hasta el momento solo tenemos un par de extractos. Si lo tuviésemos completo... Espero encontrar explicaciones sobre los comienzos del movimiento maorí.

Aketu arrugó la frente.

—¿De los apuntes privados de tu bisabuela? ¿Es que te has creído que es la encarnación de la primera rebelde? —Sonrió—. Pero era la madre de tu reaccionario abuelo, ¿no es así? —Se volvió hacia Stephanie—. Debe disculpar la broma, pero Weru proviene de una familia maorí sumamente movida. Sus padres ya formaban parte de los cabecillas de la revolución, si es que puede llamarse así.

—¿Si es que puede llamarse así? Entonces nuestro pueblo empezó a luchar por sus derechos —observó Weru con solemnidad.

El amigo hizo un gesto de disculpa.

—No te lo tomes a mal —dijo cordialmente—. Es solo que a veces pienso que todo se puede exagerar. Cuando me acuerdo de cómo por aquel entonces tus padres pasaron semanas acampados en el parque de Whanganui con esos vestiditos maoríes... Yo solo hice una visita muy corta, llovía a raudales y tu madre clamaba a los dioses... Sin que eso tuviera gran resonancia por parte de los *pakeha*, que prefirieron quedarse en casa con ese mal tiempo. Como los dioses...

Weru negó con la cabeza.

—La protesta en Moutoa Gardens fue sumamente exitosa —señaló ofendido—. Mi padre...

Stephanie, que ya se temía que los dos empezaran a discutir sobre todo el movimiento maorí, aprovechó que hablaban del padre para dirigir la conversación hacia sus intereses.

—Suponemos que mi padre y Miri todavía conservan el diario de Marama y estamos intentando encontrarlos. Es la razón por la que estamos aquí. Es posible que trabajaran en esta zona. Mi padre era asistente social, seguro que se le daba bien comunicarse en público. Debía de saber mucho sobre los maoríes. Podría haber realizado visitas guiadas.

Aketu aceptó de buen grado el cambio de tema, pero negó con la cabeza.

—Es posible —concedió—; pero aquí no se contrata a nadie que no tenga sus documentos en orden. El Witangi National Trust es una organización de utilidad pública y muy seria. Eso ya deberías saberlo, Weru. —Sonrió.

—¿Muy seria? —replicó Weru—. Acobardada, querrás decir...

Aketu lo interrumpió con un gesto.

—No vuelvas a empezar —dijo sin perder la calma y miró a Stephanie—. Vigílelo un poco, últimamente también se aplican las nuevas leyes antiterroristas a los activistas maoríes. Y creo que al *kingi* no le gustaría tener que sacar de la cárcel al director de su archivo. Aunque Weru se dedica más a hablar que a tirar bombas... Ahora debo ocuparme del nuevo grupo. Siento no poder ayudarla respecto al asunto de su padre, miss Martens. Pero si está buscando trabajadores temporales, yo me informaría mejor en el puerto. Hani, por ejemplo, no pide documentación, sobre todo si el que se presenta buscando trabajo es hombre. Hace poco me dio la lata quejándose de que solo le llegan muchachas adolescentes a las travesías ya que todas están locas por los delfines... ¿Ya ha hecho una salida para verlos? No se lo pierda...

Y dicho esto, se despidió antes de que Weru pudiera hacer algún comentario.

5

Stephanie era partidaria de una salida para ver delfines. Aunque no creía que fuera a encontrar a Miri y su padre en Paihia, nunca había visto delfines en libertad y la bahía de las Islas prometía estar soleada.

Una ojeada al reloj y Weit supo que el catamarán para turistas no tardaría en zarpar.

—Todavía tenemos tiempo para comer algo —dijo—. *Fish and chips*, lo mejor. Es una buena razón...

La periodista se preguntó para qué necesitaban una buena razón, pero encontró acertada la idea de comer pescado en el puerto. Poco después se sentaron al sol, con vistas al *Arahua*, que estaba anclado. Como Weru explicó, el espacioso velero emprendería el viaje a Hole in the Rock navegando con motor. La periodista lo lamentó, pero lo interesante no era la travesía en barco, sino que los pasajeros llegaran lo más rápidamente posible a la zona de la bahía donde podían observarse los bancos de delfines.

Hani, el capitán Turore, resultó ser un musculoso

maorí de pura cepa, con un rostro redondo y cordial y los brazos repletos de tatuajes marineros. Llevaba gorra de capitán, camiseta y pantalones cortos, así como unas chancletas. Weru lo conocía bien. Stephanie se enteró de que el archivero también había trabajado en el barco.

—Después de que lo echaran del centro —comentó divertido el capitán. En cualquier caso, lo saludó con alegría y lo invitó a él y a su acompañante a hacer la excursión sin pagar. Cuando los animó a subir al puente, les ofreció la primera cerveza. Seguirían otras más—. ¡Por los delfines! —brindó con ellos—. Por que encontremos algunos y ofrezcan un buen espectáculo. —Señaló a los pasajeros—. De lo contrario, a esos se les devuelve el dinero. —El capitán Turore y su tripulación garantizaban a los viajeros que verían delfines.

—¿Le están esperando los animales? —preguntó Stephanie—. ¿Están siempre en el mismo sitio?

El capitán soltó una carcajada y bebió un buen trago de la botella.

—Qué va, ni hablar, esos siempre van de un lugar a otro. Pero a nosotros eso no nos perjudica. Los delfines no huyen cuando ven un barco. Al contrario, les gusta que los observen. Dan vueltas nadando, hacen unas acrobacias espectaculares... No me pregunte qué sacan ellos de eso. No les damos comida, no los atrapamos, no hacemos nada. A veces también se ven ballenas, pero es más raro. Los delfines, en cambio, deberían formar parte de nuestra plantilla.

Stephanie aprovechó el momento para abordar el

tema de Simon y Miri. El capitán Turore hizo memoria cuando ella mencionó los nombres.

—Una vez tuvimos a un Simon por aquí —recordó—. O era Sam... ¿cómo era que se llamaba, Kutu, aquel flaco? —preguntó al timonel.

La periodista sintió que se le aceleraba el corazón. Un hombre muy delgado, que se había enrolado en el barco, bien podía ser su padre. Sus esperanzas crecieron cuando el timonel confirmó el nombre con un gesto.

—Simon, ¿no? Sí, creo que era Simon. Fue hace un par de años, y tampoco se quedó mucho tiempo. Maldita sea, era uno de esos... no sé ni cómo llamarlos. Un loco por los delfines, siempre preocupado por ellos, como si no se los mimase lo suficiente. Por si podían acabar en la hélice del barco al nadar a nuestro lado.

—¿Pueden? —preguntó inquieta Stephanie.

El capitán hizo una mueca con la boca.

—Poder sí que pueden, pero yo nunca lo he visto. Esos bichos son ágiles. Y despiertos. Más ágiles y despiertos que Simon. Ese era más bien lento con el trabajo. Qué hombre más torpe... Mejor hubiera estado en una oficina. Siempre estaba mareado. Llegó un momento en que tuve que echarlo. No valía demasiado, hasta él se dio cuenta de que no estaba hecho para la vida marinera.

—¿Y dijo adónde iba? —preguntó Stephanie—. ¿Viajaba solo? ¿Podría concretar mejor cuándo fue que estuvo aquí? La postal que tenemos de Paihia es de 1994...

—¿De cuándo? —El capitán Turore se echó a reír—. ¡No lo dirá en serio, muchacha! En 1994 todavía no había hecho ninguna salida en busca de delfines. Eso todavía no era... ¿Cómo se dice ahora? *Cool*. —Sonrió con ironía—. Ni hablar, lo de nuestro Simon fue más tarde. ¿O se llamaba Sam, Kuti?

Stephanie suspiró. Ahí no avanzarían más. Tampoco podía insistir, porque en ese momento tanto el timonel como el capitán empezaron a gritar excitados.

—¡Delfines! ¡A babor!

El timonel tocó la sirena y el capitán empezó a dar el aviso.

—¡Salga! —exhortó el timonel a Stephanie, y apagó las máquinas. Acto seguido, la embarcación se desplazó sin ruido por el agua—. Desde aquí no verá nada.

Stephanie y Weru fueron agasajados con una danza tan fascinante que ni el artista más motivado habría podido ejecutar. En efecto, a babor se divisaban las características aletas dorsales. Diez o veinte delfines mulares se acercaban nadando hacia el barco. Brincaban en el aire llenos de alegría de vivir, giraban y se revolvían en el agua para regocijo de su público. Luego se sumergían, pasaban por debajo del barco y brincaban de nuevo fuera del agua. Parecían saludar así a los humanos.

Stephanie no podía contener su entusiasmo, creía no haber visto nunca algo tan bonito como esos delfines plateados en un mar azul resplandeciente, las acrobacias de los animales y el placer que les producía exhibirse ante los hombres. Cuando el barco volvió a ponerse en marcha, los delfines lo escoltaron a una velocidad impresionante. Stephanie estaba embelesada. Radiante, miró a Weru cuando al final los animales se retiraron y la magia desapareció.

—¡Ha sido increíble! —exclamó.

—¡Esta es mi tierra! —se inflamó Weru, cogiéndole espontáneamente la mano—. ¡Esta es Aotearoa! ¡Así la vivió mi pueblo mucho antes de que llegaran los blancos! ¡Siéntelo, Stephanie! ¡Siente la tierra de Marama!

6

Al día siguiente llovió, y aunque esta vez Stephanie había dormido bien, la euforia del día anterior se esfumó a primeras horas de la tarde, cuando llegaron a los alrededores de Rotorua. Tiendas de muebles y de materiales de construcción, cadenas de restaurantes y gasolineras, nada se diferenciaba ahí de sitios similares en Alemania. Stephanie confirmó lo que sospechaba: no cabía duda de que Rotorua era una población más grande, Miri y Simon podrían haber permanecido durante semanas allí y pasar totalmente desapercibidos.

—No seas impaciente —le dijo Weru cuando ella se lamentó por el tiempo que habían perdido—. He llamado por teléfono a varias personas. Se están informando para nosotros. Además, Rotorua es algo así como la cuna del turismo neozelandés. ¡Manejado por mi pueblo! ¡Los maoríes fueron los primeros en organizar algo aquí, y hasta ahora sigue así! Ahora buscaremos un hotel y luego te enseñaré la ciudad.

Stephanie se preguntó si su acompañante también habría trabajado allí. Era posible. Ya en Paihia había advertido que por todas partes había estudiantes con contratos temporales. En la actualidad estaban de aprendices, las vacaciones universitarias acababan de empezar.

El hotel que Weru escogió era una casa tradicional de estilo colonial y estupendamente provista de un vetusto mobiliario.

—Es la casa más antigua de la ciudad, aquí ya se alojaban forasteros llegados para hacerse curas en el siglo diecinueve —explicó la amable ama de llaves, dispuesta a contarles la historia de Rotorua.

La población vivía sobre todo de sus fuentes termales. Se ofrecían curas de aguas que supuestamente mejoraban todas las dolencias posibles, e incluso los paseos por los parques geotermales constituían un atractivo para el turismo. Los distintos minerales que contenía el agua daban unos brillos de intenso colorido a las piscinas.

Hasta la erupción del volcán, ciento treinta años atrás, la zona disponía de dos atracciones que habían sido consideradas maravillas de la naturaleza: las terrazas de escoria, una rosa y otra blanca. Su comercialización había estado exclusivamente en manos de dos tribus maoríes que se encontraban en la bahía de Te Wairoa y en Ohinemutu.

—Después de que las terrazas quedaran destruidas, los *pakeha* tomaron las riendas —explicó Weru con amargura—. La adjudicación de tierras les favoreció a ellos, construyeron hoteles y baños... Así y todo, a los maoríes les quedó el entretenimiento. Esta noche veremos una representación de...

Stephanie gimió.

—Oh, no, no más... ¿cómo se llama? ¿*Powhiri*? Es siempre lo mismo y, para ser sincera, para mí vuestros *haka* son más griterío que canción. Sí, ya sé que tenían que servir para asustar al enemigo. Pero ya los he visto dos veces y no necesito verlos más.

Weru rio.

—Esta vez será distinto, ¡déjate sorprender! Hay comida del *hangi*. Tienes que probarla. Ya sabes, se prepara en hornos de tierra...

Una comida, típica de Nueva Zelanda, le interesaba más a la periodista. Ya había leído que en algunas zonas de la Isla Norte se aprovechaba la actividad volcánica para cocinar alimentos. Y estaba harta de tentempiés y restaurantes asiáticos.

La recepcionista indicó a Stephanie, Weru y a otros huéspedes que había un servicio de lanzadera para asistir a las representaciones maoríes. Los distintos ofertantes recogían con sus propios autobuses a los interesados. Pero Weru insistió en ir por su cuenta.

—Conozco a la gente, Stephanie, y no tengo ganas de formar parte del mogollón de turistas. Saldremos un poco antes, beberemos una cerveza con ellos y les haremos un par de preguntas... Si Miri y Simon estuvieron aquí, los maoríes se acordarán seguro. Los que montan las atracciones turísticas son empresas familiares o comunidades locales. Todos se conocen entre sí y cuando llega alguien nuevo lo saben.

La periodista asintió y pensó en lo que Rick había señalado respecto la posibilidad de que Miri y Simon no quisieran llamar la atención. ¿Se habrían buscado un trabajo en una empresa familiar? ¿A cuántos desconocidos contrataría ese tipo de empresas? Las preguntas se acumulaban y no había ninguna respuesta que fuera capaz de acabar con su escepticismo.

La función se celebraba en el *marae* de Arawa. Un gran cartel informaba sobre las actividades que ofrecían los maoríes ihenga. Pero Stephanie no acababa de creerse que alguien viviese allí. El conjunto de edificios y escenarios que formaban el pueblecito le parecían dispuestos especialmente para los espectáculos. Si bien había *tiki* y tallas de madera, la casa de reuniones recordaba más a un gran granero rehabilitado para una fiesta de pueblo que a las casas de Waitangi y del museo. Tampoco había que descalzarse antes de entrar, como era habitual.

Por el momento no parecía que hubiese nadie en el edificio, pero tras echar un segundo vistazo Stephanie distinguió a una joven junto a la barra. Estaba sentada en un taburete delante de un espejo y se dibujaba en el rostro un tradicional tatuaje.

—Llegáis demasiado temprano —informó a los visitantes—. Empezamos dentro de una hora. ¿Cómo habéis conseguido entrar? —La joven levantó la vista suspicaz y su rostro se iluminó—. ¡Weru! ¿Qué haces tú aquí?

Acto seguido, los dos se abrazaron e intercambiaron unas palabras en maorí. Stephanie se percató de que ese era el primer lugar donde escuchaba el idioma. Hasta entonces solo había aprendido algunas expresiones como *kia ora*, «buenos días», o *haere mae*, «bienvenido», y oído canciones y poemas. Weru le presentó a la muchacha.

—Esta es Aweiku, o Jenna. Sé que prefiere el nombre *pakeha*...

En ese momento se unieron al grupo otras personas, mayores y jóvenes, unas en su atuendo tradicional y otras con tejanos. Una mujer de más edad abrazó con especial afecto a Weru, le preguntó quién era Stephanie y se presentó en inglés como Hermine, la tía del joven.

—Es la prima de mi madre —explicó Weru, y señaló a todo el grupo—. Aquí soy pariente de casi todo el mundo.

Ya llevaba una cerveza en la mano y hablaba entusiasmado con sus primos y primos segundos. A Stephanie le dieron un vaso de vino blanco y no tardó en verse alejada de los hombres e incluida en el círculo de mujeres que estaban preparando la gran sala para recibir a los huéspedes. Las mesas se cubrían con manteles y se proveían de programas y reservas de asientos.

—La gente toma primero un trago y luego se realiza la función, y entretanto montamos aquí un bufé —explicó Hermine—. Con la comida del *hangi* como atractivo principal. ¿Quieres verlo?

Stephanie no se lo hizo repetir y salió tras la tía de Weru. El horno de tierra estaba cubierto con unas esteras gruesas que la mujer mayor levantó brevemente para que la joven lo viera. En las sartenes recubiertas de papel de aluminio se asaban grandes cantidades de patas de pollo y de cordero, patatas y *kumara*.

—Antes se ponía la comida en cestos y tenía otro sabor —le contó Hermine—. En las islas Fiji se envolvía en hojas. Hay distintas posibilidades de asar la comida en los hornos de tierra. Pero esta es la más sencilla e higiénica. Es importante. Tenemos que cumplir con todas las normativas de los restaurantes.

Stephanie sonrió.

—Los hornos de tierra no se calientan en secreto con gas, ¿verdad? —se cercioró.

Hermine rio.

—No, claro que no. Sería derrochar energía. Aquí por todas partes burbujean fuentes de agua caliente, la actividad volcánica está presente por todos sitios. ¿Habéis ido ya a algún baño termal? En Rotorua hay que ir al Polynesian Spa... ¿Cuánto tiempo pensáis quedaros? Y has de explicarme cómo conociste a Weru. Que aparezca aquí con una *pakeha* es toda una sorpresa. Siempre habíamos pensado que ni miraba a las mujeres blancas. ¿O eres maorí? —Observó el cabello oscuro de Stephanie.

La joven contestó negativamente y señaló que lo único que la unía a Weru eran ciertos intereses comunes. Mientras el rostro de la mujer de más edad se contraía en una mueca de escepticismo, le informó que estaba buscando a Miri y Simon, ante lo cual la maorí se mostró dispuesta a ayudar.

—Una vez tuvimos a una Miri como suplente —recordó Hermine—. Y también trabajó otra en la tienda de *souvenirs* de Whakarewarewa. Es posible que todavía esté allí... Sí, cierto, se casó con el hijo de Kore Keefer. Y creo que en Clearwater Cruises también tienen a una Miri en la oficina... ¿o se llama Mary?

—¿Algún Simon? —preguntó Stephanie.

Hermine negó con la cabeza.

—No sé. Pero si Weru dice que los chicos están indagando por él, es que lo están haciendo. Lo que sucede es que no resulta tan fácil. ¿Cuándo se supone que enviaron las postales?

Stephanie le mostró las postales.

—Naturalmente habíamos esperado que más tarde... bueno, que tal vez hubiesen regresado y vivido aquí más tiempo. O como esto es un centro de arte de la cultura maorí, a lo mejor hay un archivo que guarda el diario... —Se le acababa de ocurrir esta idea. Sin embargo, le valió más compasión que asentimiento.

Hermine sacudió la cabeza.

—¿Centro cultural? Bueno, no sé... Lo que hacemos aquí no tiene nada de arte. Bailamos un poco, enseñamos nuestras armas y nuestros instrumentos de música. Los auténticos *tohunga*, mujeres u hombres sabios que todavía pueden insuflar vida al todo, que arrancan del *putorino* la voz de los espíritus y que llegan a gritar tan fuerte el *karanga* que sacuden el cielo y la tierra, esos no exhiben cada tarde su talento ante los turistas. Eso los degradaría. Nuestra cultura tiene un fuerte componente espiritual que, sintiéndolo mucho, no lo mostramos aquí. —Sonrió pesarosa—. Ahora ven, ya oigo los primeros autocares. Nuestros huéspedes pronto estarán aquí y querrán saber cómo se pronuncia *haere mae* y *kia ora*.

Las muchachas ya se habían apostado junto a la puerta del comedor, sonreían, saludaban y distribuían a los recién llegados entre las mesas. Ahora ya iban todas maquilladas y con la indumentaria tradicional maorí. Todo estaba perfectamente organizado. Stephanie estaba impresionada por la profesionalidad con que la gente era recibida y atendida. Bebió otro vaso de vino con un par de alemanes, a los que habían colocado en su misma mesa (todo un éxito logístico), y esperó a Weru, quien, sin embargo, no apareció.

—Ve con tu grupo de mesa —le sugirió Hermine cuando pidieron a los huéspedes que salieran a presenciar la llegada de una canoa de guerra—. Weru ya te encontrará...

Así pues, Stephanie se reunió con sus compatriotas, los cuales, guiados por una joven maorí, recorrieron un camino de fácil acceso hasta el río. Se sentía un poco desazonada. Si tenía que volver a presenciar un *powhiri*, al menos le habría gustado hacerlo en compañía de Weru, dado que la tarde no había aportado gran cosa. Las huellas que Miri y Simon habían dejado en Rotorua eran tan invisibles como en Paihia.

Y en ese momento iba a contemplar una canoa de guerra... Stephanie se obligó a ver el lado cómico del asunto, y más cuando empezaron a resonar cánticos de guerra desde el río. La embarcación, pintada de rojo, apareció entre los árboles. Por supuesto, era mucho más pequeña que la auténtica canoa de guerra de Waitangi. Con sus diez o doce remeros seguro que no se podía ganar ninguna batalla. No obstante, su canto era más melódico que los otros que Stephanie había escuchado en Auckland y Paihia. Con voz firme, alguien dirigía las maniobras para arrimarse a la orilla, señalaba a los hombres que bajaran los remos, cogieran las armas y arrastraran la canoa a la playa. El líder era más alto, más delgado pero más musculoso que los demás, y llevaba el cabello recogido en moños de guerra. Stephanie no dio crédito a sus ojos cuando descubrió a Weru Maniapoto. Nada de tatuaje pintado, sino auténtico, nada de pasos torpes para subir al escenario, sino el paso felino y ágil del guerrero...

Emocionada, la joven siguió a los demás espectadores. ¿Qué otras sorpresas le depararía Weru? Parecía como si fuera a interpretar algún papel en el *powhiri*.

La función no se ejecutaba en el comedor, sino en un teatrillo cubierto. En el escenario se veía reproducido un asentamiento: cabañas, *tiki*, hogueras (aunque alimentadas por bombonas de gas). Unos cuantos hombres y mujeres empezaron a trajinar por allí. Como siempre en esa clase de espectáculos, uno de los hombres explicó que iban a representar para los turistas un *powhiri* tradicional.

—¡Somos la tribu, vosotros sois los huéspedes! —anunció alegremente—. Una tribu nómada dirigida por su jefe. Así que lo primero que necesitamos es un jefe tribal...

El hombre empezó a buscar entre los turistas, pero, antes de que eligiera uno, una de las mujeres que estaban junto a la hoguera se acercó a él. Era la joven a la que Weru había presentado como Aweiku o Jenna.

—Por deseo especial de un buen amigo, hoy elegiremos a una jefa de la tribu —dijo la muchacha con su voz cristalina—. Y no es algo que se aleje de la realidad. Antes de que llegaran los *pakeha*, siempre hubo mujeres dirigiendo las tribus... —Los ojos de la joven centellearon combativos al denunciar públicamente la opresión que sufrieron las mujeres a manos de los intrusos blancos. Stephanie ya había oído decir que en Waitangi no se había permitido a las dirigentes de las tribus que firmaran los documentos, con lo que los hombres maoríes aprovecharon la oportunidad para sustituir a las guerreras, sin duda rebeldes, por otros hombres. Respecto a eso, los varones de distintos ámbitos culturales enseguida se ponían de acuerdo—. ¡Nuestra *ariki* de hoy se llama Steph Ani!

La joven se volvió sonriente hacia la periodista, que ya se había temido que algo así fuera a suceder. El amigo era Weru, por supuesto, y ella siguió ansiosa la indicación cuando Aweiku le hizo un gesto para que se adelantara. Escuchó a medias las explicaciones de lo que ocurriría después. El *powhiri* empezaba con una danza de guerra desafiante, ante la cual el público no debía sentir ningún miedo, luego se colocaba sobre el suelo una hoja de helecho que Stephanie debía recoger y tender al jefe de la tribu. Un gesto en son de paz. Ella sabía que un *powhiri* maorí no se desarrollaba tan deprisa. En otras épocas tardaban horas, hasta que las dos tribus se habían observado lo suficiente como para aceptarse mutuamente. En su representación había que acortarlo, por supuesto. Esperó relajada la danza de los guerreros y no se sorprendió cuando Weru se apartó del grupo de hombres que estaban junto a la hoguera y se plantó delante de ella. Primero se arrodilló en el suelo, cogió algo entre los dedos, pareció probarlo y luego estalló en una danza.

Sacudió la cabeza hacia atrás, enseñó los dientes, sacó la lengua y empezó a hacer muecas. Su expresión era amenazante, casi llena de odio.

Y luego, de repente, en sus manos sostenía *mere*, las mazas de guerra de jade. Fue girando y se acercó a Stephanie como si tuviera la intención de propinarle un golpe en la cabeza. Su canción era tenue y penetrante, ni un grito, más bien un siseo. Durante toda la danza mantuvo la tensión. La joven periodista y seguramente los demás espectadores estaban profundamente conmovidos cuando concluyó y volvió a hincar la rodilla, como si un titiritero hubiese abandonado su marioneta. Pero antes de que el público recuperara la respiración, Weru volvió a levantarse. Su rostro mostraba una expresión grave, pero no amenazante.

—Sé bienvenida a la tribu de los ngati whakaue —dijo en inglés, algo inusual. Hasta ahora, los discursos de bienvenida de los jefes tribales siempre habían sido breves y en maorí—. Llegamos tiempo atrás a Aotearoa con la canoa *Aotea*. Mohau es la montaña. Kaituna es el río. En nuestra tribu arde el fuego de la montaña de lava. ¡Sed bienvenidos si venís en son de paz, pero os transformaremos en ceniza si osáis pelear contra nosotros!

—¡Ahora tú! —exhortó animosa Aweiku-Jenna a Stephanie.

Durante la danza de Weru había permanecido de pie a su lado, casi como si quisiera infundirle valor... ¿o tal vez exponerse ante el bailarín y atraer quizá la atención de este? Cuando habían llegado al *marae*, ambos parecían tenerse mucha confianza.

Stephanie reflexionó unos segundos. A estas alturas ya conocía esa parte del ritual. Como jefa de la tribu nómada también tenía que presentarse y tal vez mencionar un río o una montaña vinculados a su lugar de nacimiento.

—Mi... mi nombre es Stephanie —empezó con voz ronca—. Vengo de... —Iba a decir Hamburgo, mencionar el Elba y explicar que en los alrededores de su ciudad no había ninguna montaña digna de ser recordada, pero luego, al cruzar su mirada con la de Weru, sucedió algo...—. Yo... yo nací en Wellington, en... en la ciudad que vosotros los maoríes llamáis Te Wahnganui a Tara... —Un par de minutos antes habría sido incapaz de pronunciar el nombre maorí. Claro que de niña debía de haberlo oído muchas veces, su padre seguro que lo había nombrado en multitud de ocasiones en esos primeros años que ella había olvidado—. La... montaña... En fin, está el monte Victoria, pero no conozco ningún río. Y yo... bueno, mi madre... llegó a Aotearoa en el *Queen Elizabeth*.

Weru y los demás maoríes la miraron admirados. Hoy en día, ya no era usual llegar a Nueva Zelanda en barco, la misma Stephanie estaba asombrada de sus propias palabras. De hecho, Helma Martens había trabajado en el *Queen Elizabeth* como camarera de habitación durante las vacaciones universitarias y gracias a eso había podido echar un primer vistazo a la isla de sus sueños. Naturalmente que se lo había contado a su hija en alguna ocasión, pero ya hacía décadas que las dos habían dejado de hablar de Nueva Zelanda. Stephanie tampoco recordaba el *Queen Elizabeth*. El corazón empezó a acelerársele. ¿Estaba empezando a recordar? ¿Iba a recordar también detalles de su propia vida?

Pero el telón que tan inesperadamente se había levantado ante el pasado volvió a descender. Stephanie ya no sabía más, aunque había cumplido con sus obligaciones de forma satisfactoria para todos. Recogió con rapidez la hoja de helecho, se la tendió a Weru y se estremeció cuando sus manos se rozaron.

La mirada del joven era seductora y llena de amor.

—Has llegado, Stephanie... —Ella dudó si lo decía de verdad o si esas palabras simplemente resonaban en su cabeza—. Bienvenida a Aotearoa...

7

El resto del *powhiri* transcurrió de forma tan poco espectacular como las representaciones de Auckland y Waitangi. Weru volvió a intervenir en la función solo una vez más. Cuando se anunció una canción de amor maorí, acompañó a su tía al centro del escenario, la llamó por su nombre maorí y le entregó una pequeña flauta.

—¡Toca, Heremini! De lo contrario, nadie creerá que Hinemoa obedeció al reclamo de la flauta de Tutanekai.

Y luego contó con su voz profunda y conmovedora la historia de una pareja de enamorados procedentes de tribus rivales que solían reunirse en una isla después de que la muchacha no pudiera resistirse a la melodía que interpretaba con la flauta su amado. Hermine tocó entonces el pequeño y modesto koauau de una forma tan emotiva que al final muchas mujeres tenían lágrimas en los ojos. La joven, que había acompañado a Stephanie durante toda la ceremonia, cantó a continuación la canción de amor, no con excesivo talento pero sí con sentimiento. Al participar en el espectáculo maorí, Weru la había implicado mucho más en su causa. Quien tenía un poco de sensibilidad sospechaba ahora el potencial espiritual que comportaba un auténtico *powhiri*, sobre todo cuando Hermine lanzó el *karanga*, el grito que convertía en una unidad ante los dioses a la tribu anfitriona y sus huéspedes. Normalmente, algún miembro del grupo entonaba las palabras tradicionales sin emoción ninguna, pero Hermine las dotó de significado. Al menos Stephanie tenía la sensación de que un lazo se había cerrado entre ella y el pueblo de Weru. ¿O era entre él y ella?

El maorí volvió a reunirse con ella cuando se hubo servido la comida. No tardó, porque seguramente se había librado de la tarea de otros intérpretes de hacerse fotografías con los turistas después del espectáculo. Se había duchado o bañado en el río, iba limpio y se había soltado los moños de guerra y lavado el pelo, que llevaba sujeto en la nuca con una cinta de piel. Cuando vio a Stephanie le indicó que se acercara a una mesa lateral. Era evidente que no quería que lo reconocieran como miembro del grupo. Se ocupó de ella y le llevó vino, boniatos y carne del *hangi*. Cuando ella probó el plato, al principio con cautela, él le preguntó si le gustaba. No le preguntó si le había gustado el espectáculo, parecía darlo por seguro.

Stephanie encontró algo raro en el sabor de la comida. A causa de alguna especia o del tipo de cocción, la verdura tenía un regusto ahumado. En cuanto a la carne, tuvo la sensación de que no era costumbre del pueblo maorí, pues ni el pollo ni el cordero habían desempeñado una función importante en su alimentación tradicional.

—¡No podemos acabar con los últimos kiwis que corren por aquí! —Hermine rio cuando Stephanie se lo comentó—. ¿A cuánta gente crees que damos de comer cada tarde? Como mínimo a cien. Tenemos que calcular bien y además intentar ofrecer lo que le gusta a la gente. Con cordero y pollo no nos equivocamos...

Por supuesto, eso era cierto. Stephanie se apresuró a elogiar la comida. El bufé era variado, había ofertas para todos los gustos, incluso para vegetarianos, y distintos postres para golosos.

—Como ya ha dicho mi tía, no podemos servir a la gente kiwis o asarles lagartos —señaló Weru cuando, durante el breve trayecto hasta el hotel, ella volvió a hablar sobre la conservación de las antiguas costumbres—. De todos modos, hay programas más ambiciosos. Muchas tribus ofrecen paseos para observar la naturaleza y en algunos *marae* se realizan talleres de iniciación de fin de semana en los cuales la gente participa de nuestra cultura y filosofía. Pero casi nadie se interesa por ellos. Algo que no les reprocho a los alemanes, franceses o de donde fuera la gente de esta noche. Los neozelandeses blancos sí deberían interesarse por todo eso. Y si no lo hacen, habría que obligarlos. Me pregunto por qué las tradiciones maoríes no forman parte del programa escolar. —Con su brío característico, Weru condujo el coche hacia el aparcamiento del hotel—. ¿Bebemos otra copa juntos? —Le abrió galantemente la puerta del coche, que había detenido delante del porche de madera pintada de azul y blanco—. He traído una cosa... —Sacó una botella del vino blanco que Stephanie acababa de beber en el *marae*—. ¿En tu habitación o en la mía? —Las habitaciones daban directamente al porche, no tenían que pasar por recepción para llegar a ellas.

A ella la cogió un poco por sorpresa. Habría preferido tomar la copa en el bar, pero ya eran más de las once. Los bares todavía estarían abiertos en Auckland o en Wellington, pero no ahí.

—No sé... yo... Para mí todo va muy deprisa —dijo al final, mientras buscaba la llave—. Entiéndeme, hoy ha sido todo... maravilloso. Aunque...

Weru levantó las manos como disculpándose, pero tampoco se tomó en serio la negativa.

—Se trata de tomar una copa de vino, Stephanie, no de sexo —observó relajadamente—. Aunque no es que vaya a rechazarlo, llegado el caso. Eres... bonita e inteligente, tenemos una misión común. ¿Qué problema habría?

Ella esbozó una torpe sonrisa.

—¿La... hum... pasión? —preguntó, sin saber si lo planteaba a él o a sí misma—. De la que yo suelo carecer, según tú mismo has observado varias veces.

Weru se echó a reír.

—Ya no tanto —objetó—. Empiezas a arder, Stephanie. Empiezas a ver este país con mis ojos. Con los ojos de Marama. Eso también nos ayudará a encontrar el diario. Aprendes a ver con el tercer ojo...

—¿Como los tuátaras? —bromeó ella, pensando en esos reptiles con el ojo en lo alto de la cabeza—. Pero ya basta, ¡o acabarás invocando a los espíritus! Vale, una copa...

Abrió su habitación, donde había copas de vino, como prácticamente en todos los hoteles neozelandeses. También un calentador de agua, café y té, así como un servicio básico de tazas.

Weru descorchó la botella y llenó las copas, mientras ella echaba un vistazo rápido a sus e-mails. Y como si allá lejos, en Alemania, alguien hubiese desarrollado un sexto sentido para saber cuándo ella había regresado, la señal intermitente del Skype se encendió en el portátil.

—Una llamada... —dijo, vacilando si atenderla o no—. Weru, ¿te importaría...?

—¿Me meto en el baño? —preguntó él divertido.

Ella habría preferido que saliera de la habitación. En el fondo, daba igual si se metía en el baño o salía a la terraza para esperar que concluyera la conversación. De todos modos, no entendería lo que ella hablara con Rick, con quien últimamente había menos... complicidad e intimidad.

No dijo nada cuando Weru, con una sonrisa petulante, se metió en el baño. Tal como esperaba, el rostro de Rick apareció en la pantalla.

—¿Dónde te has metido, Steph? —preguntó él—. Te he llamado tres veces.

Ella reaccionó criticándole su manía de controlarla, pero luego se contuvo. No había nada que señalara desconfianza por parte de su amigo. Impaciente, le contó de los maoríes y de la representación. Al hacerlo, apartó el portátil discretamente de la puerta del baño. A saber lo que se le podía ocurrir a Weru. Sería embarazoso que apareciera en la pantalla de repente.

—¿Otra vez costumbres maoríes? —se asombró Rick. Lo que ella había contado hasta el momento no era demasiado entusiasta—. ¿No te cansa? He echado un vistazo en internet. Yo con una vez habría tenido suficiente.

Stephanie rio nerviosa y le habló de la familia y los amigos de Weru, pero no mencionó el componente espiritual que el *powhiri* por fin había despertado en ella, ni la participación de su acompañante maorí en el acto, ni ese breve resurgir de sus enterrados recuerdos. En cambio, le informó de haber encontrado en la conversación con los maoríes un punto de referencia en relación con Miri y Simon. En realidad, casi todos los miembros de la familia conocían a gente con estos nombres de pila que trabajaban o habían trabajado en la industria turística en torno a Rotorua.

—En cualquier caso, mañana... mañana todavía nos quedaremos aquí —añadió—. Todo el mundo es muy servicial. Lo principal es la energía y la pasión que uno emplea. Si buscamos el tiempo suficiente, si de verdad lo hacemos, entonces los encontraremos...

En cuanto hubo dicho esto, se asustó de sus propias palabras. ¿Qué demonios acababa de decir? ¿Había empleado la pasión y lo esotérico como argumento ahí donde se precisaban la serenidad y el pensamiento lógico? ¡Rick debía de pensar que estaba chiflada!

Vio que una sombra cruzaba el semblante de su colega —primero tenía que digerir lo que acababa de oír— y de repente se asustó. Todo eso la estaba superando... Rick en la pantalla, Weru oculto... Se sobresaltó cuando creyó oír un ruido en el cuarto de baño. ¿Qué sucedía ahí dentro? De repente sintió miedo y algo la empujó a no seguir hablando con Rick. Sin vacilar, interrumpió la conexión, fingiendo un fallo técnico para poner punto final a la conversación.

Se quedó sentada ante el ordenador respirando con dificultad. ¿Qué le estaba sucediendo? ¿Por qué no podía simplemente enfrentarse a las preguntas de Rick y discutir con él su método de trabajo tal como había hecho en Alemania en muchas investigaciones? Por supuesto, tenía claro que esta vez carecía de argumentos razonables. No podía explicar qué la retenía en Rotorua junto a Weru Maniapoto.

El corazón seguía palpitándole cuando él salió del baño. De repente, el tatuaje le daba un aire extraño y amenazador. Stephanie se sintió mareada... pero Weru sonrió y cogió la botella de vino.

—¿Tu... novio? —preguntó a media voz.

Ella iba a contestar que eso no era de su incumbencia, pero se limitó a tenderle nerviosa la copa para que se la llenara. Luego bebió un sorbo. Y tembló cuando Weru se la arrancó de la mano.

—Olvídalo —dijo—. Olvídate simplemente de todo lo que fue... Entrégate a lo que es...

No sabía si realmente quería eso, pero no se resistió cuando él la besó.

8

Stephanie se sentía excitada, enojada... y culpable cuando Weru por fin se fue. No había hecho el amor con él, y él no la había presionado. Pero los besos y caricias que habían intercambiado bastaban como pruebas de que había sido infiel a Rick. Encendió todas las lámparas, buscó el vino y se llenó otra copa. El alcohol la ayudaría a tranquilizarse.

No habían sido solo los besos y las caricias de Weru los que la habían conducido a una excitación imposible de atenuar. También fueron los recuerdos que habían emergido de golpe, los sentimientos hacia su antiguo y nuevo país natal que se mezclaban con los que sentía por el archivero maorí... ¿Qué le estaba sucediendo? El corazón se le aceleraba, le ardía la piel... Era incapaz de dormirse. Tenía que hablar con alguien. Marcó con dedos temblorosos el número de Lisa en la redacción.

—Por favor, atiende la llamada. —Era más de medianoche, alrededor de mediodía en Alemania. Era posible que su amiga estuviera en el despacho, aunque también podía haber salido para hacer alguna investigación.

—Aquí *Die Lupe*, Departamento de Redacción. Lisa Grünwald al aparato. —Stephanie suspiró aliviada al oír la voz alegre y vivaz de Lisa. La amiga pareció inquietarse cuando le dijo quién era—. ¡Stephanie! ¿Ha pasado algo? Todavía estás en Nueva Zelanda, ¿no? Debe de ser más de medianoche allí...

—Exacto, hay doce horas de diferencia —le recordó, pues ya lo sabía. Durante el viaje habían hablado en más de una ocasión por teléfono—. Escucha, necesito a una amiga. ¿Podemos charlar por Skype? ¿Tienes un momento? ¿Estás...?

—¿Sola? —completó la frase Lisa—. Claro que estoy sola. Sigo en mi pequeño despacho. Si te interesa saber si Rick está aquí, no, no está. Hace una hora más o menos que se ha esfumado. Parecía salirle humo por la cabeza. ¿Qué ha ocurrido, Steph? ¿Os habéis peleado?

Stephanie suspiró.

—Es algo más complicado. ¿Puedo contactar contigo ahora *online*?

Cuando lo hizo, se lo contó todo. Describió el carisma de Weru, la fascinante forma en que la cortejaba, su espiritualidad y su pasión, y los recuerdos que por la tarde se le habían despertado.

—¿Me estás pidiendo que te dé un consejo? —preguntó Lisa cuando su amiga hubo concluido—. ¿En relación con ese hombre? Es difícil. En cuanto a los recuerdos... yo no los sobrevaloraría. Se trata solo de un par de datos. Podrías haberlos obtenido hasta de una guía de viajes.

—¿El nombre del barco en que mi madre llegó a Nueva Zelanda?

Lisa se encogió de hombros.

—Seguro que te lo contó más adelante. O tal vez a otra persona y tú estabas presente. No creo que signifique nada, Steph. Y seguro que no hay ninguna relación con este hombre. ¡Mira las cosas de frente! Esto no tiene nada que ver con la historia ni con la espiritualidad, y tampoco con los maoríes o *pakeha*. Es una cuestión de hormonas, simplemente. Ese tipo te atrae. ¡Te has enamorado!

Tras la conversación con Stephanie, Rick Winter estaba tan alterado como su novia. Sospechaba que esa precipitada interrupción no había tenido que ver con que hubiese fallado la conexión de internet. Había hecho un par de intentos más de comunicarse por Skype, en vano. Ella había apagado el portátil. Rick lo encontró sumamente inquietante. Nunca la había visto tan nerviosa e impaciente. Y, además, esa irracionalidad tan impropia de ella. Estaba preocupado, aunque en Nueva Zelanda no le podía pasar una gran desgracia. A no ser, sonrió irónico, que se incluyera el plano astral en el que parecía moverse ese Weru. Por lo que Stephanie contaba de él, era capaz de caminar sobre el agua. Era posible que ella hasta estuviese de acuerdo si al maorí se le ocurría encargar a un médium que buscase a Miri y Simon.

Como era frecuente, la ironía ayudó a Rick a encontrar un razonamiento más claro. «Médium» era la palabra clave, tenía que intentar hablar con alguien entendido en errores y desvaríos mentales. Consecuentemente, poco después llamó a la puerta del despacho de Lisa y entró en la pequeña estancia, en cuyas paredes colgaban varias fotos de un caballo negro. Lisa era una entusiasta amazona, su frisón *Tampen* ocupaba todo su tiempo libre.

—¿Tienes un momento? —preguntó Rick. En ese momento, Lisa estaba recogiendo sus cosas. Era probable que pensara ir a las cuadras—. ¿O vas a algún sitio?

Lisa lo estudió con la mirada.

—Sí y no, hoy hay alguien que me saca el caballo a pasear —respondió—. ¿Puedo ayudarte en algo?

Rick se frotó las sienes. Por una parte era positivo que Lisa tuviera tiempo, pero por otra parte la conversación podía complicarse. Ella seguro que se mantendría leal a su amiga.

—A lo mejor. ¿Estás... estás en contacto con Stephanie?

Lisa asintió.

—Hemos charlado un par de veces por Skype —contestó escuetamente—. Me tiene al corriente de lo que hace. Pero a ti también, ¿no?

Él se mordió el labio.

—Sí y no... Lisa, yo... A lo mejor suena un poco absurdo, pero quería saber si te ha llamado la atención algo en ella. Si la notas cambiada, ya sabes...

Ella frunció el ceño.

—Pues no, no sé —dijo—. No querrás sonsacarme, ¿verdad? Rick, si te refieres a que a mí me cuenta cosas que a ti te calla, entonces tendrás que preguntarle tú mismo. Yo no puedo decirte nada...

Rick suspiró.

—Lisa, no te estoy pidiendo que cometas ninguna indiscreción. Solo quiero saber lo que le pasa. Escucha, la última vez que hablé con ella estaba nerviosa, inquieta, y tuve la impresión de que no estaba sola en la habitación. Ese Weru...

—¿Estás celoso? —preguntó Lisa sin rodeos.

Rick intentaba mantener la calma, pero no pudo contenerse.

—Por Dios, Lisa, ¿qué tengo que contestarte? —exclamó—. ¡Sí, a lo mejor estoy celoso! Aunque no sé si tengo razones para ello, porque tampoco me habla tanto de ese tipo. Lo que también es raro. Ya la conoces, es muy aguda a la hora de describir a la gente. A lo mejor se ha liado con ese hombre. Si es así, en algún momento tendré que hablar con ella al respecto, o matarlo o tirarme a las vías del tren, o simplemente separarme civilizadamente de ella. Pero lo que aquí y ahora me preocupa es la cuestión de si con todo eso puede perder el control. ¡Estoy preocupado, Lisa! Ya me preocupé cuando se trataba de la tal Marama, pero ahora que los dos casos están entremezclados, que se ha descubierto que Stephanie está involucrada en el caso Matthews... Quiero saber si corre peligro, Lisa, si este asunto tiene repercusiones psíquicas sobre ella y si es posible que Weru sea el detonante de algún conflicto.

Rick se paseaba inquieto por el despacho. Si hubiera tenido suficiente cabello, se hubiese tirado de los pelos.

Lisa cedió.

—Ven, vamos a tomar una cerveza —dijo cambiando de actitud—. Y hablamos. Pero lo dicho: de nada que sea demasiado íntimo. Se trata solo de emplear un poco de psicología.

Acabaron en el mismo *pub* irlandés en que las dos amigas se habían reunido antes de que Stephanie se entrevistase con Helbrich. En esta ocasión, Lisa también pidió una Guinness, para Rick lo mismo y además un whisky.

—Tienes aspecto de necesitarlo —dijo la joven.

Rick sonrió.

—Es que necesito respuestas —dijo mientras abría la cerveza—. Tengo un mal presentimiento. Como ya te he dicho, desde el principio. Pero mientras me dejaba participar en todo, mientras me llamaba y me enviaba correos...

—... todavía tenías la sensación de mantener el control —completó Lisa—. Ahora se te escapa. Stephanie se retrae. Pero esto no significa que corra peligro... ni siquiera si ahora realmente empieza a recordar.

—¿Si qué? —Rick se sobresaltó—. ¿Ha recordado? ¿Ha recordado algo de su infancia y no me lo ha dicho?

Lisa tomó un sorbo de cerveza antes de contarle la aparición de Stephanie en el papel de jefa de una tribu en un *powhiri*.

—Supongo que para ella ha sido algo doloroso. A lo mejor no quería preocuparte. Sea como fuere, me ha llamado y le he dicho lo mismo que te estoy diciendo a ti: es probable que eso no tenga demasiada importancia. Por lo demás... Mira, Rick, el hecho es que Stephanie sufrió un trauma a los seis años. Un trauma enorme para una niña tan pequeña, y ahora tiene puntos de referencia sobre lo que sucedió. Encontró a sus amigos muertos, es posible que viera a su padre matar al padre de sus compañeros de juegos. La abandonaron en una casa llena de cadáveres... Y ahora sabe que ella reprimió todo eso para protegerse. En resumen, incluso si volviese a recordar, seguro que el *shock* no sería tan grande como para provocarle un colapso. Tal como están las cosas...

—¿No es suficiente? —preguntó atónito Rick.

Lisa se encogió de hombros.

—Me pregunto por qué no recuperó la memoria cuando el policía se lo contó todo —admitió—. Habría sido lo lógico, y más habiendo fotos del lugar del crimen. ¿Es que el policía no quería darle el expediente? Existe la posibilidad de que aún se esconda algo más. Yo calculo que al menos debió de ver cómo moría Matthews o que su vida misma estaba amenazada. Si ahora recupera la memoria —o si los sentimientos que entonces reprimió afloran—, sería mejor que estuviera con alguien que la conozca y que se desenvuelva mejor en una situación así, que no con un... En fin, ese tal Weru es una especie de héroe sacado de una película del género fantástico. No será especialmente comprensivo.

—¿Héroe de una película de fantasía? —preguntó Rick. En ese momento el camarero le servía el whisky. Rick cogió el vaso y dio un buen trago.

Lisa se llevó la mano a los labios.

—Ya he hablado demasiado... —murmuró—. Stephanie me matará. —Jugueteó con un mechón de su cabello y se sosegó—. Bueno, pase lo que pase, por el momento no veo ningún peligro en que Steph recuerde. Como mucho, podría sucederle algo si recuperase a su padre. Y es poco probable que esto ocurra.

—¿Consideras que sería mejor que no lo encontrase? —inquirió Rick—. Me refiero a que solo tienen esas cuatro postales. Una vez que hayan visitado las localidades, tendrán que arrojar la toalla.

Lisa arqueó las cejas.

—Si Weru no la convence de ir a buscarlos a otro sitio. Nueva Zelanda es grande y Steph tiene tiempo. Söder fue muy generoso en cuanto a los gastos de viajes... —Se mordisqueó el labio, insegura acerca de si compartir con Rick sus temores—. En caso de que efectivamente... perdiera el control, como dices, podría simplemente quedarse en Nueva Zelanda. Dice... dice que cada vez se identifica más con el país. A fin de cuentas, nació allí. Si se imagina que lo más importante es que... Pero ¿qué está buscando en primer lugar? ¿A su padre o ese diario?

Rick bebió otro trago de whisky y se quedó mirando la cerveza.

—En cualquier caso, Weru está buscando el diario. Es probable que Simon Cook le importe un pimiento.

Lisa asintió.

—De todos modos —objetó—, estaría bien que se aclarara el caso de los asesinatos de Matthews y que Stephanie recuperase la memoria. Sería deseable que encontrara a su padre y que entendiera cómo y por qué desapareció en aquel entonces. Borrar como si nada seis años de vida no debe de ser sano. Siempre le faltará algo y nunca se sentirá realmente segura. Nunca se atreverá a tener una relación estable... Sí, tú mismo lo sabes bien. Solo que no debería ir dando palos de ciego como parece que está haciendo ahora.

Rick bebió cerveza y permaneció callado, inmerso en sus pensamientos.

—Esto significa —dijo al fin— que lo mejor sería dar con Simon Cook, hablar con él y preparar cuidadosamente a Stephanie para el encuentro...

La psicóloga asintió.

—Por ejemplo —convino—. Lo principal no debería ser un viejo diario, sino el encuentro entre ella y su padre. Weru solo quiere los recuerdos de Marama. Cuando los tenga, o cuando tenga claro que nunca los obtendrá, con toda seguridad abandonará a Stephanie.

9

Pese a la fructífera conversación con Lisa, Stephanie durmió mal y se despertó con un taladrante dolor de cabeza. En esta ocasión, la ducha caliente no le sirvió de ayuda, necesitaba una aspirina antes de recobrar ánimos para reunirse con Weru en la sala de desayunos. Pese a todo, el comportamiento de él fue impecable. La saludó con un discreto beso en la mejilla, lo suficiente para mostrarle que se acordaba de la noche anterior sin que se sintiera presionada. Le recomendó un café bien cargado contra el dolor de cabeza, además de las frutas y cereales del bufé del hotel, un desayuno sabrosísimo con el que la periodista reunió fuerzas.

—Bien, entonces emprendamos de nuevo la búsqueda —dijo Weru de buen humor cuando ella volvió a estar en condiciones de conversar.

Empezaron las pesquisas en un poblado maorí de una tribu que mostraba a los visitantes su estilo de vida. Se hallaba en medio de una zona termal y en los alrededores burbujeaban orificios cenagosos. Stephanie se mareó tan solo con el penetrante olor a azufre; al parecer no le había sentado muy bien la cena de la noche anterior. Junto con las infaltables actividades culturales que cada dos horas ofrecían los habitantes de Whakarewarewa, los maoríes vivían de la venta de *souvenirs*. En una tienda, una tal Miri vendía, efectivamente, camisetas y kiwis de peluche; en otra, un Simon hacía colgantes de jade. Pero ninguno de los dos tenía nada que ver con la pareja que buscaban. Weru compró un colgante para Stephanie.

—Vela para que una unión sea para siempre —afirmó, señalando el símbolo entrelazado—. No te asustes, se trata de amistad y de afinidad espiritual, no de relaciones sentimentales.

Stephanie iba a decir que, de todos modos, no creía en esas cosas, pero el colgante era muy bonito y le quedaba bien.

Seguía con el dolor de cabeza, el mareo y el malestar, incluso cuando Weru la condujo hasta una zona termal donde se podían admirar estanques de distintos colores borboteando. El paseo solo la animó ligeramente.

Por la tarde cerraban todas las atracciones, así que visitaron las tiendas de recuerdos para preguntar por Simon y Miri. Al final acabaron conociendo a tres Miris y dos Simones más. Pero ninguno compartía una historia ni, por descontado, un secreto.

—¡Todo esto es absurdo! —se lamentó la periodista, decepcionada.

Al atardecer, cuando aparecieron los primos de Weru para enseñarles la vida nocturna de Rotorua, no quiso acompañarlos.

—Quién sabe, a lo mejor en los bares averiguamos algo más sobre Miri y Simon —intentó convencerla con un guiño Weru.

—¿Crees que nos estarán esperando en un bar? —Stephanie hizo un gesto de rechazo, pero luego decidió ir con ellos, al menos a tomar una cerveza. Un poco de distracción le sentaría bien. Además, estaba Aweiku-Jenna. Era la única mujer que se había unido al grupo, al parecer solo para conversar con ella.

—Ayer apenas pudimos charlar —le dijo—. Me alegra que vengas con nosotros. No iremos muy lejos. Y puedes volverte al hotel antes si estás cansada. Rotorua es más segura que... Hamburgo. Eres de allí, ¿no?

Stephanie se apresuró a explicarle que en la mayor parte de Hamburgo una mujer no tenía nada que temer si salía sola a las once de la noche, y además ellos acabarían antes de esa hora. Los bares cerraban muy temprano.

La primera cerveza la bebieron en un antro cargado de humo con tres televisores funcionando y un público que apostaba a las carreras de caballos.

—Son locales típicamente maoríes —explicó Aweiku-Jenna—. Es lo que gusta a los hombres.

Sin el tatuaje del rostro y fuera de los focos del escenario, la joven parecía mayor. Llevaba unos vaqueros ceñidos y un *top* con los hombros al descubierto, donde mostraba un tatuaje, una hoja de helecho desplegándose. Tenía un aire exótico.

—¿Cómo te gusta que te llamen, Jenna o Aweiku? —preguntó Stephanie—. Ya te lo quería preguntar ayer.

—Jenna. —Llevaba suelto el cabello largo y negro, solo

adornado con un prendedor en forma de flor roja—. Aweiku es mi nombre maorí. ¿No te gusta la cerveza? ¿Quieres pedir otra cosa? —Señaló la botella que la periodista todavía no había tocado.

—Sí, sí. —Stephanie tomó un sorbo antes de seguir preguntando—. ¿Es una especie de... nombre artístico?

Jenna negó con la cabeza y sonrió.

—¡No! ¡Eso sería un honor demasiado grande! Es más bien un nombre de infancia, un nombre de campamento de verano. —Se reclinó en la silla y se puso cómoda. Estaban sentadas solas a la cabecera de la mesa. Los hombres miraban uno de los televisores y comentaban el partido de rugby—. Sabes, la mayoría de los maoríes hoy se llaman John, George, Jenny o Trudy. Son muy pocos los que ponen a sus hijos un nombre tradicional. A pesar de eso, suelen enviarlos a los campamentos de verano de las distintas organizaciones maoríes. Ahí se aprende un poco la lengua, un poco de danza y a trenzar el lino. Se cocina en las hogueras, se duerme en los dormitorios comunes de un *marae* y los cuidadores cuentan historias, es muy divertido. Y lo primero que ocurre es que cada uno adquiere su nombre maorí. La mayoría lo elige por sí misma, pero el mío me lo puso Weru. Aweiku significa «ángel». —Hizo una mueca—. Antes todavía era buena.

—¿Estás emparentada con Weru? —preguntó Stephanie. Le parecía distinguir cierto parecido familiar cuando Jenna sonreía, pero no estaba segura—. Por favor, no me tomes por cotilla, pero como os saludasteis de un modo tan... efusivo, pensé que...

Jenna la interrumpió con un gesto.

—Hace mucho de eso —respondió—. Y como todos sabemos, al menos desde ayer por la noche, por su parte no hay ningún interés por entablar una relación que vaya más allá de la mera amistad. —Alzó las manos con resignación, pero sonriente. No parecía muy celosa—. Hacía tres años que no veía a Weru —añadió—. Es probable que a él le resultara incómodo que yo le echara los brazos al cuello. Pero en mi familia es normal, continuamente nos abrazamos y besamos. Simplemente olvidé que en casa de Weru son más bien... rígidos.

—¡Weru y yo no estamos juntos! —protestó Stephanie.

Jenna sonrió de nuevo. Por lo visto, no se lo creía. Después de lo sucedido en el *powhiri*, Stephanie podía entenderla. Y más cuando la cuestión de si había o no relación sentimental tampoco podía responderse de forma terminante tras lo ocurrido la noche anterior.

—Weru y yo somos primos segundos —prosiguió Jenna—. Mi madre es prima de la suya. Hermine Ihenga, ayer la conociste. Y durante años, Weru fue mi monitor en el campamento de verano. —Sonrió—. Naturalmente, me enamoré de él como las demás chicas.

Stephanie aprovechó para hacer una pregunta que hacía tiempo que deseaba plantear.

—¿Cómo ha aprendido todo eso? La danza de ayer... a manipular las armas. Me resultó casi extraño. Y en Paihia conoce a todo dios, ha trabajado en muchos sitios.

Lo miró. Ahora, los hombres estaban jugando a los

dardos y Weru siempre daba en el blanco. Se movía con la soltura de un bailarín.

Jenna siguió su mirada, contempló a su primo y sonrió.

—Es interesante, ¿verdad? —observó con un deje de orgullo—. Su familia vivió un par de años en Paihia. En las vacaciones trabajó en la Treaty House. Y yo no diría que conoce a todo dios, solo a los *tiki* y Aotearoa. —Miró a Stephanie, que sonrió asintiendo con la cabeza. Weru no estaba familiarizado con Dios, sino con Nueva Zelanda y con sus divinidades maoríes—. Mi hermano y yo también hemos crecido en la observación de las costumbres maoríes, pero no nos lo tomamos tan en serio como la familia de Weru —prosiguió Jenna—. Sus padres... Bueno, su madre sería incapaz de coger una flor sin cantar antes *karakia*. ¡No fuera a ser que molestara a algún espíritu! Y su padre lucha como un fanático por los derechos civiles de los maoríes, lo cual es algo bueno. De acuerdo, yo todavía no había nacido, pero sé lo mal que lo pasaron cuando en los años sesenta se instalaron de repente en la ciudad. Pobreza, miseria, pérdida de la identidad... En cualquier caso, movilizar a la población era lo que tocaba. Y todas las manifestaciones y marchas de protesta dieron sus frutos. Nuestro pueblo está en una situación totalmente distinta hoy en día. Pero lo hicieron todo con Weru. Ya es extraño que no le ocurriera nada grave en las frías tiendas de campaña y en las casas de reuniones. La tía Kathleen, bueno, Kawhia, la madre de Weru, a veces se olvidaba de él.

—¿Weru creció entre manifestaciones de protesta? —inquirió Stephanie.

Jenna asintió e hizo una mueca.

—Y luego... A su padre se le ocurrió ofrecer campamentos para los niños de la ciudad durante las vacaciones de verano. Aire fresco y cultura maorí en el bosque. Por decirlo de algún modo, para recuperar las propias raíces. ¡No pienses en diversión! Jeffrey Clavell no conoce esta palabra. El padre de Weru se lo toma todo muy en serio. Para el primer campamento contrató a ancianos maoríes como tutores, *tohunga*, maestros en su especialidad. Estos se tomaron al pie de la letra lo que era la vida en el campamento. Iban a cazar y pescar con los chicos y las niñas salían con las mujeres a recoger plantas medicinales y desenterrar raíces de *raupo*. Si no encontraban nada comestible, no comían. —Rio, pero Stephanie supuso que los *tohunga* se encargaban de que sus pupilos no pasaran hambre, si bien podía imaginarse muy bien lo que un niño de ciudad opinaba de una dieta de pescado y raíces de *raupo*—. Los guerreros se llevaron la peor parte —siguió Jenna, divertida—. A ellos los machacaron sin piedad. Mis hermanos sufrieron la experiencia en su propia piel. Ellas habrían preferido marcharse, pero tenían que ir con él al campamento. La mayor aventura de Charly fue la huida nocturna. Consiguieron llegar al pueblo vecino y telefonearon a casa. Entonces no había móviles... —Solo de pensarlo, un escalofrío pareció estremecer a Jenna. Palpó un momento en busca de su móvil, como si quisiera confirmar que no había desaparecido de repente—. Mis padres fueron a recogerlos a él y Howy. Los demás niños escribieron cartas desesperadas, con lo que sus padres también se pusieron en marcha. Fuera como fuese, muchos dejaron el campamento antes de tiempo. Weru, por supuesto, no podía.

—Él se convirtió en un maorí modélico —resumió Stephanie, que empezaba a atar cabos—. ¿Es posible que eso le gustara?

Jenna se encogió de hombros.

—No sé. Pero su padre estaba orgulloso de él, y su madre también. Un niño lo hace todo por eso. Es probable que en un momento dado hasta lo haya encontrado *cool*. Y, en efecto, lo es. —Guiñó el ojo a Stephanie—. En cualquier caso, ¡ayer estabas fascinada cuando bailó para ti!

—¿Te refieres a que lo utiliza para ligar? —preguntó incómoda.

La maorí se apartó el cabello de la cara y bebió pensativa un trago de cerveza.

—Tal vez. Pero seguro que también le interesa el tema. Por ejemplo, ese tatuaje tradicional que lleva en la cara... Duele un montón hacérselo. No se puede comparar con este. —Señaló su tatuaje—. Y también fue a la universidad y se inscribió en Estudios Maoríes. En verano, como ya te he dicho, trabajaba de monitor en el campamento. ¡Nos lo pasábamos en grande con él! Nada que ver con las torturas de los primeros años. —Jenna rio—. Y más tarde desveló a los *pakeha* los engaños del tratado de Waitangi. Una vez también estuvo en un barco que hacía excursiones para observar delfines. Entonces bromeábamos con que también domesticaría ballenas... ¿Has leído *The Whale Rider*?

Stephanie asintió, pese a que solo conocía un resumen del libro. Sabía únicamente que trataba de una niña que consolidaba su posición en la tribu conduciendo de vuelta al mar a una ballena varada.

—Su padre debe de estar muy satisfecho de él —observó.

Jenna asintió.

—¡Oh, sí! También su madre. Solo está preocupada porque todavía no tiene nuera. —Juguéteó inquieta con su cabello—. Lo ideal sería una guerrera del tipo Ahumai Te Paerata: «¡Si los hombres mueren, también las mujeres y los niños morirán!» —Jenna pronunció las famosas palabras con voz profunda y grave—. Mi madre opina que Weru debería buscar en los bosques de King Country. A lo mejor encuentra ahí una tribu de caníbales olvidada y a la hija virgen del jefe de la tribu cuya preciosa sangre mereciera mezclarse con la de los Maniapoto. —Sonaba divertida, aunque también con cierto deje de dolor. Stephanie se preguntó si las primas habrían hablado alguna vez de un enlace entre Weru y Jenna. A fin de cuentas, ambas familias pertenecían a la nobleza de su pueblo. También la aristocracia europea solía casar a primos entre sí—. ¡Pero ahora te tiene a ti! —exclamó Jenna, volviendo al tema—. No lo niegues, está enamorado. Y tú también, a juzgar cómo lo miras... Así que cuenta. ¿Cómo dio contigo?

Stephanie le contó que, en rigor, había sido ella quien había dado con él. Volvió a insistir en que entre ellos solo había la búsqueda del diario de Marama. La maorí se limitó a sonreír, y Stephanie se sintió como si la hubieran pillado en falta. Se sobresaltó cuando Jenna, al final, sacó una conclusión inesperada.

—Sea como sea, parece feliz.

—¿Quién? —preguntó Stephanie.

—Weru. Contigo. Nunca lo había visto tan... dichoso. Y no creo que montara un espectáculo solo para ti. Es más, parece que le gusta mostrarte su mundo. Tal vez necesita un cambio.

¿Un cambio? ¿Era ella realmente solo un pequeño cambio para Weru, una breve incursión en otro mundo antes de sumergirse de nuevo en su arcaica cultura y seguir trabajando en su carrera? ¿O estaba planeando precisamente escapar con ella de su antigua vida? Se frotó la frente. Su interlocutora esperaba una contestación. ¿Debía sincerarse con ella sobre sus sentimientos? No estaba segura de lo que sentía. ¿Estaba enamorada? Y si lo estaba, ¿qué pasaría después? ¿Cuándo se lo contaría a Rick?

—¿Y tú? —intentó reanudar la conversación con la maorí—. ¿Trabajas en la empresa familiar? ¿Cómo cantante y bailarina?

Jenna se llevó las manos al cabello.

—¿Maorí de profesión? —preguntó horrorizada—. Por todos los cielos, no. Aquí solo vengo de vez en cuando en vacaciones. —Sonrió—. A diferencia de la mayoría de mis primos y primas tengo sentido musical, disfruto cantando y bailando. En otoño vuelvo a la universidad en Dunedin. Hago el curso de doctorado en Derecho.

Se puso en pie, se retiró el pelo hacia atrás y se reunió con los lanzadores de dardos. Tras intercambiar unas palabras con los hombres, le dieron un par de dardos que ella clavó en el centro de la diana con tanta rapidez y seguridad como antes su primo Weru.

«Si realmente está buscando a una guerrera —pensó Stephanie con una desagradable sensación—, no necesita ir demasiado lejos.» Justo a su lado tenía a una, una noble maorí y licenciada en Derecho que encajaba mucho más con él que una periodista alemana con quien no tenía nada en común.

10

Waitomo, el lugar al que se dirigieron Weru y Stephanie al día siguiente, no era una simple población aislada, sino un distrito donde vivían unos diez mil habitantes. La mayoría de los *pakeha* se concentraba en la pequeña localidad de Te Kuiti, que ostentaba el título de «capital del esquileo». Un escaso cuarenta por ciento de maoríes se ocupaba de la gestión de las cuevas de luciérnagas. Las tres cuevas, muy alejadas de las poblaciones, constituían la atracción principal, pero nadie parecía permanecer más tiempo del necesario para visitarlas. De ahí que la situación de los hoteles y moteles no fuera buena. Weru alquiló una cabaña en un camping delante del centro de visitantes. Stephanie pensó en si debía insistir en reservar dos, pero luego le pareció absurdo. Las cabañas eran lo suficientemente grandes.

Por la mañana, Weru la había saludado con toda naturalidad, de nuevo dándole un beso, y le había dedicado algunos piropos, pese a que ella se sentía cualquier cosa menos atractiva. Había vuelto a dormir mal, aunque esta vez recordaba todo lo que había soñado. Weru y Jenna habían montado en unas ballenas y luego él había sido nombrado *kingi*. Y Jenna había puesto una demanda. La misma Stephanie había sido citada como testigo de si había visto a Weru adoptar una actitud amenazadora y, de repente, el océano se había llenado de sangre, inundándolo todo...

—Duerme un poco más por el camino —le había sugerido Weru después de que ella le contara que no había descansado.

Cuando siguió su consejo y reclinó el asiento del acompañante, él la tapó atentamente con su chaqueta. Para su sorpresa, consiguió conciliar el sueño. Durmió profunda y sosegadamente todo el viaje a Waitomo y después se sintió mucho mejor. Weru la cogió de la mano cuando pasaron por el camping para echar un vistazo a las cabañas.

—Qué bonito es esto, ¿verdad? —observó—. Aire fresco, rodeado de naturaleza...

—Ya —murmuró Stephanie al tiempo que daba un manotazo a un mosquito—. ¿Y ahora qué hacemos? ¿Preguntamos otra vez en las tiendas de *souvenirs*? —Disponían casi de medio día. Solo de pensar en kiwis de peluche, llaveros de kiwis y manteles con kiwis se le ponían los pelos de punta—. ¿O vas a sacarte de la manga una de tus maravillosas ideas?

Weru le guiñó un ojo.

—Hoy nos tomamos el día libre —contestó—. ¡Esta noche, Stephanie, iremos a ver luciérnagas!

—Pero no en el bosque, ¿verdad? —Stephanie hizo

una mueca y se rascó. Ya tenía el brazo izquierdo surcado de picaduras. El propietario del camping les había dado un mapa y les había explicado bajo qué viejos puentes se podían observar también las famosas luciérnagas fuera de las cavernas. Sin duda convivían allí en armonía con arañas y mosquitos.

Weru rio.

—¡No; en las cuevas! Y no empieces a quejarte otra vez de que en Nueva Zelanda todo está cerrado a las cinco. Precisamente de eso nos aprovecharemos nosotros hoy. Solo tengo que ir un momento al centro de visitantes mientras Pita todavía está allí. Hacer una excursión a las cavernas solo con la linterna del móvil, tal vez sea demasiado romántico.

Stephanie aprovechó el tiempo para aprovisionar la cabaña. El camping estaba junto a un restaurante donde podrían cenar alguna cosa, pero parecían tenerlo más difícil para desayunar. Así que se dirigió al pequeño supermercado mientras pasaba revista a la noche anterior. De hecho habían vuelto al hotel a eso de las doce. Weru había aceptado que ella quisiera ir directamente a dormir, por lo visto tenía aspecto de estar agotada. Sin embargo, ella no había conciliado el sueño y al final se le había ocurrido buscar en Google información sobre el movimiento maorí y sobre Jeffrey y Kawhia Clavell.

En efecto, encontró varias fotos y artículos periodísticos. Kawhia Maniapoto —de casada y en los documentos legales, Kathleen Clavell— era, como se esperaba, una mujer hermosa, de cabello negro y largo, delgada pero con formas femeninas. No podía negarse su parecido con Hermine y Jenna. Un tatuaje auténtico le rodeaba la boca. En un artículo se leía que esto simbolizaba que los dioses habían insuflado su aliento a la mujer. «¡Nosotras deberíamos ser su voz!», había afirmado Kawhia ante un periodista y le había explicado que ella también se veía como una mensajera de los espíritus de su pueblo. Los dioses reclamaban los derechos de los maoríes, ayudarían a las tribus a hablar con una voz, a alzarse contra las injusticias y a recuperar su orgullo.

Kawhia tenía los ojos dulces y bellos de una soñadora, pero desde hacía años ocupaba un puesto importante en la Maori Women's Welfare League. Así que algo debía saber de su trabajo. Era posible que presentara un aspecto más ingenuo y espiritual de lo que en realidad era.

Jeffrey Clavell —o Maniapoto, ya que en todas las entrevistas acentuaba que descendía del famoso jefe tribal— tenía una presencia que a primera vista, impresionaba. Era delgado, muy alto, rubio y de ojos azules. Así era como Stephanie había más o menos imaginado al joven Leonard Clavell. Así que no era extraño. Incluso si Adam no hubiera heredado el cabello rubio de Leonard, su esposa seguro que había sido una *pakeha* de pura cepa, blanca, y así se había impuesto de nuevo el color de piel y cabello original de los Clavell.

Pero más extraño que el color del pelo y los ojos era la forma de presentarse del padre de Weru: Jeffrey llevaba el pelo largo y peinado en moños de guerra. Se había hecho tatuar alrededor de la nariz y la frente, lo que le daba un aire exótico y, exceptuando las últimas fotos, en las que siendo miembro del Parlamento vestía traje, se lo veía con el atuendo tradicional maorí. Lo mismo podía aplicarse a Kawhia y al pequeño que de vez en cuando aparecía en las primeras instantáneas, cuando los Clavell se manifestaban en sentadas en los parques o en marchas de protesta. Stephanie había leído que, entre los maoríes, toda la tribu se sentía responsable de la crianza de los niños, y era obvio que Jeffrey y Kawhia habían confiado con frecuencia en ello. El pequeño recibió el cuidado de distintas muchachas maoríes, sus padres no le prestaron mucha atención. A Stephanie le había pasado por la cabeza que para que sus padres le hicieran caso había tenido que lanzar bolsas de pintura a príncipes y princesas.

Finalmente, también había buscado a Weru en Google, lo que tal vez había suscitado esos absurdos sueños en que aparecía como un *kingi*. Había tropezado con un currículo verdaderamente impresionante: el maorí había concluido con éxito los estudios en las mejores escuelas privadas de Nueva Zelanda, había formado parte de los equipos de remo más destacados del país y lo habían premiado en varias competiciones de *kapa haka*, en el ámbito del deporte de lucha maorí. Ya de adolescente había destacado como activista y había pronunciado discursos arrebatadores. Se comentaba que aspiraba hacer una carrera política como su padre.

Es probable que no acabe siendo rey, había pensado Stephanie, pero ¿y primer ministro con raíces maoríes? No había que descartarlo.

Al final, llegó al mismo tiempo que Weru a la cabaña y se alegró de que él la elogiara por sus compras.

—¡Prepararé unos huevos! —anunció—. A lo mejor con salmón... Tengo una receta especial.

Stephanie rio.

—Esto es un camping, no una tienda de exquisiteces. Conténtate con que haya conseguido jamón. Y un vino mediocre muy caro... Habríamos comprado mejor por el camino.

—Por el vino no te preocupes —dijo con una sonrisa cómplice—. Y ahora, vamos, las cuevas nos están esperando. —Y le dejó apenas tiempo para meter las compras en la nevera de la cabaña.

Cuando ella subió al coche vio en el asiento de atrás dos cascos provistos de linternas.

—No querrás meterte en algún sitio donde esté prohibido entrar, ¿verdad? —preguntó inquieta—. Yo no soy una buena deportista, ya sabes. No pienso bajar en rapel...

Weru negó con la cabeza riendo.

—La atracción principal de esas cuevas consiste en dejarse llevar por un río subterráneo en un neumático de automóvil —bromeó—. Después de que te hayas tirado desde una altura de un metro como mínimo. A la gente le encanta. Así que, si insistes, el río está justo a la vuelta de la esquina...

—¡Ni hablar! —exclamó ella, mirando hacia fuera.

El paisaje de Waitomo era montañoso, cubierto de bosques de una mezcla de helechos, palmeras, árboles frondosos y de coníferas. Había caminos en los que adentrarse y paseos guiados que prometían emocionantes aventuras en unas grutas. Weru aparcó en el parking de la cueva Ruakuri, pero no se dirigió hacia la entrada.

—Iremos por otro acceso, el original —anunció mientras tendía un casco a Stephanie.

La condujo por un sendero antes despejado, pero ahora casi cubierto de helechos, hierbas y árboles caídos.

—Cuatrocientos o quinientos años atrás —explicó Weru—, unos maoríes que cazaban pájaros descubrieron estas cuevas. De repente fueron ellos quienes se encontraban en el papel de presas, pues aquí vivía una manada de perros salvajes. ¿Te imaginas lo mucho que se asustaron mis antepasados cuando les salieron de golpe esos animales? —Señaló dos árboles, donde había una entrada.

La ayudó a encender la linterna del casco y le dio la mano. Ella, nerviosa, fue abriéndose camino a través de la penumbra del bosque, que luego dejó paso a la oscuridad total de la cueva. Solo brillaba la tenue luz de la linterna. Por fortuna el suelo era plano, sorprendentemente plano para ser una cueva. Weru se lo explicó antes de que ella preguntara.

—El jefe tribal de los guerreros mandó echar a los perros de la cueva y sí, debieron de acabar en las ollas de sus esposas. Él, por su cuenta, se hizo una elegante capa con sus pieles. Muchos años después lo enterraron en el interior. Precisamente aquí, en una galería lateral de esta cueva... —Stephanie tembló. Qué lúgubre, un cementerio...—. De hecho había varias tumbas aquí, pero nadie sabía nada hasta que en 1904 un *pakeha* llamado James Holden abrió la cueva para que tuvieran acceso las visitas. ¡La familia se embolsó el dinero de las entradas hasta 1988, cuando por fin las cuevas se nacionalizaron!

—¿Y luego se encontraron las tumbas? —preguntó Stephanie.

—¡Ssssh! —Weru le pasó el brazo sobre el hombro y ella se estremeció—. Vayamos dentro primero. Esta entrada no está iluminada. Se cerró cuando descubrieron las sepulturas del jefe y sus hombres. La tribu maorí local protestó. Es *tapu*, una falta de respeto, una profanación de los lugares santos, que la gente vaya pisoteando las tumbas.

En eso, ella estaba de acuerdo. Habría preferido estar en cualquier lugar que no fuese esa fosa. Aunque al jefe y sus hombres no parecía molestarles demasiado que la gente saliera y entrara de su cripta. Era probable que se tratara más de una lucha de poder entre maoríes y *pakeha* que, en este caso, habían ganado los nativos.

—Desde hace unos años existe una nueva entrada por todo lo alto —explicó Weru—. Espectacular, incluso accesible para discapacitados. En la cueva de Ruakuri se puede entrar sin problemas con silla de ruedas. Y, ahora, ¡mira! —Stephanie soltó un grito cuando el joven apagó de golpe las dos linternas, pero luego distinguió un resplandor azulado en lo alto—. ¡Las primeras luciérnagas! En realidad no son luciérnagas, sino larvas de mosquitos de los hongos. ¿Ves los hilos que salen de sus cuerpos? Con ellos atraen a los insectos. Estos vuelan hacia la luz y se quedan atrapados en las hebras.

—Qué bonito —dijo Stephanie. No obstante se sentía perdida sin la linterna, y más aún ahora que Weru también se alejaba de ella—. ¿A... adónde vas? —preguntó atemorizada, y de golpe todo se iluminó con una luz sobrenatural. Stephanie parpadeaba incrédula ante el resplandor de ese mundo de peculiar belleza que la envolvía. Unas estalactitas formaban grupos de figuras fantásticas, un castillo de un blanco marmóreo que combatía en brillo con una traslúcida y afiligranada serie de estalagmitas.

—¡*Voilà*, y la luz se hizo! —Weru sonreía delante de una caja de mandos—. Bienvenida a la visita guiada de la cueva, Stephanie. La cueva de Ruakuri está a tu disposición.

—¿También... también has trabajado aquí? —preguntó estupefacta y esforzándose por sosegar su acelerado corazón.

Él negó con la cabeza.

—Qué va, pero una amiga mía... No, no, no taaaan amiga... —Sonrió y besó a Stephanie en la mejilla.

Ella sospechó que mentía. Era probable que en el pasado la muchacha lo hubiese llevado a esa romántica aventura. Daba igual. Solo se preguntó cómo Weru podía conciliar con su conciencia espiritual el hecho de ignorar el *tapu* relativo a las tumbas de sus antepasados. Lo siguió con cautela por las pasarelas y puentes de la cueva, yendo de unas esculturas de estalactitas, señaladas con una luz indirecta, a otras, y de nuevo la recorrió un delicioso escalofrío cuando Weru se desprendió de la mochila en una gruta encantadora, sacó una botella de champán y la descorchó.

—¡Por nosotros! —brindó tras servir—. Y por Marama, que ha unido nuestros caminos.

Stephanie bebió y se sintió como en éxtasis. ¡Nadie como Weru había hecho por ella esas locuras tan románticas! Nunca se había sentido tan joven, tan libre, natural y... amada.

—¿Vamos ahora al río subterráneo? —preguntó traviesa.

En la lejanía se oía el bramido de una cascada. La cueva se llenaba de sonidos distintos: el goteo de agua, el rumor del aire que corría. Probablemente durante el día, cuando estaba llena de visitantes, eso no se apreciaba.

—Si Pita ha cumplido su palabra y ha dejado fuera un bote para nosotros... —dijo risueño Weru—. De no ser así, tendré que nadar para coger un bote. ¿Te gustaría? ¿Te gustaría que me zambullera en el agua oscura como hizo una vez Hinemoa para Tutanekai?

Ella no pudo evitar pensar en la canción de aquellos enamorados y tragó saliva. Las hazañas de ese tipo no siempre salían tan bien como en la leyenda maorí. Pero quedó demostrado que se podía confiar en Pita. Un bote de remos esperaba junto a un riachuelo rodeado de helechos justo detrás del centro de visitantes de la cueva principal.

—¿Quién es Pita? —preguntó con recelo Stephanie cuando Weru la ayudó a recorrer la pasarela. Reinaba la penumbra y él no quería encender las linternas. Al fin y al cabo, no estaba permitido coger como si nada un bote y visitar la cueva desde el lado contrario—. ¿La chica con la que estuviste aquí?

—¡Estás celosa! —dijo Weru. ¿Le alegraba?—. Tranquila. Pita es el nombre maorí de Peter. El conserje. Siempre le van bien unos dólares de más...

Y perdería su trabajo si los sorprendían allí. La joven sintió un leve atisbo de culpabilidad, pero luego se sentó con su acompañante en el bote y observó cómo lo ponía en movimiento tirando de una cuerda situada a la altura de la cabeza. Todo sucedía en silencio, suavemente y en un entorno que no podía ser más sublime y misterioso. Bajo los techos de la cueva colgaban miles de luciérnagas. Resplandecían como un cielo estrellado, aunque en una galaxia en que las estrellas eran azules y la luz que desprendían, plateada. Stephanie se quedó boquiabierta, imaginaba que estaba en un sueño. Se tendieron en el fondo y Weru la abrazó mientras el bote flotaba en el lago.

—¡Qué maravilloso! —susurró ella—. Es...

—*Horohia e Matariki* —murmuró Weru—. *Ke te Whenua. Kia tipu he puawai honore, mo te pani, mo te rawakore e...*

—¿Qué significa ? ¿Es una... una oración a las estrellas? —Weru había pronunciado con profunda reverencia esas palabras.

—Algo parecido. Para los antiguos maoríes, la naturaleza siempre era sagrada. Esto es de una canción a Matariki, las Pléyades, que para los maoríes significan el comienzo del año nuevo. Se les pide que cubran la tierra de brillo y la hagan fértil... y que obsequien y consuelen a todos los que lo necesiten.

—¡Qué bonito! —repitió ella, pensativa e inmersa en la luz que convertía la cueva en un lugar encantado.

—Este es mi regalo —dijo Weru con gravedad—. ¿Quieres regalarme tú también algo?

Stephanie se estrechó contra él.

—¿Qué? —preguntó a media voz—. ¿Pasión?

Se besaron bajo las estrellas que no eran tales, pero Stephanie ya no pensaba en ello. Ya hacía tiempo que se había despertado su pasión. Ardía por Weru, por su pueblo y por su tierra, escuchaba sus palabras con fervor. Se dejó guiar por él a través de una catedral construida con piedra caliza hasta un recinto lo suficientemente grande para celebrar un concierto. Estaba hechizada y confió en él cuando, a través de la oscuridad de la caverna, la condujo hasta la entrada que ahora hacía las veces de salida.

Esa noche yació entre sus brazos, con los labios exploró los contornos de los tatuajes de su rostro y se movió acompasadamente con el flexible cuerpo del joven. Tenía la sensación de estar bailando con él, y sonrió al pensar que, en un principio, el movimiento que había hecho con su lengua todavía le había parecido amenazador. Pero ahora las inquietantes muecas del guerrero cedían paso a la expresión sensual del hombre apasionado. Weru era todo sentimiento, se entregaba totalmente a su quehacer y conocía bien el arte de amar. Stephanie nunca había vivido una noche así. Se estremecía de orgasmo en orgasmo, sentía las manos de él explorándole el cuerpo. Manos ásperas y fuertes que se adueñaban de cada pulgada de su piel. Ella temblaba con sus besos, oía su voz susurrándole tiernamente en una lengua ajena. La penetró suavemente, llenándola por entero, y luego marcó un ritmo que la subyugó. Al final, se estrechó contra Weru, nunca se había sentido tan agotada y satisfecha cuando por fin se durmió, lista para iniciar la mañana con otro juego amoroso.

No la despertaron sus besos, sino el aroma del café recién hecho y unos huevos fritos con tocino. Weru ya estaba vestido junto a la encimera de la cocina y removía algo en la sartén. De la tostadora saltaron dos rebanadas de pan.

—¿Qué? ¿Has dormido bien, Hinemona? —preguntó risueño.

Ella se desperezó.

—Muy bien —murmuró—. Aunque demasiado poco. Weru, ¡todavía no quiero levantarme! ¿Por qué no vuelves a la cama? Por mí, podemos desayunar después... —Pero el olor del café era irresistible—. Bueno, desayunar en la cama y seguir durmiendo... —Se tendió voluptuosa y se lamió los labios.

Él le dio una taza de café, pero no satisfizo su deseo.

—¡Toma, bebe para despertarte! —la animó—. ¡Dormilona! —Le dedicó una cariñosa mirada, pero no se dejó excitar de nuevo por su visión—. Y luego te levantas. No olvides que estamos buscando el diario... y a Miri y Simon. Ellos no se presentarán por su propia cuenta. Los centros de visitantes y las tiendas de *souvenirs* abrirán pronto, y a lo mejor también hacemos un breve viaje a Te Kuiti. Es posible que haya otros trabajos que no sean solo para esquiladores. Ese pueblo sí que está aislado. Si uno quisiera apartarse del mundo, iría ahí.

Stephanie tomó un sorbo de café y suspiró desilusionada. Una cosa era segura: Weru no la acompañaba en su investigación para irse con ella a la cama, como Lisa había sospechado. Él creía en la misión de ambos y no había nada que ella deseara más que no decepcionarlo.

11

Helma Martens inspiró pesadamente, estaba derrengada. Como siempre que volvía del Amazonas, lidiaba con infecciones, parásitos y picaduras de mosquito. Esa mujer pelirroja y de piel clara no estaba hecha para el trópico. Sin embargo, recibió amablemente a Rick y escuchó con atención sus inquietudes. Lo había invitado a su casa, ya que le preocupaba que Stephanie estuviera sola en Nueva Zelanda.

—Hace mucho que debería haberme ocupado de ella —reconoció arrepentida—. Cuando me llamó a Manaos estaba sumamente agitada... Me bombardeó con sus preguntas, ya no sé qué le conté. Al día siguiente intenté contactar con ella para conversar de nuevo, pero internet no funcionaba. Y luego ya tuve que regresar, solucionar muchos asuntos, contestar todos los e-mails que se habían acumulado... —Se frotó la frente y miró a Rick—. De todos modos, no habría sabido qué más contarle a Steph... Debo... debo admitir que no desempeñé un papel demasiado digno de alabanza. Cometí un montón de errores.

—Todos lo hacemos —la tranquilizó Rick—. ¿Otra taza?

Le sirvió diligente la infusión. Estaba impaciente por obtener información, pero sabía que Helma debía encontrar su propio ritmo para contar su historia.

—Por aquel entonces, Steph tuvo que someterse a tratamiento psicológico —explicó, y bebió un gran sorbo—, en Nueva Zelanda mismo. En el hospital donde la internaron hasta mi llegada me dijeron que era absolutamente necesario. Y yo también lo tenía planeado. ¡Quería lo mejor para ella! Pero luego todo se desarrolló fácilmente. En cuanto la recogí de la clínica, volvió a hablar. Se comportaba con normalidad, y yo no quería volver a casa con ella. Al fin y al cabo, los asesinatos se habían cometido enfrente y la Policía todavía lo tenía todo acordonado... También habían registrado nuestra vivienda. Fuera como fuese, me instalé en un hotel con mi hija. Lo único que deseaba era regresar a Alemania. Y eso también era lo que ella quería, o al menos eso respondía cuando le preguntaba. De hecho no sabía de qué hablaba puesto que nunca había estado en Alemania. Encontraba muy emocionante la idea de viajar en avión. Así que le compré una maleta y ropa nueva... Nunca más volvimos a nuestra casa. No sé si eso era lo correcto, pero entonces me pareció la mejor solución. Cuando la Policía nos permitió marchar, viajamos enseguida y todo volvió a ir bien. Stephanie resplandecía, encontraba interesante Alemania, se integró bien en la escuela y ni una sola vez habló sobre lo ocurrido en Masterton. Yo tampoco lo hice por aquel entonces. ¿Para qué marear la perdiz?

—Pero en algún momento te inventaste lo del accidente de automóvil —intervino Rick—. Steph debió de plantear alguna pregunta. —Helma asintió.

—Claro. Lo hizo, a fin de cuentas su padre estaba ausente. Y en aquella época no había tantas familias monoparentales como hoy en día. En la escuela le preguntaban por su padre, tenía que dibujar un árbol genealógico. Así que le dije que había muerto. A ella nunca pareció importarle. Si hubiera sufrido, si realmente hubiera querido saber más, entonces... —Se interrumpió—. Las dos lo reprimimos —resumió.

—Steph ha trabajado con ahínco para resolver otros crímenes —observó Rick—. Yo siempre tenía la sensación de que tras ese afán se escondía algo más que una periodista de tribunales y sucesos. Siempre quería aclarar los casos, pero nunca tan de cerca como una criminalista. Ella misma podía determinar qué distancia deseaba mantener hasta que Söder la envió a ese *psicotrip*... No debería haberla dejado ir sola. Pero nadie podía imaginar que las historias de Marama y del caso Matthews estuvieran vinculadas.

—Una coincidencia increíble —susurró Helma.

Rick se encogió de hombros.

—O simplemente han emergido recuerdos cuando Steph se ha centrado en el caso Matthews. Creo que ahora sigue investigando porque espera averiguar algo más que los recuerdos de sus primeros seis años de vida. No deberíamos dejarla sola en esta tarea.

—Yo no puedo irme a Nueva Zelanda —protestó Helma. Parecía temer enfrentarse a su pasado.

Él negó con la cabeza.

—Nadie te lo está pidiendo —la serenó—. Creo que la mayoría de las investigaciones pueden realizarse desde aquí. Solo tengo que averiguar por dónde empezar, y en eso tú eres mi fuente más importante. Cuéntame simplemente todo lo que sabes, todo lo que se te ocurra: sobre la familia Matthews; sobre el padre de Stephanie. ¿Adónde podría haberse ido tras el asunto con Matthews? ¿Qué crees que hizo? Tú lo conoces mejor que nadie.

Helma gimió.

—No lo creas —observó, dolida—. Tras los asesinatos pensé que no lo conocía en absoluto. Nunca, ni en mis más horrorosas pesadillas, habría podido imaginar que fuera capaz de matar. Y además de forma tan brutal...

—Pero fue en defensa propia —le recordó Rick.

Ella pareció afirmar y negar a un mismo tiempo con la cabeza.

—Tampoco puedo imaginármelo. Simon era... era un hombre dulce, un soñador, alguien que deseaba hacer un mundo mejor. Dirigía talleres de resolución de conflictos en un centro para familias. Estaba en contra de la violencia, nunca le había hecho daño a nadie. Todavía hoy me resulta imposible imaginar cómo consiguió doblegar a Matthews. Este era mucho más fuerte. Y violento... Era un secreto a voces que pegaba a Miri y a los niños.

—Las huellas dactilares de Simon se encontraron en el cuchillo —señaló Rick.

Helma asintió.

—Lo sé. Y no dudo de que matase a Raymond. Pero no lo entiendo. Lo entiendo tan poco como lo ocurrido con Steph. El Simon que yo conocí o creía conocer jamás, en ninguna circunstancia, habría dejado sola a su hija. ¡Por Dios, de haberlo sabido, no la habría dejado sola con él en Nueva Zelanda! Era un padre cariñoso, atento, esforzado... Lo que allí sucedió no encajaba con su forma de ser.

Rick suspiró. Estos datos no le servían de ayuda.

—¿Qué más puede decirse de él? —preguntó—. No quiero ofenderte, pero la relación con esa maorí...

—¿Miri? Oh, no creo que tuviera mucho que ver con su origen étnico. Simplemente se enamoró. Es posible que ella recurriese al instinto de protección que él tenía. Siempre quería ayudar y de repente se encontró con esa dulce y bonita mujer inmersa en un desastre de matrimonio... No creo que el que fuera maorí o *pakeha* tuviese importancia. —Inquieta, se pasó la mano por el cabello lacio y sin brillo. La imagen de la bella maorí Miri parecía recordarle en qué estado se encontraba ella en esos momentos.

—La familia, pues, no era... ¿cómo lo llaman? ¿Espiritual? ¿No seguía la tradición? ¿Entiendes lo que quiero decir? Intento hacerme una idea... —Rick jugueteaba con su bolígrafo. Todavía no había tomado ninguna nota.

Helma rio, volviendo a relajarse un poco.

—Todos los maoríes están más o menos influidos por la cultura *pakeha*. Qué ha quedado de su espiritualidad depende de cada familia. En lo que respecta a los Wahia, los padres de Miri, a mí me parecía que todavía tenían un fuerte arraigo a la forma de pensar tradicional. La señora Wahia contaba a los niños las antiguas leyendas y cantaba canciones con ellos... Acogió a Steph con cariño y era la abuela de todos. Sin embargo, no hacía hincapié en el elemento maorí. Tane y Reka eran cristianos practicantes, miembros activos de la comunidad presbiteriana. En el fondo estaban muy... hum... integrados. No tenían problemas de ningún tipo. Nunca se habrían puesto en contacto con la oficina de asistencia social si Miri no se hubiera equivocado tanto en la elección de marido. Pero Miri y Raymond no se diferenciaban mucho de las familias puramente *pakeha* en similares circunstancias sociales. No tenían mucho que ver con la espiritualidad, no creían ni en dioses ni en espíritus y tampoco asistían a la iglesia. En serio, Simon era más maorí que Miri.

Rick aguzó el oído.

—¿Simon se interesaba por la cultura maorí?

Helma asintió.

—Sí, por eso se conocieron. En un festival de música maorí. Simon estaba fascinado por su música, su arte, participaba mucho en mi trabajo. Puedo imaginar que ejerciera su influencia sobre Miri a causa del diario. Bueno, al principio esperaba que la universidad se lo comprase a Raymond. Cuando quedó claro que superaba nuestras posibilidades, se sintió muy desdichado. Imagino que trataría de convencer a Miri de que me diera el diario, a pesar de todo. Nuestro matrimonio había fracasado, pero aun así nos entendíamos. Simon habría intercedido para que yo consiguiera el libro para la universidad. En realidad pertenecía a Miri, Raymond no tenía ningún derecho sobre él. Tal vez fue precisamente eso lo que provocó ese horrible crimen que la Policía consideró motivado por los celos. A lo mejor Matthews estaba más interesado por ese desafortunado manuscrito que por Miri... Si ella amenazó con que simplemente iba a dármelo...

Rick asintió, aunque no lo creía. Las mujeres maltratadas pocas veces amenazan, y el diario había desaparecido. Si seguía por ese camino, acabaría en un callejón sin salida como Stephanie y Weru.

—Olvidémonos por un momento del diario —pidió a Helma—. Volvamos a Simon. Y a Miri, si es que la noche de los asesinatos estaban juntos. ¿Cómo debieron huir? ¿En el coche de él o en el de ella?

—Nosotros teníamos una caravana —respondió Helma—. Un antiguo camión que habíamos reconvertido. Estaba pintada de colores... llamaba mucho la atención, por eso la Policía creyó que enseguida la encontrarían. Pero no fue así. En cualquier caso, era nuestra, Simon solía viajar en ella casi todo el tiempo. Yo, por mi parte, disponía de un todoterreno propiedad de la universidad. Él no podía utilizarlo cuando quisiera, todavía estaba ahí cuando regresé a Nueva Zelanda. Pero la caravana había desaparecido... Y aún hoy sigue desaparecida. Por supuesto, hizo la huida más fácil. Por entonces nadie solicitaba plazas de camping.

Ahora, Rick sí que tomaba diligentemente apuntes.

—¿Y respecto a sus papeles, Helma? ¿Se llevaron los documentos de identidad? —Para él era una pregunta clave. Stephanie creía que Simon se había marchado sin documentos, pero él no estaba tan seguro. Y la respuesta de Helma arrojó una luz nueva sobre el caso.

—En el caso de Miri, lo ignoro —contestó—. Simon llevaba su pasaporte. Tenía la costumbre de dejar todos los documentos en la guantera. Le advertí muchas veces que no lo hiciera, pues sería fácil abrir y robar un vehículo tan viejo, y cuando eso ocurre uno lo pierde todo. Pero Simon creía en la bondad del mundo...

—¿Se lo dijiste a la Policía? —preguntó Rick.

Ella se encogió de hombros.

—Ya no me acuerdo —admitió—. Si me lo preguntaron, seguro que se lo dije, pero si no lo hicieron... Bastante trabajo tenía ya con Stephanie... Hasta mucho después no reflexioné sobre todo ello y todavía ahora, como te he dicho, no consigo entenderlo. Es todo un misterio. ¿Te ha servido de algo lo que te he dicho?

Rick hizo una mueca.

—Digamos que sigo sin saber gran cosa, pero algo más de lo que sabía hasta ahora. Otra pregunta: ¿hablaba Simon maorí?

Helma asintió.

—Muy bien incluso. Se había matriculado en la universidad pensando que luego podría necesitarlo en su trabajo. De hecho, no fue así. El problema con los grupos de población con que él se relacionaba era precisamente la pérdida de identidad. La cultura de los maoríes está basada en la unión de la tribu con la tierra. Tras la Segunda Guerra Mundial y con la industrialización de la agricultura se perdieron muchos puestos de trabajo en las granjas. Mucha gente emigró a las ciudades para buscar trabajo en las fábricas. No lo consiguieron. Con todas las consecuencias que ya conocemos: alcoholismo, violencia doméstica, fracaso escolar de los hijos... Hasta que en los años setenta algo surgió, el llamado movimiento maorí. Luchaban por las indemnizaciones, por su lengua, su identidad, su dignidad. Como resultado aparecieron diversos programas del gobierno para la integración. Simon se implicó mucho. Pensaba que de ese modo podía enmendar un poco la situación. Atribuía la miseria de los maoríes exclusivamente a los *pakeha*. Yo siempre bromeaba con él diciéndole que se avergonzaba de sus orígenes. Habría preferido ser maorí, pero no es algo que uno pueda elegir.

El periodista se mordió el labio.

—Es posible que ahora me hayas ayudado —dijo pensativo—. En cualquier caso, muchas gracias. Me voy a casa y me pongo a buscar por internet. A ver si encontramos a Simon...

Un par de horas más tarde, un Rick sumamente eufórico se ponía en contacto con Lisa Grünwald.

—Solo quería informarte de que casi estoy en el aeropuerto —explicó alegremente por teléfono—. Söder está furioso porque me he tomado unas vacaciones tan repentinas. El avión despega en tres horas. Rumbo a Auckland vía Hong Kong. Un viaje infernal, pero creo que vale la pena...

—¿Has encontrado puntos de referencia en relación

con el padre de Stephanie? —preguntó sorprendida Lisa—. ¿Investigando desde aquí? No me lo puedo creer. ¿Qué te ha contado Helma?

—Bueno, en realidad, no mucho. Más bien he ido sacando conclusiones —observó Rick—. Periodismo de la vieja escuela. ¿Cuáles son los móviles de las acciones humanas?

—¡El sexo! —respondió espontáneamente Lisa—. Y el dinero... y...

—¡Los sentimientos de culpabilidad! —añadió Rick—. Y el padre de Stephanie los tenía. La muerte de Matthews hizo el resto. La idea de Stephanie de que quería corregir algo, no era tan equivocada. Solo que Simon Cook pudo haber tomado como pretexto lo ocurrido para cambiar de vida radicalmente... Vale, no te cuento más. Reflexiona a ver si encuentras tú misma la solución.

—¡Qué malo! —se quejó Lisa—. ¿Por qué me telefoneas si no quieres decirme nada?

Rick rio.

—Para fastidiarte. Me vengo un poco de tu discreción. No, en serio, Lisa, estoy bastante seguro de saber dónde está Simon. Por desgracia, no tengo ni idea de dónde se ha metido Stephanie. Y ahí es donde has de seguir ayudándome. Tienes que decirme por dónde anda, por muy amiga que seas de ella. De lo contrario intentaré que localicen su móvil. O pongo a Söder al corriente. ¡La encontraré, Lisa! ¿Me ayudarás?

—En Coromandel —respondió Lisa sin vacilación—. Es una península, se supone que muy bonita. Mañana quieren ir allí, después de que la búsqueda en Waitomo no haya dado ningún fruto; al menos, ninguno que los haya aproximado a Simon y Miri. —En cuanto a la proximidad entre Weru y Stephanie, Lisa tenía ideas más concretas de las que estaba dispuesta a comentar a Rick. Stephanie le había enviado un SMS que le había parecido muy eufórico—. No sé exactamente dónde se alojan, pero puedo intentar averiguarlo. Ponte otra vez en contacto conmigo cuando estés allá.

—Gracias —dijo aliviado Rick—. Y no te preocupes por Stephanie. Tampoco tropezará con su padre en esa península.

12

Stephanie y Weru se dirigieron hacia Te Kuiti y allí no descubrieron nada. Así que a primera hora de la tarde emprendieron el camino hacia la península de Coromandel. El trayecto hacia el norte duraba tres horas largas. Entre las atracciones turísticas de la península se encontraba la Hotwater-Beach, una playa bajo la cual se escondían fuentes termales. Con marea baja, se podía excavar un hueco en la arena donde tenderse y enterrarse para tomar un baño caliente aunque hiciera frío, una experiencia de la que Weru no quería privar a Stephanie.

—Ahí sentirás el pulso de la tierra —le dijo.

La periodista pensó en algo sexual, aunque esa aventura tuvo poco de erótico. Para emprenderla, un elevado número de turistas se presentaba en la playa con palas a cierta hora (la marea bajaba de noche). Stephanie se echó a reír cuando vio a todo el mundo cavando agujeros. No fue tan fácil encontrar un rinconcito libre. Weru cavaba como un experto y con más vigor que los demás, y ella pensó si entre sus incontables trabajos de vacaciones también había habido alguna obra de la construcción. En cualquier caso, su baño termal privado no tardó en quedar listo y con sitio para dos. De hecho podrían haberse dedicado tranquilamente a hacer el amor, pero muy cerca dos japoneses estaban repantingados en el agua caliente, y justo delante un sueco cavaba su piscina.

Junto a la playa había un camping que también alquilaba cabañas. Esta vez llevaban champán, salmón y otras exquisiteces adquiridas por el camino. La noche sería movida, pero Stephanie estaba resuelta a dormir a la mañana siguiente. La península era de ensueño, pero no había ninguna atracción turística especial como en Waitomo o Rotorua, solo dos poblaciones más grandes y diversos asentamientos más pequeños. Las posibilidades de encontrar ahí a Miri y Simon eran mínimas.

Tras el baño en la playa, Stephanie y Weru se ducharon e hicieron el amor. A continuación se tendieron relajados y satisfechos uno al lado del otro. Al menos hasta que ella sacó el tema de la misión que los había llevado hasta allí.

—Voy a intentar encontrar a mi padre de otro modo —anunció—. Tal como lo venimos haciendo es inútil, es como buscar una aguja en un pajar. A lo mejor vuelvo a hablar con los Wahia. Podría tratar de contactar con amigos y conocidos de Miri. La familia no debía de vivir totalmente aislada...

—¿Crees que así conseguirás algo? —preguntó Weru, algo molesto por la crítica a la forma en que habían procedido hasta el momento—. Seguro que Miri no le contó a nadie adónde iban.

Ella se mordió el labio.

—De eso no estoy tan segura.

Si Miri realmente hubiese tenido una amiga íntima, en algún momento se habría puesto en contacto con ella. Al menos, ella misma no podía imaginarse dejando a Lisa sin saber si todavía vivía, dónde estaba y qué hacía. De hecho, encontrar la pista de una amiga así podría ser más fácil que hallar la pista de esas postales enviadas décadas atrás.

La periodista ansiosa de investigaciones bien hechas se despertó de golpe en Stephanie. ¿Cómo había podido pasar por alto preguntar a los Wahia sobre las amistades cercanas de los Matthews? Lo primero que debería haber hecho era explorar en el entorno de los desaparecidos. El diario quizá se encontraba en el armario de alguna amiga a quien se lo había confiado para que lo guardase, y que a lo mejor esperaba que Miri volviera un día. Por enésima vez en los últimos días, se preguntó qué le estaba pasando. ¿Era realmente a causa solo de Weru que no podía concentrarse en el trabajo? Ejercía sobre ella una atracción mágica, pero ¿era eso razón suficiente para seguirlo ciegamente? Se sentía confusa desde que el inspector Vineyard le había revelado que estaba implicada en el caso Matthews. ¿Estarían luchando los recuerdos reprimidos por derribar las barreras que la niña Stephanie había levantado entonces?

—¡Yo seguiré buscando! —anunció Weru con determinación—. ¡Aunque tenga que remover todas las malditas piedras de esta isla!

Ella hizo una mueca.

—No vas a encontrarlos debajo de una piedra —intentó bromear—. Weru, ¡todavía me quedan dos semanas! Aún puedo hacer algo, también por internet... A lo mejor deberías buscar el libro por Facebook...

—¿Y desvelar a unos desconocidos el valor que tiene el diario? —Weru se levantó. Esa noche ya no se podía hablar más con él—. ¿Quieres buscarlo por Facebook como si fuera un perro perdido? ¡Es mi herencia, Stephanie! —Enfurecido, fue hasta la nevera y sacó una botella de agua—. Pensaba que para ti se había convertido en algo... algo como sagrado... —Ella no contestó. Ya hacía tiempo que había dejado de intentar explicar a Weru que, aunque sin duda el diario de Marama era un interesante documento de la época, no era la Biblia. Weru se dejaba llevar por la rabia y eso no le gustaba nada. Cuando montaba en cólera porque el destino le ocultaba tenazmente ese diario, ella casi le tenía miedo—. ¿Y qué ocurre si pasadas las dos semanas todavía no lo has encontrado? —preguntó—. ¿Te rindes y regresas simplemente a tu casa?

Stephanie volvió a callar. Precisamente esa era la cuestión que llevaba días planteándose. No quería volver a Alemania con las manos vacías, no podía hacerlo. Había algo esperándola en ese país, invocándola. No podía irse sin haberlo encontrado. Y, además, estaba Weru. ¿Quería dejarlo? ¿Cómo reaccionaría cuando se percatara de que para ella solo había sido un amor de vacaciones? ¿Y lo era realmente? ¿De dónde salía ese enorme poder de atracción que ejercía sobre ella?

Esa noche, no durmió demasiado. Incluso cuando

Weru volvió a tranquilizarse y se acurrucó a su lado, estuvo mucho tiempo meditando.

Y luego despertó de un sueño, gritando. Estaba en el dormitorio de los niños Matthews, mirando el libro, *Blitz, el semental negro*, en una de las camas ensangrentadas... «No la toques, es la hija de un jefe tribal...» Stephanie creyó oír la voz de Joey y sintió que Weru la abrazaba para tranquilizarla.

—Ssssh, ssssh, ha sido solo un sueño —le susurraba—. Has tenido una pesadilla... Ven, bebe un poco de agua y respira hondo... Enseguida la olvidarás.

Stephanie sacudió la cabeza. Sabía perfectamente que no la olvidaría. Al contrario, surgirían otros sueños. Sus recuerdos salían a flote.

13

Rick aterrizó en Auckland a primera hora de la mañana y descartó seguir inmediatamente el viaje. Habría sido una negligencia ponerse a conducir un coche alquilado justo después del largo vuelo, y más cuando le separaban horas de Simon y del lugar en que se encontraba Stephanie. Además, debía tomar direcciones distintas, así que primero tenía que tener claro a cuál de los dos buscar primero. Ya había estado dándole vueltas a eso durante el vuelo sin llegar a una conclusión. Desde un punto de vista psicológico habría tenido más sentido hablar primero con Simon. Si, en contra de lo esperado, los resultados de sus pesquisas eran fallidos, no querría alimentar falsas esperanzas en Stephanie. Por otra parte, se sentía impulsado por la nostalgia hacia la mujer que amaba y al planificar el viaje parecía más sensato dirigirse primero rumbo a la península de Coromandel. En solo dos horas podía estar ahí, mientras que para llegar hasta donde se encontraba Simon seguro que necesitaría cinco.

Lo primero que hizo fue buscar un hotel, donde durmió medio día para después, ya descansado, ponerse en camino. Eran las seis y había luz hasta las nueve. Con un poco de suerte, se reuniría con Stephanie por la noche. Si es que averiguaba dónde se encontraba exactamente.

Lisa se enfadó cuando la llamó.

—¿Sabes qué hora es? —le reprochó—. Y no, no tengo ni idea de dónde se alojan esta noche Stephanie y Weru. Ve primero a esa península y luego me vuelves a llamar. Trataré de ponerme en contacto con ella por Skype más tarde, porque si lo hago ahora pensará que estoy como una cabra.

Rick se disculpó por haberla molestado. No había recordado la gran diferencia horaria. A lo mejor no estaba en las mejores condiciones para coger un coche. Se debatió un poco consigo mismo, pero al final pagó la habitación y metió la maleta en el coche de alquiler. Todo iría bien, también conducir por la izquierda. Había circulado más de una vez por Londres. En comparación, hacerlo en Nueva Zelanda sería coser y cantar.

Lisa se puso en contacto con Stephanie a eso de las seis y media, hora neozelandesa, y esta se sorprendió. Aún más, pareció asustarse.

—¿Qué ha pasado? —preguntó alarmada—. ¿Cómo es que llamas tan pronto? ¿Ha sucedido algo con...?

—Quería preguntar por Rick pero se reprimió. ¿Porque Weru estaba a su lado?

Lisa inspiró hondo. Eso podía ocasionarle problemas. Esperaba que Rick no violara la intimidad de la pareja. ¡Stephanie habría sido lo bastante sensata para no compartir una habitación doble con ese hombre! Su amiga siempre había dado mucha importancia a su independencia.

—Va todo bien, solo que he tenido pesadillas y no podía conciliar el sueño —la tranquilizó, y escuchó la risa nerviosa de Stephanie.

—Yo también. Tengo... tengo... Ay, no sé cuál es la causa. Cómo... ¿cómo os va en la redacción? —La pregunta parecía algo forzada. Lisa no tenía la impresión de que Stephanie estuviera interesada en lo que ocurría en Alemania. No esperó respuesta. Lisa supuso que ella preferiría hablar sobre sí misma, que es lo que hizo a continuación. Le contó que se habían instalado en un Studio-Hotel encantador encima del Thames. Tenían una vista maravillosa sobre la bahía, el Firth of Thames—. El propietario del hotel es un tallador de madera maorí —dijo—. Weru lo conoce. Tiene sus obras expuestas por toda la casa. Pero al parecer no puede vivir de eso... —Lisa no se sorprendió. Encontraba las figuras de dioses y animales, que su amiga le enseñó desplazando el portátil por la habitación, no menos amenazadoras que las máscaras del Amazonas que daban a su despacho esa atmósfera sombría. Si ahora su amiga estaba fascinada por esa cultura, debía de ser por influencia de Weru. Pero Stephanie no parecía querer contar mucho más. Indicó que tenía que acortar—. Hemos de irnos. Aquí no hay restaurante. Veremos un par de kauris por el camino y en el centro de visitantes preguntaremos por Simon.

Hoy no... —se mordió el labio— no hemos hecho gran cosa.

—¿Hecho? ¿Qué queréis hacer? Por favor, encontrar a Simon y el diario tal como lo lleváis intentando hasta ahora sería como ganar la lotería. ¿Y qué pensáis hacer mañana si tampoco llegáis a ningún resultado? ¿Ampliaréis la búsqueda a toda Nueva Zelanda?

Stephanie se entristeció de golpe.

—Me temo que eso es lo que quiere Weru —le confió a su amiga—. Y yo... yo no sé cómo actuar. Por una parte, estoy tan bien con él... Hemos pasado una noche maravillosa en la playa, y hoy... ha alquilado una canoa y me ha llevado remando a la Cathedral Cove, una bahía con unos acantilados increíbles y una playa preciosa... Y luego, en un abrir y cerrar de ojos, se pone tan fanático... —susurró—. Está tan obcecado por la misión que ve en esta búsqueda del diario...

Lisa frunció el ceño.

—Parece ser algo que conlleva el mismo diario —señaló preocupada—. También volvió loco a Raymond Matthews. Escucha, Stephanie, tienes que interrumpir estas pesquisas. De lo contrario, Weru podría perder la cabeza. Y quién sabe lo que habrá en ese diario si es que lo encontráis. A lo mejor sus venerados maoríes no salen tan bien librados como él cree... ¡Pon un poco de distancia, Steph, te lo ruego!

Cuando concluyó la conversación, Lisa dio gracias al cielo por Rick. Le remordía un poco la conciencia por no haber contado a su amiga que él se había marchado a Nueva Zelanda, pero en el fondo tenía la sensación de haber hecho lo correcto. Solo le quedaban dos cosas por solucionar. Escribió a Rick en qué hotel estaba su amiga y a esta le envió una advertencia: «¡Coge una habitación individual! ¡Es imprescindible!»

Cuando Rick llegó al hotel de Thames todavía era de día. Pero Stephanie y Weru ya habían salido, tal como Lisa había pronosticado.

—¿Sabe dónde han ido? —preguntó al recepcionista, un maorí amable y regordete, mofletudo y de ojos grandes y redondos. Llevaba tatuajes en los dos brazos—. Miss Martens es una compañera de trabajo, nuestra revista me ha enviado aquí para ayudarla en sus investigaciones.

El hombre se encogió de hombros.

—Querían ir al bosque a ver unos árboles kauri. Y luego a comer en algún sitio. Supongo que en Thames.

—¿Dónde están los kauris? —preguntó esperanzado Rick—. ¿Hay algún mirador o algo parecido?

—El bosque está lleno de kauris —respondió el maorí—. Pero no creo que esos dos quieran caminar demasiado. Hay un pequeño paseo que sale del centro de visitantes. Muy bonito, algo elevado, desde donde uno puede hacerse una buena idea del tamaño de los árboles.

—Rio—. Aunque aquí no están los más grandes... —Rick asintió y esperó que no prosiguiera con un discurso naturalista, pero el hombre no parecía tener esa intención. Le mostró brevemente en un mapa dónde podía encontrar el centro de visitantes y le dio la última habitación que le quedaba—. Qué extraño, estamos en pretemporada y todas las habitaciones están ocupadas —comentó satisfecho.

Rick lanzó una mirada disimulada a la lista de las habitaciones. Los nombres de Stephanie Martens y Weru Maniapoto correspondían a habitaciones de distinto número. Eso le levantó los ánimos. A lo mejor se equivocaba y no había nada entre Stephanie y ese engreído maorí, o al menos nada serio. Lisa le había provocado cierta inquietud, pero si ese día se trataba de cuál de los dos era el caballero con la armadura más reluciente, no cabía duda de que, con la información que tenía sobre el padre de su amiga, ¡el vencedor era él!

14

Por supuesto, el centro de visitantes ya había cerrado y, para más inri, volvía a llover. Todavía brillaba el sol cuando navegaron en canoa, pero ahora que atravesaban el bosque pluvial, este hacía honor a su nombre. Además, Weru se puso de mal humor cuando encontraron vacío el centro.

—Deberíamos haber salido antes —dijo disgustado—. Incluso antes de registrarnos en el hotel. Entonces a lo mejor habríamos encontrado a alguien. ¡Estamos muy cerca, lo noto!

—¿Cerca de dónde? —preguntó ella, incómoda—. ¿De Simon y Miri? Entonces mis lazos espirituales deberían reaccionar. Pero yo no noto nada.

El día anterior, el maorí la había animado a dejar vagar su espíritu para que siguiera el *aka*, un lazo invisible que, según los maoríes, unía a padre e hija. «¡Ya lo notarás!», le había asegurado. Ella solo pudo negarlo con la cabeza. Por la tarde habían entrado en un par de comercios de Coromandel y habían tenido cierto éxito, pues los serviciales tenderos no solo recordaban a distintos Simons y Miris, sino hasta a una pareja con tales nombres. Weru sintió una leve agitación y también Stephanie se hizo ilusiones. De hecho, la «Miri» en cuestión resultó ser «Mary». Ella y su marido formaban una encantadora pareja, pero ambos eran blancos y octogenarios, y hacía cincuenta años que residían en la península. Eso no podía calificarse de éxito.

Stephanie no insistió en el tema. Decidida, se cubrió la cabeza con la capucha de su chaqueta.

—Ven, vamos a dar un paseo por el bosque pluvial —animó a Weru para sacarlo de su obsesión—. Seguro que con la lluvia es interesante.

Él no se hizo de rogar. Los dos desinfectaron cuidadosamente el calzado antes de entrar en el bosque para proteger a los sensibles kauris de agentes patógenos y luego se internaron en la extraña y fascinante atmósfera del lugar. El aire estaba cargado de lluvia, y una luz difusa se filtraba entre el follaje de los árboles. Los helechos y líquenes componían sombras espectrales con las que parecían jugar las gotas de lluvia. Unas pequeñas pasarelas discurrían sobre chapoteantes arroyos, una cascada descendía ante un telón de fondo de un verde exuberante. Al final, llegaron al primer kauri, hábilmente colocado en el punto de mira gracias a una pasarela circular. El árbol estaba solo, algo típico de los kauris, una placa informaba de que al menos tenía ochocientos años. Era enorme, con un tronco sin ramas hasta la rala cúspide.

—Lo que habrá visto y presenciado... —dijo Weru

con respeto—. Debía de ser tan solo un brote cuando los maoríes se instalaron aquí. A lo mejor la tribu local lo defendió de los buscadores de caucho.

En el siglo XIX y a comienzos del XX se obtenían grandes cantidades de resina de kauri abriendo la corteza del árbol. Unos meses más tarde regresaban para llevarse la resina que había fluido al exterior. Este método había costado la vida de muchos ejemplares, algunos de ellos antiquísimos.

Stephanie iba a objetar que los maoríes habían colaborado en la tala. En uno de los diversos centros de información que habían visitado se proyectaba una película sobre la explotación de la resina. Pero se lo pensó mejor. Con el tiempo, los kauris se habían convertido en árboles sagrados para los maoríes y era posible que siglos atrás hubieran honrado y protegido al hermoso ejemplar que se alzaba ante ella.

—Deberíamos volver a hacer partícipe al árbol de algo bello —observó, y se acercó a Weru.

Él sonrió y, como era de esperar, la besó. Fue un momento perfecto. El enorme árbol proyectaba su sombra sobre ellos, las gotas de lluvia se prendían en su cabello oscuro. La silueta de ambos y la del árbol se fundían en una sombra arcaica, en aquella de la primera pareja de las leyendas maoríes que solo pudo separar el dios del bosque. Tal vez no hubiera sido tan doloroso si la escena no hubiese sido tan perfecta, si la visión de las dos personas que se besaban bajo el kauri no hubiese sido tan desgarradoramente bella. Rick Winter sabía perfectamente que su propia sombra no se habría unido con tanta perfección a la de Stephanie. Él habría parecido torpe y ridículo si hubiera intentado besar a su novia bajo la lluvia. El periodista se protegía del agua con una gruesa chaqueta. No se fundía con un largo abrigo encerado australiano como la musculosa silueta de Weru. Bajo ese abrigo, pensó Rick en un arrebato de humor desesperado, una espada pasaría desapercibida. ¿Con qué decapitaban los guerreros maoríes a sus rivales? ¿Tendrían sus hachas de guerra alguna posibilidad de vencer la espada del *highlander*? ¿Y cómo se diría en maorí «tres son multitud»?

Trató de esbozar una sonrisa irónica, pero no consiguió animarse. Pensó por un instante en dar media vuelta y marcharse. A algún lugar donde lamerse las heridas para después intentar por segunda vez sorprender a Stephanie. Seguro que podría pillarla en una situación menos embarazosa para los dos. No había planeado pillarla in fraganti y violentarla. En realidad, había imaginado que el reencuentro la alegraría.

Aunque por otra parte...

Se mordió el labio. ¿A quién había que tratar con consideración en este caso? A Stephanie no la había engañado nadie, ¡los cuernos se los había puesto ella a él! ¡Era él quien tenía todas las razones para estar enfadado y expresarlo! O de retirarse sin hablar. Pero el hotelero les diría que un periodista de Alemania los estaba buscando, y además conocía su nombre.

—¡Hay alguien ahí! —La voz de Stephanie sonó ronca cuando se separó de Weru. Oscurecía lentamente, seguro que entre la espesura de *manuka* no distinguía más que una sombra inmóvil—. Alguien... alguien nos está mirando.

Weru se volvió, y a Rick no le hubiese sorprendido ver relucir un arma entre sus manos. Así era como hubiese reaccionado un guerrero ante un ataque. Pero el maorí no pasó a la acción.

—¿Se puede saber qué miras? —gritó con tono desafiante.

Rick tragó saliva. O ahora o nunca. Tenía la oportunidad única de hacer una aparición estelar.

—¡Ya lo creo! —respondió, saliendo de entre las sombras—. Me alegra volver a verte, Steph. Y usted debe de ser Weru Maniapoto. —Stephanie se quedó paralizada, sin dar crédito a sus ojos—. ¡Podrías presentarnos! Incluso si no le has hablado de mí. Me llamo Rick Winter, señor Maniapoto. Llevo dos años saliendo con la señorita a la que está usted abrazando. Si ahora ha cambiado la situación, ¿no deberías habérmelo advertido, Stephanie? —Avanzó hacia ellos.

—Rick... por favor, yo... yo no sabía... Simplemente... simplemente sucedió... Ya te hablé de Weru, de... de que íbamos buscando la pista... —Stephanie no sabía qué decir, mientras que Weru esbozó una sonrisa condescendiente.

—¿Buscando la pista? —preguntó Rick—. ¡Dirás más bien que estás de luna de miel por cuenta de la empresa! ¡Muy bien tramado, todo! Una pequeña gira por los lugares más interesantes de Nueva Zelanda. Espero que hayáis disfrutado. —Se dio media vuelta para marcharse.

Stephanie corrió tras él.

—Rick, no ha ocurrido así. ¡No he mentido! ¡Puedo enseñarte las postales de Miri! Hemos estado buscando a mi padre. Lo otro... simplemente ha ocurrido... ¡Ay, qué mal me sabe! No deberías haberte enterado así... Pero ¿cómo iba a imaginarme que te presentarías de repente aquí...? ¿Por qué estás aquí? —Se lo quedó mirando todavía incrédula.

—Está claro —comentó irónico Weru—. ¡Quería controlarte, Steph! Tu... novio parece un tipo celoso.

Rick se giró y miró a Weru. No tenía que hacer ningún esfuerzo para montar una escena. Sus ojos brillaban de indignación y apretó los puños, pero se dominó. No iba a iniciar una pelea verbal ni una pelea cuerpo a cuerpo. Stephanie siempre había apreciado su capacidad de dominarse. Si ahora estaba encantada con un tipo belicoso, tal vez había dejado de ser la mujer a quien él había estado unido. Hizo caso omiso de la provocación. Arqueó unos segundos las cejas y no se dignó contestar.

—Quería darte una sorpresa. —Se volvió hacia Stephanie—. Porque mientras vosotros tonteabais embelesados, yo he encontrado a tu padre. —Esperó unos segundos a que ella asimilara la información—. Además, estoy en Grafton. En el mismo hotel en que os habéis alojado. Me pareció una buena solución pernoctar allí. No sospechaba que iba a molestar... Sea como sea, el hotel no tiene bar, lamentablemente. Así que será difícil conversar en él. Así pues, regreso ahora mismo a Thames, al menos allí habrá algún pub. Propongo el que esté más cerca del hotel. En él me encontrarás, Steph. Y cuando tu guerrero hauhau haya recuperado su urbanidad, puedes llevarlo contigo, no me importa.

Y dicho esto, los dejó plantados y volvió por el sombrío bosque impregnado de lluvia.

15

Encontraron a Rick en un bar situado a dos manzanas del hotel. No fue difícil ver su coche de alquiler delante del local. El maorí aparcó la camioneta, pero permaneció un momento sentado para que Stephanie tuviera tiempo de recuperarse. Ella se lo agradeció, como el hecho de que permaneciera callado durante el viaje, aunque no sabía si se trataba de un silencio de recogimiento o de desaprobación. Lo cierto es que él no podía recriminarle nada; a fin de cuentas, sabía de la existencia de Rick. Este por el contrario... Cómo la había mirado... Stephanie se sentía fatal, avergonzada de sí misma.

—No puedo creer que haya encontrado a tu padre desde Alemania —dijo Weru, rompiendo el silencio—. Puede que hasta el diario.

Ella se encogió de hombros. En esos momentos, sus padres y el diario le resultaban bastante indiferentes. Lo único que deseaba era volver a normalizar su relación con Rick, si bien no sabía sobre qué fundamentos. ¿Resolvería la conversación con los dos hombres el dilema en que hacía días que se encontraba? ¿Respondería a la pregunta de si quería reanudar su vida con Rick en Alemania o si prefería una separación amistosa que le posibilitara quedarse con Weru? Lo ignoraba. Pero de una cosa sí estaba segura: ¡Rick no debía volver a mirarla del modo que acababa de hacerlo! Tan herido, tan infeliz, tan despreciativo. Bueno, más bien había sido a Weru a quien había mirado con desprecio, y eso que la gente admiraba a Weru, estaba fascinada con lo que él irradiaba.

—Enseguida lo averiguaremos —respondió.

Bajaron del coche y entraron en el bar. Stephanie no tardó en distinguir a Rick sentado a una mesa. Tenía delante un vaso de cerveza y una guía de viajes de Nueva Zelanda. Parecía estar concentrado leyéndola, quizá para mantener las distancias con los otros parroquianos. En cuanto vio a Stephanie y Weru, cerró el libro.

—Sí que habéis tardado —observó echando un vistazo al reloj.

Ella suspiró.

—Rick, no... no encuentro palabras para expresar lo mal que me sabe todo esto —dijo—. Ha sido... de verdad que ha sido...

—Ya, ya. Hace días que sospechaba que estaba pasando algo. Lisa no quería hablar del tema, pero cuando alguien se empeña en no decir nada suele ser porque tiene mucho que decir, ¿verdad?

—De todos modos, lo lamento mucho —repitió ella. Vio que Weru pedía una cerveza y una copa de vino blanco para ella—. ¿Cuándo... cuándo has llegado?

Se salió por la tangente abordando un tema trivial y

Rick se avino a contestarle escuetamente un par de preguntas. Sí, el vuelo había sido tranquilo; no por Singapur, sino por Hong Kong; no, no una escala, sino un trasbordo.

—Quería estar aquí lo antes posible —dijo tranquilo—. A tu lado.

—Rick... yo...

Stephanie se dispuso a disculparse una vez más, pero Weru la cortó. Hasta el momento habían hablado en alemán, era imposible que él hubiese entendido nada. Y al parecer ya se estaba impacientando.

—¡Seguro que no habrá venido solo por Stephanie! Si realmente sabe dónde está Simon Cook, se trata más bien del caso Matthews. ¡Y del diario!

Rick se lo quedó mirando y apretó los labios.

—He venido exclusivamente por Stephanie —lo corrigió—. Solo por ella he buscado a Simon Cook. Ese diario que tanto le interesa a usted, a mí me importa un rábano. Por supuesto, todo esto es muy emocionante, pero no se trata de un guion. Se trata de Stephanie, de su vida, de sus recuerdos. Quería devolverle estos últimos y compartir con ella lo primero. En cualquier caso, eso quería hasta hoy. Ya veremos en qué acaba todo... —Bebió un trago de cerveza.

Stephanie dio un sorbo a su copa, pero el vino no le supo a nada. Sentía que los ojos se le llenaban de lágrimas.

—¿Cómo pretende haber encontrado a Simon Cook desde Alemania? —preguntó Weru sin hacer ningún comentario a lo que Rick había dicho.

Stephanie supuso que estaría preocupado por si Rick, para vengarse, no quería compartir lo que sabía.

Rick sonrió con cierta superioridad, pero se lo merecía si realmente había resuelto el enigma.

—Ha sido muy fácil —respondió—. El pensamiento lógico. Y un par de preguntas que hice a tu madre, Steph. Algunas cosas eran fáciles de aclarar. El pasaporte, por ejemplo, tu padre lo llevaba encima. No necesitaba pasar a la clandestinidad. Pero es evidente que eso fue lo que quería, y en tales casos lo más efectivo es cambiar de nombre.

Stephanie gimió.

—También yo podría haberlo deducido —musitó—. Pero ¿tan fácil es eso aquí, en Nueva Zelanda? ¿Qué dice la ley? En Estados Unidos no es tan sencillo...

Rick se encogió de hombros.

—No lo sé, aún no he podido investigarlo —admitió—. Pero si recuerdo bien, hace un par de años se produjeron aquí unos terremotos. Y eso puso patas arriba toda la zona de Christchurch. Sé que mucha gente se aprovechó de esa situación para obtener nuevos documentos, sobre todo como maoríes...

—¿Como maoríes? —preguntó atónita ella—. Simon es *pakeha*...

—¿Qué significa «sobre todo como maoríes»? —se impacientó Weru—. ¿Es que somos habitantes de segunda?

Rick arqueó las cejas.

—¿Acaso no se sigue diciendo que los indígenas están discriminados? ¿Que tienen peores trabajos, peor formación escolar, menos oportunidades? Supongo que por esa razón raramente viajan y para ellos la documentación no es tan importante. A lo mejor cuando la pierden no la reemplazan enseguida.

—¿Y sabes cómo se llama ahora? —preguntó la periodista—. ¿Cómo lo averiguaste?

Rick volvió a sonreír, esta vez más amablemente.

—He hablado con un experto de una agencia de detectives. Está especializado en estos asuntos. Y bien, a ti también se te ocurrió buscar a Simon y Miri entre los maoríes en lugar de entre los *pakeha*. Así que consulté un diccionario inglés-maorí y busqué *cook*, «cocinar». La palabra es *tao*, breve, sencilla, fácil de recordar. Buscando a Simon Tao no encontré nada, pero el equivalente maorí de Simon es Tipene. Pues sí... así que lo único que necesité fue *googlear* un poco. Resultado: justamente existe un Tipene Tao que administra una especie de granja biológica en Parihaka. Junto con su esposa Amiria. Qué coincidencia, ¿verdad? —Mostró una sonrisa triunfal—. Sunseed Resort —prosiguió—, con pensión incluida y una oferta de actividades diversas. Echad un vistazo en internet, unen agricultura ecológica con esoterismo. *Catch de spirit of Parihaka!* Por lo visto, reciben huéspedes de todo el mundo.

Stephanie se dio una palmada en la frente.

—Se nos podría haber ocurrido a nosotros —murmuró—. Mi instinto no se equivocaba. Yo quería ir directamente a Parihaka.

—En la actualidad ese sitio ha perdido todo su significado —señaló Weru—. Ha quedado apartado del mundo...

—Pues precisamente eso lo convierte en un lugar ideal para desaparecer —observó Rick—. Entonces, ¿qué hacemos? ¿Voy yo, vais vosotros o vamos todos? Deberíamos comportarnos todos como seres civilizados, Steph. Poco importa lo que haya entre nosotros.

La joven inspiró hondo.

—Yo opino que viajemos los tres —dijo a media voz—. Tú lo has descubierto... Encontraré realmente a mi padre. Quiero que estés presente, Rick.

No se atrevía a levantar la vista mientras hablaba porque esperaba que Weru pusiera alguna objeción. Pero, por lo visto, a este le era indiferente con quién iba a Parihaka. Solo parecía pensar que esa era la oportunidad de encontrar por fin el diario de Marama Clavell.

—Entonces partamos mañana —decidió Rick—. Devolveré el coche de alquiler en Thames. Vosotros tenéis un vehículo grande, mi equipaje cabrá perfectamente...

Esperó a escuchar alguna protesta, pero el maorí renunció a replicarle. Stephanie se sintió aliviada. La decisión de Rick le ahorraba tener que elegir con cuál de los dos hombres quería recorrer el trayecto de varias horas en coche.

—Esto también se nos podría haber ocurrido a nosotros —observó Weru en cuanto se hubieron sentado en el coche—. O al menos a ti... como periodista.

Ella asintió. De hecho había estado como obnubilada durante toda la investigación, había cometido errores propios de una novata... ¿O eran sus bloqueos lo que le había impedido descubrir el misterio? ¿Acaso no quería recordar? ¿Acaso no quería encontrar a su padre?

—Simplemente estaba bloqueada... Pensaba... —Se detuvo. En realidad había dejado que fuera sobre todo Weru quien pensara y extrajera las conclusiones finales...

Se alegró de poder retirarse a su propia habitación al llegar al hotel. Necesitaba estar un rato a solas. El que no hubieran optado por una habitación doble no debía agradecérselo a la advertencia de Lisa —de todos modos habría llegado demasiado tarde—, sino a un partido de rugby que se retransmitía por la noche y que Weru no quería perderse. En su propia habitación podría dormir tranquilamente. Ahora daba gracias al cielo por esa coincidencia. ¡No podía imaginarse compartiendo cama con Weru mientras Rick dormía a unos metros!

Rick se instaló en su habitación, la contigua a Weru. Escuchó cómo su rival recorría la habitación arriba y abajo, encendía y apagaba el televisor y al final se marchaba. Por un instante, creyó morir de angustia al imaginar que Weru se reunía con Stephanie, hacían el amor e incluso se reían de él. Pero abrió la puerta y oyó el sonido del televisor saliendo del cuarto de su anfitrión, y risas y gritos en maorí animando a los jugadores. Weru había ido en busca de algún conocido. Se trataba de dos hombres viendo un partido de rugby por televisión. Rick sintió pena por Stephanie, sola en su habitación y meditando mientras su nuevo novio se lo pasaba bien. Pero no iba a llamar a su puerta. La herida que le había provocado ese día era demasiado profunda.

16

A la mañana siguiente, Stephanie estaba pálida y ojerosa. Se había maquillado más de lo normal para disimularlo, pero después se había visto tan pintarrajeada que había vuelto a lavarse la cara. Por fortuna, ni Rick ni Weru comentaron nada sobre su aspecto, de modo que no tuvo ocasión para contarles lo que había soñado. Al periodista no le habría sorprendido. A las cinco de la mañana, Lisa lo había despertado y parecía realmente preocupada.

—Rick, Steph me ha llamado este mediodía, es decir, medianoche en Nueva Zelanda. Estaba hecha polvo, ha tenido una pesadilla horrible. Todo estaba lleno de sangre, alguien la tenía agarrada... No puedo repetirlo todo, ni ella misma era capaz de contármelo, solo se acordaba de un par de impresiones fuertes. ¡Ya no hay la menor duda! Está recordando. Todo está saliendo a la superficie. Me alegra que estés ahí. ¡No la dejes sola!

Él se preguntó si tenía que interpretar estas palabras como un grito de socorro o si su inquieta amiga intentaba evaluar hasta qué punto estaba dispuesto a reconciliarse. Así que tan solo musitó:

—De acuerdo. Por desgracia, parece que recordar su niñez la lleva a olvidarse del tiempo que ha pasado conmigo... —Y colgó disgustado.

Más tarde, cuando vio que Stephanie salía agotada de su habitación, lo lamentó.

—Acuéstate un poco mientras Weru y yo entregamos el coche de alquiler —le dijo apaciguador—. No llegaremos a las manos.

Ella sonrió tensa y volvió a su habitación. Tomó una aspirina e intentó conciliar el sueño. Habría preferido tomar algún somnífero que la noqueara, pero claro, eso no podía ser.

Cuando los hombres volvieron, a todas luces sin haberse peleado, emprendieron el camino de casi cinco horas a Taranaki. En la camioneta, la atmósfera era tensa, si bien Stephanie insistía en iniciar alguna conversación. Preguntó a Weru por el partido de rugby (Nueva Zelanda había ganado) y por lo que significaba ese deporte para los dos grupos de población, maoríes y *pakeha*. Sabía que él podía improvisar un discurso de una hora como mínimo. El rugby era un tema importante en Nueva Zelanda, y el movimiento maorí estaba muy vinculado a él. Pero la respuesta de Weru fue monosilábica, al igual que la de Rick, quien tampoco habló mucho cuando ella le preguntó por las novedades de la redacción.

Suspiró aliviada cuando apareció la cumbre del monte Taranaki. No había ningún indicador para llegar a Parihaka.

—Ahora solo es un barrio de Pungarehu —observó Stephanie—. He tardado en averiguarlo. Y eso que Pungarehu, irónicamente, fue fundado solo para sitiar Parihaka. Era un baluarte militar.

—Los tiempos cambian —señaló Rick—. Bien, si el Sunseed Resort no está indicado, vayamos hasta Pungarehu y preguntemos allí. A lo mejor ahora la granja ecológica es más famosa que vuestro centro de protestas...

—¡No bromee con eso! ¡Ignorar Parihaka es un escándalo! —exclamó indignado Weru—. Habría que atraer la atención de la opinión pública. A lo mejor el diario contribuye a ello...

Stephanie se retorcía un mechón de cabello desprendido del moño con que se lo había recogido por la mañana.

—Weru —dijo—, ni los sermones de Te Whiti ni los artículos periodísticos ayudan. Todos esos libros y entradas de internet no han movido nada, tan poco como el festival de música. Parihaka ha caído en el olvido y seguirá en el olvido. Reconócelo. Te Whiti, Marama Clavell y todos los demás estaban en el lugar y el momento equivocados. La resistencia pacífica no tenía entonces ningún poder. Sesenta años más tarde sí, Gandhi consiguió doblegar al Imperio británico y eso que no tenía ni la mitad de ideas que Te Whiti. Así funciona el mundo, muy lejos de ser justo.

—Y Nueva Zelanda tal vez esté también demasiado apartada para mezclarse realmente en la historia del mundo —intervino con aires de suficiencia Rick—. Se dice que hasta hubo aquí un pionero del vuelo que despegó antes que los hermanos Wright. Aunque se le olvidó avisar a la prensa mundial. Pero no se enfade por ello, Weru... A cambio, tenéis una enorme cantidad de bosque pluvial y lagartos de tres ojos...

El maorí ya iba a replicar cuando Stephanie descubrió una gasolinera. Dirigió a Weru hacia allí para preguntar por el Sunseed Resort.

—Además podemos tomar un café —sugirió.

Cada vez se le hacía más difícil ocultar su nerviosismo. El reencuentro con su supuestamente fallecido padre estaba a la vuelta de la esquina. Necesitaba algo más de tiempo para prepararse.

Al final bajaron todos, pidieron café y recorrieron con la mirada la calle mayor de Pungarehu. Como en la mayoría de pueblos de provincias, ahí no había más que un supermercado y un comercio de productos agrícolas, la cafetería de la gasolinera y dos bares.

—Desolador —dijo Rick.

Stephanie no lo habría expresado así en presencia de Weru. Era muy susceptible en lo que a criticar a su país se refería. Pero el maorí no hizo comentarios a la observación de Rick, sino que preguntó al joven que les había preparado el café por el *resort*.

El maorí, macizo, con una melena negra, larga y grasienta, y los brazos tatuados, asintió.

—Han de cruzar el pueblo y salir a la Parihaka Road. Es fácil de encontrar... Creo que tienen un cartel en la carretera, un arcoíris, ¿verdad, Chef? Esta gente está buscando Sunseed Resort.

El hombre que servía la gasolina, obviamente el propietario de la gasolinera, se acercó.

—Sí —confirmó—. No tiene pérdida. ¿Van ahí de vacaciones?

Rick negó con la cabeza.

—No. Somos periodistas, yo escribo para una revista sobre viajes alternativos, de aventura, en Nueva Zelanda...

El hombre rio.

—Sí, lo de alternativo encaja —observó—. Ahí cualquier mala hierba tiene inmunidad. Nada puede ser arrancado, so pena de fuertes multas.

Su joven empleado sonrió.

—Pero viajes de aventura... A ver, allí aventuras no tendrá ninguna. Va más de soledad... De meditar y esas cosas. ¡Gente rarita!

El jefe hizo una mueca.

—Bueno, un poco de examen de conciencia... ¡también a ti te sentaría bien, Toby! —le dijo a su empleado ante de volverse de nuevo a los clientes—. Mire, no voy a decir nada en contra de los Tao. Raros lo son, pero buena gente. En el fondo ponen en práctica una idea de negocio genial. Los clientes pagan para colaborar en el trabajo de la granja. Hasta se cocinan ellos mismos la comida. Y, mientras, murmuran conjuros...

—A lo mejor así no se les quema —observó Rick con la mirada pícara que siempre animaba a su interlocutor a seguir hablando. El propietario de la gasolinera sonrió con ironía—. ¿Son los propietarios maoríes?

El hombre movió la cabeza.

—Ella sí, él no. Si tiene antepasados maoríes, deben de ser muy lejanos.

—Pero su nombre es maorí —intervino Stephanie.

El hombre asintió.

—Claro. ¿O se iba a tomar usted en serio a un chamán que se llame Peter Beasley?

—No son chamanes —se sulfuró Weru, cuando volvieron a la camioneta—. A los sacerdotes maoríes se los llama *tohunga*. Muy típico: ese hombre lleva generaciones viviendo en Aotearoa y no sabe nada de sus vecinos maoríes.

Stephanie contempló los campos de trigo que se extendían a izquierda y derecha de la recta carretera. De vez en cuando se veían granjas aisladas, amplios establos, silos: agricultura moderna, industrializada. Para percibir el espíritu de algo en ese lugar había que ser un médium realmente dotado.

Finalmente, distinguió un indicador: «Parihaka Road.» Weru giró y al cabo de un kilómetro llegaron al cartel que anunciaba la población.

—¡Parihaka! —exclamó Stephanie—. Indicadores oficiales, pero sin registrar en Google Maps. Qué absurdo...

—Es probable que nadie quiera venir aquí —opinó Rick.

El lugar parecía abandonado. Había algunas casas típicas, de madera o chapa con la cubierta plana, pero no estaban ordenadas en filas como en Masterton u otros suburbios, sino esparcidas al libre antojo de su constructor. Gallinas y patos correteaban en libertad entre garajes y viejos coches. Al igual que los perros y gatos que estaban tumbados por los patios.

—¡Ahí hay un monumento! —señaló Weru, dirigiendo la camioneta a la plaza conmemorativa—. ¡Esta debió de ser la antigua plaza de las asambleas!

Vieron un panel donde se anunciaban cursos de yoga y actividades para las tardes. En el centro había un pequeño y cuidado jardín. Una valla pintada de amarillo y rojo rodeaba un monumento parecido a un pequeño templo romano, con una inscripción.

—«Este monumento se construyó en memoria de Te Whiti o Rongomai, que murió en Parihaka el 18 de noviembre de 1907» —leyó Stephanie en voz alta.

—Tenía casi ochenta años —observó Rick.

Eso también lo explicaba la inscripción. Pero no se mencionaba nada de lo que el Profeta había hecho y qué significado había tenido en su época para su pueblo.

—¡Es increíble! —exclamó Stephanie.

—Es la historia escrita por los *pakeha* —señaló Weru.

Rick lo miró inquisitivo.

—¿En un poblado maorí?

Vieron a un hombre que trajinaba con su coche y un par de niños que jugaban a la pelota. Todos tenían rasgos indígenas.

—¿Piensa de verdad que a alguien le interesaría que colocaran aquí una placa conmemorativa con más explicaciones? ¿O que construyeran un centro de información? —Rick negó con la cabeza—. No, si quiere saber mi opinión, por el gran pasado de Parihaka, aquí falta interés por ambos lados. Solo Tipene y Miri parecen querer mantener con vida la leyenda. ¡Mire, allí hay una indicación!

En efecto, una señal de madera indicaba la dirección hacia Sunseed Resort. Estaba pintada de colores y, a diferencia del monumento a Te Whiti, mostraba motivos maoríes.

—Qué bonito —dijo Stephanie como para darse ánimos.

Weru contrajo el rostro fingiendo una mueca de dolor.

—En fin, esto es más bien obra de hippies —observó—. Mezclan su peculiar forma de pensar con nuestra cultura y se presentan como gente abierta de mente. *Love and Peace*... —movió la cabeza—. Sin embargo el pueblo maorí era una nación de guerreros. ¡Parihaka fue la excepción!

—Entonces ya sabemos por qué todos quieren olvidarla. —Stephanie lo dijo espontáneamente.

—Como alternativa podrían dar algún curso sobre cómo ahumar cabezas —susurró Rick a su amiga, quien lo ignoró expresamente—. A falta de material de trabajo disponible podrían ahumar cabezas de lechuga.

Stephanie no respondió. En ese momento no quería pensar en el espíritu de Parihaka ni en Te Whiti ni en la relación de los neozelandeses con su historia, solo en que iba a ver a su padre en breves instantes. El corazón le latía con fuerza y sudaba aunque no hacía calor. Si pudiera recordar un poco a Simon... Si al menos tuviera alguna idea de qué aspecto tenía, qué clase de persona era...

Los hombres volvieron al vehículo y ella los siguió. El Sunseed Resort estaba bien indicado y llegaron al cabo de pocos minutos. Una simple granja de un piso constituía el punto central del complejo. Alrededor se levantaban un par de edificios anexos pintados de colores y en parte rehabilitados como viviendas para huéspedes. El lugar, aunque sencillo, era atractivo. Unas mujeres de distintas edades trabajaban en un huerto.

Una de ellas se acercó sonriendo a los recién llegados cuando el vehículo entró en la granja. Era una maorí, ya no joven pero muy bonita. Llevaba una falda tejida al estilo de su pueblo y un corpiño con motivos que combinaban los colores rojo, negro y blanco. Llevaba suelto el cabello liso y negro, en el que ya se distinguían algunas hebras blancas.

—*Kia ora!* ¡Y *haere mae* a Sunseed Resort! —saludó radiante—. Soy Amiria, vuestra guía en el viaje espiritual que vais a emprender aquí. Más tarde nos conoceremos mejor... Habéis llegado antes de lo previsto, ¿verdad? Pero no pasa nada, podéis ayudarnos a recoger la verdura y preparar la cena. ¿Habéis traído aperos? Si no, os podemos prestar azada, rastrillo y todo lo demás. Ahí, en el cobertizo. O si queréis os enseño primero vuestra habitación. Es probable que queráis cambiaros.

La mujer miró los pantalones claros de Rick y el vestido estampado de verano de Stephanie, nada apropiados para trabajar en un huerto. Luego miró a Weru. Contempló atónita su tatuaje del rostro. Al principio su mirada fue de simpatía, luego reflexiva y al final de reconocimiento.

—¿We... Weru? —preguntó vacilante—. ¿Weru Clavell?

—¡Miri! —La voz de Weru resonó contenida. No pareció gustarle que ella lo llamase por su nombre.

—¿Os conocéis? —preguntó sorprendida Stephanie. Pero antes de que él pudiera responder, Miri añadió:

—Weru, ¡cuánto me alegra que nos hayas encontrado! —dijo de corazón.

Solo la actitud reservada de él le impidió abrazarlo. Pero le ofreció el rostro para intercambiar el *hongi* tradicional. El maorí apoyó brevemente la frente y la nariz. Esto le dio tiempo a Stephanie para sobreponerse.

—Señora Tao... Miri... —Stephanie no sabía exactamente cómo llamar a la segunda y seguro que no del todo legítima esposa de su padre, pero tampoco quería abordar sin preámbulos el asunto que la traía hasta allí—. Mi... mi nombre es Stephanie Martens... o más bien Stephanie Cook.

Miri, que solo había tenido ojos para Weru, se la quedó mirando atónita.

—¿Stephanie? ¿Steph? ¿La pequeña Steph? Oh, cielos, sí, eres tú. El cabello oscuro, los ojos grises, Kaikoura en un día de lluvia... ¡Qué guapa estás, hija mía! ¡Oh, qué contento se pondrá Tipene! Todos estos años... todos estos años preocupándonos por ti...

Miri hizo ademán de ir a abrazarla, pero Stephanie todavía no estaba preparada. Todo ocurría demasiado deprisa. Aún no habían pasado veinticuatro horas desde que se había enterado de que su padre vivía, de que estaba ahí en Parihaka. Apenas podía respirar.

—¿Por... por qué no os habéis puesto entonces en contacto conmigo? —titubeó. Necesitaba tiempo para sobreponerse—. Por cierto, este es Rick Winter, amigo y compañero de trabajo —lo presentó—. Ha sido él quien os ha encontrado. Sin él, Weru y yo todavía estaríamos dando palos de ciego.

Rick sonrió y tendió la mano. Miri se la estrechó, sonriendo también.

—Entonces es a usted a quien debemos estar agradecidos —dijo afectuosamente—. Por reunir a la familia.

—¿Cogemos ahora los tomates o mejor después?

Una joven que aún estaba trabajando en el huerto se acercó a ellos y se quedó tímidamente tras Miri. Esta se volvió desconcertada, pues se había olvidado totalmente de los tomates, pero enseguida adoptó el papel de jardinera espiritual.

—Ayer aprendisteis *karakia* para la ocasión —dijo amablemente—. Si los tomates están maduros y tenéis la impresión de que os buscan, entonces cogedlos. Esta noche podemos preparar una lasaña vegetariana.

—Es que no sé si recordaremos el texto —admitió la muchacha—. ¿No puedes venir?

Miri asintió resignada.

—Enseguida. Dadme unos segundos para llamar a mi marido. —Se dirigió a Stephanie y los demás—. Perdonad, pero debo ocuparme de los huéspedes. Y seguro que vosotros querréis hablar con Tipene. ¿Lo llamo ahora? Creo que a su corazón le conviene que no os presentéis sin previo aviso ante su puerta.

—Mientras no vuelva a poner pies en polvorosa cuando se entere de que estamos aquí —respondió Rick, guiñándole el ojo para suavizar sus palabras.

La mujer lo miró sin entender la broma.

—¿Por qué iba a hacerlo? —preguntó—. Al contrario, se alegrará.

Sacó el móvil del bolsillo de la falda y pulsó un par de botones. Stephanie enseguida oyó una voz que le resultó vagamente familiar. Su corazón latía con fuerza mientras oía la respuesta de Simon. Aunque Miri y Tipene hablaban maorí, se podía presentir la reacción. Miri no había exagerado. Simon Cook no cabía en sí de alegría ante el reencuentro. Y no parecía tener ni pizca de remordimientos con respecto a su hija.

Con el rostro resplandeciente, esperaba a los recién llegados delante del edificio principal. Stephanie observó a su padre mientras se acercaba lentamente. Era una sensación extraña la de ir aproximándose a él. No creía que lo hubiera reconocido si se hubiese cruzado en su camino por casualidad, pero sabiendo quién era se percibía el parecido. Había heredado de él el rostro fino, al igual que la figura esbelta. Simon se ajustaba con bastante exactitud a la imagen que Helma había descrito de él. Era alto, el cabello cobrizo, algo largo, le empezaba a clarear, y los ojos grises —otro legado más— parecían enormes tras unas gafas sin montura. Simon Cook, o más bien Tipene Tao, llevaba vaqueros, chanclas y una camisa blanca de algodón indio. Tenía un aspecto algo anacrónico, hubiese encajado mejor en la década de los setenta.

De guerrero, nada, pensó Stephanie, nadie podría haberlo expresado mejor que Weru. Su padre no parecía capaz de matar a una mosca.

—¡Stephanie, mi dulce Stephanie! —Simon tenía lágrimas en los ojos cuando abrió los brazos para abrazar a su hija. Pareció dolido cuando ella retrocedió—. ¿Estás enfadada conmigo? Sí lo estás. Puedo entenderlo, de verdad. Debería... debería haber contactado enseguida con Helma... No me comporté bien con ella. Pero es que las circunstancias... Puedo explicártelo todo, Stephanie... —Volvió a levantar los brazos, un gesto de resignación y al mismo tiempo un intento de darle la bienvenida—. Pasad —dijo a los acompañantes de su hija—. ¿Es tu novio?

Miró primero al maorí y se corrigió de inmediato.

—¡No; es Weru! El joven Clavell. Maldita sea, Miri tiene tan buena memoria para las caras... Seguramente yo no le habría reconocido.

—¿De qué se conocen ustedes? —preguntó Rick—. Pensaba que nunca se habían visto.

—Yo era el asistente de Helma Martens —explicó Weru—. Y, por supuesto, conocí a su marido.

—¿Y a Miri? —preguntó Stephanie—. Debías de conocerla muy bien si todavía te ha reconocido después de casi treinta años.

Simon percibió el tono disgustado y los miró con dulzura a ambos.

—¡No iréis a pelearos ahora! Weru se puso en contacto con nosotros entonces a causa del diario.

—¿Qué es lo que hiciste? —Stephanie se dio media vuelta—. ¿Te pusiste directamente en contacto con Miri? ¿Ya sabías entonces de la existencia de ella y mi padre? ¿Por qué no me lo dijiste, Weru? ¿A qué juegas conmigo?

De repente, la expresión del maorí se tornó cerrada e impenetrable.

—Para nuestra búsqueda no tenía importancia que yo los conociera o no —se defendió—. Desde aquella noche no tuve más contacto con ellos...

—¡Para mí sí que tenía importancia! —lo interrumpió bruscamente Stephanie—. E incluso si eso no era significativo para la historia, se trata de una cuestión de franqueza y confianza.

—Tienes razón. —Weru le puso la mano en el brazo—. Lo siento. Debería habértelo dicho. Yo...

Stephanie puso una mueca de incredulidad.

—¿Me estás ocultando algo más? —inquirió.

Él apartó la vista sin responder.

Simon procuró cambiar de tema y los condujo por un pasillo a una gran sala que daba a una no menos amplia cocina comedor. El mobiliario tenía algo de improvisado, como si los muebles se hubiesen recogido de la calle y con mucha pintura y empeño se hubiesen restaurado y reunido ahí. Ninguna de las sillas alrededor de la mesa era igual a otra, seguro que procedían del mercadillo de segunda mano. Solo la mesa parecía tener valor.

—¿Es de madera de kauri? —preguntó Weru. Stephanie se quedó estupefacta al ver lo rápidamente que reanudaba una conversación normal.

Simon asintió, aliviado de poder abordar temas más banales.

—Pillamos el tablero en un mercadillo. Estaba todo rascado y agrietado... todavía se puede ver. —Mostró una grieta que atravesaba la madera.

—¿Habéis restaurado vosotros mismos los muebles? —preguntó Stephanie, dispuesta a que no se le notara su agitación.

Simon asintió.

—Lo hace Miri con los huéspedes. Tenemos aquí a muchos artistas. El concepto atrae a espíritus creativos... Un ebanista de Alemania trabajó el tablero de kauri. —Levantó la vista cuando oyó llegar a Miri y las demás mujeres por la puerta de la cocina.

Miri dio un par de breves indicaciones y a continuación sus huéspedes se pusieron a lavar y cortar las verduras. Las dejó solas y se acercó al grupo en la sala de estar.

—Estás contento, ¿verdad, Tipene? —preguntó a Simon, y se estrechó contra él.

Su expresión se dulcificó al mirarlo. Era evidente que aún se amaban. «Una pareja feliz», pensó Stephanie.

—Más que contento —respondió él risueño—. Mi hija me ha encontrado... Nunca debería haberla dejado sola. Ahora la he recuperado. Debería haber escrito inmediatamente a Helma entonces...

—Por favor, Tipene... —dijo Miri en voz baja—. Sabes lo que me ocurría. Todavía hoy estoy...

Se pasó la mano por los ojos, y Stephanie no pudo evitar pensar en Reka Wahia. Nunca lo había superado... Para una madre que ha perdido a sus hijos el dolor nunca acaba. Pero ¿acaso no le ocurría lo mismo a un padre? Simon parecía arrepentirse sinceramente de haberla abandonado, sí, ella lo percibía. Pero ¿por qué lo había hecho? ¿Por qué la había dejado en una casa llena de cadáveres? ¿Como prueba de amor a Miri? ¡Imposible!

—Pese a todo, estamos en deuda con Stephanie —dijo Simon—. Sé que nunca podré repararlo. Solo puedo pedir perdón. —Miró a su hija con una sonrisa triste—. Y Weru... —Su mirada se deslizó hacia el joven, que estaba al lado de la periodista—. También a usted le debemos una disculpa. Sé lo mucho que desea tener los recuerdos de su abuela, Miri le había prometido el diario... —Los ojos de Stephanie lanzaban llamas. Weru parecía algo turbado, pero cuando Simon prosiguió, lo miró esperanzado—. Hemos hablado tantas veces de hacérselo llegar de algún modo... Pero Miri estaba bajo los efectos del *shock*, pasó meses deprimida. Y cuando despertó de su letargo, simplemente quería terminar con todo eso. Estaba profundamente afectada. Los tres niños y sus hermanos... Cuando encontramos a los muertos... Estaba en las últimas, y tenía un miedo horrible a que la culparan del crimen.

Weru iba a intervenir, pero Stephanie se le adelantó.

—¿Miri? —preguntó sorprendida—. ¿Por qué iba ella a matar a sus hijos?

—En cualquier caso, hubiera tenido buenas razones para matar a mi marido —dijo Miri a media voz—. Tipene, yo... no puedo hablar de esto. No ahora. Voy a buscar el diario. Me alegraré de desprenderme definitivamente de él. Puedes... puedes contárselo todo sin mí... —Se enjugó los ojos.

Simon se la quedó mirando cuando ella salió de la habitación; parecía intranquilo.

—Me sabe tan mal por ella que ahora todo vuelva a salir a la superficie... —murmuró—. ¿Tenemos que hablar de esa horrible historia? ¿No podemos dejarla correr simplemente?

—¡Ah, no! —exclamó Stephanie—. He tenido que hacer un largo viaje para obtener, de una vez por todas, respuestas. Ahora quiero saberlo todo. Hasta el menor detalle. Durante años he cargado con todo esto, aunque de forma inconsciente. Me siento engañada... Pensaba que habías sufrido un accidente y que habías muerto.

—Tienes razón. Ha debido de ser un gran trauma, Stephanie —murmuró él—. Lo siento de verdad... pero ahora no podemos hablar... —Lanzó una mirada a la cocina, donde los huéspedes no sabían qué tenían que hacer a continuación.

En ese momento regresó Miri. Parecía bastante recuperada cuando le tendió a Weru un discreto cuaderno. Nada de un diario bellamente encuadernado, como Stephanie se había esperado, sino un sencillo cuaderno escolar o dos, unidos descuidadamente. Weru lo miró con tanto respeto como si fuera un tesoro.

—He pensado algo —dijo Miri, deslizando la mirada por los presentes—. Stephanie querrá hablar... y eso está bien. No intentes evitarlo, Tipene. Yo tengo que ocuparme primero de los huéspedes, además esperamos a otros a los que Tipene tiene que ir a recoger al aeropuerto de New Plymouth. Esto no podemos cambiarlo. Pero vosotros tenéis ahora el diario. ¿Qué tal si os retiráis a vuestra habitación? Podéis pasar un par de horas leyendo tranquilamente y ya hablaremos por la noche.

En algún lugar en que nadie nos oiga. ¿Podemos hacerlo así?

Simon le dirigió una mirada de alivio.

—¡Sería estupendo! —contestó—. Naturalmente, si es que estáis todos de acuerdo... —Miró a Stephanie.

Esta asintió. Vio que Rick se encogía de hombros, relajado, y Weru... Weru solo tenía ojos para el cuaderno que sostenía.

—Bien, entonces permítame ver el diario —pidió Rick, mientras la mujer maorí estudiaba la lista con la distribución de habitaciones.

—Una individual, por favor —susurró Stephanie, que la miraba por encima del hombro de Miri.

Weru agarraba el diario como si nunca más fuera a separarse de él.

Rick suspiró.

—Solo quiero fotografiar un par de páginas —explicó—. ¿De qué otra forma vamos a hacerlo? Es difícil que lo leamos los tres a la vez.

Weru contrajo el rostro, pero al final abrió el diario y permitió que el periodista fotografiara varias páginas. A continuación, envió las fotos a Stephanie.

Siguieron a Miri a través del patio hacia una de las casas de huéspedes de cuatro habitaciones y sencillo mobiliario. Weru desapareció en la primera con su tesoro. Stephanie todavía estaba pendiente de la recepción de las imágenes.

—¿Cómo estás? —preguntó Rick, conciliador.

Ella iba a responder que bien, pero se detuvo.

—Pues no lo sé —contestó con franqueza—. Un poco... Estoy un poco... mareada. Todo va tan deprisa...

Rick asintió.

—Todos se aman y encuentran la paz y la alegría. El Bullerbyn de Simon Cook —observó.

—A mí esto más bien me hace pensar en Villa Kunterbunt —replicó ella.

—¿En serio? —preguntó Rick con ironía—. ¿Percibes tendencias anarquistas? Bueno, si quieres saber mi opinión, el señor Nilsson no podría entrar aquí... o debería limpiarse bien las patas primero. Y a Pippi Calzaslargas le darían una tila para que se tranquilizara antes de dejarle pintar su habitación de un color tal vez pastel... No te lo tomes a mal, Steph, pero, por lo visto, lo de la represión parece cosa de familia...

Ella hizo una mueca.

—Simon no lo habrá olvidado todo —observó—. Pero ahora quiero leer el diario y averiguar si todo eso valió la pena.

Rick negó con la cabeza.

—No la valió —dijo en voz baja—. Ningún viejo diario vale tanto como para matar por él.

MARAMA CLAVELL

1881-1949

Cuando volví a encontrarme en las calles de New Plymouth, estaba como aturdida, con los brazos vacíos, sin mi hijo y el corazón encogido de miedo por él y por Leonard.

Habría preferido hacer una sentada en la puerta de la comisaría como las muchachas de Parihaka que saltaban a la comba antes del asalto de la caballería. En algún momento habría llegado Hillary Clavell y tal vez habría podido apelar a su corazón. Ella también era madre, tenía que saber cómo me sentía. De hecho, barajé incluso la idea de ofrecerme como nodriza de mi propio hijo, como niñera o, maldita sea, como doncella en su casa. Lo habría hecho todo para que me hubiesen permitido quedarme junto a Arama. Pero entonces me dije que missie Hill tal vez no vendría. Era posible que el mismo brigadier pasara a recoger al niño. ¿O una niñera? ¿Ruth? Con ella sí podría. La reduciría y le quitaría mi bebé...

Por un momento me sumí en fantasías cargadas de

violencia. Ya no creía en el amor y la paz. Pero antes de que pudiera tomar una decisión, Hakeke apareció a mi lado.

—¡Estás aquí, Marama! —dijo con dulzura, pasando un brazo a mi alrededor—. Te he estado esperando. Ven, primero te llevo conmigo a Parihaka...

—¿Lo sabías? —pregunté en voz baja. Quería apoyarme en su pecho y seguir llorando, pero temía no ser capaz de parar nunca más—. ¿Te han dicho que me quitaban a Arama?

Hakeke negó con la cabeza.

—Claro que no, ¿quién iba a decírmelo? Me lo imaginé. Después de todo lo que has contado sobre los Clavell, pensé que sería muy poco probable que te dejaran marchar sin castigarte. Tú les has quitado a un hijo, ahora ellos se llevan al tuyo.

—¡Pero si es todavía un bebé! —gemí—. Y Leonard... Yo no quería quitarles a Leonard.

—Leonard ya no parece interesarles —observó Hakeke—. Wiremu se ha informado. Lo envían con el primer camión de prisioneros a la Isla Sur. Los *pakeha* vacían la cárcel de New Plymouth, así se libran de los últimos rebeldes de Parihaka.

—¿Está entonces Wiremu en Parihaka? —pregunté—. Tiene que ayudarme, tiene que decirme cómo recuperar a Arama, él...

—Ahora está ocupándose de Te Whiti. En algún momento seguro que te atenderá. Ay, ¡no llores tanto, Marama! Mira, tu hijo está en lugar seguro. Sus abuelos no le harán nada. Creo que deberías preocuparte más por

Leonard. Se dice que esos campos de trabajo de la Isla Sur son horribles.

Parihaka se había disuelto. Los *pakeha* habían recurrido a *kupapa* maoríes con la esperanza de que ellos pudieran clasificar por tribus a la gente que quedaba. En cuanto se identificaba una familia, se la detenía y se la obligaba a encaminarse hacia el territorio de su propia tribu. Naturalmente, con este método se cometían errores, separaban familias y enviaban personas al lugar equivocado. Sus casas se demolían. Parihaka dejó de ser un lugar seguro, se hacían redadas por la noche, los soldados buscaban armas y objetos de valor... y también mujeres. Se produjeron violaciones y raptos. Hakeke y una parte de las demás mujeres que habían salido de la cárcel encontraron alojamiento en nuestro antiguo centro de encuentros. Era lo suficiente estable como para hacer frente a nuevos asaltos, y además también se habían instalado allí Wiremu Poki y los periodistas, quienes pese a la cólera de los militares seguían documentando todo lo que ocurría.

Antes de que pudiera hablar con Wiremu, me encontré con Crombie Brown. El periodista escuchó paciente y atentamente lo que le conté.

—Es una de las historias más crueles que me han contado después de la trágica invasión a su poblado, señora Clavell —dijo al final con expresión asqueada—. Permítame que le dé mis condolencias. Documentaré el suceso y lo publicaré. ¿Será eso de ayuda? En lo que respecta a poner una demanda, sin duda el jefe de policía tiene razón. Solo su marido tendría los motivos necesarios. Al menos en principio. A la larga cambiará la actitud y se atenderá a las personas que sufrieron aquí una grave injusticia. Dentro de poco dejarán en libertad a los hombres encarcelados. La gran mayoría ni siquiera ha pasado por un juez.

—Van a procesar a Leonard —susurré—. Si no hubiera sacado la espada...

Samuel Crombie Brown, un hombre alto y de rostro alargado, ya con bastantes entradas en la frente y barba abundante y cerrada, se encogió de hombros.

—Ay, señora Clavell... Marama... No es tan fiero el león como lo pintan —me consoló—. Hay muchos hombres maoríes que están esperando a que los juzguen. Es muy improbable que el primero sea el único *pakeha* que hay. Claro que si los Clavell insisten... Pero ahora su marido no está aquí, no puede emprender ninguna acción por el niño desde la Isla Sur. Es posible que ni sepa que le han quitado a su hijo.

—¡Entonces debería enterarse lo antes posible! —exclamé.

Crombie Brown asintió.

—Ya —admitió—. Pero me temo que no podamos dar con él antes de que llegue a la Isla Sur. Aunque primero llevan a los presos a Auckland, no se quedan allí mucho tiempo. Los distribuyen por distintas cárceles de la isla. ¿Qué va a hacer usted ahora, Marama? O, mejor dicho, ¿qué espera si se queda aquí? ¿Hay alguna tribu con la que le obliguen a reunirse?

Me froté las sienes. Mi padre, Te Maniapoto, había conservado sus tierras. Ahora vivía en paz con los *pakeha* y seguro que me acogería. Mi madre podría estar de vuelta con su tribu, pues seguro que los habían separado. Así que también podría irme con los ngati raukawa. A mí no me atraía ni una tribu ni la otra. Yo pertenecía a Leonard. Y a Arama.

Crombie Brown hizo un gesto con los labios.

—¿Qué ocurriría —propuso— si me acompañara a la Isla Sur? No me quedaré mucho tiempo aquí. El juicio de Te Whiti y de Tohu es inminente y cuando se haya celebrado tomaré el primer barco. Para ser sincero, me alegro de volver a casa. Escribo para el *Lyttelton Times*, como usted sabe. Cerca de Lyttelton están algunas de esas cárceles y campos de trabajo en los que encierran a los hombres de Parihaka. Creo que podría averiguar dónde está detenido su marido y fijar una fecha para que usted lo visite.

—¿No podría visitar aquí mismo a Leonard? —pregunté abatida—. ¿Aquí mismo en New Plymouth o en Auckland, antes de que lo envíen a otro lugar?

El periodista negó con la cabeza.

—Aquí, de ninguna manera —respondió categórico—. A lo mejor el jefe O'Neill no lo expresó con suficiente claridad, pero esto también forma parte del pacto: usted deja voluntariamente al niño a los Clavell y se marcha de aquí. Si aparece ahora en la cárcel, se arriesga a que vuelvan a arrestarla. Y en lo que respecta a Auckland, yo tampoco me haría muchas ilusiones. Precisamente es allí donde Clavell está mejor relacionado. La familia enseguida se enteraría de que está usted intentando ponerse en contacto con su esposo. Además, si su amiga está en lo cierto, Leonard partirá en el primer barco que zarpe. No podría esperar a que procesen a Te Whiti, sino que tendría que marcharse sola a Auckland. ¿Tiene dinero? —Yo tenía un poco, todo el que había en casa cuando cayó sobre nosotros la catástrofe. Era más de lo acostumbrado, pues considerábamos la posibilidad de tener que salir de Parihaka a toda prisa. Pero la mayor parte de nuestra fortuna estaba en el banco. Y sin Leonard yo no tenía acceso. Crombie torció el gesto cuando se lo expliqué—. Algo así me había imaginado. —Suspiró—. No es suficiente, Marama. Es posible que llegue hasta Auckland, pero ¿qué hará después? ¿Cómo llegará hasta la cárcel, como averiguará dónde está detenido su marido? Para obtener este tipo de información, es posible que necesite untar a los carceleros y a saber a quién más... No se ofenda, Marama, pero usted no tiene ni idea de cómo funciona eso.

Eso era cierto. Nunca en mi vida había «untado» a nadie, y yo era mujer, además maorí. Esas no eran unas buenas condiciones previas para emprender sola ese viaje. Al final, no me quedó otro remedio que aceptar la cordial propuesta de Samuel Crombie Brown.

Permanecí cinco semanas más en Parihaka. Los primeros días me sentí muy mal. No solo me lloraba el alma por la pérdida de Arama, sino que mis pechos rebosaban leche, estaban tensos y me dolían, tenía fiebre y escalofríos.

Tamatea, la comadrona, me cuidaba con infusiones de hierbas y compresas refrescantes, pero estas tampoco podían evitarme la desesperación y tristeza que ensombrecían mi vida. Además, tuve que presenciar con el corazón en un puño la destrucción del poblado. Escuché llorando que también la casa de reuniones había sido demolida. Cuando al final dejé el poblado con Crombie Brown —el viejo *Madoc* tiraba obediente del carro entoldado que había cargado con Leonard— no quedaba piedra sobre piedra. Parihaka estaba vacía. Habían condenado a Te Whiti y Tohu a un arresto por tiempo indefinido.

A esas alturas, Leonard ya llevaba tiempo en la Isla Sur. Como supe más tarde, lo habían trasladado el mismo día que me habían arrebatado a Arama, primero a Auckland, luego al sur. Los Clavell no habían dejado nada al azar. Querían al niño y lo habían conseguido.

Crombie Brown tenía que resolver algún asunto en Auckland, así que salimos de allí para embarcar rumbo a la Isla Sur. Pero yo era incapaz de contenerme. En lugar de ir directa al puerto, dirigí a *Madoc* a la orilla del río Whau. La casa de los Clavell descansaba confortablemente al sol primaveral, tan enorme, arrogante e inaccesible como yo la recordaba. En realidad solo quería pasar de largo, estar solo unos minutos cerca de Arama, pero tiré impulsivamente de las riendas cuando nos aproximamos a la propiedad y *Madoc* refrenó el paso. Crombie Brown se dio cuenta.

—¿Dónde estamos? —preguntó—. ¿Quién vive en

esa casa, Marama? Deje que adivine... ¿Acaso una familia llamada Clavell? Por todos los cielos, muchacha, ¿qué está tramando? ¡Si secuestra al niño, se meterá en un buen lío!

Hasta ese momento no había pensado en secuestrar a Arama. Al menos no había urdido ningún plan al respecto, pero ahora, viendo la casa... Recordé el sendero a través del jardín, la puerta escondida que daba al río...

—¡Solo si los Clavell me encuentran! —farfullé entre dientes—. Y no lo harán. Me esconderé con los ngati raukawa, la tribu de mi madre. O iré a King Country, con el rey Tawhiao. Mi padre era comandante de su ejército, está en deuda con mi familia. Seguro que me dará refugio. Hasta ahí no llegará el brazo de la Corona, así que aún menos el de los Clavell.

Crombie Brown se retorció las manos.

—Es una locura, Marama —dijo con vehemencia—. No lo conseguirá. ¿Y cómo piensa sacar al niño de ahí? ¿A escondidas? ¿Va a colarse en esa enorme mansión?

Yo pensaba en la escalera de servicio y en lo familiar que me resultaba esa casa. Cuando era doncella de Sassi conocía el crujido de cada escalón. Pero también pensé que ni siquiera al huir con Leonard había pasado desapercibida. Y lo deprisa que podía ocurrir que Arama se despertase y rompiera a llorar. Brown tenía razón: si me encontraban en medio de la casa, estaría perdida.

—Tal vez... —susurré— tal vez sea mejor a plena luz del día... —De nuevo tuve ante mis ojos la imagen del jardín. Con ese maravilloso tiempo primaveral, la niñera estaría fuera con el niño. Una niñera que no me conocía...—. ¡Al menos debería intentarlo! —dije con terquedad, apartando decidida a *Madoc* de la carretera para dirigirlo a un camino que llevaba al río.

Crombie Brown parecía debatir consigo mismo. Por una parte, seguro que no quería tener nada que ver con el secuestro de un niño; pero, por otra, tenía ante sí un guion conmovedor. Me había contado por el camino que planeaba escribir sobre las madres de Parihaka, sobre las mujeres que habían dado a luz allí, lejos de sus propias tribus y con la esperanza de ver a los pequeños crecer en paz. Con la historia de Arama y mía, una historia dramática y con un buen final, tendría un magnífico artículo.

—¿Qué planea? —preguntó nervioso cuando me quedé mirando tras la maleza de *raupo*, donde antes *Buster* nos esperaba a Leonard y a mí. También ese día iba a esconder allí mi caballo.

—Entraré al jardín por la puerta trasera. A lo mejor tengo suerte y alguien está fuera con Arama. Entonces intentaré llevármelo. O al menos lo... lo veré una vez más...

Ya no sé si creía realmente poder secuestrarlo, pero era incapaz de pasar de largo. Si había la más mínima posibilidad...

Recorrí el camino junto al río y llegué enseguida a la puerta de la finca de los Clavell. Seguía sin cerrarse, igual que antes; al parecer, el brigadier y missie Hill se sentían seguros. Abrí la verja y crucé la zona posterior del jardín. Ahí pocas veces aparecía alguien, incluso el jardinero solía descuidar el terreno vecino al río. El riesgo aumentó cuando vi delante de mí el jardín de rosas de missie Hill. Ahí no solo había glorietas y bancos, sino que también era posible toparse con algún empleado.

Y entonces apenas pude dar crédito a mi buena suerte. A la sombra de un haya que dominaba esa zona del jardín, había un cochecito de niño. Sin nadie que lo vigilase, ¡la niñera debía de haberse ido a buscar alguna cosa! Si actuaba con rapidez... Me olvidé de la prudencia, corrí con el corazón palpitante hacia él, pero de golpe me obligué a ir despacio para no asustar a Arama. El cochecito estaba cubierto con una tela de encaje. La aparté y vi a un bebé entre almohadas y sábanas de seda rosa. El corazón se me encogió, estaba a punto de echarme a llorar. No era Arama.

—¿Qué hace usted, señora? —Una voz severa, aunque nada desconocida, me hizo estremecer. Me pasó por la cabeza salir corriendo, pero me volví resignada hacia Sassi—. ¡Marian! —Mi hermana de acogida enseguida me reconoció y por su rostro desfilaron expresiones de sorpresa, alegría y desconfianza—. Marian, ¿qué estás haciendo con mi hija?

Sassi corrió hacia mí, sacó a la niña del cochecito y retrocedió teatralmente ante mí.

—¿No... no estarías pensando en raptarla? —me preguntó con voz chillona—. ¿O hacerle daño?

Negué con la cabeza.

—Sassi... —dije a media voz—. Sassi, ¿cómo puedes pensar que yo vaya a hacerle daño a tu hija? Solo pensaba...

—Bueno, estuviste con los hauhau, ¿no? —repuso ella cortante—. Con unos maoríes rebeldes. Y ya se sabe lo que les hacen a los niños *pakeha*... Mi marido dice...

Me llevé las manos a la frente.

—Sassi, no estuve con los hauhau, ya no hay. Te Ua Haumene está muerto. Además, los hauhau jamás se han comido a un niño. Y yo... yo era tu hermana, Sassi, soy tu cuñada. ¿Cómo puedes imaginar que vaya a hacerle algo malo a tu hija? —En ese momento tomé conciencia de lo monstruosa que era tal insinuación. De nuevo, una parte de mi mundo se desmoronó.

—A ver... —admitió—. Porque te han quitado a tu hijo. Porque eres una criminal. Las autoridades...

—¿Las autoridades? —repliqué—. Es tu padre quien está detrás de todo esto. —Intenté que comprendiera cómo Clavell nos había tendido una trampa, pero sus oídos estaban sordos.

—Mi marido dice que Parihaka era un nido de maleantes y traidores y también de desertores como mi hermano...

—¡Leonard no desertó! —le recordé, pero ella parecía haber relegado al olvido en qué circunstancias Leonard se había retirado del ejército—. Sassi, ¡estuviste entonces a nuestro lado! Mira, todavía llevo el colgante que me regalaste. —Me desabroché el primer botón de la blusa y le mostré la pequeña joya.

Ella hizo una mueca.

—En esa época no sabía cuáles eran vuestras intenciones. Y yo... Ahora, que yo misma soy madre... —Parecía estar de nuevo interpretando una obra de teatro, mientras dejaba cariñosamente a su hijita en el cochecito—. Ahora soy consciente del daño que les habéis hecho a mis padres. Leonard nunca se esforzó por ser un buen hijo. Y tú...

Sentí que me invadía la rabia, pero me dominé. Era mejor dirigirse a la madre que había en ella.

—Sassi, no hablemos ahora de Leonard ni de si era o no un buen hijo. Lo único que me preocupa es mi hijo Arama. ¿Dónde está? ¿Está aquí? Si alguna vez me quisiste, si alguna vez me consideraste tu hermana, ¡tienes que devolvérmelo! Tú también tienes un hijo. Sabes que un hijo pertenece a su madre...

—¡Tengo dos hijos! —respondió con orgullo—. La pequeña Patricia, que es esta, y Thomas, mi hijo. Thomas ya casi tiene tres años. Y es como su padre, ya ahora está deseando blandir la espada... —Rio nerviosa—. Me casé con Elias Bonnard, el capitán Elias Bonnard.

El hombre con el que había bailado en su baile de presentación. No me sorprendía. Pero ahora me resultaba indiferente. Tenía que lograr que Sassi me hiciera caso.

—¿Y si ahora te separasen de Thomas? ¿No puedes entender lo que siento? ¿Y Arama?

—Adam —me corrigió Sassi—. Lo llamamos Adam.

Apreté los puños.

—No me importa llamarlo Adam, Sassi. Pero, por favor, por favor, ¡devuélvemelo! Tráelo aquí y dámelo. No has de reconocer que me has ayudado. Simplemente di que me lo llevé. Incluso puedes decir que te di un golpe...

Ella negó con la cabeza. Tenía un aire arrogante. Por primera vez me di cuenta de lo mucho que se parecía a su madre, o de lo que se parecería cuando fuera mayor.

—No voy a mentir por ti, Marian. Y me parece muy mal que me lo estés pidiendo. Que te hayan quitado a

Adam es lo correcto. Necesita una familia de verdad, una educación adecuada...

Apreté los dientes y luché contra el impulso de propinar un bofetón al vanidoso rostro de esa niña mimada y estúpida.

—¡Entonces déjamelo ver al menos una vez! —le supliqué—. Tráelo, solo quiero saber si está bien...

Juro que la habría derribado de un golpe y le habría arrancado a Arama de los brazos si hubiera atendido a mis súplicas. Pero ella se limitó a hacer un gesto negativo.

—No podría ni aunque quisiera, Marian. No está aquí, mis padres están en Wellington con él. Por la adopción. Quieren adoptarlo. Tú... tú no volverás a verlo nunca más.

Se me nubló la vista, pero me sobrepuse. En adelante necesitaría fuerzas para luchar.

—Eso ya lo veremos —respondí. Quería transmitir rabia con mi voz, pero me temo que solo sonó a desesperación—. ¡No arrojaré la toalla!

—Ahora tienes que irte —me pidió.

Quise decirle algo más a Sassi, a la que había sido mi hermana y mi amiga... Pero entonces me limité a coger la cadenilla de mi cuello. Por unos segundos quise lanzarla a sus pies, pero luego lo pensé mejor. Fui al cochecito, percibía que Sassi retrocedía, pero que no hacía ademán de ir a proteger a Patricia. Levanté de nuevo la tela de encaje, miré la preciosa carita de la niña y le dejé la cadenilla sobre la almohada.

—Un regalo para mi sobrina —dije con serenidad, y me alejé por el jardín

Sassi me siguió.

—¡Marian! —llamó. Cuando me di media vuelta, creí ver en ella a la muchacha tontainas pero de buen corazón que había sido—. ¡Marian, lo siento! Yo... yo me ocuparé de Adam. Lo querré. ¡Te lo prometo!

Sabía que esa promesa solo duraría hasta que su padre o su marido le ordenaran hacer del niño un hombre. Aun así, me sentí más tranquila. A lo mejor conseguía recuperar a Arama antes de que eso ocurriera.

Crombie Brown suspiró aliviado cuando volví al carro sin mi pequeño.

—Está bien que no lo haya hecho, Marama —dijo para consolarme cuando vio mi rostro anegado en lágrimas—. No escatimaré ningún esfuerzo para ayudarla, pero llevarse a su hijo no era la solución.

Lo fulminé con la mirada.

—Habría sido la única solución si yo fuera un hombre, un guerrero; sabría lo que hacer cuando Clavell volviera a casa con el niño. Pero así... ¡Vámonos, Samuel! Debo llegar a la Isla Sur. Tenemos que encontrar a Leonard. El brigadier Clavell quiere adoptar a Arama. Mi marido debe vetarlo antes de que sea demasiado tarde.

Samuel Crombie Brown compró un pasaje de barco que nos llevó directamente de Auckland a Lyttelton, y no aceptó que yo se lo pagase. A fin de cuentas, yo le había llevado en el carro desde New Plymouth hasta Auckland, dijo. Esto me hizo tomar conciencia de que debería dejar también el carro antes de embarcar. Me resultaba difícil, Leonard y yo habíamos sido muy felices en él camino de Parihaka. Todavía recordaba al joven alegre y orgulloso que se reunía conmigo tras haber comprado el carro en Drury. Y separarme de *Madoc* casi me habría roto el corazón. Sin embargo, el encuentro con Sassi me había hecho pensar en una manera de evitar vender el animal. Lo mandé a la casa de los Clavell como regalo para el pequeño Thomas Bonnard. El hijo de Sassi y tal vez la hija después o incluso Arama podrían aprender a montar con él.

Un día después zarpamos y, salvo por un par de horas de tormenta, la travesía fue tranquila. Llegamos a los pocos días a Lyttelton, una pequeña ciudad típicamente *pakeha* situada en una bahía rodeada de montañas que formaba un puerto natural. Nada indicaba ahí que hacía siglos los maoríes habían ocupado esas tierras. Ni siquiera quedaba un *marae* cercano. Se me planteaba la pregunta de dónde alojarme mientras Crombie Brown buscaba a Leonard. Al final cogí una habitación en una pensión barata cuyos propietarios me miraron con desconfianza. Los maoríes pocas veces se hospedaban ahí.

—¿Quieres ir a la cárcel? —quiso saber la patrona cuando se percató de que yo hablaba el inglés con fluidez—. ¿Vas a visitar a alguien? Desde que hay tantos maoríes presos en Christchurch y Ripapa Island vienen parientes, abogados o sacerdotes... Muchos maoríes que vienen a visitar a su gente.

—¿Se los puede ver? —pregunté esperanzada.

La mujer se encogió de hombros.

—Se podrá, si hay tanta gente que viene para eso... Pero no sé de ninguna mujer que haya venido a ver a su marido. Los presos son de la Isla Norte.

Pese a todo, alimenté nuevas esperanzas, y la habitación me gustó, era pequeña y limpia, y la pensión estaba justo frente a Ripapa Island, la isla prisión. Por las noches podía contemplarla y sentirme cerca de Leonard, aunque, por supuesto, no tenía ninguna confirmación de que realmente estuviera allí encarcelado.

Al día siguiente, Samuel Crombie Brown cogió el tren rumbo a Addington, un suburbio de Christchurch, donde se hallaba la prisión más grande de la zona. A los presos les iba relativamente bien, pues del director se decía que era amable con los maoríes. En general percibí en Christchurch y Lyttelton poco resentimiento hacia mi pueblo, lo que en parte debía agradecerse a los reportajes de profesionales como Crombie Brown. Me alegré por los presos, pero me desilusioné al saber que Leonard no estaba en Addington. El periodista ni siquiera tuvo que sobornar a alguien, el director le facilitó esta información de buen grado.

—En lo que respecta a los conflictos con los maoríes —explicó—, aquí solo recibimos a los famosos. Jefes rebeldes, los llamados profetas. Corre la voz de que en breve nos enviarán a Te Whiti. Los presos corrientes van a los campos de trabajo de Dunedin, Hokitika, Lyttelton o Ripapa Island. Yo buscaría ahí primero. Casi todos los últimos transportes de detenidos acabaron en Ripapa Island.

Esto me dio nuevas esperanzas ya que, si encontrábamos a Leonard en la isla junto a Lyttelton, no tendría que emprender ningún otro viaje. Hokitika y Dunedin estaban muy lejos y necesitaría dinero para el tren. Sin embargo, mi dinero había mermado mucho. Tenía que pagar cada día la pensión y alimentarme.

Mis expectativas, sin embargo, no se vieron satisfechas. A las preguntas de Crombie Brown respondieron formalmente comunicándole que en Ripapa Island no se encontraba ningún Leonard Clavell. La misma información llegó por correo desde Dunedin. En esa cárcel solo se hallaban los primeros presos de Parihaka. Los labradores ya habían cumplido su pena y estaban en libertad. No habían ingresado más hombres de Taranaki.

—Entonces solo nos queda Hokitika...

Crombie Brown suspiró. Hokitika era una población en la inhóspita costa Oeste de la Isla Sur. La idea de viajar a ese lugar me aterraba, pero tras recibir una respuesta desde allí, mi amigo periodista volvió a negar con la cabeza.

—Acaba de llegar una carta de la dirección de la prisión. ¡Tampoco está en Hokitika! —exclamó sorprendido—. Esto empieza a parecerme extraño.

—A lo mejor lo han enviado a otro sitio porque es *pakeha* —señalé pensativa.

Él se encogió de hombros.

—Es posible. Pero ¿por qué? Formaba parte de los hombres de Parihaka... Sea como sea, voy a escribir a todas las cárceles de la Isla Sur. En alguna debe de estar. No se preocupe, Marama, lo encontraremos.

A pesar de todo, mi preocupación iba en aumento a medida que mi dinero mermaba. Cuando vi que solo podría pagar unos días más la pensión, me dirigí a casa de Crombie Brown, cerca de la redacción del *Lyttelton Times*. Su esposa me recibió amablemente.

—¿Quiere hablar con mi marido, señora Clavell? Pues tendrá que preguntar en el periódico cuándo volverá. Esta mañana se marchó a Christchurch...

—Bueno, en realidad quería hablar con usted —respondí, preguntándome si debía hacerle una pequeña reverencia. Pero opté por lo contrario. La señora Crombie Brown no parecía valorar el servilismo forzado. Me miró con sus ojos oscuros y vivaces y me invitó a entrar.

—¿En qué puedo ayudarla? —me preguntó sin rodeos.

—Necesito trabajar. Se me está terminando el dinero y no quiero ser una carga para nadie. Así que he pensado que... que a lo mejor necesitaba una asistenta para la casa. O una... —Tragué saliva—. Tengo formación como doncella, señora Crombie Brown.

La mujer emitió una risita cristalina y simpática.

—¡Yo no soy ninguna *lady*! —afirmó—. Si es que esta palabra significa que no puedo vestirme sola. Y tampoco tenemos tanto dinero como para permitirnos más servicio que una chica para todo. —Hizo un cómico mohín con los labios—. Mi marido es muy conocido, señora Clavell, pero no es rico.

Pese a mi decepción, intenté responder a su sonrisa.

—A lo mejor... a lo mejor sabe de alguien que necesita ayuda... —insistí.

La mujer cogió el *Lyttelton Times* que había sobre la mesa.

—Echemos un vistazo a las ofertas de trabajo —sugirió—. A ver si alguien busca doncella. Yo en su caso no bajaría de categoría, señora Clavell. Si es usted doncella, no ocupe ningún puesto como criada.

Lo encontré extraño, pero luego comprendí que como doncella de una dama me encontraría en lo alto de la jerarquía del servicio doméstico. Yo siempre había encontrado humillante mi trabajo para Sassi, sin ver que las criadas de la casa y las ayudantes de cocina me envidiaban.

No esperaba mucho de las ofertas de trabajo del *Times*. Los Clavell nunca habían encontrado a su personal doméstico a través del periódico, sino por recomendaciones de conocidos y mediación de agencias. De hecho, no encontramos ninguna oferta, pese a lo cual la señora Crombie Brown no se desanimó.

—¡Escribiremos nosotras mismas un anuncio! —exclamó, y se puso manos a la obra—. «Doncella personal con experiencia busca...»

—No tengo certificados —objeté—. Ni cartas de recomendación.

Ella lo descartó con un gesto con la mano y sonrió.

—Tampoco tiene usted competencia —dijo—. La mayoría de las criadas son maoríes. Empleadas del hogar que hablen inglés y que sepan cómo desenvolverse en una casa *pakeha* son un bien escaso. De hecho, ya han intentado traer a Nueva Zelanda huérfanos ingleses para tener sirvientes ingleses. Las señoras solo pueden aspirar a tener una doncella con formación. Créame, si hay alguna *lady* en Lyttelton o Christchurch que pueda permitirse tener doncella, mañana tendrá usted un empleo.

En efecto, en respuesta a mi anuncio llegó enseguida una carta en un sobre perfumado de color lavanda. Cierta señora Eileen Aberborden me invitaba a realizar una entrevista de trabajo en su residencia de Lyttelton.

—Bien. ¡Que la suerte la acompañe! —observó Samuel Crombie Brown cuando llegué animada a su casa con la carta—. Eileen Aberborden ha de ser la esposa de Joseph Aberborden. ¿Y sabe lo que hace este señor, Marama? —Negué con la cabeza—. Es el director del campo penitenciario de Ripapa Island. Si se lleva bien con su señora y esta mueve un par de hilos... Aberborden podrá encontrar a Leonard mucho más rápido que yo.

—¡Qué buena oportunidad! —se alegró también su esposa.

Una vez más, me sentí llena de esperanza cuando me interné en la tranquila y cuidada calle donde se encontraba la residencia de los Aberborden. Cuando me asomaba a la ventana de mi pensión y contemplaba Ripapa Island, seguía teniendo la sensación de estar cerca de Leonard, aunque probablemente él ya no continuara allí. Algo me decía que aquí estaba la respuesta a todas mis preguntas. A lo mejor habían encerrado a Leonard con un nombre falso. No se me ocurría ninguna razón para ello, pero sería una explicación. Decidí hacerme indispensable para la señora Aberborden.

Tal como había previsto la señora Crombie Brown, la entrevista no fue ningún obstáculo serio. Me presenté como Marian Clavell y mi futura señora me recibió en un pequeño salón. La residencia de los Aberborden no era tan grande como la de los Clavell, pero sí lo suficientemente espaciosa. Mi nueva patrona resplandeció cuando me dirigí a ella llamándola «lady Aberborden». Era una mujer menuda de mejillas sonrosadas, de piel muy clara y tersa, ojos azul claro y un cabello rojizo descuidadamente recogido en lo alto. Sobre la frente le flotaban unos ricitos crespos. En los meses siguientes, tendría que pasarme horas ondulándolos y dándoles forma. Era difícil calcularle la edad, entre los cuarenta y los cincuenta seguro, pero sus formas redondeadas le daban un aspecto atemporal, como si fuera una de las muñecas con que Sassi y yo jugábamos de niñas.

—¡En Inglaterra siempre tuve doncella, siempre! —exclamó casi con un deje de reproche, como si yo tuviera la culpa de que en mi país escaseasen las sirvientas personales—. Pero aquí... las chicas ni siquiera saben atarte bien el corsé. ¡A veces prefiero no mirarme en el espejo de lo gorda que me veo!

No le pregunté si no se debería a que era muy golosa. Sobre la mesa había un platito con galletas y chocolate, del que se servía continuamente mientras hablábamos.

—¿Y a quién debemos que haya usted disfrutado de una formación como doncella personal? —preguntó entre dos bocados—. Se apellida usted Clavell, ¿como los Clavell de la Isla Norte?

Asentí, esperando no sonrojarme y que siguiera haciéndome preguntas acerca de mi nombre. Sin embargo, no las planteó. Por lo visto, consideró que la semejanza entre los nombres era pura coincidencia.

Yo le conté acerca de mi formación una historia lo más próxima posible a la verdad, que era la hija natural de una cocinera cuyos señores le habían permitido criarme en las dependencias del servicio. Al principio había sido compañera de juegos de los niños *pakeha* y luego me habían formado como doncella. Afortunadamente, mi nueva señora no se interesó por el nombre de mis anteriores señores, supongo que por discreción. Normalmente los sirvientes no tenían permiso para llevar a sus hijos a su lugar de trabajo. Así que de esa parte de la historia se podía deducir que el señor de la casa posiblemente era mi padre...

A la pregunta de por qué estaba ahora en Lyttelton, respondí con la verdad: mi esposo era uno de los presos detenidos en Parihaka y yo había ido ahí para buscarlo. No mencioné a Arama.

—Mi marido puede averiguarlo —dijo la señora Aberborden como de paso—, en la isla hay muchos maoríes.

Se lo agradecí con una reverencia y pensando, por supuesto, en recordarle pronto su ofrecimiento. Pero al principio no quería entrar de lleno en la cuestión de Leonard. Al fin y al cabo, tampoco tenía la intención de que la dama se diese cuenta de que un marido maorí no me habría dado el apellido Clavell. Cuando hubieran pasado un par de semanas y confiara más en mí, ya le contaría más cosas.

La contratación fue pura formalidad. Mi sueldo era más bien bajo, pero a cambio tenía alojamiento y comida en la casa de la familia. El área del servicio era amplia; además de mí, había una cocinera, dos sirvientas y un sirviente. Me asignaron un cuarto para mí sola y me mudé ese mismo día.

Pese a haber salido airosa en la búsqueda de un empleo, pasé la noche en mi nueva habitación llorando hasta caer rendida, añoraba el consuelo que me ofrecía la vista de Ripapa Island. Además, no podía reprimir la sensación de que ese día había perdido algo de lo que los maoríes llamamos *mana*. Marama Te Maniapoto Clavell, la hija del jefe tribal, se había convertido una vez más en la doncella Marian. En lugar de difundir las palabras del Profeta, me dedicaba de nuevo a atender a una mimada señora *pakeha*, a peinarle el cabello y vaciarle el orinal.

La señora Aberborden no se esforzaba demasiado en no herir mi dignidad. Yo dudaba de que realmente hubiese tenido una doncella en Inglaterra. En cualquier caso, no me concedía los pequeños privilegios que correspondían a este puesto. Así que tenía que ponerme el uniforme de servicio, como las criadas, en lugar de mis propias prendas, como hacía la señora Brandon en casa de los Clavell. Tampoco se dirigían a mí con un tratamiento de respeto como sí que hacían con ella, sino que la señora me llamaba por el nombre de pila. Además, me hacía ayudar en la casa, lo que la señora Brandon probablemente no habría admitido. Si recibían invitados, casi siempre debía servir la comida. Yo también sabía hacerlo mucho mejor que las jovencitas y torpes muchachas maoríes que trabajaban junto a mí en la casa de los Aberborden. La señora Crombie Brown tenía razón: en las residencias señoriales neozelandesas se notaba la falta de personal con formación.

Por lo demás, mis tareas para la señora Aberborden eran las mismas que las que hacía para Sassi, con la única diferencia de que la primera era mayor. Esto significaba tener que esforzarse mucho e invertir largo tiempo en arreglarla para que luego su imagen en el espejo fuera clemente. Ella estaba dispuesta a mortificarse por eso: le ataba el corsé tan fuerte que con frecuencia me asombraba de cómo superaba el día en esa coraza que le impedía respirar. La ventaja de que la señora fuese mayor consistía en que no daba la lata al personal con un parloteo adolescente. La señora Aberborden no hablaba apenas de asuntos privados ni planteaba preguntas. No parecía interesarse en absoluto por el servicio, así que tuve que contenerme durante semanas antes de atreverme por fin a pedirle ayuda para encontrar a Leonard. Ya no sabía a quién acudir. Seguía sin haber ninguna pista de mi marido. Con el transcurso del tiempo, empecé a sospechar que en realidad nunca había abandonado la Isla Norte.

La señora reaccionó tranquila y resoluta a mi tímida pregunta.

—¿Por qué no se lo preguntas tú misma a mi marido? —me dijo—. Acaba de volver y está tomando una copa en la sala de caballeros. Le pediré que antes de cenar te dedique unos minutos.

Acabamos pronto con su *toilette*. Los invitados que esperaba esa noche llegarían en apenas una hora.

Así que poco después acudí con el delantal limpio y una cofia bien puesta en la cabeza a presencia del señor de la casa, un hombre rollizo y rubicundo, que superaba en más de dos cabezas a la muñequita de su esposa. Joseph Aberborden me miró con satisfacción cuando lo saludé con una reverencia.

—¿Qué puedo hacer por ti, Marian? —me preguntó benévolo—. Mi esposa está muy contenta contigo, dice que eres una chica muy servicial. Eso me gusta. No es frecuente entre los indígenas. —Me mordí el labio y busqué la mejor fórmula para exponerle lo que quería. Pero él siguió hablando—. Eileen dice que estás buscando a tu esposo. ¿No lo encuentras? Es posible que lo hayan registrado con un nombre falso. No es fácil. Si por mí fuera, les pondría a todos un buen nombre inglés, como en tu caso. Marian al menos puede pronunciarse. ¿Cómo se llama tu *tane*? —Sonrió vanidoso cuando utilizó la palabra maorí para esposo. Se jactaba de sus conocimientos de la lengua.

Me tragué de nuevo el orgullo que casi me llevó a contestarle en maorí para avergonzarlo. Respondí comedida y amablemente:

—Es usted muy amable, señor Aberborden, pero el nombre de mi marido no es difícil de escribir. Se llama Leonard. Leonard Clavell.

Joseph Aberborden intentó fingir, pero su jovial expresión desapareció al oír el nombre de mi marido. Contrajo la boca y me miró casi enfadado.

—Es... es un nombre *pakeha*... —dijo. Parecía querer ganar tiempo. Asentí y esperé las preguntas, pero no las hizo—. Pero nosotros... nosotros solo tenemos presos maoríes... de momento —titubeó.

Volví a asentir.

—Eso mismo le dijeron al señor Crombie Brown cuando pidió información sobre Leonard —dije—. Pero yo pensé que a lo mejor usted... podía preguntar en... en otras cárceles.

Aberborden se puso tenso. Se diría que había tomado una decisión.

—Lo siento, muchacha, no sé nada de ningún Clavell —contestó con voz firme—. De ningún *pakeha*. Y... ¿puedes probar que has estado casada con él? ¿Hay algún documento que certifique que estás emparentada con el preso?

Fue como si me hubiesen dado un puñetazo. ¿Qué significaba eso? Por una parte, nunca había habido ningún Leonard Clavell en Ripapa Island; por otra, me pedía un certificado de matrimonio.

—Me temo que no, señor Aberborden —admití con desánimo—. Nos casamos según el rito de mi pueblo, la Corona tal vez no lo reconozca. A pesar de todo, me gustaría visitar a Leonard. No es como... —me sonrojé— si tuviésemos intención de consumar el matrimonio. Considéreme simplemente como su prometida. O una amiga... o su hermana.

El hombre resopló.

—¿Qué tonterías dices, Marian? ¿Cómo vas a ser su esposa y al mismo tiempo su hermana? Y ya te lo he dicho: en Ripapa Island no hay ningún Leonard Clavell, ningún preso *pakeha*. Y si además no estás casada con él como Dios manda, lo mejor es que te olvides de ese hombre. Aquí tienes un buen empleo y...

Dejé de escucharle cuando empezó a recitarme las ventajas de mi puesto en su casa. Todo eso empezaba a parecerme muy sospechoso. Ese hombre sabía algo sobre Leonard, algo que le ponía nervioso y que a mí me llenaba de temor.

Apenas si conseguí esperar a mi primera tarde libre, pero cuando la señora Crombie Brown me abrió la puerta de su casa, me enteré de que su marido estaba en la Isla Norte en un viaje de observación.

—Vuelven a procesar a Te Whiti —me dijo excitada—. Y se han organizado marchas de protesta en Taranaki. Se dice que hay maoríes que intentan instalarse de nuevo en Parihaka. Lamentablemente no sé cuándo estará Samuel de vuelta.

Yo le conté cómo había sido mi conversación con el señor Aberborden. También ella encontró desconcertante la reacción del director de la prisión.

—No se agobie, señora Clavell. A lo mejor es cierto que su marido está otra vez en la Isla Norte. Si sus suegros querían adoptar a su hijo es posible que para ello necesiten el permiso de Leonard y hayan conseguido que lo devuelvan a la Isla Norte. Tal vez Aberborden ha tenido que colaborar en ello de forma no demasiado honesta y es posible que haya aceptado dinero. Escribiré a Samuel y le pediré que se informe en Wellington y Auckland.

Así pues, intenté no desanimarme e ignorar el cambio que se produjo en la actitud de mis señores a partir de la conversación con Aberborden. La señora nunca había sido afectuosa conmigo, pero ahora parecía extremadamente recelosa en su trato. Su marido me evitaba. Ya no me permitían servir en la mesa o realizar otras tareas relacionadas con él. En general, me vi confinada a los aposentos de mi señora, mientras que antes siempre había estado con ambos cuando los invitaban a veladas más importantes. Yo encontraba todo eso extraño, y de hecho mis señores parecían sentirse culpables. Esperaba impaciente las noticias de Crombie Brown y pasaba noches cavilando de qué modo abordar de nuevo el tema de Leonard con la señora Aberborden. Tal vez ella se fuera de la lengua y contara algo más que su esposo. Pero no se me brindaba la oportunidad de hacerlo.

Me enteré de la verdad cuando ya llevaba más de un año en Lyttelton. Era un día lluvioso y mi señora había planeado ir de visita. Como era habitual desde mi conversación con el señor Aberborden, no tenía intención de llevarme con ella. Acababa de vestirla y de acompañarla con un paraguas hasta su carroza cuando la sirvienta de los Crombie Brown apareció en la puerta de servicio.

—Señora Clavell, mis señores desean que vaya usted a su casa —me dijo la pequeña maorí en un inglés impecable—. El señor Samuel ha vuelto y le gustaría hablar con usted.

¡Eso solo podía significar que traía noticias de Leonard! Me habría quitado el delantal y habría salido corriendo, pero, naturalmente, no podía marcharme como si tal cosa.

—Hasta el domingo no tengo libre —repuse apesadumbrada—. Por favor, dile que iré a verlo entonces.

Pero la muchacha sacudió enérgica la cabeza.

—No. De inmediato. Debe ir de inmediato, ha dicho que es muy importante. Sus señores le permitirán que haya salido, a posteriori. El señor Samuel está seguro de eso. Venga conmigo.

Ignoraba qué podía significar todo eso, pero no le di más vueltas y cogí mi abrigo. No hacía realmente frío, pero no dejaba de llover. Protegida con la capucha seguí por las calles a la pequeña maorí. No anuncié mi partida, ni siquiera se lo comuniqué a algún miembro del personal de servicio. Si conseguía pasar desapercibida, podría estar de vuelta antes de que la señora Aberborden hubiese concluido su visita.

La muchacha de los Crombie Brown me introdujo por la puerta de servicio en la casa de sus señores, en la que yo solía ingresar por la entrada principal. Al parecer, no quería perder tiempo llamando y anunciando la visita. En el pasillo que daba a los aposentos de la familia nos encontramos con la señora.

—Marama... —dijo. Parecía abatida. Y era la primera vez que me llamaba por mi nombre de pila. Como si una mano helada me apresara, temí que no me esperaba ninguna buena noticia—. Pase, Samuel está en la sala de caballeros.

Ella misma me abrió la puerta que daba a una habitación, bastante pequeña comparada con las de la casa de los Aberborden y donde el periodista tenía su despacho. En las estanterías oscuras y sillones de piel había libros apilados, por todas partes se veían papeles escritos. Él estaba sentado al escritorio. Parecía buscar refugio allí detrás.

—Marama —dijo afablemente—. Me alegra que haya podido venir...

Me mordí los labios.

—Samuel... —dije—. ¿Podemos... podemos ir inmediatamente al grano? ¿Qué... qué sabe usted de Leonard?

Samuel Crombie Brown se rascó la frente.

—Sucede que... ha habido excarcelaciones.

No me lo podía ni creer. Mis ojos se abrieron.

—¿Lo han soltado? —pregunté con voz ahogada—. ¿Leonard está libre?

Mi fiel amigo negó con la cabeza.

—No. Pero Tumatauenga Huirama está libre. Y ha hablado sobre Leonard.

Sentí un escalofrío.

—¡Samuel! —exclamé—. ¡Cuénteme qué ha dicho! Él suspiró.

—Marama, Leonard ha fallecido —dijo a media voz—. Lo lamento profundamente...

Creí morir. Por supuesto, no en el sentido de que mi corazón fuera a dejar de palpitar o de que mis pulmones ya no pudieran admitir más aire. Pero lo que hacía de mí lo que yo era, la Marama que amaba a Leonard, que había llevado a Arama en su vientre, que reía, lloraba y sentía, esa Marama murió.

No me desmayé, pero debí de perder el color. Recuerdo que la señora Crombie Brown, que de golpe apareció a mi lado, pronunció la palabra «whisky». Me tendió un vaso, del que tal vez bebí un par de sorbos. Sin embargo, lo único que mi memoria guardó de esa hora en casa de los Crombie Brown fue la sensación de morir.

—Fue... fue un accidente, contó el señor Huirama —prosiguió Samuel—. Un lamentable accidente. Ocurrió en Ripapa Island. El señor Clavell se cayó por una escalera.

—¿Por una escalera? —pregunté, incapaz de llorar. Estaba muerta y no obstante era capaz de dudar. Con la sensación de que otra mujer se había adueñado de mi cuerpo o, más bien, me había tomado bajo su protección—. Los... los edificios de la isla son bajos...

Samuel se encogió de hombros.

—Hay torres de vigía, atalayas... Tendrá que hablar con Huirama si desea saber exactamente lo que ocurrió. A mí solo me ha comunicado los hechos. No quiso entrar en detalles. Es muy... bueno, la prisión le ha afectado mucho. Hay muchos hombres que no quieren hablar de cosas así...

No podía imaginarme que Tumatauenga Huirama se hubiese convertido en un ser abatido, pero asentí.

—Hablaré... hablaré con él tan pronto como me sea posible. Pero antes hablaré con Joseph Aberborden...

Me di la vuelta para marcharme, aunque la señora Crombie Brown intentó convencerme de que me quedase y me tranquilizara primero. Pero yo quería estar a solas con mis sentimientos de duda, rabia y dolor. Un dolor que sentía de muerte. No me cubrí la cabeza con la capucha cuando salí bajo el chaparrón. Dejé que Rango, el dios de la lluvia, llorase por mí.

—¿Lo sabía usted?

La señora Aberborden entró prácticamente al mismo tiempo que yo en su casa y, antes de que pudiera reprocharme que hubiese salido sin pedir permiso, le lancé mi pregunta.

—¿Sabía usted desde hace meses que mi marido está muerto? ¿Muerto en la cárcel de la que su esposo es director? Él lo sabía, estoy segura. Reconocí en sus ojos que mentía pero no me atreví a expresarlo con palabras.

—Me quité el abrigo, como si me preparase para luchar, y era así, en efecto, como me sentía.

—Solo queríamos protegerte, hijita. —La señora Aberborden jugueteaba nerviosa con la bolsita de encaje que llevaba—. Queríamos evitarte esta pena...

La fulminé con la mirada.

—¿Y durante cuánto tiempo iban ustedes a evitarme esta pena? —pregunté—. ¿Es que nunca iba a enterarme de que mi marido ha muerto? ¿Ni de cómo murió? Eso me interesa muchísimo. ¿Por qué escalera se cayó?

La señora Aberborden apretó los labios.

—¡Contente, Marian! Suena casi como si nosotros... como si mi marido tuviese algo que ocultar. Yo misma no estoy informada de los pormenores, pero mi marido, por descontado, los conocerá. Aunque él no sabía... En fin, en realidad no está autorizado para dar tal información a no familiares, y tu matrimonio con Leonard Clavell... en fin, era una cuestión incierta. —Ya iba a interrumpirle, pero me abstuve de insistir en que Leonard y yo habíamos estado casados y que había que aceptarlo aunque el enlace se hubiera realizado según las normas de mi pueblo—. En cualquier caso, yo me opuse a inquietarte, Marian. En algún momento te habrías enterado de la pérdida de tu... bueno... tu novio, y...

—¿Y yo habría sido feliz como su doncella? —repliqué. De repente descubrí la verdad—. ¿O acaso en sus reflexiones no influyó el hecho de que yo me hubiese ido al saber que Leonard había muerto? ¿Que me habría ido con mi tribu, con las personas a las que pertenezco? —En realidad, en ese momento no sabía a qué tribu ni qué tipo de vida habría podido reanudar, pero eso no era asunto de esa *pakeha* que de nuevo se había apropiado del derecho de decidir sobre mi vida.

Me di media vuelta como en trance y subí las escaleras hasta las dependencias del servicio.

—¡Quiero hablar con su esposo! —grité cuando ya casi estaba arriba—. Quiero saber cómo murió Leonard.

—Bien, como sabes, Ripapa Island es, por decirlo de algún modo, la fortaleza situada frente a nuestro puerto —empezó Joseph Aberborden a contarme la muerte de Leonard. No había esperado encontrarlo tan dispuesto a dar una explicación. Sostenía un vaso de whisky cuando me recibió apenas dos horas más tarde. No sé si fue coincidencia que llegara tan pronto a casa o si su esposa le había enviado un mensajero—. Sí, y nosotros sobre todo encargamos a los presos que mantengan en buen estado los muros e instalaciones. Leonard Clavell estaba trabajando en una de las torres de vigilancia. Estaba haciendo unas reparaciones. Y entonces se cayó desde lo alto de una escalera, desgraciadamente de espaldas, golpeándose en la nuca... El médico de la prisión hizo todo lo que pudo, pero falleció.

Era demasiado breve y sencillo: cayó y murió. Demasiado sencillo para tres vidas destrozadas.

—¿Hay testigos? —pregunté inmutable.

El señor Aberborden contrajo el rostro. Yo contaba con que me iba a echar en cara que dudara de su palabra, pero soltó una risita desagradable y carente de alegría.

—Pero ¿tú qué te has pensado, hija? Claro que hay testigos. No trabajaba solo, sino con toda una cuadrilla de maoríes. Fue una triste coincidencia, lo lamento mucho, y sí, fue un poco lamentable. No comunicamos la noticia porque los periódicos se quejaban del modo en que se trataba a los presos de Parihaka en Dunedin y en la cárcel de Lyttelton. Entre nosotros todo funcionó correctamente. A veces ocurren accidentes. Tu marido no era... un hombre muy hábil.

No me lo creí. Leonard no era en absoluto un hombre torpe, al contrario, había demostrado ser eficiente montando a caballo, trabajando en la tierra y construyendo casas en Parihaka. Era cierto que nunca le habían gustado las alturas. Y el miedo del director de la prisión ante los periódicos locales, precisamente ante la afilada pluma de Samuel Crombie Brown, explicaba por qué no me había informado de la muerte de Leonard. Si Samuel se hubiera enterado del caso a través de mí, sin duda lo habría dado a conocer públicamente y exigido una investigación.

—¿Está... está enterrado en la isla? —pregunté en voz baja. Mi indignación dejaba paso a la tristeza y la resignación.

Él negó con la cabeza.

—No. Lo llevaron a la Isla Norte y fue enterrado en el mausoleo familiar de los Clavell. Andrew Clavell se encargó de los trámites cuando comunicamos el fallecimiento a la familia. Dijo que, a pesar de todo, era su hijo...

Me di media vuelta. No era que ya no tuviera más preguntas que hacer, pero pensé que no podría seguir hablando sin mostrar mi tristeza por esta nueva traición. Si Aberborden no se había tomado en serio que Leonard tenía una esposa, al menos los Clavell podrían haberme informado. Y si el brigadier y missie Hill no tenían corazón para hacerlo, Sassi podría haber averiguado dónde me encontraba.

Esa misma noche hice las maletas. No sabía qué iba a hacer, a lo mejor tendría que ocupar otro puesto de doncella. Pero no quería trabajar más para los Aberborden. Lo único que quería era irme de allí.

En la pensión me dieron la misma habitación que un año atrás. Contemplaba Ripapa Island y no me sentía tan sola como en mi habitación de la residencia de los Aberborden. A lo mejor el espíritu de Leonard todavía estaba allí, a lo mejor podría llamarlo. Con la frente pegada a la ventana, me quedé dormida.

Pasé los días siguientes en la cama, incapaz de emocionarme, de llorar, de sufrir por la pérdida, de comer o beber. La parte de mí que había muerto se había apoderado de todo mi ser. Pero en un momento dado, en mi mente surgió la imagen de Arama. No, no podía morir, no debía morir. Tenía un hijo y tenía que luchar por él. No podía dejarlo en manos de unas personas que eran responsables de la muerte de su padre.

Así que me obligué a levantarme, lavarme y pensar en lo que iba a hacer. Ya estaba de pie cuando llamaron a la puerta.

—¿Señora Clavell? —La dueña de la pensión parecía intranquila—. Señora Clavell, hay alguien que quiere verla. Y no me gustaría que ese caballero entrase... —Le dije sorprendida que enseguida bajaría y empecé a vestirme a toda prisa—. Le he pedido al señor que esperase mejor en la puerta trasera —añadió la patrona—. No vaya a ser que asuste a los huéspedes...

En la puerta trasera, apoyado con negligencia en el marco, estaba Tumatauenga Huirama, y no tenía el aspecto pálido y de preso derrotado que yo había imaginado por las explicaciones de Samuel Crombie Brown. Tal vez estaba algo más delgado que antes, pero igual de fuerte y musculoso. Según Aberborden, los presos habían hecho trabajos forzados y, al parecer, no los habían dejado morirse de hambre. En la frente de Tau se veían nuevos tatuajes, no realizados con tanta maestría como los anteriores, que había tallado en su piel un auténtico maestro de *moko*, sino más bien trazados por la mano de un profano. Pero él los llevaba con orgullo y le prestaban un aire marcial. Ahora entendía lo que había inquietado a la patrona. Aunque llevaba ropa *pakeha*, Tau tenía el aspecto de un guerrero, de un guerrero iracundo y decidido.

—¡Marama, he necesitado tres días para encontrarte! —dijo en tono de reproche. Tiró de mí y bajó el rostro para intercambiar el *hongi* conmigo. También olía como un guerrero. A sudor, virilidad y fuerza. Antes me repelía lo que emanaba, pero ahora lo encontré reconfortante—. Ese periodista estaba preocupado por ti —prosiguió Tau—. Tenía miedo de que te hicieras daño. Pero yo sabía que tú nunca lo harías. No tú, la hija de Ahumai Te Paerata, la hija de un jefe tribal.

—No una hija, una madre —puntualicé cansada—. Si quiero vivir es por mi hijo. Arama está con los Clavell. Tengo que sacarlo de allí.

—¿Al niño *pakeha*? —La pregunta de Tau tuvo un tono de censura. Yo tenía la sensación de que me iba a aconsejar que dejase al niño simplemente con los abuelos. Pero luego se lo pensó mejor, sin duda tras ver mi expresión decidida—. Bien, sí, por supuesto puedes criarlo en una tribu. Eso no creará ningún problema...

Fruncí el ceño.

—Tau, el problema está en cómo arrebatárselo a los Clavell. Cuando lo haya recuperado ya encontraré un lugar donde vivir con él.

—En eso me gustaría ayudarte. —La mirada de Tau se volvió más cálida—. Marama, he venido a buscarte. El periodista me dijo que estabas trabajando con una familia *pakeha* como sirvienta. Eso es ¡rebajarse! No puedes quedarte aquí. Ven conmigo de vuelta a la Isla Norte. Nos reuniremos con mi tribu.

Reflexioné. Naturalmente, no entraba en mi consideración marcharme con Tau para reunirme con los ngati mahuta. Tumatauenga Huirama no había perdido nada de su antigua arrogancia y despotismo. Parecía ser de la opinión de que ahora que Leonard había muerto, nada se oponía a su intención de unir nuestras grandes familias maoríes. Ni había pensado en Arama. Pero precisamente eso podría serme de ayuda. Si no encontraba ninguna otra posibilidad de recuperar a mi hijo, Tau lo haría. Seguro que no pondría ningún reparo a raptarlo para mí. Y en cuanto a la Isla Norte, tenía razón, yo tenía que volver allí lo antes posible.

—Primero tendrás que contarme cómo murió Leonard —le pedí—. Luego hablamos sobre la Isla Norte.

El rostro de Tau se ensombreció.

—¿Qué quieres que te cuente? Tuvo una... caída desafortunada. Resbaló al bajar por una escalera.

—¿Resbaló? —pregunté—. Entendí que había caído desde lo alto de una escalera.

—Bueno, claro, estaba arriba. Se armó un alboroto en algún sitio y todos querían ir allí, y él... bueno, se cayó... perdió el equilibrio.

Arrugué la frente. Aberborden no me había dicho nada de un alboroto, me había hablado de un accidente de trabajo.

—El director me dijo que estaba haciendo unas reparaciones en una torre.

Tau asintió visiblemente aliviado.

—Sí, sí, claro. Estaba subido a una escalera junto a una torre y entonces se armó el jaleo abajo y él quiso ver lo que sucedía y entonces... Es muy triste, Marama. Pero son cosas que pasan. Se dio con la cabeza contra una piedra.

—¿Dijo algo? —pregunté en voz baja—. ¿Todavía vivía cuando os acercasteis a él?

Tau negó con la cabeza.

—No. Murió al instante. Nadie podría haberlo ayudado. Lo siento, Marama.

En realidad no lo sentía, se le notaba, pero lo pasé por alto.

—Nos vamos a la Isla Norte —dije—. Pero no nos reuniremos con tu tribu. Volvemos a Parihaka.

Me enteré de la muerte de Leonard a comienzos de 1883. En Parihaka seguía habiendo militares. Controlaban el cumplimiento de las restricciones de acceso y la prohibición de celebrar reuniones, pero no impedían que se iniciara la reconstrucción. El gobierno había enviado a los representantes de las distintas tribus a sus regiones de origen, pero no lograron desterrar a los te ati awa ni a gente como Hakeke, que no se sentían de ninguna tribu. Ese era también el caso de Wiremu Poki, el abogado. Él podría ayudarme a recuperar a Arama.

Los Crombie Brown se ofrecieron a prestarnos dinero a Tau y a mí, lo que él aceptó de buen grado pero yo rechacé. Había ganado con los Aberborden lo suficiente para permitirme comprar el pasaje de barco y luego pagarme el viaje a Parihaka. Al final viajé cómodamente en una silla de posta, mientras que Tau se desplazó de otro modo de Wellington a Parihaka. Llegué antes que él y recibí el caluroso saludo de Hakeke y los demás amigos. Su alegría se vio enturbiada cuando les conté la muerte de Leonard.

—Eso es típicamente *pakeha* —dijo enfadada Hakeke cuando supo que Tau había sido el primero de nuestros conocidos más cercanos puesto en libertad—. Dejan libre a ese arrogante y detienen a Tuonga y los demás... De todos modos, están hablando de una amnistía general. A la larga no podrán mantener encerrados a los nuestros. Poco a poco se van investigando y estudiando legalmente los incidentes ocurridos aquí, y el gobierno no sale bien parado. Wiremu dice que dentro de poco liberarán también a Te Whiti.

Pregunté por el joven abogado y conseguí que me recibiera muy pronto. En primer lugar, se disculpó por no haberse ocupado de mí después de la invasión de Parihaka.

—Me llegó la noticia de tu caso, Marama, pero entonces tenía muchas cosas que hacer. El proceso de Te Whiti estaba a la vuelta de la esquina y luego ya te habías ido. Sin embargo, viajar a la Isla Sur no fue una decisión equivocada, no tienes nada que reprocharte. La idea de interponer la protesta de Leonard contra la adopción de su hijo era lógica y acertada. Nadie podía imaginar que iba a morir. Ahora recurriremos a los juzgados de Auckland. No será rápido, Marama, pero te aseguro que habrá juicio.

—¿Y me devolverán a Arama? —pregunté.

Wiremu, un hombre de estatura mediana y rizos oscuros, rostro ancho y labios carnosos, se encogió de hombros.

—Eso no te lo puedo prometer —contestó con franqueza—. La decisión depende del juez y este podría ponerse de parte de los Clavell. Hago lo que puedo, Marama, créeme.

Pasé un par de semanas a la espera en Parihaka, mientras Wiremu presentaba alegatos y escribía notas de protesta. Entretanto también llegó Tau, quien de nuevo se ocupó de mí. Trabajó en la reconstrucción de Parihaka. Durante su cautiverio en el campo de trabajos forzados había trabajado en la construcción y aprendido un poco. De este modo se ganó algo de simpatía por parte de Hakeke y los demás. Hasta a mí empezó a caerme mejor ahora que era menos impertinente que antes. Sobre todo, me daba más ánimos que los demás respecto al asunto de Arama.

—Claro que vamos a recuperar a tu hijo, Marama. Primero lo intentaremos por la vía legal *pakeha*, pero si Wiremu fracasa, lo solucionaremos a la manera de los guerreros. Aunque entonces tendremos que salir huyendo...

Esta idea no me gustaba, pero él planeaba volver conmigo a su tribu y allí convertirse en jefe, mientras que yo pensaba en un futuro en Parihaka. Efectivamente, en marzo dejarían a Te Whiti en libertad y, pese a que se me encogía el corazón cada vez que veía las ruinas de nuestra casita frente a las puertas del poblado, Parihaka era el único y auténtico hogar que yo había tenido jamás. Ahora estaba instalada con otras mujeres en una carpa y todas colaborábamos en la reconstrucción de las casas comunes. Cuando el Profeta regresara, Parihaka no sería la misma, pero él seguiría necesitándome como intérprete. La idea de poder colaborar de nuevo con el anciano me reconfortaba.

Sin embargo, en caso de que tuviéramos que raptar a Arama, para mí solo habría un futuro con Tau. Escaparíamos a los bosques de Waikato (King Country) y allí tendríamos que pedir asilo en el *marae* del rey maorí Tawhiao. Sin duda nos lo concederían, pero ni Tau ni yo sabíamos cómo vivía allí la gente ni qué íbamos a hacer nosotros en ese lugar.

A comienzos de marzo, poco antes de que regresara Te Whiti, llegó la tranquilizadora noticia de Wiremu: había conseguido que se fijara una audiencia en la que podría explicar mi caso a un juez de Auckland.

—Una audiencia no es lo mismo que un juicio, ¿verdad? —pregunté.

El abogado hizo un gesto negativo.

—No. Aun así, el juez puede tomar una decisión a partir de ahí. En principio tenemos que aceptar lo que nos dan, Marama. Y lo más rápido posible. El tiempo corre en nuestra contra, a estas alturas el pequeño ya lleva más de un año al cuidado de los Clavell. El juez tendrá en cuenta que para el niño significaría un gran cambio tener que vivir en un *marae* maorí...

—¡No es un *marae* cualquiera! —objeté—. ¡Es Parihaka! Y si el juez lo prefiere, también puedo marcharme con el niño a una ciudad *pakeha* y vivir como una *pakeha*. ¡Lo único que quiero es recuperar a Arama!

Tau insistió en acompañarme a Auckland y, por supuesto, también vino Wiremu. Viajamos en un carro alquilado y, como Wiremu no sabía conducirlo y Tau prefirió encaminarse hasta Auckland por la misteriosa senda del guerrero, tuve que ser yo quien guiara al fuerte caballo bayo. Solo de pensar en lo mucho que me asustaban tiempo atrás los caballos, me daban ganas de reír. Ahora me asustaban cosas muy distintas...

El juez —se llamaba Aron McDougal y Wiremu me había indicado que me dirigiese siempre al juez con un «su señoría»— me recibió en su despacho. Era menos intimidante que la sala de audiencias, pero habría preferido esta última a pesar de todo. Me habría gustado tener a los Clavell frente a mí y pelearme por Arama directamente con ellos. En cambio, me encontraba ante un hombre robusto, de cabello blanco y penetrantes ojos azul claro, labios finos y una toga negra que imponía. Wiremu estaba presente para apoyarme, pero ya me había dicho antes de entrar que no me sería de gran ayuda. Todo dependería de mí y, por supuesto, de la situación jurídica.

La situación jurídica, esto hacía tiempo que lo había entendido, jugaba en mi contra. Sobre el papel, no cabía duda de que Arama era hijo de Leonard, pero no mío. Según la legislación de los *pakeha* yo no tenía ningún derecho sobre él. Tenía a mi favor que no se pudiera negar la maternidad, que me habían arrebatado al niño en circunstancias adversas y que con ello habían destruido nuestra familia. Describí todo eso al juez con la mayor objetividad posible. No rompí a llorar, tampoco cuando hablé de la muerte de Leonard, después de que el juez me preguntara por qué no había reclamado mis derechos antes. A continuación, McDougal reflexionó y se puso a hablar con una voz tranquila que dejaba entrever su simpatía.

—No cabe duda de que se ha cometido una injusticia con usted, miss Maniapoto...

—Señora Clavell —corregí yo, imprudentemente.

El juez suspiró.

—Bien, señora Clavell, también usted se equivocó al no registrar su casamiento. Así que me temo no poder hacer mucho por usted. Además de que, desde el punto de vista del niño, no sería necesariamente deseable devolverle a Adam...

—Arama —intervine de nuevo, porfiada. A fin de cuentas, ese hombre hacía rato que había dictado su sentencia.

Esta vez no se corrigió.

—Mire, empezando por ahí —explicó en cambio—. El pequeño se llama Adam Clavell. Ha crecido con ese nombre, lo conoce...

—Disculpe, su señoría —intervino Wiremu—. Yo era mucho mayor que Arama cuando me raptaron y me explicaron que en adelante respondería al nombre de William Fox. Conseguí asimilarlo. Perder a mi madre me afectó mucho más.

El juez lo miró con desaprobación.

—Ya sabemos todos las consecuencias de todo ello —le espetó. Entre los *pakeha*, Wiremu era considerado un traidor porque pese a todos los favores de que había disfrutado gracias a sus padres adoptivos, pese a su estupenda educación y su formación como abogado, había vuelto con su pueblo. McDougal siguió, de nuevo dirigiéndose hacia mí, con tono más suave—. El pequeño Adam reconoce a la señora Clavell, a la señora Hillary Clavell, como su madre, y al brigadier Clavell como su padre. Se ha acostumbrado a vivir en una gran casa y a estar rodeado de atenciones...

—¡También yo lo rodearía de atenciones! —exclamé—. ¡Soy su madre!

—Usted quiere llevárselo a un *marae*, posiblemente con la tribu ngati mahuta. Una tribu apenas pacificada. El niño acabaría rodeado de rebeldes. —El juez movió la cabeza manifestando su disconformidad.

Me sorprendió. ¿Cómo conocía ese hombre la existencia de Tau? ¿Y de sus intenciones, que nos afectaban a Arama y a mí? No cabía duda de que los Clavell tenían espías. Al enterarse de que intentaba recuperar a mi hijo, seguro que debían de haber recorrido a sus contactos entre los miembros del ejército que vigilaban Parihaka.

—¡De eso nada! —protesté, y añadí que estaba dispuesta a instalarme entre los *pakeha* si me devolvían al pequeño.

—¿Y de qué viviría usted? —preguntó el juez con semblante preocupado—. No, señora Clavell, conforme a la situación jurídica y en interés del niño es razonable que permanezca en casa de sus abuelos y que crezca allí en una familia estable. Sin embargo, no soy de la opinión de que al niño pudiera perjudicarle conocer sus raíces. Por tanto, desearía concederle el derecho de visita. Puede ver a Adam una vez al mes. Al principio bajo vigilancia, más tarde ya veremos... Espero que a la larga su relación con los Clavell vaya mejorando.

Me lo quedé mirando incrédula, pues ya había perdido toda esperanza de volver a ver a mi hijo.

—Los Clavell no estarán de acuerdo —objeté.

El juez sonrió.

—Los Clavell tendrán que aceptar esta sentencia, igual que usted, miss Maniapoto. Y ahora, que tenga usted un buen día.

Y dicho esto nos despidió. Salí con Wiremu a la calle como en trance. Tau nos esperaba allí.

—¿Y bien? —preguntó.

—Derecho de visita —musité—. Al menos podré verlo. —No estaba contenta, pero mejor eso que nada.

Tau gimió.

—¡Tápate los oídos, abogado! —dijo a Wiremu—. Y tú, Marama, fija una fecha. A ser posible un lugar de encuentro al aire libre, pero si es necesario, entraré en la casa. En el momento en que tengas al niño en los brazos, yo estaré allí. ¡Y nadie volverá a quitártelo!

En lo referente al punto de encuentro, los Clavell se mostraron cooperativos. El juez me comunicó al día siguiente mismo que pensaban recibirme al cabo de tres días en el jardín de su casa, junto al río Whau. Entonces podría pasar la tarde con mi hijo y hablarían de todo lo demás conmigo. Naturalmente, yo esperaba con gran impaciencia ese día. Tau, por su parte, estaba dispuesto a todo. No sabía bien qué pensar de ello. Claro que quería recuperar a Arama a cualquier precio, pero también tenía claro que solo tendríamos una oportunidad de llevar a término el rapto. Si Tau fracasaba, el juez no volvería a permitirme ver al niño.

—¿No sería mejor que lo hiciésemos en el segundo encuentro? —le pregunté a Tau la noche antes del gran día—. Primero les hago creer que no corren ningún riesgo, y luego...

—Quién sabe si habrá un segundo encuentro —objetó—. Nunca sabes qué se les ocurrirá. Si no les gusta cómo tratas a Arama, si te reconoce o chilla cuando lo vuelvan a separar de ti... Es mejor que lo hagamos mañana.

Habría sido mejor hacerlo inmediatamente después de volver a la Isla Norte. Habría sido mejor que nos hubiésemos ahorrado el intento con la legislación *pakeha*. Debería haberlo sabido: en lo que respeta a la relación entre maoríes y *pakeha*, el brigadier Clavell siempre estaría por encima de la ley.

Cuando al día siguiente visité a la familia de Leonard, acompañada por Wiremu y consciente de que Tau acechaba en el río, solo me encontré con Sassi. Esta vez se hallaba en el jardín con su esposo. El capitán Elias Bonnard (lo habían promocionado) conservaba el aspecto elegante y rígido que ya tenía en el baile de Sassi. Él llevaba uniforme; ella, un vestido de casa, sencillo y de color azul oscuro. El semblante de ambos era serio.

—¿Dónde está Arama? —pregunté, buscándolo con la mirada—. ¿Me lo va a traer alguien?

Sassi negó con la cabeza y se echó a llorar.

—Lo siento tanto, Marian... —sollozó—. Lo lamento mucho, realmente no es honesto, y yo nunca habría...

Me recorrió un escalofrío. ¿Iba a decirme que ahora Arama también había muerto?

—¡Tranquilízate, Sarah, esto no hay quien lo aguante! —El capitán Bonnard interrumpió bruscamente a su esposa. Sassi se estremeció al oírlo—. Miss Maniapoto, señor Fox, me han pedido que les comunique que lamentablemente los señores Clavell no pueden acatar el fallo del juez McDougal. Todo esto ha ocurrido demasiado tarde. Desde la tarde del martes, la señora Clavell y el niño van camino de Inglaterra. Durante algún tiempo vivirán allí con unos parientes, luego le darán al niño una estupenda educación en un internado inglés. Si regresa un día y él lo desea, nada impedirá, por supuesto, que conozca a su madre biológica.

Me tambaleé. Perdí la visión de cuanto me rodeaba. De nuevo, una parte de mí murió.

Mientras Sassi no dejaba de manifestar su pesar y Wiremu intercambiaba unas duras palabras con Bonnard, tuve que asumir que nunca más volvería a ver a Arama. Con el pequeño no cometerían el error que habían cometido con Leonard. Él no crecería rodeado de amables sirvientes, con profesores privados y jugando con sus hermanas. Si algún día volvía de Inglaterra, pensaría y sentiría como el capitán Bonnard y el brigadier Clavell.

Ni siquiera alcanzo a recordar el viaje de regreso a Parihaka. Wiremu tuvo que quedarse a solucionar otros asuntos en Auckland, pero sí recuerdo que me instaló en la silla de posta y me dio ánimos. El juez seguro que les echaría un sermón a los Clavell, él mismo presentaría más interpelaciones... Pero, dijera lo que dijese, los dos sabíamos que ningún tribunal neozelandés iba a ordenar que trajeran de Inglaterra a un niño solo para que se impusiera mi derecho de visita. Sola conmigo misma y mis pensamientos, me hundí en una bruma de dolor y lágrimas que solo se aclaró un poco cuando me encontré con Tau, que me esperaba en Waitomo. Apenas habíamos hablado antes de mi partida. Había sido Wiremu quien le había buscado en su escondite junto al río y le había explicado que la operación de rescate ya no podría realizarse. Se encontraba en la estación de la diligencia de la pequeña población vecina al King Country y pidió al cochero que descargara mi equipaje.

—¡La señora proseguirá el viaje conmigo! —anunció rodeándome con un brazo. Poco antes todavía me habría rebelado enérgicamente contra un gesto de este tipo, pero ese día me consoló—. Marama, no deberías ir sola en un coche de *pakeha* —dijo con dulzura, al tiempo que le cogía al cochero mi maleta—. No deberías viajar como ellos. Ahora necesitas a tu propio pueblo.

—Pero no puedo hacer a pie todo el camino —objeté—. No estoy acostumbrada, Tau. Nunca he caminado tanto.

Las tribus maoríes solían recorrer deprisa muchos kilómetros a pie, todavía me acordaba de las marchas forzadas que hacía de niña sin quejarme. Pero dudaba poder hacerlas en la actualidad, y menos en el estado de tristeza y desesperación en que me hallaba.

Tau se encogió de hombros.

—¿Tienes prisa? —preguntó—. ¿Tienes algo tan urgente que hacer en Parihaka que debas llegar a Taranaki en una semana? Si no es así, podemos tomárnoslo con calma.

Naturalmente, no tenía nada que hacer ni en Parihaka ni en ninguna parte. Me faltaban fuerzas para planificar mi futuro, al igual que me faltaba energía para contradecir a Tau. Así que me limité a seguirlo, tan callada y sorda como había seguido a los *kupapa* maoríes de pequeña.

Tau aceptó mi silencio de un modo amable. Me llevó la maleta, ajustó su paso al mío y me invitaba a descansar con frecuencia. Encendía entonces una hoguera y desaparecía unos minutos para traerme tubérculos comestibles o algún animalillo que cazaba rápidamente. Asaba al fuego o a las brasas sus presas y me ofrecía las mejores partes. Al principio todo me sabía igual y solo comía para sobrevivir, pero pasados unos días empecé a sentir apetito y me alegraba de que llegase la hora de comer. En cierto momento dejé de caminar ciega e indiferente detrás de Tau y empecé a distinguir la belleza del bosque, tanto si brillaba el sol como si llovía. El bosque pluvioso, con sus helechos y líquenes, se me antojaba otro mundo; las luces me evitaban y las sombras me tocaban. Creía ver a mi hermana y mi hermano, y oír la voz dulce de Moana en el susurro del viento entre los árboles. Me quité los zapatos como cuando era niña y palpé el camino con los pies descalzos, un suelo húmedo y blando, cubierto de hongos y líquenes, tierra fría y mojada, surcada por raíces y a veces también duras piedras. Aprendí de nuevo a sentir, adquirí más vida, si es que era posible eso tras haber muerto otra vez.

No recorríamos trayectos largos, Tau me conducía de un *marae* a otro. Visitamos tribus de las que hasta entonces solo conocía el nombre; todas habían tenido sus representantes en Parihaka y nos brindaron su hospitalidad. Sus mujeres enseguida adivinaban que me había ocurrido una desgracia y se ocupaban de mí. No eran jóvenes como mis amigas de Parihaka, sino maduras, la mayoría abuelas y madres que habían sufrido penas similares a las mías. Oí hablar de hijos caídos en la batalla y de hijas secuestradas. Me consolaban y recitaban *karakia* para Arama.

—Al menos vive —dijo una anciana que había perdido tres hijos en la guerra contra los *pakeha*—. Si los dioses lo quieren, un día irá a buscarte y te encontrará.

Tau y yo no teníamos prisa en marcharnos y las tribus se mostraban amables. Así que a menudo pasábamos varios días en un *marae* y yo vivía la vida tradicional de las mujeres. Me sentaba con las otras, hilaba y tejía, preparaba la comida y contemplaba a los niños jugar mientras Tau cazaba con los hombres. Era una vida pacífica y los días transcurrían monótonamente iguales. Mi pena no se desvaneció, pero el dolor se volvió más sofocado y yo encontré sosiego.

Celebramos *tohu*, la fiesta de año nuevo, con una tribu junto a Te Kuiti. Los ancianos me invitaron a llorar con ellos. Tradicionalmente, ese día se celebraba el duelo por la pérdida de parientes y amigos fallecidos el año pasado. Una joven *tohunga* remontó una cometa para mí cuando Matariki, la constelación de las Pléyades, apareció en el firmamento. Pidió a los dioses que forjaran un lazo eterno de unión entre Arama y yo, sin importar dónde estuviera él o yo. Creí sentirlo realmente y me reconfortó. Esa fue la primera noche desde aquel día en Auckland que no me dormí llorando.

Al final, tras varias semanas de viaje, llegamos a Parihaka, donde nos comunicaron alegremente que también el Profeta acababa de llegar. Los *pakeha* por fin habían dejado en libertad a Te Whiti y Tohu y los habían escoltado hasta el poblado.

—¡Llevan dos días aquí! —anunció contenta Hakeke, mientras me indicaba un sitio donde dormir en una de las casas comunes recién construidas—. Y Te Whiti es tan convincente en sus discursos como lo era antes. Levantaremos de nuevo Parihaka. ¡Todo será como antes!

Yo no lo creí posible. Pero me dio fuerza y confianza saber que el Profeta volvía a estar entre nosotros.

—Pronto lo veremos —me dijo Tau cuando por la noche nos reunimos todos en torno al fuego y compartimos una botella. Era casi como en los felices viejos tiempos, salvo que ya no reíamos con tanta despreocupación y que faltaban muchos de aquellos con quienes habíamos disfrutado entonces—. He hablado un momento con él. Nos recibirá mañana por la noche.

Me alegré sin sospechar por qué Tau había fijado el encuentro para los dos. Yo también habría podido pedir una cita con el Profeta sin él, ya que antes había colaborado estrechamente con Te Whiti. Pero al principio no pensé nada sobre Tau y sobre mí. En ese período no pensaba demasiado. Pensar me hacía daño...

No pude evitar echarme a llorar cuando, a la noche siguiente, volví a ver a Te Whiti. El Profeta apenas había cambiado, no se veía afligido ni quebrantado por el encierro. Al contrario, los meses en la Isla Sur le habían sentado bien. En cambio, los meses que había estado preso en la Isla Norte había tenido que soportar muchos insultos y calumnias. El punto culminante había sido el proceso judicial contra él, en el que se le había tachado de persona malvada, pérfida, agitadora e infame. Por el contrario, en la Isla Sur, donde la relación entre maoríes y *pakeha* siempre había sido mejor, habían recibido a Te Whiti y Tohu como huéspedes de honor. Los habían invitado a visitar la ciudad y les habían servido manjares; era evidente que el Profeta había disfrutado de esa rehabilitación extraoficial.

Se le veía relajado y en armonía consigo mismo, aunque nos habían contado lo impresionado que había quedado al ver Parihaka destruida. Hakeke creía haberlo sorprendido llorando al pasar entre las ruinas de las casas. Pero luego se había recobrado y había mostrado su dulce sonrisa. «¡Pueden destruirse las casas, pero no la tierra ni nuestros corazones! ¡Mis hijos volverán a construirlo todo!», había dicho.

Te Whiti se acercó a Tau y a mí cuando entramos en la casa construida provisionalmente para él. Llevaba ropa *pakeha*, cómoda, pantalones holgados y una camisa larga, pero se cubría con la capa de jefe tribal de plumas de kiwi que le había regalado en una ocasión una muchacha de Parihaka, también ella hija de un jefe tribal. Estaba algo raída. Seguro que durante el encarcelamiento la capa le había servido a menudo de manta, pero el Profeta seguía luciéndola con la dignidad de un rey.

—¡Marama, mi bella hija!

Te Whiti abrió los brazos y yo me lancé a ellos. Pensaba saludarlo de manera formal, pero ahora sollozaba sobre su hombro, y luego, cuando tomó asiento y me atrajo hacia él, sobre su regazo. El anciano me dejó llorar. Me acariciaba la espalda pero no me preguntaba nada. En un momento dado, empecé a hablar por propia iniciativa. Le conté de la detención de Leonard y de la mía, de su muerte y del tiempo que había trabajado como sirvienta de los *pakeha* en Lyttelton, y al final le hablé de la definitiva humillación, del día en que me habían quitado a Arama para siempre.

—¿Qué hago ahora, Te Whiti? ¿Qué debo hacer? —pregunté entre sollozos, solo pensaba en mi hijo.

La respuesta del Profeta me llegó como un latigazo.

—Ay, Marama... —Suspiró y me acarició el cabello—. Qué pena siento por ti y por el joven Clavell. Era un buen hombre, merecía tu amor incluso siendo un *pakeha*. Pero tal vez responda a la voluntad divina que te unas con uno de los nuestros. Precisamente en estos tiempos en que es tan importante que todas las tribus hablen con una sola voz. Muchos lo considerarían una señal que tú, que llevas en ti unidas la sangre de los ngati maniapoto y los ngati raukawa, te casaras ahora con Tumatauenga Huirama, el hijo de los ngati mahuta...

Me sobresalté.

—¿He de... he de volver a casarme? —pregunté incrédula—. ¿Me sugieres que me olvide de Leonard?

El Profeta negó con la cabeza.

—Olvidarlo no lo olvidarás jamás, hija mía, y tampoco debes hacerlo. Pero eres joven... No querrás pasarte toda la vida sola, ¿verdad?

En lo último en que estaba pensando era en un nuevo matrimonio, y creía que también Tau por fin lo había entendido así. En las últimas semanas me había tratado con una amable reserva, pero ahora tomaba conciencia de que él nunca había abandonado sus intenciones.

—Ya lo oyes, Marama —dijo Tau con voz dulce y suplicante—. También Te Whiti considera que con nuestra unión se cumplen los deseos de los dioses. Juntos podríamos unir el pueblo de los maoríes, negociar con los *pakeha* con una única voz para todos. Nosotros podríamos hacerlo mucho mejor que nuestro rey, que se esconde en las montañas y casi no habla inglés. Tres poderosas tribus reunidas bajo la capa del Profeta...

—Necesito tiempo... —contesté con una evasiva—. No puedo... ahora mismo no... Hace solo un par de meses que enviudé...

—Leonard murió hace más de un año —me corrigió Tau.

Me lo quedé mirando.

—¿Tanto? —susurré.

—Murió unas semanas después de que nos llevaran a Ripapa Island —respondió disgustado—. Pero ven, Marama, no evoquemos otra vez esa historia. Es muy triste, a todos nos da mucha pena. Pero, aun así, debemos mirar hacia el futuro. Y ahí nosotros tenemos una misión. Tú y yo.

Ya no sabía qué decir ni qué pensar. Una vez más, todo el mundo quería decidir sobre mi destino, y de forma espontánea yo quería defenderme de ello. Pero carecía de fuerzas para luchar y, hasta ese momento al menos, nunca había confiado tanto en una persona, exceptuando a Leonard, como en Te Whiti. Su sabiduría, su perspicacia... ¿Iba a oponerme a su decisión? ¿Acaso no sabía él lo que era mejor para mí y los demás?

Me había levantado de su regazo y lo miraba suplicándole ayuda. El Profeta, por el contrario, miró a Tau con expresión de satisfacción.

—Dale tiempo —le advirtió, como si yo fuera una niña obstinada—. Ella misma distinguirá lo que es correcto. El espíritu de Parihaka la guiará. —Dirigió la vista de nuevo hacia mí y la rabia que yo sentía se fundió ante la mirada de sus dulces ojos—. ¡Piensa en que Dios nos guarda las espaldas, hija mía! —añadió antes de despedirse cariñosamente de nosotros.

Nos acercó el rostro para el tradicional saludo y yo me entregué al *hongi*, sentí su piel seca y percibí su olor, que me recordó al de los libros antiguos. A cualquier otro le hubiera replicado que no esperaba demasiado de un dios que se escondía detrás de mí. Pero frente a Te Whiti se apaciguaba la furia que sentía contra dioses y hombres. Uno de los grandes dones del Profeta consistía en que llenaba de paz a los hombres con quienes se encontraba.

—Tau tal vez no sea el hombre que tú habrías elegido —reflexionó Hakeke. Las mujeres nos habíamos retirado a una de las pocas casas cocina que había para hablar acerca de lo ocurrido con Te Whiti. Sobre el fuego hervía el agua de una olla que mi amiga removía mientras expresaba su opinión sobre los planes de matrimonio de Tau—. ¡Es arrogante, le gusta dominar y es capaz de sacar de quicio a cualquiera! Pero si lo consideras desde el punto de vista práctico: tiene buen aspecto, es rico...

—¿Rico? —pregunté asombrada.

Hakeke asintió.

—Seguro —respondió—. ¿Por qué crees que habla tan bien el inglés y se comporta tan amablemente sin que nadie haya intentado amansarlo en una escuela de misioneros? Su tribu debe de haberle pagado una formación *pakeha*. Es probable que hayan vendido tierras y que no hayan dejado que les dieran gato por liebre como otras tribus. Su padre y el mismo Tau han debido de aspirar a un futuro más allá del mero rango de jefe tribal. ¿Sabes que la familia está emparentada con el rey Tawhiao? Te Ua Haumene, que predicaba la guerra, le dio el nombre a Tawhiao. A diferencia de Tawhiao, Tau nunca ha luchado con los *pakeha*, se declara partidario de Te Whiti, el pacificador. Todo eso mejora su posición en las negociaciones con el gobierno. Ahora debería incitar a dos tribus importantes para que destituyesen a Tawhiao como *kingi* y lo escogieran a él: podría convertirse en el nuevo rey.

—¿Y yo sería la reina? —pregunté. Una ocurrencia que me parecía absurda pero que permitió que surgiera otra idea. Naturalmente, una idea loca, pero estaba dispuesta a agarrarme a cualquier clavo ardiendo—. Entonces, ¿podríamos... podríamos viajar a Inglaterra? —pregunté conteniendo el aliento.

Hakeke reflexionó.

—¿Por qué no? Si se llegara a un acuerdo con los ingleses, si el rey maorí no insistiera en reunirse con la reina Victoria como iguales, sino que se sometiera a ella... Hay otros dignatarios de las colonias que han sido invitados a la corte.

Me mordí el labio.

—Y a los honorables invitados de la reina no se les negaría nada —medité—. Al menos no algo tan sencillo como una visita a un internado de niños. —El corazón me latía con fuerza.

Mi amiga comprendió. Pareció dudar entre animarme o recomendarme prudencia. Pero luego se entusiasmó ante la idea de ir a buscar a Arama a Inglaterra.

—No creas que será sencillo —me advirtió—. Primero tendrías que averiguar dónde está el niño. Pero, posible, sí que lo sería. Y ¿sabes qué? ¡Funcionaría incluso sin la invitación de los ingleses! Hace poco, el rey Tawhiao envió una petición a la reina Victoria. Se trataba del derecho de autodeterminación de nuestro pueblo. Fue devuelta rápidamente, es probable que ni se la hayan leído. Si ejercieras prudentemente tu influencia sobre Tau explicándole que es más seguro que se admita una petición así cuando se entrega en mano... —Sonrió, traviesa—. Podrías influir en él, Marama. Él no quiere casarse contigo solo por razones dinásticas. Es lo que dice y seguro que eso importa, pero ¡él te ama! Es posible que años atrás

— 603 —

viniera aquí para echar un vistazo a la hija de Maniapoto y Raukawa, pero se enamoró de ti la primera vez que
te vio. Me di cuenta enseguida y Leonard también. Esa
es la razón por la que estaba tan celoso. Hazme caso: si
lo planteas bien, Tau lo hará todo por ti.

Ignoro qué fue lo que al final me llevó a dar mi con-
sentimiento a Tumatauenga Huirama. ¿Fue realmente la
absurda esperanza de viajar un día a Inglaterra como reina maorí para ver a mi hijo? ¿O quería sobre todo responder al deseo del Profeta para no decepcionarlo? Tal
vez fuera también el mismo Tau quien me convenció
prodigándome hábilmente sus atenciones en las semanas
que siguieron. El hijo del jefe tribal tenía carisma y sabía
manejar la palabra. Me seducía delicadamente con el arte
de la oratoria cuando nos encontrábamos en el trabajo
durante el día o por las noches, cuando nos sentábamos
en torno al fuego. Y me recordaba los ritos de mi pueblo, resucitaba tiempos míticos bailando para mí o pro-
nunciando discursos en los que afirmaba lo fuertes que
habían sido lo jefes de los que él procedía y cuán noble
había sido la canoa con que sus antepasados habían llegado a Aotearoa. Antes no había sido sensible a esas fan-
farronadas, pero ahora sentía una fuerte necesidad de
protección y tal vez pudiese encontrarla con una tribu
reputada y temida.

Pero quizá se tratara también de Parihaka, cuya atmósfera encontraba sofocante. Esperaba poder marcharme del poblado mediante una boda. Si bien seguía amán-

dola, los recuerdos que me abrumaban cuando pasaba por la plaza de las asambleas y escuchaba las predicaciones de Te Whiti amenazaban con devorarme.

El casamiento con Tau prometía un nuevo comienzo desde cero. La parte de mí que quería vivir esperaba formar una nueva familia en un entorno intacto: el *marae* al que él pensaba llevarme nunca había sido destruido y se suponía que era uno de los más bonitos del país. A lo mejor podía dejar en Parihaka, vigilada y protegida por las oraciones del Profeta, esa parte de mí que estaba muerta.

Tau no cabía en sí de alegría cuando le comuniqué mi decisión.

—¡Celebraremos una gran fiesta, Marama! —anunció—. Con todo Parihaka. Por fin volverá a reinar aquí una alegría infinita.

Yo estaba bien lejos de sentir una alegría infinita, pero no se lo dije, ya era suficientemente malo que él no se percatara. ¡Como si pudiese olvidarme de Leonard y Arama de golpe y porrazo, y lanzarme a sus brazos! Hakeke y las demás chicas me entendían mejor. Intentaban animarme proponiendo las cosas más alocadas para nuestra fiesta de matrimonio. Desgraciadamente, yo ignoraba qué ceremonias se realizaban entre las grandes tribus de la Isla Norte para unir a hijos e hijas de reyes tribales. Las bodas normales entre miembros de las tribus se realizaban de forma discreta. Simplemente se comunicaba la intención de vivir en pareja y se compartía el lecho en el dormitorio común de la tribu. En nuestro caso no sería así, dijo Hakeke entre risitas. Como hijos de jefes, Tau y yo éramos *tapu*. Nos concederían una casa propia donde consumar el matrimonio.

—Y a lo mejor tiene que arrastrarse entre tus piernas para casarse como hacen los guerreros con la sacerdotisa —aventuró Pai, una chica que, como muchas otras, había crecido en la escuela de una misión y no tenía ni idea de las costumbres tribales.

Tau, que estaba sentado con nosotras, torció la boca.

—Eso no tiene nada que ver con los casamientos —explicó solemnemente—, sino con la transformación de cazador o campesino en guerrero a través de una sacerdotisa virgen. Una sacerdotisa sometida a severos *tapu*. Un rito sacrosanto. ¡Nadie se puede burlar de eso, Pai!

La muchacha enmudeció bajo su severa mirada. Tau no toleraba que se bromeara acerca de nuestra boda. Para él, nuestro enlace tenía algo de suprema espiritualidad y el único ritual que esperaba en Parihaka era la bendición del Profeta. Así pues, tenía mucho interés en recibirla delante del mayor número posible de testigos, por eso había elegido el 18 de mayo para celebrar nuestro matrimonio, pues era el próximo día de asamblea. Sin duda acudirían cientos de personas a escuchar a Te Whiti. No miles como antes de la destrucción de Parihaka, pero sí muchos, *pakeha* y maoríes, que más tarde hablarían de la unión entre las tribus ngati maniapoto, raukawa y mahuta a través de Marama y Tumatauenga.

—Volveremos a celebrar el casamiento cuando estemos en Waikato —prometió Tau—. Según la antigua costumbre, delante del jefe y los ancianos de la tribu. Esto es solo el comienzo, Marama, el principio de un camino que nos conducirá de vuelta a nuestras raíces para darles energía, y fortalecerlas y dejar que sus tallos reverdezcan y den nuevos brotes.

A veces, Tau hablaba con tantas imágenes y de forma tan convincente como Te Whiti. A lo mejor llegaría un día en que también a él lo llamarían Profeta. Muchos grandes jefes ostentaban ese título. En lo más profundo de mí, me pregunté si entonces estaría tan orgullosa de él como lo habría estado si Leonard hubiese cumplido sus sueños de estudiar medicina.

Al final se decantaron todos por una ceremonia que uniría las costumbres *pakeha* con la bendición del Profeta. A mí el procedimiento me recordó mucho a un matrimonio cristiano. Tau dio su conformidad y Te Whiti también. Nos comunicó que haría de buen grado las preguntas tradicionales y sonrió satisfecho cuando en mayo, a primeras horas de la tarde del día de la asamblea, nos presentamos ante él.

Era un día frío, seco y soleado, de finales de otoño. El sol crepuscular bañaba el monte Taranaki de una luz rojiza. Los muchos visitantes que ocupaban la plaza del poblado para escuchar el sermón después de la ceremonia exclamaron admirados cuando pasé entre ellos en dirección al Profeta. Llevaba el vestido maorí tradicional, un corpiño y una falda tejidos con los colores de mi tribu (al menos Hakeke esperaba haber recreado bien el dibujo). Me cubría con el regalo de boda que me habían enviado mis suegros desde Waikato: una preciosa capa con tantas plumas de kiwi bordadas que resultaba tan cálida y mullida como un abrigo de pieles. La melena, larga hasta la cintura, me caía suelta por la espalda, y las chicas me habían trenzado una corona de novia de hojas rojas y frutos de otoño. Hasta en los ojos de Te Whiti distinguí la admiración y el reconocimiento. Sabía que era bonita.

Tau caminaba a mi lado no menos exquisitamente vestido que yo. Parecía un ancestral jefe de guerra, solo le faltaban las armas tradicionales. Te Whiti no permitía en su poblado ni siquiera armas ceremoniales.

Casi me sentí bien cuando Tau me sonrió y me cogió de la mano mientras el Profeta nos dirigía unas palabras y hablaba a los visitantes de Parihaka. Era como si me hubiese trasladado a otra vida, como si Orakau y los años en casa de los Clavell nunca hubieran existido. Así habría sido si Rewi Maniapoto y Ahumai Te Paerata me hubiesen casado con el hijo de un jefe tribal. Tal vez el Profeta tuviera razón y yo fuera a llevar la vida que en un principio me estaba destinada.

Al igual que en la iglesia cristiana, Te Whiti preguntó afablemente a Tau si quería tomarme por esposa, y mi guerrero asintió galantemente. La ceremonia no se ajustaba realmente a lo que yo imaginaba, pero me olvidé cuando el Profeta se volvió hacia mí.

—¿Y tú, Marama Maniapoto? ¿Deseas tomar por esposo al aquí presente Tumatauenga Huirama, seguirlo hasta su tribu, amarlo y dar a luz a sus hijos?

Yo iba a contestar que sí cuando entre los presentes se alzó una voz.

—¡No! ¡No, seguro que no quiere! ¡No cuando sepa con qué miserable está a punto de casarse!

Todos nos dimos media vuelta, el Profeta y yo perplejos y Tau iracundo. Instintivamente se llevó la mano al cinturón, donde esperaba encontrar un arma. El gesto me confundió. En Parihaka nunca habíamos llevado armas. ¿Para qué ese movimiento reflejo? ¿Recordaba su formación de guerrero o llevaba un afilado cuchillo escondido?

El hombre que había hablado avanzaba hacia nosotros entre las hileras de gente. Reconocí la silueta alta y fuerte de Tuonga Wahia. Antes de decidir si alegrarme o enfadarme porque hubiera interrumpido la ceremonia, el viejo amigo de Leonard ya estaba a nuestro lado. Y de nuevo hizo algo asombroso: sin dudarlo ni saludar respetuosamente al Profeta, derribó a Tau de un puñetazo.

—¡Desgraciado! —dijo con desprecio—. Cómo te atreves...

Pero antes de que acabase la frase, Tau ya volvía a estar en pie, preparado para luchar y haciendo una mueca que todavía obraba un efecto más belicoso por cuanto le sangraba la nariz. Entretanto, también Te Whiti se había recuperado de la sorpresa.

—¡Nada de peleas en suelo santo! —ordenó imperioso a los hombres—. Tuonga, ¿qué te ha sucedido? Si tienes algo contra Tumatauenga puedes decirlo y hablaremos de forma pacífica. En el espíritu de Parihaka. No queremos dar salida a nuestra ira.

Tuonga fue recobrándose y se inclinó respetuosamente ante el Profeta.

—Disculpa, Te Whiti, pero era el gesto más pacífico con que he podido reaccionar —dijo—. Si hubiera dejado vía libre a mi cólera, habría traído lanza y maza de guerra. Y no habría vacilado. Maldito sea este desgraciado, merecería ser despedazado...

—¿Y luego te lo comerías? —preguntó Hakeke, que estaba sentada en la primera fila, con un tono amablemente distante.

Me pregunté si esa mujer era capaz de tomarse alguna vez algo en serio. Pero, para mi sorpresa, su pregunta consiguió relajar un poco el ambiente. La gente se echó a reír.

El amigo de Leonard, por el contrario, respondió con gravedad.

—No, Keke, ¡no se lo merece! Nuestros antepasados se comían a sus enemigos para tener parte de su *mana*, de su fuerza y honor. ¡Tumatauenga Huirama no tiene honor! No valdría la pena comérselo, ni siquiera vale la pena matarlo. ¡Bastaría con expulsarlo de cualquier tribu!

Y escupió al suelo, delante de Tau, quien se abalanzó sobre él. Dos jóvenes del público lo cogieron por los brazos y lo retuvieron, mientras que otros dos estaban preparados para hacer lo mismo con Tuonga.

Lentamente recuperé la serenidad.

—Tuonga, ¿qué se supone que ha hecho? —pregunté—. A lo mejor dejas de maldecirlo y, en lugar de ello, nos haces saber de qué le acusas.

El Profeta asintió y se dispuso a hablar, pero Tau lo interrumpió.

—No va a presentar ninguna acusación, sino que peleará conmigo —dijo iracundo—. Si no aquí, entonces frente a las puertas del poblado. Espérame, Marama. Acabaré enseguida con este miserable y luego seguiremos con la ceremonia...

—¡Ahora mismo acabáis los dos con las amenazas y desafíos! —Tohu Kakahi alzó la voz, con lo que ambos adversarios parecieron encogerse. Donde Te Whiti era suave, Tohu era resuelto. Te Whiti había rescatado náufragos, Tohu había guiado a guerreros en la contienda. Sabía imponerse—. Uno y otro hablarán cuando se lo solicitemos. Y por lo que veo, se trata de ti. Así que, Marama, ¡haz tus preguntas!

De repente me vi en el centro de las miradas. Bajé la vista y me sonrojé. Tohu parecía ser de la opinión de que la intervención de Tuonga había sido una manifestación de sus celos.

—¡No se trata de Marama, se trata de Leonard! —Tuonga no se dejó intimidar—. De Leonard Clavell y del hombre que lo mató. El hombre que ahora está frente al Profeta para casarse con su viuda.

—¿Qué dices? —pregunté. Mi mirada oscilaba entre Tau y Tuonga. Este me la sostuvo, pero los ojos del primero despedían llamas—. ¿Qué hiciste, Tau?

—¡No hice nada! —protestó—. No habría muerto por esa herida leve, él...

—¡Quiero que me lo cuentes ahora! —dije con voz firme. Ya encontraría más tarde el momento de escandalizarme y entristecerme. Ahora quería saber la verdad. Me enderecé, cual hija de Ahumais, una guerrera, una jueza.

—¿Acaso la muerte de Leonard Clavell no fue accidental? —preguntó Tohu—. Me dijeron que había muerto de una desafortunada caída en Ripapa Island.

—¡Sí! —exclamó Tuonga—. Eso es lo que oyeron decir todos. Porque los *pakeha* han encubierto la verdad. La dirección de la cárcel se llevó un gran disgusto cuando aquello ocurrió. Bastante mala prensa tenía ya. Si se empezaba a hablar de conflictos sangrientos entre los presos... Al final todos se pusieron de acuerdo: divulgarían a la opinión pública que se había tratado de un accidente. No se perseguiría al asesino y todos juraron guardar silencio.

—¡Un silencio que tú ahora rompes! —le reprochó Tau.

—¡Sin el menor remordimiento! —contestó Tuonga.

—¡Quiero saber qué ocurrió! —insistí—. Cuéntamelo todo, desde el principio hasta el final. Tau, ¿cómo murió Leonard?

Él me miró, esforzándose por dar credibilidad a sus palabras.

—Como te lo dije. Tuvo una mala caída y se golpeó en la nuca...

—¡Después de que tú le clavaras un cuchillo entre las costillas! —le interrumpió Tuonga—. ¿Quieres saber la verdad, Marama? Entonces, escucha con atención: Leonard era el único *pakeha* de Ripapa Island. Una parte de los demás presos eran labradores que habían soportado un largo encierro en Dunedin en condiciones aún peores. Estos hacía tiempo que habían olvidado el espíritu de Parihaka, ardían de cólera ante cualquier blanco. Y Tau hizo lo que pudo para que esa cólera se dirigiera hacia Leonard. Ya sabes las historias que se cuentan de él, Marama: estaba en Parihaka pese a que no debería haber estado allí, por lo cual posiblemente fuera un espía. No participó en el arado de las tierras ni en la construcción de vallas, por lo cual era un cobarde... Tau ya propagó todas esas tonterías en Parihaka, pero fue en Ripapa donde sus palabras cayeron en suelo fértil. Marginaban a Leonard, le privaban de la comida, le apartaban la escalera cuando tenía que subirse a hacer un trabajo... Así fue como se rompió al principio las costillas. Por fortuna, Leonard también tenía un par de amigos que lo protegían. De ese modo, las cosas fueron bien durante unas semanas. Hasta que Tau tiró demasiado de la cuerda. No sé cómo, pero de algún modo le llegaron noticias sobre ti, Marama, y sobre tu hijo. Y no tuvo nada mejor que hacer que echarle en cara a Leonard que su familia estaba destrozada, que sus padres habían adoptado a su hijo y que su mujer había despertado tras la pérdida de su hijo y reconocido sus raíces.

—Yo solo le dije que Marama había dejado Parihaka —se defendió Tau—. Lo había oído comentar...

—¡Le hiciste creer que había vuelto a la tribu de su madre! —lo corrigió Tuonga—. Una tribu que pertenecía a los hauhau. Dijiste que Marama iba a luchar...

—Era lo que yo quería —intervine en voz baja—. Por Leonard y por Arama. Estuve en la Isla Sur, Tuonga. Lo busqué...

—Yo no podía saberlo —repuso Tuonga conmovido—. Al menos Leonard y yo no podíamos saberlo. En el caso de Tau no estoy tan seguro...

Miré a Tau.

—¡Tú sabías dónde encontrarme cuando saliste de la cárcel! —le reproché.

Él me miró con arrogancia.

—El periodista me lo dijo.

—Sabías que tan solo debías buscar a Samuel Crombie Brown para encontrarme —proseguí—. ¡Lo sabías todo, Tau! —Me invadió la antigua sensación de frío—. Sigue contando, Tuonga —pedí—. Hasta el final.

—Sabes que Leonard era tolerante —continuó Tuonga con calma—. Pero esa tarde Tau lo sacó de sus casillas. Le dijo que los maoríes de Parihaka pronto saldrían de la cárcel, mientras que la sentencia contra él, el *pakeha*, se ejecutaría. Leonard tendría que cumplir dos años de trabajos forzados. «Y yo me quedaré con Marama», acabó Tau. Entonces él le atacó...

—¿Tau atacó a Leonard o Leonard a Tau? —pregunté.

—Leonard a Tau —contestó Tuonga—. Todos lo vieron y eso fue lo que impulsó a la dirección de la cárcel a ocultar la historia. Se quitaron un peso de encima, no se investigó a fondo por qué un hombre más débil, que no iba armado, se abalanzó contra el preso más fuerte y que sí iba armado. Tau y otros dos habían sisado herramientas y las habían afilado. Entre los presos era un secreto a voces. El ataque de Leonard fue como un suicidio.

—¡Yo no lo maté! —insistió Tau.

—No —confirmó Tuonga—. Eso te salvó de la horca. Su cuchillo, Marama, resbaló en las costillas de Leonard. Tal como se vio más tarde, la herida era de poca importancia. Pero Leonard tropezó y se golpeó la cabeza con un peldaño de la escalera. Murió al instante. Y este es su asesino.

Señaló a Tau, quien empezó a defenderse a gritos. Sus palabras me resbalaban como el cuchillo en las costillas de Leonard. De repente estaba harta, ya no quería seguir escuchando, no quería volver a ver a Tau. No pensaba en vengarme, solo sentía asco y repugnancia. Buscando ayuda, miré a Tuonga.

—Sácame de aquí —le pedí en voz baja—. Por favor, sácame.

Mi viejo amigo asintió. Me acompañó entre las filas de los presentes, mientras Tau juraba tener testigos y se justificaba a gritos.

Hakeke corrió detrás de nosotros.

—¿Es cierta esta historia? —preguntó a Tuonga antes de acompañarme a la casa que mis amigas habían preparado para Tau y para mí y donde ahora estaría a solas.

Tuonga señaló a tres hombres que acababan de levantarse y se acercaban.

—Los tres atestiguarán que es cierta —respondió—. Me sabe mal que hayas tenido que enterarte así, Marama. Pero tanto ellos como yo acabamos de llegar. Estábamos contentos de venir a escuchar el sermón de Te Whiti, y entonces aparece ese desgraciado, contigo, ante mis ojos. Tenía que interrumpir la ceremonia antes de que, encima, te tomara por esposa.

—Está bien —dije cansada—. Fue un error, un espantoso error. Eso demuestra que hasta Te Whiti puede equivocarse. Quiero irme de Parihaka, Tuonga. Por favor, sácame hoy mismo de aquí.

No pude abandonar Parihaka esa misma noche, pero Tuonga y Hakeke se ocuparon de que Tau no se me volviera a acercar. Se quedaron conmigo y Tuonga estuvo horas contándome anécdotas de Leonard. Ninguna triste, como las que había contado de odio y marginación delante de Te Whiti, sino historias alegres del tiempo que habíamos pasado juntos en Parihaka. También en la cárcel había habido momentos edificantes.

—Siempre supimos que no íbamos a quedarnos eternamente allí, que las autoridades volverían a entrar en razón en algún momento y que rehabilitarían a la gente de Parihaka. Leonard hablaba de marcharse contigo y Arama, y de tal vez empezar a estudiar... No dudó de ti, Marama.

Asentí. Claro que no había dudado de mí. Leonard me amaba y yo a él. Como la tierra ama al cielo, y precisamente como en la leyenda de los maoríes, en la que separaron a la diosa de la tierra Papa y el dios del cielo Rangi, nada fue como antes cuando nos separaron.

Pese a todo, había que seguir adelante y, en mi caso, fue Tuonga quien me guio. Nuestro amigo había regresado a la Isla Norte para reconstruir Parihaka. Había permanecido siempre fiel a Te Whiti, nunca había dudado de él. Pero ahora lo abandonaba por mi causa, tal vez tan decepcionado como yo. Porque al menos en mí, algo se quebró cuando Tohu nos comunicó por la mañana que el Profeta había decidido no expulsar a Tau de Parihaka. Le perdonaba sus mentiras y el asesinato de mi esposo. Al parecer, Tau aprendería de eso y se acercaría a Dios.

—Un... gran gesto —dijo Tohu disgustado.

Más tarde nos enteramos de que este se había declarado con vehemencia partidario de proscribir a Tau. El viejo guerrero sabía cuándo se había tensado demasiado el arco, pero la bondad y tolerancia de Te Whiti no tenía límites, incluso aceptó con ello contradecir a su viejo amigo y ofendernos a Tuonga y a mí. Lloré sin cesar cuando escuché la noticia; hasta Te Whiti, el hombre en quien ciegamente había confiado, me había traicionado.

La fe de Tuonga en la paz y el amor también tenía sus límites. Dudaba que Tau fuera a cambiar y se negaba a compartir con él Parihaka.

—¿Adónde quieres ir ahora? —pregunté desanimada.

Tuonga me miró.

—¿Adónde quieres ir tú? —preguntó con dulzura.

Creo que ese fue el momento en que empecé a amarlo. Nadie me había preguntado hasta ahora qué quería hacer. Por primera vez alguien me dejaba elegir. Y precisamente en ese momento yo no tenía respuesta.

Le confié lo que sentía desde la noche en que perdí a Leonard.

—No sé, creo que estoy muerta. Algo en mí ha muerto.

Tuonga me pasó con delicadeza el brazo por los hombros, no un abrazo sino un gesto reconfortante.

—Algo ha muerto en todos nosotros —convino—. Cuando invadieron Parihaka, cuando Leonard murió y también otros que me eran próximos. Pero algo en nosotros sigue vivo. Y ahora debe demostrarse qué es más fuerte, si la vida o la muerte. Somos jóvenes, Marama... y tienes un hijo. Si un día Arama regresara, ¿no debería encontrar de ti algo más que una tumba? ¿No le debes su propia historia? ¿Y la de Leonard? Podemos ir a donde tú quieras. A Auckland (a donde tal vez regrese algún día Arama), a reunirnos con tu tribu o con la mía. Piensa en ello, decídete. Pero ¡elige la vida, no la muerte!

Decidí ir en pos de la vida en la Isla Sur, ahí donde se asentaba la tribu de Tuonga y donde había percibido por última vez el espíritu de Leonard. Donde había corrido menos sangre entre su pueblo y el mío, donde había más seres humanos y menos guerreros.

Pero no tomamos el camino que pasaba por Auckland, sino que viajamos a Wellington para coger el transbordador. Iba más deprisa, y no volveríamos a toparnos con las tribus donde había vivido con Tau. No encontramos maoríes, los *pakeha* los habían desterrado a todos del entorno de la capital.

La tribu de Tuonga en la Isla Sur nos acogió, los ngai tahu se alegraron de recuperar a su hijo adoptivo y yo participé de su alegría con la esperanza de volver a estrechar a mi hijo entre mis brazos. La gente del *marae* de Tuonga suponía que él me había llevado allí como su esposa, pero mi amigo no me agobiaba. Dejaba que mi cariño fuese madurando como las frutas que plantábamos en la tierra. Vivíamos en paz con nuestros vecinos *pakeha*, al igual que ellos teníamos unas ovejas y nos dedicábamos a la agricultura. Con el tiempo me fui serenando. Me hacía bien trabajar la tierra y, si bien cada vez recurría más a Tuonga, me sentía cerca de Leonard. Su espíritu me acompañaba cuando plantaba *kumara* o cortaba el trigo. Y él me dio su bendición cuando al final tomé a Tuonga como marido.

Nuestro primer hijo no tardó en llegar, una niña a la que llamamos Kaewa. Yo me alegré de que no fuera varón. No quería ver a ese bebé como un sustituto de Arama, no quería pensar siempre en él cuando le diera de mamar o lo meciese. Kaewa era muy distinta, tranquila, no tan inquieta como Arama, y morena, no rubia como él. En los años que siguieron traje al mundo cuatro hijos más, dos chicos y dos chicas: Manuka, Rere, Mahora y Rua. Pero nunca me permití amar a ninguno de ellos tan ilimitada e incondicionalmente como a Arama. Creo que a veces era una madre sobreprotectora, siempre tenía miedo de perderlos. Tuonga me lo reprochaba en algunas ocasiones, y tal vez tenía razón. Pero eso ya es irreparable. La Marama feliz y segura de sí misma no existía desde la muerte de Leonard y la pérdida de Arama. Amaba a mi nueva familia, pero nunca volvería a ser totalmente la de antes... hasta el fin de mis días.

A medida que transcurría el tiempo, vi crecer a mis hijos y luego nacer a mis nietos. Tuonga murió, yo envejecí. Sabía que pronto me llegaría el momento de emprender el viaje a Hawaiki, pero no sentía miedo. Al contrario, en mi interior alimentaba la esperanza de que volvería a encontrar a Leonard al otro lado del umbral que debía cruzar. Su espíritu seguía aquí, lo percibía y esperaba poder llevarlo a Hawaiki o que pudiésemos encontrar juntos un lugar a donde fueran las almas de los *pakeha*, el cielo, dondequiera que estuviese. No podía creer que los dioses fueran tan crueles como para separarnos también en la otra vida.

Hace poco, sin embargo (ya habían transcurrido casi setenta años desde el asalto de Parihaka), recibí una carta de un joven llamado Jeffrey que había recorrido intrincados caminos hasta dar conmigo. Lo habían enviado a Parihaka, donde, por supuesto, no había nadie que me conociera. Solo una mujer, casi tan anciana como yo, me recordaba, y cuando la carta llegó a la Isla Sur, pasó de un *marae* a otro hasta que acabó encontrándome.

Ahora la sostengo entre mis manos y por primera vez tras tan largo tiempo tengo una señal de vida de Arama, si es que todavía puedo llamarlo así... Por la carta deduzco que se ha convertido totalmente en Adam, Adam Clavell, héroe de guerra y enemigo de mi pueblo. Andrew Clavell hizo un buen trabajo. Aun así, me niego a darme por vencida. Arama todavía vive, y Jeffrey, su hijo, no cree en las calumnias que le han contado sobre mí y su padre. Ahora quiero rectificarlas. Llevo varias semanas escribiendo cada día en este diario para contar mi historia y la de Arama. Espero que pronto esté en sus manos. Tiene que saber lo mucho que siempre le he querido...

EL LEGADO

Parihaka

1

Stephanie levantó la vista de la lectura con los ojos llorosos.

—Qué historia más triste —dijo en voz baja.

Rick y ella se habían retirado juntos a una habitación. Por acuerdo tácito, él se había instalado junto al escritorio, tambaleante pero pintado de alegres colores, y Stephanie se había sentado en la cama. Mientras dejaba que la historia obrara en ella su efecto, Rick tomaba apuntes.

—¿Qué más se te ocurre? —preguntó.

Stephanie cogió un pañuelo y se enjugó los ojos.

—No es un diario —dijo—. Ya me lo pareció por los fragmentos que tenía copiados. Los diarios tienen otro aspecto. La tinta cambia, la caligrafía se transforma con los años... Aquí, por el contrario, una persona de edad avanzada ha plasmado su vida. Al principio pensé que era una especie de introducción: los recuerdos de la infancia. Pero, con lo que sabemos ahora, no es así.

Rick asintió.

—Tienes razón. No es un diario, es un legado. Escrito durante las semanas después de que Marama se enterase de que Arama todavía vivía. Pese a ello, no distingo ahí ningún mensaje universal como sostiene nuestro amigo Weru. ¿O se me ha pasado algo por alto?

Stephanie negó con la cabeza.

—No. Reka Wahia lo describió correctamente: es una historia muy triste, pero una tragedia como otras muchas.

—Además termina bastante abruptamente —observó Rick—. A lo mejor Marama quería añadir algo más. Por ejemplo, unas palabras personales para su hijo o su nieto. Pero no lo consiguió. ¿Crees que alguien se lo impidió?

La periodista echó otra mirada al texto y contestó que no.

—No lo creo —respondió—. Creo que simplemente murió. ¡Tenía noventa años, Rick! ¡Noventa! Es increíble que consiguiera plasmar la historia en papel.

Su amigo asintió y observó la caligrafía clara y totalmente legible.

—Pero, entonces, ¿por qué el padre de Weru no conservó el manuscrito? —preguntó—. Me refiero a que resulta claro para qué rama de la familia fue escrito.

Stephanie se encogió de hombros.

—Ni idea. Es probable que Marama no le contara nada a nadie de su familia, o al menos que no le encargara a nadie que enviara el cuaderno si ella moría sin haberlo hecho. A lo mejor lo escondió porque no quería que nadie lo leyera antes de estar acabado. Puede que lo encontraran mucho tiempo después de su muerte. O que se perdiera la dirección de Jeffrey Clavell. Tal vez la familia tiró su carta y no leyó hasta mucho más tarde el escrito. Nunca lo sabremos. El hecho es que permaneció en manos de los Wahia aunque estaba destinado a los herederos de Arama. Debió de ser un golpe para Matthews enterarse de que Weru era el legítimo heredero de un manuscrito que a él le parecía tan valioso.

—Y que además estaba tan ansioso como él por apropiárselo —observó Rick—. Es posible que ambos se picaran el uno al otro.

—¿Crees que Weru también tuvo contacto con Matthews?

Rick jugueteó con el bolígrafo.

—¡Seguro! —respondió—. Aunque solo superficialmente. Debió de darse cuenta enseguida de que él solo quería dinero. Supongo que Weru se concentró en Miri, a quien realmente pertenecía el diario y que no era tan testaruda. ¿Por qué no te dijo Weru lo bien que conocía a Simon y Miri?

Stephanie tenía una expresión decidida.

—Eso mismo me gustaría saber. En realidad no había razón para hacer un misterio de ello. Si es cierto que Miri ya se había mostrado dispuesta a darle el diario, esto más bien legitima que lo reclame. Y por lo desesperado que iba buscando el texto... ¿por qué no se lo pidió a los Wahia después de los asesinatos? ¿O a la Policía?

—¿Por razones éticas? —preguntó Rick con poca convicción.

Ella no se dignó contestarle.

—En cualquier caso, tengo un par de preguntas que

hacerle —dijo—. ¿Lo llamamos? ¿O lo intentamos ahora con mi padre?

No tuvieron que tomar ninguna decisión. Golperaron la puerta y Miri la abrió.

—Solo os quería decir que Tipene ya está de vuelta —anunció—. Y que me encargaré yo sola de instalar a los huéspedes esta primera noche. Normalmente lo hacemos juntos. —Parecía un poco preocupada—. En cualquier caso, os espera en la sala de estar. Yo voy fuera con los recién llegados, hace calor. Y les gusta sentarse bajo las estrellas... —Y dicho esto, cerró la puerta.

—Bien, pues entonces pongámonos en marcha enseguida para estar listos antes de que estos hippies se congelen —observó Stephanie—. En este país el tiempo cambia muy rápidamente. Ayer por la noche todavía hacía bastante fresco...

—Ayer hacía mucho frío —dijo Rick, mirándola significativamente.

Ella se mordió el labio.

—Y no puedo expresar lo contenta que estoy de que hoy haga más calor —replicó agradecida—. ¡Vamos! Salgamos y hablemos de todo esto.

Rick sonrió.

—Una cosa después de la otra —dijo con suavidad—. Pero primero me gustaría que Simon nos contara qué sucedió en Masterton.

Weru se unió en silencio a ellos cuando pasaban por el patio. No dejó ver si se había percatado de que los dos salían de la misma habitación.

Simon estaba abriendo una botella de vino cuando entraron en la sala de los Tao. Las copas estaban preparadas, además de un plato con bocadillos. Stephanie no creía que ninguno de ellos tuviera hambre, pero Miri era una anfitriona previsora, simplemente.

—El agua está en la nevera —indicó Simon—. En caso de que alguien...

—A todos nos gusta el vino —respondió Stephanie—. Vayamos al grano.

Él se reclinó y la miró incómodo. El tono de su hija parecía herirlo.

—¿Por dónde he de empezar? —preguntó.

Rick sirvió y tendió a Stephanie una copa llena de vino. Ella alargó la mano y Simon siguió hablando.

—Lamento muchísimo haberte dejado entonces, Steph. Fue... fue una coincidencia tan absurda... Durante meses me sentí culpable. Pero si hubiésemos vuelto horas más tarde, tampoco te habríamos encontrado. Y Helma seguro que regresó enseguida, ¿no?

—¿Lo lamentas? —estalló Stephanie—. ¿Te olvidas de tu hija en el escenario de un crimen y no se te ocurre decir otra cosa que lo lamentas? —Tenía la sensación de que nunca había estado tan furiosa—. Desde esa «absurda coincidencia» no recuerdo nada de esos primeros seis años de mi vida. Sufrí un trauma gravísimo y durante días no pronuncié ni una palabra y... y hay gente... —lanzó una mirada de soslayo a Rick— que dice que todavía cargo con eso. Quiero saber ahora mismo, Simon o Tipene o comoquiera que te llames, ¿qué vi? ¿Estuve allí? ¿Estuve allí cuando Matthews murió? Cuando tú...

—No consiguió decirlo.

Simon Cook la miró sin comprender.

—No viste nada —dijo, y casi parecía ofendido—. No estabas ahí. Dormías en la caravana...

Ella lo fulminó con la mirada.

—¡No mientas, Simon! Me encontraron en el escenario del crimen. Yo... yo vi a mis compañeros de juegos tendidos sobre charcos de su propia sangre... —Se detuvo. Ante su mente aparecieron realmente las imágenes de los tres niños asesinados. Las pesadillas de los últimos días...

En los rasgos de Simon se dibujó el horror.

—No... no puede ser... no lo sabía —dijo con voz entrecortada—. Si lo hubiera sabido, entonces... entonces habría regresado... No lo ponía en ningún informe. Leímos los diarios...

—Mamá consiguió mantenerme alejada de la prensa —explicó Stephanie, furiosa—. En cuanto a ti, todavía estoy esperando que me expliques cómo acabé allí. ¿Qué sucedió esa noche?

Simon se frotó la frente.

—Esa noche —explicó—, Miri y yo íbamos a encontrarnos con Weru. Por eso llevábamos el manuscrito. Ella tenía intención de dárselo. Íbamos en nuestra caravana, a lo mejor te acuerdas...

Stephanie iba a responder sardónica que eso precisamente no lo recordaba cuando la imagen de una caravana azul claro apareció ante ella. Bastante pequeña, un modelo muy anticuado de forma esférica, pero que a su madre le encantaba... De repente se acordó de que Helma la había pintado y de que ella misma había metido las manos en el bote de pintura roja e impreso las huellas de sus manitas en la carrocería azul. «Esto trae suerte», había dicho Helma...

—En la ciudad se celebraba el mercado anual —prosiguió Simon—. Queríamos llevarte después de encontrarnos con Weru. Refunfuñaste cuando tuvimos que esperarlo... —Se volvió hacia el maorí—. Pero estuvimos esperando. ¡Casi durante una hora! Pero usted no se presentó.

Weru movió la cabeza.

—Bueno —respondió—, acudí a la cita, aunque demasiado tarde. A causa de ese estúpido mercado anual. Todas las carreteras estaban cerradas y, simplemente, no encontré el café. Entonces no había navegadores. Tuve que andar preguntando, me extravié varias veces. Cuando por fin llegué, ya se habían ido.

—Al mercado —dijo Simon—. ¡Te lo pasaste tan bien, Steph! Todos nos montamos en el tiovivo y compramos números de la tómbola. Ganaste un muñeco de peluche, un oso...

Ella se acordaba. El oso era grande, de color café con leche, sonreía alegremente y llevaba un jersey azul.

—*Mister Pooh*... —musitó—. Lo llamamos *Mister Pooh*.

—Exacto —corroboró su padre—. Estabas loca por él, tuvimos que comprarle una bolsa de palomitas, querías darle de comer... Miri y yo nos reímos. —Se dirigió de nuevo a Weru—. Luego volvimos al café. Yo no creía que fuéramos a encontrarle a usted ahí, pero Miri quería darle el diario. Decía que por fin se acabaría todo ese teatro, que Raymond abandonaría sus obsesiones. Miri esperaba que entonces accediera a divorciarse. Queríamos empezar una nueva vida. Quimeras, claro. Yo no era tan optimista, pero no sospechaba lo que iba a suceder.

—Su esposa Helma fue más clarividente —intervino Rick—. Dijo que Matthews maltrataba a su esposa y sus hijos. Y algo así siempre puede ir a peor. ¡Usted debería haberlo sabido como asistente social!

Simon asintió.

—Tiene razón, debería haber insistido en que Miri fuese a un hogar para mujeres. Uno se da cuenta de esas cosas más tarde. Créame, soy consciente de que cometí un error horrible, y yo... Cada día lo lamentamos... —Tomó un trago de vino, como para recuperarse antes de proseguir—. Como fuere, volvimos al café tras dejar a Steph en la caravana. Se acostó con su oso. Armaste todo un alboroto porque querías meterte con él en la cama, Steph. —Ella asintió. Ahora se acordaba también de la cama de la caravana, y de cómo se había despertado más tarde, sola en la oscuridad—. Luego nos fuimos a casa de Miri. En cualquier caso, tú estabas durmiendo en la caravana cuando Miri y yo encontramos los cadáveres. ¡De eso estoy seguro, puedo jurarlo! —Simon levantó las manos como si realmente fueran a pedírselo.

—¿Encontraron los cadáveres? —preguntó Rick—. Pensaba que usted había matado a Matthews.

Simon sacudió la cabeza con vehemencia.

—No —dijo con voz firme—. Yo no maté a nadie. Sé que fue lo que publicaron los diarios. Por supuesto, debería haber vuelto para desmentirlo. Pero Miri se negó categóricamente. Temía todo lo que podría ocurrir. Que me harían culpable de los asesinatos y a ella también... Debería haberla arrastrado a la comisaría, pero no fui capaz.

—Entonces, ¿cómo murió Matthews? —preguntó incrédulo Rick—. Sus huellas dactilares estaban en el cuchillo.

—Pienso que se suicidó —contestó Simon—. Es frecuente que este tipo de homicida loco se suicide tras cometer un asesinato. Y el cuchillo... Fue una situación terrible. Queríamos abrir la puerta pero estaba bloqueada, así que utilizamos la fuerza y nos percatamos de que era el cadáver de Matthews lo que la bloqueaba. Tropecé con él antes de que uno de nosotros encontrase el interruptor de la luz. Entonces me arrodillé y examiné el cuerpo; mientras, Miri encontró a los niños. Gritó completamente fuera de sí y empezó a dar patadas a Matthews, como si todavía pudiera hacerle daño. Quería hacerse con el cuchillo, creo que se lo hubiese clavado. Por eso lo cogí yo... Yo lo agarré...

—¿Dónde... dónde estaba? —inquirió Stephanie—. Si se trataba de un suicidio debería estar clavado en el corazón de Matthews.

Simon se encogió de hombros.

—Creo que estaba en el suelo —dijo—. Pero ya habían movido el cadáver, lo habían arrastrado por el hueco de la puerta... —Se pasó la mano por el cabello—. Steph, no lo sé realmente, estaba bajo los efectos del *shock*. Por eso accedí cuando Miri dijo que lo único que quería era salir de ese espantoso lugar. El pánico se había adueñado de ella. Tenía miedo de que nos atribuyesen los asesinatos.

Stephanie inspiró hondo.

—Simon, no sé si vives muy apartado del mundo, pero la ciencia forense tampoco estaba entonces tan en sus inicios como para no poder dilucidar cómo se cometió el crimen.

Él la miró inmerso en sus pensamientos.

—¿Y cuál habría sido el móvil de Miri? —preguntó Rick—. ¿Venganza?

Simon asintió.

—El día anterior la había dejado cubierta de cardenales. Y esa noche yo la había convencido, por fin, de que fuera a recoger a los niños y me dejara llevarla a un lugar seguro. Por eso estaba yo con ella. De lo contrario se habría citado a solas con Weru y habría descubierto sola los cadáveres.

—¿Y entonces abandonasteis juntos la casa? —siguió preguntando Stephanie.

Su padre asintió.

—Salimos corriendo y nos metimos en la caravana. Miri no dejaba de repetir: «Mis bebés, mis bebés...» Yo tenía miedo de llamar la atención de los vecinos. Así que comprobé si Steph estaba ahí... Te lo juro, Stephanie, yo no te olvidé. Vi un cuerpo debajo de la manta. Esa tarde estabas agotada y siempre dormías profundamente. Dos horas más tarde, paramos para llenar el depósito y lavarnos. Estábamos manchados de sangre. Encendí la luz de la caravana y entonces... entonces vi que en la cama solo estaba el oso, Stephanie. Solo estaba ese maldito oso...

El hombre bebió un trago de vino. En sus ojos se reflejaba el horror que debía de haber sentido entonces. Y Stephanie se vio de pronto transportada a esa noche. Como si una resaca la arrastrara fuera de la agradable sala de los Tao hacia el horror de una oscuridad largo tiempo olvidada.

2

Stephanie recordó la caravana oscura. Se había despertado pero papá y Miri no estaban allí, a su lado únicamente estaba *Mister Pooh*. Cuando se levantó y comprobó que el vehículo se encontraba en la calle de sus padres, frente a la vivienda de los Wahia, donde tan a menudo iba a jugar con los hijos de Miri, no sintió miedo. ¿Se habría ido su padre a casa? Tapó cuidadosamente a *Mister Pooh* para que no tuviera frío. Luego salió y buscó la llave de casa. Siempre estaba en uno de los tiestos de la galería, por si mamá o papá se la olvidaban. Los dos tendían a ser distraídos, y a Steph le hacía gracia que con frecuencia tuvieran que admitirlo. No tenían miedo a los ladrones. Masterton era una ciudad segura y en su casa tampoco había mucho que robar, solía decir su madre. La niña abrió la puerta. Estaba orgullosa de saber hacerlo, hacía poco que su madre se lo había enseñado.

—¿Papá?

Esperaba ver luz, pero su padre no estaba allí. La casa, tan familiar, le pareció fría, oscura y solitaria. Su padre y

Miri debían de haber ido a casa de los Wahia. Steph pensó en si debía esperar o ir a buscarlos. Pero primero quería beber algo, tenía una sed tremenda...

Así que sacó el zumo de naranja de la nevera y se sirvió un vaso, derramó un poco y luego lo limpió... Ahora lo veía todo con una claridad sorprendente. En algún momento, mientras ella estaba tan ocupada, Simon y Miri debían de haber salido horrorizados de la casa de los Wahia y haberse marchado en la caravana.

A Steph no le llamó la atención la ausencia de la caravana cuando cruzó la calle hacia la casa de los vecinos. Solo se percató de que la puerta estaba abierta.

Y entonces vio toda aquella sangre...

—Stephanie, ¿estás bien? —preguntó Rick—. Estás pálida. Parece que hayas visto un fantasma.

—Tres... —susurró ella—. He visto tres fantasmas. En realidad cuatro, pero del de Matthews no me he dado cuenta. Al entrar en la habitación de los niños fue... fue horroroso... Joey tenía los ojos abiertos... parecía como si me mirara.

—¿Lo recuerdas? —preguntó Rick, inquieto.

Ella asintió.

—De... de... —La resaca del recuerdo la arrastró de vuelta al escenario del crimen antes de que pudiera seguir hablando. Allí había retrocedido tambaleándose, había pensado que iba a vomitar—. Estaba mareada —dijo en voz baja—, por eso me fui al baño... Y allí había un hombre... Era enorme e iba tatuado... y sus manos estaban llenas de sangre. ¡Grité! Y él... él me chistó, debía quedarme callada. Tenía su cara muy cerca de la mía y yo... —La mirada de Stephanie estaba dominada por el pánico—. Pensaba que iba a cogerme, pero corrió y salió por la ventana... Vi la cortina mecerse al viento... y el pelo de Katie, que también se mecía al viento... Parecía como si todavía viviera, pero... pero todo estaba lleno de sangre... Y yo quería volver a gritar, pero el hombre... el hombre...

Levantó la vista llena de horror y su mirada se posó en Weru.

—Eras tú... —exclamó—. No, pero... sí, sí, eras tú... el hombre que estaba en el baño... Él... él... siseó... como tú durante la danza... Y el tatuaje...

El rostro del maorí se ensombreció.

—Yo... no tengo ni idea de qué... de qué estás hablando... —balbuceó.

—¿No? —Rick se levantó. Lleno de desprecio, miró de arriba abajo al esbelto maorí—. ¿Tan difícil es de entender? ¡Stephanie se acuerda, Weru! ¡Se acuerda de usted! ¡Usted estaba en el lugar donde se produjo la matanza! Y con ello todo adquiere sentido: Simon dice que él no mató a Matthews. Y no sé qué pensarás tú, Steph, pero yo lo creo. No habría sido capaz de hacerlo, ni Miri ni la Stephanie de seis años. Pero Raymond tampoco se suicidó. A lo mejor tenía la intención, pero su obra todavía no estaba concluida. Se puso al acecho y esperó a Miri. Pero antes llegó otra persona. ¿Dónde se encontraba usted esa noche, Weru Maniapoto o Clavell, después de llegar tarde a la cita con Simon y Miri?

El interpelado se mordió el labio.

—Fue en defensa propia —dijo.

Stephanie le clavó una mirada furiosa.

—¿Fuiste tú? ¿Tú mataste a Matthews? ¿Y no dijiste nada cuando acusaron a mi padre? Y por si eso no fuera suficiente, tonteaste conmigo y fingiste que querías ayudarme a resolver este caso, aunque ya lo sabías todo perfectamente...

—¡Quería ayudarte a encontrar el diario! —se justificó Weru—. Todo lo demás...

—Nos encantaría escuchar ahora todo lo demás —le espetó Rick—. Simon y yo, y Steph seguro que también. Lo que usted ha contado o no a Steph lo aclararemos más tarde. Empiece usted confesando la verdad sobre esa noche en Masterton.

—Ella ya parece conocerla —contestó Weru, reticente—. Dice que me vio. Sucedió más o menos como aparece en el informe policial. Ese hombre arremetió contra mí con el cuchillo y yo reaccioné instintivamente. Yo...

—Otra vez desde el principio —lo interrumpió Rick—. ¿Fue primero al café?

Weru asintió.

—Ellos ya se habían ido —contestó—. Los camareros los recordaban. Así que sabía que Miri había estado allí y que lo del diario iba en serio. Por lo que me pareció una buena idea ir en coche a su casa y recogerlo allí. No pensé en el loco de su marido. Tampoco sabía hasta qué punto había llegado ese asunto. En cualquier caso, no pensé en nada malo cuando llamé a la puerta de los

Wahia. Y cuando una voz de hombre preguntó quién era, me identifiqué. Entonces Raymon Matthews abrió la puerta y se abalanzó sobre mí cuchillo en mano. Usted nunca habría podido defenderse de él, Simon. Nadie que no estuviera ejercitado para la lucha cuerpo a cuerpo habría podido salir airoso.

—Pero usted era un guerrero —dijo Simon en un tono entre la admiración y la resignación—. ¿Usted le arrebató el cuchillo?

—Detuve el golpe y le retorcí la mano, haciéndole una llave, y el cuchillo cayó al suelo. Si no se hubiera vuelto a levantar enseguida para lanzarse una vez más sobre mí, todo habría acabado en eso —siguió contando Weru a disgusto—. Pero en cambio tuve que coger el cuchillo (entonces me di cuenta de que ya estaba manchado de sangre) y él literalmente se arrojó contra el arma. No podía darse por vencido. Estaba loco, totalmente desquiciado...

—¿Y por qué no te quedaste allí y llamaste a la Policía? —preguntó Stephanie.

Weru arqueó las cejas.

—Soy maorí —respondió—. Matthews era *pakeha*. En tales casos la Policía no suele hacer caso de las pruebas...

Stephanie movió la cabeza.

—¡No digas tonterías! Puede que durante la década de los cincuenta fuera así en los estados sureños de América, pero no en Nueva Zelanda en los años ochenta.

Weru resopló.

—¡Pues escucha lo que tienen que decir al respecto

los activistas maoríes! —respondió con ironía—. Yo, sea como sea, fui presa del pánico cuando vi a los niños muertos. Y pensé que nunca saldría bien parado de allí. Casi no había tocado nada, salvo el pomo de la puerta. Pasé el cuchillo por la camisa para limpiarlo un poco, aunque no me preocupaba demasiado. Mis huellas dactilares no estaban en ningún sitio. Nadie iba a sospechar de mí...

—¿No podría haber sospechado Miri? —preguntó Stephanie.

Weru negó con la cabeza.

—Difícilmente. Creo que no se figuraba que yo sabía dónde vivía. Lo sabía por casualidad, Helma había mencionado en una ocasión que los Wahia eran vecinos suyos. Así fue como encontré la casa...

—Miri no le habría dado nunca la dirección —intervino Simon—. Hubiera tenido miedo por usted.

El maorí alzó las manos.

—¡Ya lo veis! —dijo—. En fin, todavía estaba examinando qué posibilidades tenía cuando usted y Miri llegaron de improviso. Oí que alguien se acercaba y me escondí en el baño, detrás de la puerta. Y simplemente me quedé allí. Miri podría haberme descubierto, pero estaba fuera de sí. Y Simon, cuando vio toda esa sangre, solo quería marcharse de allí. Yo iba a esperar un par de minutos hasta estar seguro de que los dos habían salido de la casa, antes de buscar una escapatoria. —Dirigió a Stephanie una mirada afligida—. Y entonces llegaste tú. Lamento mucho haberte asustado, pero entraste de golpe en el baño, te me quedaste mirando y empezaste a gritar.

Tenía que lograr que callaras, pero no quería tocarte. Así que hice muecas y te chisté. Así conseguí mi objetivo. Te di un susto de muerte y pude huir.

—¿Huyó por la ventana después de haber dejado aterrada a una niña? —preguntó Rick—. Sin duda la proeza de un gran guerrero. ¡Rewi Maniapoto estaría orgulloso de usted si todavía estuviera aquí!

—No quería encontrarme con nadie —se justificó Weru—. Enseguida habrían sospechado de mí...

Rick hizo un mohín.

—Y no porque usted fuera maorí, sino porque lo habían encontrado en una casa llena de cadáveres. Poco a poco se van entendiendo las causas...

—¿Entendiendo? —espetó Stephanie, dirigiéndose de nuevo a Weru—. ¡Fue una irresponsabilidad increíble que no te entregaras! ¿Te das cuenta de lo que les has hecho a Miri y Simon? ¿Y a mí? ¡Durante años he pensado que mi padre estaba muerto! ¿Has pensado alguna vez en mi madre? Su marido había desaparecido, Weru. No es solo que no pudiera deducir qué había pasado allí, tampoco pudo divorciarse ni volver a casarse después...

—¡No pensé en nada! —reconoció él con auténtico sentimiento de culpabilidad—. Tenía veinte años...

—A esa edad, Rewi Maniapoto lideró a su tribu en la guerra —observó Simon—. Usted no demostró tener precisamente madurez, Weru. Y todavía menos, capacidad para ponerse en el lugar del otro. Pero, claro, si los guerreros se distinguieran por su madurez y empatía, posiblemente habría menos guerras...

Stephanie no estaba dispuesta a permitir que Weru saliera impune con esa disculpa.

—De acuerdo —prosiguió con el interrogatorio—. Eso sucedió esa noche y explica por qué te largaste de allí y no volviste a intentar recuperar el diario de manos de los Wahia o de la Policía. Pero ¿qué pasó conmigo, Weru? ¿Por qué te pusiste en contacto conmigo? ¿Por qué hiciste como si... como si...? —No sabía cómo expresarse.

—Yo no he fingido nada —contestó él con gravedad—. Todo lo que he dicho, todo lo que siento...

—¡No te creo! —lo interrumpió ella—. Tú sabías que yo te había visto entonces, en casa de los Wahia. Tú fuiste detrás con una intención, tú...

Weru negó con la cabeza, visiblemente ofendido.

—¡Eres tú la que se puso en contacto conmigo! —le recordó—. No al revés. Stevenson me llamó y me habló de ti, de una periodista alemana que andaba tras el diario de Marama. Naturalmente, esto despertó mi interés. Debías de estar presente cuando me telefoneó. No te reconocí al instante, Steph. En casa de los Wahia solo te miré unos minutos. Ni siquiera sabía quién eras, me enteré más tarde a través de conocidos de Helma. Luego, cuando te presentaste como Stephanie Martens... Antes te llamabas Cook, y también a tu madre la conocía como Helma Cook. ¿Cómo iba a pensar que eras tú?

—Pero ¿no habrá estado usted dudando de la identidad de Stephanie hasta hoy? —preguntó Rick con ironía.

Weru lo fulminó con la mirada.

—¡Claro que no! —resopló—. Stephanie enseguida

me lo contó todo. Sobre su identidad, sobre su pérdida de memoria...

—¿Y no se le ocurrió darle al menos una explicación? —preguntó el periodista.

El interrogado contrajo la boca.

—Admito que fue un error —dijo ceremoniosamente—. Me dejé llevar un poco. Jugué con fuego...

—¿Qué significa eso? —lo interrumpió Stephanie.

—Bueno, pensé... pensé que volverías a recuperar tus recuerdos estando conmigo. Lo que tenía que ver con el diario. Podría haberse dado el caso de que supieras dónde estaba...

Ella se frotó la frente.

—¿Valía la pena todo esto? —preguntó a media voz—. ¿Era la historia tan importante, tan singular como para compensar todo esto? Esa obsesión, los asesinatos, la traición...

—¿Traición? —Weru ya iba a protestar, pero Stephanie asintió con determinación.

—Engaño, traición... llámalo como quieras —dijo—. Amor fingido, pasión simulada...

—¡Yo no he fingido nada! Estar contigo ha sido maravilloso. Ver Aotearoa con tus ojos ha sido... ha sido... Ha sido totalmente distinto que con Jenna.

Stephanie contrajo el rostro.

—Sabía que Jenna tenía un papel en todo esto —dijo—. Intentaste ponerla celosa, ¿no es así?

Él esbozó una sonrisa de disculpa.

—Fue interesante ver el modo en que ella reaccionaba... —admitió.

En la mirada de Stephanie solo había desprecio.

—¿Valió la pena? —volvió a preguntar.

Weru hojeó ensimismado el cuaderno de Marama y negó con la cabeza.

—No —dijo—. No, no valió la pena. Me siento profundamente decepcionado por el modo en que empieza la historia de Marama, la historia de la hija de un jefe tribal... Pensaba que infundiría ánimo en mi pueblo. Pensaba que sería una historia de valor, de victoria... Al final Marama fracasó. Se resignó, perdió...

Stephanie ya iba a preguntar qué otra cosa debería haber hecho. Pero entonces otra voz se sumó a la conversación.

—¡Eso no es cierto! —declaró categóricamente Amiria Tao. Se encontraba en la puerta de entrada y tenía un aspecto impresionante con su larga falda y el corpiño con los colores de la tribu de los Wahia. Llevaba un pesado *hei tiki* de jade colgado al cuello y su largo cabello negro se derramaba sobre sus hombros. Stephanie pensó que Ahumai Te Paerata debía de haber tenido ese aspecto o uno similar cuando pronunció sus legendarias palabras. Miri Tao dirigió las suyas a Weru—: Marama no fracasó. Hizo todo lo que podía hacer. Siguió viviendo. Y, hazme caso, Weru, a veces eso es más difícil que morir. Se forjó una nueva vida, una vida buena. Tenía a un hombre que la amaba, hijos y nietos... y conservó la esperanza hasta el final. Hizo por su hijo todo lo que podía hacer.

—¡Pero no fue suficiente! —protestó Weru—. Adama no llevó una buena vida, murió amargado, era...

—A lo mejor no supo aprovecharla —señaló Miri, imperturbable—. Es posible que ni siquiera lo intentara. —Fue avanzando poco a poco en la sala y se sentó junto a su marido en el sofá—. Weru, no es cierto que no tuviera a su alcance el legado de su madre.

—¿Cómo? —Stephanie y Weru replicaron al unísono.

Rick no pareció sorprenderse.

Miri se frotó las sienes.

—Los Wahia tal vez no eran tan listos ni tan ricos como los Clavell, ¡pero tampoco eran gente de pocas luces! —dijo—. Sabían muy bien que Marama escribía su historia y la existencia de Arama no era ningún secreto. Luego, cuando ella murió repentinamente, su hija Mahora encontró la dirección de Adam Clavell y le envió el diario...

—¡Pero fue Jeffrey quien encontró a Marama! —la interrumpió Weru—. ¡Ella tendría que habérselo enviado a él! ¡A mi padre, al nieto de Marama!

Miri se encogió de hombros.

—El destinatario de la historia era con toda certeza Adam —señaló—. Marama escribió a su hijo, y Mahora escribió a su hermanastro. Envió el cuaderno con una amable carta en la que se presentaba a sí misma y a su familia.

—¿Y? —preguntó Rick, pese a que ya intuía el final.

—El paquetito con el cuaderno volvió sin abrir. En cuanto a la carta, Adam dejó claro de ese modo que no quería tener ningún contacto con su madre ni con sus hermanastros. —Miri alzó apenada las manos—. Lo siento, Weru. Tu abuelo era bastante terco.

Weru se mordió el labio.

—Eso no cambia el hecho de que en la historia de Marama no hay mensaje —repitió decepcionado—. Que simplemente se resignó, no siguió luchando... Su vida no tuvo ningún sentido. Al final, ni siquiera le quedan descendientes. Después de que Matthews matara a tus hijos... ¡Y eso relacionado además con su cuaderno! ¡Todo es una tragedia personal! En cambio, si hubiera habido algo que hubiese querido dejar a su pueblo, alguna consigna...

—¿Como «amigo, lucharemos para siempre»? —lo provocó Rick—. O ¿«si los hombres mueren también moriremos las mujeres y niños»? ¿Se habría sentido usted orgulloso de ello?

Miri se apartó el cabello hacia atrás. Era evidente que debía esforzarse para seguir hablando.

—¿Quién dice que todo haya de tener siempre un sentido? —preguntó—. Sí, ya sé, los sacerdotes lo dicen... Yo misma se lo digo a alguno de mis huéspedes cuando está tan desesperado que apenas puede soportar la vida. Pero en realidad... La historia de Marama no tiene ningún objetivo especial, Weru, al menos ninguno relacionado con la política. No quería transmitir nada a su pueblo, solo quería decirle a su hijo lo mucho que lo quería. También te habría amado a ti, Weru Maniapoto, y con toda certeza a tu padre. —Suspiró—. Estabas tan sediento de ese amor, Weru... Lo sabía todo sobre ti mucho antes de conocerte. Había leído la historia de Marama, probablemente yo fui la primera de la familia, de lo contrario nadie se habría interesado por ella. Y quería saber qué había sucedido con Arama. Así tropecé contigo y con tu padre. Y vosotros... vosotros siempre me disteis pena. Con esa búsqueda tan desesperada de amor... —Lenta y cuidadosamente colocó la mano sobre el hombro de Weru—. Tú habrías necesitado a Marama, al igual que tu padre. Por eso quise que tuvierais el cuaderno. Yo esperaba que lo comprendieras todo en cuanto lo leyeras. Ahora espero que al menos Jeffrey lo entienda.

Stephanie dirigió la vista a Weru, que estaba hundido en un sillón. Ya no tenía el aspecto de un guerrero alto y fuerte, sino el de un niño pequeño y abandonado, que solo puede atraer la atención de sus padres interpretando un papel. Weru, así como su padre y su abuelo, habían luchado llevados por la pasión. Pero amor, como el que Marama había dado a sus hijos, no lo habían tenido nunca.

De repente, Stephanie sintió ternura hacia él. A lo mejor había buscado entre sus brazos algo parecido al amor. ¿Una alternativa más suave a Jenna, la hija del jefe de la tribu? Tal vez había sido un intento de huir de un modo de vida predeterminado.

El maorí se pasó las manos por la cara. Le faltaban las palabras, pero estaba muy lejos de entender algo. Incluso si la relación con ella, Stephanie, había abierto un resquicio en el mundo de sus sentimientos, el legado de Marama no podía abrir del todo esa puerta.

—Seguro... seguro que puede interpretarse de varias maneras —consiguió decir con voz ahogada—. Creo que... que el manuscrito de Marama será objeto todavía de muchas investigaciones. Constituye un importante documento histórico. Se lo daré a mi padre y al final acabará a disposición de todos en el archivo de Turangawaewae. Me llenará de orgullo poder añadir el nombre de nuestra familia a la memoria colectiva de la nación maorí.

Miri Tao miró a Weru y en sus ojos había compasión. Parecía que iba a decir alguna cosa, pero Tipene le aconsejó con un suave gesto que callara.

—A lo mejor Jeffrey, como mínimo, lo ve de otro modo... —le susurró—. Tal vez la voz de Marama llegue al menos a su nieto.

A Stephanie, por el contrario, le pasó por la cabeza que Jenna tenía que conseguir ese escrito. Era posible que Weru valorase la posibilidad de unirse con ella desde un punto de vista sobre todo político, pero Jenna... «En mi familia nos besamos y abrazamos constantemente.» Stephanie todavía creía oír su voz. Ella entendería a Marama. A lo mejor era capaz de mediar entre el ayer y el hoy.

—Y en lo que respecta al caso Matthews —siguió contando Weru con voz algo más firme—, mañana iré a Wellington y haré una declaración detallada. Debería haberme entregado antes. No estuvo bien pasarle la culpa a usted, Simon.

—Se trataba más de reputación que de culpa —contestó Simon—. Si no hubiese eludido este asunto, es probable que me hubiesen vitoreado como a un héroe, y eso... eso no lo habría soportado. Pero Miri y yo nos pondremos de tu parte. Le debo una explicación a Helma. —Miró a su hija—. Stephanie, lamento mucho todo lo ocurrido.

—No se complican demasiado —observó Rick cuando más tarde salió a dar un paseo con Stephanie. Weru se había retirado después de su conversación y los Tao se habían puesto a intercambiar pareceres sobre sus nuevos huéspedes y el programa para los próximos días, como si el reencuentro con Stephanie no se hubiese producido. Rick y Stephanie se habían quedado desconcertados, aunque contentos de que todavía hubiese entre ambos un silencio de complicidad. No tenían prisa por hablar, pero tampoco tenían miedo a hacerlo—. Todos se disculpan, admiten haber cometido graves errores y quieren que se los perdone. Lo que tú has tenido que cargar durante veinte años, además de la preocupación de Helma, las heridas nunca cicatrizadas de los Wahia... todo esto se barre rápidamente bajo la alfombra. ¡He estado preguntándome todo el rato cuándo hablarían de Tamati y Harata!

—¿De quién? —preguntó Stephanie.

Caminaba junto a Rick por la calle sin pavimentar entre el Sunseed Resort y el monumento a Te Whiti. Ambos disfrutaban de la tibia y estrellada noche de Parihaka, que bañaba la tierra con una suave luz.

Rick buscó la mano de Stephanie.

—En realidad debería ser el mismo Simon quien te lo contara —indicó.

—¿Todavía quedan más sorpresas? —preguntó Stephanie asustada—. ¿Debo ocuparme de más dramas familiares?

Él sonrió.

—Depende. En cualquier caso, deberías conocer a alguien más. Ayer te dije que solo había encontrado a un Tipene Tao en internet, pero tampoco es cierto. En Facebook hay además un Tamati y una Harata Tao...

—¿Quiénes son? —Stephanie no entendió de inmediato.

—Mellizos. Tienen dieciocho años. Y los dos están en un internado de Auckland. —Sonrió—. A Miri debió de costarle la separación, pero no hay escuelas secundarias en torno a Parihaka.

Stephanie se lo quedó mirando con los ojos de par en par.

—¿Te refieres a que... son los hijos de Simon y Miri? ¿Tengo... medio hermanos?

Rick asintió.

—Eso se supone. Ignoro cómo se las han arreglado con los documentos, pero los niños llevan sus nombres maoríes.

Stephanie se echó a reír. La noticia la había sorprendido, pero sentía alegría al pensar en cómo las risas y juegos de los dos niños debían de haber llenado de vida la casa de los Tao. No unos sustitutos de Joey, Steve y Katie, pero sí un nuevo comienzo. Respiró hondo. Contempló con admiración el imponente monte Taranaki, cuya cumbre nevada reflejaba la luz de la luna. Ante la visión de esa montaña y bajo esas estrellas, Marama y Leonard se habían besado. Seguiría estando allí cuando hubieran pasado mil años... De repente, sintió un profundo sosiego.

—Miri tenía razón y también Marama —dijo—. A veces simplemente hay que seguir adelante. Incluso cuando es difícil. —Levantó la vista hacia Rick—. ¿Lo intentarías? ¿Lo de seguir adelante? ¿Conmigo?

Rick la miró a su vez con la misma gravedad.

—No podemos limitarnos a seguir adelante —respondió en voz baja—. No así, como si no hubiera ocurrido nada. Pero tampoco quiero perderte. Al contrario, quiero volver a conocerte. La Stephanie con todos sus sentimientos, con todos sus recuerdos...

—¿Con todos mis recuerdos? ¿Incluso los referentes a... Weru?

El dolor se reflejó en el semblante de Rick.

—También ellos son ahora parte de ti —contestó—. Tanto si me gusta como si no. No se convertirán en la parte más importante de ti, ¿no?

Ella movió la cabeza.

—No. Son... recuerdos bonitos. Weru me ha mostrado este país desde un enfoque fascinante, en cierto modo ha hecho de este mi país, y ahora me alegro de pensar que yo os lo enseñaré a ti y a nuestros hijos un día. Pero, sobre todo, es el hombre que me robó mis primeros recuerdos. Tú eres el que me los ha devuelto y contigo quiero ir reuniendo más. Hoy, mañana y siempre...

Levantó el rostro, le ofreció sus labios para que la besara y, cuando él la abrazó, sintió que regresaba a casa.

EPÍLOGO

Niños maoríes secuestrados que crecieron en casas *pakeha*; tribus maoríes que adoptaron a niños *pakeha*: la historia de Nueva Zelanda está llena de jóvenes que con destinos singulares se movían más o menos desarraigados entre grupos étnicos antagónicos. Para escribir esta novela me inspiré en la historia del pequeño Wiremu Pokiha Omahura, raptado por tropas *kupapa* y adoptado, más tarde, por el entonces primer ministro de Nueva Zelanda, William Fox. El abandonado Wiremu —o William, puesto que le cambiaron el nombre por el de su padre adoptivo cuando lo bautizaron— recibió una educación académica, pero después buscó sus raíces y, de hecho, volvió a encontrar a su familia maorí. Los lectores de la novela lo conocen en Parihaka. Decepcionado por los *pakeha*, vivió y trabajó allí para Te Whiti hasta que destruyeron la población. Posteriormente su pista se pierde en la oscuridad de la historia, solo hay una biografía sobre él, en gran parte especulativa. Las enciclopedias corrientes no hacen la menor mención de él por considerarlo un ingrato traidor en el caso de los *pakeha*.

En Nueva Zelanda tampoco despierta demasiado interés la historia de Parihaka. De hecho, el lugar ya no se encuentra en ningún mapa. Se precisa de cierto espíritu detectivesco para dar con él y, salvo el monumento a Te Whiti que menciono en la novela, allí no se encuentra ninguna alusión a su gran historia. Tampoco hay ninguna posibilidad de internarse en el pasado a través de visitas guiadas ni de intervenir de algún modo en él *in situ*. Mi Sunseed Resort es ficticio. Parihaka no tiene hoteles ni moteles, está tan adormecida y olvidada como la plasmo en esta historia.

Por supuesto, los protagonistas de la novela, Marama y sus hermanos, los Clavell y los Wahia, son también ficticios. No obstante, la descripción de los asesinatos de Matthews se basa en un crimen real perpetrado en Masterton, aunque en el transcurso de la elaboración de la novela se fue apartando tanto de la realidad que ya no queda ninguna relación. En cambio, he intentado describir del modo más cercano posible a la realidad la historia de Marama como hija de jefe tribal, así como la defensa del *pa* Orakau y, finalmente, la masacre de las mujeres y niños migrantes. Las famosas palabras de Rewi Maniapoto y Ahumai Te Paerata son tan auténticas como el hecho de que, a pesar de que Ahumai sufrió graves heridas en Orakau, sobrevivió al ataque. Se ignora si ya entonces tenía o no hijos. En cualquier caso, no estaba casada con Rewi Maniapoto, sino que probablemente lo estuviera con alguno de los jefes subordinados a él. Los datos de las fuentes de información se contradecían y al principio caí en una información falsa. Cuando me percaté de mi error, la historia ya estaba demasiado avanzada como para cambiarlo todo. Así que decidí dejarla tal cual estaba y añadir aquí, en el epílogo, una nota sobre cómo se había desviado la historia. Esto aclara, sin embargo, por qué Ahumai y Rewi se separan tras el baño de sangre de Orakau. Ella se aproximó, al menos temporalmente, al movimiento hauhau, mientras que él hizo la paz con los ingleses y recuperó algunas de sus tierras. Esto también se menciona en la novela y concuerda con las fuentes históricas. Naturalmente, también investigué con rigor las posibilidades de transportarse a una vida anterior mediante la hipnosis. Sin embargo, no llegué a ningún resultado, es una cuestión de fe. Helbrich, el hipnoterapeuta de mi novela, es un personaje ficticio que carece de ningún modelo vivo.

Por lo demás, espero que a mis fieles lectoras y lectores les haya gustado esta nueva novela, en la que por primera vez vinculo el tiempo presente con componentes históricos de la evolución de Nueva Zelanda. He trabajado esta innovación con mi editora Melanie Blank-Schröder, y, como siempre, ha sido una colaboración armónica y bonita, a la que debo muchas ideas y propuestas adicionales.

Muchas gracias a mi correctora Margit Von Cossart, quien siempre lo comprueba todo concienzudamente y pone orden en la cronología. También ella ha colaborado ampliamente en dar autenticidad y vida a Marama y los demás personajes.

Doy las gracias también a mis lectoras de pruebas, en especial a Klara Decker, quien en esta ocasión tuvo que leerse la novela a la velocidad del rayo, pues se aproximaba la fecha de entrega. Deseo expresar un agradecimiento especial a mi amiga Nicol Kübart-Wulfkuhle, que me acompañó en mi viaje de exploración por Nueva Zelanda. Fue ella quien intrépidamente se enfrentó a la conducción por la izquierda y a las incontables curvas neozelandesas. En cuatro semanas recorrimos miles de kilómetros; ¡yo no lo hubiese conseguido sola!

Y no por últimos menos importantes, ¡muchas gracias, como siempre, a Anna y Joan Puzcas! Sin vosotros, que os habéis ocupado en casa de todos los animales, este viaje tan largo no habría sido posible.

SARAH LARK